L'ENEÏDE

DE

P. VIRGILE.

(_ Par M. Frecot St Edme .)

L'ÉNÉIDE

DE PUBL. VIRGILE,

En vers Français ;

DÉDIÉE

A NAPOLÉON BONAPARTE,

PREMIER CONSUL.

PARIS,

DE L'IMPRIMERIE DE GILLÉ FILS,

rue Saint-Jean-de-Beauvais, Nᵒ. 28.

AN XI. (1803.)

Se trouve

Chez L'Auteur, à Paris, maison du citoyen Malassis-la-Cussonniere, marchand de drap, N.º 319, à la Pomme d'Or, rue Saint-Honoré.

Et à Alençon, rue aux Cieux, chez le citoyen Guyard.

———————

PRÉFACE.

L'Énéide, comme Ouvrage d'imagination, est depuis long-tems placée immédiatement au-dessous de l'Iliade d'Homère ; mais nous avons à considérer ici cette composition, si belle dans son ordonnance et dans ses principaux détails, uniquement sous le point de vue politique. Virgile, dans le second et le plus fini de ses Ouvrages, les *Géorgiques*, avait pris l'engagement formel de lutter contre la Grèce, dans le plus éminent des genres de la poësie. Il y avait projeté de construire un temple où serait placée l'image de César-Octave, de ravir à la patrie d'Homère l'honneur d'avoir, seule, jusques-là, enfanté un poëme héroïque. C'est pour exécuter cette promesse qu'a été faite l'Enéïde. Une tradition qui devait apparemment son origne à la flatterie, faisait descendre Jules-César, père adoptif d'Auguste, d'Iule, fils d'Enée ; Virgile s'est emparé de cette opinion, l'a consacrée, liée dans son Ouvrage à des détails historiques embellis de tout ce que l'imagination a de plus riche, de plus éclatant et de plus magnifique dans ses couleurs.

La grandeur de l'Empire Romain, du tems d'Octave, devait inspirer à tout habitant de l'Italie un juste enthousiasme. Virgile, cédant à ce sentiment, qui a dicté le début et tant de passages de l'Enéïde, saisit ou fait naître par-tout, dans ce Poëme, l'occasion d'occuper de la splendeur de Rome. Jupiter la promet à Vénus ; Junon s'irrite des destinées de cette capitale du monde, dont elle entrevoit l'éclat dans l'avenir, et dont elle cherche, par de longs efforts, à contrarier l'établissement. Les Pénates Troyens, dans une apparition nocturne, Hélénus, dans des inspirations sacrées, Didon, dans les imprécations du désespoir, Anchise, aux plaines de l'Elysée, Evandre, dans son état pauvre, tout présage ce haut degré de gloire, le peint, l'annonce, le célèbre. Vulcain grave les principaux traits de l'histoire romaine sur le bouclier qu'il fait faire pour le héros ; Junon même, long-tems ennemie, enfin réconciliée, consent, à la fin du poëme, à ce que cette puissance naisse et se développe dans toute son étendue.

Un ordre de choses amené par la révolution qui vient de s'opérer sous nos yeux, a porté la grandeur française à un degré qui égale, à quelques égards, et rapelle, sous différents rapports, presque l'existence de l'ancienne Rome. Le gouvernement actuel de notre république ressemble assez à celui de la république romaine au moment de son plus grand éclat, sous César-Auguste. Trois parties du monde, devenues le théâtre de l'étonnant spectacle qui vient d'être offert sur le globe ; l'impulsion, le mouvement, partis de la France, communiqués, étendus à la plus grande partie de l'univers, attaquant, ébranlant ou occupant presque tout le monde connu, dans de telles circonstances, les arts qui suivent toujours par instinct la marche des évènemens et le caractère des circonstances où leurs conceptions se développent, doivent prendre un élan digne de la nation rivale de ces Romains, jadis vainqueurs et souverains de la terre.

Si des idées plus saines, plus vraies, ne permettent pas d'employer aujourd'hui les agens ni les ressorts des fictions antiques, il faut au moins profiter de l'élévation et de la majesté, pour ainsi dire, communiquées à notre langue par des acquisitions récentes et des évènemens si majeurs, pour reproduire, par une imitation exacte, les plus beaux monumens que le génie et le sentiment de la dignité nationale ont enfanté dans des tems à-peu-près semblables à ceux où nous sommes parvenus.

L'expédition, vraie ou fausse, de la Grèce contre Troye, une poignée d'hommes renversant, selon l'opinion commune, la première puissance de l'Asie, voilà ce qui a donné au génie d'Homère un essor tel que l'Iliade, imitée depuis, égalée même dans quelques détails de l'Enéïde, reste toujours, par la rapidité, la magnificence et le bonheur de son exécution, au-dessus de tout ce qui a été fait dans ce genre. Mais cet hommage rendu à l'auteur du premier des poëmes épiques, quand on revient au principal Ouvrage de Virgile, on y trouve une foule de beautés qui lui sont propres, et que les exploits du peuple romain lui donnent occasion de monter au plus haut degré que le talent humain puisse atteindre. L'épisode de Didon seul, en n'examinant ce morceau que du côté de l'art presqu'imperceptible qui a lié des rapports politiques à ce bel incident, qui en fait sortir la haine de Carthage contre Rome, rappelle à la pensée les suites longues et mémorables de cette lutte terrible entre deux grandes métropoles et la chute de l'une d'elles, ce résultat historique agrandit tellement l'effet de cet épisode, qu'il restera, suivant toute apparence, au-dessus des inventions de cette espèce.

Le Jupiter de Virgile est plus sagement peint, presqu'aussi grandement dessiné que celui d'Homère. Le sixième livre de l'Enéïde, son Elysée, son Marcellus, les allusions si touchantes au débat terminé par la bataille de Pharsale, les détails plus doux et plus modestes de l'état d'Evandre, l'art qui, dans cet endroit, présente comme dans un lointain, la magnificence romaine établie depuis dans un état si pauvre et si faible à sa naissance, tous ces moyens constamment suggérés par l'amour de la patrie, toujours avoués par l'histoire, assurent à Virgile une place éminente, non pas seulement parmi les poëtes, mais ce qui est bien autrement glorieux, parmi les bons citoyens.

Il était convenable que ce fût sous le consulat du héros qui nous a conquis, entre tant de monumens précieux, le manuscrit même de Virgile, que parût, dans notre langue, la copie d'un Ouvrage où se présente, environné de tant de lumière, le berceau de cette Rome, à laquelle il a donné des lois à la suite de ses étonnantes expéditions, de ses immortelles et innombrables victoires.

L'ÉNÉIDE

ÉNÉIDE

DE

VIRGILE.

LIVRE PREMIER.

SOMMAIRE.

Après la chûte de Troie, Énée, fils de Vénus et d'Anchise, guerrier intrépide aux combats, plein de respect pour les Dieux, la septième année de ses longs voyages, navigue de Sicile en Italie, sur la mer de Thyrrène ; une violente tempête, envoyée par Éole, roi des vents, à la prière de Junon, le jette en Lybie. Abordé sur ce rivage, il abat de ses flèches sept cerfs d'une énorme grandeur, en fait un partage égal entre les sept navires qui restaient de sa flotte dispersée, encourage ses compagnons, et, par l'espoir d'un avenir plus heureux, leur adoucit les fatigues à supporter encore. Cependant Vénus plaide, dvant le trône de Jupiter, la cause d'Énée et des Troyens : elle impute à Junon tous les malheurs qu'ils éprouvent. Jupiter dévoile à sa fille l'ordre marqué par les destins,

A

la console par l'espérance d'une postérité fameuse, et lui montre dans l'avenir la grandeur future des Romains. Ce discours du roi des Dieux console Vénus. Enée, pour s'assurer en quels lieux l'a jeté le naufrage, va lui-même reconnaître ce nouveau pays. Pendant qu'il erre de tous les côtés, la Déesse sa mère s'offre à ses regards, lui annonce ses vaisseaux rendus en lieu sûr, lui montre Carthage peu éloignée, fondée par Didon sur ces parages. Vénus enveloppe d'une nuée épaisse son fils et Acathe; le Héros entre à Carthage, y trouve ses compagnons sauvés, et reçoit de Didon le plus favorable accueil. Cependant Vénus, redoutant cette hospitalité donnée à son fils et aux Troyens, dans un pays consacré à Junon, craignant l'inconstance de la reine, endort Ascagne, le transporte dans les bois d'Idalie, et lui substitue l'Amour, qui, par ses caresses, va inspirer à Didon une passion secrète pour le Héros.

Moi, celui qui, jadis, sur un pipeau champêtre
Ai modulé des airs, puis hors des bois, au maître,
Quelqu'avide qu'il fût, soumis le sol des champs;
Ouvrage aux hameaux cher, renforçant mes accents,
Je chante les combats de Mars, et cet Énée,
Qui, le premier des bords de Troye abandonnée,
Vint, fugitif, conduit par l'arrêt des destins,
Se rendre en Italie aux champs Laviniens.
Beaucoup, il fut sur terre et sur la mer profonde,
Poursuivi par l'effort des Dieux, maîtres du monde,
A cause du courroux, si cruel de Junon,
Dont le dépit haineux repoussait le pardon.
Beaucoup encor il eut à souffrir dans la guerre,
Lorsqu'il conduit ses Dieux et fondait Rome altière.

Au Latium, berceau du peuple des Latins,
De nos ancêtres d'Albe et des hauts murs romains;
Muse, raconte-moi les causes, leur naissance;
Quelle Déesse avait à punir une offense;
Pour quel ennui profond, Junon, reine des Dieux,
Put forcer un guerrier grand par ses soins pieux
D'affronter tant de maux, de travaux, de misère;
Les cœurs, au ciel, ont-ils cet excès de colère?

    Une antique cité fut; des colons jadis
L'habitèrent, de Tyr, de ses rives sortis,
Carthage, à l'Italie a ses bords opposée,
Loin du Tibre, opulente, à la guerre exercée;
Junon, si l'on en croit les plus constans récits,
Plus que toute la terre, entre tous les pays
La choisit, l'habita, dédaignant Samos même:
Là, ses armes, son char furent. Sa crainte extrême
Déjà cherche, et voudrait, si le sort l'eût permis,
Là, voir des nations l'empire un jour assis.
Car elle avait appris qu'une race indomptable
S'apprête et des Troyens doit sortir, formidable,
Qui de Carthage un jour détruira la cité;
De-là, qu'un peuple au loin, roi superbe, indompté,
Viendra pour écraser la Lybie entraînée
Et que la parque ainsi file la destinée.

    Elle le craint, et garde encor le souvenir
Des antiques combats qu'elle eut à soutenir
Pour ses chers Grecs, à Troye, autrefois la première;
D'ailleurs du cœur haineux de la déesse altière
N'étaient pas effacés encor son vif courroux
Ni les motifs cruels de ses dépits jaloux.
Bien avant dans son ame au fond restent, gardée,
De l'arrêt de Pâris l'injure encor gravée,
Cet insultant mépris qu'il fit de sa beauté,
Une race odieuse, un mortel enlevé,

A 2 *

Revêtu dans le ciel des honneurs de sa fille.
Par ce vif courroux mue, et des Grecs et d'Achille
Les Troyens malheureux restes persécutés,
Du Latium long-tems par sa haine écartés,
Erraient, jouets du sort, parcourant flots, mers, plages,
Tant fonder Rome était un difficile ouvrage !
 A peine hors l'aspect des bords Siciliens,
Heureux, en pleine mer, s'avançaient les Troyens ;
La voile aux vents, dans l'air, flottait abandonnée :
L'airain, roulant l'écume, entr'ouvrait l'eau salée,
Quand Junon, conservant son éternel courroux,
Dans son cœur, dit à part : « Moi ! sans venir à bout
» De mes desseins, céder et ne pas d'Italie
» Éloigner ces Troyens ni leur flotte ennemie !
» Sans doute le destin m'en empêche ; et Pallas
» A mis aux vaisseaux grecs la flamme par son bras ;
» Les aura submergés eux-mêmes dans la plage,
» Pour la faute d'un seul, d'Ajax, pour son outrage !
» Sa main lançant des airs les traits du roi des dieux,
» Aura, livrant la mer à des vents furieux,
» Dispersé leurs vaisseaux, expirant, lui, de flammes
» L'aura percé, fixé sur des rochers infames ;
» Mais moi, qu'on voit au ciel marcher, reine des dieux,
» De Jupiter sœur, femme, en un débat honteux,
» Contre un peuple tout seul, depuis un si long âge
» Je combats ! Eh ! qui donc offrira son hommage
» A ma divinité désormais, suppliant,
» Viendra sur mes autels placer don ou présent ? »
 En roulant ces pensers dans son ame en furie,
La déesse, en courroux, se rend vers l'Eolie,
Pays des ouragans, séjour gros d'aquilons ;
Là, sous un autre vaste, Eole, en des prisons,
Roi, tient sous son pouvoir, par des chaînes puissantes,
Les vents se combattants, les tempêtes sifflantes ;

Eux, en foule, indignés de leur captivité,
Avec un grand fracas du mont épouvanté
Sont frémissans autour de leur barrière immense ;
Eole, assis, du haut d'une vaste éminence,
Un sceptre dans sa main sait calmer leurs esprits,
Tempérer leur colère et contenir leurs cris.
S'il ne le faisait pas, certes, les mers, la terre,
L'empire entier du ciel, leur fougue téméraire
Irait entraînant tout, épars, roulé dans l'air ;
Mais dans de noirs cachots les plongea Jupiter ;
Son pouvoir, pour parer à sa trop juste crainte,
De masses, de grands monts sur eux mit une enceinte,
Prévoyant, les rangea sous les ordres d'un roi,
Qui, fidèle au devoir dont il reçut la loi,
Sut à propos, cédant à l'ordre qui le guide,
Arrêter 'ou lâcher leur essor trop rapide.
C'est vers lui que Junon en suppliante alla :
Voici dans quel langage, humble, elle lui parla :
« Eole, (des mortels, des dieux, car le dieu maître
» Vous donna de calmer ou par les vents d'accroître
» L'orageux cours des flots) un peuple que je hais,
» Sur la mer de Thyrréne, à présent, vogue en paix,
» Portant Troye odieuse aux bords de l'Ausonie
» Et de ses dieux vaincus la puissance ennemie.
» Faites souffler les vents, abîmez leurs vaisseaux,
» Ou jetez-les épars, distans, au sein des eaux ;
» Semez les corps Troyens flottans dans la tourmente !
» J'ai deux fois sept beautés d'une taille élégante,
» Celle d'elles où l'œil trouve le plus d'attraits.
» Déïopée est à vous ; d'un nœud stable à jamais,
» Je veux vous la donner, vous l'unir comme épouse,
» Afin que d'acquitter vos soins pour moi, jalouse,
» Elle passe avec vous le long cours de ses ans,
» Vous rende père heureux des plus beaux descendans. »

Eole, à ces mots, dit : « A vous seule, ô déesse,
» Convient d'examiner quel soin vous intéresse ;
» Moi, je puis obéir à votre volonté ;
» C'est de vous que je tiens ma faible autorité,
» Ce sceptre, quel qu'il soit, tout ce que j'ai d'empire ;
» A mes vœux Jupiter par vous, daigne souscrire ;
» Par vous, je siège, admis à la table des Dieux ;
» C'est vous qui me rendez des ouragans fougueux
» Suprême arbitre et maître et roi de la tempête. »
    A peine il dit ces mots, sa lance qu'il apprête
Vers le mont creux se tourne et le frappe en ses flancs ;
Comme en un bataillon, au même instant, les vents,
Par le passage ouvert s'échappant sur la terre,
Soufflent en tourbillon, vont déchaînant la guerre ;
Sur les mers en fureur ils sont bientôt portés,
Et du fond de leur lit poussés, les flots, jetés
Par l'Eurus, l'Africus, fiers moteurs de ravages,
Et le Notus roulés, vont fouler les rivages :
Suit la triste clameur d'hommes épouvantés,
Le cliquetis sifflant des cordages heurtés ;
Aux Troyens, tout-à-coup, les vents ôtent la vue
Du jour et du ciel même et de l'épaisse nue ;
Une profonde nuit tombant, couvre les mers :
Les pôles tonnent, l'air luit de fréquents éclairs ;
Tout annonce aux Troyens la mort sûre et présente.
    D'Énée, à cet aspect, une frayeur pressante
Décompose les sens glacés d'un froid mortel ;
Il gémit, et tendant ses deux mains vers le ciel,
Il s'écrie : « O trois fois et quatre fois heureuse
» L'ombre des guerriers morts dans cette nuit affreuse,
» Sous les remparts de Troye, aux yeux de leurs parens !
» O toi le plus fameux des guerriers assiégeans,
» Fils de Tydée, hélas ! aux murs de ma patrie
» N'ai-je pu, par ton bras, me voir ôter la vie,

» Où sous le fer d'Achille est mort le brave Hector,
» Où Sarpedon, vaincu, si grand, périt encor;
» Où le Simoïs prit, dans ses flots en alarmes,
» Roula tant de héros, de boucliers, tant d'armes! »
  Pendant tous ces cris vains, une vague, en sifflant,
Par l'aquilon poussée, atteint la voile en flanc,
Et jusqu'au ciel soulève, en longs flots, l'eau salée:
La rame, en éclats, vole, à la vague élevée
La proue, en se tournant, présente le côté:
Il s'enfuit d'onde un mont, à sa cime escarpé;
Sur le sommet du flot les uns se voient suspendre;
L'onde, aux autres s'ouvrant, ils se sentent descendre
Jusqu'à la terre en bas; la plage, en bouillonnant,
Sur le sable agité, bat, mugit en roulant.
Trois vaisseaux par Notus sont pris; sa violence,
Sur des rocs ignorés, formidable, les lance:
L'Italie a nommé ces rochers, des autels,
Montrant un grand dos, vaste, au sein des flots mortels;
Trois autres sont saisis par l'Eurus, et sa rage
Sur des syrtes, des bancs, terrible, les engage;
Spectacle affreux à voir! dans la vase plongés,
Par des monceaux de sable il les cerne assiégés.
Un navire portait, sous le fidèle Oronte,
Les Lyciens; arrive en tête un flot qui monte,
Il a frappé la poupe; et, sous l'œil du héros,
Du pilote emporté la tête est dans les flots:
Pour le vaisseau, trois fois, sur lui-même, il tournoie;
Puis, avalé, d'un gouffre il est bientôt la proie.
On aperçoit des corps de loin en loin nageans,
Peu; sur l'immense mer dispersés, tableaux, gens,
Armes, butin, trésors et richesses de Troye,
D'Ilionée, à fond, le navire se noye:
Celui du fier Achate, et le vaisseau d'Abas
Et celui d'Alethès, s'affaissans, coulent bas;

A 4

Les flots les ont vaincus, et leur masse entr'ouverte
Reçoit l'onde ennemie, instrument de leur perte.
　　Neptune, cependant, s'aperçut que la mer,
Avec un très-grand bruit, venait de murmurer,
Qu'on avait, sur son sein, déchaîné la tempête,
Que, du fond de son lit, l'onde, en courroux, se jète :
Vivement offensé, portant la tête en haut,
Son front majestueux plane, élevé sur l'eau :
D'Enée, il voit la flotte en débris dispersée ;
Les Troyens accablés par la plage exhaussée,
Par tout le ciel qui fond en ruine sur eux ;
Et, d'ailleurs, de Junon, ni l'art insidieux,
Ni le dépit secret n'échappent à son frère :
Il appelle, vers lui, dans sa vive colère,
L'Eurus et le Zéphir, puis il leur parle ainsi :
« Quoi ! de votre origine et de son frêle appui,
» Vents, êtes-vous si fiers, que votre indigne audace
» De la terre et des airs, ébranle ainsi la face,
» Sans mon ordre, soulève un tel amas de flots ?
» Je vous.... mais, à présent, il est plus à propos
» D'appaiser mon empire, agité dans la suite ;
» Un châtiment plus fort paiera votre conduite.
» Dépêchez-vous de fuir ; dites à vôtre roi
» Que les mers, le trident, ne sont pas sous sa loi,
» Mais, qu'à moi seul, le sort les donna, pour partage ;
» Il tient, lui, de ses rocs, le grossier héritage,
» Eure, votre séjour, qu'au fond de ce palais,
» Eole, en son orgueil, maître, commande en paix,
» Qu'il règne sur les vents, sur leur prison fermée ».
Il dit, subitement, toute la mer calmée
S'appaisa ; dans les airs, l'amas amoncelé
Des nuages a fui, le soleil a brillé ;
Cymothoé, Triton, secourables ensemble,
Débarrassent des rocs les vaisseaux qu'on rassemble ;

Lui-même, il les dégage, employant son trident,
Découvre les écueils, rassied tout l'élément,
Puis, sur son char, léger, volant, effleure l'onde.
  Comme, dans un grand peuple ému d'ardeur profonde,
Lorsque souvent s'élève une sédition,
Que l'ignoble vulgaire est en commotion,
Et, déjà, les flambeaux volent, déjà les pierres ;
Pour armes, la fureur se choisit les premières :
Qu'alors, par ses vertus, des services passés
Respectable, un mortel s'avance, c'est assez,
On se tait, tout prépare une oreille attentive ;
Lui, par d'heureux discours, flatte, adoucit, captive :
Aussi soudain, tomba des flots tout le fracas.
Le dieu porte sa vue, au loin, sur ses états,
Puis, son char, à l'instant, lancé dans l'air liquide,
Il tourne ses coursiers planant d'un vol rapide.
  Les compagnons d'Enée, accablés, vont gagner
Le moins lointain pays qu'ils puissent aborder ;
Ils s'adressent, nageans, aux rives de Lybie.
  Il est, dans une baie et longue et retrécie,
Un lieu sûr ; présentant ses deux flancs recourbés,
Une ile y forme un port, où les flots apportés
De la profonde mer, se brisent, d'où, coupée,
L'onde, en sillons ouverts, retourne, partagée.
Des rochers menaçans portent, des deux côtés,
Leurs sourcilleux sommets dans les airs élevés.
Sous leur cime, à l'abri, les flots coulent, tranquilles ;
Au faîte le plus haut, de feuillages mobiles
Brille un amphithéâtre, et, par son épaisseur,
L'obscurité des bois, autour, répand l'horreur.
Sur le front opposé, sous des roches pendantes
Est un antre ; au-dedans, des eaux douces, courantes,
Et des sièges formés dans le roc vif : ces lieux
Des nymphes sont l'asyle, et sous leur dôme heureux

Le navire lassé, sans lien qui l'arrête,
Sans l'ancre ni sa dent rencontre une retraite.
  C'est là qu'Enée arrive, avec sept des vaisseaux
Rassemblés par ses soins et préservés des eaux.
Heureux de voir enfin la rive qu'ils desirent,
Les Troyens, transportés, hors des poupes se tirent;
Ils jouissent des bords si long-tems enviés,
Y reposent leurs corps par l'eau des mers mouillés.
D'abord un caillou vif est frappé par Achate,
L'étincelle en jaillit, on reçoit à la hâte
Le feu dans un feuillage autour mis, sec, bruyant,
Vers le foyer voisin on l'emporte à l'instant.
Les présens de Cérès, altérés par les ondes,
Les instrumens cachés, des cavités profondes,
Par les bras empressés des Troyens sont ôtés;
Puis les grains, par les flots, jusques-là, respectés,
Sortent, pour être cuits et broyés sous la pierre.
  Cependant le héros, dans sa douleur amère,
Triste, monte au sommet d'un immense rocher,
Et, promenant sa vue, au plus loin, sur la mer,
Cherche s'il ne peut pas, quelque part, voir d'Anthée,
La poupe, par les vents, sur les flots, écartée;
Les voiles des Troyens, Capys, ou le vaisseau,
Portant de Caïcus les armes, en faisceau.
De navires, au loin, pas un seul! Au rivage,
Il voit errer trois cerfs dans un gras pâturage;
Derrière eux, avançant, entier, le troupeau suit,
Et dans un vallon frais s'étendant, paît, sans bruit.
Le héros s'arrêta: l'arc, les flèches ailées,
Par le fidèle Achate, auprès de lui portées,
Il les saisit: d'abord les premiers conducteurs,
A la corne branchue, aux fronts dominateurs,
Tombent; puis le vulgaire, et la foule mêlée,
Fuit à travers les bois, par ses traits harcelée.

Il ne s'arrête pas, sans avoir immolé,
Vainqueur, sept des plus grands, sans avoir égalé,
Par ce nombre, celui de ses vaisseaux. Fidèle,
Il se rend droit au port, et sa chasse nouvelle
Entre ses compagnons, aime à la partager.
Les vins qu'en des tonneaux Aceste a fait charger,
Aux bords de la Sicile, à l'instant du voyage,
Il les leur fait donner, puis, en ces mots, soulage
La peine et les ennuis de leurs cœurs attristés :
« O compagnons, dit-il, de ses adversités
» Le sort déjà, pour nous, fit connaître l'outrage !
» Vous, dont de plus grands maux ont formé le courage,
» A leur tour, à ceux-ci Jupiter mettra fin.
» Vous avez approché le profond souterrain,
» Les rocs retentissans de Scylla furieuse ;
» L'antre affreux du cyclope et sa grotte pierreuse
» Vous les avez connus ; rassurez vos esprits,
» Écartez loin de vous la crainte, ces soucis ;
» Leur souvenir, un jour, peut-être, aura des charmes.
» A travers tant de maux, de périls et d'alarmes,
» Nous cherchons l'Italie où le sort, à nos vœux,
» D'un séjour fortuné montre l'aspect heureux ;
» C'est là qu'il vous permet d'aller relever Troye ;
» Souffrez, réservez-vous pour des instans de joye. »
  C'est ainsi qu'il leur parle, et, malgré les tourmens
Dont son ame malade est troublée au-dedans,
Son front a feint l'espoir, sa douleur comprimée,
Il l'étouffe, avec soin, dans son sein renfermée.
  Eux, songent à leur proie, à leur futur repas :
Ils dépouillent les cerfs, entr'ouverts par leurs bras ;
L'un les coupe en morceaux que, tremblants il embroche ;
L'antre, sur le rivage, a mis, de proche en proche,
De grands vases d'airain, nourrit le feu dessous :
Alors, un doux repas leur rend la force à tous ;

Sur le gazon couchés, de cerf ils se nourrissent
Joyeux, et d'un vin pur leurs coupes se remplissent.

Après que, par les mets, leurs besoins sont calmés,
Les appuis du festin s'enlèvent éloignés ;
Dans un long entretien, on recherche, on regrette
Ceux des leurs qu'a ravis l'effort de la tempête,
Entre l'espoir, la crainte, à la fois suspendus,
Soit que ces compagnons vivent, qu'ils ne soient plus,
Et qu'ils n'entendent pas la voix qui les appelle.

D'Énée alors, sur-tout, l'amitié si fidelle,
Tantôt du fier Oronte et du grand Amycus
Plaint le sort¹, et tantôt le malheur de Lycus,
Le destin de Gyas et celui de Cloanthe.

Ils finissaient ; déjà, de la voûte éclatante,
Jupiter regardant les navigables mers,
Les rivages, la terre, et les peuples divers,
S'arrête au haut du ciel, et sa vue infinie,
S'attachant, se fixa sur les bords de Lybie.

Pendant qu'il remplissait ce soin majestueux,
Plus triste que d'usage, et voilant ses beaux yeux,
D'un nuage de pleurs, Vénus à lui s'adresse,
Et dit ces mots : « O vous, dont l'auguste sagesse,
» Gouverne, par ses lois, ses ordres éternels,
» Les intérêts des dieux et le sort des mortels,
» Qui, sur eux, par la foudre, envoyez l'épouvante ;
» Quelle faute envers vous, si grande, si pressante,
» Commirent mon Énée et ses Troyens soumis ;
» Qu'après tant de malheurs, de revers inouïs,
» Pour l'Italie, on ferme à leurs désirs, le monde ?
» D'eux, un jour, une race en grands guerriers féconde,
» D'eux, devaient les Romains, par le long cours des ans,
» Renaître de Teucer, reproduits, triomphans,
» Ces maîtres destinés par leur valeur altière,
» A s'asservir les mers, la terre toute entière.

» Vous me l'aviez promis, qui vous a fait changer ?
» Mon père, cet espoir venait seul m'alléger
» Les désastres de Troye et sa longue misère ;
» J'opposais à son sort l'éclat d'un sort contraire !
» Mais, un malheur égal de ses traits répétés
» Suit encor ces guerriers par tant de coups frappés ;
» Quel terme enfin, grand roi, mettez-vous à leurs peines ?
» Antenor échappé des lances Argiennes
» Aura pu pénétrer aux bords Illyriens,
» Jusqu'au cœur des états des fiers Liburniens,
» Dépasser le Timave et sa source franchie,
» D'où par neuf bouches sort la mer vive en furie,
» Qui de ses flots pressés couvre au loin les guérets ;
» Là, cependant, au gré de ses désirs, en paix,
» De Padoue avec gloire il a construit la ville,
» Des Troyens dans ces murs fait s'élever l'asyle,
» Donné son nom au peuple et, content, sur ce bord,
» Goûta le calme heureux du plus paisible sort :
» Et nous, votre sang, nous, dont la céleste plage
» Doit par votre ordre auguste être un jour l'héritage,
» Sans vaisseaux, ô rigueur ! nous nous voyons livrés
» Au courroux d'une seule et toujours séparés
» Des bords de l'Italie et loin de sa contrée !
» Ainsi la piété doit-elle être honorée ?
» Ainsi nous rendez-vous votre empire fameux ! »
Lui souriant, le roi des mortels et des dieux,
De cet air dont il calme au ciel une tempête,
Vers sa fille embrassée a fait pencher sa tête,
Puis répond en ces mots : « Rassurez vos esprits :
» Cythérée, à jamais vous demeurent acquis
» Le sort de vos neveux et Rome valeureuse ;
» Les murs Laviniens, leur enceinte fameuse,
» Promis, vous les verrez ; vous recevrez aux cieux
» Le magnanime Énée illustre et glorieux ;

» Je n'ai pas, sur ce point, formé d'autre pensée;

» Ici même je vais à votre ame empressée,

» (Puisque ce soin la trouble) éclaircir, de plus loin,

» Les secrets importans cachés par le destin:

» Votre fils doit long-tems combattre en Italie;

» Des peuples les plus fiers il vaincra la furie,

» Leur donnera des murs, des usages, des lois,

» Jusqu'à ce que l'été l'ait vu régner trois fois

» Sur tout le Latium que trois fois l'hiver passe

» Quand son bras du Rutule aura dompté l'audace;

» Mais Ascagne, son fils, qu'on surnomme à présent

» Jule, (c'était Ilus, Ilion florissant)

» Dans l'espace entier, plein, où roulent trente années,

» Retiendra le pouvoir dans ses mains révérées;

» Puis de Lavinium l'empire transféré

» Devra changer de siège; Ascagne aura muré

» Avec de grands efforts Albe, la longue ville;

» Depuis lui, trois cens ans, d'Hector, vainqueur d'Achille,

» La race, tout ce cours d'un long-tems, régnera,

» Jusqu'au moment où, reine et prêtresse, Ilia,

» Enceinte du dieu Mars, aura, dans sa souffrance,

» A deux enfans jumeaux pu donner la naissance:

» L'un d'eux, gaîment couvert sous la jaune toison

» De sa nourrice louve, à votre nation

» Naîtra, grand, Romulus, fils du dieu des batailles,

» Il construira de Mars les superbes murailles;

» Le peuple, de son nom, s'appellera Romain.

» Pour eux je n'ai prescrit ni limite, ni fin

» Dans les choses, les faits, la durée ou les âges,

» Un empire éternel est fixé leur partage.

» Junon même, aujourd'hui, dont le soin si cruel

» Fatigue d'épouvante et terre, et mers, et ciel,

» Chérira, comme moi, déposant sa colère,

» Les Romains, souverains des objets de la terre.

» Telle est ma volonté : doit naître après le tems,
» Des siècles dans leur cours les lustres s'écoulants,
» Où l'on verra le sang d'Assaracus soumettre
» Phtyeus, Mycéniens, se relever en maître
» Sur le peuple d'Argos par ses armes vaincu :
» De ce beau sang Troyen sortira, descendu,
» César, dont l'Océan bornera seul l'empire
» Et dont la renommée aux astres ira luire,
» Jules, du grand Iulé ayant son nom tiré ;
» Celui-là, quelque jour votre amour rassuré
» Doit l'admettre éclatant aux voûtés éthérées,
» De l'Orient vaincu présentant les trophées ;
» Lui-même aussi doit être invoqué par des vœux :
» Alors s'adouciront les siècles rigoureux,
» La guerre aura cessé, la foi pure et sincère,
» Vesta, Quirinus seuls avec Rémus son frère
» Viendront donner des lois ; de fer maint dur lien
» Du temple de Bellone aura fermé l'airain :
» Au-dedans, la fureur barbare et sanguinaire
» Sur des armes assise et, les deux bras, derrière,
» Par cent forts nœuds de bronze étreints et garottés,
» Frémira, l'œil hagard, les traits ensanglantés. »
Il dit et fait partir de la céleste plage
Mercure vers les murs de la haute Carthage,
Pour ouvrir sur ses bords un asyle aux Troyens ;
De crainte qu'ignorant les arrêts des destins,
Didon de ses pays ne leur ferme l'entrée.
Mercure aussi-tôt part de la voûte azurée,
Dans l'espace des airs d'un vol léger porté,
Aux bords de la Lybie, il est bientôt tombé ;
Déja du roi des dieux il remplit le message ;
Le fier Carthaginois est rendu moins sauvage
Et du Dieu le pouvoir à la reine entr'eux tous,
Donne pour les Troyens un cœur sensible et doux.

Cependant le héros, en secret, pendant l'ombre,
Dans son cœur consterné roulant des soins sans nombre,
Aussi-tôt que du jour, brillant, naît le lever,
Sort, dans ces lieux nouveaux va, soigneux, observer
Sur quels bords l'ont jeté les vents dans leur colère;
Qui l'habite, par-tout car inculte est la terre,
Si ce sont des humains, de cruels animaux,
Il veut s'en assurer pour aller, aux vaisseaux,
En faire à ses Troyens un récit plus fidèle;
Sa flotte au sein des bois, prudent, il la recèle
Sous un abri qu'il trouve au fond de creux rochers,
D'arbres par-tout couverts et d'ombre protégés;
Puis lui-même s'avance avec le seul Achate:
Un double trait qu'un fer arme, en ses mains éclate.
Dans le milieu du bois à lui vient se montrer
Sa mère, sous les traits, l'air belliqueux et fier
D'une vierge de Sparte, elle en porte l'armure,
Ou telle est Harpalyce alors que sa main pure
Dans la Thrace agitant ses rapides coursiers,
Elle fuit, dépassant l'Hèbre aux flots si légers.
Car elle a, suspendu, l'arc d'usage à l'épaule,
Chasseuse, au gré des vents sa chevelure vole,
Un genou nu, les plis de sa robe, flottans,
Par un nœud arrêtés redescendaient tombans;
Et la première: « Hola, guerriers! ô vous, dit-elle,
» Avez-vous apperçu de ma suite fidelle
» Quelqu'une de mes sœurs errante dans ces bois,
» Qu'une peau de lynx couvre, agitant un carquois,
» Ou pressant, à grands cris, un sanglier terrible? »
Ainsi parla Vénus: le fils tendre et sensible
De Vénus, répondant, dit ces mots: « Je n'ai vu
» Aucune de vos sœurs, n'en ai point entendu.
» O comment vous nommer, vierge, car ce langage
» N'est pas d'une mortelle, et ces traits, ce visage
» No

» N'ont rien qui soit humain, déesse assurément,

» Sœur d'Apollon, peut-être, ou nymphe, ou de leur sang,

» O ! daignez, secourable, alléger ma misère,

» Dites-moi sous quel ciel, dans quel lieu de la terre

» Nous nous trouvons jetés : incertains, nous errons,

» Sans connaître quels bords, tristes, nous parcourons,

» Par l'orage et les vents poussés sur ce rivage;

» Mainte victime ira vous offrir notre hommage. »

A ces mots répondant Vénus, avec douceur:

« Je me crois peu, pour moi, digne d'un tel honneur:

» C'est des vierges de Tyr un usage ordinaire

» De porter un carquois, et leur jambe, légère,

» S'engage en un cothurne et des liens pourprés.

» C'est Cartahage et son sol qu'ici vous découvrez

» La ville d'Agenor, la Tyrienne terre ;

» Le peuple est Lybien, formidable à la guerre,

» Didon, de Tyr venue, y tient l'autorité,

» Elle a fui le courroux d'un frère détesté :

» Les détails seraient longs, bien longue est son injure,

» Je vous vais seulement esquisser l'aventure.

   » Elle avait un époux, Sichée, en son pays,

» Puissant par ses grands biens, et, dans des nœuds chéris,

» Eperdûment aimé de cette infortunée;

» Son père à cet époux, pure, l'avait donnée,

» L'avait soumise, jeune, à de premiers liens;

» Le frère de Didon parmi les Tyriens,

» Pygmalion, passant tous les tyrans en crime,

» Régnait ; un vif discord entr'eux naît, les anime,

» Pygmalion barbare, au-devant de l'autel,

» (L'horrible soif de l'or troublant son cœur cruel)

» Surprend, et, de son fer, frappe en secret Sichée ;

» Pour abuser l'amour dont sa sœur est touchée,

» Il sut, pendant long-tems, lui céler ce forfait;

» Dissimulant toujours, le barbare abusait

B *

» D'un mensouger espoir cette amante alarmée ;
» Mais la nuit, à Didon, l'ombre, non inhumée,
» De son époux lui-même à ses yeux se montra,
» Levant un grand front pâle, et lui manifesta
» Ces coupables autels, la fureur consommée,
» Lui montra par le fer sa poitrine entamée
» Et, dévoilant l'horreur du noir forfait commis,
» Lui conseilla de fuir de ces lieux ennemis.
» Pour secours, dans sa route, il lui révèle en terre,
» Un grand amas d'argent, caché, l'or nécessaire.
» Émue alors, Didon se préparait à fuir,
» Cherchait des compagnons ; près d'elle on voit s'unir
» Ceux dont Pygmalion avait aigri la haine,
» Ou que la peur troublait ; des vaisseaux prêts, sans peine,
» Saisis, sont chargés d'or ; emportés sur les eaux,
» De l'avare tyran le trésor court les flots ;
» Une femme, à la tête, est chef de l'entreprise.
» Ils sont venus aux lieux où vous verrez assise
» Carthage encor naissante, et son fort ébauché ;
» Ont acheté d'un sol (qui, du nom du marché,
» S'est appelé Byrsa) ce qu'un cuir ordinaire
» De bœuf, coupé, pouvait au loin couvrir de terre.
» Mais vous, qu'êtes-vous donc enfin ? d'où venez-vous ?
» Où s'adressent vos pas ? » Avec un accent doux,
Soupirant, de son cœur tirant sa voix à peine,
« O déesse ! a-t-il dit, l'origine lointaine
» De tous nos maux serait trop longue à vous conter ;
» Et si de nos revers vous vouliez écouter
» Le récit à loisir, trop prompt à nous surprendre,
» Auparavant le soir au ciel viendrait descendre,
» Nous sommes des Troyens ; de l'antique Ilion,
» Jusqu'à vous, par hasard, peut-être alla le nom :
» Sur divers flots jetés, les vents par leur furie,
» Le hasard nous ont fait aborder la Lybie,

« Je suis Énée, et j'ai sur ma flotte, conduits,
» Mes Pénates aux Grecs par mes efforts ravis :
» Jusqu'aux astres du ciel vole ma renommée ;
» Je cherche une patrie en l'heureuse contrée
» D'Ausonie, et je sors du puissant Jupiter.
» Vingt vaisseaux me suivaient, lorsqu'on m'a vu monter
» Sur la plage, en Phrygie ; une illustre déesse,
» Ma mère, m'a montré la route où je m'adresse ;
» J'ai suivi les destins qui me sont accordés :
» Sept de tous mes vaisseaux, à peine encor gardés,
» Me restent, par les vents brisés, par l'onde amère ;
» Moi-même à mille maux, en proie à la misère,
» Inconnu, je parcours ce pays hérissé,
» D'Asie et de l'Europe également chassé ! »
      Sa mère ne pouvant résister à l'entendre,
L'interrompt au milieu de sa douleur si tendre :
« O qui que vous soyez, vous n'êtes pas, je crois,
» Soumis par le destin à de trop dures lois,
» Puisqu'il vous a conduit sur les bords de Carthage ;
» Poursuivez seulement, allez, plein de courage,
» Vous offrir à Didon, rendu dans son palais ;
» Je puis vous annoncer, pour calmer vos regrets,
» Vos Troyens revenus, votre flotte arrivée,
» Par de propices vents en lieu sûr ramenée,
» Si l'art de présager, reçu de mes parens,
» N'est pas vain. Regardez ces douze cygnes blancs,
» L'oiseau de Jupiter, dans la céleste plage,
» Effrayait de son vol leur timide assemblage ;
» Maintenant vers la terre en long cordon portés,
» Ils paraissent l'atteindre, où leurs corps argentés
» Semblent la dédaigner, après l'avoir touchée ;
» Comme, après leur retour, l'aile en l'air agitée,
» Ils s'ébattent gaîment ! Comme en un groupe heureux
» Ils se forment, rendant des sons harmonieux !

B 2

» Ainsi tous vos vaisseaux , ainsi votre jeunesse
» Est dans le port, ou vient s'y rendre avec vitesse ;
» Avancez seulement , et par où ce chemin
» Vous guide, dirigez votre pas, plus serein. »
Elle dit : se retourne , et l'éclat de la rose
A brillé sur son col ; de ses cheveux qu'arrose
L'ambroisie, on sentit un vif parfum couler ;
Jusqu'à ses pieds sa robe alla se dérouler ;
Et sa démarche aux yeux l'annonça pour Déesse.
Il reconnut sa mère ; elle échappe, il s'empresse
De la suivre, en disant : « Quoi ! vous, cruelle, aussi
» Par une vaine erreur vous vous jouez d'un fils ;
» Pourquoi refusez-vous à ma main empressée
» Le bonheur de serrer votre main enlacée ?
» Ne puis-je vous parler , ouïr vos vrais accens ? »
    Il l'accuse en ces mots ; ses pas obéissans
Se tournent vers les murs ; mais Vénus les ombrage,
Marchants, d'un air épais , le plus dense nuage
S'étendant autour d'eux les couvre enveloppés,
Pour que d'aucuns regards ils ne soient observés,
Qu'on ne les touche pas , que rien ne les retarde,
Qu'à les interroger aucun ne se hasarde.
Pour elle en l'air s'élève, et retourne à Paphos ,
Revoit avec transport ce lieu de son repos,
Où son temple brillant, dans son enceinte ornée,
A cent autels fumans de l'encens de Sabée,
Où la fraîche guirlande exhale son odeur.
    Cependant ils marchaient ; suivant avec ardeur
Le sentier que leur offre une route frayée ;
Ils surpassaient déjà la colline élevée
Qui monte , dominant de bien haut la cité,
Et d'où le fort se voit en face présenté.
Énée, avec surprise, admire cette masse
Du plus triste désert jadis sèche surface ;

Il admire les murs, les portes, tout le bruit,
Dans chaque rue ouverte un peuple qui frémit :
Les Tyriens actifs se hâtent ; leur adresse
Fait monter le rempart, construit la forteresse :
Ici du bras, à peine, on lève un lourd rocher ;
Ailleurs se fait le choix d'un lieu pour se loger ;
Un sillon qui l'enferme, autour, trace une enceinte ;
D'un auguste sénat l'autorité si sainte,
Des lois, des magistrats ailleurs sont établis.
Là se creuse un grand port, autre part naissent, mis,
Les vastes fondemens d'un immense théâtre ;
Pour embellir ses jeux à la foule idolâtre,
Des colonnes en bloc se tirent des rochers.
Telle, au printems, on voit, dans les brillans vergers,
Mouvoir sous le soleil l'abeille frémissante,
Quand elle fait sortir sa peuplade naissante ;
Cerne d'un doux rempart son miel, liquide encor
Et dans chaque cellule en fait afiluer l'or ;
Ou, quand des arrivans le fardeau se décharge,
Ou quand, en bataillon, sonnant en l'air la charge,
Les paresseux frêlons du toit fuient éloignés :
Tout travaille, et de thym les miels sont parfumés :
   « Fortunés Tyriens, dont les murs déja naissent ! »
Ainsi s'écrie Énée et ses regards s'adressent
Sur la cité nouvelle et son sommet brillant ;
Entouré de sa nue, ô prodige étonnant !
Il se mêle au milieu de la foule qui s'ouvre,
Il voit les travailleurs, nul d'eux ne le découvre.
Dans Carthage à son centre était jadis un bois
Enchanteur par son ombre, où les Carthaginois,
D'abord, poussés long-tems par les vents, par les ondes,
En fouillant du sol creux les entrailles profondes,
Trouvèrent un signal par Junon indiqué,
La tête avec les crins d'un coursier indompté ;

                              B 5 *

Ce présage annonçait au peuple un grand courage,
Une facile vie, et pendant un long âge.
Là, le plus vaste temple, en l'honneur de Junon,
Se fondait, ordonné par les soins de Didon,
Couvert de dons par-tout, chéri par la déesse.
Le seuil monte en degrés d'airain dans sa richesse ;
Les soliveaux d'airain, d'airain entr'eux liés,
Par des portes d'airain les gonds criaient, foulés.
Pour la première fois, dans cette auguste enceinte,
Un spectacle imprévu s'offrant, calma leur crainte ;
Pour la première fois Énée ose entrevoir
Son salut dans ses maux et recouvra l'espoir ;
Car lorsque dans ce temple et sa vaste étendue,
En attendant la reine, il porte au loin sa vue,
Pendant qu'il admirait l'éclat de la cité,
L'accord des travailleurs, l'ouvrage entr'eux réglé,
D'Ilion son œil voit en ordre les batailles,
Tous les combats sanglans livrés sous ses murailles,
Déjà, dans l'univers, célèbres et fameux ;
Priam, les fils d'Atrée, Achille à tous les deux
Terrible : alors, en pleurs, il s'arrête, il s'écrie :
« Quelle contrée, hélas ! n'est pas déjà remplie
» De nos revers sanglans, de nos nombreux malheurs ?
» Voici Priam ; ici la gloire a ses honneurs ;
» L'infortune est pleurée, et les mortels, leurs peines
» Ici trouvent la plainte et des ames humaines.
» Achate ayes de l'espoir, tant de célébrité
» Sera de quelqu'appui dans notre adversité. »
    C'est ainsi qu'il parlait : son œil de ces peintures,
Non sans de longs sanglots, contemplait les figures,
Son visage de pleurs s'est couvert en ruisseaux ;
Car il voyait comment, parmi tant de héros
Se combattant autour d'Ilion en détresse,
Là, fuit l'avide Grec, le Phrygien le presse,

Et là les Phrygiens, Achille les suivant,
Sur son char, son panache en l'air, léger, mouvant.
Non loin du fier Rhæsus, il reconnaît la tente
A ses larges parois de blancheur éclatante.
Dans un premier sommeil cet asyle assailli
Par Diomède en sang, de carnage est rempli.
Les coursiers frémissans, vers le camp il les mène,
Avant qu'ils n'aient encor goûté l'herbe Troyenne,
Que leur bouche n'ait bu dans le Xanthe argenté;
Ailleurs fuit Troïlus de ses armes privé,
Jeune homme malheureux, dont l'ardeur inutile,
Trop inégale en force, a lutté contre Achille;
Les rênes dans les mains encore, et renversé,
Sur le dos, à son char, il est pendu, fixé,
Sa tête et ses cheveux sont traînans sur la terre,
Son dard, la pointe en bas, écrit sur la poussière.
    Au temple cependant de la fière Pallas
Les Troyennes marchaient, en portant dans leurs bras,
Le peple saint; leur troupe en deuil, échevelée,
Supplie, et de leurs mains leur poitrine est frappée;
En courroux la déesse, à terre a l'œil fixé.
Trois fois d'Hector vaincu le corps pâle et froissé,
Autour des murs de Troye est traîné par Achille,
Puis vendu pour de l'or au roi Priam débile.
    Du cœur d'Énée alors un long sanglot tiré,
S'échappe, lorsqu'il voit ce corps défiguré,
Du grand Hector, ce char, ces dépouilles sanglantes,
Et, sans armes, Priam, tendant ses mains tremblantes.
    Il se revoit lui-même aux princes Grecs mêlé,
Les guerriers de l'aurore et ce Memnon brûlé:
Au milieu des combats, Penthésilée ardente,
Conduit en bataillons l'amazone bouillante,
Dont le bouclier brille, en croissant échancré;
Un globe de son sein sur un fil d'or posé,

Guerriere, à des guerriers sa valeur se mesure.

Tandis que de ces faits l'étonnante peinture
Du héros des Troyens attache l'œil fixé,
Que sur chaque objet, morne, immobile, empressé,
Le cœur plein de surprise, il regarde, il contemple,
Éclatante d'attraits Didon s'avance au temple,
Ses guerriers autour d'elle, en long cordon marchans.
Telles près l'Eurotas où les sommets brillans
Du Cynthe on voit, menant de nombreux chœurs de danse,
Briller Diane : en foule à ses côtés s'avance,
L'essaim vif et nombreux des déités des bois;
Elle a sur son épaule un mobile carquois,
Et marche, surpassant les nymphes de la tête;
Latone en son cœur sent une ivresse secrète.

Telle on voyait Didon, heureuse, se porter
Parmi les Tyriens, d'un soin actif, hâter
Les travaux commencés de sa cité future.

Alors entrant au temple, et, de son ouverture,
S'avançant vers le centre en tortue arrondi,
Ses guerriers l'entourant sur un trône établi
Elle s'assied, réglant les droits avec justesse,
Dictant aux Tyriens ses lois avec sagesse,
Et partageant l'ouvrage, ou le tirant au sort,
Quand tout-à-coup Énée, avec un grand effort,
Voit la foule, arrivante, approcher, et Sergeste,
Cloanthe avec Anthée, et près d'eux tout le reste
Des Troyens, que l'effort d'un tourbillon roulant
Avait sur d'autres bords, bien loin, jetés, soufflant,
La surprise s'empare et d'Achate et d'Énée;
La joie à la frayeur dans leurs cœurs est mêlée;
Avides, ils voulaient serrer la main des leurs;
Mais leur ame conserve encore des frayeurs;
En attendant de voir la vérité connue,
Ils se taisent, couverts du voile de leur nue.

» Quel sort ont ces Troyens ? Sur quels bords sont restés
» Les vaisseaux ? Qui conduit ces guerriers attristés ? »
Car de chaque navire, élus, des chefs se rendent,
Demandant grace, au temple, avec des cris, ils tendent.
En présence introduits, quand ils peuvent parler,
Le plus âgé d'entr'eux, d'un ton doux, le premier,
Ilionée : « O reine heureuse et fortunée,
» A qui le sort donna de construire, élevée,
» Une cité nouvelle, et, par le frein des lois,
» De régir des humains, sauvages autrefois !
» Nous, Troyens malheureux, jetés sur mille plages,
» Nous vous implorons, reine y écartez les ravages
» Des feux dont un forfait menace nos vaisseaux ;
» Epargnez des gens droits, et daignez, dans nos maux,
» De près, examiner quelle est notre misère.
» Non, nous ne venons pas en horde téméraire,
» Dévaster par le fer la Lybie et ses bords,
» Emporter sur les mers, d'un sacrilège effort,
» Un odieux butin, vil fruit du brigandage;
» Nous n'avons pas au cœur cet indigne courage,
» Tant d'audace, d'orgueil, n'est pas dans des vaincus.
» Il est un lieu cherché par nos vœux assidus,
» Dans leur langue les Grecs le nomment Hespérie,
» Terre antique, féconde, aux combats aguerrie ;
» Par les OEnotriens son sol fut habité ;
» On publie aujourd'hui qu'il a le nom porté
» Du chef du peuple même et s'appelle Italie.
» Là, nous allions, alors qu'en toute sa furie
» L'Orion sur les flots s'élevant, rigoureux,
» Et l'effort redoublé du vent le plus affreux,
» Nous ont, vers des écueils, envoyés sur la plage :
» Accablés par les flots, sur des rocs, dans leur rage,
» Ils nous ont dispersés; peu d'entre nous, restans,
» Aux lieux où vous régnez sont arrivés nageans !

» Quel peuple est celui-ci ? Quelle étrange patrie

« D'un si cruel usage admet la barbarie ?

» On s'arme contre nous, on voudrait, par le fer,

» Nous empêcher d'atteindre au sable hospitalier ?

» Si vous ne craignez pas les mortels, ni leurs armes,

» Du mois craignez les Dieux, vengeurs sûrs de nos larmes !

» Un chef nous conduisait, grand par son équité

» Aucun, soit en valeur, soit par sa piété,

» Jamais ne fut plus grand, plus respectable, Énée !

» Que si par les destins sa vie est conservée,

» Si son œil voit encor le doux éclat des cieux,

» S'il n'est pas descendu vers le bord ténébreux,

» Reine, sans crainte, ayez une assurance entière

» De ne regretter pas d'avoir su, la première,

» Avec nous disputer d'accueil et de bontés.

» Nous avons eu Sicile, à nous, guerriers, cités,

» Aceste, issu du sang des peuples de Phrygie ;

» Par les vents, par les mers notre flotte assaillie,

» Laissez-nous la conduire, à l'abri, dans vos ports,

» Trouver bois à couper et rames sur ces bords,

» Que si de nos Troyens la foule réunie

» Doit, son chef retrouvé, se rendre en Ausonie,

» Qu'en Ausonie, heureux, nous allions nous porter ;

» Mais s'il n'est nul secours qui puisse nous sauver,

» O bon chef des Troyens, hélas, et si ta vie

» A cessé dans les flots de la triste Lybie ;

» Si d'Iule il nous faut n'avoir plus nul espoir,

» Reine, accordez au moins à nos vœux de pouvoir

» Aller vers la Sicile et sa plage azurée,

» D'où, partis, nous avons atteint votre contrée,

» Que nous puissions nous rendre auprès d'Aceste roi. »

Ilionée ainsi parla ; tous à la fois

Les Troyens, l'appuyant, font ouir un sourd murmure ;

En peu de mots, Didon, inclinant sa figure :

» Dégagez de frayeur vos ames, ò Troyens,
» Bannissez ces soucis : de rigoureux destins,
» Mes maux, la nouveauté d'un trop récent empire,
» A ces pénibles soins me forcent de souscrire,
» Pour au loin assurer les bords de mes états :
» Au reste, d'entre nous, qui ne connaîtrait pas
» Les compagnons d'Énée et les remparts de Troye,
» Ses héros, ses vertus? A quelle guerre en proie,
» Elle en a supporté le vaste embrasement?
» Non, mes Carthaginois n'ont pas le sentiment
» Si borné : sur son char, le dieu de la lumière,
» Si loin de nous, n'est pas commençant sa carrière.
» Soit que vous prétendiez de ces lieux vous porter
» Dans la grande Hespérie, au lieu qui vit régner
» Saturne, soit qu'aux bords d'Eryx vous veuillez tendre,
» Qu'auprès d'Aceste roi vous préfériez vous rendre,
» Sûrs, je vous y renvoie, aidés de mes moyens.
» Voulez-vous avec moi rester sur ces confins?
» La cité que j'élève est là vôtre : à Carthage
» Retirez vos vaisseaux, conduits sur son rivage ;
» Troyens, Tyriens, tous seront égaux pour moi.
» Plût aux Dieux qu'avec vous, lui-même, votre roi,
» Par le même aquilon conduit, parut Énée.
» Pour moi, sur ce rivage, au loin, dans ma contrée,
» J'enverrai des gens sûrs ; je ferai parcourir
» Les lieux où la Lybie en déserts va finir ;
» Si dans quelques forêts errant, dans quelque ville
» Il n'est pas, par hasard, allé chercher asyle.
» Par ces mots consolans, leurs cœurs encouragés,
» Achate, même Énée, étaient déjà pressés,
» Dès long-tems, du desir de franchir leur nuée.
» Le premier, en ces mots, Achate auprès d'Énée :
» Fils de Vénus! Quel est en ce moment l'avis
» Qui se vient élever au fond de vos esprits?

» Vous voyez tout sauvé, navires, équipage,
» Un seul manque, abimé, dans la profonde plage;
» Au reste, tout s'accorde, à ce qu'a dit Vénus. »
A peine, articulés, ces mots sont entendus;
Tout-à-coup dans les airs, s'exhalant, la nuée
Qui les enveloppait, se purge évaporée;
Reste Énée au milieu de grands flots de clarté,
Offrant port, traits, dehors d'un dieu manifesté;
Car sa mère elle-même a de sa chevelure
Blondi, doré l'éclat, de la jeunesse pure
Semé l'incarnat vif dans ses traits radieux,
Et soufflé, plus brillant, un feu doux dans ses yeux.
Tels l'art et l'industrie embellissent l'ivoire,
Du marbre de Paros tels redoublant la gloire,
L'argent en cercle, ou l'or, l'entourent enlacé.
Le héros à Didon alors s'est adressé,
Et sa présence, à tous, s'offrant, inattendue:
« Celui que vous cherchez paraît à votre vue;
» Énée issu de Troye, à vos yeux, le voici:
» Des flots de la Lybie un dieu l'a garanti.
» Vous, qui seule, de Troye avez plaint la misère,
» Qui nous, restes des Grecs, sur les mers, sur la terre
» Harcelés, poursuivis du sort, de ses fureurs,
» Tristes, privés de tout, daignez dans nos malheurs,
» Nous ouvrir ces remparts et votre palais même,
» Vous rendre dignement, de ce service extrême,
» Grâces, n'est pas en nous, reine, ou dans les moyens
» De tout ce qui respire au monde de Troyens,
» Quels qu'ils soient, répandus dans l'univers immense.
» Par les dieux, s'il en est dont l'auguste clémence,
» Jette l'œil sur les bons, par la douce équité,
» Que le sentiment pur d'un cœur qui s'est porté
» A faire quelque bien, soient votre récompense!
» Quel siècle assez heureux vous donna la naissance?

» Quels parens grands vous ont, si grande, mise au jour?
» Tant qu'iront vers les mers les fleuves dans leur cours,
» Tant que l'ombre des monts couvrira les vallées,
» Que le ciel nourrira ses flammes éthérées, —
» A jamais, parmi nous, vos bienfaits respectés,
» Votre gloire, en honneur demeureront, gardés,
» Quelque soit le pays où le destin m'appelle. »
  Il a dit; aussi-tôt son amitié fidelle
Au bon Ilionée a présenté la main;
Il la tend à Gyas, aux valeureux Troyens,
Puis s'approchant, va, l'offre au généreux Cloanthe.
A cet aspect d'abord, incertaine et flottante,
Didon resta frappée, ensuite au fond du cœur
D'un héros tel la vient émouvoir le malheur,
Et sa bouche en ces mots: « O fils d'une déesse!
» Par des périls si grands quel sort cruel vous presse?
» Qui vous a pu jeter sur cet âpre séjour?
» Êtes-vous cet Énée à qui jadis le jour
» Fut donné par Vénus aux bords de la Phrygie,
» Qui du Troyen Anchise avez reçu la vie?
» Pour moi je me rappelle encore que Teucer
» A Sidon autrefois se rendit; vint chercher,
» Injustement chassé des terres paternelles,
» Par l'appui de Bélus, terres, cités nouvelles;
» Bélus, mon père alors, ravageait les pays
» De Chypre la féconde, en retenait soumis,
» Par sa valeur, les lieux sous son obéissance;
» De Pergame dès-lors, les longs maux, la constance,
» M'étaient connus, les Grecs, tous leurs chefs, votre nom;
» Souvent quoiqu'ennemi, des héros d'Ilion
» Son éloge élevait les hauts faits jusqu'aux nues,
» Il voulait sa maison des Troyens descendue;
» C'est pourquoi donc venez, guerriers, dans mon palais,
» Moi-même comme vous, long-tems triste jouet

» Le sort m'a fait enfin rester sur cette terre ;
» J'ai, moi-même, autrefois éprouvé la misère,
» J'apprends à soulager les maux des malheureux. »
   Elle dit, conduisant sous son toit somptueux
Le héros, recommande aussi-tôt qu'on apprête
Dans les temples des dieux la plus pompeuse fête ;
Ses soins en même-tems font porter aux Troyens
Vingt taureaux, sur la rive, et des présens, des vins,
De cent gros sangliers les épaisseurs entières
Et cent jeunes agneaux bêlans près de leurs mères,
Au-dedans cependant, tout le palais, paré,
D'un appareil royal éclate décoré ;
Sous les vastes lambris de grands festins s'ordonnent :
D'habits brodés au loin la pourpre et l'or rayonnent ;
L'argent sur les buffets, mis, luit de toutes parts ;
D'énormes vases d'or présentent aux regards,
Les exploits ciselés des ayeux de la reine,
D'évènemens fameux célèbre et longue chaîne,
Depuis tous les héros de cet antique sang.
   Enée (à sa tendresse il ne peut plus long-tems
Tenir) sur l'heure envoye Achate vers la rive,
Pour informer Iule et son amour craintive,
Le faire sur ses pas arriver au palais ;
Sur ce fils cher son soin porte entier désormais :
Par un ordre soigneux de plus, il recommande
Qu'on porte, pour en faire à la reine une offrande,
Ce qui s'est pu sauver d'Ilion, des présens,
Un manteau roide d'or, riche de diamans,
Un voile tout-autour brodé d'un jaune achante,
De l'Hélène d'Argos parure éblouissante,
Qu'en arrivant de Sparte elle apporta jadis,
A Troye, allant chercher des liens non permis
Don merveilleux, brillant fait par Léda sa mère ;
Le sceptre qu'autrefois a porté la première

Des filles de Priam, la belle Ilioné ;
Un collier éclatant et de perles orné,
Deux couronnes où l'or se mêle aux pierreries.
Portant ces volontés pour les voir mieux remplies,
Achate allait hâtant ses pas vers les vaisseaux.
   Mais Vénus en secret roulant des soins nouveaux,
Dans ses esprits médite un plus haut stratagème ;
Au lieu du tendre Ascagne, elle veut que lui-même,
L'Amour, changeant de forme, empruntant d'autres traits,
Aille avec ces présens se montrer au palais,
Allumer de ses feux tous les sens de la reine ;
Vénus de ceux de Tyr craint la foi peu certaine,
Leur cœur fausse, ambiguë et leur duplicité ;
Elle craint de Junon l'atroce cruauté :
Souvent ce soin, la nuit, revient plus grand, la presse ;
A son fils ailé donc parle ainsi la déesse :
« O toi, mon fils, ma force et seul mon grand pouvoir !
» Mon fils ! toi qui, seul, vois lancer, sans t'émouvoir,
» Les traits du roi des dieux, sa foudre en l'air brillante,
» A toi vient recourir ta mère suppliante,
» Elle implore l'appui de ta divinité.
» Tu vois comme, par-tout sur les flots est jeté
» Par Junon en courroux et sa haine obstinée,
» Comme est persécuté par-tout ton frère Enée ;
» Tu le sais, tu gémis souvent de ma douleur !
» Aujourd'hui, chez Didon, il trouve un sort meilleur ;
» Elle l'arrête et veut, par ses détours, flatteuse,
» Enchaîner dans ses fers cette ame généreuse ;
» Mais moi, dans ce pays par Junon habité,
» Je crains où peut tourner cette hospitalité !
» Dans une circonstance à tel point décisive,
» Elle ne saura pas s'arrêter, inactive !
» C'est pourquoi mon adresse entend la devancer.
» Cette reine, de feux je la veux embraser,

» Afin qu'aucun pouvoir ne changeant sa pensée,
» Elle aime éperdûment, comme moi, mon Enée ;
» Or, comment à ce but parvenir, le voici :
» Le fils royal, Ascagne, à mes yeux si chéri,
» Par l'ordre paternel appelé vers Carthage,
» Va porter les présens qu'on sauva du ravage
» Et des flammes de Troye et du courroux des mers ;
» Je le veux, endormi, transporter dans les airs,
» Le cacher à Cythère ou dans notre Idalie,
» Pour que sans rien savoir de ma secrète envie,
» Il ne puisse au palais paraître et me troubler :
» Pour une nuit, sans plus, toi, consens d'emprunter
» Sa figure et ses traits et, par ton artifice,
» Enfant, de cet enfant prends la candeur novice,
» Afin, lorsque Didon te voudra sur ses bras
» Presser, dans son festin, au milieu des ébats
» Dont la joie et Bacchus font naître l'alégresse
» Et que ses doux baisers te peindront son ivresse,
» Ton feu coule en secret dans son sein abusé,
» Que dans son cœur surpris ton poison soit glissé. »
L'Amour obéissant à sa mère divine,
Quitte ses ailes, prend l'apparence enfantine
D'Iule et, de son pas, joyeux, vient s'avancer ;
Mais les soins cependant de Vénus font passer
Dans les membres d'Ascagne un repos doux, paisible ;
Sur son sein l'étendant, la déesse invisible
L'emporte en Idalie et ses bosquets heureux,
Parmi la marjolaine et les jasmins nombreux
Le place, environné de fleurs, d'ombres légères.
Déja l'Amour, docile aux ordres de sa mère,
Marchait ; il apportait les superbes présens
Destinés pour Carthage et ses pas complaisans
Gayement suivaient les pas d'Achate qui le guide.
Ils arrivaient tous deux ; sur un tapis splendide

Did

Didon s'était placée au centre du festin ;
Avec Enée aussi tout le concours Troyen
Se rassemble ; on s'assied sur la pourpre exhaussée ;
Des mains des serviteurs l'eau limpide est versée :
Dans des corbeilles d'or ils vont servir le pain,
Marchent, portant aux bras de fins tissus de lin.
De femmes au-dedans un nombre de cinquante
Dessine du festin l'ordonnance élégante,
Ou fait brûler au pied des Pénates l'encens ;
Cent autres, nombre égal de valets agissans,
D'âge semblable, vont couvrir de mets les tables,
Dans des coupes verser les liqueurs délectables.
En foule, aussi rendus, viennent les Tyriens,
Par ordre de la Reine, assis sur des lits peints ;
Ils admirent les dons offerts au nom d'Enée,
Ils admirent Iule et l'ardeur emflammée
De ses yeux et son air, son langage imité,
Et le manteau, l'achante, et le safran brodé
Autour du voile offert à Didon enchantée.
    Plus qu'eux émue encor, la reine transportée,
Dévouée aux poisons d'une future ardeur,
Ne peut rassasier ses regards, ni son cœur,
S'embrâse, en contemplant, et les dons, leur richesse,
Et l'enfant, à la fois, tout comble son ivresse.
    Lui dans les bras d'Enée, à son col suspendu,
Quand il a pu, flattant ce père prétendu
Satisfaire, un moment, sa tendresse et sa flamme,
Va vers la reine ; alors, des yeux, elle, de l'âme
Le couve et quelquefois le presse entre ses bras :
Trop aveugle mortelle ! ô ciel ! tu ne sais pas
Quel grand dieu sur ton sein s'assied, infortunée !
Lui fidèle aux leçons qu'il tient de Cythérée,
Par degrés, de Sichée éteint le souvenir,
Et d'une ardeur nouvelle essaye de remplir

                                          C

Cette ame oisive, aux feux depuis long-tems fermée.
Quand du repas fini la pompe est terminée,
Que des tables l'appui s'enlève reculé,
De grands vases le bord est de vins couronné;
Par-tout dans le palais, roulante, prolongée,
Sous les vastes lambris la voix court redoublée ;
Des lustres au plafond, suspendus, s'alumants,
Ont dissipé la nuit par mille feux brillants.
Didon alors demande une coupe pesante
D'or, d'émeraudes lourde, et l'emplit écumante;
(Bélus, depuis Bélus, jadis, ses descendants
En avaient fait usage;) alors en même tems
Se fait, dans le palais, par-tout, un grand silence:
» Jupiter, car, dit-on, c'est toi dont la puissance
» Daigne régler les droits de l'hospitalité ;
» Qu'un jour si grand, par toi soit rendu fortuné
» Pour ceux de Tyr, pour ceux qui sont sortis de Troy
» Que vienne aussi Bacchus, doux auteur de la joye;
» Sois nous bonne, Junon; vous, heureux, Tyriens,
» Fêtez avec faveur cet accord, ces festins. »
Elle a dit, et sur table, épanche, la première,
Par honneur pour les Dieux, le vin en pourpre clair
Puis au nectar versé de sa lèvre a touché.
Donnant à Bitias le vase alors passé,
Elle excite en raillant sa trop lente paresse;
Lui, d'un mouvement vif, le saisissant, se presse
D'arroser son palais du nectar à plein or.
Autant les autres grands, après, en font encor.
Son luth d'or à la main, le jeune Jopas chante
Par Atlas même instruit, la lune au ciel errante,
Les travaux du soleil, d'où sont nés les humains,
D'où les troupeaux, l'orage, et les astres sereins;
L'Hyade pluvieuse et les Trions, l'Arcture;
Pourquoi, l'hiver, les jours, dans leurs fuite si dure,

Sitôt vont se cacher dans les mers amortis;
Quel obstacle, l'été, fait tant tarder les nuits?
Ravis, les Tyriens, à grand bruit, applaudissent;
A leur tour, les Troyens à ces transports s'unissent;
La reine, de la nuit faisant traîner le cours
Par divers entretiens, buvait un long amour;
Interrogeant Enée et sur Priam encore,
Et sur Hector, et puis quand le fils de l'Aurore
Parut, dans quelle armure à Troye il combattit?
Puis quels sont les coursiers que Diomède prit?
Puis combien formidable était, et grand, Achille?
Mais, plutôt pour nous faire un récit moins stérile,
Cher hôte, exposez-nous, dès leur commencement,
Les embûches des Grecs, ce vaste embrasement
D'Ilion, lui dit-elle, et vos maux, vos traverses,
Car le septième été, par des courses diverses,
Vous porte, errant partout, sur terre et sur les flots.

LIVRE DEUXIÈME.

SOMMAIRE.

ÉNÉE, à la prière de Didon, raconte tous les évènemens du désastre de Troye, dans l'ordre suivant : les Grecs, la dixième année de leur siége, affaiblis, épuisés, n'espérant plus réduire Troye par le courage, ont recours à l'artifice ; ils feignent de fuir ; la nuit qui précéda l'embrâsement, vont se cacher près de Ténédos, laissent sur le rivage un cheval de bois d'une grandeur si énorme, qu'il ne puisse entrer par les portes des remparts. Les plus vaillans chefs de l'armée Argienne s'y placent ; les Troyens, abusés par les artifices de Sinon, partie effrayés encore par le châtiment de Laocoon, prêtre de Neptune, abattent des pans de leurs murailles, et font entrer le colosse dans leur citadelle. Les Grecs, partis la nuit de Ténédos, envahissent la ville par l'ouverture qui a servi à faciliter le passage du monument dans Troye. Sinon ouvre les flancs de ce cheval monstrueux, et en fait sortir les Grecs armés ; tout est livré au fer et à la flamme : cependant Énée, pendant son sommeil, est averti par Hector d'assurer son salut par la fuite, et de soustraire aux flammes les Dieux de sa patrie ; sans céder à ce conseil, préférant une mort glorieuse à la fuite, il court aux armes ; le premier effort est suivi d'un succès assez heureux ; d'après le conseil de Chorebus, les Troyens prennent l'armure des Grecs même, pour échapper aux périls ; les traits des leurs les accablent ; cependant le palais de Priam est assiégé et forcé ; Priam reçoit la mort *de la main de Pyrrhus, fils d'Achille, Énée alors, après avoir tout tenté, ne conservant plus d'espoir, confie les objets saints à la garde d'Anchise son père, l'enlève lui-même et le place sur ses épaules, emmène avec lui son fils Ascagne et Créuse son épouse et se dérobe ainsi avec eux à la mort par la fuite. Les Grecs le poursuivent; dans ce tumulte, il perd Créuse; pour la chercher, pendant qu'il parcourt Troye entière, l'ombre de Créuse se présente à ses regards; il retourne vers ses compagnons dont le nombre s'est grossi d'une foule de fugitifs de tout sexe, décidés à le suivre en quelque lieu de l'univers qu'il veuille les conduire.*

Tous restaient en silence, attentifs, en repos;
Du haut d'un lit commence alors le grand Énée:
« Reine, vous m'ordonnez d'offrir renouvelée
Une immense douleur, d'exposer quels moyens
Pour renverser l'état des malheureux Troyens
Ont employé les Grecs; ce que j'ai vu d'horrible,
Où j'ai moi-même pris une part si sensible;
A ce récit, Dolope, Argien, Myrmidon,
Soldats d'Ulysse même, en son émotion,
Qui s'abstiendrait de pleurs? Déja, hâtant sa fuite,
La nuit humide au ciel court et se précipite;
Les astres déclinants conseillent le repos;
Mais si tant de désir de connaître nos maux
Vous presse et d'ouïr conter le dernier jour de Troye,
Quoiqu'à ce souvenir à la douleur en proie,
Mon ame encore éprouve un mouvement d'horreur,
Que de deuil et d'effroi s'en éloigne mon cœur,
Je commence. Épuisés des malheurs de la guerre
Et repoussés toujours par le destin contraire,

C 5

Les chefs des Grecs voyant un long-tems s'écouler,
Par le secours divin de Pallas, font monter
Un cheval qu'on bâtit l'égal d'un mont énorme;
Le sapin de ses flancs arrondissait la forme :
On feint que cette offrande a pour but le retour;
De tous côtés bientôt ce bruit circule et court.
Là, des guerriers de choix (et le sort en décide)
Entrent furtivement au colosse perfide
Dans son sein ténébreux, dans ses contours creusés
Les Grecs vont renfermer des bataillons pressés.
Il est non loin de Troye, élevée à sa vue,
Une ile, Ténédos, riche autrefois, connue,
Quand de Priam l'empire heureux a subsisté,
Maintenant golfe obscur des vaisseaux redouté :
Là, tous les Grecs, la nuit, quittant nos bords, relâchent
Sur ce désert rivage avancés ils se cachent.
Nous croyons que partis et traversant les flots
A la faveur des vents ils ont rejoint Argos;
Troye alors s'affranchit de sa longue tristesse;
Les portes des remparts s'ouvrent; tout sort, s'empresse
De voir ce camp des Grecs, ce rivage quitté,
Le lieu qu'ils occupaient et par eux déserté :
« Là, du Dolope était la horde menaçante,
» Du formidable Achille ici montait la tente;
» Là, les vaisseaux; plus loin le combat fut souvent.»
Les autres admiraient le désastreux présent
Destiné pour Minerve à l'hymen étrangère;
Contemplaient du cheval la masse mensongère;
Et, le premier, Thymœte induit les citoyens
A le conduire au sein des remparts des Troyens,
A l'élever au haut de notre citadelle;
Soit ruse, soit qu'ainsi, dans sa rigueur cruelle,
De Pergame dès-lors l'eût voulu le destin.
Mais Capys, avec lui ceux d'un avis plus sain,

Veulent qu'ou dans les flots à l'instant soit jetée
Pour des desseins suspects cette masse inventée,
Qu'on la brûle de feux sous ses flancs apportés,
Ou que du fer on sonde, à fond, ses cavités.
Incertain, divisé, le peuple se partage ;
Le premier avant tous accourant, se dégage
D'un cortège nombreux qui l'entourait pressé,
Laocoon, du fort à grand bruit avancé,
Et de loin : « Malheureux ! quelle aveugle furie !
» Croyez-vous donc les Grecs loin de notre patrie ?
» Que de leurs dons aucuns soient sans danger pour nous ?
» Est-il donc, leur Ulysse, ainsi connu de vous ?
» Ou, dans ce bois, de Grecs une foule est pressée ;
» Ou contre nos remparts la machine dressée
» Doit, inspectant nos toits, venir sur la cité,
» Ou quelqu'autre artifice enfin est projeté :
» En ce cheval, Troyens, n'ayez pas confiance !
» Quels que soient son objet, sa trompeuse apparence,
» Je crains les Grecs, toujours, jusques dans leurs présens ».
Il dit, d'un bras robuste envoie en même tems
Au monstre un trait hardi que sa force donnée
Fait entrer dans le sein de la bête ébranlée ;
Le dard s'arrête et tremble et du flanc étonné
Les contours creux, profonds, sombres, ont résonné :
Et sans des dieux, dès-lors, la volonté marquée,
Sans notre ame à dessein par le sort avenglée,
Il nous eût fait sonder ses détours par le fer :
Troye, encore aujourd'hui nous te verrions briller !
Demeure de Priam, tu serais florissante !
    Voici qu'avec des cris, une clameur perçante,
Un Grec jeune, les bras de forts liens chargés,
Est, au palais du roi, traîné par des bergers :
Il s'était à leur vue exprès offert lui-même,
Pour assurer l'effet de son noir stratagême

C 4

Et faire ouvrir les murs de Troye aux Argiens ;
Cœur ferme, décidé pour l'un des deux destins,
Nous tromper ou périr d'une mort assurée.
D'un grand désir de voir la jeunesse attirée
Roule autour de lui, court, à flots, de tout côté,
S'empressant d'insulter à sa captivité.
Reine, à présent, des Grecs connaissez l'art funeste
Et par un crime seul apprenez tout le reste !
Tremblant, parmi la foule, interdit, désarmé,
L'artificieux Grec quand il est amené,
Sur les guerriers Troyens qu'il a porté sa vue :
« Hélas ! dit-il alors, quelle plage inconnue
» Pourra me recevoir sur terre, sur la mer ;
» Dans un si grand malheur eh ! qui peut me rester ?
» Moi qui suis chez les Grecs désormais sans asyle
» Et, pour combler mes maux, les Troyens, dans leur ville
» De ma mort altérés déjà veulent mon sang ! »
   A sa plainte, les cœurs sont changés à l'instant :
L'impétuosité tombe entière appaisée ;
On veut l'entendre ; on veut connaître sa pensée,
De quels parens il sort, ce qui peut l'excuser ;
Sur quel espoir, captif, il peut se reposer.
Lui, remis de l'excès de sa frayeur première,
Dit : «Quels que soient les faits que ma bouche sincère
» Devant vous avouera, roi, c'est la vérité.
» Et d'abord, chez les Grecs je n'aurai pas nié
» Que je n'aie pris le joug, c'est par où je commence ;
» Car si le sort funeste a dans son inclémence,
» Rendu Sinon à plaindre et mortel malheureux,
» Il ne le rendra pas fourbe et fallacieux.
» Jusqu'à vous des récits auront transmis peut-être
» L'admirable valeur, l'éclat qu'a fait paraître
» Palamède, ce fils du généreux Bélus ;
» Des indices trompeurs, des crimes prétendus,

» De trahison, ont fait avancer sa carrière.
» Son crime était d'avoir déconseillé la guerre.
» On le pleure aujourd'hui, ravi par le trépas !
  » Comme son compagnon, son parent, aux combats,
» Vers ces lieux avec lui, dès ma plus tendre enfance,
» Mon père m'envoya, pressé par l'indigence.
  » Pendant que ses états, un empire affermi
» Par les soins de son père, illustraient mon ami,
» J'eus aussi quelque gloire et quelque renommée ;
» Mais depuis que l'envie et la haine animée
» D'Ulysse ont enlevé la lumière à ses yeux,
» (Ce que ma bouche avance est su dans tous les lieux,)
» Accablé, je traînais, dans l'ombre et la tristesse,
» Une expirante vie, et ma juste tendresse
» S'indignait du malheur qui me privait de lui.
» Insensé ! je n'ai pu contenir mon ennui !
» Et si quelque hasard secondait mon envie,
» Si, vainqueur, je rentrais dans Argos, ma patrie,
» Je promis hautement d'être un jour son vengeur.
  » Mes discours ont fait naître une implacable aigreur,
» De là de tous mes maux la source et l'origine :
» Depuis, Ulysse ardent à tramer ma ruine,
» S'attache à me charger toujours de faits nouveaux ;
» Répand dans tout le camp, semés, d'obscurs propos ;
» Coupable, il s'efforçait de me noircir moi-même.
» Il ne s'arrêta pas, que de son stratagême
» Calchas, ministre.... Mais à quoi bon vous tracer
» Des détails vains, peu faits pour vous intéresser ?
» Et que tardai-je encor ? Si, depuis cette guerre,
» Les Grecs sont tous, pour vous, trop dignes de colère,
» Je suis Grec ; c'est assez, vous l'avez entendu :
» Portez contre mes jours un arrêt qui m'est dû ;
» L'homme d'Ithaque en a la plus ardente envie,
» Les Atrides, d'un prix bien grand, paieraient ma vie ! »

Nous, de l'entendre, alors, sentons un vif désir ;
Des causes de ses maux voulons nous éclaircir,
Sans soupçonner tant d'art, ni de scélératesse ;
Il poursuit, tout tremblant, sa cauteleuse adresse,
Dit : « Déjà mille fois les Grecs ont eu dessein
» D'abandonner ces bords et de mettre une fin,
» Par leur retraite, aux maux de leur lassante guerre.
» Eh ! que ne l'ont-ils fait ! Souvent de l'onde amère
» Les passages pour eux sont par l'hiver fermés ;
» S'enfuyants, l'aquilon les en a détournés
» Sur-tout, lorsque déjà, de chêne, en sa structure,
» Ce monument bâti présentait sa stature,
» L'air a semblé par-tout d'orages résonner.
» Incertains, d'Apollon nous voulons consulter
» L'oracle : en Eurypile on envoie ; on annonce
» Du lieu saint, en ces mots, l'accablante réponse :
» Par le sang d'une vierge, ô Grecs ! et par sa mort,
» Vous calmâtes les vents, quand, tendant vers ce bord,
» Pour la première fois, vous vîntes gagner Troye ;
» C'est par du sang qu'il faut au retour une voie ;
» D'un Grec par vous offert, le sacrifice heureux,
» Peut en votre faveur, seul, désarmer les Dieux. »
      » Quand ces mots ont frappé l'oreille de la foule,
» Dans les esprits glacés, un frisson mortel coule ;
» Par les sens, jusqu'aux os la frayeur a passé ;
» Quel est par Apollon le mortel menacé ?
» A qui destine-t-on le trépas, le supplice ?
» Alors avec grand bruit l'insidieux Ulysse
» Mène Calchas au sein de l'armée, entraîné,
» Lui demande à grands cris de l'oracle donné
» L'objet. Déjà plusieurs, de sa coupable feinte
» M'avertissant, perçaient dans l'avenir ; leur crainte
» Me prévient, mais se tait. Douze jours, retiré,
» Calchas est sans vouloir, que, par sa voix livré,

» Quelqu'un soit désigné pour une mort certaine,
» Mais par les cris d'Ulysse, enfin le fourbe à peine
» Rompt, à dessein vaincu, ce silence obstiné,
» Et je suis par sa voix à l'autel condamné.
» Tous approuvent alors; l'épouvante commune,
» Sur un malheureux seul renvoya l'infortune.
» Déjà le jour fatal se levait, arrivé,
» Du sacrifice affreux l'autel monte, élevé;
» Les gâteaux salés prêts, la triste bandelette
» Mise autour de mon front environnait ma tête.
» Je me suis arraché, je l'avoue, au trépas;
» J'ai rompu mes liens, et, dans un bourbeux lac,
» Caché parmi les joncs, la nuit, dans mon angoisse,
» J'attendais le départ des vaisseaux de la Grèce,
» Si par hasard leur but eût été de partir.
» J'ai perdu, désormais, l'espoir de revenir
» Jamais au sol natal, de retrouver un père
» Mes enfans, ces objets de mon amour si chère,
» Que, peut-être, à la mort, cruels, ils enverront!
» Oui, pour saouler leur rage, hélas, ils puniront
» Ma fuite, par le sang de ces tristes victimes.
» O par les immortels, vengeurs puissans des crimes,
» Qui connaissent le vrai, par ce qui peut rester
» De sentiment au monde, à la fraude étranger,
» Soyez, je vous implore, émus de la souffrance
» D'un mortel malheureux malgré son innocence! »
Attendris par ces pleurs, nous conservons ses jours,
La pitié, dans nos cœurs surprend un libre cours;
Priam lui-même veut, le premier, qu'on dégage
Les deux mains du captif, de l'étroit assemblage
Des fers qui le tenaient pesamment garotté,
Et par ce discours doux, lui parle, en sa bonté:
« Qui que vous soyez, homme, oubliez la patrie
» Des Grecs, que vous perdez, vous serez pour la vie.

» Troyen ; mais, répondez avec sincérité
» Sur ce qui, par ma voix, vous sera demandé ;
» Pourquoi du monument cette masse élevée ?
» Qui des Grecs l'a construite, et qui l'a conseillée ?
» Quel en est le but ? Est-ce objet religieux,
» Ou pour la guerre, encor, moyen pernicieux ? »
 Priam a dit : le traître, instruit à l'imposture
Des artifices grecs, dans sa ruse parjure,
Lève au ciel ses deux bras dégagés de liens ;
« O vous, feux éternels ! O pouvoir aux humains !
» Auguste, inviolable, oui, c'est vous que j'atteste,
» Autels si redoutés, et toi couteau funeste
» Que j'ai fuis ; de nos Dieux, bandeaux saints respectés
» Que prêt d'être immolé, victime, j'ai portés.
» Je puis rompre les nœuds dont le pouvoir me lie,
» Par moi, la Grèce doit être à présent haïe ;
» Il m'est permis de mettre au jour tous leurs secrets,
» S'ils en ont ; nul lien ne peut plus désormais
» Me retenir soumis aux lois de ma patrie ;
» Seulement, Troye, ô toi ! quand je t'aurai servie,
» Garde-moi ta promesse avec fidélité ;
» Si je te dis le vrai, si par moi dévoilé,
» Un secret important te devient salutaire !
 » Tout l'espoir que les Grecs, en commençant la guerre,
» Ont eu de réussir dans leur projet tenté,
» Sur l'appui de Pallas toujours s'est reporté :
» Mais depuis que la main de Diomède impie,
» Qu'Ulysse, auteur cruel de toute fourberie,
» Ont osé de son temple enlever, à dessein,
» Ses gardiens égorgés, le Palladium saint,
» Qu'ils se sont emparés de l'auguste effigie,
» Que, d'une impure main, de carnage rougie,
» Ils ont osé flétrir son bandeau virginal,
» Leurs succès en allés, depuis ce jour fatal

» Ont disparu ; loin d'eux l'espérance est bannie,
» Leur force tombe, ils ont Pallas pour ennemie.
» La déesse en donna des signes peu douteux :
» A peine la statue est placée à leurs yeux,
» Au milieu de leur camp une flamme brillante
» De ses yeux en courroux sort vive, étincelante ;
» Une froide sueur sur son corps a couru
» Et, s'élevant de terre, ô prodige inconnu !
» Elle même trois fois s'agite, armant sa lance,
» Son égide à son bras et tremble et se balance.
» Calchas à l'instant dit qu'il faut fuir sur la mer,
» Que Troye aux coups des Grecs ne peut pas succomber,
» S'ils ne vont dans Argos reprendre le présage,
» S'ils ne recherchent pas dans un nouveau voyage
» Les dieux par eux d'abord en venant amenés.
» S'ils font donc vers Argos voile, à présent, tournés,
» C'est pour r'avoir des Dieux l'appui qui les protège ;
» Puis, repassant les flots, leur troupe sacrilège
» Doit tout-à-coup venir reparaître aux combats ;
» Ainsi tout est d'avance arrangé par Calchas
» Pour fléchir donc Minerve et sa gloire offensée
» On leur a conseillé la machine dressée,
» Juste expiation d'un forfait odieux :
» Calchas veut cependant qu'on porte jusqu'aux cieux,
» Immense, en bois unis, cette imposante masse,
» De peur que dans vos murs le monument ne passe
» Et ne couvre, à l'abri du respect de son nom,
» D'une antique faveur les remparts d'Ilion.
» Car si quelque forfait outrageait cette offrande,
« Les plus grands maux alors (par leur bonté si grande
» Daignent plutôt les dieux les changer en bonheur)
» Frappperaient les Troyens du plus certain malheur,
» Apporteraient la perte à tout ce grand empire ;
» Si dans vos murs vos mains pensaient à l'introduire,

» D'elle-même l'Asie en s'armant à son tour
» Porterait là ruine aux lieux où vit le jour
» Pelops; que ce sort reste à notre descendance. »
Par ces mots, par cet art, cette feinte innocence,
Du parjure Sinon les récits vains sont crus:
Ainsi par des discours, des larmes sont vaincus
Ceux que ni la valeur de l'indomptable Achille,
Diomède, ses coups, de vaisseaux plus de mille
N'avaient pu subjuguer dans un cours de dix ans.

Mais voici qu'un prodige offert en ces momens,
Aux Troyens malheureux cent fois plus redoutable,
A leurs regards surpris se montrant formidable,
Vint consterner d'effroi leur esprit étonné.

Pontife par le sort à Neptune donné,
Laocoon offrait, en pompe solennelle,
Aux autels, un taureau d'une grandeur nouvelle;
Voici, de Ténédos, sur la tranquille mer,
(J'en tremble au récit seul!) qu'on a vu s'avancer
Deux énormes serpens, à longs plis, sur la plage,
Portés d'un cours égal tendans vers le rivage:
Redressé, leur poitrail monte au-dessus des flots,
Leur crête de sang passe et domine les eaux;
Le reste de leur corps par derrière s'avance,
File, effleurant la mer et d'un volume immense,
Suit leur dos, déroulant ses longs tortueux plis;
L'onde sonne et les flots d'écume sont blanchis:
Ils atteignaient déjà la terre; leur prunelle
Est épaisse de sang, de flamme elle étincelle,
Et leurs dards alongés en dehors s'élançants
Sortaient à coups vibrés de leurs gosiers sifflants.
Éperdus, nous fuyons à cet aspect horrible;
Eux poursuivent ensemble et, d'un accord sensible
Vont vers Laocoon; d'abord de ses deux fils,
Tous deux, se saisissant, les monstres de leurs plis

Les ont serrés, mordant entamé leur corps tendre ;
Leur père s'approchant pour venir les défendre,
Des nœuds des deux serpens bientôt reste embrassé ;
Par le milieu du corps deux fois ils l'ont pressé
Et, deux fois au cou pris par leurs chaînes serrées,
Ils le passent encor de leurs têtes levées !
En même tems des mains il veut rompre leurs nœuds,
Son front, son bandeau saint pleins de sucs vénéneux,
En même tems il pousse au ciel des cris horribles.
Tels les mugissemens d'un taureau sont terribles,
Lorsqu'il fuit des autels, en écartant, blessé,
De la hache incertaine un coup mal adressé.
Les deux dragons, alors, vers les hauts temples fuyent,
Dans celui de Pallas, rampans, se réfugient,
De la fière déesse environnant les pieds,
Sous l'orbe de l'égide ils sont cachés, roulés.
    Dans les cœurs tout-à-coup ébranlés une crainte
Nouvelle insinua sa redoutable atteinte ;
On dit que le grand-prêtre a subi justement
De son outrage affreux le certain châtiment,
Pour avoir violé cette offrande sacrée,
Quand, coupable, sa lance au colosse est entrée ;
Qu'il faut dans son asyle introduire, à l'instant,
Le simulacre auguste et, d'un cœur suppliant,
Implorer de Pallas la majesté fléchie :
C'est là ce que partout le peuple en foule crie !
Nous divisons alors, nous partageons nos murs,
Nous ouvrons d'Ilion les remparts les plus sûrs :
Tout travaille ; exhaussé sur la mobile roue,
Chaque pied du colosse à la fois glisse et joue ;
On suspend à son col de l'étoupe en lieus ;
Le monument fatal franchit les murs Troyens,
Gros d'armes ; nos enfans, nos vierges empressées
Chantent des hymnes saints et leurs mains abusées

Se plaisent à toucher les cables, en jouant:
L'effigie avançant menace et pénétrant
Dans la ville est entrée! ô Troye! ô ma patrie!
O demeure autrefois par les dieux si chérie,
Remparts des Troyens, murs par cent combats fameux
Quatre fois, sur le seuil le cheval malheureux.
S'arrêta; quatre fois, lorsqu'il franchit la porte,
A retenti le bruit des bataillons qu'il porte;
Et nous, inattentifs, toujours nous persistons,
Frappés d'aveuglement, de nos bras nous montous
Le monstre [désastreux dans notre citadelle.
Alors Cassandre aussi de sa bouche fidelle
A nos yeux dévoila nos avenirs destins,
Cassandre, qui jamais ne pouvait des Troyens
Convaincre les esprits, tel est l'ordre céleste!
Pour nous, trop malheureux, dans ce moment funeste
Comme en un jour de fête, aux temples rassemblés,
De fleurs dans nos remparts nous marchons couronnés.
Le ciel cependant change et des mers la nuit sombre
Monte, enveloppant l'air; la terre d'épaisse ombre;
Et les ruses des Grecs; sur leurs murs étendus
Les Troyens au sommeil livrés, sont répandus
Tout se taisait; déjà des Grecs la flotte armée,
Sans bruit, de Ténédos, en bataille formée,
La lune au ciel tranquille épandant ses clartés,
Venait, gagnant nos bords connus; déjà quittés.
Quand au vaisseau royal la flamme est signalée,
Que, gardé par les Dieux dans leur haine obstinée,
Sinon ouvre en secret les flancs du bois fatal:
Et fait sortir les Grecs de l'immense cheval;
Le monstre affreux les rend vomis à la lumière.
Joyeuse alors descend la troupe la première,
Tysandre, Sthélenus, Ulysse furieux;
Ils glissent par un cable alongé devant eux:

Puis Athamas, Thoas, le fier Néoptolême,
Mais sur-tout Machaon, Ménélas et, lui-même
Le fier fabricateur du colosse, Épéus.
Par tous ces Grecs, en foule, à la fois, descendus,
La ville, dans le vin, dans le sommeil plongée,
Est, en moins d'un instant, surprise et partagée.
La garde est égorgée, et par les murs admis
Les Grecs ont fait entrer leurs bataillons amis.
C'était dans le moment favorable et paisible,
Où, du premier sommeil le baume si sensible,
Par la faveur des Dieux, dans les sens appaisés,
Coule agréablement pour les mortels lassés.
Voici devant mes yeux qu'en songe se présente,
Triste, et couvert de pleurs dans sa douleur pressante,
Hector, tel qu'autrefois au pied d'un char traîné,
De poussière et de sang le corps environné,
Les pieds enflés, ouverts encor par leur lanière.
Ah! quel je le voyais, de combien il diffère
D'Hector lorsqu'il revient brillant et hérissé
Des dépouilles d'Achille après avoir lancé
Sur les vaisseaux des Grecs les flammes de Phrygie!
Sa barbe est négligée, et, par le sang, rougie,
Roide est sa chevelure ; il offrait sur son corps
Les vestiges nombreux des coups que ses efforts
Ont mérités auprès des murs de sa patrie.
Je pleurais, je croyais d'une voix attendrie,
Lui parlant, m'exprimer tristement en ces mots :
« Flambeau de mon pays, son espoir, son héros,
» Quels retards si long-tems ont pu vous faire attendre ?
» De quels lieux parmi nous Hector vient-il se rendre ?
» Quel nous vous revoyons, accablés des revers,
» Des combats, des périls par Ilion soufferts ?
» Quelle main a souillé votre noble visage
» Et de ces coups pourquoi sur vous vois-je l'outrage ?

D *

Lui, rien : de vains objets sans vouloir discourir
Et tirant de son cœur à peine un long soupir :
« Fuyez, fils de Vénus, sauvez-vous de la flamme,
» Dit-il, dont la fureur va dévorer Pergame !
» Les Grecs tiennent nos murs ; Illion confondu
» S'abyme ! Vos exploits assez ont défendu
» La patrie et Priam ; si quelque force humaine
» Eût pu défendre Troye, ah ! c'eût été la mienne.
» Troye à vos soins commet son culte avec ses Dieux ;
» Rendez-les compagnons de vos destins heureux ;
» Cherchez-leur une ville : elle sera bâtie
» Grande, après sur les flots votre course infinie ».
Il dit, et dans ses mains du temple il m'apporta
Les saints bandeaux, les feux, l'éternelle Vesta.
Dans nos murs cependant sont le deuil, les alarmes ;
Déjà de plus en plus la sombre horreur des armes
(Quoique d'Anchise au loin le séjour écarté
Soit dans un lieu secret, d'arbres environné,)
Se redouble et, plus grand, le bruit se fait entendre.
　Réveillé, vers le toit, montant, je cours me rendre
Et, l'oreille attentive, arrêté, j'écoutois :
Comme on voit, aux moissons, la flamme quelquefois
Tomber, par la fureur des autans envoyée ;
Ou, quand, du haut des monts, en torrens l'eau roulée
Frappe les champs, abat les guérets verdoyans,
Détruit l'œuvre des bœufs, traîne les bois courans ;
Interdit, le berger qui sur un roc se pose,
Entend ce bruit, surpris, reste, ignorant sa cause.
　Tout le mystère alors se dévoile à nos yeux.
Des Grecs devient pour nous clair l'artifice affreux.
Déiphobe, déjà, sous la flamme ondoyante,
Voit crouler sa demeure embrasée et fumante ;
D'Ucalegon tout près le toit brûle ; les feux
Sur Sigée et ses flots au loin sont lumineux.

Part un cri des guerriers, part l'éclat des trompettes.
Je m'arme, épouvanté; mes frayeurs inquiètes
N'avaient pas, en s'armant, un but bien raisonné ;
Mais de Troyens du moins combattre accompagné ,
Me porter avec eux vers notre forteresse ,
Est un désir ardent qui me survient, me presse :
Le transport, la fureur précipitent mes pas;
Je pense qu'il est beau d'expirer aux combats.
   Voici que, s'échappant des dards, le fils d'Othrée ,
Le prêtre d'Apollon, du haut du fort, Panthée
Portant ses Lares saints, de la main tient son fils
Et chargé des objets à son devoir commis,
S'enfuyait, éperdu, tendant vers le rivage :
« Quel sort nous reste enfin, et désormais quel gage
» D'espoir encor, Panthée ? » A peine ai-je parlé:
« Il est venu l'instant terrible et redouté ,
» L'inévitable instant, le jour dernier de Troye !
» Nous fûmes ! Les Troyens, de la mort sont la proie;
» Pergame et son éclat, sa gloire sont passés ,
» A la féroce Argos ils s'en vont transportés.
» Les Grecs règnent, vainqueurs, dans la ville enflammée.
» Dans nos murs malheureux cette masse amenée
» Vomit des gens armés; par-tout vainqueur, Sinon
» De flammes, triomphant, a couvert Ilion.
» D'autres, viennent, roulants de chaque porte ouverte ,
» En milliers plus nombreux armés pour notre perte,
» Qu'on ne les vit sortir du grand Argos jamais :
» Les uns sont opposés et d'un long mur de traits
» Assiègeant le passage à l'accès de nos rues;
» De forts dards rassemblés , par-tout, de lances nues,
» Etincelle un amas en rempart reluisant,
» Prêt à donner la mort par son fer menaçant.
» Aux portes, pendant l'ombre, à peine encor fidelles,
» Soutiennent le combat de faibles sentinelles ! »

                                        D 2

Ce discours de Panthée et le pouvoir des Dieux
M'entraînent au travers des armes et des feux,
Où la furie éclate, où, jusqu'au ciel jetée,
La clameur appelait mon ardeur transportée.
Riphée à moi se joint, puis; Dymas, Hypanis,
Que je vois, des clartés de la lune blanchis,
Et le vieil Iphytus, courbé du faix de l'âge,
Tous serrés près de moi m'ont offert leur courage ;
Et le fils de Mygdon, le vaillant Chœrœbus :
Ces jours-là, par hasard, dans ses feux éperdus
Trop épris de Cassandre et sûr auxiliaire,
Il venait secourir Pergame et son beau-père ;
Trop malheureux, par qui n'ont pas été suivis
D'une amante inspirée et l'ordre et les avis !
Quand je les vis vouloir tenter le sort des armes,
Je leur parle en ces mots : « Guerriers, dont les alarmes
» N'ébranlent pas les cœurs courageux, mais en vain !
» Si, quand je me résous à braver le destin,
» Un bien ferme désir vous engage à me suivre,
» Vous voyez à quels maux le sort cruel nous livre !
» Les Dieux, par qui long-tems Troye avait subsisté,
» Des temples, des autels, ces Dieux ont déserté :
» Vous allez secourir une ville embrasée ;
» Mourons, précipitons nos corps dans la mêlée;
» Les vaincus, pour salut, ont seul leur désespoir ».
Les guerriers par ces mots se sentent émouvoir.
De là, tels que des loups ravisseurs et terribles,
Pendant la nuit obscure encore plus irascibles,
Quand d'une active faim dès long-tems dévorés
Ils laissent leurs petits, gosiers secs, altérés,
Qui les attendent. Nous, vers une mort certaine
Courons, précipités dans l'armée Argienne ;
De la ville, au milieu, nous tenons le chemin,
La nuit nous entourant nous couvre dans son sein.

O ! comment raconter de cette nuit affreuse
Le désastre et les morts, la fin si douloureuse,
Par des larmes pouvoir égaler tant de maux ?
Troye antique s'abîme et descend au tombeau
Après avoir regné pendant un si long âge !
Sur les places, par-tout, sous les toits, le carnage
Et même jusqu'au seuil des temples de vos Dieux
A dispersé des corps sanglants, morts et hideux.
La foule des Troyens n'est pas seule immolée ;
Quoique vaincus, par fois leur force est ranimée
Et les Grecs nos vainqueurs tombent aussi frappés.
Par-tout, de toutes parts, se montrent rassemblés
L'épouvante et le deuil, la mort sous mille images.
Le premier des Grecs vient s'offrir à nos courages
D'une troupe nombreuse Androgée escorté ;
Nous croyant des amis, par cette erreur trompé,
Confiant, de lui-même à ma troupe il s'adresse :
« Hâtez-vous ; pourquoi donc cette étrange paresse ?
» Quelle lenteur si grande a pu vous retarder ?
» Les autres en lambeaux, en débris vont porter
» Les restes malheureux de la triste Pergame !
» Par eux, Troye et ses murs sont livrés à la flamme ;
» Vous seulement venez enfin de vos vaisseaux ? »
    Il dit ; au même instant (la réponse à ces mots
Ne paraissait pas sûre) il connaît sa méprise,
Qu'à des rangs ennemis sa troupe s'est commise ;
Il s'arrête interdit, retient tout-à-la-fois,
Reculant en arrière, et ses pas et sa voix.
    Comme le voyageur qui, dans une âpre pente,
A tout-à-coup pressé la couleuvre rampante,
Du pied, sans le savoir ; bientôt, prompt, pâle, il fuit
Lorsqu'elle se redresse en colère et bouffit
Son long col de poison et sa tête azurée ;
Ainsi tremblant fuyait devant nous Androgée :

D 5

Nous l'attaquons ; les siens , lui par nous entourés,
Nous les enveloppons par-tout de dards serrés.

Peu faits aux lieux, errans, dispersés , en alarmes,
De mille coups les Grecs sont atteints par nos armes ;
Le succès d'abord rit à ce premier effort.
Enflé de l'avantage, et devenu plus fort,
Chorœbe, « O compagnons! dit-il, où la fortune
» Nous ouvre de salut une voie opportune ,
» Où propice elle appelle , il faut suivre et marcher,
» Adaptons-nous des Grecs cet habit étranger,
» Prenons leurs boucliers, endossons leur armure,
» Pour abuser leurs yeux empruntons leur parure :
» Ruse ou valeur , qu'importe envers des ennemis ?
» De leurs armes contr'eux nous nous serons servis. »
Lorsqu'il a dit ces mots, sa tête s'est chargée
Du panache touffu du casque d'Androgée;
Il s'en ajuste au bras le bouclier ôté
Et suspend un fer grec qui flotte à son côté.
Autant en fait Riphée, autant Dymas lui-même ,
Autant de nos guerriers l'empressement extrême ;
De la dépouille, encor récente, ils sont armés.

Nous allons, nous marchons, parmis les Grecs mêlés,
Couverts par cette vaine et fatale imposture;
Souvent nous combattons durant la nuit obscure ;
De nombreux Grecs par nous reçoivent le trépas ;
Les uns vers leurs vaisseaux précipitant leurs pas ,
Courans, vont regagner des rives qu'ils connaissent:
D'une honteuse peur saisis , d'autres se pressent
De remonter au sein du colosse odieux
Et vont se renfermer au fond de son bois creux.
Mais, helas ! que tenter quand le ciel est contraire ?
Voici qu'on entraînait du fond du sanctuaire
Cassandre infortunée, et les cheveux épars,
Et les yeux élevant au ciel d'ardens regards ;

Les yeux, car des liens chargeaient sa main si tendre.
Chorœbe, à cet aspect, ne put pas se défendre
De se livrer entier à son bouillant courroux ;
Il fond au sein des Grecs, va périr sous leurs coups.
Nous tous impétueux nous volons à sa suite,
Dards serrés, notre troupe en feu se précipite.
Pour la première fois nous nous sentons frappés
Par les nôtres, leurs traits qu'ils envoyaient, trompés,
Et qui pleuvaient sur nous du haut du temple même.
Un carnage affreux naît du fatal stratagème
Pour nous cruel alors et de la triste erreur
De nos boucliers grecs, de notre habit trompeur.

　　Eux-mêmes, furieux qu'on leur arrache, ôtée,
La fille de Priam, dans leur rage irritée,
Les Grecs de toutes parts, tombans, fondent sur nous,
Ajax fougueux, ardent, écumant de courroux,
Les Atrides, enfin, bientôt toute l'armée.
Tels on voit quelquefois, entr'ouvrant la nuée,
Discords, avec fracas, entr'eux lutter les vents ;
Notus, Zéphire, Eurus sur ses coursiers ardens
Qu'amenés de l'aurore il promène avec joie :
Les bois sifflent ; Nérée, à la tourmente en proie,
Ecumant, se soulève et sévit du trident,
Faisant sortir les flots de leur lit bouillonnant.
　　Ceux mêmes qui par nous avaient, dans la nuit sombre,
Été chassés long-tems et poursuivis dans l'ombre,
Et qui dans Troye entière avaient fui, harcelés,
Se remontrent ; leurs yeux, alors désabusés,
Des boucliers, des dards découvrent l'imposture,
Ont signalé l'erreur de notre fausse armure
Et démêlé l'accent d'un langage étranger.
　　Nous par le nombre alors nous sentons accabler :
Chorœbe, le premier, aux coups de Pénélée
Cédant, meurt à l'autel de Minerve, et Riphée

　　　　　　　　　　　　　D 4

Aussi, Riphée ami de la sainte équité,
Des Troyens le plus grand par sa rigidité ;
Alors, de lui les Dieux autrement ordonnèrent !
Dimas puis Hypanis à leur tour succombèrent,
Percés des traits lancés par les nôtres, nombreux,
Et ni ton respect saint pour le pouvoir des Dieux,
Panthée, ou d'Apollon l'auguste bandelette
N'ont du péril alors pu préserver ta tête.

   O cendres d'Ilion ! ô redoutables feux
Où les miens ont péri dans ces instans affreux,
Je vous prends à témoins qu'à cette heure dernière
Je n'ai point des Grecs fui la rage meurtrière !
Si j'eusse dû périr, si le sort l'eût voulu,
Je l'avais mérité pour avoir combattu !

   Nous sortons arrachés du sein de ce carnage,
Iphitus, Pélias avec moi, l'un par l'âge
Déjà sentant son corps plus lent, l'autre blessé
D'un trait qui le retarde et qu'Ulysse a lancé.
La clameur, tout-à-coup, au palais nous appelle.
Là se fait une guerre effroyable et cruelle,
Comme si dans ce lieu, toute, elle se portât,
Qu'il ne fût pas ailleurs de mourans, de combat,
Tant Mars y fait sentir sa fureur indomptée,
Tant y frémit de Grecs la foule transportée :
Leur phalange en tortue assiège les accès ;
On applique l'échelle aux forts murs du palais :
Sous les portiques même, actif, le Grec se hausse ;
Sa main droite accrochant le fronton, l'autre oppose
Aux traits le bouclier dont son corps est couvert.
Les Troyens, au contraire, arrachent de concert
Les toits, les tours ; leur main triste et désespérée
De ces armes se sert dans leur mort assurée.
Les riches soliveaux, couverts d'or, précieux,
Qui paraient le séjour de nos premiers aïeux,

Ils les roulent d'en-haut sur les Grecs; près des portes
D'autres fers menaçans en nombreuses cohortes
Défendent les accès en bataillons serrés.
Nos courages alors s'augmentent ulcérés;
Nous voulons secourir Priam, dans son asyle,
Ranimer les vaincus et d'un renfort utile
Donner à nos guerriers le secours préparé.

Une porte inconnue, en un lieu retiré,
Fut, qui donnait jadis, ouvert, par son usage,
Dans les appartemens le plus libre passage.
C'était par-là, tandis que fleurissait l'état,
Qu'Andromaque autrefois, sans pompe et sans éclat,
D'Hécube et de Priam recherchant la présence,
D'Astyanax son fils vers eux guidait l'enfance.
J'y passe et monte au haut du faîte du palais,
D'où la main des Troyens fait pleuvoir de vains traits.

Une tour dominant, dans l'air, en précipice,
S'élevait jusqu'au ciel, régnant sur l'édifice,
D'où Troye entière à l'œil, au loin, pouvait s'offrir
Et le camp, les vaisseaux des Grecs se découvrir;
Armés d'un fer, nos bras l'ont, ensemble, attaquée,
Où des ais désunis la jointure est marquée;
Nos mains vont l'ébranler de sur son fondement,
Et nous la poussons. Elle, aussi-tôt, descendant,
Va, tombant, à grand bruit sur les Grecs, en poussière.
Mais d'autres vont, ardens, les remplacer; la pierre
Et les traits, cependant, pleuvent sans s'arrêter.
Au palais, au-devant, sur son seuil le premier
Se déchaîne Pyrrhus, par ses dards remarquable,
Par son casque d'airain à lueur formidable.
Tel au jour reparaît un mobile serpent,
Quand d'impurs végétaux ont d'un suc malfaisant
Fait grossir ses poisons, il sort à la lumière,
Après, l'hiver, avoir long-tems resté sous terre;

Dans sa nouvelle peau désormais rajeuni,
Paré de sa fraîcheur, reluisant, plus poli,
Il déroule son corps, son long col se redresse;
Il s'élève, au soleil déployant sa jeunesse,
En lançant les trois dards de sa langue au-dehors.
L'énorme Périphas seconde ses efforts,
Lui-même Automédon guide du char d'Achille.
Auprès d'eux rassemblé s'agite, ardent, pétille
De guerriers de Scyros l'essaim impétueux;
Approché du palais il lance au haut des feux:
Lui-même armant son bras d'une hache saisie,
Automédon frappant au seuil, avec furie,
Ébranle les ventaux sur leurs forts gonds d'airain:
Déjà, creusant les ais du fer que tient sa main,
Il fait dans leurs parois une large fracture:
On aperçoit alors, montré par l'ouverture,
Le séjour respecté de nos plus anciens rois;
Et son premier accès, pour la première fois,
Voit debout, rassemblés, des bataillons en armes.
Mais au-dedans, l'effroi, l'épouvante, l'alarme
Sont répandus par-tout; de lamentables cris
Les femmes ont frappé l'or des riches lambris;
Dans ce vaste séjour les mères éplorées
Vont, errantes, presser les portes décorées;
Leur bouche à ces appuis se colle avec des pleurs.
Pyrrhus, tel que son père, insensible aux douleurs,
S'acharne; obstacles, murs, aucune sentinelle,
Rien ne peut plus tenir à sa fougue cruelle;
La porte sous les coups du terrible belier
S'ébranle et hors des gonds, en débris, va tomber:
La force ouvre un passage, on a franchi l'entrée;
Par les Grecs répandus la garde rencontrée
Meurt; à grands flots le lieu s'inonde de soldats.
C'est avec moins de rage, avec moins de fracas

Qu'un torrent en fureur, quand sa digue rompue
Fait céder sa barrière à son eau trop émue,
Enflé, plein de courroux, traversant les guérets,
Dans les champs ravagés, consternés, stupéfaits,
Roule épars les troupeaux, les étables traînées.
   J'ai vu moi-même alors, de ses mains forcénées,
Pyrrhus dans le carnage, en fureur, se plonger;
Les Atrides au seuil, tous deux, se déchaîner;
J'ai vu, de ses cent brus, Hécube, accompagnée,
Dans son sang, dans le leur, tout à-la-fois, baignée;
J'ai vu Priam, du sien, les rougir, ces autels
Qu'il avait consacrés par des feux éternels :
Où les Grecs ne sont pas, la flamme est déployée.
Peut-être vous voudrez savoir la destinée
Du malheureux Priam; quand il vit ces fureurs,
Par-tout les Grecs, entrés, se déborder vainqueurs,
Dans son palais forcé, courir, rouler, en armes,
De ses tremblantes mains, ce vieillard, avec larmes,
Va, saisit sa cuirasse et prend, dans son ennui,
Son casque bien long-temps sans usage pour lui;
D'un inutile glaive il charge sa vieillesse,
Et va chercher la mort dans cette foule épaisse.
   Au centre du palais, sous la voûte de l'air,
Etait un autel vaste, et près, un laurier vert,
Antique et renversant, incliné, son feuillage;
Les pénates du roi brillaient sous cet ombrage.
   Là les filles d'Hécube, elle-même, à grand bruit,
(Comme par fois on voit, dans la profonde nuit,
Pendant un sombre orage, arriver, fugitives,
A vol précipité, des colombes plaintives,)
Se serraient, embrassant les images des dieux.
A l'aspect de Priam accablé, faible et vieux,
Armé, comme il convient à la seule jeunesse:
« O quel aveuglement vous entraîne et vous presse,

» Cher époux ! dit Hécube, et quels sont vos desseins
» Où voulez-vous aller, avec ces traits si vains ?
» Ce n'est pas le secours de défenseurs semblables
» Que demandent de nous des maux irréparables !
» Lui-même, mon Hector, ne pourrait rien pour nous
» Venez; ou cet autel nous préservera tous,
» Ou nous mourrons ensemble ». Après un tel reproche
Elle prend le vieillard, le retient, le rapproche,
Et dans ce saint asyle, introduit, l'a placé.

Mais cependant, voici, par Pyrrhus menacé,
Qu'un des fils de Priam, l'infortuné Polyte,
A travers l'ennemi, les lances, dans sa fuite,
Sous ces vastes pourpris, courait, d'un fer blessé;
Dans l'immense palais il avançait, pressé
Par Pyrrhus qui le suit, affamé de carnage:
Pyrrhus le tient déjà, presque, et bouillant de rage,
La lance basse, il court poursuivant tous ses pas.

Quand ce fils évitant l'atteinte du trépas,
Est près de ses parens, il succombe, sans vie,
Noyé dans tout son sang, dont la place est rougie.
Priam, quoique déjà par la mort possédé,
Ne put, sans horreur, voir tant de férocité,
N'épargna, ni ses cris, ni sa vive colère:
« Que le ciel, s'écrie-t-il, et juste et tutélaire,
» Si quelque pouvoir venge un forfait aussi grand,
» Punisse cet excès d'un juste châtiment,
» O toi, qui viens d'un fils m'offrir l'heure dernière,
» De l'aspect de sa mort profaner l'œil d'un père !
» Va, ce n'est pas ainsi que ce guerrier vaillant,
» Achille, dont tu dis être fils, faussement,
» Se comporta jadis envers Priam en armes !
» Il ne rougit pas, lui, de respecter les larmes,
» Le droit de qui supplie : il me rendit d'Hector,
» Pour le mettre au tombeau, le reste éteint et mort

» Puis me fit renvoyer en paix dans mon empire ».

Ces mots dits, le vieillard, d'une faible main, tire
Un dard qui, sans vigueur et par le rauque airain,
Tout-à-coup repoussé tombe et s'arrête en vain
Au haut du bouclier, pendant, à sa surface.
« Va donc, vas à mon père annoncer ma disgrace,
» Dit Pyrrhus ; aye bien soin de lui représenter
» Les faits peu généreux qu'il me faut imputer :
» Peins-lui Néoptolème indigne de son père,
» Cependant meurs ». Il dit, de sa main sanguinaire
Entraîné vers l'autel le vieillard tout tremblant,
Dans le sang de son fils à chaque pas tombant ;
De la main gauche il prend sa blanche chevelure,
De la droite, en son flanc, d'une large blessure
Ouvert, jusqu'à la garde enfonce un fer mortel.
Du malheureux Priam tel fut le sort cruel,
Telle la fin d'un roi, qui vit Troye embrasée
Sous les efforts des Grecs succomber, écrasée,
Lui, dont l'œil avait vu si long-tems, autrefois,
L'Asie et tant d'états, de peuples sous ses lois !
Désormais ce n'est plus qu'un tronc vaste et par terre,
Une tête arrachée, une ignoble poussière.
Alors d'un trouble affreux l'inexprimable horreur
Pour la première fois s'en vint cerner mon cœur.
A ma pensée offert se présenta mon père,
Quand je vis, par ce coup, arracher la lumière
Au malheureux Priam, du même âge que lui.
Créuse, à l'abandon, vint frapper mon esprit,
Ma maison ravagée, et mon fils en bas-âge !
Dans un si grand péril, éperdu, j'envisage
Ce qui pouvait rester de force autour de moi :
Tous m'ont abandonné ; las, accablés d'effroi,
Ils se sont abattus, le désespoir dans l'ame,
Ou sont jetés à terre, ou sont livrés aux flammes.

Presque seul, je restais, quand mon œil remarqua
Hélène, au premier seuil du temple de Vesta,
Dans un réduit secret taciturne et cachée!
De l'incendie, au loin, la clarté prolongée
Guidait mes pas, brillait, renvoyée à mes yeux
Portauts de tous côtés leurs regards furieux.
Hélène, d'un époux redoutant la colère,
Craignant Grecs et Troyens, cause de leur misère,
Se tenant à l'écart (triste et commun fléau
De sa patrie en deuil et de Troye au tombeau)
Près de l'autel, assise et sans être apperçue.
D'un excès de fureur je sens mon ame émue ;
Le plus ardent désir de venger mon pays,
De punir ses forfaits, s'allume en mes esprits :
« Quoi donc ? cette perfide ira, victorieuse,
» Revoir Mycène, Argos et, conquérante heureuse,
» Jouira d'un triomphe acquis par ses hauts faits ?
» Elle ira retrouver époux, enfans, palais ;
» De Troyens asservis régnant environnée,
» De Troyennes marchant, en pompe, accompagnée!
» Et sous le fer mortel Priam sera tombé !
» Et Troye entière aura dans les feux succombé !
» De tant de sang Troyen suera tout ce rivage!
» Non, jamais, non! si c'est un bien faible avantage.
» De punir une femme et s'il est peu d'honneur
» Dans un exploit pareil honteux pour la valeur,
» On me louera du moins d'ensevelir son crime,
» De noyer dans son sang cette infame victime ;
» J'aurai rassasié mes esprits indignés,
« Vengé le sort des miens par le feu consumés ».
  Je tenais ces discours et mon ame ulcérée
S'embrasait de courroux ; ma mère Cythérée,
Alors, plus clairement qu'en aucuns autres lieux,
Pure, au sein de la nuit, vint s'offrir à mes yeux,

Dans cet éclat brillant qui suit une déesse,
Telle que, dans l'Olympe, elle excite l'ivresse
Des habitans du ciel qu'éblouit sa beauté.
Par sa main, tout-à-coup, je me sens arrêté;
Elle ajoute ces mots de sa bouche de rose :
« Eh ! quels ardens transports, mon fils, d'où naît la cause
» De l'étrange courroux qui vous trouble agité ?
» Qu'est devenu pour nous l'antique soin vanté ?
» Ne conviendrait-il pas de chercher davantage
» Où, laissé, reste Anchise, un père, en son grand âge;
» Si Créuse est vivante et s'il vous reste un fils ?
» Long-tems, de toutes parts, par les Grecs poursuivis,
» Sans les soins continus que d'eux prend ma tendresse,
»   a flamme dévorante ou la lance traîtresse
» Déjà, tranchant leurs jours, vous les eût enlevés.
» N'accusez point Pâris de ces maux arrivés
» Et n'en haïssez pas la fille de Tyndare :
» Le courroux des dieux seul, c'est lui seul qui prépare
» Votre perte et renverse à jamais les Troyens.
» Regardez, car je vais, loin de vos yeux humains,
» Ecarter l'épaisseur de ce nuage sombre
» Qui voile vos regards affaiblis par son ombre :
» Vous, n'appréhendez pas de respecter mes lois;
» D'une mère écoutez, sans réserve, la voix !
» Dans cet endroit où sont des masses dispersées,
» Un amas effrayant de roches entassées,
» L'ondoyante fumée, un tourbillon poudreux,
» Armé de son trident, Neptune furieux
» Jusqu'en leurs fondements secouant vos murailles;
» D'Ilion sans retour ébranle les entrailles.
» Sur la porte de Scée, en tête, c'est Junon;
» Cruelle, voyez-la, sur ce fatal donjon,
» Un fer à ses côtés, appelant au carnage
» Ses Grecs, de leur vaisseaux portés vers le rivage;

» Au sommet de ce fort, vous voyez c'est Pallas
» Assise et présentant la Gorgone à son bras;
» Elle brille, ennemie, au travers de sa nue :
» Lui-même, Jupiter, d'une force inconnue
» Armant les Grecs, leur donne un cœur plus belliqueux
» Et contre les Troyens fait marcher tous les dieux.
» Cédez; à vos travaux mettez fin par la fuite :
» Je vous tiendrai, gardé, toujours, sous ma conduite,
» Vers le toit paternel vous rendrai sans danger ».
Elle dit et dans l'ombre elle va se plonger.
Il m'apparaît, affreux, ce spectacle funeste
Des grands dieux ennemis et de l'ire céleste !
Alors tout Ilion me sembla s'embraser
Et, dans les feux, ses murs, fumans, choir, se briser.
Comme sur le sommet des monts un orme antique
Qu'entamé par le fer, un groupe ardent s'applique
A renverser ; la hache, à grands coups redoublés,
Bat sous l'agreste main des rustres rassemblés :
Déjà la cime en l'air est tremblante et mobile ;
Déjà l'épais branchage est chancelant, vacille ;
Jusqu'à ce que, vaincu, succombant sous ses maux,
Il pousse un dernier cri, tombe et de ses rameaux
Du haut des monts il traîne en roulant la ruine.

   Je descends et, conduit par une main divine,
Je m'avance au travers des feux, des ennemis;
Le feu s'ouvre et les dards sont écartés, soumis.
Mais à peine j'arrive au séjour de mon père,
Lorsque tous mes efforts tendent à le soustraire,
Quand pour sauver ses jours d'un si pressant danger,
Sur les monts, le premier, je songe à l'emporter,
Lui, refuse de vivre après la fin de Troye;
D'un trop pénible exil, lui rejète la voie :
« O vous dont la vigueur, l'âge encor sont entiers,
» O vous qui conservez la force des guerriers!
» C(

» C'est à vous qu'il convient de songer à la fuite.
» Moi, si des Immortels la suprême conduite
» M'eût voulu prolonger la lumière du jour,
» Ils m'auraient conservé ce lieu de mon séjour.
» C'est assez, c'en est trop, une fois, dans ma vie,
» D'avoir vu renverser les murs de ma patrie
» Et de survivre encore à ses calamités :
» Ici je reste, ici, je veux mourir; partez,
» A mon corps étendu dites l'adieu suprême;
» Je saurai de ma main trouver la mort moi-même :
» L'ennemi, sans pitié, ne verra pas mon sort;
» Il voudra ma dépouille et, de plus, sans effort,
» Je ferai d'un tombeau la perte : elle est facile.
» Depuis long-tems, hélas! à moi-même inutile,
» Je vis, traînant le poids d'un destin malheureux,
» Depuis que le dieu roi des mortels et des dieux
» De la foudre a dardé les flammes sur ma tête
» Et m'a touché des feux lancés dans la tempête ».
    Tels étaient ses refus, son langage constant :
Il demeurait toujours obstiné, persistant.
Nous, au contraire, en pleurs, mon épouse Créuse,
Ascagne, la maison, tout, à-la-fois, l'accuse,
Le conjure de voir l'excès de nos douleurs
Et de n'aggraver pas de si pesans malheurs;
Il nous résiste à tous, demeure inébranlable,
Dans son fatal projet s'arrête, imperturbable,
Immobile à sa place, en son premier dessein.
Des combats de nouveau je tente le destin,
Tout à mon désespoir, je veux cesser de vivre.
Eh! quel autre parti pouvais-je avoir à suivre?
Que tenter dans l'horreur d'un sort aussi cruel?
« Qui, moi, quitter sans vous l'asyle paternel,
» Moi, vous abandonner; vous l'auteur de ma vie!
» De la bouche d'un père et ce souhait impie

E *

O ciel, a pu sortir! Si c'est l'ordre des dieux
Que rien n'échappe au sort d'Ilion malheureux,
Si vous avez au cœur formé ce vœu funeste
D'ajouter votre mort, la nôtre, à ce qui reste
De Troye, en ses revers, condamnée à périr,
Cette porte à la mort bientôt pourra s'ouvrir;
Bientôt viendra Pyrrhus écumant de carnage,
Teint du sang de Priam encore dans sa rage :
Pyrrhus, bourreau d'un fils sous les yeux paternels,
Qui massacre le père à l'aspect des autels.
« Est-ce pour ce supplice, ô Vénus! ô ma mère,
» Que des flammes, des traits, vous daigniez me soustraire
» Pour voir les ennemis sous mon toit engagés,
» Mon épouse et mon fils et mon père égorgés,
» Expirer, tout couverts du sang les uns des autres?
» Aux armes! donnez-moi des armes! Pour les nôtres
» Un seul parti, vaincus, nous reste, c'est la mort.
» Qu'on me remène au Grecs! dans un si cruel sort
» Je retourne aux combats, ma ressource dernière.
» Ah! laissez-moi; du moins, dans ma juste colère,
» Tous nous ne mourrons pas, sans vengeance, aujourd'hui
   Je m'armais de nouveau; mon bouclier poli
A mon bras ajusté, j'allais franchir la porte;
Mais ma Créuse, en pleurs, que sa douleur transporte,
Sur le seuil embrassant mes pieds, pâle d'effroi,
Tendait, en s'arrêtant, Iule devant moi :
« Si vous allez périr, emmenez-nous nous-mêmes,
» Par-tout, à vos côtés, dans ces momens extrêmes!
» Ou si quelqu'espérance encor vous fait armer,
» Cet asyle, d'abord, daignez le protéger,
» Ou votre fils Ascagne, ou votre épouse, un père,
» Objets jadis sacrés de votre amour si chère,
» Sont laissés! » En faisant retentir ces accens,
Elle fendait les airs des cris les plus perçans.

Tout-à-coup un prodige est offert, plein de charmes ;
Voici qu'entre les mains de ses parens, en larmes,
Sur la tête d'Iule a semblé voltiger
Un feu vif et subit qui, s'élançant, léger,
Rayonnant, lumineux, de sa flamme innocente
D'un tact mobile et doux sur tout son front glissante,
Effleurant ses cheveux aux tempes s'est porté.
Aussi-tôt de frayeur, tous, nous avons tremblé ;
Nous secouons le feu hors de sa chevelure,
Nous versons, pour l'éteindre, à flots, une onde pure.
Mais Anchise, mon père, au ciel levant les yeux,
Tendant ses bras, s'écrie, en son transport joyeux :
« Tout-puissant Jupiter ! si par quelque prière
» Le mortel a le droit de fléchir ta colère,
» Jette d'abord sur nous un regard de bonté ;
» Si nous le méritons par notre piété,
» Daigne après confirmer un si touchant présage ».
A peine Anchise avait achevé ce langage,
A gauche, le tonnerre, avec un bruit soudain,
Retentit, et dans l'ombre on vit, du ciel serein,
Descendre et traverser une étoile éclatante
Que suit un long sillon de lumière courante ;
Sur le sommet du toit notre œil la voit passer,
Dans les bois de l'Ida, brillante, s'enfoncer,
Marquant, par sa clarté, sa route lumineuse,
Par-tout, au loin, jetant une odeur sulfureuse.
    Anchise alors, vaincu, s'élève jusqu'aux cieux,
Adore l'astre saint, offre un hommage aux dieux :
« Rien ne m'arrête plus ; je vous suis et, fidèle,
» Je marche où votre voix favorable m'appelle.
» O dieux de ma patrie ! épargnez ma maison !
» Sauvez mon petit-fils, mon dernier rejeton :
» Cet augure est à vous ; Troye est sous votre empire !
» Je cède, et je suis prêt à me laisser conduire ;

» O mon fils ! je consens de partir avec toi ».

Anchise a dit ; déja , de nous , dans notre effroi,
Plus clairement du feu le bruit se fait entendre ;
De plus près l'incendie approchant va s'étendre :
« Sur mon épaule il faut , mon père , vous placer ;
» Humble, pour vous porter elle va s'abaisser :
» Ce fardeau pour un fils sera bien peu sensible.
» Quelque soit notre sort favorable ou terrible,
» Nous aurons, tous les deux , dans ce moment fatal,
» En commun le salut ou le danger égal.
» Qu'à mes côtés mon fils , suivant mes pas, se presse ;
» Que de loin, mon épouse , avec moins de vitesse,
» Marche , observant de loin nos traces de ses yeux ;
» Et vous, mes serviteurs , attentifs et soigneux ,
» Gravez cet ordre exprès au fond de vos pensées.
» On rencontre, en quittant nos murailles laissées,
» Un temple sur un tertre , à Cérès consacré,
» Vaste , antique , aujourd'hui par Cérès déserté.
» Non loin est un cyprès , jadis , par son feuillage
» Pour nos pères sacré pendant un long cours d'âge.
» Là , nous nous rendrons tous par différens chemins.
» Mon père , vous , prenez nos dieux entre vos mains ;
» Moi qui récemment sors d'un trop sanglant carnage,
» Je ne les puis toucher qu'avant , sur le rivage,
» Je n'aye lavé mes mains dans un ruisseau coulant ».

Je dis et , sur mon col dispose, en l'étalant,
Une peau de lion à crinière dorée ;
Je courbe mon épaule et , la tête abaissée,
Je reçois mon fardeau ; ma main droite à l'instant,
S'enlace dans les doigts d'Iule mon enfant,
Qui , d'un pas inégal, suis le pas de son père ;
Créuse mon épouse , avance et suit derrière.
Nous allons, nous marchons par des détours obscurs ;
Et moi qui , dans l'instant , aux dangers les plus sûrs

M'exposais sans pâlir, à qui des Grecs en armes
Les plus forts bataillons causaient si peu d'alarmes,
Maintenant le son, l'air, le bruit le plus léger,
Tout me tient en suspens, ému, vient m'effrayer;
Pour mon fardeau, mon fils, semblablement je tremble.
  Déja nous approchions des remparts tous ensemble,
Il me semblait avoir fait entier mon trajet;
Quand tout-à-coup j'entends, interdit, stupéfait,
Un grand bruit de piétons qui s'approche et redouble.
Anchise au loin portant ses regards, dans son trouble:
« O mon fils! oh fuyons! je les vois s'approcher!
» Je vois des boucliers l'airain de loin briller. »
Alors dans ma frayeur je ne sais quelle envie
D'une divinité de mon sort ennemie
Égarant mes esprits, troubla mes sens confus;
Car tandis que, marchant par des chemins perdus,
Bien soigneux, j'évitais la route fréquentée,
Mon épouse Créuse, hélas! m'est enlevée!
Soit qu'égarés ses pas aient quitté le chemin,
Qu'elle ait vu, dans la route, abréger son destin,
Que, lasse de la marche, elle se soit assise,
Je ne sais, mais depuis mon œil, avec surprise,
Ne la vit plus jamais près de moi se montrer.
Je ne m'en apperçus, ne songe à la chercher,
Que quand nous arrivons rendus au temple antique;
Près de l'asyle saint alors quand je m'applique
A compter nos Troyens, à les rassembler tous,
Elle seule trompa mon père, son époux,
Nos compagnons, mon fils, notre douleur commune.
Qui des dieux, des mortels, dans ma triste infortune
N'accusa pas l'excès de ma juste douleur;
Dans Troye en cendres vis-je aucun plus grand malheur?
Mes soins à nos Troyens recommandent mon père,
Nos dieux Lares, mon fils; quand, dans ma peine amère,

E 5 *

Je les ai fait cacher au fond d'un vallon creux ;
Vers Troye au même instant, me dirigeant, je veux
Aller ; je me revêts de mes armes brillantes,
Je veux me reporter vers nos maisons brûlantes,
Pour reparcourir Troye à l'instant retourner,
Aux plus affreux périls encor m'abandonner.
Et d'abord vers les murs et l'issue ignorée
Que, sortant, je franchis, ma marche est assurée ;
Observant, attentif, je vais, cherchant, la nuit,
La route et les sentiers par où je vins, conduit ;
Par-tout l'horreur m'alarme et, même, le silence.
De là vers ma demeure, interdit, je m'avance ;
Si les pas de Créuse ont pu, là, s'adresser,
Si je l'y trouverais, les Grecs l'ont su forcer,
Et la flamme, en fureur, par le vent animée,
Bien au-dessus du toit dans l'air roule, allumée.
Je monte au fort, je vais au palais de Priam ;
Déjà je m'avançais sous son parvis fumant,
Où de Junon était l'antique sanctuaire ;
Là, l'immense butin fait dans la ville entière,
Sous les portiques mis, en monceaux rassemblé,
Par Ulysse et Phœnyx choisis, était gardé.
Là, sont tous les trésors qu'avait renfermés Troye,
Arrachés des lieux saints à l'incendie en proie,
Des vases d'or massif, les tables de nos dieux,
Tous les ornemens pris, les tissus précieux
S'accumulent. D'enfans, de mères égarées
Restent autour, debout, des files éplorées.
    J'osai dans l'ombre encor faire entendre ma voix ;
Mes cris dans chaque rue ont retenti cent fois,
J'appelle, à haute voix, dans l'excès de mon trouble,
Créuse, ma Créuse, et souvent je redouble ;
C'est envain. Je cherchais, lorsque mon désespoir,
Sans fin, sous tous les toits, par-tout, voulait tout voir,

Le simulacre même et l'ombre de Créuse.
Viennent la présenter à ma douleur confuse,
Triste et plus grande alors qu'avant je ne la vis :
Saisis par la frayeur aussi-tôt mes esprits
Se glacent; mes cheveux sur mon front se dressèrent,
Dans mon gosier les sons de ma voix s'arrêtèrent.
Créuse alors me parle et me calme en ces mots :
« Pourquoi de regrets tels troubler votre repos ?
» Ce n'est pas sans des Dieux la volonté formelle
» Que vous vient, cher époux, cette peine mortelle;
» Créuse ne pouvait fuir ni suivre vos pas,
» Le roi puissant du ciel ne le permettait pas;
» Vous aurez un exil bien long dans sa durée :
» La vaste mer par vous, un long-tems, traversée,
» Vous atteindrez les bords du sol Hespérien
» Où, d'un cours lent et doux, le Tibre Lydien
» Baigne une terre heureuse, en grands guerriers féconde :
» Un sort brillant, l'empire, un jour, des mers, du monde,
» Un éclatant hymen, là, vous sont préparés.
» Que nos nœuds ne soient pas long-tems par vous pleurés,
» Du féroce Argien, du Dolope sauvage
» Je n'irai pas, livrée au cruel esclavage,
» Voir les palais altiers et les murs inconnus;
» Moi Troyenne, moi bru de la belle Vénus,
» Je n'irai pas servir les femmes de la Grèce !
» Mais la mère des dieux, Cybèle, en sa tendresse,
» Me retient sur ces bords; recevez mes adieux;
» Gardez l'amour d'un fils, fruit de nos communs nœuds. »
Elle a dit; moi pleurant, voulant beaucoup répondre,
Elle me quitte et va dans l'air léger se fondre.
Par trois fois mes efforts, vains, veulent la presser,
Trois fois, hors de mes bras je la vois s'élancer
Comme le vent léger, un songe qui s'envole.
Après qu'enfin ainsi ma recherche frivole

E 4 *

A vu dans ces tourmens se consumer la nuit,
Je joins mes compagnons, et j'admire, interdit,
Qu'un essaim de nouveaux aux premiers se rassemble;
Mères, guerriers, venus pour s'exiler ensemble !
Foule trop déplorable, ils s'étaient ramassés,
Par leurs moyens, leurs vœux à me suivre empressés;
Par-tout ou sur les flots je les voudrais conduire.
Au sommet de l'Ida déjà commence à luire
Ce lucifer brillant, avant-coureur du jour ;
Les Grecs de chaque rue assiégent le détour ;
Aucun espoir d'appui ne s'offre à ma misère ;
Je cédai, sur les monts, enfin, portai mon père.

LIVRE TROISIÈME.

SOMMAIRE.

TROYE détruite, Enée, après avoir recueilli les restes des siens et ceux qui étaient échappés au ravage du fer et des flammes, construit une flotte de vingt navires auprès d'Antandre, et d'abord est conduit vers la Thrace. Là, pendant qu'il pose les fondemens d'une cité future, effrayé des prodiges qu'il voit près du tombeau de Polydore immolé par le roi de ce pays, il va gagner Delos, pour y consulter l'oracle d'Appollon. Il apprend qu'il doit chercher le pays de sa première origine, l'antique berceau de sa nation. Trompé par une interprétation fausse que fait Anchise, son père, de cette réponse, il va en Crète; mais dans ce pays même, sa cité déjà construite, il éprouve les fléaux d'une peste cruelle; ses Dieux Pénates lui apparaissssent pendant son sommeil, et, sur leur avis, il quitte la Crète pour gagner l'Italie; une tempête subite s'élève, jette d'abord Enée sur les isles Strophades, où les Harpies le tourmentent. Bientôt il aborde Actium, y célèbre des jeux en l'honneur d'Appollon; de là, dépassant Corcyre, il arrive en Epire, soumise alors au pouvoir d'Hélénus fils de Priam, devenu, après la mort de Pyrrhus, époux d'Andromaque. Enée est reçu par Hélénus avec tous les égards de l'hospitalité et de la bienveillance; ce prince,

inspiré , lui révèle la longue suite de périls q
menace sur terre et sur la mer. Enée quitte l'E
passe Tarente et , conduit vers les premiers m
d'Italie , arrive dans la partie de la Sicile , adjacent
Mont Etna. Il y reçoit Achemenide , laissé par U
dans l'antre du Cyclope, et apprend de ce Grec la fe
de ces monstres géants ; il part, et, docile aux
d'Hélénus , évite les écueils de Carybde et Scylla
par un long détour; porté dans le voisinage de la S
arrive à Drepanum, où Anchise, accablé de vie
et des fatigues d'un long trajet, cesse de vivre. D
le Héros voguant vers l'Italie , est, par une tempête q
envoye, jeté tout-à-coup sur les côtes d'Afrique.

APRÈS que de l'Asie et de Priam vaincu
Par d'inflexibles dieux l'empire est abattu,
Qu'Ilion tombe en cendre et que de Troye entière,
Par Neptune bâtis, fument les murs, à terre,
En des exils divers, par les avis des Dieux,
Nous allons, envoyés vers des climats affreux :
Et sous Antandre même aux monts de la Phrygie,
Par nos mains une flotte est, nombreuse, bâtie;
Incertains où le sort voudra nous adresser,
Où nous sera donné d'aller, pour nous fixer.
De guerriers qu'on rassemble une troupe est levée;
Et la saison propice à peine est arrivée,
Anchise alors, soigneux, commande de partir:
On me vis donc en pleurs m'éloigner et sortir
Du rivage, des ports de ma triste patrie,
Des champs où jadis Troye a brillé, si chérie,
Fuir en exil porté sur la profonde mer.
Lares, grands dieux, Troyens, mon fils vont m'escorte

De loin on voit la terre au dieu Mars consacrée,
Par les robustes bras du Thrace cultivée :
Lycurgue fier , jadis là même avait régné :
Traités , nœuds chers et saints de l'hospitalité
Aux jours de sa splendeur leur avaient uni Troye :
Sur ce bord recourbé je me porte avec joie,
Mes soins y font d'abord monter mes premiers murs ;
Mais j'entrais là , conduit par le sort le plus dur.
Eneade est le nom dont mon peuple s'appelle :
J'offrais à tous les Dieux , à la bonne Cybèle,
De mes travaux naissans protecteurs implorés ,
Un juste sacrifice et mes vœux adressés ;
Au roi puissant des dieux sur-tout , par mon hommage,
Un taureau blanc offert tombait près du rivage.
Par hasard , tout auprès s'élevait un tombeau
Qu'au sommet un cormier couvrait de maint rameau,
D'un myrte épais auprès flotte et s'étend l'ombrage :
Je m'approchai , voulus ravir de ce feuillage ,
Du sol faire sortir cette verte forêt,
Pour couvrir les autels de son branchage épais.
Je vois s'offrir horrible , effroyable , un prodige ;
Ma main détache à peine une première tige,
Sa racine rompue à peine elle a cédé ,
Du sang , en gouttes, noir, sort du tronc agité,
Qui de souillure a teint l'arène maculée :
Une subite horreur dans tous mes sens portée,
Mon corps éperdu tremble et par l'effroi glaçant
Dans mes veines surpris s'arrête tout mon sang ?
Je poursuis , veux ravir une autre branche encore,
Du prodige chercher la cause que j'ignore ;
Encore un nouveau sang suit du nouveau rejet :
Roulant mille pensers, dans mon trouble , inquiet ,
J'adorais de ces bords les nymphes révérées ,
Le puissant Mars, le dieu des phalanges armées ;

Qui préside aux côteaux des Gètes belliqueux,
Les priais de daigner, en augures heureux
Convertir cet aspect, alléger son présage ;
Mais, la troisième fois, lorsque mon bras s'engage
Tirant plus fortement à moi ce bois sanglant ;
Quand, sur terre, à genoux, je suis courbé luttant,
Parlerai-je, ou faut-il en garder le silence ?
Un cri sort du tombeau, lamentable, il s'élance
Et dans les airs ces mots portés sont entendus :
« Quoi ! tu veux lacérer un guerrier qui n'est plus ?
» Épargnes dans sa tombe un malheureux, Énée ;
» Que ta main pure, hélas, ne soit pas profanée !
» Je ne suis pas, Troyen, à ta race étranger
» Et, ce sang, les combats ne l'ont pas fait verser.
» Fuis ces lieux cruels, fuis loin d'un rivage avare,
» Car je suis Polydore ; ici, le fer barbare,
» Une forêt de traits, surpris, m'ont terrassé,
» Par mille dards aigus mon corps tomba, percé. »
Interdit, dans l'excès des frayeurs qui m'oppressent
Je restai stupéfait, mes cheveux tous se dressent ;
Dans mon gosier les sons de ma voix sont glacés.
Avec un grand monceau de trésors entassés,
Jadis, ce Polydore, et pendant nos détresses,
Par Priam malheureux en proie à ses angoisses,
Avait au roi de Thrace été remis enfant,
Du succès des combats quand déjà s'alarmant,
Il voyait ses remparts cernés par un long siège :
Mais le Thrace barbare, étranger sacrilège,
Les Troyens abattus et leurs revers comblés,
Quand la fortune ailleurs tourna ses dons portés,
Embrassant le parti des armes de la Grèce,
Vendit à nos vainqueurs sa fragile promesse ;
Puis brisant tout lien pour les mortels sacré,
Polydore est par lui lâchement massacré.

Le parjure envahit son héritage immense ;
A quoi donc, soif de l'or, ton horrible puissance
Ne contraint-elle pas les cœurs mortels! Remis,
Aux premiers chefs du peuple, à mon père surpris
J'apprends ce que les Dieux m'ont fait voir de funeste,
Les consultes : « Quel est le parti qui nous reste ? »
» Il faut, sans délai, fuir, c'est l'unanime avis,
» Cet exécrable bord, l'affreux, le vil pays
» Où l'hospitalité souffrit, si violée ;
» Il faut aux vents livrer la voile abandonnée ».
A Polydore alors, dans nos vives frayeurs,
Nous rendons de nouveau les funèbres honneurs :
On dresse des autels lugubres, cinéraires,
Entourés de cyprès, de bandes funéraires ;
Les Troyennes, autour, debout, cheveux épars ;
Nos mains sur le tombeau versent de toutes parts
Le lait mousseux qui sort d'une coupe argentée ;
Une victime tombe aux mânes présentée :
L'ame de Polydore, on l'enferme en ce lieu,
On la cite à grands cris en lui disant l'adieu ;
Puis lorsqu'on croit pouvoir, tranquille, affronter l'onde,
Que les vents ont laissé calme la mer profonde,
Que zéphir sur leur sein invite à s'élancer,
Les vaisseaux, vers les bords on les fait transporter ;
En ordre tous, partis, nos compagnons s'empressent,
Les côtes, les cités, courent, fuyent, disparaissent.
Sur la plage, au milieu, s'offre un sol cultivé,
A Neptune Egéen, à Thétis consacré,
Fertile et présentant le plus charmant rivage ;
Ile errante et d'abord flottante sur la plage,
A Gyarus la haute, à la forte Mycon
Liée, elle s'unit par la main d'Apollon :
Immobile depuis, affrontant la tempête,
Le Dieu du jour voulut qu'on cultivât sa crête.

J'y conduis mes vaisseaux déjà las, affaiblis
Et le plus heureux port nous reçoit, introduits.
Débarqués, d'Apollon nous révérons la ville ;
Pontife de ce dieu, maître puissant de l'île,
Anius y régnait, ceignant tous à-la-fois
Son front du laurier saint et du bandeau des rois.
Il vient à nous, retrouve un ami dans Anchise ;
De l'hospitalité la fois sainte est promise,
Sous son toit, le vieillard, transporté, nous conduit.
Du Dieu le temple était dans un vieux roc construit :
« Accordes-nous, disais-je, ô Dieu de la lumière,
» Un permanent séjour, notre race guerrière,
» Des murs qui soient à nous, durable, une cité ;
» Sois sensible aux longs maux de notre adversité
» Et garde une autre Troye, un reste de l'ancienne
» Qui survit aux fureurs de l'armée Argienne !
» Où nous rendre ? où tourner ? où porter nos destins ?
» Daignes nous l'indiquer par des signes certains ;
» Viens, descends dans le fond de notre ame éclairée ».
  A peine j'achevais, la porte est ébranlée,
Tout, le laurier du Dieu, jusqu'aux murs d'alentour,
Tremble ; le souterrain s'ouvre et rend un bruit sourd,
Nous, sur terre abattus, l'oracle nous annonce
En ces mots solennels sa divine réponse :
« O valeureux Troyens ! la terre d'où, jadis,
» Vos plus anciens ayeux et vous êtes sortis,
» Seule, ouvrira pour vous son sein vaste et fertile ;
» Retournez-y ; cherchez sur ses bords votre asile,
» Et cette antique mère, allez la regagner ;
» Le descendant d'Enée, un jour, là, doit régner
» Et les fils de vos fils et leur race guerrière
» Doivent sous leur pouvoir ranger la terre entière ».
  Ainsi parle Apollon : les Troyens, tous entr'eux,
Ressentent un délire et des transports joyeux

Dont tous leurs cœurs émus sont ivres d'alégresse ;
Ils cherchent sur quels bords l'oracle les adresse,
Quels ils sont donc ces murs qu'ils devront posséder,
Vers quel endroit le Dieu leur dit de se porter ;
Songeant, Anchise alors parcourt dans ses pensées
Quelles traditions nos pères ont laissées ;
Puis dit, « O vaillants chefs ! écoutez ; plus heureux ,
» Entendez quel espoir pour vous ouvrent les Dieux !
» La Crète , au Dieu puissant , roi du ciel consacrée,
» Monte, au milieu des flots, île au loin révérée ;
» C'est là qu'est cet Ida respectable et fameux,
» Là, le premier berceau de nos premiers ayeux;
» Là, cent vastes cités par le peuple habitées ,
» Un sol gras , riche , heureux , des terres fécondées.
» Notre ayeul, le premier, si je rappelle bien
» Les faits contés alors , Teucer, fugitif, vint
» Aborder sur les flots aux rives de Rhœtée
» Et choisit pour états cette immense contrée ;
» Pergame, et ses remparts, et son superbe fort
» Dans ce séjour naissant ne montaient pas encor ;
» On habitait en paix dans le fond des vallées ;
» C'est de là, parmi nous , que vinrent, apportées
» Les fêtes de Cybèle et celles de l'Ida ;
» Le bruyant Corybante et l'airain qu'il frappa
» Dans les élans hardis de son agile danse,
» Et les mystères saints que voile le silence,
» Et ses lions au char de Cybèle enchaînés.
» Allons, suivons des Dieux les ordres émanés ;
» Offrons nos vœux aux vents , gagnons le port de Crète ;
» Un trajet court de nous sépare sa retraite ;
» Et si le roi des Dieux daigne aider nos efforts,
» Le troisième jour peut nous voir toucher ses bords ».
Il achève ; aux autels nous offrons notre hommage ;
Pour Neptune un taureau tombe sur le rivage :

Pour le brillant Phœbus, Dieu du jour, un taureau,
Une noire brebis aux vents, tyrans de l'eau,
Une aux zéphirs heureux, blanche, est sacrifiée.
  Le bruit vole et par-tout répand qu'Idoménée
Des paternels états s'est éloigné, chassé ;
Que par nos ennemis ce bord libre est laissé,
Qu'ils se sont portés loin des rives de la Crète.
Nous laissons Ortygie et son âpre retraite,
Nous rasons sur les flots les blancs rocs de Paros,
Le bachique sommet de l'aride Naxos,
L'heureux Oléaros, Donize, au verd rivage
Et les Cyclades sœurs errantes sur la plage.
Nous passons mille lieux sur l'onde, épars, distans ;
Tous font ouïr à l'envi de nautiques accents.
De mes Troyens joyeux la foule m'encourage
A gagner des Crétois, nos ayeux, le rivage :
En poupe, un vent léger s'élève heureux, nous suit
Et dans le port de Crète enfin nous introduit.
Empressé toujours, moi, j'y construis une ville,
Je la nomme Pergame et, mon peuple docile,
Je l'exhorte à chérir, joyeux d'un si beau nom,
A surmonter d'un fort ce nouvel Ilion.
La poupe, à sec, à peine est vers les bords tirée,
A l'hymen, aux travaux, la jeunesse est livrée ;
Déjà leurs bras du soc fend ces nouveaux guérets,
Je leur donnais à tous des demeures, des lois,
Quand du ciel corrompu tout-à-coup l'air funeste
Aux corps vint apporter la plus horrible peste ;
Arbres, champs, végétaux, tout en est infecté ;
Le mal contagieux par l'air au loin porté,
L'œil se fermait au jour, où, dans leur maladie,
Faibles, les corps traînaient la plus mourante vie ;
Les Sirius ensuite, exerçant ses fureurs,
Frappe les champs brûlés par ses vives ardeurs ;

L'herbe

L'herbe se flétrissait et, languissans, à terre,
Les épis refusaient leur tête nourricière ;
En Ortygie, alors, retraversant la mer,
Anchise à l'instant veut qu'on aille consulter
L'oracle et d'Apollon qu'on calme la colère,
Qu'on sache quelle fin reste à notre misère,
Où nous devons chercher un remède à nos maux,
Où pour nous doit enfin se trouver du repos.
   Il était nuit ; la terre et tout ce qui respire
Ressentaient du sommeil l'heureux et doux empire.
L'image de nos dieux, des Pénates Troyens,
Arrachés autrefois de nos bords par mes mains
Et soustraits à la flamme, aux Grecs, lors de ma fuite,
Tout-à-coup, à mes yeux, s'offre en songe et m'excite ;
Je les voyais briller, frappés de la clarté
Dont rayonnait leur front par la lune argenté ;
Ils calment, en ces mots, ma douleur trop aigrie :
« Ce qu'Apollon lui-même, aux rives d'Ortygie,
» T'annoncerait, par nous tu vas l'apprendre ici ;
» Vers toi nous nous rendons, conduits exprès par lui ;
» Nous, depuis qu'Ilion tomba fumant en cendre,
» T'avons toujours suivi toujours pour te défendre :
» Sous toi, nous endurons les longs périls des mers ;
» Ce sera nous encor, nous, qui ferons monter
» Ta race et sa splendeur à la voûte éthérée,
» Transporterons l'empire à ta ville élevée !
» Pour un peuple grand, toi, construis un grand séjour ;
» Ne sois pas rebuté des maux d'un trop long tour :
» Change de lieux ; ces bords ne sont pas l'héritage
» Que le dieu de Délos veut être ton partage
» Et la Crète n'est pas l'endroit pour toi marqué.
» Il est un lieu fameux par les Grecs surnommé
» Hespérien, contrée antique et belliqueuse,
» Par ses guérets féconds, par ses héros fameuse.

                              F *

» On publie aujourd'hui que ses peuples nouveaux

» L'appellent Italie, en honneur d'un héros,

» Italus, qui les a guidés sur ce parage :

» Là, notre asyle est ; là, notre sûr héritage ;

» C'est de là que, sortis, sont issus Dardanus

» Et l'aïeul des Troyens si grand, Iasius.

» Lève-toi ; va, joyeux, rapporter à ton père

» Ce que nous t'annonçons de certain, de prospère ;

» C'est l'Italie enfin qu'il t'est dû de chercher :

» En Crète Jupiter te défend de rester ».

Frappé d'un tel aspect, de l'avis qui m'éclaire,

(Car ce n'est pas d'un songe une erreur mensongère,

Et je reconnaissais, je distinguais nos dieux,

Leur front, le voile saint qui couvrait leurs cheveux,

Avec leurs traits connus, leur port et leur visage)

Dans des flots de sueur mon corps froid, glacé, nage,

J'abandonne ma couche et lève au ciel mes mains,

Offre des dons intacts sur les foyers voisins ;

Cet hommage rendu, tout transporté d'ivresse,

Je vais, soigneux, d'Anchise informer la tendresse,

Lui dévoiler les faits dans leur ordre exposés :

Mon père a reconnu ses esprits abusés,

Et nos doubles parens, la double descendance

Et des lieux mal compris la trompeuse apparence :

« Fils, du sort d'Ilion, hélas, si tourmenté,

» Par Cassandre autrefois l'avis m'en fut donné

» Et je me ressouviens que m'étaient annoncées

» Par elle pour mon sang ces hautes destinées.

» Sa voix souvent nommait le bord Hespérien ;

» Tous ses vœux appelaient l'empire Ausonien.

» Mais comment croire alors qu'Ilion pût descendre

» Jamais au Latium ou, dans ces tems, Cassandre

» Nous pouvait-elle alors, Troyens, persuader ?

» Cédons au dieu du jour ; le laissant nous guider,

» Suivons, puisqu'il l'ordonne, un parti salutaire. »
Il dit, à ce conseil plein de joie on défère :
De Crète on est parti, peu des nôtres laissés ;
Les vents enflent la voile et, sur les flots lancés,
Nos navires et nous ouvrons le marbre humide.
   Quand on est au milieu de l'élément liquide,
Que la terre par-tout fuit, échape aux regards,
Qu'on ne voit plus que ciel, mer, flots de toutes parts,
Un nuage bleuâtre étendu sur ma tête,
Vint, portant dans ses flancs l'orage et la tempête.
Horrible, une nuit tombe enveloppant les eaux ;
Tout-à-coup de la mer les vents roulent les flots
Et la plage en fureur se soulève exhaussée :
Balottés, nous errons sur l'onde courroucée ;
Du voile le plus noir le jour enveloppé,
Par la plus sombre nuit le ciel est dérobé ;
Mille éclairs redoublés vont sillonnant la nue.
Hors de sa route, alors, notre flotte perdue,
Nous errons hasardés au sein des flots amers ;
Lui-même dit ne plus distinguer dans les airs,
Le jour d'avec la nuit, ni sur la plage obscure,
Pouvoir trouver sa route, incertain, Palinure.
Pour nous trois jours entiers Phœbus est sans flambeau,
Sans étoiles, trois nuits nous voient flottans sur l'eau :
Le quatrième jour, enfin, paraît la terre
S'élevant, présentant de loin dans l'athmosphère
Des monts où l'œil voyait des toits épars fumer.
La voile est repliée, on s'efforce à ramer :
Les nautonniers ardens fendant l'eau bouillonnante,
Balayent à grands coups l'écume frissonnante.
Alors, hors de danger, je fais tourner au bord ;
Les Strophades enfin, pour nous, ouvrent leur port.
   Les Strophades, ainsi par les Grecs surnommées ;
Sont sur la grande mer des îles parsemées :

F 2

Cœlèno la harpie et ses funestes sœurs
Y fixent leur séjour depuis que leurs terreurs
Les firent s'éloigner des tables de Phinée,
Depuis que sa demeure est pour elles fermée.
Nul monstre ne s'est vu, jamais, plus effrayant;
Jamais du Styx terrible, en leur courroux ardent,
Les dieux n'ont fait sortir de fléau plus infâme !
Ailés, ces monstres ont des visages de femme ;
Leur flanc est découlant d'impures saletés :
Elles portent aux mains des ongles recourbés ;
L'aride faim toujours pâlit leurs traits livides.
Abordés, tout-à-coup à nos regards avides
Voici que sont offerts, sur les fertiles champs,
De gras troupeaux de bœufs, des chevreaux bondissans,
Errans, sans conducteurs, parmi ces pâturages.
Nous nous jetons, armés, au travers des herbages;
Soigneux, nous appelons les maîtres du destin
Et Jupiter lui-même à leur part du butin.
Sur l'arène on construit des lits de mousse verte
Et nous mangeons la proie à nos besoins offerte.
Mais d'un effrayant vol, voici, du haut des monts,
De leur aile, à grand bruit, traversant l'horizon
Qu'arrivent tout-à-coup les horribles harpies.
Nos tables, à l'instant, de leur toucher salies,
Se dépouillent des mets par leur serre enlevés ;
A la plus triste odeur leurs durs cris sont mêlés.
Sous l'abri long que donne une roche creusée,
Par-tout d'une épaisse ombre et d'arbres entourée,
Nous dressons de nouveau la table du festin ;
Le feu brille aux autels, rallumé par nos mains.
D'un autre endroit, en l'air, fondant de leur repaire,
La troupe, en frémissant; autour vole, et sa serre
Et sa bouche ont souillé la table en même-tems.
A tous nos compagnons je donne ordre à l'instant

Qu'on s'arme ; je publie au loin qu'on ait à faire
A cette horrible espèce une implacable guerre.
Tout sur l'heure obéit : tout prend les boucliers ;
On va saisir les fers dans les herbes cachés.
Dès que les monstres vont tendans vers le rivage,
Misène, du sommet d'un élevé parage,
Donne un signal au loin par l'airain résonnant.
On attaque ; il s'engage un combat surprenant
Pour détruire des mers ces sales volatiles :
Mais du fer sur leurs corps les coups sont inutiles ;
Par leurs plumes couverts ces monstres envolés
Ont laissé les morceaux demi-mangés, souillés.
Seule alors sur le haut d'une roche élevée,
Cœléno se porta, prophétesse abhorrée,
De son gosier hideux j'entends sortir ces mots :
« C'est donc là guerre encor que pour de vils chevreaux,
» Pour des bœufs immolés, Troyens, vous voulez-faire,
» Nous exiler sans tort de la natale terre ?
» Eh bien ! retenez donc mes sévères discours ;
» Gravés dans vos esprits qu'ils restent pour toujours.
» Ce qu'Apollon a su du maître du tonnerre,
» Il daigna me l'apprendre, et, moi, je vous éclaire,
» Moi furie, au-desus des compagnes mes sœurs :
» L'Italie est le bord où vous tendez ? Vainqueurs,
» En implorant les vents, vous verrez l'Italie ;
» Vous atteindrez les ports de sa terre chérie ;
» Mais vous n'entourerez vos murs d'aucuns remparts,
» Qu'avant vos appétits irrités et hagards,
» Châtiment mérité de notre indigne outrage,
» Ne vous fassent manger vos tables avec rage ».
Elle a dit, et son vol la cache dans les bois.
De tous nos compagnons le sang transi d'effroi,
Leur courage est éteint ; ce n'est plus par les armes,
C'est en offrant des vœux, des hommages, des larmes,

F 5

Qu'ils veulent appaiser ces dangereux fléaux,
Soit qu'ils soient déités ou de sales oiseaux.

  Mais Anchise, les bras tendus sur le rivage,
Invoquant les grands dieux, leur offre un juste hommage:
« Dieux, de cette menace écartez les effets !,
» Dieux, détournez des maux si grands ! que nos respects
» Obtiennent votre appui pour des cœurs si fidèles ».
Aussi-tôt sur la rive il fait tendre les voiles,
Et des cables bruyans couper les lins brisés ;
Le zéphire heureux souffle et nous voguons, lancés
Où, sur les flots ouverts le pilote nous mène,
Où des propices vents nous fait cingler l'haleine.
Déjà, de bois couvert nous voyons Zacinthos,
Dulichium, Samé, tes rocs hauts, Néritos ;
Nous fuyons les écueils d'Ithaque et ce rivage
Jadis soumis aux lois de Laerte sauvage,
L'affreux bord qui nourrit Ulysse détesté,
Bientôt à nous de loin vient s'offrir présenté,
Le sommet du Leucate à crête nuageuse,
Puis, paraît d'Apollon la cime périlleuse ;
Là, bravant tout effroi, nous nous rendons lassés,
Une faible cité nous reçoit empressés ;
L'ancre jeté, la poupe est fixée au rivage.
Contre tout espoir donc rendus sur ce parage,
Au puissant roi du ciel nos soins religieux
S'adressent en troublant ses autels de nos vœux.
Heureux, nous nous livrons sur la terre Actienne
Aux jeux jadis donnés sur la rive Troyenne,
Aux luttes, aux combats montrés par nos ayeux,
L huile épandue à flots enduit les corps nerveux ;
On s'applaudit d'avoir des Grecs fui tant d'asyles,
D'avoir pu dépasser tant de pays hostiles.

  Cependant le soleil achevant son long tour
De l'année accomplie avait fermé le cours ;

Le glacial hiver de flots hérissait l'onde ;
Le bouclier d'Abas, vaste, en forme profonde,
Ouvrage d'airain creux, au portique est placé
Et ce vers, au-devant, pour titre est infixé :
« Armes des Grecs vainqueurs, offertes par Enée ».
La flotte loin du bord va sur l'onde entraînée ;
A l'envi les rameurs disposés sur leurs bancs,
S'efforçant de concert, luttans et s'animans,
Ont, sillonnant les flots, fendu l'onde mobile.
Déjà nous voyons fuir des Phéaciens l'île ;
Avançant, nous rasons l'Epire au sol ingrat
Et le port de Chaon pour nous ouvre ses bras ;
Nous montons vers Buthrot à muraille élevée.
D'une étrange merveille alors la renommée
Vient frapper notre oreille et répand qu'Hélénus,
Fils de Priam, est roi de ces bords inconnus ;
Qu'il tient plusieurs cités de Grecs sous son empire,
Qu'il a de Pyrrhus mort pris les états, l'Epire,
Et la veuve, et le sceptre et qu'encore une fois
D'un Troyen pour époux Andromaque a fait choix.
Mon ame, à ce récit, de surprise est troublée ;
Je veux revoir d'Hector l'épouse révérée,
Voir Hélénus, je veux m'aller rendre certain
Comment s'est opéré ce grand coup du destin ;
Je m'éloigne du port, quittant vaisseaux et rive.
Par hasard, seule alors, triste et toujours plaintive,
Andromaque, à l'abri d'un épais bois sacré,
Près d'un faux Simoïs par ses soins retracé,
A la cendre d'Hector offrait, tendre et fidelle,
Un funéraire hommage en pompe solennelle ;
Dans un temple adorait son Hector révéré.
Frais, autour de la tombe, un gazon est placé,
Debout, sont deux autels, jumeaux, objets de larmes.
Voyant de loin venir les Troyens, moi, nos armes,

F 4

A l'aspect d'un prodige à tel point imprévu
Du plus subit effroi son cœur bat éperdu,
Ses traits décolorés sont rétrécis de crainte ;
Elle est tremblante, pâle et, sa chaleur éteinte,
Elle tombe, long-tems sans haleine et sans voix.
Enfin : « Est-ce bien vous, ô guerrier ! que je vois ?
» Vivez-vous, venez-vous m'apporter des nouvelles ?
» Ou si vous avez vu les ombres éternelles,
» Mon Hector, dans quels lieux est-il ?.... » Alors ses yeux
Fondent en pleurs, ses cris remplissent tous les lieux.
A peine dans ce trouble où je la vois livrée,
En sons entrecoupés, d'une voix altérée,
Je réponds en ces mots : « Je vis. Hélas ! mes jours
» Par les plus grands malheurs sont troublés dans leur cours.
» Ne doutez pas, c'est moi ! vous me voyez, moi-même.
» Quel destin, quel excès d'une infortune extrême
» Vous font descendre après l'hymen d'un tel époux ?
» Où le sort est-il donc enfin plus doux pour vous ?
» De Pyrrhus ou d'Hector gardez-vous l'hyménée ? »
Andromaque, à ces mots, demeurant étonnée,
Reste, baissant les yeux et sent trembler sa voix,
Puis dit : « Ah ! trop heureuse, heureuse ! ô mille fois
» La fille de Priam, qui, sous les murs de Troye,
» Près du tombeau d'Achille, au fer cruel en proie
» Expira sans subir un sort capricieux,
» Sans toucher l'affreux lit d'un vainqueur furieux !
» Troye, en cendres, errante à travers mille plages,
» Moi, livrée aux rigueurs du plus dur esclavage,
» J'ai supporté l'orgueil, les dédains inouïs
» D'un guerrier insultant qu'Achille avait pour fils !
» D'Hermione de Sparte éperdüement aimée
» Il se porta depuis à chercher l'hyménée ;
» Me préférant, léger, la fille de Léda,
» Au captif Hélénus, captive, il me donna.

» Mais Oreste irrité de se voir arrachée
» Cette Hermione, objet de sa flamme outragée,
» Tourmenté des fureurs de ses forfaits commis,
» Aux autels paternels va l'immoler, surpris.
» Neoptolème mort, ses états, en partie,
» Vont aux mains d'Hélénus qui nomme Chaonie
» Ces bords même, du nom de Chaon le Troyen,
» Bâtit Troye, un grand fort qu'il appelle Ilien.
» Mais vous, quels vents ont pu vers ces bords vous conduire?
» Quel destin ou quel Dieu vous jettent dans l'Epire?
» Ascagne, votre fils, est-il vivant encor?
» La voit-il la clarté du ciel? Déjà son sort,
» Quand Troye a succombé?... Dans cette tendre enfance,
» D'une mère déjà sent-il la dure absence?
» A la valeur des siens, au courage guerrier,
» Son père, Hector son oncle ont-ils su l'animer? »
   Tels étaient les discours d'Andromaque en alarmes ;
Des soupirs, des sanglots, sans fruit, doublaient ses larmes,
Quand le fils de Priam s'avançant des remparts,
La foule autour de lui roulant de toutes parts,
Voit, reconnaît les siens, dans sa profonde ivresse,
Verse à chaque mot dit de longs pleurs de tendresse.
Nous avançons ; je vois, à mes yeux présenté,
Un modeste Ilion sur l'ancien imité,
Une frêle Pergame et Troye et l'onde errante
D'un aride ruisseau portant le nom de Xante ;
Une porte de Scée offerte sur ces bords
Est dans mes bras serrée avec de vifs transports.
Les Troyens sont reçus dans un portique immense ;
Sous les parvis dorés coulant en abondance
Les préseus de Bacchus sont versés pour les Dieux.
On sert les mets dans l'or, la coupe en main, joyeux,
Un jour, un autre jour passent dans ce délire.
Dans les voiles déja, léger, souffle zéphire ;

Je vais donc, abordant le héros inspiré,
Réclamer par ces mots son secours imploré :
« Hélénus, fils de Troye, ô divin interprête
» Qui sentez d'Apollon l'influence secrète,
» Vous à qui sont connus les astres, les trépieds,
» La langue des oiseaux, le frisson des lauriers,
» Le présage que donne un vol dans l'air rapide,
» Parlez ; déjà cent fois du pouvoir qui me guide
» Les décrets m'ont promis sur l'onde un cours heureux;
» Des augures certains donnés par tous les Dieux
» M'ont commandé d'aller aborder l'Ausonie;
» Seule, dans ses discours, Célœno la harpie
» M'effraye d'un prodige horrible à raconter;
» D'une honteuse faim qui doit me tourmenter
» Me présage l'horreur et cent maux dans sa rage;
» De quels premiers périls dois-je éviter l'outrage?
» Par quel appui pouvoir surmonter tant de maux? »
Suivant l'usage, alors, immolant des chevreaux,
En invoquant des Dieux la puissance adorée,
Le divin Hélénus de sa tête sacrée
Dénouant ses bandeaux, me saisit par la main;
Dans ton temple, Apollon, me conduit incertain,
Plein de trouble, agité de ta force secrète;
Alors des Dieux commence en ces mots l'interprête :
« O sensible héros! vaillant fils de Vénus,
» (Car il m'est démontré par des signes connus
» Que d'éclatans destins t'appellent sur la plage.)
« Voici quel Jupiter a réglé ton partage;
» Je vais te dévoiler dans leur ordre les tems :
» Des faits, tu n'apprendras que les plus importans;
» Pour que, plus rassuré, sur l'onde hospitalière
» Tu puisses d'Ausonie atteindre la barrière :
» Sur le reste, Hélénus ne peut pas t'éclairer;
» Les destins et Junon l'empêchent de parler.

» D'abord ce sol heureux, si proche en apparence,
» Que bientôt croit toucher déjà ton ignorance,
» De toi, par un long tour, bien loin est séparé :
» Il te faudra franchir, sur son marbre azuré,
» La mer de Thyrrénie entière en sa surface,
» Voir les lacs infernaux, le rivage où se place
» Cette fille d'Æa, l'implacable Circé,
» Avant que par tes mains ton rempart commencé
» Ne monte, avant de voir ton imposante ville ;
» Entends, rappelles-toi souvent ce signe utile :
» Quand, triste, sur les bords d'un fleuve aux bons légers,
» Tu verras, sous l'abri de saules rivagers,
» Avec trente petits, douce et jeune portée,
» Une laye étaler sa famille argentée,
» Blanche, ses petits blancs, sous ses flancs réunis,
» Sur l'arène à-la-fois elle avec eux assis,
» Dans cet endroit sera le rempart de ta ville ;
» Le terme de tes maux, ton infaillible asyle ;
» Mais ne redoute pas ces bois qu'il faut manger ;
» Les destins trouveront voie à te protéger,
» Apollon invoqué te sera tutélaire.
  » Pour cet autre parage et la prochaine terre
» Où, tous près d'Italie, émus, vont se porter
» Les flots de loin roulés par la profonde mer,
» Fuis-les, des Grecs cruels c'est le parjure asyle,
» Par-tout dans tous ces lieux leur triste essaim fourmille ;
» Là, bâtirent leurs murs les cruels Locriens ;
» Là, fugitif de Crète, aux guérets Salentins
» A conduit ses guerriers en foule Idoménée ;
» Là se voit Petilie, honneur de Mélibée,
» Sous Philoctète, faible, adossée à son mur ;
» De plus, quand tes vaisseaux abordés en lieu sûr
» Auront enfin des mers franchi les vastes plages,
» Qu'aux autels monteront tes vœux sur les rivages,

» Qu'un long voile de pourpre entoure tes cheveux
» Pour, parmi les feux saints, dans le culte des Dieux,
» Ne voir pas se montrer quelqu'hostile visage
» Qui surprenne la vue et trouble le présage ;
» Que pour tes compagnons cet usage réglé
» Dans les âges futurs leur soit cher et sacré ;
» Observes-le toi-même aux jours du sacrifice
» Et qu'aussi tes neveux gardent ce rit propice.
» Mais, toi hors de ces lieux, quand l'autan, sur les eaux
» Aux bords Sicaniens portera tes vaisseaux,
» Que tu verras l'accès de Pelore descendre,
» A gauche alors, Enée, à gauche, il faudra prendre ;
» Par un long circuit, à gauche, fends les mers ;
» Fuis la droite et son onde et ses écueils couverts.
» Ces lieux, dit-on, jadis, dans leur vaste ruine,
» L'un de l'autre arrachés, (tant le tems qui tout mine,
» Sur les objets mortels exerce de pouvoir,)
» S'enfuirent, séparés, c'était un seul terroir ;
» Mais l'onde, avec courroux arrivant de Sicile,
» Des bords Hespériens vint détacher cette île
» Et, séparant les champs, partageant les cités,
» Roule en un lit étroit ses flots précipités :
» Adroite est de Scylla le côté formidable ;
» A gauche, affreux, l'écueil de Carybde implacable ;
» Carybde, dans le fond de son gouffre odieux
» Absorbe, par trois fois, les flots tumultueux,
» Puis, alternans, trois fois, rendus dans l'air, les lance ;
» Les flots portent au ciel leur front qui s'y balance ;
» Scylla dans les cachots de son repaire obscur,
» Avec peine montrant au jour son œil impur,
» Attire les vaisseaux, sur des rocs les entraîne ;
» Son visage offre aux yeux une figure humaine,
» Et jusqu'à la ceinture elle a l'heureux dehors
» D'une jeune beauté ; le reste de son corps

» S'alonge en étalant une baleine bleue;
» Loup par le ventre, elle est un dauphin par la queue:
» Il vaut mieux parcourir le flot Trinacrien,
» Prolonger la fatigue, alonger ton chemin,
» Que de voir de Scylla l'antre profond et sombre
» Et ses rocs résonnans des cris de chiens sans nombre.
» De plus, si l'avenir s'ouvre pour Hélénus,
» Si de la vérité les faits lui sont connus,
» Enfin, si c'est lui-même, Apollon, qui l'inspire,
» Fils de Vénus, cent fois il faut te le redire,
» Fléchis Junon sur-tout, désarmes son pouvoir ;
» Offre à Junon tes vœux, remplis ce saint devoir
» Et rends-toi par tes soins propice cette reine !
» A ce prix seulement, triomphans de sa haine,
» Tes vaisseaux envoyés des flots Trinacriens,
» Iront mouiller, vainqueurs, aux bords Laviniens.
» Là rendu, quand tes pas seront portés à Cumes
» Où l'Averne a ses bois, son lac divin qui fume,
» Tu verras une femme avec des cris fougueux
» Annoncer l'avenir dans le fond d'un roc creux ;
» Elle note des mots sur des feuilles mobiles ;
» Ce que commet sa main à ces tissus fragiles,
» Elle le place en vers, l'abandonne en sortant;
» Tout reste sans changer d'ordre et d'arrangement;
» Mais dès que le moindre air de la porte roulante
» Vient d'un souffle agiter la membrane volante,
» Ces vers en sautillant courent dans le rocher ;
» La prêtresse dédaigne alors de les toucher,
» N'a nul soin de les rendre à leur structure utile ;
» On sort sans rien savoir et l'on hait la Sybille.
» Que pour toi ces retards soient d'un bien faible prix :
» Quand blâmerait tes soins le Phrygien surpris,
» Quoiqu'un vent favorable à naviguer t'appelle,
» Pourrais-tu même entrer au port à pleine voile,

» Va toujours consulter cette voix du destin ;
» Obtiens qu'elle te donne un oracle certain ;
» Mais demande sur-tout que sa voix le prononce ;
» Tu connaîtras alors , instruit par sa réponse,
» Les peuples d'Italie et tes combats futurs,
» Les moyens ou de fuir les périls les plus sûrs,
» Ou de les supporter, et, si tu la vénère,
» Tes respects obtiendront une route prospère ;
» Voilà ce qu'Hélénus pour toi peut découvrir.
» Poursuis, va, fais passer aux âges à venir
» Par des faits immortels ce nom si grand de Troye,
» Reproduite aux beaux lieux où le destin t'envoye ».
Lorsqu'ainsi d'Hélénus m'a parlé l'amitié,
Les plus riches présens d'or, d'ivoire employé,
Un grand amas d'argent, de l'airain de Dodone,
Une cuirasse épaisse, où l'or qui l'environne
Enlace de ses fils l'écaille des poissons,
Un panache éclatant me sont offerts en dons
Et casque, aigrette et traits du grand Néoptolème.
Des présens sont aussi faits pour Anchise même,
De belliqueux coursiers avec leurs conducteurs ;
Un nouveau train-ramant est joint à ces honneurs :
On donne à nos Troyens les instrumens utiles.
Anchise, cependant, veut que des vents faciles
On suive la faveur et craint que des retards
Ne trompent les zéphirs soufflans de toutes parts.
Hélénus, d'Apollon le sensible interprète,
Avec de grands honneurs que souvent il repète :
» Vous, par Vénus jugé digne d'un grand hymen,
» O favori des Dieux, vous, deux fois, par leur main
» Arraché des débris de Troye anéantie,
» Voici pour vous le sol de l'heureuse Italie ;
» Atteignez-les, ces bords, mais il faut, sur la mer,
» A vos Troyens soumis encor les dépasser ;

» Il est plus loin le lieu qu'Apollon vous prépare:
» Allez, ô père heureux d'un fils sensible et rare !
» Mais je pourrais ici par de plus longs discours
» Vous faire du zéphir perdre l'heureux secours ».
Andromaque elle-même, au départ qui l'afflige,
Apporte des habits où l'art, par son prestige,
Joignit l'or, la peinture ensemble réunis,
Redouble encor d'honneurs, va, présente à mon fils
Une tunique faite autrefois en Phrygie:
De riches vêtemens sa main tendre est remplie;
Elle en comblait Ascagne, en prononçant ces mots :
» Acceptez ces présens, jeune fils d'un héros ;
» De ses mains Andromaque a tissu cet ouvrage;
» Qu'ils soient de mon amour pour vous l'éternel gage
» Et ressouvenez-vous de la veuve d'Hector.
» Recevez-les ces dons qui nous restent encor;
» Ce seront les derniers d'une triste famille ! !
» Chère image où pour moi mon Astyanax brille !
» Les voilà bien ; son port, ses mains, son front, ses yeux;
» Il croîtrait comme vous enfant, d'un âge heureux ! !!
Pour moi je les quittais au bord, baigné de larmes:
« Vivez heureux, disais-je, ô vous dont les alarmes
» N'ont plus à redouter des maux pour vous finis !
» Mais, pour nous, de malheurs variés, inouïs,
» Semble se redoubler l'immense et longue chaîne !
» Vous goûtez le repos, et la plage incertaine
» Ne vous présente plus de dangers à courir
» Pour atteindre des lieux toujours paraissans fuir:
» Du Xanthe, d'Ilion vous voyez une image,
» Et faite par vos mains ; puisse être du ravage
» Exempte, cette Troye, et moins ouverte aux Grecs !
» Si du Tibre atteignant les bords heureux et secs,
» Nous pouvons sur sa rive élever notre asile;
» Si je les vois les murs de ma superbe ville,

» Nos deux cités, un jour, nos deux peuples parens,
» L'Epire, l'Hespérie et leurs guerriers puissans,
» Sortis de Dardanus dans leur souche commune,
» Auront un sort semblable, auront même fortune,
» Ne feront qu'une Troye unis de cœur entr'eux,
» Que ce soin à jamais soit pris par nos neveux ».
   Nous allons sur les flots côtoyer Céraunie ;
De là pour nous porter sur les bords d'Ausonie
Un court trajet alors seul nous reste à franchir :
Dans les flots cependant Phœbus va s'amortir ;
L'ombre obscurcit le front des épaisses montagnes :
Nous reposons nos corps sur les vertes campagnes ;
Le nautique service au sort est partagé ;
Étendu l'équipage aux bords, épars, couché,
Le sommeil sur nous las fait tomber sa rosée.
Les heures, cependant, de la nuit avancée
N'ont pas, guidant le char, fait à moitié leur tour ;
Palinure soigneux, sans attendre le jour,
Sort de son lit, levé, dans l'air calme examine
Des feux brillans au ciel la marche qui décline ;
Il les signale tous, les deux Trions jumeaux,
Et l'Arcture, et l'Hyade à flots versant les eaux,
Et l'Orion paré de tout l'or dont il brille.
Lorsqu'il voit tout au ciel serein, calme et tranquille,
On gagne les vaisseaux, nous les faisons sortir ;
Sur la poupe un son clair commande de partir :
La voile déployée en l'air détend ses ailes.
Enfin faisant pâlir déjà, fuir les étoiles,
L'aurore commençait à rougir l'Orient ;
Quand de loin nous voyons s'élever faiblement,
Poindre sur l'horizon, paraître l'Italie.
« L'Italie ! » en ces mots Achate ardent s'écrie :
« L'Italie ! » A grand bruit nos compagnons, heureux,
T'adressent le concert de leurs saluts joyeux :

                                    Anchise

Anchise entre ses mains alors prend une coupe,
La remplit d'un vin pur, et debout, sur la poupe,
Invoque tous les dieux à la fois implorés :
« De la terre et des mers arbitres révérés,
» Modérateurs des tems, maîtres de la tempête,
» Donnez-nous un trajet heureux, que rien n'arrête ;
» Soufflez dans nos vaisseaux, favorables et doux ».
Les zéphyrs demandés sont redoublés pour nous.
On approche du port : de loin, à notre vue,
Le temple de Minerve apparaît dans la nue ;
La voile est repliée, et pour gagner le port,
Nos compagnons ravis, joyeux, doublent d'efforts.
Ce port contre les flots qui de l'Orient viennent,
Recourbe en forme d'arc deux môles qui se tiennent :
De ses longs flancs l'écume inonde les contours.
L'accès se montre à peine ; en haut, formés en tours,
De grands rocs abaissant leur muraille ceintrée,
Semblent tendre deux bras pour former une entrée.
Le temple, du rivage, en l'air, paraît s'enfuir :
Là, pour premier présage, à nous viennent s'offrir
Quatre coursiers brillans, épars sur la verdure ;
Leur blancheur égalait la neige la plus pure.
En paissant l'herbe tendre, ils paraissaient errans.
« Terre qui nous reçois, tu portes, dans tes flancs,
» La guerre, les combats, s'écrie alors mon père !
» Belliqueux, les coursiers sont formés pour la guerre ;
» C'est la guerre, ô troupeau dont vous nous menacés,
» Mais à traîner le char, par les humains dressés,
» Ils courbent sous le joug leur tête concordante ;
» C'est de la paix, dit-il, l'image rassurante ».
Aussi-tôt de Pallas implorant le pouvoir,
Qui la première aux bords daigne nous recevoir,
D'un voile Phrygien la tête environnée,
Nous suivons d'Hélénus la doctrine enseignée ;

Déférant, attentifs, à ses avis pressans,
A la Junon d'Argos nous offrons notre encens :
Puis quant les autres dieux ont reçu notre hommage,
L'antenne est retournée, on quitte le rivage ;
Nous laissons évités les lieux remplis de Grecs,
Leurs remparts, leurs pays, si justement suspects.
Vient à nous se montrer la Tarente d'Hercule,
Si tant est que l'on croie un bruit vain qui circule.
En face, opposé, monte un temple de Junon,
Puis le fier Scylacée et l'élevé Caulon.
De loin sur l'onde alors l'Etna frappe la vue,
On entend les forts rocs battus par l'onde émue ;
La plage en mugissant va se briser au bord :
La vase écume, gronde, et l'onde avec effort
Se mêle, bouillonnante, à la vase perfide.
Anchise à l'instant dit : « Voilà cette Charybde,
» Ces écueils qu'annonçait le prudent Hélénus :
» Compagnons, détournez sur vos rames tendus,
» Forcez ». Tout d'obéir avec ardeur s'empresse,
Le premier dirigeant la proue avec vîtesse,
A gauche Palinure a tourné son vaisseau ;
Vers la gauche à l'instant tous sont portés sur l'eau ;
L'abyme s'ouvre ; au ciel, les flots vont nous suspendre ;
Puis jusques aux enfers, nous nous sentons descendre ;
Dans ces sourds rocs, trois fois, entier, l'écueil frémit
D'écume, par trois fois le ciel, tout, se blanchit.
Nous las, le jour naissant, calmé le vent s'abaisse.
Incertains où des flots la force nous adresse,
Nous allons du Cyclope enfin gagner le bord.

　　Contre les vents on trouve un abri dans ce port ;
Mais, tout auprès, grondant avec un bruit horrible,
Sur cent débris fumans tonne l'Etna terrible ;
Et quelquefois son gouffre expulse avec fureur
D'un tourbillon de poix la rougeâtre épaisseur ;

Et des monceaux ardens qu'il mêle à sa fumée,
Et de brûlans amas de sa lave enflammée
Semblent, vomis, aller aux astres, jusqu'aux cieux :
Quelquefois, arrachant des rochers tout en feux,
De la montagne il pousse en courroux les viscères,
Liquéfie et soulève et lance en l'air, rocs, pierres,
Mugissant, bouillonnant dans son fond à grand bruit.
Sous cette énorme masse Encelade gémit,
Dit-on, demi-brûlé par la foudre puissante ;
Supportant sur son corps cette charge écrasante
Du formidable Etna qui le courbe oppressé,
Il rompt les soupiraux d'où le feu sort, lancé ;
Puis, lorsque las du faix de sa charge si dure,
Il tourne son côté pour changer de posture,
Avec un grand fracas, la Sicile, en tremblant,
Voit tout son ciel couvert d'un tourbillon brûlant.
Cette nuit, sous l'abri de bois impénétrables,
Nous essuyons l'aspect de ces feux effroyables,
Sans pouvoir découvrir la cause d'un tel bruit ;
Car, pour nous, dans le ciel, aucun astre ne luit
Et de tous ses flambeaux nul ne brillait dans l'ombre ;
Mais d'un nuage épais un voile opaque et sombre
Semblait envelopper d'un crêpe en l'air porté
La lune et tout le ciel couverts d'obscurité.
Le lendemain, du jour entr'ouvrant la barrière,
L'aurore avait chassé la nuit par la lumière,
Quand des bois, tout-à-coup, sortant, s'offre à nos yeux
Un mortel, de pâleur et de maigreur hideux,
Dont tout le dehors peint l'affligeante misère.
Il s'avance, il a l'air de faire une prière ;
Suppliantes, ses mains s'étendaient vers le bord.
Nous regardons : livide et sec est tout son corps :
Sa barbe est longue ; il porte un fort tissu d'épines ;
Grec, du reste, autrefois armé pour la ruine

G 2 *

Des Troyens malheureux, avec les autres Grecs.
Quand de loin son œil voit nos armes, nos aspects,
Que nous sommes Troyens, éperdu, dans sa crainte,
Il s'arrête, hésitant, veut retenir sa plainte:
Mais enfin, transporté d'un sentiment plus fort,
Il court précipité, tout en larmes, au port,
Et dit, nous implorant, ces mots : « Je vous conjure,
 » Par les dieux, par le ciel, ses feux, leur clarté pure;
 » Troyens, arrachez-moi de ces bords détestés ;
 » En quelque lieu du monde où je sois, c'est assez :
 » Je suis, je le sais, Grec, de l'armée Argienne ;
 » J'ai voulu renverser la puissance Troyenne.
 » Si c'est un si grand crime à vos yeux irrités,
 » Que mes membres par vous dans les flots soient jetés;
 » Trop heureux de périr des coups de mes semblables »
Embrassant nos genoux de ses mains pitoyables
Et sur les siens, à terre, en s'agitant, traîné,
En prononçant ces mots il restait prosterné.
On l'exhorte à conter son nom et sa naissance :
Quel sort lui peut causer cette horrible souffrance ?
Sans beaucoup balancer, vers lui tendant sa main,
Anchise l'a calmé par ce gage certain.
Lui, rassuré nous parle, enfin, tient ce langage:
 « Ithaque m'a vu naître, enfant, sur son rivage ;
 » D'Ulysse infortuné je suis un compagnon;
 » Adamaste est mon père, et je réponds au nom
 » D'Achéménide ; à Troye on poussa ma jeunesse:
 » Que ne restais-je, hélas ! plutôt dans ma détresse !!
 » D'ici, lorsqu'effrayés, mes compagnons ont fui,
 » Dans l'antre du Cyclope ils m'ont mis en oubli.
 » Sa caverne au-dedans, immense, opaque, obscure,
 » Est d'affreux mets salie et de poussière impure ;
 » Lui-même, de son front, géant audacieux,
 » Monte et va s'élevant atteignant jusqu'au cieux.

» Dieux, de la terre ôtez ce monstre épouvantable !
» Il n'est, pour nul, d'abord ni de parler affable ;
» Il se nourrit des chairs, du sang des malheureux :
» Moi-même je l'ai vu, lorsque des nôtres, deux,
» Pris par sa vaste main, il les a, plein de rage,
» Etendu sur le dos dans son antre sauvage,
» Brisés contre un grand roc et couvert, inondé
» Son seuil d'un sang hideux qui l'imbibe humecté ;
» Je l'ai vu, de ces corps dégoûtans de souillure,
» Palpitante, écraser, sous ses dents, la pâture.
» Ce ne fut pas, toujours, du moins impunément.
» Ulysse ne tint pas à des forfaits si grands
» Et dans un tel péril se souvint de lui-même ;
» Car, repu de ces mets à peine, Polyphême
» Dans l'ivresse et le vin tombant enseveli,
» Sa tête sur l'épaule inclinée, endormi,
» S'étendait, répandu par sa caverne immense,
» Rendait dans son sommeil, vomis, en abondance
» Tous ces sanglans morceaux avec le vin mêlés,
» Nous, les grands dieux d'abord à notre aide appelés,
» Après de nos efforts avoir fait le partage,
» De tous côtés sur lui tombons avec courage ;
» Par-tout l'environnant, nos bras, d'un trait aigu,
» Vont lui percer son œil, horrible, seul qu'il eût,
» Qui, sous son front hagard dérobait sa paupière,
» (Tel qu'un bouclier grec ou tel de sa lumière
» Le disque du soleil épanche les clartés.)
» Des nôtres nous vengeons les mânes irrités.
» Jetés par sa fureur sur l'infernal rivage.
» Mais, malheureux, fuyez, fuyez ce bord sauvage,
» Prompts, déliez le cable à la rive attaché ;
» Car comme grand, énorme, en son antre caché,
» Renferme ses brebis l'effrayant Polyphême,
» Exprimant de leur sein, pressé, le lait, lui-même.

G 5 *

» Cent autres d'ordinaire habitent ces vallons,
» Cyclopes, grands, affreux, ou gravissent les monts.
» Les contours du croissant de leur pâle lumière
» Se sont remplis, trois fois, depuis qu'en des bois j'erre,
» Traînant mes jours parmi les réduits ténébreux,
» Les animaux cruels, leurs repaires affreux :
» Voyant d'un roc de loin venir, épouvantable
» Des Cyclopes affreux le cortége effroyable ;
» Leur voix, leur pas d'horreur me font par-tout frémir,
» Je suis, infortuné, réduit, pour me nourrir
» A des racines d'herbe, aux pousses que j'arrache
» Du cormier dont le fruit ceint la pierre qu'il cache.
» Errant, parcourant tout, mon œil vers ces détroits
» Vit vos vaisseaux voguer pour la première fois.
» Quoique ce fût, vers vous j'ai couru pour me rendre ;
» Dans ma misère, hélas ! c'est assez de défendre
» Mes jours de la fureur de ce peuple abhorré ;
» Que plutôt à la mort par vous je sois livré ! »
    A peine il avait dit, du haut de la montagne
Nous voyons, descendant, affreux, vers la campagne
Parmi tout son troupeau Polyphême marcher,
Menaçant, gigantesque, à grand bruit s'approcher ;
Monstre effroyable, immense, informe, en qui la vue
N'est plus ; un pin tronqué, sans branches, qu'il remue,
Guide sa main, sa marche, agité par son bras ;
Ses laineuses brebis vont escortant ses pas.
C'est là le seul plaisir qui calme sa disgrace ;
Une flûte à son col se suspendant se place.
Après qu'il a, du pied, touché les vastes eaux,
A marché, s'avançant jusqu'au milieu des flots,
A lavé, de sa main, dans le cristal liquide,
De son grand œil crevé le sang noir et fluide,
Grinçant des dents, il pousse un long mugissement
Et va tout au milieu de l'immense élément,

Sans que l'eau de ses flancs ait atteint la texture.
Nous, loin de lui, voulons, par une fuite sûre,
Nous dérober, tremblans, sur nos vaisseaux reçu
Le Grec qui nous demande un prix à lui bien dû.
On a coupé sans bruit le cable et, du rivage,
Tous, ramaus à l'envi, nous fuyons sur la plage,
Il nous entend: au son de nos voix il revient;
Mais, voyant qu'il ne peut nous prendre dans sa main,
Nous suivre, égaler l'onde alors pour lui trop prompte,
Un effroyable cri qu'il lance dans l'air, monte,
Dont la mer et les flots tout autour ont tremblé;
Le sol de l'Italie entier en fut troublé
Et, dans ses antres sourds, l'Etna terrible en gronde:
Alors, sortant des monts, de la forêt profonde,
Des Cyclopes voici qu'un cortège attiré
Court vers nous; tout entier le sol en est chargé.
Nous les voyons debout, en vain, ces affreux frères,
Avec leur œil hagard et leurs têtes altières,
S'élevant jusqu'aux cieux, assemblage effrayant,
Pareils à ces cyprès à sommet menaçant,
A ces chênes nombreux, à cime haute, aignë,
Qui, formés en forêts, montent fendant la nuë,
Bois sacrés de Diane ou du grand Jupiter.
Notre épouvante alors nous fait précipiter;
Pour, à tout prix, sauvés, fuir loin de cette rive,
Nous déployons la voile au vent doux qui s'active:
Cependant d'Hélenus les avis généreux
Nous prescrivent d'aller, nous dirigeant, soigneux,
Entre Scylla, son gouffre et l'affreuse Carybde;
La plus légère erreur de notre sort décide;
Nous voulons, fendant l'onde, en arrière tourner;
Mais de Pelore étroit voici que vient donner
Borée! et Pantagie et sa funeste roche,
J'en fais à nos vaisseaux fuir la funeste approche.

G 4 *

Et Mégare et son golfe, et Tapsus s'abaissant.
Ces lieux , il les montrait en les reconnaissant,
Le malheureux , alors , pour nous complaisant guide,
Le triste compagnon d'Ulysse , Acheménide.
Le bassin de Sicile au-devant de lui , voit
Plemmyros élever , orageuse , un front droit;
Nos pères, autrefois, l'ont nommée Ortygie :
En cet endroit, dit-on, sous la mer en furie,
Fleuve d'Elide, Alphée (et qu'on voit, à présent,
Par ta bouche , Aréthuse , aller se confondant
Aux flots Siciliens) s'entr'ouvrit un passage.
Aux grands dieux de ce bord nous offrons notre hommage,
On nous l'avait prescrit : nous laissons , en voguant,
Les guérets fécondés par l'Hélorus stagnant ;
Après, rasant les rocs qui saillent sous Paquine,
De loin nous découvrons la triste Camerine
Par les Dieux condamnée à l'infertilité ,
Les champs Geloëens, le Gela redouté,
Tirant son nom des eaux du fleuve qui le baigne :
Puis le haut Agragas , élevant ses murs, règne ;
A l'œil s'offrant de loin , il nourrissait , jadis ,
Des coursiers généreux pour les combats choisis.
Je laisse aussi ton sol où le palmier abonde,
D'heureux vents accordés, Selinus si féconde,
Et tes rocs, Lylibée, et tes gués périlleux.
De là , de Drepanum les bords si douloureux,
Le déplorable port m'ont ouvert leur enceinte :
Là, des flots las, des maux dont il souffre l'atteinte,
Mon père, mon soutien dans mes plus grands dangers,
Anchise m'est ravi sur ces bords étrangers.

Là , vous m'abandonnez, ô le plus cher des pères,
En vain , hélas , sauvé de si longues misères !
Ni le grand Hélénus, alors qu'il m'annonçait
Mille effrayans malheurs, ne m'en avertissait,

Si même Célœno, cruelle en sa furie.
C'est le dernier malheur de ma course infinie ;
C'est de là que parti, reine, atteignant vos bords,
Quelque Dieu favorable y dirigea mon sort. »
À ceux qui l'écoutaient, ce fut ainsi qu'Enée
Seul et bon retraçait, dans son récit marquée
La volonté des Dieux, ses dangers et ses maux ;
Il se tut, et cessa de narrer à ces mots.

LIVRE QUATRIÈME.

SOMMAIRE.

DIDON découvre à sa sœur sa passion naissante pour le fils de Vénus; par le conseil d'Anne, elle pense à former avec lui un nouvel hyménée; Junon, pour éloigner le Héros d'Italie, conclut avec Vénus un accord, dont l'objet est d'assurer cette union. La reine de Carthage et le général Troyen ensemble, vont à une chasse projetée; Junon soulève dans le ciel une tempête effroyable. Enée et Didon se rendent dans un antre profond, où leur union fausse et malheureuse à lieu. Iarbe, roi des Gétules, fils de Jupiter Ammon, prétendant à la main de la reine de Carthage, indigné de se voir préférer un étranger, en fait des plaintes amères à Jupiter. Le monarque du ciel, touché de ses vœux et déterminé par les décrets du destin, envoie Mercure vers Enée, lui notifier l'ordre formel de gagner l'Italie; Enée, en secret, dispose tout ce qui est nécessaire pour une longue navigation; Didon soupçonne son projet, et cherche, à force de larmes et d'instances, à le lui faire abandonner; elle emploie, tantôt l'entremise de sa sœur, tantôt, elle-même, les reproches et la prière. Enée, averti une seconde fois pendant son sommeil, par Mercure, profite de l'obscurité d'une nuit profonde, et met à la voile. Didon, transportée de douleur, fait construire un bûcher, sous le prétexte d'un sacrifice magique, y monte, et, après les imprécations du plus violent désespoir, s'arme du glaive même du général Troyen, le plonge dans son cœur, et termine sa vie.

Mais la reine, déjà, d'un soin trop vif blessée,
Dans ses veines nourrit une ardeur commencée ;
Son cœur depuis long-tems d'un feu sourd brûle, pris,
Mille fois le héros revient à ses esprits ;
L'éclat du nom Troyen mille fois s'y présente :
Discours, traits du guerrier, taille noble, imposante
Tout se fixe gravé, reste empreint dans son cœur ;
Son trouble du sommeil lui ravit la douceur.
Le lendemain, l'aurore épandait sur la terre
Du flambeau d'Apollon les feux et la lumière,
Après avoir des airs chassé l'humide nuit,
Quand ainsi, déjà faible, en son pressant ennui,
Didon parle à sa sœur toujours sa confidente :
» Anne, ma sœur, quel soin la nuit m'émeut, tremblante ;
» Quel est ce nouvel hôte ici, cet étranger,
» Vers nous dans ce palais venu se retirer ?
» Quel port noble et brillant ! Aux combats quel courage !
» Je crois, et ce n'est point une erreur qui m'engage,
» Oui, je le crois sorti de la race des Dieux ;
» Un cœur timide accuse un sang moins généreux.
» Hélas, par quels malheurs il vit troubler sa vie !
» De quels combats, la chaîne, il l'épuisa, finie !
» Si je n'avais formé le dessein, au cœur pris,
» De ne vouloir jamais m'unir de nœuds chéris,
» A nul mortel depuis que ma flamme éperdue
» Jadis par le trépas m'abandonna déçue ;
» Sans d'hymen, de flambeaux mon cœur trop rebuté,
» Peut-être à cette erreur seule oui j'aurais cédé.

» Anne, ah! je l'avouerai, depuis la mort cruelle
» De Sichée immolé par la main fraternelle,
» Depuis nos Dieux couverts de tout son sang versé,
» Celui-ci seul a pu, dans mon sein ébranlé,
» Fléchir mes sentimens, troubler, mouvoir mon ame,
» Je reconnais les traits de ma première flamme ;
» Mais que plutôt la terre ouverte sous mes pas
» S'écarte jusqu'au centre, ou, d'un foudre en éclats
» Que le dieu tout-puissant m'envoye vers les ombres,
» Dans l'Erèbe profond, sa nuit, nuit pâle, sombre,
» Avant de violer tes devoirs, ô pudeur,
» Ou que de tes droits saints s'affranchisse mon cœur !
» Celui-là, le premier qui, des nœuds d'hyménée,
» A, jadis, à sa vie unit ma destinée,
» De mon amour fidèle emporta le flambeau ;
» Celui-là, qu'il le garde et l'ait dans son tombeau. »
Quand elle a dit, son sein s'est couvert de ses larmes.
« O sœur dont la tendresse a pour moi plus de charmes
» Que la clarté du jour, répond Anne, sa sœur,
» Eh quoi ! seule, à votre âge, en proie à sa rigueur,
» Voulez-vous donc brûler toujours dans la jeunesse ;
» Ne les connaître pas, ces prix de la tendresse,
» Des enfans, de Vénus chers et si doux présens ?
» Le croyez-vous qu'un reste où des mânes gissans,
» Dans la tombe enfermés aient un soin si frivole ?
» Je le veux ; dans ces maux dont nul soin ne console,
» Aucuns amans d'abord n'ont fléchi vos esprits ;
» Dans la Lybie, avant, à Tyr, tous vos mépris
» Sont tombés sur Iarbe et les chefs que l'Afrique,
» Nourrit sur cette terre en guerriers magnifique ;
» Mais voudrez-vous combattre un penchant qui vous plaît ?
» Ne revient-il donc plus, dans vos esprits, jamais ?
» Sur quels bords, en quels lieux vous vous êtes placée ?
» Par le Getule ici vous êtes menacée.

» Peuple au loin redoutable , en guerre insurmonté ,
» Là vous cerne , ennemi , le Numide effréné ,
» Ailleurs la Syrte affreuse et déserte et sauvage ,
» Un pays dont la soif fait quitter le rivage
» Et le Barcée au loin répandant sa fureur !
» Que dirai-je de Tyr , de toute cette horreur
» Des guerres que déjà contre vous il apprête ,
» De ce frère en courroux menaçant votre tête ?
» Oui, Junon, favorable , et les propices Dieux
» Ont , je le crois, conduit les Troyens vers ces lieux.
» Quelle cité, ma sœur , la vôtre va paraître !
» Avec un hymen tel, quel éclat prêt à naître
» Doublera la splendeur de vos puissans états !
» Les Troyens vous prêtant leurs forces et leurs bras,
» Par quels hauts faits va croître en sa gloire Carthage !
» Vous, seulement , aux Dieux offrez un juste hommage ;
» Par plus d'un sacrifice implorez leur bonté ,
» Après , cédez aux soins de l'hospitalité ;
» Enlacez des motifs de retard pour Enée ,
» Tandis que, sur la plage au triste hiver livrée
» L'Orion pluvieux troublant le sein des eaux,
» Intraitable est le ciel , tourmentés les vaisseaux ».

Anne , par ce discours , dans cette ame allumée
Fit naître de l'amour une ardeur enflammée ,
Donna de l'espérance à ce chancelant cœur
Et sans retour brisa le frein de la pudeur.
Dans les temples des Dieux d'abord elles se rendent
Et cherchent aux autels l'appui qu'elles demandent.
Leur main , suivant l'usage , immole au blond Phœbus,
A Cérès, cet auteur des loix , au Dieu Bacchus,
Mais à Junon, sur-tout, qui veille aux hyménées,
Plusieurs brebis de choix , victimes amenées.
Elle-même , tenant une coupe à la main ,
Rayonnante d'attraits, Didon , répand le vin,

Entre la corne, au front d'une blanche génisse ;
Ou, devant les autels gras d'un pur sacrifice,
Va, marchant à grands pas, sous les regards des Dieux ;
Offre, le jour entier, mille dons précieux ;
Sur le sein entr'ouvert des victimes mourantes,
Consulte, en se courbant, leurs fibres respirantes !
Hélas ! trop vains efforts de tout l'art des mortels !
Que sont à sa fureur temples, présens, autels ?
Cependant de ses os la moëlle se dévore,
En secret, dans son sein, vit sa blessure encore.
Malheureuse Didon, elle brûle ; en fureur,
On la voit dans ses murs promenant son ardeur.
Telle une biche, au flanc, à l'imprévu blessée,
En Crète, dans les bois, par la flèche lancée
D'un berger qui, chassant, l'atteint d'un coup soudain
Et, sans le savoir, laisse un dard prompt dans son sein ;
Elle, sautant, parcourt forêts, gorges, montagnes,
Traversant, franchit tout, fuyant par les campagnes ;
Le trait mortel demeure à son côté, la suit.

Telle, tantôt Didon dans ses remparts conduit
Le héros sur ses pas et lui montre étalée
Carthage en son éclat, sa grandeur destinée...
Elle commence, mais se tait, sans achever ;
Tantôt, le jour tombant, elle veut retrouver
Dans de nouveaux festins son insensé délire,
Veut qu'il raconte encor tout ce qu'il vient de dire
Des longs revers de Troye et de ses maux finis ;
Elle est encor pendue, avide, à ses récits.
Puis, quand tout est parti, que la lune obscurcie
Cache, à son tour, au ciel sa lumière affaiblie,
Que les astres tombans conseillent le repos,
Seule, dans son palais, désert, sans le héros,
Elle est triste, s'assied au lit qu'il abandonne,
Absente, absent l'entend, comtemple sa personne ;

Quelquefois, dans ses bras, cet Ascagne chéri,
Le l'arrête et cherche à retrouver en lui
Les traits qui l'ont touchée et l'image du père,
Essayant, s'il se peut, hélas! dans sa misère,
De tromper cet excès d'un déplorable amour:
On ne voit plus monter ni s'achever les tours;
La jeunesse n'est plus aux combats exercée;
La défense des ports, des remparts, commencée
Arrête; les travaux sont laissés suspendus,
Les ouvrages naissans gissent interrompus,
Et des murs élevés la masse menaçante,
Et de la grüe en l'air la corde inagissante!
Lorsque d'un poison tel Junon vit la fureur,
Que de gloire aucun soin n'en combat plus l'ardeur,
La fille de Saturne, avec majesté, fière,
A Vénus, en ces mots, s'adressant la première:
C'est une insigne gloire, un trophée étonnant,
Pour vous, pour votre fils, un titre bien brillant;
Mémorables, vos noms vont monter jusqu'aux nues,
Si, par l'art de deux Dieux, une femme est vaincue!
Et je vois clairement que mes murs trop fameux
Vous donnent de l'ombrage! ils offusquent vos yeux,
Ces hauts toits, ces séjours de Carthage nouvelle!
Mais quel terme entre nous, enfin? Notre querelle,
A quoi bon, plus long-tems, vouloir la prolonger?
Que ne nous hâtons-nous, plutôt, de ménager
Une éternelle paix par un grand hyménée?
Vous l'avez, ce point cher à votre ame empressée;
Didon brûle éperdue et de feux violens
A traîné la fureur jusqu'au fond de ses sens.
Des deux peuples unis, eh bien, les destinées
En commun, par nos lois, qu'elles soient gouvernées;
Que Didon cède au joug d'un mari Phrygien;
Et vous, daignez souffrir le peuple Tyrien

» Vous être offert en dot pour l'hymen de sa reine »·

Vénus, à ce discours (car elle a vu, sans peine,

Qu'avec un art secret Junon avait parlé,

Pour que, loin d'Italie, en Lybie attiré,

Allât l'Empire) alors répond : « Qui, peu sensée,

» Pourrait n'accueillir pas une telle pensée,

» O reine, ou contre vous préférer les combats ?

» Pourvu qu'au sort ce plan formé ne nuise pas !

» Mais moi je suis en peine où tendra la fortune !

» Jupiter voudra-t-il qu'une cité commune

» Renferme ceux de Troye et ceux venus de Tyr?

» Par des traités veut-il voir ces peuples s'unir ?

» Vous pouvez, vous, épouse, essayer la prière ;

» Commencez, je suivrai ». Junon avec colère :

» Ce soin, il me regarde et je veux m'en charger ;

» Or comment désormais se pourra ménager

» Un succès qui pour vous et pour mes desseins presse ;

» Ma bouche en peu de mots, écoutez bien, déesse

» Vous va sans fard ici d'abord le découvrir.

» Énée avec Didon, que l'amour fait souffrir,

» S'apprêtent à chasser, demain, quand la lumière

» Des clartés du soleil aura couvert la terre.

» Ma main sur eux fera tomber, du haut des cieux,

» Et la pluie et la grêle en torrens noirs, affreux ;

» Tandis que des chasseurs l'essaim se précipite,

» Qu'environnant les bois de rets, leur soin s'agite,

» D'un tonnerre effrayant j'ébranle tous les airs :

» Éperdu le cortège ira se disperser ;

» Tout s'enveloppera de la nuit la plus sombre :

» Dans une même grotte, à la faveur de l'ombre,

» La reine de Carthage et le chef des Troyens

» Se rendront, j'y serai ; là, si vos vœux, aux miens

» D'accord, m'ont garanti vos volontés certaines,

» Didon, à votre fils, par de durables chaînes,

Je l'unis à jamais, j'en ferai votre bien.
« L'hyménée y sera ». Sans s'opposer en rien,
Vénus à ce projet consent et sa malice
Rit en secret d'avoir bien vu tout l'artifice.
L'aurore cependant quitte les flots des mers.
Aux feux brillans du jour, sort un choix de guerriers ;
Sortent aussi des murs rets, toiles enlacées,
Les piques pour la chasse et d'un fer large armées,
Les coursiers Marseillois, les chiens au nez flairant.
La reine avait tardé dans son appartement ;
Les premiers de Carthage, au seuil rendus, l'attendent ;
D'or, de pourpre couverts, les fiers coursiers gourmandent,
Debout, frappant du pied, leur mors tout écumant.
Accompagnée enfin d'un cortége éclatant
Marche et paraît Didon de grands environnée ;
Sa tunique de Tyr d'un bord peint est ornée,
Ses cheveux sont tressés d'un léger cercle d'or ;
Son carquois reluit, d'or, de ce métal encor
Un nœud soutient sa robe en longs plis relevée.
Des Troyens à leur tour vient la foule arrivée ;
S'avance ensuite Iule enivré de plaisir :
Plus beau qu'eux tous, Énée, après eux vient s'offrir
D'une pompe nouvelle il grossit ce cortége.
Tel quittant la Lycie encor blanche de neige,
Où des sources du Xanthe avançant vers Délos,
Apollon va revoir ces lieux pour lui si beaux ;
La danse en chœur le suit ; le Crétois, le Dryope,
L'Agathyrse qui peint la peau qui l'enveloppe,
Tout s'agite et frémit autour de son autel ;
Cependant sur le Cynthe a marché l'immortel ;
Un verdoyant feuillage environnant sa tête
Soutient ses blonds cheveux qu'un or flexible arrête ;
La flèche, en son carquois, sonore, a retenti.
Tel, Énée, allait, prompt, aussi brillant que lui,

H

Tant de ses traits divins la beauté rare éclate !
Après qu'on a des monts, des déserts, à la hâte,
Dépassé les sommets, voici qu'intimidés,
De sauvages chevreaux, à pas précipités,
Vont, courent, descendans ; ailleurs de la montagne,
Lancés, d'un saut, les cerfs franchissent la campagne.
La poussière, autour d'eux, roule en gros tourbillon.
 Joyeux, le jeune Ascagne, au fond d'un creux vallon,
Presse et fait tressaillir un coursier plein d'audace ;
Tantôt devance l'un, l'autre, tantôt le passe ;
Brûle de voir, parmi ces trop calmes moutons,
Un sanglier s'offrir ou quelque fier lion
Paraître et lui montrer sa jaune chevelure.
Tout le ciel, cependant, avec un grand murmure,
 Commence à s'ébranler ; la grêle, en larges flots,
S'abat, mêlée au bruit d'un fort déluge d'eaux.
La garde de Didon, la troyenne jeunesse,
Le petit-fils, si cher à la belle déesse,
Vont par les champs chercher l'abri de quelques toits :
Des monts tombent, roulans, cent torrens à-la-fois.
Dans une même grotte, avec Didon, Énée
Sont arrivés ; Junon, reine de l'hyménée,
La terre la première ont donné le signal ;
Les feux brillans du ciel font luire leur fanal
Et du sommet des monts les nymphes en heurlèrent.
Ce jour, de son trépas, des maux qui l'accablèrent,
Fut le premier auteur ; car alors, sans songer
Didon à son devoir, à sa gloire en danger,
Ne cachant plus sa flamme et furtive et secrète,
Nommant l'hymen, ainsi croit voiler sa défaite.
En Lybie aussi-tôt, par ses grandes cités,
La renommée épand des bruits au loin portés ;
La renommée, un mal qu'aucun des maux n'égale
Pour la vélocité de sa marche fatale :

Le mouvement l'anime, elle croît en courant.
Faible, d'abord, par crainte, on la voit à l'instant
Monter jusqu'à la nue, et, son pied sur la terre,
Dans le plus haut des airs se perd sa tête altière.
C'est la Terre en courroux qui lui donna le jour,
Lorsque voulant des dieux se venger à son tour,
Dernière sœur de Cée et du vaste Encelade,
Elle la mit au monde, après leur escalade ;
Monstre effroyable, immense et portant sur ses flancs,
Cachés sous chaque plume, autant d'yeux surveillans,
De langues et de voix (surprenantes merveilles),
De bouches à grand bruit, d'attentives oreilles.
La nuit, vers le milieu de la terre et du ciel,
Elle vole en sifflant, pendant l'ombre, et son œil
Jamais au doux repos ne cède sa paupière ;
Le jour, en sentinelle, elle est assise et fière
Ou sur le haut d'un toit, ou sur de vastes tours;
Dans les grandes cités qu'alarment ses discours
Semant la crainte, au loin, répandant l'épouvante ;
Du faux, du mal, du vrai trompette indifférente.
De cent récits divers les peuples occupés,
Étaient alors par elle informés ou trompés.
Ce qui fut, ne fut pas, elle l'annonce en joie:
« Un Énée est venu, parti des bords de Troye,
» Et la belle Didon, par le plus doux lien,
» L'agréant pour époux, unit son sort au sien.
» Désormais, tout l'hiver, tant longue est sa durée,
» Plongeant dans les plaisirs leur ame abandonnée,
» Tous les deux, dans l'oubli du soin de leurs états,
» Goûtent de feux honteux les séducteurs appâts. »
C'est là ce qu'en tous lieux cette indigne déesse
Par les bouches répand dans sa fatale adresse.
Vers Iarbe son vol bientôt l'allant porter,
Par cent cruels récits elle vient l'irriter.

H 2

De Jupiter Ammon ce roi reçut la vie
Et de Garamantide, une nymphe ravie.
Dans ses vastes états il a construit, soigneux,
Cent temples, cent autels au monarque des dieux;
Etablit de feux saints une flamme éternelle,
Une veille en l'honneur des dieux continuelle :
Le sol est gras du sang des troupeaux immolés;
De guirlandes de fleurs les seuils sont embaumés.
Ce roi, dit-on, frappé d'une rumeur cruelle,
Hors de lui, transporté de sa douleur mortelle,
Va, se place aux autels, sous le pouvoir des dieux;
Long-tems priant, levant ses deux mains vers les cieux:
  « O Jupiter puissant, toi que le peuple Maure,
» Assis sur des lits peints, d'un pur nectar honore,
» Dans ses libations, ses festins terminés,
» Vois-tu ceci, mon père, ou nos sens étonnés
» Craignent-ils sans motif les foudres que tu lances,
» Et n'est-ce qu'un bruit vain, aveugle, sans puissance,
» Ce tonnerre éclatant qui dans l'air retentit!
» Une femme à prix d'or sur mes confins bâtit,
» Errante, une cité, pour elle faible asile,
» A qui j'abandonnai, dans ma bonté facile,
» Ma rive à cultiver et qui subit mes lois,
» Rejette mon hymen et ma main que j'offrais,
» Pour accepter Enée, un Troyen pour son maître!
» Ce Pâris, son cortège, indignes de paraître,
» D'une mitre nouée à son menton paré,
» Comme un Mæonien de parfums entouré,
» Va jouir de son rapt, et nous, de soins stériles,
» Dans tes temples portons des présens inutiles ».
Cependant, en vain fier du beau nom de ton fils!
Aux autels embrassés lorsqu'il poussait ces cris,
Le Tout-Puissant l'entend du sommet de la nue ;
Sur le royal séjour il détourna sa vue

Vers cette cour coupable et sur ces deux amans,
Oubliant leurs grands noms, des destins plus brillans :
Aussi-tôt, dans l'Olympe, à Mercure il s'adresse :
« Sur ton aile à l'instant pars, vole avec vitesse,
» Appelle les zéphyrs, mon fils, glisse dans l'air ;
» Va trouver ce Troyen que je vois s'arrêter
» Oubliant dans les murs de Carthage, un empire
» A son sang par le sort réservé ; va lui dire,
» Dans les airs traversés portant ces mots précis :
» Je ne le vois pas tel que me l'avait promis
» Sa mère en l'arrachant deux fois aux Grecs en armes :
» Mais il devait bravant cent périls, cent alarmes,
» Régner dans l'Italie, et, sur ses bords puissans,
» Gros d'empire, féconds en guerriers frémissans ;
» Reproduire Teucer, sa descendance altière
» Et sous ses lois ranger la terre toute entière.
» D'un sort à ce point grand, sans en être enflammé,
» S'il voit l'éclat, le veut refuser dédaigné,
» Pour lui, trop insensible, et pour sa propre gloire,
» La grandeur des Romains, à son fils peut-il, père,
» L'envier ? que veut-il ? quel espoir mensonger
» Sur des bords ennemis le fait, oisif, rester,
» Sans vouloir regarder l'Ausonie et sa race !
» Qu'il navigue, en un mot, porte-lui par l'espace
» Cet ordre exprès ». Mercure alors s'est préparé
A du maître des dieux remplir l'ordre sacré :
Il attache à ses pieds, d'abord, l'aile dorée
Qui le soutient porté, soit sur l'onde azurée,
Soit sur terre, rapide et d'un élan égal ;
Puis, prend son caducée ; (au rivage infernal
Il va, par son secours, ravir les pâles Ombres,
En fait d'autres partir vers les rivages sombres,
Donne, ôte le sommeil, ferme l'œil des mourans ;
Par lui son corps dans l'air, aidé, chasse les vents,

H 3

Peut percer au travers d'un orageux nuage.

    Déjà volant, Mercure, adressé vers Carthage,
Découvrait les flancs hauts et le front sourcilleux
D'Atlas qui porte entiers l'Olympe et tous ses feux,
Dont la crête aux grands pins ceints d'une obscure nue,
Sent toujours par les vents pousser sa cime nue ;
Son épaule paraît de neige étinceler,
De son menton vieilli l'eau semble découler
Et de glaçons sa barbe est roide et hérissée.

    Là, Mercure élancé par la voute aérée
Planant d'un vol égal d'abord reste arrêté,
Puis son corps sur les flots d'un élan s'est jeté ;
Comme on voit un oiseau filer près du rivage
Ou des rocs poissonneux offerts sur son passage,
Ou, descendant, raser le sein des vastes mers ;
Tel on apercevait Mercure au sein des airs,
Entre ciel, terre, aller, léger, vers la Lybie,
Messager du grand dieu dont sa mère est sortie.
Lorsque ses pieds ailés ont touché le sommet
Des lieux que l'Africain habite, le dieu voit
Le général Troyen fondant la citadelle,
Faisant monter des toits dans Carthage nouvelle.
Enée est remarquable à son glaive étoilé
Qu'un jaspe enrichissait d'un long filet doré ;
La pourpre éclate au loin sur la brillante laine
Du long manteau flottant dont l'opulente reine
Avait d'un or léger traversé le tissu,
Présent que de ses mains Enée avait reçu.
Mercure en l'abordant dit : « Eh quoi ! de Carthage
» Tu construis les remparts, dans ton lâche esclavage,
» Et fondes pour ta reine une illustre cité ?
» Faut-il te voir du sort à ta race accordé,
» D'un empire promis perdre ainsi la mémoire ?
» Il m'envoie à tes yeux en retracer la gloire,

» Du haut du ciel le roi puissant maître des dieux,
» Dont la volonté meut la terre avec les cieux :
» Entends son ordre exprès que je te notifie :
» Que fais-tu ? quel espoir te retient en Lybie ?
» Si tu veux, trop glacé pour l'honneur qui t'attend,
» Le dédaigner pour toi ton Empire éclatant,
» Vois ton naissant Ascagne et l'immense héritage
» De ce fils, son espoir, un jour, son sûr partage !
» Tu lui dois l'Ausonie et le beau sol romain ».
A ces mots, le dieu rompt tout-à-coup l'entretien,
Des mortels évités fuyant l'aspect profane,
Il disparaît perdu dans un air diaphane.
Le héros hors de lui reste alors confondu :
Ses cheveux sont dressés, son corps tremble éperdu ;
Sa voix dans son gosier s'arrête, est sans passage.
Il brûle de quitter un trop aimé rivage ;
Il veut l'abandonner, frappé d'un tel avis,
D'un ordre si formel des dieux, à lui transmis :
» Mais comment faire, hélas ! Cette amante égarée
» Par quels discours aller l'aborder préparée ?
» Quel premier début prendre ? » En sa perplexité,
Flottant ici tantôt, et tantôt là, porté,
Entre divers desseins son esprit se partage,
De tous les côtés erre, irrésolu, s'engage,
Son embarras enfin s'arrête à cet avis :
Et Cloanthe et Muesthée et Sergeste avertis :
" Qu'ils disposent sans bruit la flotte à faire voile,
» Qu'ils rassemblent aux bords l'équipage fidèle,
» Qu'ils pourvoient au service, aux nautiques besoins ;
» Le motif qui leur fait prendre ces nouveaux soins,
» Qu'ils le cachent ; pour lui, quand la reine abusée
» Ne pénétrera rien, et par l'amour trompée,
» Sera loin de s'attendre à voir rompre ses nœuds,
» Tentera quel accès peut s'offrir, plus heureux,

H 4.

» Prendra pour lui parler instans, tour préférables ».
Tout, sur l'heure, a suivi ces ordres favorables.

Mais la reine (ah ! comment pouvoir tromper l'amour ?)
La première éventa, pressentit ce détour,
Surprit les mouvemens de la fuite future,
Dans sa flamme craignant la chose la plus sûre !
La même renommée, impie, et pour l'aigrir,
L'informa qu'on s'armait, qu'on pensait à partir :
Hors d'elle, elle parcourt ses remparts, transportée.
Semblable à la Bacchante en délire, irritée,
Dont la fête arrivant échauffe tous les sens,
Quand de loin de l'orgie elle entend les vifs chants
Et que la nuit un cri du Cythéron l'appelle.
D'elle-même abordant le heros infidèle :
« M'as-tu bien cru cacher un si grand attentat,
» Traître, encore, et sans bruit le quitter, mon état ?
» Ni notre amour promis, ni cette main donnée,
» Ni Didon, par ta fuite à la mort condamnée,
» Ne peuvent t'arrêter dans tes projets ? L'hyver,
» Jouet des vents, cruel, tu vas fendre les mers ?
» Si des lieux inconnus, si d'étrangers rivages
» N'étaient pas le séjour où tu cours, sur les plages,
» Si ton antique Troye encore était dehout,
» Troye, au milieu des flots, par les vents, sous leurs coups
» L'irais-tu donc gagner sur une mer émue ?
» Me fuis-tu ! Par ces pleurs, moi, Didon qui, perdue
» N'a, dans son malheur, rien qu'elle ne t'ait donné ;
» Par mes pleurs, par ta main, par toi, le nœud formé
» Et les naissans liens d'un hymen qui commence ;
» Si j'ai pu mériter quelque reconnaissance,
» Si ce qui fut de moi jamais put t'être cher,
» Aye pitié d'un état tremblant, prêt à tomber,
» Et s'il est quelqu'accès encore à la prière,
» Je t'en conjure, ah ! quitte un projet si contraire.

» Pour toi, les Libyens, les Numides, leur roi,
» Ceux de Tyr, tout me hait, la cause, ingrat, c'est toi;
» Pour toi, j'ai pu trahir cette pudeur sacrée
» Et ce renom premier par qui seule, honorée,
» Je me voyais par-tout presqu'élevée au ciel :
» A qui me laisses-tu mourante, hôte cruel,
» Au lieu du nom d'époux puisque ce nom seul reste ?
» Qu'attends-je ? que mon frère, en sa rage funeste,
» Pygmalion, de Tyr, vienne envahir mes murs ?
» Qu'Iarbe me chargeant de fers cruels et durs,
» M'emmène en Gétulie et tremblante et captive ?
» Avant que de me fuir, si quelque image vive
» De toi m'était laissée, au moins ; si je voyais
» Un jeune Enée, enfant, jouant par ce palais,
» Qui dans ses traits me pût retracer ton image,
» Je croirais un peu moins que ton sensible outrage,
» Après m'avoir surprise, aurait pu me quitter ! »
Elle a dit. Le héros avait soin d'arrêter,
Sur les décrets du ciel, fixe, toujours, sa vue;
Cachant avec effort sa douleur retenue,
En peu de mots enfin il commence à parler :
« Ces bienfaits si touchans que vous pouvez compter,
» Je ne voudrai jamais les désavouer, reine ;
» D'Elise pour jamais mon ame sera pleine,
» Si long-tems que de moi j'aurai le souvenir,
» Qu'un souffle animera ce corps pour le régir.
» Je dirai peu de mots sur ma juste conduite ;
» Je n'ai pas espéré de vous céler ma fuite,
» Non ne le feignez pas, jamais n'ai de l'hymen
» Allumé les flambeaux, formé le nœud si saint.
» Moi, si le sort voulait au gré de mon envie
» Me laisser disposer des momens de ma vie ;
» Si maître d'en régler les soins selon mon gré,
» J'en pouvais ordonner le cours en liberté,

» D'abord Troye et des miens les doux et touchans restes
» Redeviendraient l'objet des instans qui me restent ;
» Ma main rétablirait ce séjour de Priam,
» Rendrait aux miens vaincus Ilion renaissant :
» Mais désormais, aux bords de la grande Italie
» Apollon Grynéen, l'oracle de Lycie
» M'ordonnent, malgré moi, d'aller, de me porter :
» C'est mon pays, c'est là ce qu'il me faut aimer.
» Si Carthage naissante, ô reine, vous convie
» A rester dans ses murs, vous, née en Phénicie,
» L'Ausonie aux Troyens voulez-vous l'envier ?
» Et nous aussi, pouvons, ailleurs, vouloir chercher
» Un empire ! Pour moi, l'ombre auguste d'un père,
» Chaque fois que la nuit vient obscurcir la terre,
» Que de ses feux brillans l'éclat à mes yeux luit,
» Revient dans mon sommeil m'effrayer, m'avertit.
» Mon fils, le tort si grand qu'essuyerait son enfance,
» S'il la perdait par moi cette haute espérance
» Que le destin lui garde aux bords Hespériens !!
» Tout-à-l'heure, et voici que des ordres divins
» Me sont par Jupiter adressés, je le jure,
» Viennent d'être apportés à l'instant par Mercure.
» Moi-même, je l'ai vu ; tout couvert de clarté,
» Dans ces murs à mes yeux s'offrir, manifesté.
» Cessez d'accabler vous, moi, de ce trouble extrême ;
» Vos plaintes sont sans fruit ; ce n'est pas de moi-même
» Que je vais aborder l'Ausonie et ses champs ».
Pendant tout ce discours, Didon depuis long-tems
L'envisageait d'un air enflammé de colère ;
Son œil sanglant roulant sur sa personne entière,
L'observait, sans parler, du plus sombre regard ;
De fureur transportée enfin elle repart :
« Une divinité jamais ne fut ta mère,
» Perfide ; Dardanus des tiens n'est pas le père ;

» Mais, sur ses rocs affreux, Caucase au jour te mit,
» D'une tigresse, enfant, le dur lait te nourrit.
» Car, que dissimulé-je? à quoi de pis m'attendre?
» A-t-il gémi, l'ingrat, des pleurs qu'il voit répandre?
» A-t-il tourné les yeux? montre-t-il quelques soins?
» Pleure-t-il? d'une amante a-t-il pitié, du moins?
» Qu'aller d'abord chercher dans son discours parjure?
» Va, va, Junon, puissante et qui voit mon injure,
» Ni le grand Jupiter, attentifs, l'œil sur nous,
» Ne voient pas cet outrage et mes pleurs sans courroux.
» Il n'est plus nulle part, non, plus de foi sincère!
» Chassé, je l'ai reçu; pauvre, sur cette terre,
» L'admis, crédule, au soin de mes propres états;
» Ses compagnons, lui-même, au plus certain trépas
» Les ai soustraits, lui rends amis, flotte perdue:...
» Ah! la fureur m'embrase et m'emporte et me tue!
» Tantôt c'est d'Apollon un ordre exprès donné,
» Tantôt c'est un oracle en Lycie émané;
» Et voici qu'envoyé par Jupiter lui-même,
» L'interprète des dieux, leur messager suprême
» S'en vient du ciel par l'air porter cet ordre affreux:
» Sans doute un tel souci beaucoup importe aux dieux :
» Ce soin va les troubler dans leur séjour, paisibles!
» Je ne réfute plus tes discours insensibles,
» Je ne te retiens pas; vas, jeté sur les flots,
» Suis-la, ton Italie, à la merci des eaux;
» Jouet des aquilons, cherches ton vain empire;
» J'espère, oui, si les dieux que la justice inspire
» Ont quelques droits sur nous, qu'un supplice effrayant
» Te fera sur des rocs boire ton châtiment,
» Nommer alors souvent Didon dans ta détresse;
» Absente, et de noirs feux dans ma main vengeresse,
» Je te suivrai par-tout, et quand la froide mort
» Aura fait s'éloigner mon ame de mon corps,

» Ombre, dans tous les lieux je te serai présente :
» Va, ta punition, cruel, sera sanglante !
» Le bruit m'en parviendra sous le noir souterrain. »
Ces mots dits, dans son trouble elle rompt l'entretien,
Et, le cœur déchiré du tourment qui la serre,
Elle échappe aux regards, triste, fuit la lumière,
Le laisse préparant ce qu'il peut alléguer,
Chancelant, tout tremblant, voulant lui répliquer :
Défaillante, en leurs bras, ses femmes la soutiennent
Dans son palais de marbre, à son lit la remènent.
Mais le héros, troublé, malgré son vif désir
De calmer par ses soins ce mortel déplaisir,
Accablé sous le poids de sa propre tendresse,
Inconsolable, cède à l'ordre qui le presse :
Il tourne vers les bords, va revoir ses vaisseaux.
Tous les Troyens alors vont lancer sur les eaux
Les navires par eux transportés au rivage ;
Enduite de sucs gras, la carène en mer nage.
Ils apportent des bois de feuillages couverts
Et les troncs des forêts, non fabriqués, tout verds,
Dans l'ardeur de partir avec plus de vitesse.
Vous verriez se mouvoir leur troupe qui s'empresse,
En foule et s'avançant, sortir de la cité.
Tel un nombreux essaim de fourmis agité
Dévaste un grand monceau de grain qu'il se partage,
Prévoyant, pour l'hiver, en grossit son ménage :
Tout le bataillon roule, épars, noir, dans un champ ;
Par un sentier étroit il se hâte, emportant
A travers l'herbe épaisse un butin qu'il emmène ;
L'un, sur sa faible épaule, avec grand effort, traîne
Un gros grain de froment, poids énorme pour lui ;
L'autre vient rassembler tout l'essaim désuni
Et des moins diligens hâter la marche lente :
Le sentier est en feu sous la foule agissante.

Mais toi, qu'éprouvais-tu, lorsque tu les voyais ?
A ce spectacle affreux quels sanglots tu poussais,
Lorsqu'entendant frémir, de loin, tout ton rivage,
Tes yeux de ton palais se tournant vers la plage,
Tu sentais ébranler l'air des plus nombreux cris ?
Cruel amour, à quoi, mortels, tu nous réduis ?
Elle veut de nouveau se jeter dans les larmes,
De la prière encor tenter l'effet, les armes,
Supplier, abaisser son orgueil sous l'amour ;
(C'est envain, il faudra qu'elle perde le jour !)
Pour ne laisser du moins rien que son cœur n'essaye :
« Ma sœur, vous le voyez, comme sur cette voye
» Ils sont, en foule, tous, rendus de tous côtés ;
» Déjà la voile attend les zéphirs demandés ;
» Du nautonier la poupe est de fleurs couronnée.
» A ce coup si j'ai dû m'attendre, préparée,
» Peut-être je pourrais, ma sœur, le soutenir !
» Anne, dans ce point seul, daignez me secourir :
» Il usait envers vous d'une rigueur moins dure,
» Il vous flattait, ouvrait à vous son cœur parjure ;
» Seule, vous connaissiez l'instant de l'aborder,
» L'art de toucher son cœur, de le persuader.
» Allez, ma sœur, trouver cet ennemi perfide ;
» En suppliante, allez, je n'ai pas, en Aulide,
» Avec les Grecs juré d'écraser les Troyens,
» Fait partir de vaisseaux armés contre les siens,
» D'Anchise profané les mânes ni la cendre :
» Pourquoi de mes discours, cruel, tant se défendre ?
» Où va-t-il ? qu'il accorde à son amante en pleurs
» Cette grace dernière et due à ses malheurs,
» Qu'il consente du moins et, par pitié, d'attendre
» Un trajet plus facile, un vent doux pour se rendre.
» Je ne réclame plus des nœuds par lui trahis ;
» Qu'il ne jouisse pas du Latium promis ;

» Qu'il veuille abandonner des états, un empire ;
» Je demande un tems court, vain, qui puisse suffire
» Pour ralentir mes feux, du moins les reposer,
» Jusqu'à ce que mon sort m'instruise à m'abaisser :
» Vaincue, ah ! cette grace, Anne, que je l'obtienne ;
» Ayez pitié des maux d'une sœur, de sa peine ;
» Ce point, dernier pour moi, qu'il l'accorde, et, laissé
» De bonheur par ma mort il partira comblé ».
En ces mots de Didon s'adressait la prière ;
Tels sont les pleurs qu'entr'eux Anne, dans sa misère,
Porte et reporte ; mais à tous ces efforts vains
Résiste le héros ferme dans ses desseins ;
Le sort l'arrête ; un dieu, pour laisser calme Enée,
Vient tenir à ces cris son oreille fermée :
Tels, des Alpes partis, les vents fiers attaquans
Un chêne sur sa souche affermi par les ans ;
Leur souffle d'un côté, tantôt de l'autre essaye
A renverser son tronc, le bruit va, se déploye ;
Emu par leur effort, l'arbre tremble, assiégé ;
De feuilles tout le sol se couvre au loin chargé :
Lui, sur les rocs fixé, reste ; aussi haut lancée
Que sa cime en l'air monte, autant est enfoncée
Sa racine en avant descendante aux enfers.
Non moins est assailli de pourparlers divers,
Est troublé le héros par ses peines amères,
Son grand cœur les ressent, mais résiste aux prières ;
Des pleurs vains vont sans fruit, roulans, mouiller son sein
Didon, épouvantée alors de son destin,
A recours à la mort ; sa paupière tremblante
Ne veut plus voir du ciel la lumière accablante
Pour, dans un tel dessein, l'affermir sans retour,
La mieux déterminer à s'arracher le jour,
Elle a vu, sur l'autel où l'encens brûle en flamme,
Se montrer un prodige effrayant pour son ame ;

Quand elle offrait des dons ; l'eau , le lait se noircir
Et dans un sang hideux les vins se convertir, ·
Nul ne l'a vu, sa sœur Anne même l'ignore ;
Au fond de son palais , de plus , montait encore
A son premier époux un temple consacré ,
Et par de constans soins chaque jour honoré
Des plus blanches toisons la laine fraîche et pure ,
Des fleurs en longs festons l'ornaient dans sa structure ;
Il lui paraît de-là dans l'ombre de la nuit,
De Sichée ouir la voix qui crie et la poursuit ;
Au haut de son palais , un hibou , solitaire,
D'un son triste souvent , d'un long chant funéraire
Parut se plaindre , en pleurs traînant de sourds accens.
De mortels inspirés des avis menaçans
De plus donnés , déjà, la glacent d'épouvante:
Dans son sommeil , lui-même , Enée , il la tourmente ;
Barbare , il lui paraît l'abandonnant toujours ;
Elle croit entreprendre un trajet de long cours ,
Seule , et , par des déserts, de nul accompagnée ,
Chercher ses Tyriens en contrée éloignée ;
Tel Penthée aux abois , dans son trouble , ébloui ,
Croit voir des noires sœurs venir le groupe à lui ,
Le soleil double et voir s'offrir Thèbes doublée ,
Où tel d'Agamemnon , sur la scène troublée ,
Est présenté le fils , Oreste malheureux ,
Quand il fuit Clytemnestre armant ses bras de feux
Et montrant des serpens que les tristes furies
S'asseyent sur son seuil, vengeresses hardies !
Quand donc le désespoir est conçu dans son cœur,
Qu'elle veut par la mort terminer son malheur ;
Elle en fixe l'instant, le genre en sa pensée,
Puis , adressant ces mots à sa sœur empressée ,
Déguisant son dessein , elle laisse entrevoir
Sur son front, qu'elle égaye , un apparent espoir ;

» Ah ! félicitez-moi, ma sœur, je l'ai trouvée
» La voie ou de le rendre à mon ame égarée
» Ou de me dégager, amante, de mes nœuds :
» Aux lieux où l'Océan finit, où de ses feux
» Va le soleil cacher la lumière amortie,
» Est le dernier confin des bords d'Ethyopie,
» Où le puissant Atlas tourne, mû sur son dos,
» L'Olympe entier couvert de ses ardens flambeaux.
» Là, me fut indiquée une habile prêtresse ;
» Aux bords Massyliens autrefois son adresse
» Veillait au temple saint des filles d'Hespérus,
» Présentait au dragon ses repas assidus,
» Répandait, pour garder et l'arbre et son feuillage,
» L'assoupissant pavot et du miel en breuvage.
» Elle, par le pouvoir de ses enchantemens,
» Promet ou d'affranchir les cœurs de soins cuisans,
» Ou d'y faire à son gré passer les maux, la peine ;
» Elle interrompt le cours des fleuves qu'elle enchaîne ;
» Fait de marche changer les astres dans les cieux
» Et sortir des enfers les mânes ténébreux ;
» A sa voix, sous ses pas, on sent mu ir la terre ;
» Des monts, ébranlé, l'orme abat sa cime altière ; -
» J'atteste ici les dieux et vous-même, ô ma sœur,
» O vous dont la tendresse est si chère à mon cœur,
» Qu'à regret j'ai recours à ces moyens magiques !
» Vous, en secret, au sein de mes toits domestiques
» Construisez un bûcher montant à l'air du ciel ;
» L'armure du guerrier, de ce Troyen cruel,
» Que tout près de mon lit il laissa suspendue,
» La couche conjugale où Didon s'est perdue
» Et la dépouille entière, enfin, de cet époux,
» Que tout sur le bûcher, ma sœur, soit mis par vous ;
» L'ordre de la prêtresse enseigne de détruire
» Ce qui fut à cet homme ! » Elle a cessé de dire,

Son front au même instant est pris par la pâleur.

Mais, Anne, cependant ne croit pas que sa sœur
Cache sous cet apprêt d'une cérémonie,
L'horrible et noir projet de terminer sa vie ;
Jusqu'à de tels pensers son esprit ne va pas
Et ne craint rien de pis qu'alors que le trépas
Trancha le fil des jours du malheureux Sichée ;
Ses soins disposent donc cette pompe exigée.
Mais la reine en secret, quand le bûcher placé
Monte, à l'écart, au fond de son palais dressé,
Sous la voûte des airs, construit de bois d'yeuse
Et de pins coupés gras de gomme résineuse,
Couronne en ses contours tout l'espace du lieu
De feuillage funèbre et de fleurs en longs nœuds ;
Sur le lit la dépouille et le glaive d'Énée
Placés, son effigie est au sommet posée.
Seule, Didon, prévoit ce qui doit arriver ;
Tout autour, des autels vont, debout, s'élever.
Hérissant ses cheveux, terrible, la prêtresse
D'une tonnante voix aux trois cents dieux s'adresse,
Au Cahos, à l'Érèbe, à ses lacs si profonds,
A la terrible Hécate, à Diane aux trois noms :
Elle avait fait couler une eau noire versée
Pour imiter du Styx l'eau sombre retracée,
On va chercher aussi des herbes que la main
A la lune, la nuit, coupa de faulx d'airain.
Avec le lait filtrant dans le poison noirâtre,
Aussi vient, apporté, cet objet qu'idolâtre
Une cavale, mère, en son aveugle amour,
Et qu'on prend au poulain dès qu'il reçoit le jour.
Elle-même, Didon près des autels, tremblante,
Tenant les gâteaux saints dans ses deux mains, mourante,
Atteste, un des pieds nus, les dieux, les feux du ciel,
Témoins de sa douleur et d'un sort si cruel,

I *

Aux nœuds trahis s'il est un dieu qui soit propice,
Elle en réclame en pleurs les regards, la justice.
Il était nuit ; par-tout dans le sommeil plongés,
Les êtres délassaient leurs membres soulagés ;
La terre, les forêts, les flots, la plage immense,
Tout était appaisé, calme, dans le silence ;
Quand les astres ont fait la moitié de leur tour,
Quand les champs, les troupeaux, lorsqu'a fini le jour,
Les oiseaux, les poissons dans leurs bassins humides,
Les animaux gissans dans les buissons arides,
Eprouvaient dans la nuit le relâche à leurs maux,
L'intervalle des soins, l'oubli de leurs travaux ;
Mais le cœur malheureux de Didon souffre et veille ;
Sa paupière jamais ne cède, ne sommeille ;
Il n'est point pour ses yeux de nuit, point pour son cœur ;
Ses maux sont redoublés dans toute leur fureur ;
L'amour, se rallumant, l'embrase de sa flamme :
Mille pensers cruels sont pressés dans son ame.
Voici ce que son cœur tremblant roule en secret :
« Quel est mon sort enfin, quel sera mon projet ?
» Irai-je désormais, triste objet de risée,
» A mes premiers amans recourir, méprisée ?
» Du Numide orgueilleux mendierai-je la main,
» Lui sur qui tant de fois tomba tout mon dédain ?
» Faudra-il sur leur flotte, en esclave, emmenée,
» A leurs ordres derniers me livrer, condamnée ?
» Oui ! car un digne prix suit mes bienfaits nombreux,
» Ils reconnaissent bien ce que j'ai fait pour eux !
» Faites que je le veuille, en serai-je maîtresse ?
» D'eux qui me recevra sur la flotte traîtresse ?
» Didon, trop malheureuse ! ah ! tu ne connais pas
» Du vil Laomédon les descendans ingrats !
» Qu'on y consente, soit : M'en irai-je, sans suite,
» Orner des nautonniers la triomphante fuite ?

» Ou, forte de mon peuple, assemblant mes guerriers,
» Les poursuivrai-je encor au sein des vastes mers ?
» Ceux qu'à peine de Tyr je fis fuir le rivage,
» Les voudrai-je exposer encore sur la plage,
» Irai-je encor aux flots les faire hasarder ?
» Meurs, malheureuse ! meurs, tu l'a su mériter ;
» Termines par le fer la douleur qui t'accable !
» C'est vous qui me poussiez à ce sort déplorable,
» Quand cédant à mes pleurs vous flattiez mon amour,
» Lorsqu'à mon ennemi vous livriez mes jours !
» Je n'ai pas pu mener une vie innocente,
» Comme la brute, hélas, du mal qui me tourmente
» Ne les approcherpas, les si cruels soucis !
» Je n'ai pas pu garder ce que j'avais promis
» A Sichée, à sa cendre ! » En ces mots, dans sa flamme,
S'exhalaient les pensers qui suffoquaient son ame.
Cependant, sur la poupe, en haut, sûr de partir,
Enée, à l'air serein, prêt, commence à dormir ;
A lui vient, de nouveau, sous la même apparence,
Le même dieu s'offrir, à sa vue, il s'avance
Tout semblable à Mercure avec ses blonds cheveux,
Sa jeunesse, sa voix, son éclat radieux :
» Peux-tu dans ces momens, toi, fils d'une déesse,
» Te livrer au repos quand le péril te presse ?
» Tu ne vois pas quels maux sont prêts à t'accabler ?
» Tu n'entends pas les vents heureux déjà souffler ?
» Didon ne songe plus que forfait, qu'artifice :
» Résolue à la mort, elle a tout le supplice
» Des flots de son courroux bouillonnans dans son cœur ;
» Et toi tu ne fuis pas ces bords avec ardeur,
» Lorsque de fuir encor la puissance te reste ?
» Tu la verras bientôt cette plage funeste
» Sous les rames se fendre et cent feux menaçans,
» Apportés sur ces bords, s'y déployer ardens,

» Si l'aurore te trouve hésitant à Carthage!

» Allons, plus de retard; et mobile et volage

» Fut, de tout tems, l'esprit d'une amante ». Il a dit,

Puis, enfoncé, se perd dans la plus sombre nuit.

Mais Enée, effrayé de sa soudaine vue,

S'arrache au sommeil, court vers la rive connue,

Va presser les Troyens : « Guerriers, éveillez-vous,

» En hâte sur vos bancs allez, placez-vous tous :

» Qu'à l'instant même aux vents la voile soit livrée.

» Un dieu descend vers moi de la voûte éthérée,

» M'ordonne de partir de ces bords, sans tarder ;

» Sa voix en ce moment encor vient me hâter.

» Qui que tu sois, ô dieu, je te suis, et fidèle,

» Je vais où l'ordre saint de ta bonté m'appelle :

» Daignes nous protéger ; et, secourable et doux,

» Rends des astres du ciel le cours heureux pour nous »

Il dit, et du fourreau fait sortir son épée

Foudroyante ; la corde est par le fer coupée ;

La même ardeur à tous se communique ; on part ;

Le rivage court, fuit, quitté de toute part :

Sous les nombreux vaisseaux la mer cède cachée,

La rame avec effort fend l'onde partagée.

Mais du jour qui naissait répandant la clarté,

L'aurore, dans son lit, laissait Tithon quitté :

D'un lieu haut du palais Didon, voyant la terre

Se blanchir des rayons versés par la lumière,

En ordre, sur les flots, les vaisseaux s'avancer,

Ses rivages, son port, qu'on vient d'abandonner,

Par trois, par quatre fois, dans l'excès de sa rage,

Déchirant son beau sein, meurtrissant son visage,

S'arrachant les cheveux : « Grands dieux! il s'en ira!

» De notre empire entier, étranger, se jouera!

» On ne s'armera pas pour empêcher sa fuite?

» Carthage n'ira pas, entière, à sa poursuite,

» Sur mes vaisseaux, piller leurs scélérats vaisseaux!
» A la voile, portez la flamme, allez, aux flots!
» Courez, ramez! Que dis-je? où suis-je et quel martyre
» Egare mes esprits dans ce mortel délire?
» Didon trop malheureuse, hélas! c'est à présent
» Que de ton sort affreux t'approche l'ascendant!
» C'était quand avec lui partageant ta puissance...
» Voilà donc cet amour et sa reconnaissance!
» Celui que sur sa flotte on dit avoir ses dieux
» Avec lui transportés et qui d'un père vieux
» A sur son dos reçu le corps courbé par l'âge,
» Je ne l'ai pu couper en morceaux, sur la plage
» L'épandre! ses Troyens et lui, les égorger;
» Lui servir, père, en mets son Ascagne à manger!
» Mais du combat l'issue aurait été douteuse;
» Elle l'aurait été! je mourrai; malheureuse!
» Qu'ai-je à craindre? ma main aurait couvert de feux
» Tout leur parjure camp, leurs vaisseaux odieux;
» Le père, avec le fils, avec leur race entière,
» Je les eusse immolés, moi-même, la dernière,
» J'aurais, par-dessus eux, à mon tour expiré.
» Soleil, toi qui vois tout sur ce globe éclairé
» Par l'éclat de tes feux, et toi, Junon propice,
» Interprète et témoin des maux de mon supplice;
» Hécate, que, la nuit, au détour des cités,
» Invoquent des clameurs, des cris heurlans jetés,
» Vengeresses sœurs, dieux, dieux de Didon mourante,
» Recevez-les mes vœux, que terrible et puissante
» Votre équité descende écraser les méchans;
» Entendez tous mes cris et mes derniers accens.
» Si Jupiter l'ordonne, oui, s'il est nécessaire
» Que l'étranger infame un jour touche la terre,
» Que ce soit-là le terme à ses erreurs fixé;
» D'un peuple audacieux que harcelé, pressé,

I 3 *

» Chassé de son pays , des bras d'Iule , père,
» Arraché , qu'il implore un secours nécessaire
» Et des siens immolés voye une affreuse mort ;
» Ni , que , pris dans les lacs d'un infidèle accord ,
» Il ne jouisse pas du jour ni de l'empire
» Qu'avant le tems, frappé , le barbare , il expire,
» Soit , sans tombeau, laissé sur un sable ennemi.
» Voilà mes vœux; voilà le juste et dernier cri
» Que j'exhale en perdant mon sang avec ma vie;
» Et vous , ô Tyriens, d'une race haïe
» Poursuivez les neveux par des débats sans fin ;
» Que ce me soit un don, dans mon affreux destin,
» Assuré pour ma cendre : amour, paix, alliances ,
» Qu'il n'en soit point de vous avec leurs descendances.
» Sors de mes ossemens, un jour, quelque vengeur,
» Qui, de ce Dardanus poursuive avec fureur
» Les transfuges colons ; à présent, dans la suite,
» Quand vos forces pourront régler votre conduite,
» Que vos bords à vos bords sans relâche opposés ,
» Vos flots contre leurs flots soulevés et poussés ,
» Vos traits contre leurs traits luttent pour mon outrage,
» Que jusqu'à vos neveux combattent d'âge en âge. »
Elle a dit : son esprit s'agitant éperdu
Entre mille desseins s'égare irrésolu;
Elle veut au plutôt s'arracher la lumière :
S'adressant à Barcé, la nourrice si chère
De son premier époux (car la tombe enfermait
La sienne aux bords de Tyr qu'avant elle habitait.)
» Chère nourrice, allez, faites que ma sœur vienne ;
» Qu'elle arrose son corps de l'onde riveraine :
» Dites, qu'elle se hâte et que, vers moi , conduits
» D'expiatoires dons, et de noires brebis,
» Suivant l'ordre donné, soient amenés par elle ;
» Vous, d'un bandeau ceignez votre tête fidelle ;

» Je veux finir d'offrir par mes soins adressé,
» Au Jupiter du Styx un culte commencé,
» Pour que le cours si long de mes malheurs finisse ! !
» Du héros des Troyens je veux, en sacrifice,
» Abandonner moi-même aux flammes le bûcher. »
Elle a dit ; d'un pas lent Barcé veut se hâter.
Mais Didon, par l'accès de sa fureur troublée,
De son dessein horrible elle-même effrayée,
Roulant de tous côtés un œil sanglant, portant
Des taches qui couvraient son visage tremblant,
Déjà pâle à sa mort qui, prochaine, s'avance,
Franchit l'intérieur de son palais immense,
Court en fureur, s'élève au sommet du bûcher ;
Du héros des Troyens sa main a pris le fer,
Don autrefois voulu pour un plus cher usage !
Là, quand quelques instans de l'œil elle envisage
Les habits du héros, ce lit fatal connu,
Elle pleure, un moment son esprit suspendu,
Elle s'arrête et veut recueillir sa pensée ;
Bientôt, sur les coussins se courbant abaissée,
Elle articule, faible, ainsi ces derniers mots :
« O trop douce dépouille ! ô reste d'un héros
» Chéri, quand l'ont permis les dieux, la destinée,
» Recevez de Didon la vie infortunée,
» Et délivrez son cœur du poids de tant de maux :
» J'ai vécu : j'ai rempli la course et les travaux
» Qu'avait gardés pour moi la fortune sévère ;
» Mon ombre, désormais, grande, ira sous la terre.
» J'ai construit les remparts d'une illustre cité.
» J'ai vu mes murs bâtis ; d'un frère détesté
» J'ai, vengeant mon époux, puni la haine affreuse :
» Heureuse, ah ! mille fois et mille fois heureuse !
» Si les vaisseaux Troyens, arrivés dans mon port,
» Jamais n'eussent touché l'approche de ces bords ! »

14 *

Elle dit, à son lit sa bouche est attachée :

« Mourrai-je donc, dit-elle, et sans me voir vengée?

» Mais oui, mourons, ainsi, c'est ainsi que je veux,

» Quittant la vie, aller aux mânes ténébreux ;

» Qu'il savoure des yeux ces flammes sur la plage;

» De ma mort qu'il emporte avec lui le présage,

» Ce Troyen si cruel! » L'entendant achever,

Ceux qui l'accompagnaient l'apperçoivent tomber,

Voyent fumer de son sang l'épée encore nue,

Chacune de ses mains qui s'alonge étendue.

Un cri part, va remplir tout ce palais si grand ;

La renommée au loin dans Carthage l'étend ;

De lamentables voix les parvis se remplissent,

De hurlemens, de cris les airs, tous, retentissent :

Non moins que si déjà sous l'effort ennemi

La cité succombait et que Tyr, envahi,

Vit aux toits s'élever les flammes élancées,

Les demeures des dieux, des mortels, embrasées.

Anne, hors d'elle-même et, d'un pas effrayé,

L'entendant, court; son sein par ses mains est frappé ;

Ses ongles tout sanglans meurtrissent son visage ;

Tout à travers la foule elle s'ouvre un passage,

Didon mourante, en pleurs, l'appelle par son nom :

« Hélas ! c'était donc là ce qu'une trahison

» M'apprêtait! contre moi vous usiez d'artifice!

» Autels, flammes, bûcher, c'était pour un supplice !

» Délaissée, eh! de quoi me plaindre à vous, d'abord?

» Etais-je indigne, hélas, de vous suivre à la mort?

» Appelée avec vous aux mêmes destinées,

» Douleur, jour, fer pareils nous auraient moissonnées!

» Et ce bûcher, des mains c'est moi qui l'élevai !

» Les dieux de la patrie, eh je les implorai ;

» Pour, au moment, cruelle, où vous m'étiez ravie,

» N'être pas près de vous quand vous perdiez la vie !!

» Vous avez à la mort livré vous, moi, ma sœur,
» Carthage, et ceux de Tyr, et peuple et sénateurs.
» Que j'étanche avec l'eau sa blessure sanglante ;
» Donnez ; s'il est encor de son haleine errante
» Quelque souffle dernier, que j'aille le cueillir. »
En achevant ces mots, on la voit tout franchir ;
Aux degrés les plus hauts elle monte, élevée,
Va presser dans ses bras sa sœur inanimée,
Gémissant, la serrant sur son sein à grands cris,
Elle sèche un sang noir qu'essuyent ses habits.
Didon voulant lever sa paupière pesante,
S'affaisse ; au cœur sa plaie irritée est sifflante ;
Par trois fois se haussant, sur son coude appuyé,
Son corps monte, et, trois fois au lit est retombé.
Ses yeux, errans, au ciel vont, cherchant la lumière ;
Elle gémit de voir qu'encore elle l'éclaire.
Junon puissante, enfin, sensible à son malheur,
A l'aspect d'un trépas si lent dans sa douleur,
Fit à l'instant partir du ciel Iris brillante,
Pour affranchir des nœuds du corps l'ame luttante.
Car comme avant le tems, sans le gré du destin,
Victime elle expirait d'un désespoir soudain,
Trop malheureuse, hélas, et d'une mort cruelle,
Proserpine n'avait pas encore, envers elle
Déployant son pouvoir, pris le cheveu fatal
Pour condamner sa tête au rivage infernal.
Iris donc, sur son aile humide de rosée,
Trainant mille couleurs, au soleil opposée,
Descendant vient couvrir la tête de Didon :
« Cet hommage ordonné, je le porte à Pluton,
» Et de ces nœuds du corps brisés, je te délie »
Le cheveu, par ses mains, bientôt coupé, la vie,
Le souffle de Didon, sa chaleur, exhalés,
Au sein des airs subtils ses jours fuient envolés.

LIVRE CINQUIÈME.

SOMMAIRE.

ÉNÉE quitte Carthage et navigue vers l'Italie; une forte tempête le jette sur les bords de Sicile; il y est reçu par Aceste avec une extrême bonté, offre aux mânes d'Anchise son père, mort près de Drépanum l'année précédente, un sacrifice anniversaire, établit auprès de la tombe d'Anchise des jeux solemnels, et décerne aux vainqueurs les prix mérités. Cloanthe obtient celui de la lutte navale; Euryale, par l'adresse de Nisus, celui de la course; Entelle vieillard, malgré l'orgueil de Darès plus jeune, est vainqueur au combat du ceste; Eurytion l'emporte au défi de l'arc; cependant par honneur pour la dignité et le grand âge d'Aceste, le prix de ce dernier combat lui est déféré. La flèche de ce roi, lancée dans les airs, s'enflamme tout-à-coup et devient le présage d'un grand évènement qu'on voit bientôt éclater. Ascagne, en mémoire d'Anchise son ayeul, réunit les enfans des plus illustres Troyens, offre, avec eux, le spectacle d'une course équestre. Cependant les Troyennes, par les instigations d'Iris, accablées de l'ennui de leur trop longue navigation, lancent sur les vaisseaux des flammes qui consument quatre navires. Des flots de pluie, soudainement envoyés par Jupiter, préservent le reste de la flotte. La nuit survenue, Anchise apparaît en songe à son fils Enée, de la part du roi des Dieux, l'avertit de céder au conseil de Nautès, de laisser en Sicile tout ce qu'il a d'hommes timides ou de vieillards trop faibles, et de se rendre lui-même en Italie avec la fleur de la jeunesse Troyenne ; lui recommande sur-tout d'aller interroger la Sibylle, et lui annonce qu'elle le conduira dans l'Elysée, où tous les évènemens de ses combats à venir et les héros de sa postérité future seront offerts à ses yeux. Docile à cet avis, Enée bâtit, sur les bords Siciliens, une ville qu'il surnomme Aceste ; y établit les femmes et les vieillards laissés sur ce rivage ; lui-même, avec ses plus robustes guerriers, part pour se rendre en Italie ; cependant Neptune, imploré par Vénus, rend les ondes de son empire sûres pour le Héros. Palinure, pilote, trompé par une sécurité fausse, se laissant aller au sommeil, est précipité dans la mer, avec le gouvernail. Enée, prenant lui-même la conduite de sa flotte, la dirige, à la place de Palinure abymé dans les ondes.

MAIS cependant Énée, alors sûr de partir,
Allait ouvrant les flots que le vent fait noircir ;
Déjà sa flotte avance au milieu de la plage :
Ses regards détournés voient les murs de Carthage
Qu'éclairent les longs feux du bûcher de Didon.
D'un embrasement tel la funeste raison,
Nul ne la pénétrait ; mais une vive offense,
Un grand amour trahi, ce que, dans sa vengeance,
D'une amante en proie aux dernières fureurs,
D'affligeans pronostics poursuivent tous les cœurs.
Quand les vaisseaux lancés sont sur la mer profonde,
Qu'aucune terre, au loin, ne s'offre à l'œil sur l'onde,

*

Et que de toutes parts on ne voit que ciel, flots,
Un nuage épaissi, formé sur le héros,
Vint tout-à-coup, bleuâtre, arrêté sur sa tête,
Apporter dans ses flancs l'ombre avec la tempête :
Sur le sein des flots tombe une effroyable nuit,
Et, du haut de la poupe, en poussant un grand cri :
« Ah ! quel nuage affreux des airs a ceint la sphère ?
» Ou, Neptune ! pour nous qu'apprête ta colère ? »
Quand Palinure a dit, il fait tout replier,
Les rameurs, tous d'effort les exhorte à doubler ;
Il offre obliquement la voile aux vents tournée,
Puis alors dit ces mots : « O magnanime Énée,
» Non, quand l'aurait promis, lui-même, Jupiter,
» Je ne pourrais jamais, sous ce ciel, espérer
» D'aller atteindre aux bords de l'heureuse Italie ».
De travers et, changé, l'autan souffle en furie
Tout-à-coup s'élevant de l'occident tout noir ;
Pris, en nuage épais se rassemble entier l'air :
« Nous ne pouvons tenir contre un effort semblable !
» Puisque sur nous l'emporte un sort insurmontable,
» Où son pouvoir formel nous mène, il faut aller,
» Où sa voix nous appelle, il faut nous transporter ;
» Et non loin sont, je crois, les rives de Sicile,
» Du fraternel Eryx le sol, d'accès facile,
» Si, dans le ciel du moins naguères observés,
» Les astres sont duement par moi remesurés.
» J'avais trop reconnu, répondait, triste, Énée,
» Que telle était des vents la demande obstinée ;
» Qu'en vain, depuis long-tems, tu veux y résister :
» Tourne la voile ailleurs. M'est-il un lieu plus cher,
» Une terre où ma flotte et souffrante et lassée,
» Par les coups des vents puisse arriver, harassée,
» Que sur des bords qu'habite Aceste le Troyen,
» Qui renferment les os d'Anchise dans leur sein ? »

Ces mots dits, vers le port, heureux, les vaisseaux tendent ;
Les zéphirs dans la voile entrés, joyeux, la tendent ;
La flotte fend les eaux d'un cours précipité,
Aux bords connus enfin le Troyen est porté.
Mais de loin, sur un mont, à la cime élevée,
Surpris, de ces vaisseaux admirant l'arrivée,
Des traits nombreux qu'il porte Aceste tout chargé,
Offrant la peau d'une ourse à son dos ombragé
Vers les Troyens amis accourt près l'onde amère.
Crimise, fleuve aux bords d'Ilion, fut son père.
Lui, plein du souvenir de ses anciens parens,
Nous vient féliciter, le cœur, les yeux contents,
Et ses soins généreux consolant notre angoisse,
Partagent avec nous son agreste richesse.
Le lendemain, à peine au ciel le jour brillant
Avait chassé la nuit, vermeil, à l'Orient,
Les Troyens sur la rive assemblés par Énée,
Il leur parle, en ces mots, d'une terre élevée :
« Fils du grand Dardanus ! ô vous, enfans des Dieux !
» Une année a rempli son cercle lumineux
» Depuis que, par mes mains, les restes de mon père
» Ont été sur ses bords mis au sein de la terre,
» Qu'auprès de son tombeau montèrent des autels,
» Et, si je ne m'abuse, à mes regrets mortels
» Bientôt reparaîtra ce jour si lamentable,
» Vous l'avez voulu, Dieux, pour jamais respectable !
» Ce jour, quand je vivrais sur les Syrthes jeté,
» Ou vers les mers d'Argos en Grèce transporté,
» Je le célébrerais par des fêtes pompeuses ;
» Mes vœux seraient offerts ; mes mains religieuses
» Porteraient aux autels des dons et mon présent ;
» Ce jour enfin nous voit près de son monument,
» Ce n'est pas sans des Dieux un ordre favorable,
» Sans leur bonté, je crois, sensible et secourable

» Que nous sommes entrés sur ce rivage ami :
» Que de justes honneurs soient donc offerts pour lui ;
» Tous les ans dans un temple, en fête solennelle,
» Qu'ils soient rendus au sein de ma cité nouvelle :
» Aceste, issu de Troye, a, pour tous nos vaisseaux,
» Permis que soient donnés, pour chacun, deux taureaux ;
» Que nos Dieux aux festins d'usage en la patrie
» Soient appelés, et ceux qu'Aceste honore et prie ;
» Et si l'aurore au ciel de feux, à son retour,
» Rembellit l'univers, le neuvième jour,
» J'offrirai le combat d'une lutte navale ;
» Que celui dont l'ardeur aux courses se signale,
» Celui qui sur sa force a le droit de compter,
» Qui, d'un bras sûr, envoye en l'air un dard léger
» Ou d'un ceste soutient la masse supportée,
» Viennent, ils recevront la palme méritée :
» Faites silence ; ornez vos fronts de verts rameaux »
Du myrte maternel il s'ombrage à ces mots ;
Autant en fait Elyme, autant Aceste même,
Autant le jeune Iule, et, d'une ardeur extrême,
La jeunesse Troyenne empressée autour d'eux.
    Énée alors quittant ces guerriers si nombreux
Vers la tombe s'avance au milieu de la foule.
De deux vases remplis le vin à grands flots coule ;
Deux épanchent le lait et deux le sang sacré.
Quand le sensible Énée a, de ses mains, jeté
Des fleurs où l'éclat vif de la pourpre s'étale,
Il dit : « Je vous salue, ombre sainte et fatale,
» Salut encore, ô vous, mânes chers, respectés,
» Cendre en vain retrouvée et restes vénérés !
» Avec vous je n'ai pu voir l'heureuse Italie,
» Ce Tibre, quel qu'il soit, ces bords de l'Ausonie ! ! »
    Il achevait à peine, un tortueux serpent
Du fond du tombeau sort et déroule, en rampant,

Sept longs souples anneaux et sept contours flexibles :
D'abord, de ses replis innocens et paisibles
Il parcourt le tombeau, va sur l'autel, glissant ;
De taches d'un bleu pur son dos resplendissant,
Sa peau d'écailles d'or brillait toute émaillée.
Tel on voit, par milliers, sur la sombre nuée,
L'arc d'Iris du soleil réfléchir les couleurs.
Énée, à cet aspect, d'abord sent des frayeurs ;
Doucement serpentant parmi les vases, lisse,
Le reptile a goûté des mets du sacrifice ;
Puis dans le moment même au fond va se plonger,
Abandonnant l'autel qu'il vient de ravager.
Plus ardemment encore Énée offre à son père
Les honneurs commencés, incertain s'il doit croire
Que ce soit de ce bord le génie animé,
Ou les mânes d'Anchise au tombeau renfermé.
A l'instant cent brebis succombent immolées,
Autant de sangliers, de génisses mêlées ;
Des vases il fesait couler à flots le vin,
Appelant, à grands cris, de son père divin
L'ombre rendue au jour par l'Achéron immense.
   A leur tour les Troyens, tous, selon leur puissance,
Couvrent l'autel de dons, immolent des taureaux,
Dans des vases d'airain on fait tiédir les eaux,
Sur le gazon, au feu, par la broche tournante,
Rôtir des animaux la chair encor sanglante.
   Le jour tant attendu luisait : sur ses coursiers
L'aurore, avec éclat venant dorer les airs,
D'un beau neuvième jour avait paré la terre.
Le bruit du nom d'Aceste et des prix de la guerre
Fait sortir les guerriers de tous les lieux voisins :
Accourus sur ces bords, les habitans sereins
Étaient pressés de voir les compagnons d'Énée.
Pour les combats partie arrivait préparée ;

Dans le cirque, au milieu, sont, d'avance, exposés
Par l'ordre du héros les prix divers placés,
De vastes trépieds saints, du feuillage en couronne,
Les palmes qu'aux vainqueurs pour prix de gloire on donne
Des armes, des habits de pourpre étincelans
Et d'argent pur et d'or plusieurs riches talens.
D'un tertre a retenti la trompette ordinaire,
Des jeux commencés s'ouvre aussi-tôt la carrière.

   D'abord pour le combat quatre larges vaisseaux
S'avancent, en grandeur, en trains de rame égaux:
Mnesthée, avec effort, presse sur la Baleine;
L'Ausonien Memmus le suit, rame avec peine:
Memmus, l'auteur du sang des nobles Memmiens.
A trois bancs de rameurs, à trois rangs de Troyens,
Fend, sous Gyas, les flots la Chimère pesante,
Présentant sur son sein une cité mouvante;
Sergeste, dont le nom de nos Sergiens sort,
Sur l'énorme Centaure, après eux, fuit du port;
Enfin sur le Scylla paraît le fort Cloanthe,
De vous, Cluentius, source et tige brillante.
Un grand roc bien avant monte, haut sur la mer:
L'œil apperçoit, non loin, des rives écumer
Que la vague par fois submerge dans sa rage,
Quand les astres d'hiver sont pesants sur la plage:
Lorsque la mer est calme, il est silencieux
Et montre sur sa cime un abri spacieux
Où le plongeon rencontre une retraite heureuse.

   Enée y fait placer un bois de vert yeuse,
But de course à-la-fois, signal pour le nocher,
D'où, partis, les vaisseaux puissent se rapprocher
Et, revenant, décrire un contour nécessaire.
Alors, on tire au sort la place la première:
Sur la poupe et, debout, brillans, les conducteurs
De l'or et de la pourpre étalent les couleurs,

Du peuplier changeant le reste entier s'ombrage ;
Sur l'épaule, à grands flots, l'huile brillante nage :
On s'assied sur les bancs ; le bras, prêt, est tendu,
D'un soin impatient, le signal attendu ;
La peur de succomber, l'amour vif des louanges,
Haussent les cœurs pressés de battements étranges.
A peine la trompette a donné le signal,
Tout part, tout loin du bord s'élance ; un cri naval
Frappe, ébranlés, les airs ; les bras nerveux agissent,
De coups pareils fendus, les flots amers bruissent ;
La plage s'ouvre, entière, aux mouvemens pressés
De la rame et des becs à la poupe placés.
Moins précipitamment dans une vaste plaine,
Des chars, dans un combat, vont traversant l'arène,
De la barrière ouverte échappés et volans,
Et, moins abandonnés, les conducteurs courans
Penchés, la rêne lâche, armés du fouet qui presse,
Des coursiers animés rebloublent la vitesse.
Tout le bois retentit des applaudissemens,
Du cri des spectateurs émus, encourageans ;
Par les rivages creux la voix, encor doublée,
Est des tertres voisins plus forte renvoyée.
Sur la plage, avant tous, vole, entr'ouvrant les eaux,
Parmi les concurrens, aux grands cris des héros,
Gyas ; il est suivi par le hardi Cloanthe :
Le premier rame mieux ; mais la masse pesante
De son vaisseau trop lourd ralentit ses progrès :
Paraissent après eux, disputant le succès,
La Baleine à longs flancs, le Centaure et sa masse,
Prétendant tous les deux à la première place ;
Et, tantôt, la Baleine a paru devancer ;
Et, tantôt, elle voit, vaincue, avant, passer
Le rapide Centaure ; égaux, tous deux, ensuite,
De leur longue caresse, ouvrent l'onde, en leur suite.

K

L'un et l'autre approchait du but, victorieux,
Quand, Gyas, le premier, vainqueur, alors soigneux,
En ces mots, avertit son pilote Ménœte :
« Où donc vas-tu ? pourquoi tourner tant vers la droite ?
» Dirige par ici ton vaisseau plus prudent :
» Aime donc le rivage, et souffres, sagement,
» Des rocs gauches ta proue éviter les approches ;
» Laisse la pleine mer aux autres ! » Lui, des roches
Qu'il n'apercevait pas, craignant l'écueil fatal,
Fait voler son vaisseau vers le plus plein canal :
« Où t'égares-tu donc ? dit Gyas en colère,
» Avance aux rocs, te dis-je ! » Et son œil, en arrière,
Voit Cloanthe arrivant, qui, bientôt, le touchait :
Entre les rocs, Cloanthe et Gyas, s'approchait ;
Rasant l'onde au milieu, passant, il le devance,
Atteint le but, revient, fendant la plage immense.
Gyas, à cet aspect, fut saisi de douleur,
De ses yeux sur sa joue on vit tomber des pleurs ;
Et, sans plus s'occuper de gloire, de naufrage,
Ni du salut des siens, aveuglé par sa rage,
Il a saisi, plongé Ménœte au fond de l'eau ;
Lui-même devenu guide de son vaisseau,
Pressait ses nautonniers de tourner vers la rive,
Quand du fond de la mer sort, remonte et s'active
Ménœte, déjà vieux, l'eau sur son corps coulant :
Ses vêtemens mouillés, il s'efforce et gagnant
Le sommet d'un rocher, vers le faîte s'avance,
A sec, demeure assis, posé sur l'éminence.
Les Troyens, à l'aspect de ce vieillard tombant,
Ont ri ; leur rire encor l'accompagne nageant,
Et quand sort de sa bouche à grands flots l'eau salée.
Par ce revers subit, les deux derniers, Mnesthée,
Sergeste, dans leur sein sentent croître l'espoir
De surpasser Gyas, trop lent à se mouvoir :

Sergeste, vers le but, le premier, court, avance ;
Mais cependant entier le bâtiment immense
N'est pas avant Gyas ; la moitié seulement
Sur l'eau, l'a précédé ; l'autre voit, d'un long flanc,
La Baleine avancer, offrir, montrer sa poupe ;
En tête, actif, Mnesthée, au milieu de sa troupe,
Marche, exhorte, encourage : « Allons, ramons, amis ;
» O compagnons d'Hector ! ô vous que j'ai choisis
» Pour partager mon sort, après la fin de Troye !
» C'est aujourd'hui qu'il faut que l'ardeur se déploye.
» Montrez, en ce moment, ce courage si fier
» Qu'aux bords Gétuliens la Syrte vit briller,
» Qu'ont éprouvé les flots, les rochers de Malée.
» Non, ce n'est pas le prix que demande Mnesthée ;
» Il n'a pas le désir d'être vainqueur aux jeux :
» Cependant.... Mais que ceux qui sont aimés des dieux
» Vainquent, selon ton gré, ta volonté, Neptune !
» Je souhaite n'avoir, du moins, pas l'infortune
» De me voir du combat le dernier, retourner.
» O compagnons ! c'est là ce qu'il faut m'épargner :
» D'un déshonneur si grand sauvons notre courage ».
Il dit. Au même instant s'est levé l'équipage.
La poupe d'airain tremble, aux efforts redoublés ;
Le trajet disparaît ; les rameurs essoufflés,
Sont hors d'haleine, tous, fendant les eaux, en nage :
La sueur à longs flots coule de leur visage.
Le prix leur est, enfin, donné par le hasard :
Car tandis qu'en fureur, se dirigeant sans art,
Sergeste, vers des rocs, en s'avançant, se pousse,
D'un lieu trop hasardeux, trop peu craint la secousse,
Malheureux, il resta sur les rocs rencontrés.
La pierre a retenti, les cailloux sont heurtés ;
Le rameur voit sa rame en longs éclats volante,
Et la proue, en débris, qui s'arrête pendante.

K 2

Tout l'équipage alors d'efforts veut redoubler,
Tous, enflammés d'ardeur, prétendent retourner ;
Et, s'armant d'avirons et de piques ferrées,
Ont fait sortir des flots les rames retirées.
Mais cependant Mnesthée, avec un vif transport,
Fier de son avantage, et s'en sentant plus fort,
Doublant d'ardeur, s'anime, aux vents fait sa prière,
Et libre, et sans obstacle, a franchi l'onde amère.
Telle, d'un antre sombre, où faisant son séjour,
La colombe soignait les fruits de son amour ;
Tout-à-coup dans les airs, fuyant, épouvantée,
Elle est sur un haut toit, tremblante, aile agitée ;
Bientôt, dans l'air humide, on la voit s'élancer,
Sur la profonde mer, s'abattant, la raser
D'un vol sans mouvement, léger, presqu'insensible ;
Tel est Mnesthée. Ainsi, sur la plage terrible,
Sa Baleine, avançant près du but, fend les flots,
De lui-même son cours l'emporte sur les eaux ;
Et d'abord, sur un banc où son vaisseau s'engage,
Pendant qu'il appelait des secours du rivage,
Qu'il poussait dans les airs, empêché, de longs cris,
Tentant de se servir de sa rame en débris,
Sergeste est dépassé. Dans sa marche légère,
Voguant, Mnesthée alors poursuivait la Chimère ;
Ce vaisseau, sans pilote, est contraint de céder.
Vainqueur, Mnesthée alors n'a plus à surmonter
Que Cloanthe ; il le suit ; ses compagnons agissent ;
De nouvelles clameurs les airs, tous, retentissent ;
On l'exhorte à courir, à presser ses rameurs ;
Tout est frappé des cris des nombreux spectateurs.
Les premiers, s'indignant qu'une gloire assurée,
A la fin du combat, leur échappe, enlevée,
Voudraient, pour la victoire, épancher tout leur sang,
Et payeraient de leurs jours le prix qui les attend :

Les autres du succès devenu leur partage
Fiers, paraissant pouvoir, en peuvent davantage.
Peut-être entr'eux les prix seraient restés égaux,
Si Cloanthe, étendant ses deux bras sur les eaux,
N'eût, implorant les dieux, ainsi fait sa prière :
« Dieux dont je cours l'empire, ô dieux de l'onde amère,
» Vous me verrez, joyeux, aux bords, en votre honneur,
» Offrir un taureau blanc si je reste vainqueur;
» Dans la plage, pour vous, ses entrailles jetées
» Descendront, d'un vin pur par mes mains humectées. »
Il a dit : Sous les flots ses vœux furent reçus;
Les dieux, la Néréide et le vieillard Phorcus
L'ont entendu, toi-même, ô vierge Panopée!
Alors, des larges mains de Portunus aidée
La poupe de Cloanthe, en sa légéreté,
Plus prompte que les vents, qu'un trait en l'air dardé,
Court vers la terre et rentre au port, victorieuse.
Le fils d'Anchise, aux yeux de la foule nombreuse
Qu'il a, suivant l'usage, aux bords fait assembler,
Par la voix d'un héraut fait au loin proclamer
Cloanthe pour vainqueur et du brillant feuillage
D'un verdoyant laurier à son front mis, l'ombrage;
Heureux, sur son vaisseau lui donne à remporter
Des vins, trois jouvenceaux propres à cultiver;
Un grand talent d'argent, doux prix de sa victoire.
Des principaux guerriers récompensant la gloire,
Lui-même au vainqueur offre un vêtement doré,
Ceint en double contour d'un Méandre pourpré :
L'art avait présenté sur son tissu splendide
Le royal fils de Tros qui suit, d'un pas rapide,
Dans les forêts d'Ida, des cerfs, d'un trait armé.
On croit le voir courant hors d'haleine, animé;
L'oiseau de Jupiter, dans sa serre tenace,
Du haut d'un mont, l'enlève, emporté dans l'espace;

K 3

Ses vieux gardiens tendant en vain les mains aux cieux;
Les chiens frappent les airs de leurs abois nombreux.
Celui dont la valeur eut la seconde place,
Pour prix, reçoit d'Enée une riche cuirasse
Où, lisse, des poissons l'écaille se mêlant,
D'un or à trois fils ceinte éclate en ornement.
Le héros l'avait prise au vaillant Démolée,
Aux bords du Simoïs sous Pergame élevée,
Parure du guerrier, sa défense aux combats.
Phégée et Sagaris la portant dans leurs bras,
Sentent au faix céder leur épaule accablée;
Cependant, avec elle autrefois Démolée
Courait et faisait fuir, poursuivi, le Troyen.
Pour troisième présent sont deux tympans d'airain,
Deux grands vases d'argent que la perle environne.
Déjà récompensés, tout fiers de leur couronne,
Ils s'avançaient, le front ceint d'un bandeau pourpré,
Quand du funeste écueil par force retiré,
Sans rames, d'un seul banc de rameurs qui lui reste
Aidé, faible, avança le vaisseau de Sergeste.
On le voit, arrivant, montrer un front honteux,
Triste objet du mépris des vainqueurs plus heureux.
Tel en route est surpris un tortueux reptile,
Quand, son corps traversé par quelque roue agile,
Du voyageur muet sur des rocs est laissé,
Tout sanglant, demi-mort, d'un coup rude blessé;
L'animal fuit, roulant les longs anneaux qu'il traîne;
La moitié de son corps monte altière et hautaine;
Ses yeux brillent, son col s'est redressé, sifflant;
L'autre moitié, malade, avançant, va rampant,
Sinueuse, sous elle à très-grands nœuds se plie.
Telle est de ce vaisseau la marche appesantie:
Il fait cependant voile, au port vient, est rentré.
Le prix par le héros à Sergeste est donné :

Pour avoir ramené ses Troyens au rivage
Et sauvé le vaisseau des dangers du naufrage,
Il reçoit une esclave habile aux soins adroits,
Pholoé, jadis née aux bords du sol Crétois,
Deux enfans de son lait nourris, dont elle est mère.
    Lorsqu'Enée a mis fin à la lutte première,
Il se rend dans un champ qui s'étend au loin, vert,
Par de courbes côteaux et d'épais bois couvert.
Un vaste amphithéâtre était dans la vallée ;
D'un grand cirque au milieu l'enceinte est apprêtée :
Là, le héros parmi les spectateurs nombreux
Va s'asseoir au milieu de leur concours joyeux
Et se place, élevé, dans toute l'assemblée.
Là sont les prix offerts, invités par Enée
Ceux dont l'ardeur prétend à la course lutter ;
Les dons promis, ses soins les ont fait présenter.
De toutes parts, en foule, on vient, on se rassemble ;
Troyens, Siciliens arrivent tous ensemble ;
Mais, sur-tout, on remarque Euryale et Nisus.
Euryale, grand, jeune, et brillant de vertus ;
Nisus, sincère ami du héros respectable ;
Puis, paraît Diorès, né du sang vénérable
De Priam malheureux, Patron, puis Salien,
L'un né d'Acarnanie et l'autre Arcadien,
Qu'on savait descendus de race Tégéenne ;
Puis deux vaillans guerriers de la Trinacrienne,
Panope, Elyme, aux bois long-tems accoutumés,
D'Aceste accablé d'ans commensaux distingués ;
Beaucoup d'autres encor, dont, par la renommée
Moins grande, dans l'oubli la gloire est demeurée.
    Enée, au milieu d'eux, debout, parle en ces mots :
« Entendez tous, joyeux, retenez mes propos.
» Sans récompense nul ne doit quitter la lice ;
» Je donnerai deux traits, faits en Crète, à fer lisse,

K 4 *

» Une hache à deux coups, ciselée en argent.
» Tous seront honorés, mais les prix seulement
» Des trois premiers vainqueurs seront l'heureux partage;
» L'olivier sur leur front déploiera son feuillage.
» Un coursier frémissant, couvert de son harnois,
» Je le donne au premier; pour l'autre est un carquois
» Plein de flèches de Thrace, ornement d'amazone;
» Le ruban qui l'attache et que l'or environne
» Etale à son agraffe une pierre de prix;
» Le troisième obtiendra ce casque grec pour prix. »
Il dit : bientôt chacun à son rang prend sa place.
Le signal entendu, tons, lancés dans l'espace,
Comme un nuage, prompts, partent en même tems;
Chacun marquant de l'œil le terme qui l'attend.
Et le premier, devant, courant, couvert de poudre,
Nisus vole, égalant, léger, les vents, la foudre;
Salius sur ses pas, du plus rapide élan,
Court, mais entr'eux deux laisse un intervalle grand :
Euryale, après, vole, animé, le troisième;
Elyme ensuite fuit dans sa vîtesse extrême,
Près de l'atteindre, il court, bientôt va l'approcher;
Diorès, suit, l'égale et semble le toucher,
Il pourrait, si plus loin se prolongeait l'arène,
Passer, laisser du moins la victoire incertaine;
Et dans les champs, déjà, tous avancés, lassés,
Presqu'au but de la course, arrivaient, harassés,
Quand sur un sang trop gras, malheureux, Nisus glisse
Dans ce lieu, par hasard, après un sacrifice,
Le sang de jeunes bœufs, sur le gazon jeté,
Rendait plus périlleux l'endroit trop humecté;
L'imprudent guerrier, fier, déjà, déjà superbe,
Ne tint pas assurés assez ses pas sur l'herbe;
Dans l'immonde poussière et dans le sang sacré,
Son pied manque, il chancelle, hésite, il est tombé.

Son ami, cependant, jusques dans sa disgrace,
L'occupe ; au lieu glissant alerte il se ramasse,
A Salius qui vient, se plaçant, opposé,
Celui-ci sur l'arène incline, est renversé.
Libre, Euryale, alors remporte la victoire,
Et tient de son ami l'éclat de cette gloire.
Mille applaudissemens ont couvert ce succès ;
Ensuite Elyme arrive ; après vient Diorès.
Celui-ci de clameurs va troubler l'assemblée,
Sa plainte, à très-grands cris, aux anciens est portée,
Il réclame un honneur par surprise enlevé :
La faveur s'étendait sur Euryale, aidé
Par d'honorables pleurs et par cet avantage
Que donnent de beaux traits réunis au courage ;
Il a, de plus, pour lui, les cris de Diorès
Dont le prix attendu va tromper les souhaits,
Si Salius retourne à la première place.
Enée alors console, en ces mots, sa disgrace :
« Vos prix restent pour vous certains, dit-il, guerriers,
» Rien ne peut de la palme écarter les premiers ;
» Mais d'un ami je plains l'infortune innocente. »
Il a dit et sa main, au même instant, présente
Offerte à Salius la peau d'un fier lion
Dont l'or couvrait, brillans, les ongles, la toison.
« Nisus : si de tels prix sont donnés aux défaites,
» Si vous avez pitié des chûtes qu'on a faites,
» Quel prix donc recevra l'infortuné Nisus ?
» Les honneurs de la palme à ma course étaient dus,
» Si, comme à Salius, la fortune ennemie
» Ne me les eût ôtés. » Et sa face salie,
Et ses membres encor d'un sang hideux souillés,
En tenant ce langage, il les montrait mouillés.
Enée avec bonté l'accueillit d'un sourire :
Il fait, au même instant, apporter d'un navire

Un bouclier fameux fait par Didymaon,
Ravi, jadis, du haut du spacieux fronton
D'un temple au dieu des mers élevé par la Grèce ;
Il présente au guerrier, d'un air plein de noblesse,
Ce magnifique don pour prix de sa valeur.

Quand les prix sont donnés à chaque heureux vainqueur
Enée ordonne au loin, la course terminée,
S'il est quelque guerrier dans la foule assemblée
Qui se sente et la force et l'ardeur pour lutter,
Qu'il dépouille ses bras, vienne se présenter.
Il a dit : aussi-tôt la double récompense
Destinée aux rivaux est mise en leur présence ;
Un taureau jeune, orné de bandelettes d'or,
Au vainqueur est promis pour prix de ses efforts ;
Un brillant casque, un glaive iront, dans sa disgrace,
Consoler du vaincu la moins heureuse audace.
A l'instant vient s'offrir, front haut, fier, vigoureux,
Darès, au très-grand bruit des spectateurs nombreux.
Lui seul contre Pâris combattait d'ordinaire ;
Luttant contre Butès, il a, sur la poussière,
Près du tombeau d'Hector renversé, lui vaincu,
A terre son rival qui voulait être issu
Des fiers Amyciens et né de Brébycie ;
Haletant, sur l'arène il l'étendit sans vie.

Tel vient s'offrir Darès, le premier, au combat :
Montrant sa large épaule, il frappe de ses bras,
Bat ses flancs à-la-fois et tout l'air en frissonne.
On lui cherche un second, mais, des rivaux, personne
Ne veut prendre le ceste et n'ose l'attaquer.
Superbe alors, croyant que tout veut lui céder,
Il marche vers Enée et, sans vouloir attendre,
Tient la corne déjà du taureau qu'il va prendre ;
Puis dit : « Fils de Vénus, pourquoi tant de retards ?
» Si nul de ce défi n'affronte les hasards,

» Jusqu'à quand voudrait-on m'arrêter davantage ?
» Commandez que ce prix soit mon juste partage. »
Les Troyens, d'un murmure, appuyaient son avis;
Tous voulaient qu'il reçût ce qu'Énée a promis.
Chagrin, Aceste alors presse le vieil Entelle,
Qui, près de lui, foulait, assis, l'herbe nouvelle :
« Entelle, des héros, jadis le plus vaillant,
» Peux-tu voir, sans combat, ravir ce don brillant?
» Où donc est cet Eryx, ce demi-dieu, ton maître ?
» Ce nom, qui, sur nos bords, t'avait fait tant connaître?
» Ces dépouilles encor, pendantes sous ton toit ? »
Entelle lui répond : » Ah! ce n'est pas l'effroi
» Qui dans mon cœur éteint le désir de la gloire,
» M'empêche d'aspirer au prix de la victoire:
» Mais par l'âge mon sang s'est ralenti, glacé;
» Le froid de la vieillesse est dans ce corps usé.
» Si je l'avais encor, la vigueur surprenante,
» Dont ce malheureux s'enfle, en son ame arrogante!
» Si, comme lui, j'étais encor dans mon printems,
» On ne me verrait pas pour le prix disputant;
» Tout beau qu'il est, ce bœuf peu tente mon envie. »
Puis, et lorsqu'en ces mots sa pensée est sortie,
Sur terre il jette à bas deux cestes effrayans,
Dont se servait Eryx dans ses combats sanglans,
Dont il chargeait sa main, jadis si redoutée!
Tout demeure interdit, tant leur masse ferrée
Offre de sept taureaux l'énorme et large cuir,
De gros fer et de plomb, dont l'art sut les couvrir.
Lui-même, plus que tous, Darès s'en épouvante
Et, troublé, se refuse, au combat qu'on présente.
Énée aussi soulève, agités par ses mains,
Ce volumineux poids, ces fers, ces lourds liens;
Alors le vieil Entelle aux spectateurs s'adresse,
Et, de son sein sa voix sortant, dit : » Que serait-ce

» Si vos yeux avaient vu le ceste du héros !
» Le combat si cruel donné près de ces flots !
» Ces armes, votre frère Eryx les a portées ;
» Vous les voyez encor de cervelle infectées ;
» Contre Alcide, autrefois, Eryx s'en est servi ;
» Moi-même, en d'autres tems, je m'en aidais aussi,
» Quand par mon sang plus frais ma force était doublée
» Sur mes tempes alors la vieillesse étalée
» De cheveux blancs encor ne m'avait pas flétri ;
» Mais si Darès refuse avec moi le défi,
» Qu'Enée en soit d'avis, qu'Aceste le conseille ;
» Prenons, pour nous combattre, une armure pareille
» Rassure-toi ; d'Eryx j'abandonne les gants ;
» Toi, du ceste Troyen, laisse les fers pesans ».
Il dit : jettant à bas le double habit qu'il porte,
Il montre ses grands bras, et la charpente forte
De son grand corps nerveux, et ses grands ossemens,
Il se déploie énorme au milieu de ces champs.
Le héros, fils d'Anchise, aux deux lutteurs présente
De deux cestes pareils la masse équivalente ;
De leur arme, tous deux, par ses mains, sont chargés.
Aussi-tôt, se dressant sur les doigts de leurs pieds,
Intrépides, debout, les bras hauts, tous deux mirent,
En arrière, leurs corps, pour fuir les coups, se tirent ;
On s'approche, et voici le combat engagé.
L'un, dans les pieds, plus jeune, a plus d'agilité ;
Et l'autre a plus d'à-plomb, de vigueur en partage ;
Mais, tremblans, ses genoux sont affaiblis par l'âge :
Tout son immense corps bientôt reste essoufflé.
Maint inutile coup se donne, est reporté ;
Le poing, sur les flancs creux, à grand bruit, se promène
Faisant, au loin, sonner la poitrine qui peine ;
Vers l'oreille, à grands bonds, erre l'agile main.
La mâchoire a tinté, sous plus d'un effort vain.

Entelle, inébranlable et ferme dans sa masse,
De l'œil, subtil, du corps, sans mouvoir de sa place,
Observe, ou fuit ou pare, attentif, le danger:
Darès, vigilant, calme et semblable au guerrier
Dans son camp, sur un mont, incessamment en armes,
D'une ville assiégée excitant les alarmes,
Qui d'un lieu, puis d'un autre épiant les accès,
Guette et soigneusement parcourt tous les endroits,
Par des assauts fréquents sans fruit alarme et presse.
Entelle, en se levant, montrant sa main, se dresse,
Il va frapper ; Darès, au coup qui vient d'en haut,
Le prévoyant, échappe et l'évite aussitôt :
Entelle, en l'air en vain répandant sa colère,
Lourd, de son poids entier, lourdement tombe à terre.
Tel, du haut d'Erymanthe un creux pin prosterné,
Ou de l'Ida tombant, s'abat, déraciné.
Des guerriers de Sicile et des Troyens, lancée,
La clameur monte en l'air à très-grand bruit poussée.
Aceste le premier, soigneux, courant vers lui
De terre, ému, s'en va lever son vieil ami ;
Mais, malgré cet échec, calme, Entelle se dresse,
Et retourne au combat avec plus de vitesse ;
Son courroux transporté vient doubler sa vigueur ;
La honte, un sentiment de sa propre valeur
Allumant tous ses sens, déchaînent son courage :
Fougueux, il précipite, alors, vers le rivage,
Darès surpris, frappé de la droite, tantôt,
Et tantôt de la gauche et long-tems, sans repos,
Comme sur un toit tombe et retentit la grêle,
Tel, des deux mains frappant à très-grands coups, Entelle
Agite, et pousse et presse, et fait tourner Darès,
Le héros, bon, soigneux d'arrêter les progrès
D'un courroux dont l'ardeur à tout devient rebelle,
Sans souffrir plus long-tems que s'exaspère Entelle,

Met fin à ce combat au même instant cessé ;
Darès , des mains d'Entelle il l'arrache lassé,
Le console et l'appaise, et dit : « Faible adversaire,
» Ne sens-tu pas l'effet d'une force étrangère ?
» Les dieux pour toi changés, aux dieux il faut céder. »
A ces mots, le combat il le fait s'arrêter.
Darès, traînant ses pas, laissant aller sa tête,
Conduit par ses amis, hors de sa bouche jette
A flots son sang, ses dents, qui sortent confondus.
Il s'approche et reçoit les prix qui lui sont dûs,
Un casque, un glaive pur, dont la lame étincelle ;
Il laisse le taureau, la palme pour Entelle.
Enflé d'un si beau prix, fier d'un si grand succès :
« Fils de Vénus, et vous, ô Troyens ! désormais
» Connaissez quelle était ma force en mon jeune âge ;
» Quelle mort Darès fuit par votre ordre si sage ! »
En prononçant ces mots, il se place opposé
Au bœuf, prix du combat sur l'arène laissé ;
Son bras, haut, soulevant son ceste, se ramène ;
A l'animal au front, de sa force, il assène
Un grand coup qui lui fend la cervelle et les os.
Demi-mort, s'abattant sur l'arène aussitôt,
Le taureau tremblant tombe. Entelle, en ce langage :
« Eryx, je te l'envoie, acceptes-en l'hommage ;
» Prends, au lieu de Darès, ce don qui convient mieux ;
» Ici, vainqueur, je quitte et le ceste et les jeux ».
    Au combat de la flèche alors Enée invite
Et, par les prix offerts, généreux, il excite.
Du vaisseau de Sereste un mât long enlevé
Par l'ordre du héros dans l'air monte élevé.
Une colombe au pied d'un lin est attachée,
But où soit des rivaux la flèche décochée.
Tous s'assemblent ; les noms qu'attend le sort, tracés,
Dans l'airain d'un grand casque, unis, sont entassés :

Au cri joyeux de tous, d'abord, le fils d'Hyrtace,
Hippocoon, paraît pour la première place ;
Après lui sort Mnesthée en mer victorieux,
Mnesthée au front portant l'olivier glorieux :
Eurytion, ton frère, ô Pandare invincible !
Pour le troisième sort, toi, d'un traité nuisible,
Qui commandé jadis d'anéantir l'effet,
Sur les Grecs le premier lanças rapide un trait :
En dernier dans le casque au fond demeuré reste,
Osant tenter les soins d'un plus jeune âge, Aceste.
Déjà les rivaux, tous, à l'envi s'efforçant,
Tendant les courbes arcs, s'animent, s'empressant :
Du résonnant carquois la flèche sort, tirée ;
La corde siffle ; en haut la première vibrée
Celle d'Hippocoon fuit et dans l'air léger
Au mât, sur le devant, tendant, va s'engager.
Le bois en a tremblé ; la colombe agitée
Sur l'arbre en l'air déploye une aile épouvantée.
Les applaudissemens par-tout ont retenti.
Mnesthée, après, debout, ramenant l'arc à lui,
A-la-fois de sa flèche et de son regard mire ;
Mais, malheureux, le dard que son bras nerveux tire
Sans toucher la colombe, a brisé seulement
Du nœud qui l'attachait le souple ligament
Qui la tenait au mât par le pied suspendue ;
L'oiseau, s'élançant, fuit dans une épaisse nue.
Vite alors sur son arc dès long-tems prépare
Trait mis, Eurytion, lorsqu'il a conjuré
Son frère demi-dieu d'aider son entreprise,
Appercevant l'oiseau qui, joyeux, au ciel glisse
Et qui s'applaudissait volant, il l'a percé.
La colombe expirante, en sa chûte, a laissé
Dans les airs parcourus sa vie infortunée,
Rapportant, en tombant, la flèche au cœur fixée.

Le prix enlevé, seul Aceste alors restait.
Cependant dans l'air vuide il fait partir son trait,
Pour montrer à-la-fois son art, son arc sonore :
Tout-à-coup aux regards on vit, offert, éclore
Un prodige annonçant quelque désastre affreux ;
Après l'événement il fut compris bien mieux ;
Par l'Haruspice, tard, fut la chose annoncée ;
Car, la flèche, en son cours, dans le ciel, embrasée,
S'enflamma, sillonna son trajet de longs feux,
Et, consumée en cendre, échappe à tous les yeux.
    Comme au sein quelquefois de la voûte éthérée
Détachés, vont, courant par la plage aérée,
Des astres entraînant une longue clarté.
Troyens, Siciliens, restent le cœur troublé ;
Mais l'augure, avec joie, est reçu par Enée ;
Serrant entre ses bras, d'une ame transportée,
Aceste, il le comblait de cent dons précieux :
« Mon père, acceptez-les, le roi puissant des dieux,
  » Par ce prodige apprend que pour vous est gardée
  » Hors des chances du sort une palme accordée :
  » Vous recevrez ce don d'Anchise accablé d'ans :
  » Un vase en ses contours surchargé d'ornemens,
  » Que Cissée autrefois, dans la Thrace, à mon père,
  » Donna, gage certain d'une amitié sincère ».
    Il dit, d'un laurier verd son front s'entoure orné ;
Aceste pour vainqueur au loin est proclamé.
Eurytion cédant voit sans aucune envie
La palme à son espoir par cet honneur ravie,
Quoique du mât l'oiseau, seul, il l'ait fait tomber.
Les autres prix donnés vont ensuite honorer
Celui par qui l'attache au mât céda, rompue,
Puis celui dont la flèche y resta suspendue.
    Enée appelle alors, avant la fin des jeux,
Euclide, de son fils le surveillant soigneux,

À sa fidelle oreille, et, bas, en confidence :
« Vas, fais, dit-il, paraître Ascagne en ma présence ;
» Si l'escadron guerrier d'enfans est déjà prêt,
» Si de la course équestre il a fait les apprêts,
» Qu'il offre à son ayeul ce combat plein de charmes
» Et vienne à ses regards se montrer sous les armes ».
Lui-même de l'arène au loin il fait sortir
Le peuple dont les flots l'étaient venus couvrir,
Ordonne que le champ, libre, offre un plein espace.
   Alors, d'un pas égal, s'avançant avec grace,
Ces enfans cavaliers, sur des coursiers brillans,
Vont, marchant sous les yeux de leurs joyeux parens.
Ceux de Troye et les chefs de l'Étrurie entière
Voient, d'un œil satisfait, leur phalange guerrière ;
D'un court feuillage tous, suivant l'usage, ornés,
Tenaient deux traits de corne et d'un fer large armés ;
Partie offre un carquois qui flotte à son épaule :
Du col sur leur sein pend en légère corolle
Un or brillant, flexible et retors en chaînons :
Réunis, ils formaient trois nombreux escadrons ;
Trois conducteurs choisis dirigeaient cette élite ;
Chacun a douze enfans menés sous sa conduite,
En pelotons égaux par leurs maîtres rangés.
Un des essaims brillans des enfans partagés
Est fier, tout triomphant de marcher sur les traces
D'un Priam, jeune fils de Polyte : sa race
Doit, un jour, augmenter l'éclat Ausonien ;
Lui rappelait le nom du vieux roi par le sien.
Son coursier Thrace avait la peau de blanc mêlée ;
L'extrémité des pieds brillait, de blanc nuée,
Il levait, balançait, superbe, un grand front blanc.
L'autre des conducteurs est Atys, jeune enfant
Dont nos fiers Attius tirent leur descendance,
Au fils du héros cher dans cette tendre enfance ;

L *

Plus beau qu'eux tous Ascagne après eux vient s'offrir;
Paraissant le dernier, sur un coursier de Tyr.
Par la belle Didon jadis donné, ce gage
De sa tendresse encore était un témoignage;
Puis des bords d'Étrurie enfin tous les enfans
Sujets d'Aceste, armés sur des coursiers brillans.

Un applaudissement enhardit leur jeune âge;
Ravi, l'œil des Troyens revoit sur leur visage
Reconnus, reproduits les traits de leurs parens.

Lorsqu'aux regards des leurs offerts, ces combattans
Ont défilé sous l'œil de l'assemblée entière,
Epytide a donné le signal de la guerre,
Eux tout prêts, par l'éclat d'un fouet retentissant;
Ils se sont partagés en nombre égaux, s'ouvrant:
L'escadron est rompu; trois phalanges s'unissent;
Puis, sur un autre appel, en présence, ils frémissent;
Ennemis, de leurs traits tous se sont menacés,
Commencent d'autre tours, détours, mêlés, croisés,
Sur l'arène, rivaux, enchaînent, embarrassent
En mouvemens divers leurs marches qui s'enlacent,
Présentant tout l'effet d'un vrai combat guerrier;
Tantôt prenant la fuite, ils semblent s'éloigner;
Tantôt reparaissant, ils s'avancent, se craignent,
Puis la paix faite ensemble, approchés, se rejoignent.
Comme en Crète élevée, il exista jadis,
Dit-on, un labyrinthe, où mille lacs unis
De tortueux détours dans leur route incertaine
Enveloppaient la marche et l'attention vaine;
L'erreur des circuits qu'on ne remarquait pas,
Fatale, irréparable, égarait tous les pas.

Tels ces enfans offraient dans les jeux de leur âge,
De guerre et de combats l'ombre, une vaine image;
Comme de gais dauphins qui, plongeant dans les eaux
Des mers de Carpathie, entr'eux, fendent les flots.

Cet aspect de bataille et de course guerrière,
Ascagne l'apporta, quand sa main la première,
D'Albe la longue assit, élevés, les remparts,
Il apprit aux Latins ces jeux tirés de Mars,
Telles qu'en son enfance il les a célébrées,
Ces fêtes aux Albains par lui furent montrées ;
Il les fit, comme à Troye, avec pompe donner :
Rome ensuite en son sein a su les transporter,
Et leur garder l'éclat des jeux de la patrie
Et des enfans Romains cette fête chérie
S'appelle encore Troye et bataillon Troyen.
Ce spectacle dernier et brillant fut la fin
Des jeux que consacrait le héros à son père.
Lorsque ces soins d'Anchise honoraient la mémoire,
Par l'ordre de Junon, Iris, du haut des cieux,
Descend vers les vaisseaux. Des vents légers, heureux
Lui sont, pour la porter, donnés par la déesse.
Junon a ses desseins, sa fureur vengeresse,
Son vif courroux encor ne sont point appaisés.
Iris fendant les airs de cent couleurs nués,
Traçant son arc, s'élance, et, sans être aperçue,
Par un chemin secret, rapide, est descendue :
Et son œil dirigé sur la foule et le bord,
Découvre abandonnés les navires, le port.
A l'écart, sur la rive en deuil, et rassemblées,
Les Troyennes pleuraient Anchise, désolées ;
Et sur les flots jetant des regards douloureux,
Gémissaient : « Faut-il donc, tant de périls affreux
» Soufferts, à de nouveaux aller s'offrir encore ? »
Tel est leur cri, la ville est ce que l'on implore ;
On ne veut plus des mers affronter le danger.
Dans cette foule aigrie Iris va s'engager,
Quittant l'habit brillant, les traits d'une déesse,
Elle est Béroé, faible, et lente en sa vieillesse,

L 2

Epouse de Dorycle, auprès d'Ismare né,
Par son bras et son rang, et ses fils, renommé,
Elle se mêle ainsi dans la foule Troyenne,
« O malheureuses, vous que l'épée Argienne,
» Sous Pergame, n'a pu dévouer à la mort !
» Jouets infortunés du plus rigoureux sort,
» A quels revers nouveaux vous garde la fortune ?
» Troye en cendre, en tous lieux, sur tous ses flots, Neptune
» Vous voit, par l'univers, fugitives, errer
» Dans les plus lointains lieux, on nous fait transporter,
» Braver rocs, ondes, flots et ciel défavorable,
» Sur le sein de la mer vaste, incommensurable,
» Nous tendons vers un lieu qui semble toujours fuir ;
» Eryx, Aceste, ici veulent nous retenir.
» Quoi ! jamais dans les murs d'une naissante ville,
» Les Troyens malheureux ne trouveront d'asile ?
» O patrie ! ô mes dieux, des Grecs cruels sauvés,
» Mais en vain ! Quoi ! des murs par nos bras relevés,
» Jamais ne porteront ce nom si beau de Troye ?
» Eaux d'Hector ! Simoïs ! mes regards et ma joie
» Ne pourront en nuls lieux jamais vous retrouver ?
» Qu'on me seconde : allons, allons toutes porter
» Le feu sur ces vaisseaux, abymons-les en cendre.
» J'ai vu dans mon sommeil l'image de Cassandre
» M'apportant des flambeaux : « Cherchez Troye en ces lieux,
» Dit-elle ! votre asyle est sur ces bords heureux.
» Le tems ne permet plus aucun retard, il presse :
» Ce prodige éclatant commande la vîtesse ;
» Vous voyez quatre autels à Neptune élevés ;
» Courage, ardeur, moyens par lui nous sont donnés. »
Ces mots dits, à peine, Iris se précipite,
S'arme d'un brandon vif, qu'en courroux elle agite
Et, soulève, son bras le lance avec fureur :
Des femmes l'épouvante a glacé tous les cœurs.

Une d'elles, Pyrgo, du faix des ans courbée,
Des enfans de Priam nourrice révérée :
« Ce n'est pas Béroé dont Dorycle est l'époux,
» Née aux bords d'Ilion, qui s'offre devant vous :
» Remarquez cet éclat de beauté plus qu'humaine,
» Ce feu dans ses regards, son souffle, son haleine,
» Ce son de voix divin, ce pas prompt et léger :
» Ce n'est pas Béroé ; je viens de la laisser
» Souffrante et s'indignant d'être, seule, privée
» De partager les soins de la fête sacrée,
» De ne pas pour Anchise offrir un tel honneur ! »
Elle a dit. Mais déjà, maligne, la fureur
Éclate dans les yeux des femmes transportées.
Elles tremblent d'abord, surprises, partagées
(A l'aspect des vaisseaux qu'elles voyaient flotter)
Entre un penchant fatal pour ce lieu passager,
Et l'empire promis à leur race éclatante ;
Sur son aile enlevée Iris, au ciel, brillante,
Fuit, traçant dans la nue un grand arc lumineux.
Mais elles, dans l'effroi de ce prodige affreux,
S'agitent de fureur, leur foule en transport crie ;
La torche aux foyers saints par leurs mains est saisie ;
Les autels sont pillés ; feuilles, branches, rameaux,
Tout, pris, vole à l'instant lancé sur les vaisseaux,
Sur la rame, les bancs, la poupe au front ornée ;
La flamme ardente en l'air monte et roule élevée.
Vers le tombeau d'Anchise et dans les rangs troublés
Au sein même du cirque aux Troyens rassemblés
Sans perdre un instant court, en diligence, Eumèle,
Du funeste incendie y porter la nouvelle :
Les Troyens regardant, voient en tristes flocons
Voler les bois brûlés, la cendre en tourbillons.
Ascagne conduisait sa phalange légère :
Il court, se porte au camp ; dans sa douleur amère,

L 3 *

Ses maîtres vainement tentent de l'arrêter :

« Quelle étrange fureur vient donc vous agiter

» Et quels sont vos projets, leur dit-il, ô Troyennes ?

» Ce ne sont pas les bois des flottes Argiennes

» Qu'aux flammes vous livrez, dit-il, c'est votre espoir :

» Me voici, votre Ascagne ! » Et, pour se faire voir,

Sa main jette à ses pieds le panache inutile

Dont il couvrait son front pour l'image stérile

Des combats que ses jeux tendaient à retracer.

Lui-même le héros se hâtant d'avancer,

Marche avec les Troyens. Alors, mais, effrayées,

Les femmes, sur la rive, en leur fuite, emportées,

Cherchent pour s'y cacher chacune un roc profond.

La douleur les poursuit, la honte les confond,

L'épouvante les glace et, tout-à-coup changée,

Des fureurs de Junon leur ame est dégagée.

Leurs yeux ont reconnu parens, enfans, amis :

Mais les feux destructeurs ne sont pas ralentis :

Leur rage encor vivant sous les bois allumée,

S'y nourrit, vomissant à jets lents la fumée,

La sourde vapeur reste et des vaisseaux brûlans

Descendant, pénétrante, a consumé les flancs :

L'effort des bras, les eaux, rien n'appaise la flamme ;

La plus vive douleur d'Énée ébraule l'ame.

Déchirant ses habits, levant les mains aux cieux

Il supplie, il recourt à la bonté des dieux :

« O puissant Jupiter ! si toute notre race

» N'est pas par toi livrée à la même disgrace,

» Si les maux des mortels ont droit de te toucher,

» Fais que ma flotte échappe à ce pressant danger !

» Vois d'un œil de pitié tant de malheurs, mon père,

» Et sauves nos moyens d'une ruine entière !

» Ou fais tomber sur moi, selon ta volonté,

» Le poids de ton courroux, si je l'ai mérité ;

» Que ta foudre plutôt vienne écraser ma tête ! »
A peine il achevait, la plus sombre tempête
Se formant dans les airs, l'eau tombe en larges flots,
Le tonnerre des monts fait trembler les fronts hauts.
Descendant, abaissée en tourbillons, la pluie
Roule, par la fureur des autans, épaissie :
L'eau, couvrant à l'instant les bois demi-brûlés,
Remplit dans leurs contours les vaisseaux inondés,
Jusqu'à ce que l'ardeur des flammes appaisée
Laisse quatre vaisseaux de la flotte embrasée.
  Mais le héros, de peine en son cœur accablé ;
Par ce revers cruel, dans ses esprits, troublé,
A chaque instant changeant de projets, de pensée,
Songe s'il doit placer sa demeure fixée
Aux rives de Sicile, ou s'il doit tendre aux bords
D'Ausonie, oubliant l'arrêt formel du sort.
  Alors Nautès, vieillard, qu'en son art nécessaire,
Pallas même intruisit d'un avis salutaire,
Éclaira le héros, pour lui mieux dévoiler
Ce que ce grand courroux des dieux peut annoncer,
Ou ce que des destins prescrit l'ordre infaillible,
Rassurant, par ces mots, le héros trop sensible ;
Fils de Vénus, dit-il, allons, où du destin
Nous conduit, quel qu'il soit, l'ordre clair et certain ;
Surmontons la fortune, en souffrant ses outrages.
Aceste, issu de Troye, est roi de ces parages,
Par Dardanus il sort du sang divin des dieux ;
Associez son zèle au succès de vos vœux,
Et puisqu'il y consent, qu'il garde sur sa rive,
Vos navires perdus, cette foule craintive
Qu'une haute entreprise et son but ont lassés ;
Qu'en ses mains les viellards, les femmes soient laissés ;
Tout ce que vous avez de faible, de timide,
Ou qui craint le danger, leur troupe peu valide,

L 4

Laissez-la sur ces bords trouver des murs construits
Qui porteront le nom d'Aceste, il l'a permis.
Emu par le conseil de ce vieillard fidelle,
Enée éprouve encore une peine cruelle.

　　Déjà la nuit en l'air, sur son char nébuleux,
Par deux coursiers traînée, entiers tenait les cieux,
Quand aux yeux du héros parut descendre en terre,
Et devant lui s'offrir l'image de son père,
Qui lui tint tout-à-coup, consolant, ce discours:
« O fils plus cher pour moi que la clarté du jour,
» Quand, autrefois, vivant son éclat fit ma joie!
» Fils long-tems poursuivi par le destin de Troye,
» L'ordre de Jupiter m'envoye vers ces lieux,
» Lui dont la main sauva tes vaisseaux malheureux,
» Et qui veille sur toi de la voûte éthérée,
» Cède aux conseils sortis d'une bouche inspirée;
» De Nautès le vieillard suis ses avis prudents.
» Prends les plus courageux d'entre tes combattants;
» Conduis-les sur tes pas, dans la grande Ausonie.
» Une race intrépide, aux combats endurcie,
» Au sein du Latium d'abord est à dompter,
» Et cependant avant il te faut aborder
» Du sombre dieu du Styx la demeure infernale.
» Franchis pour me trouver, cette route fatale,
» Mon fils, car le Tartare et ses antres affreux
» Ne me retiennent pas dans leur séjour hideux.
» J'habite avec les bons, parmi leur assemblée,
» Les bords sereins et purs du charmant Elysée;
» Une chaste Sybille, au sein des noirs états,
» Par le sang des brebis doit diriger tes pas.
» Là, ta postérité, grande, illustre, étendue,
» Tu la verras, sauras qu'elle ville t'est dûe.
» Adieu; la nuit m'atteint, s'avançant dans son tour,
» Déjà des feux sortis du char cruel du jour. »

Il dit, se perd dans l'air, prompt comme la fumée:
« Où fuyez-vous ? s'écrie alors en pleurs Enée:
» Pourquoi vous dérober, et quels soins ennemis
» Vous font vous arracher d'entre les bras d'un fils ? »
Pendant qu'il parle ainsi, dans la cendre tiédie
Ses soins vont ranimer une flamme engourdie;
Il révère à genoux les dieux qu'il apporta,
Farine, miel sa main les présente à Vesta;
Puis, ses Troyens mandés, il fait venir Aceste,
Leur fait connaître à tous la volonté céleste,
L'ordre apporté des airs par son père chéri,
Leur fait part du projet dans son cœur affermi.
Tous l'approuvant, Aceste à leurs vœux, bon, se prête;
Reçoit dans ses remparts cette foule inquiète
De femmes, de Troyens qui veulent s'y fixer;
Ceux qu'une grande gloire à peine peut tenter,
Sont laissés sur ces bords; d'autres, pour le voyage,
Diligens, vont des feux réparer le ravage,
Vont replacer des bois, renouvellent les bancs,
Prennent rames, cordage et tous les instrumens
Faibles en nombre, mais puissans par leur courage !
Des murs sont cependant construits sur le rivage,
Le héros pour chacun a marqué sa maison;
Les remparts qu'il élève, il les nomme Ilion;
Aceste voit, joyeux, qu'il va régner sur Troye,
Il indique un forum, un sénat, plein de joie,
Puis sur le mont Eryx, au front voisin des cieux;
Est fondé pour Vénus un temple spacieux,
A la tombe, un Pontife est commis par Enée,
Un bois épais, sacré, qu'il surnomme Anchisée;
Il l'a joint à ce lieu qu'il fait s'étendre au loin;
Puis, quand le peuple entier, heureux, a, par ses soins,
Dans des festins, neuf jours, égayé le rivage,
Aux Dieux, sur leurs autels offert un juste hommage,

Favorables, les vents ridant le sein de flots,
Sur la profonde mer appellent les vaisseaux.
Le deuil le plus étrange alors naît sur la rive ;
Jour et nuit embrassés, dans leur douleur plaintive,
Ceux qui se séparaient sont en pleurs, accablés ;
Les femmes, dont les yeux naguère encor troublés,
Envisageaient des mers à peine la surface,
Qui ne pouvaient souffrir leur sort ni sa disgrace,
Au prix de tous les maux voudraient aller bien loin.
    Le héros attendri, par le plus touchant soin,
Soigneux de les calmer dans leur douleur si grande,
Au Phrygien Aceste, en pleurs, les recommande.
Trois veaux au grand Eryx, aux vents une brebis
Immolés, les vaisseaux en ordre tous partis,
Les cables détachés sur les flots, vont, s'engagent ;
Le Héros porte au front des rameaux qui l'ombragent,
Debout et sur la poupe on le voyait de loin
Verser le vin dans l'onde, une coupe à la main,
Y jetter des brebis les entrailles nageantes.
Le vent en poupe souffle et les masses voguantes,
Par l'effort des rameurs, ont balayé les mers.
    Mais cependant, en proie à ses soucis amers,
Vénus ainsi s'adresse au puissant dieu Neptune,
Et sa plainte en ces mots lui peint son infortune :
« Junon par son dépit implacable et cruel,
» Me fait implorer tout, les Dieux des mers, du ciel.
» Le tems, la piété n'ont nuls droits sur sa haine ;
» Jupiter, les destins, ni leur loi souveraine,
» Rien ne la peut fléchir : c'est peu pour son courroux
» De voir un peuple entier, écrasé par ses coups,
» Et que des maux sans terme en harcèlent les restes
» De Pergame, au tombeau, ses cruautés funestes
» Suivent la cendre encore et les vains ossemens,
» Jamais on ne conçut de tels ressentimens.

» Vous-même avez pu voir sur les mers de Libye
» Quelle tempête a fait éclater sa furie.
» Sa rage ébranlant tout, confond ciel, terre et mer !
» Du faible roi des vents, armant le vain pouvoir,
» Elle a pu tant oser, grand dieu, dans votre empire !
» O forfait ! et voici, que, barbare, elle inspire
» Les femmes des Troyens, leur fait honteusement
» Dans leurs propres vaisseaux porter l'embrasement,
» Les contraint quand leur flotte est brûlée, est perdue,
» De laisser sur les bords d'une terre inconnue,
» Dans un triste abandon d'infortunés amis !
» Exaucez le seul vœu qui me reste permis :
» Sur vos flots, aux Troyens donnez un sûr passage,
» Du Tibre Laurentin qu'ils touchent le rivage,
» S'il se peut mon désir exaucer, si les dieux
» Leur ont permis de voir leur ville en ces beaux lieux ».
  Neptune, souverain, moteur des mers profondes,
Fils de Saturne, dit : » Vous avez sur mes ondes
» Où fut votre berceau, droit de tout espérer ;
» Mes services, je crois, ont dû vous rassurer.
» Souvent je réprimai la fougueuse colère
» Des airs, des vents, des flots : je n'en ai pas sur terre
» Fait moins, et j'en atteste à vos yeux, je le puis,
» Les flots sacrés du Xanthe et ceux du Simoïs.
» Il m'est cher, votre Enée ! et lorsqu'Achille en armes,
» Précipitait aux murs les Troyens en alarmes,
» Poursuivis, les livrait au trépas immolés ;
» Que les fleuves de morts se remplissaient, comblés ;
» Que le Xanthe obstrué, vers la mer sans issue,
» N'y pouvait plus porter son onde retenue,
» Contre le fier Achille, Enée en un défi,
» Trop faible, osant lutter, par les dieux mal servi,
» Je le sauvai soustrait dans une creuse nue,
» Quoique voulût, alors, ma vengeance connue,

» De la parjure Troye écraser les remparts ,

» Briser ses fondemens , jadis faits par mon art.

» Le même soin toujours reste dans ma pensée.

» Appaisez vos frayeurs , il pourra , Cythérée ,

» Aller selon vos vœux , sans craindre nul danger,

» Dans l'Averne et ses ports , introduit , s'engager.

» Un de ses Troyens , seul , cherché , perdu dans l'onde,

» Sera donné pour tous à ma plage profonde. »

Et lorsque par ces mots qui rassurent son cœur,

Vénus heureuse sent s'alléger ses frayeurs,

Le Dieu joint ses coursiers à la conque azurée,

Place d'écumans freins dans leur bouche animée,

Laisse , libres , aller les rênes de ses mains,

Léger, volant , son char court sur les flots screins;

L'onde calme s'abat sous la roue élancée ;

La plage , émue avant tombe et cède appaisée ;

Chassés au loin des airs , les nuages ont fui,

En grouppes , près du char , s'avancent avec lui ,

Par-tout , l'environnant des formes différentes,

Inoüs , Palémon , les baleines pesantes ,

La troupe accompagnant , vieille , le vieux Glaucus ,

Les rapides Tritons , tout l'essaim de Phorcus ,

A sa gauche approchant , s'assemblent à sa suite ;

La vierge Panopée , et Thétis et Mélite ,

Nésé , Spio , Thalie , enfin Cymodocé

Ce spectacle charmant vient d'Énée enchanté

Flatter les yeux surpris et suspendre sa peine.

Il donne ordre aussi-tôt qu'on élève l'antenne,

Qu'on déploie la voile avec l'effort des bras.

Les nautonniers joyeux vont, ont hâté leurs pas;

La voile à droite, à gauche, on la tend déployée.

L'antenne est tout-à-coup tournée et retournée ;

Les vents heureux et doux font cingler les vaisseaux,

En tête Palinure a fait fuir sur les eaux ;

Les navires nombreux, la marche à tons prescrite
Est que tout doit, soigneux, ramer sous sa conduite.
　Déjà la nuit humide avait fait dans les cieux
La moitié de son tour : le nautonnier heureux,
Étendu sous sa rame, au doux repos, tranquille,
Sur les longs bancs couché, se livrait, immobile,
Quand, tout-à-coup, Morphée est descendu de l'air,
Fendant l'espace au loin par son aile entr'ouvert.
Palinure, il te cherche, et dans ton innocence,
D'un trop fatal sommeil te porte l'influence :
Sur la poupe le Dieu va se placer, assis ;
Tout semblable à Phorbas, par lui ces mots sont dits :
« Grand fils d'Iasius, Palinure si sage,
» Vois d'eux-mêmes les flots t'emporter sur la plage !
» Le vent est calme, égal, c'est l'heure du repos ;
» Je vais quelques momens remplacer tes travaux ».
Palinure entr'ouvrant sa paupière avec peine,
Répondait : « Crois-tu donc de la plage incertaine
» Que je connaisse peu l'aspect et le danger ?
» De ce calme des flots sais-je si mal juger ?
» Dans ce monstre trompeur mettre mon assurance ?
» Que j'abandonne Énée à sa vaine apparence ?
» Que je me fie aux vents, moi tant de fois séduit
» Par un ciel qui m'abuse et la trompeuse nuit ».
　Tels étaient ses discours : sa main ferme, obstinée,
Du gouvernail gardait la conduite donnée ;
Il tenait, attentif, toujours levés, ses yeux,
En observant le cours des astres dans les cieux.
Sur l'une et l'autre tempe au même instant frappée,
Appliquant une branche aux eaux du Styx trempée,
Chancelant, le sommeil tout-à-coup l'atteignit
Et sur ses yeux nageants fit s'étendre la nuit ;
Quand du repos premier la force inopinée
A peine a suspendu sa vigueur enchaînée,

＊

Le Dieu, fondant sur lui, tout-à-coup, l'a plongé,
Avec un fort débris de sa poupe arraché,
Le gouvernail en main, au fond des mers profondes,
Appellant du secours en vain au sein des ondes :
Pour lui, Morphée agile a fui, de l'aile, en l'air.
La flotte cependant d'un cours non moins léger,
Sur les eaux, sans frayeur, dans sa marche certaine,
(Neptune l'a promis) fendait l'humide plaine ;
Ils approchaient bientôt de l'écueil habité
Par les sirènes sœurs, funeste au loin, bordé
Des longs ossement blancs de victimes nombreuses ;
Les rocs frappés des coups des vagues furieuses,
Renvoyaient un bruit sourd ; attentif, le héros,
Voyant sa flotte errer sans conducteur sur l'eau,
Se hâte et va lui-même en prendre la conduite,
Versant des pleurs dans l'ombre ; il gémit, il s'agite
Du sort si malheureux d'un déplorable ami :
« O toi qui comptas trop sur un ciel adouci
» Et sur la foi des mers, ah ! ta dépouille nue
» Va fouler, Palinure, une arène inconnue ».

LIVRE SIXIÈME.

SOMMAIRE.

ÉNÉE abordé à Cumes en Italie, se rend dans l'antre de la Sibylle Déiphobe; pendant qu'il contemple les merveilles qu'offre à ses regards le temple d'Apollon, il reçoit l'ordre d'immoler des victimes. Les sacrifices terminés, il consulte la Sibylle sur sa destinée future et sur la résolution qu'il a prise de descendre aux enfers. La Sibylle, dans sa réponse, lui marque trois points importans; une guerre terrible qui le menace en Italie, le Rameau d'or, très-difficile à découvrir et qu'il doit cependant porter en abordant les rives du Styx, la mort survenue de son pilote, pendant même que le Héros demande à être éclairé sur l'avenir. Enée retourne vers les Troyens, trouve Misène mort; tandis qu'il fait abattre partie d'une forêt pour construire le bûcher de son pilote; les Colombes, oiseaux de Vénus, se montrent aux regards d'Enée, le conduisent vers l'arbre où se trouve le Rameau fatal. Les funérailles du pilote achevées, après avoir honoré par des sacrifices nocturnes les Divinités infernales, le héros, sous la conduite de la Sibylle, son guide, descend aux enfers. Au vestibule, il apperçoit divers monstres; sur la rive des fleuves infernaux, il voit les ombres des morts qui demandent passage et dans ce nombre Osonte et Palinure; sur le fleuve même, le nocher

Charon, dont il désarme la colère et fait cesser les reproches
en lui présentant le Rameau qu'il tient à sa main ; le chien
Cerbère, qu'il assoupit par un gâteau de miel et de froment ;
au-delà de l'entrée, différentes places occupées par les
enfans, par les condamnés à une mort injuste, par les
suicides, par les amans, au nombre desquels il voit
Didon, par les guerriers, entre lesquels Déiphobe, et
quelques capitaines Troyens et Grecs. A gauche, Enée
apperçoit de loin le lieu destiné au supplice des méchans.
Le héros ne pouvant y avoir entrée, la Sibylle lui explique
les divers supplices dont sont punis les différens coupables,
les Titans, Salmonée, les Lapithes, Ixion, Thésée, etc.
changeant de route et prenant à droite, Enée arrive enfin
dans l'Elysée ; il y trouve une foule de héros, entr'autres
Musée, qui l'instruit du sort de ceux que renferme cet
asile de bonheur et du lieu qu'habite Anchise ; enfin
il voit venir son père lui-même, qui, après lui avoir
amplement expliqué la doctrine de l'essence des âmes
suivant le système de Pythagore, lui fait voir les plus
illustres de ses descendans futurs, jusques et compris
César-Auguste. Enfin Enée, après avoir tout parcouru,
sort par la porte d'ivoire, retourne vers les Troyens, gagne
le rivage de Cumes, et met à la voile pour aller au port de
Caïete.

AINSI s'exprime Enée en pleurs ; il laisse aller
Sa flotte vers les bords ; elle va se porter
Sur le rivage enfin de Cumes dans l'Eubée.
A l'opposé des flots la proue est retournée ;
L'ancre à tenaces dents arrêtait les vaisseaux ;
La poupe courbe avance et s'adosse aux côteaux.

La foule saute ardente aux rives d'Hespérie,
Et des guerriers, d'abord, soigneuse, une partie
Fait d'un caillou jaillir les feux mis dans son sein ;
D'autres vont dans les bois sous leur dôme voisin,
Haut séjour d'animaux, ravir d'épais branchage,
Où de fleuves trouvés indiquer le passage.
   Mais le héros franchit, montant, les sombres lieux
Où préside Apollon, le repaire odieux,
Antre immense, profond de l'horrible Sibylle,
Que le dieu de Délos anime, vierge habile,
D'une ame, d'un cœur grand, et pour qui l'avenir
Dans ses plus obscurs faits daigne se découvrir.
Les Troyens tous rendus au bois saint de Trivie,
Sous ses parvis dorés leur foule est réunie.
   Dédale, à ce qu'on croit, fuyant Minos cruel,
Pour quitter son empire, osa, planant au ciel,
S'élever, emporté sur son aîle rapide,
Par des sentiers nouveaux s'avancer, intrépide,
De-là l'Ourse glacée, et vint rester assis,
Léger, sur le sommet des grands rocs de Chalcis.
   Après qu'il a touché cette terre première,
Favorable Apollon, son aîle auxiliaire,
Il te la consacra, te construisit, soigneux,
Cent temples sur ce bord vastes et somptueux ;
Sur les portes est peint le trépas d'Androgée ;
Ceux d'Athènes soumis à la peine infligée,
Tous les ans, ô douleur ! condamnés à fournir
Sept enfans par le sort destinés à mourir ;
Les billets sont dehors, l'urne est debout montrée.
   La Crète aux flots répond, sur la mer élevée ;
On y voit aussi peint un amour désastreux
A ce Taurus cruel par un larcin affreux
Pasiphaé livrée et la race mêlée,
Le Minotaure, fruit d'une flamme abhorrée,

M

A deux formes, témoin d'exécrables amours,
Puis est le labyrinthe en ses mille détours ;
Mais Dédale attendri par l'amour de la reine,
Pour elle en démêla l'inextricable chaîne,
Sut en développer et le piége et les lacs :
Dans ses sentiers obscurs, d'un fil guidant ses pas.
Tu brillerais, Jéare, en un si grand ouvrage,
Si la douleur d'un père en eût eu le courage.
Deux fois, sur l'or, il veut retracer tes destins,
Mais deux fois sent tomber ses paternelles mains ;
La vue en un instant sur tout se fût portée,
Sans d'Achate envoyé la subite arrivée :
Sur ses pas s'avançait la fille de Glaucus,
Prêtresse de Diane ensemble et de Phœbus,
Au héros des Troyens alors parlant émue :
« Ce tems n'est pas donné pour contenter la vue ;
» Va, choisis au milieu d'un troupeau respecté,
» M'amène sept taureaux, c'est l'usage gardé :
» Que sept brebis de choix par toi soient immolées. »
Ces paroles à peine au héros adressées,
Tout sur l'heure obéit : bientôt les cris soudains
De la Sibylle au temple appellent les Troyens.
Dans tout son vaste flanc cette rive d'Eubée
En antre spacieux s'ouvrant, paraît creusée ;
Par cent larges chemins on y parvient, conduit,
Par cent portes, d'où sort, de chacune, à grand bruit
La voix qui fait ouïr ce qu'apprend la Sibylle.
Tout restait sur le seuil en suspens, immobile :
La prêtresse alors dit : « Il est tems, il est tems
» D'entendre des destins les décrets importans.
» Voici le dieu qui vient ». Sur la porte, à l'entrée,
Quand prononçait ces mots sa voix sourde, altérée,
Son visage et son air, son teint se sont changés,
Ses cheveux sur son front se dressent dérangés,

Sa poitrine halete, et son cœur gros de rage,
Elle paraît aux yeux plus grande que d'usage,
Sa voix dans ses accens ne garde rien d'humain.
Quand désormais le dieu l'approche plus voisin :
« Quoi tu tardes d'offrir vœux, hommages, prière,
» Troyen Enée, ô ciel ! tu tardes, téméraire !
» Tu n'appercevras pas pourtant s'ouvrir pour toi
» Auparavant l'accès de ce lieu plein d'effroi ! »
Lorsqu'elle a prononcé ces mots elle s'est tue.
Des Troyens interdits l'ame reste éperdue ;
Jusqu'au fond de leurs os passe et court la frayeur,
Et leur chef en ces mots, dit du fond de son cœur :
« O toi, toujours sensible aux longs malheurs de Troye,
» Qui dans le sein d'Achille as dirigé la voye
» De ce trait de Pâris qui l'étendit, percé ;
» Dans mes si longs trajets, Dieu, tu m'as dirigé ;
» Sur la terre et les flots quand, par toi conduit, j'erre
» Aux bords Massyliens, lieux derniers de la terre,
» Vers des pays affreux de Syrtes entourés ;
» Nous les touchons enfin ces bords si désirés,
» De l'Ausonie, hélas trop long-tems fugitive !
» Que les maux d'Ilion finis sur cette rive
» Ne nous poursuivent plus ; et vous, enfin, plus doux,
» Cessez sur les Troyens d'appesantir vos coups,
» Dieux, Déesses à qui Troie avait pu déplaire,
» Qu'offusquait trop brillant cet éclat de sa gloire.
» Vous, divine prêtresse, à qui de l'avenir,
» Les secrets dévoilés daignent se découvrir,
» Accordez (je demande une chose promise
» A mes brillans destins,) qu'après mon entreprise,
» Mes yeux au Latium voyent les Troyens fixés,
» Mes Pénates errans, mes dieux enfin placés :
» A Phœbus, à Diane un temple en marbre immense
» Sera par moi construit dans ma reconnaissance ;

» J'instituerai des jours solennels pour Phœbus ;
» Dans mon empire aussi des lieux saints étendus,
» Vous seront réservés, où, vos réponses sages,
» Vos décrets, conservés, resteront d'âge en âge,
» Des pontifes de choix pour vous seront donnés ;
» Mais qu'au moins ne soient pas par vos mains confiés
» A des feuilles, vos vers, vos oracles utiles,
» Pour qu'ils ne volent pas, des vents jouets fragiles.
» Ah ! je vous en conjure. Ah ! parlez ! » A ces mots,
Immobile, en silence est resté le héros.
Mais bientôt, en fureur, dans l'antre, la prêtresse
Impatiente encor du pouvoir qui la presse,
Se tourmentant, fougueuse, essaye, s'il se peut,
A chasser de son cœur le trop terrible dieu ;
Lui, plus violemment la fatigue et l'agite,
Il tourmente sa bouche, il subjugue, il excite
Son cœur terrible et fier, le forme en l'accablant.
De l'antre immense, alors, s'ouvrant au même instant,
Les cent portes, la voix de la Sibylle émue
Fait retentir dans l'air la réponse attendue :
« Héros, enfin sorti des longs périls des mers,
» Sur terre, de plus grands, de plus nombreux revers
» T'attendent ! Les Troyens toucheront l'Ausonie,
» Que soit loin de ton cœur cette crainte bannie :
» Mais ils voudront aussi n'y pas être arrivés.
» Combats, sanglans combats, mon œil vous voit livrés
» Et le Tybre écumant d'un sang épais qu'il roule :
» Le Simoïs, le Xanthe, et les Grecs et leur foule
» Ne vous manqueront pas au Latium brillant ;
» Un autre Achille encor, superbe et fier t'attend,
» Fils, comme le premier, d'une grande déesse ;
» Junon dont la colère, aux Troyens, vengeresse,
» S'attache en ce moment, partout tu la verras :
» Quels peuples, suppliant, n'imploreras-tu pas !

» Que d'états, dans le sein de la grande Ausonie ?
» La cause de ces maux, de leur foule inouïe,
» C'est une épouse encore étrangère aux Troyens,
» Un hymen non permis et de fatals liens.
» Mais toi, ne cèdes pas ; plutôt, aies du courage
» Plus que ne permettront le sort et son outrage ;
» D'où le moins tu l'attends, ton salut apporté,
» Naîtra dans tes malheurs, d'une grecque cité. »
Ainsi, par ses discours, de sa caverne horrible,
La Sibylle annonçait ces faits futurs, terrible,
Poussant des hurlemens, couvrant la vérité
De voiles, d'embarras, d'épaisse obscurité.
Tant sont, dans ses accès, fortes et tourmentantes
Les inspirations, terribles, fatigantes,
Dont le Dieu dans son cœur fait sentir le pouvoir.
Quand d'abord ses esprits cessent de s'émouvoir,
Que sa bouche, plus calme, à la fin s'est fermée :
« Nul genre de travaux, commence alors Énée,
» Ne peut plus rien offrir pour moi d'inattendu :
» J'avais tout consulté ; d'avance, j'ai tout su.
» Accordez ce point seul. Une porte fatale,
» En ce lieu, dit-on, mène à la rive infernale,
» A ces lacs que forma l'Achéron débordé ;
» Vers un père chéri, par vos secours guidé,
» Faites que j'entrevoie un instant son image.
» Rendez libre pour moi, prêtresse, ce passage,
» Et m'enseignez la route où je me dois porter.
» Du sein et de la flamme et des traits et du fer
» Qui l'assaillaient jadis, j'arrachai sa vieillesse,
» Sur mon dos l'ai soustrait aux glaives de la Grèce ;
» Toujours, dans mes dangers compagnon de mon sort,
» Il a, dans mon trajet, supporté tout l'effort
» Du ciel, des vents, des airs, et le courroux des plages,
» Quoique faible, au-delà des forces du grand âge ;

M. 3.

» C'est lui, lui-même enfin, dont l'ordre m'a chargé
» De me rendre vers vous; il m'en a conjuré :
» O, ma voix vous implore ! Et du fils et du père,
» Daignez avoir pitié, prêtresse tutélaire ;
» Car un pouvoir sans borne en vos mains est placé,
» Et ce n'est pas en vain que de ce bois sacré
» Par Hécate, à vos soins, la garde fut laissée.
» D'une épouse au tombeau jadis obtint Orphée,
» D'arracher de ces lieux l'ombre, aidé par ses chants
» Par sa lyre de Thrace et ses accords touchans ;
» Si, mourant à son tour, Pollux sauve son frère,
» Revoit, quitte souvent l'empire funéraire,
» Sans rappeler Alcide et Thésée introduits,
» Du puissant Jupiter je suis aussi, moi, fils ».
En embrassant l'autel ainsi parlait Énée ;
Alors lui répondant la prêtresse inspirée :
« Fils d'Anchise, héros, enfant des dieux, Troyen ;
» Aisé, libre toujours est le fatal chemin
» Des lieux soumis aux lois du puissant dieu des ombres
» Jour et nuit est ouvert l'accès des états sombres ;
» Mais sortir, retourner à la clarté des cieux,
» C'est là le difficile et le point périlleux !
» Peu qu'a favorisés Jupiter équitable,
» Ou qu'aux astres porta leur valeur indomptable,
» Enfans des dieux, ont pu jouir d'un pareil droit,
» Tout, au centre, est couvert d'impénétrables bois
» Le Cocyte en enceint la demeure abhorrée.
» Mais si tant de désir dans ton ame égarée
» S'est mis de traverser deux fois le Styx affreux,
» De voir le noir Tartare et qu'un soin périlleux,
» Si peu sensé, te flatte, entends ce qu'il faut faire :
» Au sein d'un arbre épais, brille, souple et légère,
» Un rameau présentant tige et feuillage d'or,
» A la Junon du Styx est voué ce trésor.

» Le bois sacré l'entoure, au fond d'une vallée ;
» L'ombre l'environnant par-tout s'étend portée.
» Mais il n'est pas donné de pénétrer avant
» Des souterrains etats le vaste et sombre flanc,
» Qu'on n'ait de l'arbre ôté cette branche fatale :
» Par des ordres formels, la déesse infernale
» A voulu que ce don fût pour elle apporté.
» Otez l'un, un nouveau naissant a succédé
» D'or aussi, déployant d'or son riche feuillage,
» Soigneux, donc que ton œil le cherche dans l'ombrage ;
» Trouvé, va le saisir, pris d'une active main,
» Car facile il viendra, si l'ordre du destin
» T'appelle sur ces bords, sinon, ni main mortelle,
» Ni fer n'arracherait la tige alors rebelle :
» De plus, privé du jour le corps de ton ami,
» Et tu l'ignore, hélas ! il est enseveli,
» Souillant par son aspect la flotte profanée.
» Lorsqu'ici demandant la réponse enviée,
» Sur ce seuil arrêté tu reste suspendu,
» Fais-le emporter au fond de sa tente rendu ;
» Enferme-le au tombeau, conduis des brebis noires,
» Que ce soient les premiers présens expiatoires ;
» Tu pourras alors voir du Styx le bois sacré,
» Le noir et sombre empire aux vivans refusé ».
Elle dit, refermant sa bouche, elle s'est tue.
A terre Énée alors, triste, abaissant sa vue,
Sort de l'antre et, pensif, repasse en ses esprits
Les faits futurs nombreux par l'oracle prédits :
Près de lui marche et va l'accompagnant Achate.
L'esprit de sons pareils tout occupé, sans hâte,
Sur des objets divers roulait leur entretien :
« Quel est leur compagnon qui n'est plus, que leur soin
» Doit inhumer suivant l'ordre de la prêtresse ? »
Leur pas alors aux bords enfin tendant s'adresse :

M 4

Ils voient Misène mort du plus honteux trépas ;
Misène l'Éolide ! aucun dans les combats
Ne l'égalait dans l'art d'emboucher la trompette,
D'encourager l'ardeur d'une phalange prête.
Long-tems à Troye il fut le compagnon d'Hector,
Fameux par son courage et les sons de son cor ;
Mais, lorsque sous ses coups le vainqueur de l'Asie,
Achille, eut fait tomber Hector, resté sans vie,
Au grand fils de Vénus il s'était attaché,
Par un semblable choix n'ayant pas dérogé ;
Mais d'accens orgueilleux quand frappant le rivage,
Par les sons de son cor, imprudent, il engage
Avec les dieux des mers un vain défi de chant,
Jaloux, Triton, s'il faut en croire un bruit constant,
Pris, l'a précipité sur des rochers dans l'onde :
Autour de lui donc tous dans leur douleur profonde,
Frémissaient à grands cris, Énée encor plus qu'eux.
De la Sibylle on suit l'ordre saint, douloureux,
Tout travaille à l'envi, tout dans les pleurs, s'empresse :
Le sépulcral autel de troncs coupés se dresse ;
On en forme un amas qui monte jusqu'aux cieux :
On va se transporter dans un bois ténébreux,
D'animaux effrayans retraite haute et sombre,
Le pin tombe abattu sous des efforts sans nombre ;
Les chênes ont cédé par les haches frappés ;
Entr'ouverts par les coins, les bois sont divisés,
Le frêne en poutre est mis ; du haut des monts énormes
A grand bruit descendant, tombent roulés les ormes.
Énée à ses Troyens se joignant le premier,
Des mêmes instrumens, comme eux, se vient armer :
Partageant leurs travaux, de soins l'ame oppressée,
Il roulait en secret, triste, cette pensée,
Sur l'immense forêt des regards s'étendant ;
Il prie, et de sa bouche on entend ces accens :

« O que si maintenant, dans la forêt épaisse,
» Ce rameau d'or promis me montrait sa richesse ;
» Puisqu'il me devient clair qu'en sa fidélité,
» La Sibylle a trop dit, hélas ! la vérité
» Sur ton sort déplorable, ô malheureux Misène ? »
Ces mots par le héros sont prononcés à peine,
Deux colombes des airs descendant sous ses yeux,
S'abattent, se posant sur le gazon heureux.
Le héros magnanime élevant sa prière,
Reconnaît, transporté, les oiseaux de sa mère :
« Colombes, guidez-moi, s'il est quelque chemin ;
» Dirigez, par les airs, mes pas vers ce bois saint
» Où le rameau brillant ombrage un sol fertile ;
» Et vous dans cet instant pour moi si difficile,
» Ma mère, ô vous, daignez ne m'abandonner pas ! »
Il s'arrête, le cœur, les yeux pleins d'embarras,
Observant quel signal donneront par leur trace,
Vers quels lieux ces oiseaux vont tendre dans l'espace ;
Eux, en mangeant, ont soin, s'avançant, de voler,
Autant qu'attentif l'œil pouvait les observer.
A peine, en leur élan, les colombes portées,
Ont de l'Averne atteint les gorges empestées,
Rapides, s'élevant, elles vont, fendant l'air,
A l'endroit désiré, sur l'arbre se fixer ;
Alors dans l'épaisseur, à travers le branchage,
Le rameau d'or montré reluisit dans l'ombrage,
Comme on voit dans la brume, en la saison du froid,
D'un fanage nouveau, le gui dans la forêt
Reverdissant, montrer sa feuille jaune et pure ;
Fils étranger du tronc qu'embellit sa parure,
De ses fruits de safran en ceindre le contour ;
Tel sur le chêne épais, offert, rayonne au jour
Le rameau qu'un vent doux d'un faible bruit agite.
Énée au même instant ardent se précipite ;

Le saisit de sa main, quoiqu'il ait résisté,
A la Sibylle, en hâte, arraché, l'a porté.
Misène cependant, pleuré sur le rivage
Recevait des Troyens le funéraire hommage
Qu'à sa cendre insensible ils rendaient accordé.
De pins gras de résine et de chêne coupé
D'abord ils font dans l'air monter, vaste, une masse;
Funèbre sur les flancs un feuillage se place,
De lugubres cyprès rangés, sont au-devant,
L'armure en haut posée éclate en ornement;
Dans des vases d'airain, sous les flammes l'eau gronde.
Le corps froid est lavé, de parfums on l'inonde.
Un deuil profond éclate; on s'afflige, on gémit;
On met le corps pleuré sur le funèbre lit.
Des vêtemens de pourpre, enveloppe ordinaire,
Etendus sur le mort, (ô cruel ministère!)
De loin à ce bûcher les bras portent les feux,
Mis en-dessous aux bois en détournant les yeux.
L'encens offert, les mets, l'huile onctueuse et pure
Des flammes sont bientôt devenus la pâture.
Lorsque, tout consumé, les feux sont amortis,
Et la cendre altérée et les os recueillis,
Lavés dans un vin pur, la main de Chorinée
Dans un vase d'airain met la cendre enfermée,
Trois fois sur les Troyens Énée a fait voler
L'eau légère qu'asperge un flexible olivier;
Et les guerriers trois fois arrosés d'eau lustrale,
Suit de l'adieu dernier la formule fatale.
Mais le héros sensible élève un grand tombeau;
Par ses soins, de Misène on place sur le haut
Les armes, la trompette, et la rame laissée,
Et depuis la montagne encore est surnommée
Misène, éternel nom dans les temps à venir.
Ces soins pris, le guerrier s'occupe d'obéir

Aux ordres qu'a donnés la Sibylle inspirée.

Un antre profond fut, à spacieuse entrée,
Dans un roc, d'un lac noir, d'un bois sombre entouré ;
Aucun oiseau jamais n'a, d'un vol assuré,
Impunément dans l'air pu franchir sa surface,
Tant le souffle empesté qui sort de cet espace
Monte aux voûtes du ciel, des gorges élevé ;
De là, ce lieu, les Grecs, Averne l'ont nommé.
D'abord quatre taureaux intacts dans leur jeunesse,
Par son ordre amenés aux pieds de la prêtresse,
Le vin à flots descend sur leur front humecté,
Des poils au haut du front cueillant l'extrémité,
Elle va, de sa main, aux feux pleins de lumière,
Les va jeter présentés pour offrande première,
Appelant à grands cris Hécate, reine aux cieux,
Reine, puissante encor dans les lugubres lieux.
La gorge des taureaux par les couteaux se coupe ;
Leur sang ruisselle et sort, reçu dans une coupe.
Le héros fait tomber, immolée à la Nuit,
A la Terre, sa sœur, une noire brebis ;
A Proserpine enfin, une froide génisse.
Lui-même, au roi du Styx offrant un sacrifice,
Fait en terre élever de nocturnes autels,
Met des taureaux entiers sur les feux solennels :
L'huile abondante et grasse, à larges flots versée
Sur les lambeaux ardens coule et nage épanchée.

Voici qu'aux premiers feux que fait luire le jour,
La terre, sous les pieds, tremble tout à l'entour ;
La cîme des forêts a tressailli, mouvante,
Les chiennes ont heurlé, la déesse arrivante ;
La Sibylle aussitôt : « Profanes, loin fuyez,
» Et de tout le bois saint éloignez-vous, sortez.
» Toi, de son enveloppe arrache ton épée ;
» C'est maintenant qu'il faut cœur, ame grande, Énée ! »

Elle a dit : traversant la plus sombre épaisseur,
On la voit se lancer dans l'Averne en fureur.
Enée, hardi, s'y jette, et marche aussi prompt qu'elle.
    O dieux dont la puissance immuable, éternelle,
Tient, sous ses lois soumis, les mânes ténébreux !
Chaos, Phlégeton, bords au loin silencieux,
Ce qui me fut appris laissez-moi le redire ;
Sous vos auspices saints que je puisse produire
Les mystères sous terre et dans la nuit cachés.
Ils marchaient seuls dans l'ombre, obscurément guidés
(A travers les déserts du sombre et vaste empire)
Par un demi-jour faible et telle qu'on voit luire
De la lune une pâle et douteuse clarté,
Quand aux objets le jour, fuyant, a dérobé
Leur couleur, et qu'en l'air l'ombre s'étend, formée.
    Au vestibule même, à la première entrée,
Sont le deuil, les soucis, les chagrins noirs, rongeurs,
La vieillesse, l'ennui, les maux et les langueurs
Et l'effroi qui jamais reposé ne sommeille,
La pauvreté, la faim qui toujours mal conseille,
Offrent aux yeux troublés leur aspect effrayant ;
Puis le travail, la mort, le sommeil, son parent,
Le bonheur mensonger, fruit empesté du vice.
    En face, assises, sont la guerre destructrice,
L'Euménide en courroux sur un grabat de fer,
La discorde en transport qu'on voit entortiller
De ses bandeaux sanglans ses cheveux de vipère.
    Un orme énorme, épais, d'ombrage somnifère,
Déployant ses grands bras, monte au centre planté ;
C'est le séjour qu'on croit d'ordinaire habité
Par les songes trompeurs dont l'immense famille
Sur chaque feuille, errante en voltigeant, fourmille ;
Mille monstres encor de diverses laideurs,
De ce spectacle affreux augmentent les horreurs.

A des rateliers sont les Centaures énormes,
Briarée aux cent bras, les Scyllas de deux formes,
L'hydre horrible de Lerne, aux affreux sifflemens,
La Chimère exhalant de longs feux dévorans,
La Harpie et ses sœurs, la Gorgone effroyable,
L'ombre à trois corps, horrible encore, épouvantable.
D'une crainte soudaine Enée alors frappé
Montre aux spectres divers son glaive présenté,
Sans l'avis tout-à-coup donné par la Sibylle,
Que ce ne sont des corps qu'une image stérile
Qui voltige sans être et sous ces dehors vains,
Il les eût attaqués, son glaive entre ses mains,
Eût tenté de frapper vainement ces corps vides.
  Là s'ouvre le chemin vers l'Achéron rapide,
Qui cerne en ses replis le Tartare odieux ;
Dans un gouffre profond ce fleuve limoneux
Roule, et se va jeter, grondant, dans le Cocyte ;
Le nocher si connu par l'horreur qu'il excite,
Charon, gardien du fleuve, est placé sur ces bords ;
Sa barbe inculte, blanche, a tombé sur son corps :
Son œil creux est rempli d'une flamme animée,
Sa robe à son épaule est d'un nœud attachée,
Dans sa sévère main il tient un aviron,
Et conduit son bateau sur le triste Achéron.
Les morts admis, sa nasse aux rives les transporte ;
Quoique vieux, Charon garde une vieillesse forte.
On voyait vers le fleuve, en grand nombre avancer,
Femmes, hommes, tous ceux qui venaient d'expirer ;
Intrépides guerriers, filles sans hyménée,
Jeunes enfans ravis, dont la cendre enflammée
Fuma sur le bûcher aux yeux de leurs parens ;
Tels dans les premiers froids de l'automne, tombans,
Précipités des bois les feuillages descendent,
Où tels des monts partis, en rangs nombreux s'abandent

Les oiseaux passagers, quand le froid des hivers,
Vers des climats plus doux les chasse sur les mers.

Debout et près des bords les ombres les premières
En demandant passage employaient les prières ;
D'aller vers l'autre rive exprimaient le désir ;
Mais, chagrin, le nocher, sans les vouloir choisir,
Les reçoit, tantôt l'une, et puis l'autre en sa nasse ;
Le reste, loin des bords, inflexible, il le chasse.

Enée alors éprouve un long étonnement :
« O Sibylle, a-t-il dit, ce concours surprenant
» Vers cette onde, pourquoi ? Que demandent ces ombres
» Et quel sort inégal fait, dans ces états sombres,
» Eloigner l'un des bords, l'autre au-delà passer ? »
La Sibylle, en ces mots, commence à lui parler :
« Fils d'Achise, ô des dieux descendance assurée !
» Vous voyez le Cocyte et son onde abhorrée,
» Ce Styx si redouté, par qui même les dieux
» Tremblent de proférer un serment périlleux !
» Tout cet essaim nombreux, par sa grande indigence,
» Fut privé du tombeau : celui qui là s'avance,
» C'est Charon ; sur le Styx sont ceux qu'on inhuma.
» De ce rauque torrent, nuls ne vont au-delà ;
» N'atteignent l'autre bord, qu'auparavant sur terre
» Leur cendre n'ait reçu l'hommage funéraire.
» Quand cent ans sur la rive on est, errant, resté,
» On passe enfin, admis, sur l'autre bord porté, »
Le fils d'Anchise, ému, sent diverses pensées,
Dans ses esprits troublés se succéder, pressées.
Cet aspect fait en lui naître un grand embarras,
Et plein de sa surprise, il retenait ses pas,
En déplorant, muet, cette chance inégale.
Il voit, tristes, privés de l'urne sépulcrale,
Oronte, conducteur des vaisseaux Lyciens,
Leucaspis, descendu des bords Dardaniens,

Qui, poursuivis long-tems par les vents sur la plage,
Avaient, guerriers, vaisseaux, péri par un naufrage.
Voici qu'allait, marchant, pilote infortuné,
Dans sa peine, à grands pas, Palimère agité,
Qui naguère observant sur la mer Labyenne,
Des astres dans le ciel la marche aérienne,
De sa poupe tomba, par un dieu renversé,
L'apercevant dans l'ombre à peine ainsi troublé :
« Le héros, qui des dieux, terrible en sa colère,
» Te livra, Palimère, aux flots de l'onde amère ?
» Dis-le, car envers nous, vrai jusqu'alors, Phœbus,
» Par cet oracle seul, trompa nos vœux déçus ;
» Sa voix nous annonçait que, sauvé des naufrages,
» D'Ausonie, avec nous, tu verrais les rivages :
» Est-ce là la foi due à ce qu'il a promis ? »
Palimère, en ces mots : « Nul dieu ne t'a surpris,
» O héros ! fils d'Anchise et l'oracle est fidelle !
» Nul dieu ne m'a jetté dans la mer si cruelle ;
» Car par le gouvernail avec force arraché,
» Lorsqu'à le conserver je me tiens attaché,
» Qui, je poursuis, soigneux, ma route avec courage,
» Je l'entraînai, tombant, avec moi, dans la plage.
» Par ce courroux des flots alors, affreux pour moi,
» Je jure n'avoir eu pour mes jours nul effroi
» Egal au vif tourment de voir abandonnée,
» Sur les flots en courroux, ma poupe aux vents livrée.
» De peur que sans pilote, errante, sans secours,
» Elle ne cédât, faible, aux vagues dans leur cours,
» Trois nuits sur l'eau souffla le Notus en colère ;
» Le quatrième jour enfin, je vis la terre
» Et, de loin, l'Italie approcha de mes yeux. »
» Tendant, je m'avançais vers son rivage heureux,
» Déjà dans un lieu sûr j'abordais à la nage ;
» Mais un peuple barbare et féroce, en sa rage,

» (Mes vêtemens par l'onde aggravés dans leur poids,

» Quand j'accrochais d'un mont la cime avec mes doigts)

» Me vient, d'un fer cruel, me croyant une proie,

» Déchirer dans l'accès d'une exécrable joie ;

» Mes restes désormais, au gré des vents poussés,

» Sur l'abîme profond sont par les flots chassés.

» O toi ! par ce bonheur, par ce rare avantage

» Qu'on a de voir, vivant, le ciel, sa douce image

» Par ton père, et ce fils, Iule, espoir naissant,

» Invincible guerrier, pour moi compatissant,

» Daignes le terminer cet excès de misère,

» Ou bien (car tu le peux) cache ma cendre en terre,

» Cherche-moi vers Veline, ou si l'appui divin

» De la déesse, auteur de ton rare destin,

» Pour alléger mes maux, t'ouvre quelqu'autre voie,

» (Car il ne se peut pas que Palimère croie,

» Sans le secours des dieux, te voir tendre à passer

» Le formidable bord que tu vas traverser ;)

» Que ta main sur le Styx, secourable me mène,

» Ou que par la faveur enfin du moins j'obtienne

» Un asile où pour moi soit sûr quelque repos. »

Il avait achevé, la Sibylle en ces mots :

« Quelle est, ô Palimère ! une si folle envie ?

» Quoi ! sans être inhumé, tu veux, après la vie,

» Des Euménides voir le fleuve appréhendé,

» Et partir de ces bords sans être demandé !

» Que les dieux, leurs décrets cèdent à ton instance,

» Ne le présumes pas ; mais par cette espérance

» Console au moins ton ombre, et tes cruels ennuis,

» Car les peuples voisins par le ciel avertis,

» Pressés dans leurs cités par mille maux funestes,

» Te rendront les devoirs qui sont dus à tes restes,

» Bâtiront ton tombeau, d'honneurs vont le couvrir ;

» Et de ton nom, ce lieu dans les tems à venir,

» Doit un jour se nommer à jamais Palimère. »
A ces mots, ses soucis, sa peine encor si dure
Se sont, pour un moment, éloignés de son cœur.
Il sent se ralentir, moins vive, sa douleur;
Est joyeux de son nom porté par un rivage.
Eux donc ont poursuivi leur route avec courage;
Ils avançaient au fleuve alors; mais le nocher,
De loin en les voyant par le bois s'approcher,
Tendre, portant leurs pas vers la rive fatale :
« O toi qui viens armé vers cette onde infernale,
» Qui que tu sois (a dit Charon d'un ton chagrin),
» Parles, et dans l'instant dévoile ton dessein !
» Là même où je te vois reste arrêté sur l'heure.
» C'est ici le séjour, la tranquille demeure
» Des mânes, du sommeil, de l'insensible nuit.
» Sur la barque du Styx il me fut interdit
» De transporter des corps animés par la vie;
» Ma complaisance aveugle assez s'est repentie
» Des guerriers dans ma nasse en leur trajet reçus,
» Cet Alcide, Thésée et ce Pirithoüs,
» Quoique tous fils des dieux et d'une valeur rare !
» L'un de liens chargea le gardien du Tartare,
» Du trône de Pluton l'arracha tout tremblant;
» Les autres ont tenté, d'un effort insultant,
» D'ôter au roi du Styx Proserpine enlevée.
» Nulle audace semblable ici n'est projetée,
» Repart en peu de mots la prêtresse au nocher;
» Que de si vains soucis cessent de te toucher.
» Ces armes sur ce bord n'apportent pas la crainte;
» Le gardien redouté qui veille en cette enceinte,
» Peut, en paix, effrayer d'éternels aboiemens,
» Les ombres sans couleur, vains restes des vivans.
» A son oncle immortel Proserpine soumise,
» Fidelle, peut rester, garder la foi promise.

N

Ce héros est Énée, et grand par ses exploits
Et par ses soins pieux respectable à-la-fois,
Ses pas, pour voir un père, ont tenté ce passage.
De l'amour filial un si solennel gage
S'il ne peut te fléchir, reconnais ce rameau!
De ses habits ôté, sa main l'offre aussi-tôt :
Dans le cœur de Charon, tout courroux cesse, expire.
Calme, d'un œil soumis, il contemple, il admire
Le don si révéré de ce rameau fatal,
Dont son œil de long-tems n'a vu l'heureux métal.
Sa barque détournée, il approche des rives,
Et des ombres au loin chassant la tourbe active,
Vuide d'eau sa nacelle, et reçoit sur son bord
Le grand Énée; au faix de ce si pesant corps
La barque faible cède, et sa frêle texture
Bientôt a reçu l'eau par plus d'une ouverture.
Mais la Sibylle enfin et le héros passés
Sains, saufs, sur l'autre bord par lui sont déposés,
Au sein de joncs hideux, sur un limon informe.
Là, d'un triple gosier le chien Cerbère énorme,
Fait dans le vaste Erèbe entendre ses longs cris ;
Au-devant de son antre, il est, immense, assis.
La Sibylle voyant sa gorge bouffissante,
Ses serpens tous s'enfler, à sa gueule béante,
Jette un gâteau de blé par le miel préparé ;
Le chien avide, actif, par la faim dévoré,
Entr'ouvrant à-la-fois ses trois gueules affreuses,
Le prend ; bientôt courbant ses têtes furieuses,
Endormi dans son antre, il s'abat tout entier.
A cet aspect subit du sommeil du portier,
Le héros prompt s'élance et fuit loin du rivage
Du fleuve qui ne laisse au retour nul passage.
Tout-à-coup il entend de longs gémissemens,
De lamentables voix, l'aigre cri des enfans

Pleurans, plaintifs, assis sur la première entrée,
Du doux présent du jour, cette foule privée,
Ravie à la mamelle, a, sous les coups du sort,
Vu terminer ses jours par l'inflexible mort.
Non loin sont les humains jugés sur de faux crimes,
Et ce n'est pas sans choix, sans arrêts légitimes
Qu'occupe chacun d'eux ces places aux enfers.
Minos, informateur des attentats divers,
Mouvant son urne, appelle en jugement les ombres,
Et sur les faits connus juge dans ces lieux sombres.
Non loin et dans le deuil sont ceux qui, de leur main,
Ont, haïssant le jour, terminé leur destin;
Qu'ils voudraient désormais rendus à la lumière,
Supporter mille maux, soucis, peines, misère;
Mais le sort le défend, et par ses tristes nœuds
L'impitoyable Styx, dans son cours ténébreux,
Les tient, par neuf replis, renfermés dans sa chaîne;
Puis se découvre aux yeux la larmoyante plaine
(On l'a nommée ainsi) qui loin va s'agrandir:
Ceux qu'un amour cruel réduisit à mourir,
Dans des sentiers obscurs là dérobés, s'engagent;
Des myrtes en bosquets enlacés les ombragent;
Leurs maux, leurs soins cruels survivent à la mort.
Là sont Phèdre, Procris, victimes d'un tel sort,
Ériphyle, étalant de son fils les blessures;
Énée y remarquait, sous diverses figures,
Cénée, homme jadis, devenu femme, alors
Rendu par les destins à ses premiers dehors.
Pasiphaé plaintive, auprès, Laodamie,
Évadne leur lugubre et pâle compagnie;
Didon dans cette foule, au fond d'un bois épais,
Se promenait, montrant sur son sein son sang frais,
Quand d'elle le héros s'est approché dans l'ombre,
Dès qu'il l'a reconnue, ainsi qu'en la nuit sombre,

N 2

On voit ou l'on croit voir, lors d'un mois commençant,
La lune dans la nüe entr'ouvrir son croissant,
En pleurs le héros dit, d'une voix douloureuse :
« O déplorable Élise ! ah ! la nouvelle affreuse
» Ne me trompait donc pas dans son fatal rapport,
» Qui m'avait annoncé votre funeste mort ?
» Seul, hélas ! seul j'en suis, trop malheureux, la cause !
» Cependant par les dieux, les astres, et si j'ose
» Jurer par ce qu'il est de foi dans ces enfers,
» Je jure qu'à regret j'ai fui de vos déserts ;
» Mais l'ordre exprès des dieux (le même qui m'oblige
» A voir ce sombre bord, dont la puissance exige
» Que soient portés mes pas vers ces funèbres lieux,
» Empire de la nuit, des mânes ténébreux,)
» M'a contraint à vous fuir. Jamais, dans ma pensée,
» Je n'aurais cru vous voir cette douleur causée.
» Arrêtez, et cessez, hélas ! de vouloir fuir ;
» Je n'ai que cet instant pour vous entretenir ».
C'était par ces discours que le sensible Énée
S'efforçait d'appaiser l'amante infortunée.
Il répandait des pleurs ; mais elle, avec courroux,
L'envisageant, farouche, à ses accens si doux
Dédaigne de répondre, à l'œil fixe, immobile,
Regarde en terre, oppose à l'effort inutile
Qu'emploie le héros pour pouvoir la toucher,
La dureté du marbre ou d'un triste rocher ;
Enfin elle s'enfuit, va s'enfoncer, cachée,
Sous l'ombre d'un bois vert où son époux, Sichée,
D'un amour mutuel lui rendant les soupirs,
De son cœur malheureux calme les déplaisirs ;
Énée, aussi troublé de sa douleur pressante,
La suit, en pleurs, de loin, plaint sa peine accablante,
Triste, et prend un sentier qui s'offre devant lui :
L'un et l'autre déjà de ces plaines sorti,

Touchaient les derniers champs, les demeures secrètes
Des guerriers valeureux, agréables retraites.
Énée y voit Tydée, Adraste en sa pâleur,
Parthenopée illustre et grand par sa valeur :
Là sont les Troyens morts, tant pleurés sur la terre,
Qui, le fer moissonna, victimes de la guerre.
Énée appercevant leur mélange confus,
Poussait de longs soupirs ; Thersiloque, Glaucus,
Antenor, ses trois fils, Médon, ce Polybète,
De l'auguste Cérès, sage et doux interprète,
Qui conservait encor ses armes et son char,
Ils vont l'environner, roulans de toutes parts ;
C'est trop peu d'une fois pour jouir de sa vue ;
Ils voudraient que sa marche, en ces lieux retenue,
L'arrêtât à jamais ; voudraient l'entretenir,
L'interroger, savoir quel soin l'a fait venir :
Les capitaines grecs et la foule argienne
Dont l'œil voit, au contraire, en la nuit souterraine,
L'armure du héros de loin en l'air briller,
Dans leur subit effroi se mettent à trembler ;
Les uns bientôt de fuir, comme autrefois leur crainte
Courut vers leurs vaisseaux en regagner l'enceinte,
D'autres veulent pousser un cri faible, exigu ;
Leur bouche s'ouvre ; mais leur effort vain, déçu,
Ne peut former entier le son qui se commence.
Vers le héros un fils du roi Priam s'avance ;
Déiphobe et sanglant et le corps déchiré,
Des deux lèvres, du front, de ses deux mains privé,
Le nez encor tronqué par une plaie affreuse :
Énée à peine a vu cette ombre malheureuse,
Qui tremblait, dont l'effort, en vain, voulait cacher
Les vestiges des maux qu'on lui fit éprouver ;
Il l'approche et du son d'une voix bien connue :
« Déiphobe, a-t-il dit, dont la race est issue

N 5

» Du beau sang de Teucer, dites, par quels forfaits
» Vous a-t-on fait souffrir de si fatals excès?
» Qui vous a pu livrer a tant de barbarie ?
» Dans la nuit malheureuse où tomba la patrie,
» On publiait que, las de carnage et de morts,
» Vous aviez succombé sur un monceau de corps :
» Un vide monument, aux rives de Rhœtée,
» Pour vous monta construit, et par mes cris citée,
» Votre ombre avait reçu les trois derniers adieux ;
» Votre nom, votre armure encor sont dans ces lieux.
» Je ne pus pas, avant que d'assurer ma fuite,
» Vous inhumer aux bords où Troye était construite!
En ces mots de Priam, triste, répond le fils :
« Les devoirs d'amitié sont tous par vous remplis,
» Le ciel vous tient bien quitte, Énée, envers mon ombre,
» Ce sont les attentats d'Hélène, affreux, sans nombre,
» Qui m'ont fait essuyer un tel excès d'horreurs,
» Voyez ces maux nombreux garans de ses fureurs.
» Dans l'effroyable nuit qui vit s'abymer Troye,
» Vous savez combien fausse éclata notre joie :
» L'excès est trop présent pour être rappelé.
» Quand le cheval funeste, en nos murs transporté,
» S'éleva, surmonta la cité, nos murailles,
» Apportant des guerriers tassés dans ses entrailles,
» La perfide feignant des danses et des chœurs,
» S'agitait, remplissait de bachiques fureurs
» Les femmes des Troyens et sa main, élevée,
» Faisait dans les airs luire une torche enflammée,
» Par ce signe appelant les Grecs dans la cité.
» En proie à mille ennuis dans cette adversité,
» Étendu, je dormais sur la couche traîtresse,
» Et livré dans ma peine au sommeil qui me presse,
» Un repos doux, profond, venait calmer mon sort,
« Tout semblable à la paix d'une tranquille mort.

» Cependant en secret mon épouse abhorrée
» Avait su, de mon lit, écarter mon épée ;
» Tout mon toit, par ses soins, était d'armes privé :
» Par elle Ménélas en mon palais mandé,
» A ce premier époux elle en donne l'entrée,
» Espérant à ce prix voir sa fureur calmée
» De tant de longs malheurs le crime enseveli.
» Que dirai-je ? les Grecs, sous mon toit envahi,
» Se débordent vainqueurs, Ulysse auteur des crimes !
» (Que de semblables maux, dieux ! les Grecs soient victimes,
» Si je puis obtenir de vous leur châtiment !)
» Mais vous, quel sort ici vous fait venir vivant ?
» A votre tour ; parlez, est-ce l'onde en furie ?
» Sont-ce l'ordre des dieux, la fortune ennemie,
» Qui vous font aborder ces lieux tristes, sans jour ? »
Pendant que les guerriers conversaient tour-à-tour,
Sur son char, dans le ciel, l'Aurore en l'air portée,
Avait fait la moitié de sa course éthérée,
Le tems donné se fût passé peut-être ainsi,
Si tout-à-coup Énée, en ces mots averti,
N'eût reçu ce conseil de la chaste Sibylle :
«Tout notre tems se donne à la plainte inutile.
» La nuit avance, Énée, et c'est dans cet endroit
» Que le chemin se coupe ; ici, du côté droit,
» Du palais de Pluton la muraille est placée :
» C'est par là qu'il nous faut porter dans l'Élysée.
» A gauche est le séjour où souffrent les méchans,
» L'effroyable Tartare et ses sombres torrens. »
Déiphobe alors dit : « O divine prêtresse !
» Appaisez ce courroux ! mon ombre, avec vîtesse,
» Va fuir, et s'éloignant, se plonger dans la nuit.
» Toi, continue, ô toi l'honneur de ton pays !
» Va, qu'un sort plus heureux soit ton brillant partage ! »
Sans dire que ces mots, Déiphobe s'engage :

N 4

Il fuit; se retirant, ses pas sont détournés.
Énée alors regarde : à gauche il voit placés
Des rocs, et sous leur voûte, un fort dont l'étendue
Ceinte d'un triple mur s'élevait défendue.
Du plus rapide cours le Phlégéton fougueux,
Ce fleuve du Tartare autour roulait des feux,
Et des rocs que, grondant, à grand bruit il promène,
La porte au-devant s'offre, immense, souterraine :
Les colonnes, debout, sont d'un dur diamant;
Nulle force mortelle, un fer même tranchant
Mis dans la main des dieux, ne pourrait les détruire:
Une tour de fer, vaste, en l'air monte et va luire :
Tisiphone a l'accès, assise, est, présentant
Son manteau retroussé, tout en lambeaux, sanglant,
Sans jamais sommeiller, elle en garde, fidelle,
Pendant le jour, les nuits, la porte en sentinelle.
De-là sortaient, poussés de longs cris gémissans,
L'oreille entend siffler des fouets retentissans.
Le bruit du fer qui crie et des chaînes qu'on traîne ;
Le héros est saisi d'une frayeur soudaine ;
Et tous ses sens troublés : « Quels forfaits sont punis!
» Quels sont les châtimens dont ils sont poursuivis
» Dans ces funestes lieux? ô Vierge révérée!
» Quels affreux hurlemens frappent l'air, dit Enée!»
La prêtresse répond au guerrier valeureux :
« Digne chef des Troyens, nul mortel vertueux
» Dans ce séjour d'horreur ne peut avoir entrée.
» Mais lorsque des bois saints la garde confiée
» Fut remise autrefois par Hécate à mes soins:
» La déesse elle-même, en m'en rendant témoin,
» M'instruisit des rigueurs, de la juste souffrance
» Dont punit les méchans le ciel dans sa vengeance. »
Sur ses pas j'ai tout vu : Rhadamante, Crétois
Tient ces sévères lieux sous ses rigides lois;

Chaque faute est par lui connue, après, punie :
Il contraint d'avouer le mal fait dans la vie,
Qu'on crut en vain cacher, qu'un trop aveugle tort
Tard remit d'expier aux instans de la mort.
Les coupables jugés, horrible, Tisiphone
Les frappe, au même instant, du long fouet qui résonne ;
De sa main gauche elle offre à leurs yeux des serpens ;
En appelant ses sœurs en groupes menaçans.
Alors enfin criant sur leurs durs gonds, ferrées,
S'ouvrent à très-grand bruit les deux portes sacrées :
Vois quelle garde horrible est mise en cet endroit,
Quel redoutable monstre en surveille l'accès !
Une hydre immense ouvrant dans leurs cinquante espaces
Tous ses hideux gosiers, cruelle, au fond, se place :
Puis le Tartare est là, de deux fois plus avant
S'enfonçant dans son gouffre en terre descendant,
Qu'on ne peut de l'œil voir dans la céleste sphère.
Là sont ces fiers Titans, fameux fils de la Terre,
Par les traits de la foudre, au fond plongés, roulans ;
Là sont d'Aloéus aussi les deux enfans,
Aux gigantesques corps, dont la coupable audace
Voulut escalader du ciel le haut espace,
De son trône élevé renverser Jupiter.
Je vis par ses tourmens Salmonée expier
Le forfait d'avoir pu songer à contrefaire
La puissance, la flamme et l'éclat du tonnerre ;
Quatre coursiers traînants son char, superbe et vain,
Armé d'un grand flambeau que secouait sa main,
Triomphant, par l'Elide, il allait, plein d'ivresse,
Voulant être adoré comme un dieu par la Grèce ;
Insensé qui croyait, par un métal humain,
Par ses coursiers mortels aux pieds garnis d'airain,
Imiter du tonnerre un bruit inimitable ;
Mais le Dieu tout-puissant, d'un foudre véritable

Des airs épais sur lui lançant la pesanteur,
(Ce n'était pas l'éclat ni la faible lueur
De son flambeau fumeux) d'un tourbillon immense
Frappé, dans le Tartare, engloutit sa démence.
On découvrait Titye encor, ce vaste fils
De la Terre par qui tous objets sont produits;
Son corps de neuf serpens couvre, étendu, l'espace,
Un énorme vautour sur son sein, noir, se place,
Et sous son courbe bec le faisant tressaillir,
Atteint, pique son foie immortel pour pâtir,
Perce, habite à jamais ses entrailles sanglantes,
Sans laisser reposer ses fibres renaissantes.
Peindrai-je le Lapithe et ce Pirithoüs,
Ixion, que des rocs sur son front suspendus,
Prêts à toujours tomber, toujours tombans, menacent,
Présentés sous leurs yeux des mets exquis s'amassent;
Des lits à soutiens d'or, parés de leurs coussins,
Un appareil royal décorent leurs festins?
Mais sans cesse auprès d'eux, énorme, une Furie
Assise et soulevant sa main en l'air, hardie,
Brandissant une torche et l'animant du bras
Terrible, leur défend de toucher au repas,
Les consternant d'effroi par sa voix de tonnerre.
Là, ceux qui, dans la vie, ont pu haïr un frère,
Chasser un père en pleurs, abuser un client,
Dans la démence avare amoncela l'argent,
Là couvé pour eux seuls, sans qu'un juste partage
Aux leurs en répartit le nécessaire usage;
Ceux qu'a percés le fer pour d'adultères nœuds;
Ceux qui se sont armés pour des ambitieux;
L'esclave qui d'un maître a trompé la justice,
Renfermés, gémissans, attendent leur supplice:
Et ne demandez pas qui, dans ces souterrains,
Fixa leurs châtimens ou régla leurs destins.

Les uns sont suspendus aux rayons d'une roue ;
D'autres roulent en haut, un roc qui d'eux se joue ;
Thésée est pour jamais et doit languir assis :
Plus qu'eux tous malheureux Phlegyre, par ses cris
Va disant, que mon sort, ombres, vous avertisse
De respecter les dieux, d'observer la justice.
Gagné par l'or, ce traître a vendu son pays ;
Cet autre, sous un maître asservi l'a soumis,
A fait, défait des lois dans sa marche vénale :
Ce barbare envahit la couche filiale,
Et, coupable, a formé des nœuds incestueux :
Tous ont osé, commis quelques forfaits affreux.
Non, cent bouches de fer, autant de langues fortes,
Ne pourraient énombrer les innombrales sortes
Des crimes qu'on expie et de leurs châtimens.
Après qu'elle a tracé ces tableaux effrayans :
« Marchons, accomplissons, dit alors la prêtresse,
» Le devoir dont l'objet sur ces bords vous adresse.
» Mais il nous faut hâter ; mon œil, d'ici, déjà
» Voit les murs que la main du Cyclope forgea.
» Devant ce long parvis à moi s'offre une porte ;
» C'est-là, c'est sous ces murs que le présent se porte. »
Elle a dit. S'avançant également tous deux,
Ils marchent, traversant des sentiers ténébreux ;
Non loin du seuil, déjà, l'un près de l'autre arrive,
Enée alors doublant sa marche ardente et vive,
Va se purifier dans le cristal de l'eau,
Aux portes, sa main fixe, attaché le rameau.
Ces devoirs accomplis ; et lorsqu'à la déesse
Son présent est offert, leur marché enfin s'adresse
Vers les lieux du bonheur, dans ces aimables prés,
Asile heureux, charmant, des bosquets fortunés ;
Plus large, là le jour déployant sa lumière
Revêt de pourpre et d'or une plus douce terre ;

Déploye sur ses champs un éclat plus vermeil ;
Ce lieu connaît aussi ses astres, son soleil :
Les uns semblent épars, jouer sur la verdure,
On croit les voir luttans fouler l'arène pure ;
D'autres dansent en chœurs au bruit des plus beaux vers ;
Le prêtre de la Thrace y modulant des airs,
Orphée, en longs habits, distinguant la nuance,
Des sept tons de la voix assigne leur distance ;
Puis sa lyre, à la main, armé d'un léger bois,
Il la touche et bientôt la pince avec ses doigts.
Là, sont le grand Teucer et sa race si belle,
Ces guerriers rassemblés, dont la foule immortelle
Dans un siècle meilleur respira l'air des cieux.
Ilus et Dardanus, Assaracus, heureux,
Antique fondateur des hauts remparts de Troye ;
Enée admire au loin, d'un œil rempli de joie,
Leurs armures, leurs chars qu'il voit briller sans eux,
Et leurs lances en terre, et leurs coursiers nombreux,
Qui, libres, bondissaient légers dans la prairie ;
Les goûts qu'on eut, mortel, lorsque dura la vie,
Pour les armes, les chars, pour nourrir des coursiers
Restent encor sous terre, on les conserve entiers.
Voici qu'il aperçoit sur l'herbe verte et tendre,
Parmi des chants joyeux qu'en chœur ils font entendre,
Des héros dans un bois de lauriers odorans,
Où les flots purs du Pô, des hauteurs descendans,
Déployés à plein lit coulaient par le bocage.
Là sont tous les guerriers dont le brillant courage
Reçut pour la patrie un trépas glorieux ;
Les prêtres chastes, saints, les poëtes pieux,
Dont Apollon dicta les vers dignes d'envie ;
Les inventeurs des arts, ces charmes de la vie ;
Ceux qui par leurs bienfaits furent dignes d'amour,
Leur front d'un bandeau blanc est ceint tout à l'entour ;

Ils vont environner le héros, la prêtresse.
Bientôt elle, à son tour, à leur foule s'adresse,
Et sur-tout à Musée entr'eux tous, car planant
Du front sur le cortège, il régnait dominant.
« Ombres heureuses, vous, toi sur-tout, ô Musée,
» Dites la région par Anchise habitée!
» Pour lui seul, sur ces bords, nous arrivons rendus,
» En franchissant l'Érèbe et ses flots étendus. »
À la Sibylle alors le glorieux Musée:
« Nulle demeure ici ne fut pour nous fixée;
» Nous habitons sans choix dans ces bosquets sacrés,
» Au bord de ces ruisseaux, sur ces aimables près.
» Mais si vous voulez, vous, franchir cette éminence,
» Je vais vous y conduire ». A ces mots, il s'avance,
Et marchant devant eux, leur a, d'une hauteur,
Montré des champs heureux l'éclatante blancheur.
Bientôt et la Sibylle et le héros descendent:
D'Anchise en ce moment les regards qui s'étendent,
Dans un vallon secret repassaient à loisir
Ceux qui devaient pour vivre, un jour, de là sortir,
Et des siens, par hasard, il contemplait le nombre,
Alors encor caché sous ce royaume sombre,
Ses descendans chéris, leur grands destins, leur sort,
Leur caractère, un jour, leurs exploits, leurs dehors.
Quand son œil voit, de loin, sur l'herbe fortunée
Vers lui tourner ses pas et s'approcher Enée;
Emu, saisi d'ivresse, il étend ses deux mains,
Des pleurs à flots coulans mouillent ses yeux sereins,
Puis il laisse tomber ces mots: « O cher Enée!
» Tu viens enfin t'offrir à ma vue enchantée!
» Ton père peut te voir; ta tendre piété
» D'un trajet si pénible a vaincu l'âpreté;
» Je puis donc te parler, ouïr ta voix moi-même?
» J'attendais ce bienfait; comptant d'un soin extrême

» Dans mon esprit, les tems, l'espoir m'en avait lui;

» Pour ton père, à la fin, cet espoir est rempli.

» Que de terres, de flots j'apprends que ta constance

» A parcourus déjà ! De quelle chaîne immense

» De périls, de revers tu traversas le cours ?

» Que j'ai craint la Libye et son fatal séjour ! »

Le héros alors dit : « C'est votre ombre sacrée,

» Mon père, si souvent à mes regards montrée,

» Qui m'a fait me porter aux champs Elysiens ;

» Mes vaisseaux sont fixés aux bords Thyrréniens ;

» Consentez que ma main à la vôtre enlacée

» Puisse au moins retenir votre image embrassée;

» Ne vous dérobez pas. » En achevant ces mots,

Des larmes de ses yeux descendaient à grands flots;

Trois fois, mais vainement, quoiqu'entre ses mains prise

Comme le vent, un songe a fui l'ombre d'Anchise.

Mais cependant Enée a, dans un vallon creux,

Vu, de loin, le contour d'un grand bois ténébreux,

Et du Léthé dormant l'eau muette et tranquille

Qui, coulant au-devant, entourait cet asile.

Aux bords roulaient, nombreux, peuples et nations,

Comme, un beau jour d'été, l'abeille en bataillons,

Va sur les prés, errer, dispersant sa famille,

Pomper de chaque fleur les sucs qu'elle distille

Autour des lys brillans murmurer à grand bruit ;

De ses bourdonnemens le champ au loin frémit.

D'Énée, à cet aspect, le cœur s'alarme encore ;

De ce concours si grand le motif qu'il ignore,

Il cherche à le connaître, et quels sont présentés

Sur ces bords, à ses yeux, tous ces êtres portés;

Anchise dit alors : « Ceux dont la destinée

» Veut voir dans d'autres corps l'ame un jour ramenée

» Dans ce calme, Léthé, boivent le long oubli

» De leurs tourmens passés, de leur malheur fini;

» Mais, vois, car dès long-tems je brûlais de t'apprendre
» Quels héros de ton sang doivent un jour descendre ;
» Je te vais les montrer tous tes futurs neveux,
» Pour qu'un semblable aspect te fasse goûter mieux
» Le bonheur d'arriver dans la belle Ausonie.
» Croirai-je que d'ici, mon père, vers la vie,
» Les ombres, par le sort, soient contraintes d'aller,
» Et sous des corps mortels un jour de retourner ?
» Quel penchant malheureux pour la vaine lumière ! »
Je vais tout t'éclaircir, répond alors son père ;
Je ne veux pas, mon fils, te tenir en suspens.
Il dit, et dans leur ordre il lui montre les tems :
» D'abord le ciel, la terre et la plage azurée,
» Les astres, le soleil ont une ame ignorée,
» En sentent, au-dedans, le souffle animateur ;
» De l'immense univers l'énorme pesanteur,
» Par un esprit caché se meut, vivifiée ;
» Au sein d'un corps si grand une ame est engagée ;
» De-là, tout ce qui vit, hommes, brutes, oiseaux,
» Monstres ensevelis sous le cristal des eaux :
» Ces êtres ont en eux une semence ignée ;
» Leur principe est un feu d'origine éthérée,
» Toujours pur, quand les corps, lourds, sujets au trépas,
» Sous des membres mortels ne l'affaiblissent pas ;
» De-là naissent en eux, captifs dans cette enceinte,
» Le plaisir, la douleur, le désir et la crainte ;
» Dans la nuit, prisonniers ; de là vient que leurs yeux
» Tournent si faiblement des regards vers les cieux :
» Mais quand la mort pour eux a fait finir la vie,
» Leur nature de maux n'est pas toute affranchie ;
» Les souillures du corps n'ont pas toutes cessé.
» Il faut donc que ce corps à fond soit exercé,
» Par l'étonnant secours d'une admirable cure,
» Perde ce qu'il avait en lui de fange impure ;

» Par divers châtimens ils sont donc tourmentés

» Et punis justement de leurs délits passés :

» Leurs ames sont, aux vents, les unes, suspendues ;

» Dans un gouffre profond les autres détenues ;

» Epurateurs, les feux expiant les forfaits ;

» Chacun reçoit le prix de tout ce qu'il a fait :

» Nous allons, envoyés enfin, dans l'Élysée ;

» Mais de nous peu vont voir sa plaine désirée,

» Jusqu'à ce qu'un tems long, sans vestige, ait ôté

» Le vice qu'en la vie on avait contracté,

» Et laissé libre, enfin, cette flamme sacrée

» Que nous avons reçu de la voûte éthérée.

» Pour ces ames, leur roue ayant tourné mille ans,

» Un dieu vient, secourable, abréger leurs tourmens ;

» Vers les flots du Léthé son ordre les appelle ;

» Puis, sans ressouvenirs, une forme nouvelle

» Les revêt de corps frais, brillans de nouveauté ;

» Elles vont retrouver le jour et sa clarté. »

Anchise a dit. Bientôt sa main prompte et subtile

A conduit sur ses pas Énée et la Sibylle ;

Au travers de la foule et des mânes bruyans,

Il choisit un lieu haut d'où ses regards portans

Pouvaient voir arriver, en face, l'assemblage

De ceux qui survenaient, distinguer leur visage :

« Vois à présent, mon fils, de combien de grandeur

» Le sang d'Assaracus recevra la splendeur ;

» Quels de nos descendans iront dans l'Italie

» Rendre immortel l'éclat de ta race agrandie ;

» Je vais te les nommer, t'apprendre leurs destins.

» Ce héros, le vois-tu ? qui tient entre ses mains

» Une lance brillante et sur son fer s'appuie,

» Par les destins choisi pour aller à la vie,

» Il doit, le premier, naître, unir au nom Latin,

» Par un mélange heureux, l'illustre sang Troyen ;

» Syvius

» Syvius, d'Albe issu, ton fils, dans ton grand âge;
» Ta Lavinie un jour te donnera ce gage,
» Présent tardif et cher de son fidèle amour;
» Roi dans des bois nourri, père des rois un jour
» Par qui doit, un long tems déployant son espace
» Dans Albe, illustre un jour dominer notre race.
» Celui qui vient après, vois, regarde-le encor,
» Procas, l'honneur des tiens, Capys, ce Numitor,
» Et celui qui rendra ta gloire ramenée
» Et doit porter ton nom, ce Sylvius Énée,
» Religieux, vaillant, aux combats redouté,
» Si dans Albe jamais il tient l'autorité.
» Vois quelle force ici ces fiers guerriers étalent!
» Mais ceux-ci dont les fronts, ombragés, se signalent
» Par le chêne civique à leurs tempes ployé,
» Joindront à ton empire, alors par eux doublé,
» Et Gabie, et Fidène et la riche Nomente;
» Ces autres placerout, d'une masse imposante,
» Sur des monts, les remparts appelés Collatins
» L'Inuus et son fort, les champs Pomœtiens;
» Bole, Core, ces noms illustreront ces terres,
» Aujourd'hui sans honneur, infertiles bruyères;
» De plus, à son aïeul, paraîtra, réuni,
» Romulus, fils de Mars, d'Assaracus sorti,
» Qui doit être élevé par Ilia sa mère!
» Vois-tu comme déjà sur cette tête altière
» Debout, double, une aigrette a l'air d'étinceller!
» Le roi des dieux ici déjà le fait briller.
» De ce rare ornement, présage de victoire,
» C'est celui là, mon fils, qui saura, par la gloire,
» Conduire un jour ta Rome à l'empire immortel,
» Et, l'univers soumis, atteindre presqu'au ciel,
» Enceindre sept grands monts dans ses seules murailles;
» Et fière des guerriers sortis de ses entrailles,

O

» Se présenter semblable à la mère des dieux

» Cybèle, qui du haut de son char radieux,

» Le front orné de tours, parcourant la Phrygie,

» Va, triomphante, heureuse, et toute enorgueillie

» D'avoir donné le jour à cent enfans tous dieux,

» Tous habitans l'Olympe et son séjour heureux.

» Ici regarde, ici porte toute ta vue,

» Vois-la, la nation magnanime étendue,

» Les Romains, ce César, ces descendans divers

» Qui d'Iule sortis, naîtront pour l'univers :

» Le voici, là, celui que, plus d'une promesse,

» Souvent depuis long-tems annonce à ton ivresse,

» César Auguste, lui qui, des dieux descendu,

» Reproduit l'âge d'or, par ses efforts, rendu

» Aux beaux lieux où Saturne exerça sa puissance :

» Il portera ses lois, ses exploits, sa clémence.

» De là le Garamante et l'Indien vaincus,

» Sur des bords reculés, au soleil inconnus,

» Par-delà les pays où l'on connaît l'année,

» Où le puissant Atlas, sur sa tête inclinée,

» Soutient l'Olympe entier couvert de feux brillans,

» L'Asie, à son aspect, ses peuples sont tremblans ;

» De la mer Caspienne aux palus Méotides,

» Les Dieux n'annoncent plus que combats homicides,

» Dans ses sept bouches tremble, ému, le Nil supris,

» Alcide n'a jamais franchi tant de pays,

» Quoiqu'il ait pu blesser la biche si fameuse,

» Purger, par ses travaux, cette Érymante affreuse,

» Fait par son arc trembler le marais Lernien,

» Ni Bacchus le vainqueur du puissant Indien

» Les rênes dans sa main, d'un pampre verd ornées,

» Franchissant du Nisa les hauteurs traversées,

» Sur son char triomphal par des tigres traîné ;

» Et nous pourrions encor, d'un esprit étonné,

» Craindre par de hauts faits d'illustrer nos courages,
» D'aborder l'Ausonie et ses fameux rivages ! »
Mais quel est celui-ci que là, je vois de loin,
Un rameau d'olivier dans sa paisible main,
Qui porte les objets de son culte, fidelle ?
A ses longs cheveux blancs, sa barbe solennelle,
Je reconnais un roi, dont le soin le premier
Soumettra Rome aux lois, à leur joug régulier,
Qui transporté du fond d'une agreste chaumière,
Et de Cures sorti, sa retraite première,
Dans un bien grand pouvoir envoyé, régnera ;
Celui qui des langueurs du repos tirera
Rome, Tullus, guerrier dont la valeur plus vive
Réveillera l'ardeur, affaiblie, inactive
De ses héros, déjà moins faits à triompher,
Vois Ancus de Jactance ici même s'enfler,
Déjà trop vain du vent de l'amour du vulgaire.
Vois encor ces Tarquins, cette ame ardente et fière,
Ce Brutus le vengeur, et les faisceaux repris ;
Celui-là, le premier, aura dans son pays
L'éclat, tout l'appareil du pouvoir consulaire,
Et de ses propres fils conspirateurs, ce père,
Versant le sang, fera vivre la liberté.
Malheureux ! quelque soit de la postérité
Sur toi l'avis un jour, un grand désir de gloire,
L'amour de la patrie emportent la victoire.
Vois-les ces Décius, et, plus loin, les Drusus,
Et fier, portant sa hache à sa main, Torquatus ;
Et Camille aux combats reconduisant l'armée ;
Ces ombres que tu vois d'une armure alliée
T'offrir l'éclat plus doux, présenter aujourd'hui
Des fronts si concordans au séjour de la nuit,
De quelle guerre, hélas ! de quel sanglant carnage
Elles déployeront entr'elles le ravage,

Si jamais elles vont respirer l'air du jour?
Du haut de Monœcus et du neigeux séjour
Des Alpes en courroux descendant, le beau-père,
Le gendre contre lui, rassemblant au contraire
Des guerriers, à grands flots, de l'Orient sortis :
Ah! n'accoutumez pas à ces sanglans défis
Vos cœurs troublés, hélas! contre votre patrie ;
Ne tournez pas les bras, qui l'aideraient servie.
Cesse, cesse sur-tout, le premier; entends-moi,
Toi, qui par tes aïeux, sors de l'Olympe, ô toi,
Mon descendant, mon fils, sois sensible à mes larmes.
Jette loin de tes mains ces parricides armes!
Celui-ci conduira, de Corinthe vainqueur,
Au Capitole un jour un char triomphateur,
Après avoir défait les hordes Achéennes,
L'autre fera tomber l'orgueilleuse Mycènes ;
L'Argos d'Agamemnon, par ses armes soumis,
D'Achille, désarmé, vaincra le petit-fils,
Vengera nos aïeux, les longs malheurs de Troye,
Les temples de Minerve aux attentats en proie.
Comment, sans te nommer, grand Caton, te passer?
Et toi, Cossus, Gracques, dans l'oubli vous laisser?
Et vous aussi, tous deux, puissans foudres de guerre,
Fiers Scipions, l'effroi de la Libye entière?
Toi, si puissant de peu, sage Fabricius?
Toi, livrant la semence au sillon, Serranus?
Et vous, où traînez-vous, Fabius, ma constance?
Te voici le plus grand, toi qui, par ta prudence,
De l'empire en péril, rétablis la splendeur
Par l'utile secours de ta sage lenteur.
D'autres, avec plus d'art, du moins c'est ma pensée,
Animeront le bronze, et leur main exercée
Fera sortir du marbre un visage vivant.
On pourra plaider mieux, tracer plus savamment.

Des astres dans le ciel la majesté profonde :
« Toi, souviens-toi, Romain, de gouverner le monde !
» Ton art sera celui d'ordonner de la paix,
» D'accabler l'orgueilleux, d'épargner les défaits. »
C'est ainsi que parla le vénérable Anchise ;
Mais ces mots ajoutés augmentent leur surprise ;
« Regarde ! le vois-tu ce Marcellus si grand,
» Qu'une dépouille opime environne, éclatant,
» Vainqueur, surpassant tout par sa taille imposante ;
» Celui-ci, dans l'horreur d'une crise pressante,
» De ce grand nom Romain viendra sauver l'honneur,
» Des Gaulois, de Carthage on le verra, vainqueur,
» Pour la troisième fois, dans un temple, étendues,
» Fixer pour Quirinus des armes suspendues. »
Le héros, car de loin il voyait s'avancer,
Brillant par son armure et son port un guerrier,
Qui, tout près du premier, marchait plein de noblesse,
Mais sur tout son front vole une sombre tristesse,
Son visage abattu, ses regards sont baissés.
« Quel est-il celui-ci, dont les pas adressés
» Accompagnent ainsi l'autre héros, mon père ?
» Est-ce son fils, ou bien de sa race guerrière,
» Quelque grand descendant ? Quel tumulte ! quel bruit
» Fait sa pompeuse escorte, errante autour de lui ?
» Comme son père est peint dans toute sa personne !
» Mais la nuit sur sa tête et plane, et l'environne.
» Anchise, en ce moment, les yeux fondans en pleurs :
» Ah ! ne l'informes pas d'un sujet de douleurs,
» Qui doit aux tiens causer une angoisse profonde ;
» Les destins n'auront fait que le montrer au monde,
» Mais ne l'y laisseront pas long-tems : cruels dieux !
» Les Romains vous auraient semblé trop glorieux,
» Si ce présent pour eux fût devenu durable.
» Pour la ville maîtresse, ô perte lamentable !

» Que de guerriers plaintifs, Mars, contiendra ton champ!
» Tibre; et toi, quel long cours d'un cortège attristant
» Tu verras dépassant sa tombe encor récente?
» Nul des guerriers sortis de ta tige puissante
» Autant de ses aïeux n'élèvera l'espoir;
» Et Rome ne pourra jamais se faire voir
» De nul de ses enfans plus superbe et plus fiere.
» O piété! vertu! probité simple, austère!
» O valeur! ô courage indomptable aux combats!
» Jamais impunément on n'eût bravé son bras,
» Soit qu'à pied il voulût combattre un adversaire,
» Soit qu'un coursier sous lui hâtât sa marche altière.
» Trop déplorable enfant! si tu peux surmonter
» Par quelqu'appui le sort qui semble t'obséder,
» Tu seras Marcellus! Donnez, mes mains tremblantes
» Veulent jeter des lys sur lui, des fleurs brillantes;
» Que je puisse du moins, par de si vains présens,
» Combler mon petit-fils, l'un de mes descendans.
» Laissez-moi m'acquitter de ce soin si stérile. »
C'est ainsi qu'ils allaient, marchant d'un pas agile,
Dans les plaines de l'air qu'ils voyaient s'agrandir.
Quand Anchise à son fils a fait tout parcourir,
L'a rempli de l'ardeur de sa future gloire,
Il l'instruit des dangers de la terrible guerre
Dont il lui faut un jour essuyer les longs maux,
Lui peint les Laurentins, leurs menaçans travaux;
Latinus, ses remparts, et comment supportée
Par lui sera sa peine, ou comment évitée.

   Deux portes du sommeil ferment l'empire affreux;
L'une est, dit-on, de corne, et son accès heureux
Laisse au jour parvenir les véritables ombres;
L'autre est d'ivoire pur; de ces royaumes sombres
Les songes imposteurs de-là partent, sortis;
Anchise, en conduisant la Sibylle et son fils,

Les dirige à ces mots par la porte d'ivoire.
Le héros vers sa flotte, heureux de tant de gloire,
Va, retournant, joyeux retrouver les Troyens ;
Et par un chemin droit, s'avançant vers les siens,
Ses pas sont adressés aux rives de Caïete,
Les vaisseaux sont fixés par l'ancre qui se jette.

LIVRE SEPTIEME.

SOMMAIRE.

ÉNÉE part du rivage de Cumes et s'avance vers l'occident, après avoir mis au tombeau, sur la rive des *Auruns,* Caïete, sa nourrice : il passe le mont de Circé et le séjour qu'habite cette enchanteresse fameuse, puis est conduit vers l'embouchure du Tibre. Le roi Latinus qui, dans ce pays, régnait sur les *Aborigènes,* avait pour seule fille Lavinie, destinée par les oracles de Faune à un époux étranger, mais promise par Amate, sa mère, à Turnus prince et général des Rutules. Enée envoye des ambassadeurs à la ville des Laurentins, dans la capitale de Latinus. Ce prince accueille Enée, en allié, et comme l'époux futur de Lavinie sa fille : cependant Junon, indignée de l'état prospère où se trouvent alors les Troyens, évoque Alecton du séjour infernal. La furie d'abord inspire de vives fureurs à l'épouse de Latinus, Amate ; sous le prétexte d'une fête en l'honneur de Bacchus, cette reine va cacher sa fille sur les montagnes. Alecton, par les mêmes fureurs, excite Turnus aux combats, arme les Latins et les Troyens les uns contre les autres. Un cerf, tué par Ascagne, et dont faisoit ses délices la fille de Tyrrhée gardien des troupeaux de Latinus, fait naître un démêlé entre les deux peuples. Tous les cœurs respirent la guerre. Le roi Latin seul, *résiste; cependant Junon vient elle-même ouvrir les portes du temple de Bellone ; le roi est contraint de tout abandonner à l'impulsion des destins.. De tous les pays de l'Ausonie, des secours arrivent à Turnus; Mézence, Lausus son fils, les Agillinois; Catillus, Coras, avec les Thyrréniens ; Cacaulus avec ceux de Preneste, une foule d'autres peuples; enfin Camille avec les phalanges des Volsques.*

Et toi, Caïete, aussi, nourrice du héros,
Tu donnas, par ta mort, à nos pays si beaux
Un éclat immortel qui dure après ta vie ;
Le lieu le garde encor dans la grande Hespérie,
Et s'il est quelque gloire, un prix à ce bonheur,
Tes restes de ce nom lui maintiennent l'honneur.
Mais le sensible Enée, après, sur ce rivage,
Avoir dûment rendu le funéraire hommage,
Quand, un tombeau construit, il voit les flots calmés,
Fait déployer la voile, à l'instant éloignés,
Du bord, en pleine mer, les navires s'élancent ;
Autour d'eux les zéphirs, légers, vifs, se balancent,
Par l'éclat reflété de la lune qui luit,
De tremblotans rayons la plage se blanchit ;
Et de Circé, d'abord, ils ont rasé la terre ;
Où de chants continus dans un bois solitaire,
La fille du soleil ébranle les échos,
Brûle, dans son palais, en de brillans flambeaux,
La nuit, l'odorant bois du cèdre qu'elle enflamme ;
Tandis que sous ses doigts s'orne une riche trame.
Dans l'ombre on entendait, déjà les grondemens.
Des lions s'indignant de leurs liens pesans ;
Les sangliers fougueux, les ours, dans leurs étables,
Les loups font ouïr dans l'air des cris épouvantables ;

Par de magiques sucs l'implacable Circé,
En ces fiers animaux jadis a transformé
Des humains malheureux, sa puissance cruelle,
Leur avait imprimé cette forme nouvelle.
Pour sauver les Troyens de ces monstres nombreux,
Les faire, sans danger, fuir ces horribles lieux,
Neptune leur envoie un vent doux, favorable ;
Les vaisseaux ont passé ce bord si formidable.
Mais de ses feux, déjà, pourprant le sein des mers,
L'aurore, sur son char, venait rougir les airs ;
Vents, flots, tout est calmé ; de la plage immobile
La rame agite envain la surface tranquille.
Enée alors de loin, sur la rive apperçoit
Un bois sacré, profond, vaste, et dans cet endroit,
Le Tibre à plein canal roulant un jaune sable,
Qui vers la mer fuyait à bruit épouvantable,
Errans, autour du fleuve et sur lui, mille oiseaux,
Heureux, accoutumés au courant de ses eaux,
De leurs chants flattaient l'air, voltigeant sous l'ombrage
Enée ordonne alors de tourner au rivage,
Quitte, ravi, les bords du fleuve aimable et frais.

    Viens, divine Erato, viens, dis-moi désormais
Quels étaient de ces lieux l'état et la puissance,
Par quels rois gouverné, dans quelle circonstance
Alors se présenta l'antique Latium,
Quand la première fois s'échappant d'Ilium
Les Troyens fugitifs gagnèrent l'Ausonie ?
Des démêlés premiers, aidé par ton génie,
Je vais tracer la cause et les commencemens ;
Viens, déesse, affermir mes esprits chancelans.
Je dirai les combats, la guerre, le ravage,
Les rois précipités dans un affreux carnage
Par les ressentimens qui remplirent leur cœur,
Et des Thyrréniens les hauts faits, la valeur,

Et l'Hespérie entière aux combats entraînée :
Un plus grand ordre s'ouvre à mon ame étonnée,
De bien plus grands travaux par moi sont entrepris.
Latinus, déjà vieux, gouvernait ces pays,
Dans une longue paix, au déclin de son âge.
De Marique, dit-on, nymphe de ce rivage,
De Faune il tint la vie, on le raconte ainsi.
Faune du roi Picus, dit-on, était le fils,
Et Picus te nommant, Saturne, pour son père,
De toi voulait tenir l'origine première.
Par l'ordre exprès des Dieux, Picus fut sans enfans,
Sans mâles héritiers vit ses jours finissans.
A peine à son aurore, au printems de son âge,
Une fille gardait cet immense héritage,
Nubile, et de l'hymen pouvant serrer les nœuds.
Par-tout, au Latium, des prétendans nombreux,
Aspiraient à sa main, par-tout, dans l'Ausonie.
Entre ceux dont l'amour recherchait Lavinie,
Se présentait Turnus, guerrier, les surpassant
Par sa beauté, sa taille et l'éclat de son sang,
Par la suite d'ayeux auteurs de sa naissance.
De l'épouse du roi l'attente et l'espérance,
Etaient d'unir sa fille à ce héros vanté ;
Mais des Dieux résistans l'ordre manifesté
Par des prodiges sûrs, par-tout semait la crainte.
Au milieu du palais, dans sa profonde enceinte,
Etait un laurier vert, antique, révéré,
Depuis un long cours d'ans pour nos pères sacré :
Latinus, construisant les remparts de sa ville,
L'avait, dit-on, trouvé, là même, en cet asile,
Fait conserver, soigneux, en l'honneur d'Apollon ;
Le peuple Laurentin de là tirait son nom.
Le sommet de cet arbre, ô touchantes merveilles !
Un jour fut assiégé par un essaim d'abeilles,

Qui, promené dans l'air, voltigeant à grand bruit,
Les pieds entrelacés, s'allant fixer sur lui,
S'arrêta, tout-à-coup, pendant à son feuillage.
L'Haruspice, aussi-tôt: « Je vois, sur ce rivage
» Venir, s'écria-t-il, un époux étranger! »
Du même lieu parti, l'essaim de voltiger,
D'aller, de revenir, et, se posant au faîte,
Sur l'arbre, en s'attachant, d'en surmonter la tête.

De plus, quand Lavinie a, près des saints autels,
Allumé des flambeaux sous les yeux paternels,
On vit sa chevelure, ô terreur! embrasée;
Sur son front, à grand bruit, la flamme dispersée
Consuma sa couronne et ses longs ornemens;
D'épais flots de fumée en tourbillon roulans
Une jaune lumière est tout-à-coup jaillie,
La demeure en entier de flammes s'est remplie.

Ce prodige étendait l'effroi par tous les lieux:
On annonçait pour elle un sort brillant, heureux;
Mais aux siens les horreurs d'une effroyable guerre:
Troublé par ces avis, pour s'éclaircir, son père
Résout de consulter l'oracle de Faunus;
Sous le vaste Albunée alla donc Latinus,
Dans d'épais bois sacrés, où la sombre fontaine
Exhale une odeur triste, infecte et souterraine,
En faisant résonner ses eaux d'un fracas sourd.

De l'Italie, au loin, tout vers ces lieux accourt;
Les peuples, dans leur doute, y cherchent des oracles,
La prêtresse, d'abord, sous ces noirs réceptacles,
Fait apporter des dons, immole des brebis,
Puis, étend sur des peaux ses membres endormis:
C'est alors qu'elle voit voltiger mille images,
Entend des sons divers, mille inconnus langages,
Et qu'en paix, jouissant du commerce des Dieux,
Elle entretient les flots de l'Achéron fougueux.

Là se rend Latinus ; dans sa frayeur extrême,
Il cherche une réponse et veut l'ouïr lui-même ;
D'un soin religieux immolant cent brebis,
Sur leur toison foulée il se repose assis.
La voix du fond du bois alors s'est faite entendre :
« Mon fils , ne fais pas choix d'un Latin pour ton gendre ,
» Et garde-toi de croire à l'hymen résolu :
» Un époux étranger vient, est bientôt rendu ;
» Lui, son peuple, sauront à la cime étoilée
» Elever par leur sang ta gloire un jour, allée :
» D'eux naîtront, descendus, d'indomptables héros
» Qui vaincront l'Univers soumis par leurs travaux,
» Des bords où le soleil revenant luire au monde,
» Voit les deux Océans rouler leur immense onde,
» Tout doit tourner sous eux, tout mouvoir, gouverné ».
Par son père Faunus cet oracle donné,
Entendu dans la nuit, le roi l'a fait connaître :
Ce bruit par les cités commençait à s'accroître,
Lorsque dans ces pays le Troyen descendu
Etait sur ses vaisseaux venu mouiller, rendu ,
Avait lié le câble au gazon du rivage.
Enée et ses Troyens, son fils et l'équipage
Sous l'abri d'un grand chêne, étendus, sont placés ;
Du plus frugal repas les mets sont disposés :
Des gâteaux de froment, mis, vont servir de table :
Tel est de Jupiter un ordre insurmontable.
On joint d'agrestes fruits aux présens de Cérès ;
Lorsque leurs appétits ont épuisé les mets,
Qu'une plus grande faim se fait sentir, les force
D'attaquer de leurs dents l'obéissante écorce
Des pains , frêles appuis qu'ils veulent entamer ;
Ascagne dit : « Quoi donc ! eh ! nous allons manger
» Nos tables ? » Et ces mots, doux jeu de son enfance,
Par Enée entendus, compris dans le silence ,

D'un sort moins douloureux sont le commencement.
Le héros dans son ame en renferme le sens;
Enfin des Dieux par lui la volonté connue,
Il dit : « Salut, ô Terre à mes grands destins due !
» Salut encore à vous, dieux Pénates troyens !
- » C'est ici ma patrie; et je me ressouviens
» Que me fut présagé cet excès de misère;
» Ces mots m'avaient été prononcés par mon père :
» Lorsqu'un jour arrivant sur des bords ignorés,
» Tourmenté par la faim, tous tes mets consumés,
» Tu te verras réduit à dévorer tes tables,
» Espère des destins meilleurs, plus favorables :
» Souviens-toi que des murs, là, même, soient construits
» Et que des toits nouveaux s'y renferment, bâtis.
» Ce l'étaient-là la faim et la détresse extrême
» Qui devaient mettre un terme à notre malheur même.
» Rassurons-nous; allons, dès le lever du jour,
» Reconnaître les lieux, observer ce séjour,
» Ses habitans, le sol, le favorable espace
» Pour construire une ville à la Troyenne race :
» Eloignons-nous du port, allons par divers lieux ?
» Dès à-présent qu'offert au roi puissant des Dieux
» Le nectar de Bacchus coule en un sacrifice,
» Et, qu'appelé, mon père aussi nous soit propice;
» Que sur table le vin reparaisse apporté ».
    Quand Enée, en ces mots, aux Troyens a parlé,
Son front ceint d'une branche en couronne arrondie,
Sa voix a du rivage imploré le génie
Et la Terre, avant tous, la première des Dieux,
Et les divinités qu'on révère en ces lieux,
Sans les connaître encor, les nymphes, chaque étoile,
Le Jupiter d'Ida, la nuit, ses feux, Cybèle,
Les doubles déités du ciel et des enfers,
Le monarque du monde, alors trois fois dans l'air,

A tonné tout-à-coup d'un bruit fort et sensible ;
Aux regards des Troyens il a rendu visible
Un nuage éclatant dans les airs déployé,
De feu, d'or, de rayons, brillant entremêlé,
Aussi-tôt dans les rangs de la foule Troyenne,
Court et s'étend le bruit qu'une ville certaine
Va leur être accordée et qu'enfin sont venus
Les momens de bâtir les murs qui leur sont dûs.
Tout alors à l'envi se livre à l'alégresse,
On reprend le festin dans des transports d'ivresse ;
Les vases rapportés sont couronnés de vin.
Aussi-tôt que le jour, naissant, le lendemain
Ramène au ciel, versés, les feux de la lumière,
La cité, le parage et la contrée entière
Par les Troyens épars vont être reconnus ;
Ils ont trouvé d'abord les flots du Numicus,
Aujourd'hui c'est le Tibre ; on leur dit la contrée
De Latins belliqueux tout entière habitée.
Le fils d'Anchise alors fait choix, parmi les rangs,
De cent guerriers chargés d'aller en même tems,
Envoyés, vers le roi de ce nouveau parage ;
Du rameau de Pallas leur front orné s'ombrage ;
Ils ont ordre d'offrir des dons à Latinus,
D'implorer, paix, faveur, pour les Troyens venus.
Ils partent s'avançant, marchent d'un pas rapide.
Cependant le héros d'un fossé faible guide
L'enceinte que suivra son nouveau mur naissant ;
Sa main en a tracé le sillon commençant.
Lui-même a désigné la place première,
Comme un camp la munit de pieux longs et de terre.
Déjà les envoyés découvraient, plus voisins,
Les faîtes des maisons, demeures des Latins,
Leur œil voit près des murs, au-devant de la ville,
Les enfans, la jeunesse, en troupe heureuse, agile,

Qui montait des coursiers, ou promenait des chars
Traversans la poussière, ou de leurs sifflans arcs
Faisaient, d'un bras nerveux, fuir des flèches ailées,
Se disputant les prix de luttes variées.
Quand s'avançant, porté sur un coursier ardent,
Un héraut au vieux roi vient dire, en l'abordant,
Que d'imposans guerriers, en parure inconnue,
S'approchent, arrivés : Le roi veut qu'à sa vue
On les fasse venir dans son palais conduits;
Lui, montant sur son trône, y va siéger assis.
Un palais vaste, auguste, à cent colonnes fortes,
Au sommet de la ville offrait de loin ses portes;
Un épais bois par-tout le couvre environné;
C'était le lieu, jadis, par Picus habité,
Couvert de toutes parts d'arbres touffus, sans nombre,
Et du respect qu'inspire, épaisse, au loin, leur ombre;
Là, se plaçait le sceptre entre les mains des rois,
Les faisceaux s'y levaient pour la première fois.
Ce temple était leur cour, était leur sanctuaire;
Là, les banquets sacrés se donnaient d'ordinaire,
Le bélier y tombait sous la hache immolé;
Le festin aux anciens s'y donnait, préparé;
On y voyait par ordre, en cire, les images
Des plus antiques rois, Janus aux deux visages,
Saturne le vieillard, l'intrépide Italus,
Le premier qui planta la vigne, Sabinus :
Au vestibule offerts ils se montraient en face,
Avec les autres rois descendus de leur race,
Blessés, morts aux combats en servant leur pays.
On remarquait encor, pendants sous ces pourpris,
Des armures, des chars, pris dans le cours des guerres,
Des haches à fer courbé, et mainte aigrette altière,
Des dards, des boucliers, des poupes de vaisseaux,
Et des portes d'airain à spacieux venteaux.

Un bâton quirinal, une antique trabée,
Sous un bouclier long la main gauche courbée,
Faisaient assez de loin reconnaître Picus
Qui domptait les coursiers par son ardeur vaincus.
Circé, dans son courroux, autrefois égarée,
Par ses enchantemens, et la verge dorée,
Dont elle armait sa main, un jour, l'avait changé
En oiseau de couleurs sur ses ailes chargé.
  Dans ce temple des Dieux, de beauté singulière
Latinus s'asseyant au trône de son père,
Fait devant lui paraître, appelés, les Troyens;
Eux entrés, leur parlant avec des yeux sereins,
Le premer, il leur dit : « Guerriers, issus de Troye,
« (Car nous savions les maux où vous fûtes en proie,)
« Nous connaissons vos noms, déjà, votre cité,
« Avant que sur ces bords, par les vagues porté,
« Votre chef, avec vous, tendit vers ce rivage.
« Que me demandez-vous? quel motif vous engage,
« A sur cette Ausonie, étrangers, vous porter
« A travers tant d'écueils, de tempêtes, de mers?
« La route vous a-t-elle égarés? Un naufrage,
« Comme en sont de nombreux sur l'inconstante plage,
« Vous aurait-il jetés vers ce fleuve et mes ports?
« Troyens, ne fuyez pas, vous aurez sur ces bords
« L'hospitalité sûre, un asyle nocturne.
« Connaissez les Latins, ce peuple de Saturne,
« Juste, sans être astreint par les lois d'un traité,
« De lui-même observant cette austère équité
« Dont son premier auteur lui transmit l'héritage.
« Je me souviens encor (ce bruit, par un long âge,
« Semble s'être affaibli; dans tous leurs entretiens,
« Souvent l'ont rappelé nos plus sages anciens,)
« Que Dardanus sorti, jadis, de ces contrées,
« Alla, dans la Phrygie, aux rives abordées

P

» De Samos que le Thrace, en ces tems, habitait,

» Et qu'on nomme aujourd'hui Samo-Thrace; il sortait,

» Des rives d'Étrurie, avait quitté Corite :

» Désormais dans l'Olympe où ce héros habite,

» Un trône d'or le porte, et le palais des cieux

» Admis, l'a joint, brillant au chœur divin des dieux.»

Il achève : à ces mots le sage Ilionée :

« Fils de Faune, dit-il, d'une voix assurée,

» La tempête ou les flots ne nous ont pas jetés

» Sur les pays rians par ces peuples habités;

» Nul astre mensonger, aucun trompeur rivage

» N'ont égaré nos pas durant notre passage :

» A dessein, de cœur, tous, nous venons adressés

» Vers ces remparts, vers vous, par le destin, chassés

» De l'état le plus grand que put voir, dans sa course,

» Le soleil s'avançant de l'orient à l'ourse.

» Lui-même est, Jupiter, l'auteur de notre sang;

» O roi! de Jupiter notre peuple descend :

» De ce maître des dieux, de sa tige suprême,

» Sort notre général, celui dont l'ordre même

» Nous fait venir vers vous, Énée aussi Troyen.

» Quelle tempête horrible au pays Phrygien,

» Alla, dans son courroux, du sein d'Argos partie;

» Par quel choc redoutable et d'Europe et d'Asie

» Les deux mondes émus se sont entre-heurtés ?

» Tous le savent, celui qui tiendrait habités

» Les lieux que l'Océan, sorti de sa barrière,

» Couvre, inondés, distans, du reste de la terre

» Et l'habitant des lieux arides, reculés

» Par les rayons ardens du tropique brûlés.

» Par-tout dans l'univers errans au sein des plages,

» Echappés aux dangers d'un si vaste naufrage,

» Pour nos dieux paternels nous demandons de vous,

» Un modeste séjour, un lieu fixe pour nous;

» Enfin de l'eau, de l'air, le plein et libre usage;
» Nous ne flétrirons pas vos pays, ce rivage,
» Et cette terre, un jour, ne s'affligera pas
» D'avoir reçu nos dieux et Troye entre ses bras.
» J'en jure par le sort, par la tête d'Énée,
» Par son cœur pur et vrai, sa valeur éprouvée.
» Plusieurs peuples, ô roi! (voyez-nous sans dédain,
» Nous présenter à vous l'olivier à la main,
» Et venir faire entendre une voix qui supplie,)
» Auraient voulu nous joindre unis à leur patrie;
» Mais les décrets des dieux, leurs ordres répétés
» Nous ont fait sur ces bords nous diriger, portés:
» D'ici, sort Dardanus; il vient y reparaître.
» L'ordre exprès et pressant d'Apollon notre maître,
» Nous força d'aborder au Tibre Etrurien;
» De les toucher, ces flots du Numicus si saint;
» Voici de plus pour vous des dons qu'Énée envoie,
» Faibles débris sauvés des longs malheurs de Troye:
» De sa richesse antique à peine conservés:
» Avec ce vase d'or aux autels révérés,
» Sacrifiait Anchise, et par Priam, si sage,
» Ce signe était porté lorsque, suivant l'usage,
» Il rendait la justice aux peuples rassemblés;
» Sa tiare, son sceptre et des tissus brodés
» Par nos femmes, dans Troye alors plus fortunée. »
A ce discours prudent du sage Ilionée,
Latinus sur la terre attache l'œil fixé
Sur son trône, immobile, en crainte, embarrassé,
Il roulait, inquiet, et tout pensif, sa vue;
Ce sceptre touche peu son ame combattue;
Ce don de pourpre offert a moins frappé ses yeux
Que son cœur n'est troublé par le soin des saints nœuds
Qui doivent de sa fille unir la destinée;
L'oracle entendu parle à son ame étonnée;

P 2

» Ce l'était le gendre annoncé par le sort
» Appelé pour régner, parti d'un lointain bord ;
» De là devait sortir la race si fameuse
» Qui vaincrait l'univers par sa constance heureuse. »
Enfin joyeux, il dit : « Puisse l'appui des dieux,
» Favorable, remplir l'augure émané d'eux !
» Troyen, tu l'obtiendras ce que ta voix demande :
» Je ne refuse pas tes dons ni ton offrande.
» Sous le roi Latinus, vous aurez des guérets
» Qui, des pertes de Troye, éteindront les regrets ;
» Que votre chef, du moins, lui-même se présente.
» Si de se joindre à nous son envie est ardente,
» S'il brûle d'obtenir de nous paix, amitié,
» De nœuds hospitaliers s'il veut être lié,
» Je voudrais que sa main dans la mienne s'engage,
» Ce m'était de la paix une partie, un gage.
» Pour vous à ce chef même allez porter mes vœux :
» Je suis père, et ma fille a, par l'arrêt des dieux,
» Défense de s'unir à nul de ma contrée ;
» L'oracle de mon père et cette voix sacrée
» Des dieux (plus d'un prodige a su m'en avertir)
» Annoncent que vers nous doivent de loin venir
» Des gendres dont les faits, la haute renommée
» Porteront notre gloire à la cime éthérée.
» Votre chef est celui par le sort annoncé :
» Je le crois, et mon cœur, s'il n'est pas abusé,
» Le souhaite. » Il a dit, fait faire un choix sur l'heure
Des cent plus beaux coursiers qu'enferme sa demeure
Veut que, couverts de pourpre et d'or, d'ornemens [?]
On les fasse partir, conduits pour les Troyens.
On couvre leur poitrail de chaînes d'or flottantes ;
Des freins d'or sont placés dans leurs bouches fumantes
Pour le héros absent il donne un char pompeux,
Qu'élevant leurs naseaux exhalant de longs feux,

Ont traîné deux coursiers d'origine éthérée,
De l'espèce de ceux qu'une mère apostée,
Pour voler autrefois cette race au soleil,
Produisit fils moins beaux de pères sans pareil.
C'est avec ces présens, cet accueil honorable,
Que des Troyens partis la troupe vénérable
Sur ses coursiers s'avance et va porter la paix.
Mais alors, revenant de voir les pays Grecs,
L'implacable Junon, dans les airs élevée,
A découvert de loin, plein d'alégresse, Énée,
Ses Troyens, leurs vaisseaux, et, de son Pachinus
Ses regards sur la terre au loin portaient, tendus:
Elle aperçoit des murs qu'on est prêt de construire,
Chaque Troyen, joyeux, sorti hors du navire!
Elle arréta : son cœur fut percé de courroux;
Et secouant la tête, en son orgueil jaloux :
« O race détestable ! ô sort de la Phrygie!
» Contraire à mes destins, dit-elle, avec envie;
» Dans les flots de Sigée ils n'ont pas pu périr;
» Pris dans mes lacs, eh quoi ! je les vois en sortir?
» Troye en cendres n'a pu détruire eux et leurs restes?
» Du sein des bataillons, des feux, des dards funestes
» Ils se seront fait jour ! De ma divinité,
» Je le crois, le pouvoir cède, à la fin, dompté;
» De rage et de courroux je suis rassasiée!!
» J'ai plus fait; moi, contre eux, sans relâche opposée,
» Je les ai, par mes soins, fait fuir loin de leur pays,
» Sur les flots, par les vents, je les ai poursuivis;
» Contre eux je fus par-tout, sans relâche, animée.
» La puissance des mers, des airs, est épuisée
» Contre ces Phrygiens, par moi! Que m'ont servi
» Syrthes, Sylla, Charibde ? ils auront réussi
» A l'aborder ce Tibre, objet de leur envie,
» En triomphant des flots, de moi, leur ennemie!

P 5

  » Et Diane, elle, aura des traits de Jupiter ;
  » Fait frapper le Lapithe ; aura fait envoyer
  » Un monstre pour venger sa gloire ; un faible outrage!
  » Qu'avait fait cependant le Lapithe sauvage ?
  » Quel crime avait commis Calydon malheureux ?
  » Mais moi sœur, femme, enfin du roi puissant des dieux
  » Qui n'ai rien oublié d'efforts, ô malheureuse !
  » Qui par-tout ai porté ma rage furieuse,
  » Énée est mon vainqueur ! il l'emporte sur moi !
  » Ah ! si tout mon pouvoir suffit peu contre toi,
  » Je vais soulever tout dans la nature immense.
  » Que le ciel se refuse à servir ma vengeance,
  » J'armerai les efforts de l'enfer courroucé.
  » Soit, je ne pourrai pas faire qu'il soit chassé :
  » Le sort au Latium lui promet Lavinie ;
  » Mais je retarderai, du moins, par ma furie,
  » Son hymen, les hauts faits de ses futurs neveux ;
  » De ces deux rois, du moins, les peuples si nombreux
  » Immolés, périront ; ce gendre et ce beau-père,
  » Qu'ils s'unissent au prix de tout un peuple en guerre ;
  » Ta dot sera le sang et Rutule et Troyen ;
  » Bellone assistera, Latine, à ton hymen.
  » La fille de Cissé, seule, dans ses entrailles,
  » N'aura pas porté feux, torches, et funérailles;
  » Semblable de Vénus sera l'enfantement,
  » Et son Pâris nouveau, par le feu dévorant,
  » Réduira Troye encore par les feux embrasée ».
    Elle a dit ; aussi-tôt, sous l'Érèbe enfoncée,
Terrible, elle s'en va trouver cette Alecton,
Odieuse à ses sœurs, que même hait Pluton ;
Monstre qui ne connaît que les projets perfides,
Les piéges, les combats, les fureurs homicides,
Qui, prenant à son gré tous les traits, les dehors,
Hérisse des serpens qui couvrent tout son corps.

C'est elle que Junon, par ce langage, excite :

« Accorde-moi, dit-elle, ô fille du Cocyte,

» Une seule faveur que j'implore de toi !

» Que ma gloire et mon nom soient conservés pour moi ;

» Que ce roi Latinus, par nuls nœuds d'hyménée,

» Ne lie à ces Troyens sa haute destinée.

» Eloigne leurs vaisseaux des bords Hespériens ;

» Tu peux armer entr'eux, par tes féconds moyens,

» Par le secret pouvoir du fiel que tu distilles

» Troubler frères, parens, ébranler les familles ;

» Tu peux, dans les maisons, porter de mortels feux,

» Tout frapper, tout mouvoir ; mille secrets heureux,

» Pour nuire mille noms, vierge, sont ton partage.

» Fais de ton sein fécond sortir ce grand ouvrage,

» Romps la paix, dont leurs vœux déjà sont assurés ;

» Que des germes de guerre entr'eux soient préparés ;

» Qu'aux combats la jeunesse en foule, aveugle, coure ».

Tout le cœur d'Alecton de noirs poisons s'entoure.

Et d'abord, dans les airs son vol s'est élevé,

Vers le roi des Latins, son palais, dirigé ;

Elle vient obséder, sans bruit, le seuil d'Amate ;

Que l'hymen de Turnus console ; en secret, flatte,

Et dont le cœur jaloux est dévoré d'ennuis ;

A cet abord nouveau d'Enée en son pays,

Alecton sur la reine a, de sa main impure,

Lancé l'un des serpens pris dans sa chevelure,

Jusqu'au fond de son cœur elle le fait entrer

Pour la faire en fureur aller tout ébranler

Entre ses vêtemens et sa poitrine lisse ;

Sans la toucher, roulant, le serpent furtif glisse,

Communique à son cœur un venin furieux,

Devient un long bandeau qui presse ses cheveux,

En un ornement d'or à son col blanc s'enlace,

Puis sur son corps entier, parcouru, roule et passe.

P 4

Quand l'effet le premier de l'humide venin
Agite Amate, allume un feu vif dans son sein
Sans qu'elle soit encor toute entière troublée;
D'un ton de voix sensible, en mère désolée,
En pleurant sur sa fille, et l'hymen d'un Troyen,
Elle dit : » On va donc donner au Phrygien
  » A conduire en exil sur l'onde Lavinie?
  » Vous! son père, êtes donc sans pitié pour sa vie,
  » Pour sa mère, pour vous? Au premier aquilon,
  » Je vais voir sur les mers, moi, triste, à l'abandon,
  » Le brigand emmener ma fille si chérie.
  » Ce n'est donc pas ainsi qu'un berger de Phrygie
  » S'est introduit à Sparte, et ravit de ses mains
  » Hélène, transportée aux rives des Troyens?
  » Où, là, trouver en vous cette foi qu'on révère,
  » Ce soin d'une famille, à vos yeux, jadis, chère ;
  » La parole engagée à Turnus tant de fois?
  » D'un époux étranger, s'il vous faut faire choix,
  » Qu'à ce prix seulement à Faune, votre père,
  » A ses ordres sacrés vous puissiez satisfaire;
  » Je crois que tous les lieux non soumis à vos lois,
  » Non dépendans de vous, sont étrangers pour moi,
  » Et que c'est-là des dieux la volonté marquée.
  » Turnus (si l'on prétend de sa race élevée
  » Rechercher l'origine) eut pour père Inachus;
  » Il sort, par ses ayeux, même d'Acrisius,
  » Presque du sein d'Argos, des remparts de Mycènes »
Lorsqu'Amate a tenté, par ces paroles vaines,
D'ébranler Latinus qu'elle voit persister,
Jusqu'au fond de son cœur sentant alors porter
L'actif et sourd poison qui d'elle entière est maître,
L'infortunée alors cesse de se connaître ;
Court en désordre, errante, à travers la cité,
Comme on voit quelquefois par un fouet tort pressé,

Voltiger un buis rond que, dans un large espace,
Un jeune essaim d'enfans, en cercle assemblés, chasse ;
L'agitant à grands coups, attentif à ses jeux,
Le buis sous la lanière, erre, court par les lieux,
Va, formant mille tours ; la foule, stupéfaite,
De son rapide élan surprise, en est muette.
Chaque coup va du buis redoubler la vigueur.
Non moins rapidement avec non moins d'ardeur,
Au milieu des cités, des peuples, court la reine.
Même au sein des forêts, prétextant l'ombre vaine
De fêtes à Bacchus par un forfait plus grand,
De plus grandes fureurs dans son sein s'allumant,
Elle va dans des bois aux monts cacher sa fille,
Pour fermer aux Troyens l'accès dans sa famille,
Rompre un nœud quelle hait ; elle va, frémissant,
Et criant : Evohé ! Bacchus ! et répétant,
Que toi seul es l'époux qui mérite sa fille ;
Que pour toi, dans sa main, le thyrse pliant brille ;
Qu'elle laisse pour toi croître ses longs cheveux,
Et conduit pour toi seul les chœurs dansans, les jeux.
La rumeur s'en répand ; les mères irritées
Sentent par la fureur leurs ames transportées.
La même ardeur les presse, et, toutes à-la-fois,
Veulent, changeant de lieux, abandonner leurs toits ;
En trouble, elles ont fui ; leur demeure est quittée,
Leur chevelure aux vents se déploye, agitée ;
De tremblans hurlemens d'autres frappant les airs,
Arment leurs bras d'un thyrse orné de pampres verds ;
Dans leur foule, en courroux, Amate impétueuse,
Une torche à la main, célèbre, furieuse,
L'hymen de Lavinie avec le grand Turnus ;
Roulant des yeux sanglans, enflammés, éperdus,
Tout-à-coup transportée, elle crie : « O vous, mères,
» Mères, écoutez-moi ! si vos ames sincères

» Pour Amate ont encore un reste d'amitié ;
» Si les droits maternels touchent votre pitié,
» Dénouez les bandeaux qui ceignent votre tête,
» D'une orgie avec moi, venez donner la fête ».
  C'est ainsi qu'à travers les bois, sur les côteaux,
Au milieu des déserts, séjour des animaux,
Alecton, de Bacchus employant la furie,
Poussait Amate, en proie à tant de frénésie.
Les premières fureurs commençant à s'aigrir,
Quand Alecton peut voir qu'elle fait réussir
Le dessein de troubler Latinus, sa famille,
Elle s'élève en l'air, et, dans son vol, agile,
Va se rendre aux remparts de Rutule orgueilleux,
Dans ces murs que, dit-on, jadis, pour ses neveux,
Construisit Danaé par les airs transportée.
Ce lieu porte aujourd'hui l'imposant nom d'Ardée.
On l'appelait l'oiseau dans les airs haut, lancé ;
Mais son éclat antique est désormais passé.
Dans son vaste palais, pendant la nuit épaisse,
Cependant du sommeil Turnus goûtait l'ivresse ;
Alecton dépouillant son effroyable corps,
Tout-à-coup d'une vieille emprunte les dehors ;
Son front s'adoucissant, de rides se sillonne :
Elle a des cheveux blancs, qu'un bandeau saint couronne
Un rameau d'olivier va briller dans sa main ;
C'est Chalybé tremblante, et veillant, par ses soins
Au temple de Junon qu'elle garde, prêtresse.
Tout-à-coup, à Turnus, elle s'offre ; elle adresse
A ce jeune héros, ces mots cruels : « Turnus,
» Pourrais-tu donc laisser tant de travaux perdus ?
» Voir passer ton empire aux transfuges d'Asie !
» On te refuse un nœud pressé par ton envie,
» Un hymen tant de fois par ton sang acheté,
» Aux mains d'un étranger ce sceptre ira, jeté!

» Va donc, va, désormais, son jouet, sa risée,
» Offrir à cent périls ta tête méprisée ;
» Fais, sous tes coups, tomber les chefs Thyrréniens :
» De l'abri de la paix couvre encor les Latins.
» La puissante Junon ici vers toi m'envoie,
» Dans la profonde nuit, tandis que se déploie
» Du sommeil sur tes yeux le paisible pouvoir ;
» Son ordre exprès m'envoye à toi pour t'émouvoir :
» Pars donc, vas à l'instant ; fais armer ta jeunesse :
» Qu'aux combats, à l'envi, tout à-la-fois se presse.
» De ces lâches Troyens vas brûler les vaisseaux
» Qu'injustement le Tibre, admis, voit sur ses eaux ;
» L'ordre de Jupiter par moi te le commande.
» Que ce roi Latinus, à moins qu'il ne se rende
» Ne veuille enfin, plus juste, accéder à tes vœux,
» Sente ce qu'aux combats peut Turnus si fameux. »
Le guerrier se raillant de la fausse prêtresse,
Lui répond d'un accent qui narguait sa vieillesse :
« Qu'au Tibre, des Troyens les vaisseaux soient rendus ;
» Les avis jusqu'à moi, prêtresse, en sont venus :
» Sur ce point, je le vois, votre ame est abusée.
» Ne croyez pas non plus la mienne épouvantée ;
» La puissante Junon ne m'a pas délaissé :
» Mais le froid trop glaçant de la caducité,
» Par des sons surperflus, timide, vous altère,
» Et les débats des rois vous font trembler, ma mère ?
» C'est à vous de garder les temples de nos dieux,
» De veiller aux autels d'un soin zélé, pieux ;
» Mais conclure la paix, faire éclater la guerre,
» Aux guerriers seuls convient un soin si nécessaire. »
Alecton à ces mots s'enflamme de courroux ;
Turnus prie, et tremblant, sent fléchir ses genoux ;
Ses yeux rentrent d'effroi, tant la déesse armée
Fait siffler ses serpens, tant sa face allumée

Le vient d'effroi surprendre. Elle, les yeux ardens,
Lorsqu'il hésite et veut lui parler plus long-tems,
Le repousse ; sa main prend, dans sa chevelure,
Deux serpens qu'elle dresse, et de sa main impure,
Faisant sonner ses fouets, terrible, elle lui dit :
« Vois-la donc cette vieille, et faible, et dont l'esprit,
» Des démêlés des rois, épouvanté, s'altère :
» Vois ceci, j'ai quitté le souterrain repaire,
» Les noirs enfers, mes sœurs, et porte dans mes mains
» Les guerres, les trépas, que je verse aux humains. »
A ces mots, elle jette au guerrier, enflammée,
Une torche étendant rouge au loin, sa fumée ;
Jusqu'au cœur de Turnus, elle en fixe les feux :
Le héros troublé, sort d'un sommeil douloureux ;
Son corps, tout s'est couvert d'une sueur glacée :
Des armes, désormais, il n'a que la pensée ;
Il en cherche par-tout, en veut par-tout saisir.
Des combats, du carnage, il sent l'affreux désir ;
Du plus fougueux courroux son ame est embrasée :
Telle quand, sous l'airain, la flamme est élancée,
Dans le vase en grondant l'eau grommèle à grand bruit,
Se déchaîne et s'agite et s'élève et bondit ;
La fumée en l'air monte et s'étend répandue ;
L'eau ne se contient plus dans son désordre, émue ;
La vapeur sort épaisse et va chargeant les airs.
    Turnus donc fait savoir aux principaux guerriers
» Qu'avec le roi Latin la paix cesse, est rompue ;
» Qu'il faut s'armer, qu'il faut que, par-tout défendue,
» On couvre l'Italie et qu'on marche aux combats,
» Pour chasser l'ennemi du bord de ses états :
» Troyens, Latins, tous, seul, qu'il saura les défaire »
Quand il a dit, qu'aux dieux il a fait sa prière,
Le Rutule, à l'envi, s'encourage à s'armer ;
L'un se laisse mouvoir par l'aspect du guerrier,

Par ses dehors brillans, l'éclat de sa jeunesse ;
L'autre par ses aïeux, son grand nom, sa noblesse,
Et les faits si nombreux dont il s'est illustré.
Tandis qu'ainsi Turnus de fureur ulcéré,
Animant tous les siens, remplit leurs cœurs d'audace,
Sur son aile Alecton va, des airs fend l'espace,
Se rend vers les Troyens ; et par un art nouveau,
Appercevant de loin l'endroit où, près des eaux,
Ascague allait chassant, poursuivait au rivage,
Les animaux pressés par son jeune courage,
On surpris dans des lacs et d'insidieux rets,
La fille du Cocyte à ses chiens inquiets
Tout-à-coup fit sentir une rage imprévue,
En frappant leurs naseaux d'une odeur bien connue ;
Pour les faire en courant poursuivre un cerf léger :
Ce fut là ce qui vint dans les maux tout plonger,
Et des agrestes cœurs souleva la colère.
Dans ces parages fut un cerf à tête altière,
De stature élégante, et brillant par son bois ;
Les fils de Thyrréus et lui-même, autrefois,
L'avaient ravi, naissant, encor sous la mamelle ;
Thyrréus, dont la garde attentive et fidelle
Veille aux troupeaux du roi, conserve au loin ses champs.
Par ses soins assidus, la sœur de ces enfans,
Sylvie, accoutumait ce cerf à la connaître :
Des plus brillantes fleurs que le printems voit naître
Chaque jour, elle-même allait parer son bois ;
Elle peignait son poil, le menait, mainte fois,
Se baigner dans les flots d'une claire fontaine.
Le cerf souffrait sa main ; près du maître, sans peine,
A sa table, il mangeait, errait par les forêts :
La nuit déployait-elle en l'air son voile épais ?
De lui-même il rentrait soigneux, dans son asyle.
Les chiens appercevant cet animal tranquille,

Accourent en fureur (Ascagne alors chassait)
Au fleuve accoutumé , quand le cerf se plongeait,
Puis s'étendait, couché, sur la verte prairie.
Ascagne même ardent lui veut ôter la vie ;
Il tend son arc , décoche en l'air un trait fatal,
Quoiqu'au hasard volant, le trait, sur l'animal
Jusqu'à son sein conduit, s'avançant, siffle et porte.
Le cerf blessé s'enfuit, reconnaissant sa porte ;
Dans son étable il rentre, en criant, gémissant,
Comme s'il implorait, douloureux, remplissant
Le toit de ses sanglots et de sa plainte amère.
Sylvie, en pleurs, du mal s'aperçoit la première,
Frappe son sein de coups ; ses cris ont appelé ;
De rustres, à sa voix, un essaim rassemblé
(Au fond des bois alors se cachait la Furie)
Vient, armé tout-à-coup d'une bûche noircie ;
L'un court, l'autre à la main porte un gros bois noueux ;
Les autres ont saisi ce qu'ils trouvent près d'eux :
De tout, dans leur fureur, ils se sont fait une arme.
Thyrréus même, au loin, par-tout répand l'alarme ;
Son bras, en ce moment, dans un chêne entr'ouvert,
Poussant des coins, frappait de sa hache de fer :
Ses cris font accourir une tourbe irritée.
L'effroyable Alecton, sentinelle apostée,
Trouvant l'instant de nuire, a monté sur le toit,
Et, du haut de l'étable, en renforçant sa voix
Dans une corne courbe elle l'a faite entendre ;
Ces accens infernaux, prolongés, vont s'étendre ;
Tous les bois d'alentour en tremblent de frayeur,
Les profondes forêts ont tonné de terreur ;
Le bruit en va frapper le lac de Proserpine,
Et le sulfureux Nar, jusqu'aux flots de Véline ;
Tout s'ébranle d'effroi ; les mères, sur leur sein
Ont serré leurs enfans de leurs tremblantes mains.

À ces sons, tout-à-coup, la troupe ruricole
Commençant le combat, le dard prompt dans l'air vole;
Les Troyens, de leur camp s'avançant au secours,
Vont d'Ascagne attaqué, couvrir, sauver les jours.
La bataille s'engage, à ce début agreste,
Des souches, des bâtons, succède un arc funeste,
Et le glaive, et du fer l'usage désastreux,
De poignards nus éclate au loin l'amas affreux;
L'airain par les rayons du soleil, frappé, brille,
Renvoyant aux regards une clarté mobile.
Tels blanchissent les flots lorsque naissent les vents,
Sur les mers par degré croissants et s'élevants;
Bientôt la vague monte; en l'air l'onde, exhaussée,
Sort de son lit et va jusqu'aux astres lancée;
Un des fils de Thyrrée, Almon, le plus vaillant,
Aux premiers rangs, atteint d'un javelot sifflant,
Meurt du trait envoyé qui dans son col s'engage,
De la voix, de la vie, y coupe le passage;
Mille autres sont percés; ce vieillard Galésus,
Qui s'élance à travers les combattans émus,
Pour ménager la paix par lui tant désirée;
Le plus juste mortel qui fut dans la contrée,
Et le plus riche encore en champs bien cultivés,
Cinq troupeaux de brebis par lui sont conservés;
De cinq troupeaux de bœufs s'engorgeaient ses étables,
Cent socs fendaient pour lui les sillons profitables.
Lorsqu'ainsi tout combat avec un sort égal,
La furie, ivre au cœur d'un succès si fatal,
Après avoir de sang teint les bras de la guerre
Et soufflé des combats la fureur meurtrière,
S'envole d'Hespérie et traverse les airs;
S'approchant de Junon du ton superbe et fier,
De l'air présomptueux que la victoire donne:
« Voilà déjà par moi la discorde qui tonne,

» Commandez qu'à présent ils cesent, les combats;
» Qu'un traité vienne unir ces rois et leurs états;
» J'ai trempé les Troyens du sang de l'Ausonie;
» Si votre volonté reste à la mienne unie,
» Je ferai plus encor; par mes récits, au loin
» J'armerai, soulevés, tous les peuples voisins;
» Je vais souffler par-tout les fureurs de la guerre :
» Pour que de toutes parts la foule auxiliaire
» Accoure et de ses fers au loin couvre les champs »
» C'est assez de terreurs et de soins malfaisans,
» Lui répondit Junon, la guerre est assurée;
» De près on se combat déjà dans chaque armée:
» Un nouveau sang au gré du hasard a coulé.
» Qu'ainsi de cet hymen le beau nœud soit scellé
» Par ce héros, ce fils de la belle déesse
» Et le roi Latinus au cœur plein de faiblesse!
» L'arbitre tout-puissant des mortels et des dieux
» Ne vous souffrirait pas errante au haut des cieux;
» Disparaissez; s'il faut des ressources nouvelles
» Je m'en garde le soin ». Alors, ouvrant ses aîles,
Alecton dans les airs fait siffler ses serpens;
Et quittant des hauts cieux les espaces brillans
Fuit et va se plonger aux gouffres du Cocyte.

Il est dans l'Ausonie un lieu profond qu'habite
Par-tout, l'obscurité, nommé les vallons saints,
Dont, fameux, le nom vole aux bords les plus lointains
Un bois d'ombrages verds, étendu, l'environne,
Un torrent au milieu qui sur des rocs résonne,
Roule ses flots émus, grondant à très-grand bruit.
Là, se montre un accès qui dirige, conduit
Jusqu'aux sombres états du souterrain empire;
L'odeur de l'Achéron, qui de ce lieu s'aspire,
Empestant ce grand gouffre au loin charge les airs;
C'est par là qu'Alecton se replonge aux enfers.

De son hideux aspect, purgé, l'air se soulage.
Mais, Junon cependant, d'un soin cruel, engage
Les combats sans retour ; les villageois pressés
Sortis de la bataille emportant les blessés,
Se rendaient vers les murs de tous côtés en foule.
Le corps de Galésus, celui dont le sang coule,
Celui d'Almon mourant, sont exposés aux yeux ;
On presse Latinus, on implore les dieux,
Turnus vient lorsqu'ils sont, troublés, ouïr leur plainte,
Des flammes, du ravage ; il vient semer la crainte :
« On veut abandonner l'empire aux vils Troyens,
« Le chasser, s'allier avec des Phrygiens ».
Alors ceux qui savaient que par Bacchus troublées
Les femmes dans les bois, thyrse en mains, sont allées,
(Car ce grand nom d'Amate était d'un poids bien fort)
S'assemblent appelant combats, carnage et mort.
Tous donc, malgré des dieux les plus certains présages,
Veulent dans leurs transports la guerre et ses ravages :
Ils vont de Latinus assiéger le palais.
Lui, comme un roc en mer, résiste à leurs projets :
Comme un roc dans la mer quand, se soulevant, l'onde,
Autour de lui frémit, écume, aboie et gronde,
Par sa masse il résiste à ces flots menaçans,
Les écueils, tour-à-tour, sonnent retentissans
L'Algue sur les parois se brise, est repoussée.
Hors d'état d'appaiser leur fureur insensée,
Et tout allant au gré de Junon en courroux,
Le roi prend à témoins les dieux justes et doux ;
Après un effort vain, qui dans les airs s'exhale,
« Nous sommes entraînés par une erreur fatale :
« La violence aveugle a détruit mon projet ;
« Votre sang, malheureux ! expiera ce forfait ;
« Et toi, Turnus, bientôt le plus cruel supplice
« De ce délire affreux vengera l'injustice ;

Q

» Par des vœux, mais trop tard, tu recourras aux Dieux;
» J'étais tranquille au port, goûtais le calme, heureux;
» D'un paisible trépas la faveur m'est ôtée. »

A ces mots, Latinus, de la foule agitée
Sort, va se renfermer dans son palais, tremblant,
Et quitte de l'état le soin trop accablant.

L'usage en Hespérie et qu'admit par la suite
L'empire Albain entier, qu'après, dans sa conduite,
Transporta notre Rome au faîte du pouvoir,
C'est, quand pour les combats Mars vient à se mouvoir,
Soit qu'au Gète éloigné la guerre se prépare,
Qu'au peuple Hyrcanien, Arabe, on la déclare,
Soit qu'aux bords de l'Indus on veuille la porter,
Qu'on marche en Orient, où, pour redemander
Au Parthe, enflé d'orgueil, nos aigles enlevées,
La guerre a, comme on dit, deux portes redoutées,
Que la religion, Mars, font craindre à la fois.
Dont cent verrous d'airain tiennent fermé l'accès,
Gardien constant, Janus, n'en quitte pas l'entrée;
Dès que par le sénat la guerre est décidée,
En toge quirinale, à longs plis retroussés,
Le consul fait mouvoir sur leurs durs gonds froissés,
En appelant la guerre, et l'une et l'autre porte,
A l'instant la jeunesse autour de lui se porte,
Effrayant, le concert des cors se fait ouïr.

Latinus, par l'usage, obligé d'obéir,
Doit ainsi déclarer à ses Troyens la guerre;
Sa main doit les ouvrir, ces portes, mais, en père,
Il s'en défend, résiste, et fuyant, évité,
Ce ministère affreux, se cache épouvanté.
Mais Junon en courroux, de l'Olympe arrivée,
Fait rouler sur ses gonds chaque porte ébranlée,
Et des liens rompus et des barreaux de fer
L'assemblage à sa main, cédant, s'écarte ouvert;

Aussi-tôt l'Ausonie, auparavant tranquille,
Est toute entière en feu ; l'un, fantassin agile,
S'est disposé, s'armant, se prépare à marcher ;
L'autre, cavalier, veut aux combats s'élancer.
Au fond des arsenaux les armes sont cherchées,
Aux boucliers ternis, aux lances entachées,
L'active main va rendre un éclatant poli ;
On affile la hache, et par-tout, à l'envi,
Tout sous l'étendard court, veut ouïr les trompettes,
Pour reforger les traits, des enclumes sont prêtes :
Dans cinq vastes cités, Crustumère, Tibur,
Atine, Ardée, Antemne, illustre par son mur.
Des casques sont formés ; l'osier coupé se plie,
On ceintre en boucliers sa souplesse arrondie;
De toutes parts se font des cuirasses d'airain,
En éperons l'argent s'étoile sous la main,
Du soc et de la faulx, de l'utile charrue,
L'honneur est oublié, la dignité perdue;
On retrempe aux fourneaux le glaive paternel,
Les clairons ont frappé l'écho d'un son mortel :
Le dez tourne, il en sort le signal de la guerre.
L'un sous son toit saisit son casque tutélaire ;
L'autre attèle à son char, frémissant, ses coursiers ;
On revêt la cuirasse, on prend les boucliers;
On pend à son côté, mis son glaive fidelle.
Muses, ouvrez pour moi l'Hyppocrène immortelle;
Venez, et m'inspirez des chants dignes de vous.
Quels rois se sont armés dans ce si grand courroux?
Quel peuple ensanglanta les champs dans les batailles,
Tout ce qu'eut de guerriers alors dans ses entrailles
L'Ausonie, et quel fut ce si vaste armement?
Vous vous en souvenez, et vous, vous seulement,
Ô Déesses, pouvez transmettre ces merveilles!
Pour nous, un bruit lointain en frappa nos oreilles.

Q 2

Des bords de l'Étrurie, aux combats le premier,
S'est avancé Mézence au cœur superbe, altier;
Vil contempteur des dieux, méprisant leur puissance,
A ses côtés son fils, au port noble, s'avance;
Lausus, qui ne le cède en dehors qu'à Turnus,
Par qui les fiers coursiers, les lions sont vaincus:
De mille Agyllinois la phalange légère
Escorte ce guerrier digne d'un meilleur père,
Malheureux d'obéir à Mézence abhorré:
Sur un char d'un palmier à son faîte ombragé,
Aventin, fils d'Hercule, éclate, à taille altière,
Son bouclier fameux, présent reçu d'un père,
Offre un lion qu'en nœuds entourent cent serpens;
Sur le frais Aventin, dans ses bois verdoyans,
Il naquit en secret, fils de la belle Rhée,
Des feux d'un demi-dieu, simple femme honorée;
D'Alcide même, alors que, Géryon vaincu,
Porté vers l'Étrurie, à son fleuve, rendu,
Il voit baigner les bœufs amenés d'Hibérie.
Les soldats d'Aventin, dans leur main aguerrie
Tiennent chacun un fer qu'enferme un bois poli,
La pique des Sabins, un poignard arrondi;
A pied, lui-même offrant, pour unique parure,
La peau d'un grand lion à jaune chevelure,
(Avec ses dents d'argent et ses épais crins d'or)
En manteau prolongé descendant sur son corps,
Va se rendre au palais sous cet aspect horrible,
Seul qui convienne au fils d'Hercule l'invincible.
Catillus et Coras, frères jumeaux, tous deux,
Marchent hors des remparts de Tibur, généreux;
Ils ont, sortis d'Argos, abandonné leur ville,
Le peuple qui portait le nom de leur famille,
Et viennent, belliqueux, placés au premiers rangs,
Se mêler à travers les dards étincellans.

Tels du sommet d'un mont à la cime élevée,
Deux Centaures hardis qu'enfanta la nuée,
D'un pas rapide et prompt, accourent, descendans,
Où l'Omole où l'Othris aux fronts neigeux et blancs ;
La plus forte forêt s'ouvrant, leur fait passage :
À grand bruit, devant eux, s'écarte le branchage.
Paraît le fondateur de Préneste, à son tour,
Qu'on a cru de Vulcain avoir reçu le jour ;
Dans le fond d'un foyer on trouva son enfance,
Et parmi de troupeaux il avait pris naissance ;
C'est Cœculus : terrible ; il marche accompagné
D'un essaim villageois en bataillon formé ;
Conduit les Prénestins, le peuple qui cultive
De l'Anio si doux la séduisante rive,
Gabies, ses guérets à Junon consacrés,
L'Hernie et son sol gras de flots purs arrosés,
La foule sur vos bords, ô toi riche Anagnie !
Et vous, bon Amasène, abreuvée et nourrie !
Tous ne sont pas armés, tous aux combats de Mars
Ne marchent pas traînant armes, boucliers, chars ;
La plupart fait voler en glands un plomb livide,
Partie arme sa main du javelot rapide ;
Leur rousse peau d'un loup leur descend sur le front,
Leur pied droit est lacé d'un roide et dur cordon,
Mais leur pied gauche est nu ; c'est leur antique usage.
Messape cependant lui, dont l'ardent courage
Sut dompter les coursiers, ce fils du dieu des mers,
Sur qui sont sans pouvoir les lances et les fers,
Dont les peuples long-tems inactifs et paisibles,
Aux lauriers du fier Mars, languissaient insensibles,
Appelle tout-à-coup tous les bras à s'armer :
Intrépides, leurs mains vont reprendre le fer ;
Les uns ont de Sorax les sommets en partage ;
Des champs Flaviniens, d'autres, le pâturage ;

Q 5

L'un est Falisque, ami de l'austère équité,
Et l'autre Fescennin, aux combats indompté :
Ceux-ci de Ciminum ont le mont, ont les ondes,
Et ceux-là Capérie et ses forêts profondes ;
Marchant en corps égaux ils célébraient leur roi :
Tels dans les champs de l'air s'élèvent quelquefois
Des cygnes dans leur vol partis de la prairie,
Leur long col rend des sons brillans de mélodie ;
Le fleuve a retenti d'harmonieux accens,
L'Asiatique bord répète au loin leurs chants.
Nul en voyant rouler ces hordes rassemblées,
Ne croirait aux combats voir marcher des armées ;
On croirait plutôt voir de fatiguans oiseaux,
En nuage abattus, descendre sur les eaux.
　Voici des vieux Sabins tirant sa descendance,
Qu'avec un corps nombreux Clausus, hardi, s'avance,
Lui-même à l'œil s'offrant tel qu'un gros bataillon ;
De lui sort, Claudiens, votre illustre maison :
Sa race au Latium depuis fut propagée
Quand aux Sabins admis Rome ouvrit une entrée ;
Viennent semblablement, fiers, l'Amiternien,
Et Bataule, Eretine et le Quirites ancien ;
Ceux qu'enferme Mutusque, en oliviers fertile,
Qui bâtirent tes murs, Nomente, heureux asile,
Qui cultivent Véline aux champs si fortunés,
Ou de Tétrique en deuil les rochers consternés,
Calpérie et Forule et la tranquille Hymelle,
Et le nom Sévérus à la cîme immortelle ;
Ceux qu'arrose le Tibre et l'eau du Fabaris,
Les Nursiens glacés, ceux qu'on arma, sortis
Des parages Latins et des classes Hortines ;
Ceux qui, dans leur contrée, attestant nos ruines,
Voient couler l'Allia si terrible à nommer.
C'est comme autant de flots qu'on croirait voir rouler

En hiver, sur la plage, en Lybie et quand l'onde
A reçu l'Orion disparaissant du monde;
Et l'on voit moins d'épis par le soleil brûlés,
Aux champs Siciliens, dans l'Hermus riche en blés.
Le sentier en frémit; la terre tourmentée,
Sous les pas des coursiers résonne épouvantée.
Vient ensuite Halésus l'Agamemnonien,
Irréconciliable à tout le nom Troyen.
Il attèle son char; ses soins infatigables
Ont conduit à Turnus des peuples innombrables;
Et ceux qui, de leurs mains, soulevant des rateaux,
Du Massique terroir font s'ouvrir les côteaux;
Celui qu'a fait partir l'Auranx de ses montagnes,
Le sauvage habitant des arides campagnes
Qui règnent s'étendant auprès du Sidicin,
Et ceux qui de Calès quittent l'heureux terrein,
L'agreste rivager du Vulturne aux longs sables;
Les Saticuliens et fiers et formidables.
Suivent, partis après, les Osques combattans;
Ils ont, pour trait, aux mains des javelots volans,
Les font partir d'un arc que leurs bras, serré, tendent;
D'un cètre à leur bras gauche, aidés, ils se défendent;
Leur main, de près, se sert d'un glaive en faulx arqué.
Ne crois pas dans mes chants rester non remarqué,
OEbale, fils, dit-on, de Télon l'intrépide,
A qui donna le jour la nymphe Sébéthide,
Quand Télon gouvernait le Téléboéen,
Dans Caprée, et ses ans déjà vers leur déclin :
Son fils, peu satisfait des terres paternelles,
Régnait sur le Saraste et ses tribus fidelles,
Sur les lieux arrosés par les flots du Sarnus,
Sur le bouillant Rufas, sur ceux de Batulus,
Sur le champ de Célenne et le sol que domine
D'Abelle aux hauts pommiers la muraille voisine,

Q 4

Ils font voler de près le Teutonique dard,
Et pour couvrir leur tête, ils adaptent sans art,
Du sureau bienfaiteur une écorce enlevée;
Leur bouclier d'airain, leur redoutable épée,
D'airain semblablement, éclatent aux regards.
Tu courus partager aussi ces grands hasards,
Ufens du haut des monts de Nursa ta nourrice;
Ton bonheur aux combats, ta gloire est son délice!
Roi d'un peuple sauvage à la chasse adonné,
Habitant vertueux d'un sol peu fortuné.
Amis des bois, armés, ils sillonnent la terre;
Le butin, chaque jour, fait par leur main guerrière,
S'entasse en des monceaux; ils vivent de larcin.
   Vint le pontife aussi du fier Marrubien,
Envoyé par Umbro, son roi, plein de courage;
L'olivier sur son casque étale un vert feuillage;
Par la voix, le toucher, il a l'art d'amortir
Le poison des serpens qu'il force à s'endormir
Malgré le souffle infect de leurs bouches impures,
Il calmait leur poison, guérissait leurs morsures;
Mais du fer des Troyens il ne put éviter
Le coup fatal, hélas! ne sut pas appaiser
Par un charme assez fort, par nulle herbe nouvelle
Cueillie au Mont-Marsin, sa blessure mortelle.
Angitie et ses bois, le Fucinus sacré,
Et ses flots doux, pontife, et ses lacs t'ont pleuré.
   Marchait de même armé, ce surprenant Virbie;
Hippolyte est son père, et sa mère Aricie,
Des bois Egériens par un fleuve arrosés,
(Où d'offrandes, de dons, des autels engraissés,
Rendent Diane aux vœux accessible et propice).
L'a tiré, le lançant dans cette horrible lice;
Car ce bruit est constant, que de Crète chassé,
Par Phèdre, sa marâtre, Hippolyte accusé,

Accablé, malheureux, par le courroux d'un père,
Par ses coursiers troublés, meurtri sur la poussière,
Intéressa Diane, attendrit son amour,
Et que des sucs puissans ont su le rendre au jour;
Mais alors Jupiter voyant, non sans colère,
Un mortel arraché du séjour funéraire,
Revenir de la vie encor respirer l'air,
Précipita celui par qui fut découvert
Du remède employé la puissance si rare,
Et plongea de sa foudre Esculape au Tartare.
Diane, elle, attentive, en un lieu retiré,
Dérobant Hyppolite au sein d'un bois sacré,
Le fit garder, commis à la nymphe Égérie,
Pour qu'il pût, à l'abri des forêts d'Italie,
Sous ce nom Virbius, en paix, vivre ignoré;
De-là vient que, d'un temple à Diane élevé,
Des bois qu'on lui consacre, au loin, de leur enceinte,
On chasse les coursiers, fatals objets de crainte;
Parce qu'un jour, troublés par des monstres marins,
Ils renversèrent maître, et char, aux bords lointains;
Mais son fils belliqueux n'en fait pas moins, en plaine,
L'air des coursiers légers qu'il conduit hors d'haleine,
Impétueux, marchant aux combats sur son char.
Lui-même, aux premiers rangs, frappant tous les regards
Par son port élevé, Turnus, ses armes prêtes,
S'élève, surpassant ses guerriers de la tête;
Son casque à triples crins offre, pour ornement,
La Chimère exhalant d'Etna le feu brûlant,
D'autant plus menaçante, enflammée et rebelle,
Que la bataille croit plus grande et plus cruelle.
Sur son bouclier lisse une Io se montrait,
(Avec les cornes d'or que son front triste offrait,
Déjà, dès-lors génisse et de poils ombragée;
Dans ce chef-d'œuvre étaient, près de l'infortunée,

Peints, aussi, son gardien le redoutable Argus,
L'urne, et, gravés, les flots de son père Inachus.)
Un gros de fantassins le suit comme un nuage,
Ses guerriers sont couverts d'un bouclier sauvage,
Leurs rangs unis, serrés, couvrent les champs au loin ;
Puis paraissent Aurunx, Grecs, vieux Siciliens,
En boucliers ornés, les guerriers de Labique,
L'essaim vaillant parti de la Sacrane antique,
Ceux qu'en tes bois épais, grand Tibre, tu reçus,
Qui cultivent tes bords, ô toi, saint Numicus,
Qui vont du soc ouvrant les Rutules collines,
Et tes crètes, Circé, du ciel même voisines,
Les beaux champs présidés par Anxur Jupiter,
Et par Junon que flatte un bois saint, frais et vert ;
L'habitant des noirs fonds des marais de Sature.
Les voisins de l'Ufens dont l'onde et vive et pure
S'ouvre par les vallons un chemin vers la mer.
Mais sur-tout vient Camille en armes se montrer :
Chez le fier peuple Volsque elle a pris la naissance,
Et sur ses pas conduit une phalange immense
De florissans guerriers, tout reluisans d'airains.
Aux tâches de Minerve, aux fuseaux, à ces soins
La guerrière n'a pas les mains accoutumées ;
Vierge, elle aime le bruit, les travaux des armées ;
Ou se plaît par sa course à devancer les vents.
Sur la moisson intacte et ses sommets mouvans
On la verrait voler dans la plaine, élancée,
Sans que du tendre épi la tête fût blessée ;
Sur un flot suspendue et, glissant, sur la mer
Elle irait sans toucher l'eau de son pied léger.
Hors des champs, des toits sort, à l'envi, la jeunesse ;
On l'admire, et, de loin, d'un regard de tendresse,
l.'œil des mères, content, la suit, la voit marcher ;
Tout la contemple, avide, aimant à remarquer

Cette pourpre des rois qui couvre son col lisse,
Cet or entrelacé qui, dans ses cheveux, glisse,
Comme est sur son épaule un carquois Lycien,
Comme un pastoral dard de myrte arme sa main.

LIVRE HUITIEME.

SOMMAIRE.

TURNUS, général des Rutules, envoye Vénulus ser Diomède, pour l'engager à se réunir à lui comme al dans la guerre qui se prépare. Enée, sur l'avis que le donne le Tibre, le plus grand fleuve d'Ausonie, entrépren un voyage vers Evandre, roi des Arcadiens, qui ava établi sa domination sur la montagne Palatine, après avoi fui de ses premiers états. Evandre, occupé alors d'u sacrifice à Hercule, associe Enée à cette cérémonie, et lui apprend qu'elle doit son origine au triomphe d'Alcide sur le monstre Cacus, autrefois brigand insigne, dévastateur de cette contrée. Le général Troyen reçoit un secours de quatre cents cavaliers, choisis pour l'accompagner sous la conduite de Pallas, fils d'Evandre, roi des Arcadiens. Evandre envoye Enée lui-même vers les peuples de Thyrrénie, qui lui demandaient un roi au lieu de Mézence par eux chassé; il donne au fils de Vénus l'espérance certaine du secours promis, et du commandement de toutes les forces confédérées. Le héros, le lendemain, envoye une partie de son armée rejoindre le reste, fait embarquer ses guerriers sur le Tibre, devenu favorable; lui-même, avec le corps de ses Troyens, se rend vers les peuples de Thyrrène. Cependant Vénus apporte du ciel à son fils des armes, ouvrage de *Vulcain*, entr'autres un bouclier, où sont gravés avec un art prodigieux les exploits futurs du peuple Romain. Ce spectacle excite la surprise et l'admiration d'Enée; *Auguste* tient la principale place dans ces détails; la victoire remportée sur *Antoine* et sur *Cléopâtre*, reine d'Egypte, le triomphe dont cet avantage fut suivi, sont décrits par le poëte avec une pompe et une magnificence particulières.

Du fort des Laurentins, lorsque, d'une main fière,
Turnus a déployé l'étendard de la guerre,
Que les cors d'un son rauque ont dans l'air retenti;
Quand au char du héros ses fiers coursiers par lui
Attelés, il a fait sonner au loin ses armes;
Tous les cœurs ébranlés sont livrés aux alarmes,
Par-tout au Latium tout s'ébranle et s'unit;
La jeunesse en courroux dans ses transports, frémit;
Les premiers chefs, Messape, Ufens, et ce Mézence,
Insensé contempteur des Dieux, de leur puissance,
Vont par-tout rassembler des renforts de guerriers;
Les champs de laboureurs sont dépouillés entiers;
De plus vers Diomède et sa ville puissante,
Vénulus envoyé d'une force imposante,
Doit demander l'appui, doit des Troyens vaincus,
Annoncer sur ces bords les Lares descendus,
Conduits sur des vaisseaux d'un Troyen, d'un Énée,
Qui se prétend voulu roi par la destinée.
Les peuples sur ses pas courent de tous les lieux;
Son nom dans la contrée au loin s'étend fameux;
Quelle est son entreprise et quelle est sa pensée
Si du sort des combats son audace est aidée,
C'est ce que Diomède, encor plus clairement
Que le roi, que Turnus peut voir facilement.

Tandis qu'ainsi troublé, le Latium conspire,
Le héros des Troyens que tout vient en instruire,
Sent dans son cœur flotter les plus cruels soucis,
Et sur divers projets qu'il conçoit indécis,
Son esprit entre eux tous s'agite et se partage;
Comme on voit de la lune une tremblante image
Où, réfléchis, les feux de l'astre des saisons
Dans un airain plein d'eau renvoyer leurs rayons;
Le disque fugitif élancé se promène,
Monte en l'air, saute et joue, et dans sa course vaine,
Du toît, en voltigeant, va frapper le plafond.

Il était nuit; plongés dans un sommeil profond,
Les animaux lassés, troupeaux et volatiles,
Tous goûtaient du repos les faveurs si tranquilles,
Quand, couché près des bords, sous l'axe frais des airs,
Triste et le cœur troublé de ces apprêts guerriers,
S'étendit et laissa le magnanime Enée
Tard, fermer au sommeil sa paupière inclinée.
Le dieu même du lieu, le Tibre aux flots légers,
S'élevant tout-à-coup du sein des peupliers,
Sous les traits d'un vieillard montant, frappa sa vue;
D'une voile de lin la texture menue
Entourait ses cheveux qu'ombragent des roseaux;
Le Tibre lui sembla s'exprimer en ces mots:
« O descendant des dieux! toi qui ramènes Troye,
» Soustraite aux Grecs cruels et viens, combler ma joie
» En conservant Pergame et son sort éternel;
» Toi qu'attendaient ces bords et ce sol fraternel:
» C'est ici ton séjour et ton certain asile.
» Garde-toi d'en sortir, de tout ce bruit stérile,
» De guerres, de combats ne sois pas effrayé;
» L'ire des immortels, leur vengeance ont cessé;
» Et pour bannir de toi bien loin la fausse idée,
» Que ce soit une erreur en songe présentée,

» Sous des yeuses frais, lorsque, près de mes bords,
» Une laie à tes yeux offrira son grand corps,
» Et trente nourrissons, sa famille argentée,
» Blanche, ses petits blancs sur le gazon portée,
» Tenant sous sa mamelle, unis, ses fils nouveaux;
» Là, sera ta cité, la fin de tes travaux.
» Depuis lors de trente ans la chaîne terminée,
» Ascagne doit fonder Albe, au loin illustrée
» Par le surnom fameux à ses remparts donné;
» Ce que ma bouche ici t'annonce est assuré.
» Maintenant quels appuis soutiendront ta constance
» Dans les travaux nombreux, dont la chaîne commence;
» Écoute, en peu de mots, je te le vais tracer:
» Il est sur ce parage un peuple agreste et fier;
» L'Arcadien Pallas lui donna l'origine.
» Ce peuple, accompagnant Evandre en sa ruine,
» Conduit dans ces pays, y fit choix d'un terrein,
» Et sur les monts bâtit des remparts de sa main,
» Du nom de Pallas même, appellés Pallantée.
» Ces peuples sont en guerre ardente et déclarée
» Contre le roi Latin; fais-t'en des alliés;
» Admets-les dans ton camp, unis par des traités:
» Moi-même, sur mes flots, je m'offre à te conduire,
» Pour que, plus sûrement avancé, ton navire
» Remonte le courant de mes rapides flots.
» Fils de Vénus, allons, sors de ce vains repos;
» Quand pâliront les feux de la nuit achevée;
» Présente à Junon ta prière élevée.
» Par des vœux supplians, fais cesser son courroux,
» Et ses ressentimens encor vifs et jaloux;
» Vainqueur tu m'offriras, à mon tour, tes hommages:
» C'est moi, je suis le dieu qui, par ces pâturages,
» Déroules, promené, mon liquide cristal,
» Et fais rouler mes flots coulans à plein canal,

» Le Tibre, fleuve heureux, agréable au ciel même;
» C'est-là mon grand séjour; mais ma source suprême
» Des plus hautes cités coule et va descendant ».
Il dit, et regagnant son lit, au même instant
Va se plonger au fond de sa grotte azurée.

La nuit cesse aussi-tôt, le sommeil quitte Énée;
Il se lève, et, voyant à l'Orient vermeil,
Sur son char, dans les airs, s'avancer le soleil,
D'un soin religieux, au fond de sa main creuse
Il prend de l'eau du fleuve, et sensible, et pieuse,
Sa voix fait ouir ces mots : « Nymphes des Laurentins,
» O Nymphes qui sortez des fleuves souterrains !
» Toi, Tibre, bienfaiteur, dans ton onde sacrée,
» Reçois, daignes garder de tout péril Enée;
» Quel que soit le pays d'où ta belle onde sort,
» Et quel que soit ton lit, ô toi, qui plains mon sort,
» Je t'offrirai mes dons, mes présens, mes hommages !
» Fleuve dominateur des Hespérides plages,
» Sois-moi propice et doux, par ta bonté donné;
» Que ce présage heureux de près soit confirmé ».
Il dit et va choisir parmi sa flotte entière
Deux vaisseaux à deux rangs, et construits en galère,
De rames les pourvoit, fait donner aux Troyens
Tout ce que d'instrumens exigent leurs besoins.
Mais voici tout-à-coup un prodige admirable !
Dans les bois une laie et son troupeau semblable,
Sur la rive aux regards étalent leur blancheur;
Mère et nourrissons, tous de la même couleur.
D'Enée, au même instant, la main reconnaissante
Les saisit, les immole à toi, Junon puissante !
Il conduit cette offrande aux pieds de ton autel,
Portant des objets saints l'appareil solennel.
Le Tibre, cette nuit, tant longue est sa durée,
Roulait, tumultueux, son eau vive agitée;

Il en rassied le cours, la force à s'appaiser,
Jusqu'au point où son lit à l'œil pût déployer
Le miroir d'un étang et d'un marais tranquille,
Pour rendre ainsi l'effort de la rame inutile.
Les Troyens donc ardens s'élancent sur son sein;
Sur les flots court léger, mobile le sapin :
A cet aspect nouveau l'onde admire, étonnée;
Le bois admire aussi, tant cette flotte ornée
Transportait sur le fleuve, épars de boucliers,
Faisait briller l'éclat des armes des guerriers.
Par les bras, jour et nuit, la rame est fatiguée;
Des sinueux détours de l'onde recourbée
On sort trouvant par-tout des ombrages divers,
Sur le cristal des flots traversant des bois verts.
Du soleil cependant la lumière haussée
Est au milieu déja de sa course avancée,
Lorsqu'une citadelle et quelques toits épars,
De faibles murs de loin ont frappé les regards.
D'Évandre, un humble roi, c'était le pauvre empire,
Et c'est ce que depuis au ciel a su conduire
Rome dans sa puissance étalée en ces lieux.
On détourne la proue et sur le fleuve heureux,
Les vaisseaux vont, glissans, s'approcher de la ville.
Ce jour-là, par hasard, dans un bois saint, tranquille,
Et devant des autels le roi débile et vieux
Offrait, près des remparts, sa prière et ses vœux
A tous les immortels, sur-tout au fils d'Alcmène;
A ses côtés son fils, l'élite Arcadienne,
Son sénat indigent, les chefs de ses guerriers,
Tous, réunis, d'encens ont parfumé les airs.
Des yeux à peine ont vu les têtes élancées
Des vaisseaux arrivans sous le bois avancées,
Qu'à la hâte et sans bruit conduisaient les rameurs;
Ce spectacle imprévu, saisit d'effroi lès cœurs;

R

On quitte le festin , à la fois tous se lèvent ;
Mais , courageux , Pallas , ordonne que s'achèvent
Les banquets commencés , et lui d'un trait armé,
Au-devant des Troyens va , se porte enflammé,
Et d'un tertre, de loin : « Quelle cause imprévue
» Vous fait ici tenter une route inconnue?
» Guerriers, que voulez-vous? Où s'adressent vos pas?
» Parlez, apportez-vous la guerre ou les combats?
» Qu'êtes-vous? Expliquez vos noms, votre naissance. »
Enée, avec bonté , sur la poupe s'avance;
Sa main présente, offert, le paisible olivier :
« Vous voyez devant vous des Troyens un guerrier
» Ennemis des Latins, dont l'orgueilleuse terre,
» Etrangers, nous poursuit par une injuste guerre :
» Nous venons vers Evandre; allez et l'instruisez.
» O vous , portant ces dons, qu'ici sont adressés
» Des Troyens pour unir aux siennes leur armée. »
A ce nom, le guerrier reste l'ame étonnée;
« Sors, ô qui que tu sois et viens te présenter,
» Dit Pallas, à mon père et consens d'accepter
» Hôte, dans son asyle une sûre retraite. »
Il dit, tend au héros une main satisfaite,
D'un élan généreux le serre entre ses bras;
Puis, quittant le bois saint, tous deux hâtant leurs pas
Vont s'éloignant du fleuve et s'approchent d'Evandre.
D'Énée, en ces mots doux , la voix se fait entendre :
« O prince révéré ! des Grecs, vous le meilleur,
» Dont le sort me contraint d'implorer la faveur ,
» Qu'il me fait aborder d'une voix suppliante,
» En tenant ces rameaux qu'ornés je lui présente,
» Je n'ai pas craint en vous un prince Arcadien,
» Un général des Grecs, ni cet étroit lien
» Qui vous fait par le sang tenir au fils d'Atrée;
» Mais les Dieux immortels, leur volonté sacrée,

Des ancêtres communs, votre nom répandu,
Comme allié, vers vous m'ont fait venir, rendu.
Dardanus qu'on croit fils d'Electre l'Atlantide,
Jadis aborda Troye, et d'Atlas intrépide
Dont le dos courbé porte entier le ciel brillant,
Electre voit descendre elle-même son sang;
Mercure est votre père et de Maïa si belle
Ce Dieu, sur le Cyllène à neiges éternelles,
Est né, s'il faut en croire un autre bruit fameux.
Maïa naquit d'Atlas puissant et sourcilleux,
Qui supporte l'Olympe et sa voûte étendue.
Ainsi notre origine et même et confondue,
Sortant d'un même auteur a fondé mon espoir.
Par des ambassadeurs je ne vous fais pas voir;
Je n'employe envers vous nul art, nul stratagême;
Je me présente à vous, je viens vers vous, moi-même,
Me rendre suppliant, modeste en vos foyers.
Les mêmes Dauniens, cruels pour vous, altiers,
Me livrent dans leur haine une guerre acharnée:
Nous, écartés, bientôt leur audace augmentée
Croira sur l'Hespérie entière avoir des droits.
La mer dans tout son cours roulera sous leurs lois,
Et celle qui d'en-haut descend, et la plus basse.
Promettous-nous appui, j'ai des cœurs pleins d'audace,
Des bataillons, des chefs aux périls aguerris. »
Evandre à ce discours reste un moment surpris,
Parcourt long-tems de l'œil Énée, il l'envisage;
Apeu de mots, enfin, lui tenant ce langage:
Qu'avec un plaisir vif mon regard satisfait,
Le plus grand des Troyens, dit-il, vous reconnaît;
Que j'aime à voir unis cette noble franchise,
La figure et les traits, la voix du grand Anchise!
Car je me ressouviens que Priam votre roi,
Allant à Salamine, et voulant autrefois,

R 2

» D'Hésione sa sœur parcourir tout l'empire,
» Aux bords Arcadiens un jour se fit conduire ;
» La jeunesse riante, alors dans son printems,
» Sur mon front avait mis ses frêles ornemens ;
» Des guerriers Phrygiens j'admirais la stature,
» Du vénérable roi le port haut, la figure ;
» Mais sur eux tous régnant, Anchise dominait.
» Jeune, un naïf désir, ému, me conseillait
» De l'aborder, de voir ma main jointe à la sienne,
» Je m'approchai de lui dans mon ardeur soudaine,
» Vers Phénée et ses murs le dirigeai, conduit.
» En partant un carquois me fut offert par lui,
» Un vêtement dont l'or ceint la frange enrichie,
» Un assemblage entier de flèches de Lycie,
» Deux freins d'or que mon fils Pallas garde aujourd'hui
» Ainsi, selon vos vœux, à vous je suis uni :
» Demain, dès que le jour aura doré la terre,
» Vous recevrez, nombreux, des renforts pour la guerre
» L'aide entier, tout l'appui de mes plus grands moyens
» Cependant, puisqu'ici vous venez, ô Troyens !
» Comme alliés pour nous, d'une ame fraternelle,
» Célébrons de concert la fête solennelle
» Que nous ne pourrions pas sans crime retarder ;
» Amis, à nos festins, commencez d'assister ».
      Il dit : au même instant fait rapporter sur table
Les mets et le nectar de Bacchus favorable ;
Place au haut le guerrier sur la peau d'un lion,
Dont un des lits offrait la brillante toison,
L'invitant de s'asseoir sur un trône de chêne.
Des serviteurs soigneux l'agilité soudaine,
(Le pontife lui-même avec eux à l'envi)
Rapporte le taureau sur table resservi.
Le pain, don de Cérès, va charger des corbeilles,
Le vin répand l'éclat de ses gouttes vermeilles ;

Le héros, ses Troyens, heureux, sont restaurés
Du dos d'un large bœuf des viscères restés,
Débris des animaux offerts en sacrifice.
Lorsqu'est venu l'instant que le repas finisse,
Le bon Evandre dit : « Ce culte solennel,
» Cet autel saint dressé, ce repas annuel,
» Culte religieux pour un dieu tutélaire,
» Ne sont pas les effets d'une erreur étrangère,
» Ni d'un coupable oubli de nos antiques dieux ;
» Cher hôte, délivrés des maux les plus affreux,
» Nous rendons cet hommage avec un soin fidelle,
» Et pour nous ce devoir chaque an se renouvelle.
» Voyez d'abord l'amas de ces rochers pendans,
» Ces débris entassés de loin en loin distans,
» De ce toit sur ce mont l'enceinte désertée,
» Et cette masse encor de longs débris restée.
» Là fut une caverne en un vaste détour,
» Profonde sous la terre, où se cachait au jour
» L'effroyable Cacus, un monstre demi-homme :
» Un sang frais, que jamais la terre ne consomme,
» Ruisselait écumant sur son seuil orgueilleux ;
» Des visages humains y sont pendans, hideux.
» Ce monstre de Vulcain a reçu la lumière,
» Sa bouche vomissant les flammes de son père ;
» Son gigantesque corps se mouvait pesamment ;
» Mais enfin un secours nous sauva, surprenant,
» Un dieu fit changer tout par sa prompte arrivée ;
» Car le vainqueur puissant dont la main redoutée
» Fit tomber Geryon, ce géant à trois corps.
» Hercule enfin, tout fier de sa trop juste mort,
» Survint, en conduisant vers nous sur ce rivage
» Sept taureaux enlevés et fruits du brigandage ;
» Mais du traître Cacus l'esprit désordonné,
» Pour n'oublier ni dol, ni crime inessayé

R 3

» Dans l'étable, en secret, sut, par ses artifices,

» Détourner du troupeau quatre rares génisses.

» Un nombre égal de bœufs d'une insigne beauté ;

» Pour mieux cacher à l'œil la trace de leurs pieds,

» Il les conduit, traînés par la queue, en arrière,

» Changeant ainsi des pas le vestige ordinaire ;

» Et va les renfermer dans son épais rocher ;

» Nul indice offert là ne les faisait chercher ;

» Cependant, quand déjà d'herbe rassasiées,

» Les génisses sortant de l'étable, avancées,

» Pour la course ordinaire allaient bientôt partir,

» Les bœufs, tous, sur le seuil, commencent à mugir ;

» De leurs longues clameurs la forêt s'est remplie.

» Ses cris, que les côteaux doublaient dans la prairie,

» Par un des bœufs, dans l'autre, aussi-tôt sont rendus ;

» Et Cacus, leur gardien, vit ses vœux confondus ;

» Car d'un fiel inconnu sentant son ame aigrie,

» Hercule, aussi-tôt, court enflammé de furie,

» Il prend ses traits, saisit un gros bâton noueux,

» Et s'élance au sommet du mont voisin des cieux.

» Pour la première fois, alors notre contrée

» Vit Cacus trembler. Pâle, et la vue égarée,

» Il prend la fuite, il court, et plus prompt que le vent

» Va se réfugier dans son antre effrayant ;

» A ses pieds animés la peur donnait des ailes ;

» A peine renfermé, quand ses deux mains rebelles

» Ont pu briser la chaîne, attachant un rocher

» Immense et suspendu par des liens de fer

» Qu'avait jadis forgés l'art de Vulcain, son père.

» Par des masses qu'il pose il tient clos son repaire.

» Mais voici tout-à-coup qu'Alcide survenant

» Observe, parcourt tout, de fureur bouillonnant ;

» Son regard enflammé de tous les côtés erre ;

» Grinçant des dents, pressé d'une ardente colère,

Trois fois de l'Aventin, marchant, il fait le tour,
Dans l'antre obscur trois fois il veut se faire jour,
Envain ; trois fois s'assied, lassé, sur la colline.
Un roc aigu montait qui de son front domine
La caverne du monstre et présente un réduit
Où les oiseaux voleurs allaient cacher leur nid.
La cime, vers le fleuve, à gauche, était penchée.
Hercule à droite porte une épaule approchée,
S'efforçant, ce rocher, terrible, il l'arracha ;
Poussé, le renversa, tout l'air s'en ébranla,
La rive en fut tremblante et l'onde épouvantée
Vers sa source, en doublant sa course, est remontée.
A découvert, alors parut l'antre odieux,
La caverne, séjour du brigand furieux ;
Comme si tout-à-coup la terre au centre ouverte
Dévoilait des enfers la voûte affreuse offerte ;
Qu'on apperçût ce gouffre au ciel même en horreur,
Que des mânes, entré, le jour causât la peur.
Inespérément donc atteint par la lumière
Surpris dans son roc creux, son refuge ordinaire,
Le monstre pousse en l'air des cris démesurés.
Sur lui, d'en-haut les traits d'Alcide sont lancés,
Et pour l'accabler mieux toute arme est employée ;
De branches, de rocs, tombe une foule envoyée.
Le traître alors, privé de tout moyen de fuir,
De son large gosier fait en courroux sortir
(O spectacle étonnant !) de longs flots de fumée,
Dont l'ombre remplissait sa demeure enflammée ;
Pour offusquer la vue, il redouble, il vomit
Un feu sombre étendant la plus épaisse nuit.
Hercule ne put pas tenir à sa colère.
Un saut hardi le jette au fond du noir repaire
Où roulait la fumée en plus épais flocons,
Où le nuage ondule en plus gros tourbillons.

R 4

» Il fond sur le brigand tout au travers de l'ombre,
» Tandis qu'il exhalait en vain des feux sans nombre,
» Par le col pris, serré, sa main le saisissant,
» Lui fait sortir les yeux, tant son effort puissant
» Tient du monstre la gorge étroitement pressée.
» Alors le souterrain, l'ouverture arrachée,
» Laissa voir au grand jour les larcins renfermés,
» Les bœufs par le voleur aux regards dérobés.
» On tire par les pieds son effrayant cadavre,
» D'un plaisir inouï le pays, tout, se navre,
» En contemplant ce front, ces formidables yeux,
» Cette horrible poitrine, aux poils épais, hideux,
» Et, dans ce gosier sec, ces flammes amorties.
» Depuis, d'un jour si grand, par des cérémonies,
» Et nous et nos neveux célébrons le bonheur;
» C'est par Potitius qu'en fut réglé l'honneur,
» Et des Pinariens la famille sacrée
» Conserve ces saints rits, gardienne révérée.
» On a fait dans ces bois construire cet autel,
» Grand à jamais pour nous, à jamais solennel.
» Offrons donc de concert un légitime hommage.
» Guerriers, ceignez vos fronts d'un souple et vert feuillage,
» Qu'une coupe à l'instant soit mise entre vos mains;
» Prions le même dieu, faisons couler le vin ».
Il dit, au même instant du peuplier d'Hercule,
La feuille à deux couleurs sur sa tête circule;
Il l'a tressé en couronne, en a paré son front,
Puis prend entre ses mains un grand vase profond;
Tous aussi-tôt, joyeux, épanchent sur la table,
En invoquant les dieux, le nectar délectable.
  L'Olymphe cependant tourne, et le soir venait,
Déjà Potitius le premier s'avançait;
Les prêtres, près de lui rangés, selon l'usage,
Portant le feu sacré, ceints d'une peau sauvage;

Le festin recommence, on sert les fruits rians
Dont le dernier service étale les présens.
Les autels sont chargés de dons dans des corbeilles ;
Les chants des Saliens vont charmer les oreilles.
Tous, de peupliers verds, se placent couronnés,
Debout, près des autels, d'encens environnés.
D'adolescens à droite, et de vieillards à gauche,
S'ordonne un chœur nombreux, qui dans ses chants ébauche
Les louanges d'Hercule et ses faits si brillans ;
Comme enfant de ses mains il brisa deux serpens,
Premiers monstres sur lui lancés par sa marâtre ;
Les deux vastes cités que son bras sut abattre,
Œchalie, Ilion, et les travaux affreux
Que Junon contre lui suscita si nombreux,
Dont il sortit vainqueur sous le prince Eurysthée :
« Invincible héros, Pholus et cet Hylée,
» Fils de la Nuë, ensemble expirent sous ton bras ;
» Aux deux monstres Crétois tu donnes le trépas.
» Tu brises, sous son roc, le lion de Némée ;
» L'eau du Styx, devant toi fuit, rebrousse, alarmée ;
» Tu glaces de frayeur le portier des enfers,
» Dans son antre foulant des ossemens divers.
» Nul monstre, quel qu'il soit, lui-même, Typhoée,
» N'a pu porter l'effroi dans ton ame assurée ;
» Quoiqu'en armes. géant, il se soit élevé ;
» Il ne te trouva pas craintif, épouvanté,
» L'hydre, en t'environnant de sa forêt de têtes :
» Vrai fils de Jupiter, viens honorer nos fêtes ;
» Salut, nouvel honneur à l'Olympe ajouté :
» Viens, rends-toi dans ce temple à ta gloire accordé ;
» Porte tes pas vers nous propice et favorable ».
C'est ainsi qu'aux travaux d'Hercule, l'indomptable,
Leurs chants rendaient hommage, et célébraient, vaincus,
Cacus et les longs feux par sa bouche rendus ;

Leurs concerts vont frapper les bois et la colline.
Le sacrifice fait, vers la cité voisine
Bientôt de toutes parts tout songe à retourner.
On voyait le vieux roi de son pas lent marcher,
En tenant d'une main son fils, de l'autre, Énée;
Par divers entretiens la route est allégée.
Énée admirait tout; ses complaisans regards
Sur ce qu'il découvrait, erraient de toutes parts.
Frappé de ces beaux lieux, il demande, on explique
Tout ce qu'il apperçoit de monument antique.
Evandre, fondateur des hauts remparts romains,
Dit : « Jadis, ces forêts des nymphes, des sylvains,
Des Faunes du pays étaient l'humble partage
D'un peuple né des troncs, resté long-tems sauvage,
Sans police, sans lois, brut, inapprivoisé,
Par qui jamais au joug le bœuf ne fut dressé,
Qui ne connaissait pas cet heureux avantage
D'amasser des trésors ou d'en régler l'usage :
Il vivait durement, de chasse, de fruits verds;
Saturne, de l'Olympe, arrivant le premier,
De son fils Jupiter évitant la poursuite,
Privé de son empire y vint cacher sa fuite.
Grossiers et fiers, avant, sur les monts, dispersés,
Les humains par ses lois furent civilisés;
Du nom de Latium il dota la contrée.
Pour avoir, là, trouvé sa retraite ignorée;
Sous lui, coula, brillant, cet âge d'or vanté,
Tant en paix sous ses lois on vivait gouverné;
Un âge moins heureux insensiblement pire,
La fureur des combats, la soif que l'or inspire
Succédèrent bientôt; vinrent l'Ausonien,
Le barbare habitant du bord Sicilien;
De Saturne le nom quitta souvent sa terre.
Puis des rois, et ce Tibre au grand corps, sanguinaire,

Dont le fleuve, depuis, portant le nom pour nous,
Du beau nom d'Albula perdit le son plus doux.
« Chassé de mon pays, sur la plage terrible,
» Les volontés du sort, la fortune invincible,
» M'ont conduit vers ces lieux, où d'ailleurs m'ont porté
» L'oracle d'Apollon, l'ordre saint répété,
» L'avis impérieux de Carmente, ma mère ».
Il dit, et s'avançant, doux, d'un pas débonnaire,
Aux Troyens le vieux roi montre un autel rural,
Le lieu par les Romains surnommé Carmental ;
Une porte élevée en l'honneur de Carmente,
Nymphe que d'Apollon instruit la voix puissante,
Qui, la première, annonce Enée et ses neveux ;
Et le Pallantéum au loin, par-tout fameux ;
Puis un grand bois sacré d'un ombrage tranquille,
Dont l'ardent Romulus depuis fit un asile ;
Puis, sous un rocher froid, le Lupercal placé,
A Pan, dieu d'Arcadie, en tous tems consacré.
Evandre indique aussi le bois saint d'Argilète ;
Des monumens des lieux complaisant interprète,
D'Argus, jadis son hôte, il retrace la fin,
Puis a conduit Enée au roc Tarpéïen,
A ce beau Capitole aujourd'hui d'or, superbe,
Alors agrestement sauvage et couvert d'herbe.
Déjà d'un nom si grand le respect imprimé
Des habitans grossiers tenait l'esprit frappé ;
Ses bois, son roc déjà les remplissaient de crainte ;
« Sur ce sommet, au fond de cette immense enceinte,
» Habite un dieu, dit-il, nous ne savons lequel ;
» Et l'Arcadien croit que le maître immortel,
» Lui-même Jupiter s'est offert à sa vue,
» Alors qu'il assemblait l'orage dans la nue
» Et faisait retentir l'égide de son bras.
» Voyez encore ici, sous cet immense amas,

» Les murs de deux cités, antique et grand ouvrage

» De rois, ou de héros, qui virent un autre âge.

» La première eut Janus pour premier fondateur,

» Et de l'autre Saturne est lui-même l'auteur ;

» Janicule est le nom que porte la première,

» Saturnie est celui dont la seconde est fière ».

Pendant ces entretiens, ils marchaient, avancés ;

Près du séjour d'Evandre ils voyaient dispersés

Des troupeaux au forum, aux Carènes brillantes

Des bœufs qui mugissaient sur les herbes naissantes.

Quand d'Evandre est voisin le modeste réduit :

« Vainqueur en ce lieu même Alcide fut conduit ;

» Il a, dit le vieux roi, reposé sous ce chaume ;

» Cher hôte, montrez-vous digne d'un si grand homme,

» Osez, à son exemple, aimer la pauvreté ;

» Sous ce toit indigent venez bon, sans fierté ».

Il dit, au même instant dans sa demeure étroite

Conduit le grand Enée et le place, à sa droite,

Sur un feuillage épais que couvre une peau d'ours.

La nuit vient, embrassant tout le ciel dans son cours

Des voiles ténébreux qui garnissent ses ailes.

    Cependant de Vénus les peines maternelles,

Non sans cause, ont troublé les sens et le repos ;

L'effort des Laurentins, leurs menaçans travaux,

Tout alarme à la fois la flatteuse déesse ;

Sur un lit d'or couchée, à Vulcain elle adresse

Ces mots qui vont remplir son cœur d'un feu divin :

« Tandis que j'ai vu Troye au fer de l'Argien,

» Par les arrêts du sort, en proie, abandonnée,

» Sur ses remparts proscrits la flamme déployée ;

» Dans ces instans fatals, je n'ai pas, pour les miens,

» Demandé le secours de vous, ni de vos soins,

» O mon époux chéri, ni voulu, dans ma peine,

» Employer de votre art la ressource trop vaine.

Quoiqu'aux fils de Priam je dusse des secours,
Que j'aie souvent d'un fils plaint les maux dans leurs cours!
Jupiter l'a conduit sur la Rutule rive ;
Suppliante, je viens, dans ma douleur plaintive,
De votre pouvoir saint, mère, implorer l'appui ;
Je viens vous demander des armes pour mon fils ;
L'épouse de Tithon, la fille de Nérée,
Fut jadis, par vos soins, dans ses pleurs rassurée :
Voyez quel fier courroux meut ce rassemblement,
Quels peuples conjurés, pour quel vaste armement
Le fer s'aiguise, au sein de ces villes fermées !
Contre les miens et moi tant de mains sont armées!! »
Elle a dit ; à ces mots, le voyant balancer,
De ses deux bras de lys elle va le presser,
Et par ce serrement lui fait sentir la flamme
De feux vifs et divins qui maîtrisent son ame ;
Dans ses veines Vulcain en a senti l'ardeur,
Tous ses os amollis reçoivent la chaleur.
Comme aux plaines du ciel court, traversant la nue
Par la foudre en courroux entr'ouverte et rompue
Un éclair lumineux qui sillonne et fend l'air.
Vénus, de sa beauté remarquant le pouvoir,
S'aperçoit de l'effet de son heureuse adresse.
Épris d'une éternelle et sensible tendresse :
Quels détours éloignés, répond Vulcain, pourquoi?
Où donc est cet espoir que vous aviez en moi?
Troye encor même alors pouvait se voir armée,
Par les décrets du sort n'était pas condamnée ;
L'arrêt du roi des dieux et les destins puissans
Auraient souffert durer Troye et son roi dix ans :
Si désormais vos vœux sont tournés vers la guerre,
Si vous voulez qu'encor s'en rouvre la carrière,
Tout ce qu'à vos désirs mon art peut assurer,
Ce que la main fabrique avec l'airain, le fer,

» Tout ce que peut le vent des soufflets ou la flamme,
» Disposez-en, prier c'est outrager mon ame ;
» Déesse, comptez mieux sur tout votre ascendant. »
En achevant ces mots, sur son sein la pressant,
Entre ses bras le dieu goûte un sommeil paisible ;
Puis quand la nuit au ciel, d'une marche insensible,
A fait dans l'air calmé la moitié de son tour ;
Que le repos s'enfuit à l'approche du jour ;
Quand la sensible main d'une femme attentive,
Qui vit de son fuseau sa ressource chétive,
Dérange, en l'écartant, dans son humble foyer,
La cendre qui couvrait son feu, pour l'allumer,
Ajoute au jour la nuit, diligente ouvrière,
Ses servantes près d'elle, assise à la lumière,
Les exerce à filer leur tâche d'un lin doux
Pour garder pur le lit de son fidèle époux,
Pour pouvoir élever sa naissante famille ;
Ainsi du dieu du feu l'ardeur éclate et brille,
Ainsi Vulcain actif, quittant sa couche, part,
Est levé pour hâter les travaux de son art.

   Non loin de Liparos, des flancs de la Sicile,
Avec ses fumans rocs s'élève en l'air une île ;
Sous elle à grand bruit tonne en ses antres, l'Etna,
Creusé par les fourneaux que Vulcain alluma.
L'enclume sous les coups y retentit, frappée ;
De l'acier qui se fond une lave écoulée,
Siffle ; le feu halète en brasiers, allumé :
C'est du robuste dieu l'asile accoutumé.
Le lieu se nomme aussi Vulcanienne terre.
Là s'est rendu le dieu, du ciel quittant la sphère.
Les Cyclopes nerveux dans cet antre profond,
Stérope, vigoureux, les bras nus, Pyracmon
Forgeaient le fer ensemble, avec eux, le fier Bronte.
Un foudre sous leurs mains compose, naît, se monte.

Qui sur terre est d'en-haut par le maître envoyé.
L'ouvrage était poli déjà par la moitié,
L'autre partie était encor non achevée.
La grêle en trois rayons, d'orageuse nuée
Trois autres à trois dards de feux étincelans
Etaient unis et trois des plus rapides vents,
Et les éclairs brillans, le fracas, l'épouvante,
L'ire et le coup rapide à la flamme volante
Dans l'ouvrage terrible étaient par eux mêlés.
Par d'autres se formait dans des lieux reculés,
Pour le dieu Mars un char, à roue agile et leste;
Par lui sont entraînés à la guerre funeste
Etats, peuples, cités; d'autres, pour les combats,
Fabriquent une égide à la fière Pallas;
D'écailles de dragon, de fer ils la polissent;
Entrelacés ensemble, autour des serpens glissent:
On y voit la Gorgone à l'œil fixe et baissé,
Au col encor sanglant de son corps divisé,
Destinée à couvrir le sein de la déesse:
« Que tout soit arrêté, dit Vulcain, que tout cesse.
» Suspendez les travaux, vous, Cyclopes actifs,
» A mes ordres pressans rendez-vous attentifs.
» Pour un guerrier fameux il faut faire une armure;
» C'est ici qu'il me faut la force la plus sûre
» De vos robustes bras, de votre plus grand art;
» Allons, obéissez, et prompts et sans retard ».
Vulcain n'a prononcé que ces mots; eux, dociles,
Préparent à l'instant les instrumens utiles;
L'ouvrage est partagé, l'airain coule en ruisseaux;
De l'acier et de l'or, confondus, les métaux
Jetés dans la fournaise y sont rendus liquides.
Contre tous les Latins, leurs traits les plus rapides
Se forme un bouclier qui, seul, les parerait;
De sept orbes mêlés son tissu se couvrait.

L'un , dans des soufflets creux , reçoit l'air , le redonne;
L'autre , plonge dans l'onde un airain qui frissonne:
Sous l'enclume attaquée au loin l'autre gémit;
Eux tous , entr'eux , levant leurs bras , avec grand bruit,
Vont frappant en cadence , et la pince tenace
Prend , saisi , le fer chaud , en retourne la masse.

    Lorsqu'aux bords de Lemnos se hâte ainsi Vulcain,
L'éclat naissant et doux des rayons du matin
Et le chant des oiseaux qui se sont fait entendre
Sous son modeste toit vont réveiller Evandre;
Le bon vieillard se lève , endosse le tissu
De son vêtement long sur son corps descendu;
Couvre ses pieds d'un lin d'usage en la contrée.
De l'épaule à son flanc lui descend une épée.
D'une panthère , à gauche , il retrousse la peau;
Deux chiens , gardiens du seuil , s'avançant aussi-tôt,
Accompagnent les pas de leur maître , fidelles.

    Déja se rappelant ses promesses formelles,
Le bon vieux roi soigneux va gagner le réduit
De son hôte levé , matinal comme lui.
Près d'Evandre est Pallas; Achate est près d'Enée ;
Ils s'abordent, la main l'un à l'autre donnée,
Dans un humble parvis placés , assis tous deux
Ils goûtent la douceur d'un entretien heureux.
Evandre , le premier, découvrant sa pensée :
« Chef des Troyens , ô vous dont la valeur prouvée
» Me fait douter qu'encor Pergame soit réduit,
» Que son brillant empire à jamais soit détruit!
» Je vous dois des guerriers marchants à votre suite.
» Mais avec un nom grand , ma force est bien petite!
» Par le fleuve Toscan , de ce côté , bornés,
» Le Rutule orgueilleux ailleurs nous tient cernés.
» De nos remparts s'entend le fracas de ses armes;
» Mais je forme un dessein pour calmer vos alarmes;

Je veux à vos soldats joindre un peuple nombreux,
Dans vos camps, rassembler plusieurs états fameux.
C'est pour votre salut une force nouvelle;
C'est-là qu'il faut aller, là le sort vous appelle.
Non loin d'ici se voit, sur un vieux roc fondé,
Le rempart d'Agylline, où, jadis abordé,
Le peuple Lydien, redoutable à la guerre,
Vint se bâtir des murs sur cette étrusque terre.
Pendant un long cours d'ans, heureux, ce sol fleurit;
Depuis, Mézence, un roi trop cruel l'asservit
Sous son pouvoir courbé par l'effort de ses armes.
Retracerai-je ici les massacres, les larmes,
Les forfaits si nombreux de ce monstre abhorré?
Puisse le châtiment par les dieux réservé
En retomber sur lui, sur sa race punie!
Le monstre à des corps morts joignait des corps en vie,
Le front contre le front, les mains contre les mains,
(Quel genre de supplice!) et ces tristes humains,
Dans ces embrassemens exécrés, lamentables,
Par le plus long trépas expiraient misérables.
Enfin les citoyens, las d'être ses sujets,
Pendant qu'il méditait encor d'autres forfaits,
Armés, l'environnant, assiègent sa demeure,
Lancent au toit des feux, vont massacrer, sur l'heure,
Ce que de partisans on trouve auprès de lui.
Le cruel, dans ce trouble, avec grand secret, fuit;
Au pays du Rutule il va, pour sa défense,
De son hôte Turnus soulever la puissance.
L'Etrurie, en fureur, vient donc de se lever,
Juste, et pour le punir, entière, de s'armer.
De ces peuples nombreux devenez chef, Enée!
La flotte sur la rive est prête et rassemblée;
Elle voudrait partir; l'interprète des dieux
Les retient, leur présage un destin malheureux:

S

» Des fiers Maconiens, vous l'élite choisie,
» Fleur de notre parage, ô jeunesse aguerrie
» Qu'un violent courroux porte vers l'ennemi ;
» Vous par qui justement Mézence est si haï,
» Aucun de nos guerriers, nulle notre puissance,
» Ne pourrait sous ses lois ranger un peuple immense,
» Choisissez-vous pour chefs plutôt des étrangers.
» D'un tel avis des dieux, étonnés les guerriers,
» Sous les armes, debout, dans la plaine attendirent.
» Leurs députés vers moi, dépêchés se rendirent;
» De plus, Tarchon m'adresse, avec divers présens,
» Une couronne, un sceptre et d'autres ornemens.
» Je dois donc, de ce peuple allant joindre l'armée,
» Prendre l'autorité qu'il m'a sur lui donnée ;
» Mais l'âge m'a glacé, le lourd fardeau des ans
» Rend du pouvoir pour moi les soins trop accablans;
» Pour de si grands projets ma force est affaiblie!
» J'exhorterais mon fils à marcher, si sa vie
» N'était d'une Sabine issue, et, de-là né,
» S'il n'était d'origine Etrusque par moitié.
» Vous à qui la vigueur et l'âge et la naissance
» Et les dieux déclarés décernent la puissance,
» Conduisez les guerriers Ausoniens, Troyens;
» Soyez leur général ; à vous, même, je joins
» Mon Pallas, mon espoir, l'appui de mon vieil âge;
» Qu'il fasse, instruit par vous, un digne apprentissage
» Des durs travaux de Mars; formez-le à ce métier;
» Qu'il s'accoutume à voir vos hauts faits le guider;
» De vos brillans exploits, témoin, qu'il vous admire!
Le bon Evandre à peine avait cessé de dire,
Pensif le fils d'Anchise, Achate, comme lui,
L'œil fixe, sans répondre, en leur secret ennui,
Roulaient mille pensers dans leur ame attristée;
Mais tout-à-coup du ciel la belle Cythérée

...nd sensible à leurs yeux le signal le plus clair ;
...e inopinément, avec grand bruit, dans l'air
...a éclat fut vibré ; le ciel sembla se fendre,
...Etrusque trompette au loin se fit entendre ;
...ous ont levé les yeux ; à grands coups répétés,
...e tonnerre éclata, les airs sont ébranlés :
...l'écart, dans un lieu de la voûte éthérée,
...es armes ont paru briller dans la nuée,
...es une main qui frappe ont semblé retentir.
...ous les cœurs sont glacés, tout commence à frémir :
...ais ce bruit au héros n'inspire point d'alarmes ;
...roit ce que sa mère avait promis, des armes ;
...l dit : « Abstenez-vous, Évandre, de chercher
...Quel malheur ce prodige entend vous présager.
...L'Olympe en veut à moi, la déesse ma mère,
...M'a promis de m'offrir ce signal tutélaire ;
...Si la guerre éclatait, de m'apporter des cieux
...Ces armes, de Vulcain ouvrage précieux,
...Pour que mes jours, encor menacés, se défendent.
...Laurentins malheureux, quels meurtres vous attendent !.
...Fier Turnus, qu'envers moi tu vas être puni !
...Quel effrayant amas, dans tes flots englouti,
...De casques, de guerriers, de boucliers et d'armes,
...Tibre, tu rouleras dans ton fleuve en alarmes !
...Qu'ils demandent la guerre et rompent les traités ! ! »
...es mots sont par Énée à peine articulés,
...tôt, a descendu de sa place élevée,
...e les autels d'Hercule une flamme étouffée,
...llume sous ses mains ; il regagne, joyeux,
...ille de la veille et ses modestes dieux ;
...sieurs brebis de choix par lui sont immolées.
...Les troupes des Troyens, d'Évandre, rassemblées,
...rchent vers les vaisseaux ; Énée, heureux, revoit
...s compagnons laissés, et fait, entr'eux tous, choix

De ceux dont la valeur éclata la plus fière,
Pour, sur ses pas conduits, s'avancer à la guerre;
Le reste, sur les flots du Tibre complaisant,
Par un vent favorable aidé, vogue, avançant,
Et, vers Ascagne, va rapporter, en message,
L'état présent d'Enée et l'effet du voyage.
Evandre fait donner des coursiers aux Troyens
Qu'on choisit pour marcher sur les Thyrréniens.
Il veut qu'exempt du sort soit laissé, pour Enée
Un coursier belliqueux qu'environne, dorée,
Une peau de lion, aux ongles, aux crins d'or.
Dans la faible cité court du plus prompt essor,
Bientôt, le bruit qu'au seuil du roi de Thyrrénie
On vient de voir marcher une cavalerie.
Les mères, dans leur crainte, ont de vœux redoublés;
Plus proche du péril, leur cœur est plus troublé,
Plus grande à leur esprit s'offre de Mars l'image!
Evandre, quand Enée en partant se dégage,
Saisit sa main, le suit de mille pleurs baigné,
Hâtant son pas tardif, l'escorte accompagné;
En prononçant ces mots : « O si de ma jeunesse,
» Le sort me redonnait la force et la souplesse,
» Me rendait tel que lors de mon premier combat!
» Quand aux murs de Préneste, on me vit de mon bras,
» A cent boucliers pris, vainqueur, porter la flamme,
» Quand d'Hérile abattu ce glaive arrachant l'ame,
» L'envoya vers le Styx! Hérile, cependant,
» Avait du sort reçu trois ames en naissant;
» Chose horrible! il fallait par trois fois le combattre;
» Sous les coups du trépas, trois fois vaincu, l'abattre!
» Ces trois ames, ce fer, pourtant, les arracha!
» Cette main, par trois fois, d'armes le dépouilla!
» Je ne te verrais pas ravir à ma vieillesse,
» O mon fils, ce Mézence outrageant ma faiblesse,

Jamais n'eût immolé de son fer détesté,
Tant de bons citoyens que pleure leur cité.
Mais vous, Dieux immortels, ô toi, maître suprême,
Dont les augustes lois commandent aux Dieux même!
Du vieux roi d'Arcadie en grace ayez pitié;
Entendez-les les vœux d'un père désolé;
Si vos décrets formels, si quelque sort prospère
Ordonnent que Pallas doit retrouver son père :
Si je dois le revoir dans mes bras revenir,
Oh! prolongez mes jours, je consens de souffrir,
A ce prix, chagrins, maux, les plus rudes disgraces;
Mais de quelque malheur, sort, si tu me menaces,
Que j'obtienne de vous aujourd'hui, dans l'instant,
D'abandonner la vie et son fardeau pesant,
Quand je n'éprouve encor qu'une inquiète peine,
Lorsque de l'avenir l'issue est incertaine,
Pendant, ô seul plaisir de mon âge avancé,
Qu'entre mes bras, mon fils, je te retiens pressé,
Avant qu'une nouvelle accablante et mortelle
Ne vienne déchirer l'oreille paternelle! »
Ainsi parlait Evandre, au moment de partir;
Ses serviteurs tremblans le voyant défaillir,
Sous son toit, dans leurs bras, évanoui, l'emportent.
Cependant des remparts déjà les guerriers sortent;
Enée, aux premiers rangs, Achate, sont placés;
Les généraux Troyens vont, ensuite avancés;
Au milieu d'eux Pallas déployait sa stature,
Brillant par sa tunique et sa superbe armure,
Pareil dans son éclat au messager du jour,
Cet astre que Vénus chérit dans son amour,
Entre ceux répandus par la voûte éthérée,
Quand du vaste Océan sa lumière montrée
Sort et rayonne, humide encor à son lever,
Chassant la nuit des airs qu'elle vient argenter;

Debout, sur les remparts, dans l'effroi sont les mères;
Leur regard suit de loin, roulans par la poussière,
Les escadrons nombreux, couverts, luisans d'airain
A travers des sentiers, par le premier chemin,
Ils marchent, puis bientôt dans l'élan qui l'entraîne
A grands pas le coursier au galop fend la plaine.
 Il est, auprès des bords du Cérite azuré,
Un lieu fameux au loin, pour nos pères sacré,
Qu'environnent par-tout les sommets des collines,
Qu'ombragent les sapins mûs des forêts voisines.
Au dieu Sylvain, gardien des troupeaux, des guérets,
Avec un jour marqué consacré par les Grecs
Qui vinrent les premiers sur les latines rives;
Tout auprès est Tarchon, sont les phalanges vives
Des fiers Etruriens dans leur camp renfermés.
Du haut de la colline, en bataillon formés,
S'appercevaient déja, rassemblés dans la plaine,
Les guerriers amenés du pays de Tyrrhène;
A ces essaims, Enée et ses Troyens choisis
Vont se réunir tous au même camp admis;
Guerriers, coursiers, tout prend un repos nécessaire.
 Mais cependant Vénus, de la céleste sphère,
Au milieu d'un nuage apportait ses présens;
Dans un secret vallon quand ses regards perçans
Ont découvert de loin son fils près du rivage,
Elle brille à ses yeux et lui tient ce langage :
« Voici, mon fils, les dons par mon époux finis,
» Qu'à ton ardeur vaillante une mère a promis.
» Tu peux dès-à-présent, heureux, plein de courage,
» Défier ce Turnus, son armée, au carnage. »
Vénus, à ces mots, vole embrasser son cher fils.
Magnifiques, ses dons, sur un chêne sont mis;
Lui, fier de ces présens de la belle déesse,
Ne peut pas se lasser d'admirer la richesse;

De ces détails divins qu'il parcourait des yeux,
Il tourne entre ses mains, prend dans ses bras nerveux
Le casque radieux à redoutable aigrette,
Qui fait jaillir de loin les feux brillans qu'il jette ;
Le redoutable glaive et le terrible airain
De la cuirasse épaisse, étincelante au loin,
Et sanglante, et semblable à la nue azurée
Qui des feux du soleil s'enflamme et luit, pourprée,
Les lisses éperons d'airain et d'or recuits,
La lance et les objets, variés, reproduits
Sur le long bouclier, tout éblouit sa vue.
Vulcain y retraçait l'étonnante étendue
Des hauts faits d'Italie et des exploits Romains
Qu'il connaissait, inscrits au livre des destins,
Les descendans fameux, un jour, neveux d'Ascagne,
Tous les combats tracés par ordre de campagne.
Dans l'antre verd de Mars on voyait, présentés,
La louve et les jumeaux par son sein allaités ;
Gaiement ce couple heureux se jouant autour d'elle,
Sans s'alarmer, tetait cette mère nouvelle.
Elle, son col fléxible en arrière tourné,
Léchait, formait leur corps tour-à-tour façonné ;
Non loin se montraient Rome, et, sur l'airain gravées,
Des Sabins interdits les femmes enlevées
Au cirque, après les jeux, contre le droit des gens ;
Le démêlé fatal tout-à-coup éclatant
Entre les ravisseurs, fils de Rome guerrière,
L'austère Tatius et son peuple sévère.
Après, les mêmes rois, leurs débats terminés,
Unis, près des autels de Jupiter, armés,
Tenant en main tous deux une coupe sacrée,
Debout, scellaient la paix, une truie immolée.
Non loin des chars conduits par quatre fiers coursiers
Tiraient de Métius les membres déchirés ;

S 4

D'un traité violé peine bien vengeresse,
Mais tu devais, Albain, tenir mieux ta promesse.
De ce guerrier trompeur Tullus, par les forêts,
Promenait les lambeaux distillans un sang frais:
La ronce en répandait les gouttes en rosée;
Ailleurs sont les Tarquins, leur famille chassée,
Porsenna bloquant Rome, et, par un siége, altier,
Prétendant la contraindre à les laisser rentrer;
Les descendans d'Énée assurant leur conquête,
Pour la liberté noble au fer livraient leur tête.
Vous verriez Porsenna menaçant, s'indignant
De voir Coclès briser un pont de bois volant;
Et, ses liens rompus, fendre les eaux, Clélie.
Manlius, au sommet du roc de Tarpéïe,
Gardien, est près du temple et debout et vainqueur,
Du brillant Capitole heureux conservateur.
Ce palais qu'aujourd'hui tant de splendeur décore,
De son agreste chaume était couvert encore:
Sous ses pourpris sacrés, l'oie, aux plumes d'argent,
, Annonçait le Gaulois par ses cris, voltigeant;
Le barbare à l'abri d'un bois touffu s'avance;
Maître, il s'est emparé déjà de l'éminence;
Par la nuit la plus sombre il se hâte, entouré,
Sa chevelure est d'or, son habit d'or paré;
D'osier, en souples jets, s'entrelace sa saye,
En chaîne, à son col blanc, l'or tressé se déploye;
Des Alpes sa main tient le long dard meurtrier,
Tout son corps est couvert par son grand bouclier.
Là, sont les Saliens, leur danse leste, agile,
Les prêtres du dieu Pan, du ciel tombé, l'ancile
Et la laine aux bonnets mise en flocons touffus.
Les dames sur des chars mollement suspendus,
Portaient les objets saints promenés par la ville;
Vulcain avait placé plus loin le noir asile,

Empire de Pluton, les enfers odieux,
Les scélérats punis dans le Tartare affreux ;
Catilina pendant sur un roc qui menace,
Épouvanté de voir les noires sœurs en face ;
Les bons ailleurs rangés, sur eux régnait Caton.
A travers ces objets, la mer en tourbillon
Roule, imitée en or, mais plus blanche, l'image
De l'écume des flots est d'argent, sur la plage.
En cercle, des dauphins jouaient, peints en argent,
Ils entr'ouvraient la mer de leur queue en nageant.
En airain, au milieu, se présentaient gravées,
Les poupes d'Actium, ses sanglantes mélées ;
Leucate entier bouillant des apprêts du fier Mars,
Les flots réfléchissans de l'or de toutes parts ;
Puis Auguste aux combats conduisant l'Italie,
Les sénateurs, le peuple et toute la patrie,
Les Pénates sacrés avec les plus grands dieux :
Debout sur une poupe offert de loin aux yeux,
Il vomit des feux vifs de sa tempe joyeuse,
Et l'astre de son père est sur sa tête heureuse.
Ailleurs, favorisé par les dieux, par les vents,
Agrippa fait marcher ses nombreux combattans ;
Et portant sur son front la couronne navale,
D'un si rare ornement de guerre il se signale ;
Accompagné, vainqueur, de cent peuples divers,
De renforts transportés des bouts de l'univers,
Marche Antoine, amenant les guerriers de l'aurore,
Ce que le Nil et Bactre ont de soldats encore,
Les forces d'Orient, secours dernier pour lui ;
D'une épouse d'Egypte, ô honte ! il est suivi.
Tout s'ébranle et combat ; on verrait, frémissante,
L'onde entière écumer sous la rame agissante,
Les flots se fendre, ouverts par les becs à trois dents.
Ils ont gagné le large ; on croirait voir, voguants,

S'entrechoquer des monts, où, du sol arrachées,
Les Cyclades nager dans les flots détachées,
Taut est puissant l'effort des combattans pressés,
Sur les poupes en foule assemblés, entassés ;
L'étoupe vole en flamme, en traits le fer se lance,
D'un carnage inconnu rougit la mer immense ;
Cléopâtre, elle-même, à ces chocs meurtriers
Du sistre paternel anime ses guerriers,
Sans voir les deux aspics menaçans derrière elle.
D'épouvantables dieux une foule cruelle,
L'aboyeur Anubis, mille monstres divers,
S'arment contre Vénus, Pallas, le dieu des mers :
Au sein de la mêlée est Mars, bouillant de rage ;
Vulcain l'a peint en fer ; dans la céleste plage,
Des infernales sœurs siffle un groupe abhorré.
La discorde en triomphe, en habit déchiré,
Se mêle, ivre de joie, au débat redoutable ;
Avec son fouet sanglant suit Bellone implacable :
A ce spectacle affreux, Apollon l'Actien,
Tendant son arc, frappait d'en-haut l'Egyptien ;
Et l'Indien, l'Arabe et tous ceux de Sabée,
Glacés d'effroi, voient fuir leur horde épouvantée.
Cléopâtre elle-même, en implorant les vents,
Semblait hâter le cours de ses vaisseaux trop lents ;
Le Dieu l'avait dépeinte au milieu du carnage,
De son prochain trépas voyant déjà l'image,
Pâle et sur l'onde allant au gré du cours des flots,
Près d'elle le grand Nil qui, triste, ouvrant ses eaux,
Tendant ses vêtemens, sensible, en cette angoisse,
Semblait vouloir couvrir la mourante princesse,
L'appelait dans ses bras et dans son lit, vainqueur.
Mais Auguste César, triple triomphateur,
Dans les remparts romains marchant, couvert de gloire,
D'une immortelle offrande acquittait sa victoire

Par trois cents temples mis dans la grande cité.
Les chemins résonnaient de jeux et de gaîté,
Des applaudissemens donnés à ses conquêtes :
Dans les temples, par-tout, sont chœurs de mères, fêtes,
Par-tout sont des autels et, près d'eux, immolés
Des chevreaux dans leur sang, sur la terre étalés,
Au temple d'Apollon, sur le marbre, à l'entrée,
Lui-même assis, César, de sa vue assurée,
Les dons de l'univers reconnaissait soumis,
Et les faisait suspendre aux portiques unis.
En un long ordre vont les nations vaincues ;
D'habit, d'air, de langage et d'armure inconnues ;
Le Numide orgueilleux, nu, l'Africain brûlé,
Le Lélègue, le Care et le Gélon armé :
L'Euphrate à plus doux flots déjà roulait son onde ;
Les Morins, les derniers des habitans du monde,
Le Rhin et son croissant, le Dahe insurmonté,
Et contre un pont qu'il hait l'Araxe révolté.

Tels sont au bouclier les étonnans prestiges,
Dont Enée admirait l'art et tous les prodiges ;
Ses yeux d'un si beau don, de sa pompe étonnés,
Il parcourt tous ces faits dans l'avenir cachés ;
Et met sur son épaule, en prenant son armure,
Le sort de ses neveux et leur splendeur future.

LIVRE NEUVIÈME.

SOMMAIRE.

TANDIS qu'*Enée* est occupé à rassembler des forces auxiliaires chez les Arcadiens et les peuples d'Etrurie, Turnus reçoit d'Iris, envoyée par Junon, l'avis de fondre sur les retranchemens nouveaux des Troyens; l'ordre donné par Enée empêche les assiégés de faire aucune sortie et d'engager le combat. Turnus se dispose à incendier leurs vaisseaux, placés près des murs de la ville; mais ces navires, construits jadis de bois pris dans les forêts d'Ida, sont, par la faveur de Cybèle, changés en nymphes des mers. La nuit approchant, des sentinelles sont disposées autour des remparts. Cependant les Troyens, que leur danger presse de faire avertir et revenir Enée, s'assemblent en conseil. Euryale et Nisus, célèbres par leur amitié courageuse, viennent offrir de se charger de ce soin; ils sont comblés d'éloges par Ascagne, partent la nuit, et font, dans les ténèbres, un grand carnage des Rutules. Sortis du camp ennemi, couverts de dépouilles, ils sont rencontrés par la cavalerie Latine, qui les immole. Leurs têtes, élevées sur des piques, et montrées en l'air, sont reconnues par les Troyens; cet aspect répand dans la ville le deuil le plus profond. La mère d'Euryale, sur-tout, fait éclater une vive douleur. Turnus attaque le rempart des Troyens; Numanus, Rutule, reçoit dans

le gosier un dard lancé par Ascagne. Pandare et Bitias,
Troyens, encouragés par ce succès, ouvrent les portes,
repoussent les Rutules qui s'approchaient, et en font un
grand carnage. Turnus, par une attaque impétueuse,
franchit enfin le rempart des Troyens, entre dans la ville;
mais, environné tout-à-coup d'une trop grande multitude
d'ennemis, il quitte insensiblement le combat, et, se retirant
par degrés dans la partie de la ville que baignait le Tibre,
saute tout armé dans le fleuve, et va rejoindre ses compa-
gnons à la nage.

Tandis que cet aspect, bien à l'écart, s'offrait,
Du haut du ciel, Junon, vers Turnus, adressait
La messagère Iris; au bois saint de son père,
Le héros, par hasard, reposant, solitaire,
Au fond d'un vallon sombre, Iris descend vers lui,
Et sa bouche de rose, alors s'ouvrant, lui dit:
« Turnus, ce que des Dieux nul ne put te promettre,
» Un favorable instant pour toi l'a seul fait naître:
» Enée abandonnant ses guerriers, la cité,
» Ses vaisseaux et son camp, s'est tout-à-coup porté
» Aux états Palatins, vers le séjour d'Evandre;
» Ce n'est pas tout encor: ce héros va se rendre
» Jusqu'aux derniers confins du Cocyte avancé,
» Arme de Lydiens un essaim ramassé,
» Et se fait escorter par d'agrestes phalanges.
» Qu'attends-tu donc? Ah! sors de ces délais étranges;
» Demande, il est tems, ton char et tes coursiers;
» Va assaillir leur camp plein de tremblans guerriers. »
Elle a dit et, planant dans l'air, s'est enlevée,
Dessinant, dans sa fuite, un arc sous la nuée.
Turnus l'a reconnue; il lève au ciel ses mains,
Et par ces mots la suit dans ses brillans chemins:

« Iris, l'honneur du ciel, qui vous fait, envoyée,
» Descendre ainsi vers moi de la plage éthérée?
» Quelle tempête, ô Dieux ! quel tumulte soudain!
» Je vois par le milieu s'entr'ouvrir l'air serein,
» Les étoiles courir dans tout l'Olympe, errantes!
» A des présages tels, mes deux mains suppliantes,
» Dieux, s'élèvent vers vous; quel que soit le pouvoir
» Qui m'appelle aux combats, je vais m'y faire voir. »
 Aux bords du prochain fleuve, alors, le héros passe,
Et, s'avançant vers l'onde, en puise à sa surface.
Surchargeant cependant l'Olympe entier de vœux.
Déjà l'armée en plaine et sur les champs poudreux
Marchait, par ses coursiers, ses habits peints, brillante;
Superbe aux premiers rangs Messape se présente;
Les guerriers d'Etrurie ont formé le dernier :
Sur ces essaims nombreux s'élevait fier, altier,
Turnus armé, passant les guerriers de la tête.
Tel est le Gange alors qu'imposant, il arrête.
Ses sept fleuves calmés, où tel le Nil s'enfuit,
Quand, sorti de la plaine, il va gagner son lit.
Un tourbillon roulant d'onduleuse poussière
Vient frapper des Troyens la tremblante paupière;
Leur œil voit sur les champs la nuit se déployer,
Lorsque du haut du fort, Caïcus, le premier,
S'écrie : « O compagnons! quel voile épais et sombre
» Vers nos murs s'étendant, ici porte son ombre?
» Vite, à l'instant, des fers, donnez, prenez des traits,
» Portez-vous aux remparts, les ennemis sont près. »
Les Troyens effrayés, à grands flots, vont, garnissent
Le vallon menacé d'essaims qui le remplissent;
Car Enée, en partant, prévoyant un danger,
Par un ordre formel défendit d'engager
Contre les ennemis, ou sortie, ou bataille,
Voulut que pour soin seul on couvrit la muraille.

Ainsi, quoique la honte, un vif élan d'ardeur,
Des Troyens aux combats portassent la valeur,
Docile à l'ordre sage on oppose les portes,
On attend l'ennemi couvert par les tours fortes.
Turnus rapide et prompt devançant ses guerriers,
Choisit pour l'escorter deux fois dix cavaliers;
Les conduit sur ses pas, compagnons de vaillance;
Puis vers la cité, fier, suivi par eux, s'avance.
Il monte un coursier Thrace et moucheté de blanc,
Sur son casque d'or flotte un panache de sang:
« Qui de vous, avec moi, veut partager la joie
« D'aller à l'ennemi le premier? » Il envoie,
A ces mots, d'un bras sûr, en l'air, son dard léger;
Lui-même en plaine va, descendant, s'engager.
Formidables, d'un cri, ses compagnons répondent;
On le suit, mais les cœurs de fureur se confondent,
Quand ils voient les Troyens, dans leur calme gardé,
Conserver, sans sortir, cette immobilité,
Nul d'eux pour le combat hors des murs ne paraître,
Tous à couvert rester sans vouloir se commettre.
De toutes parts Turnus se porte en frémissant;
Des remparts, à cheval, il reconnaît le flanc,
Cherche, pour pénétrer, accès, lieu favorable.
Tel un avide loup, guette, pleine une étable,
Quand il l'apperçoit close, au seuil, dans son dépit,
Il souffre vent et pluie, en embûches, la nuit;
Quand. sans frayeur l'agneau sous sa mère, paisible,
Jette un bêlement doux, lui, de fureur terrible,
Le mange en espérance et le dévore absent,
Pressé par son gosier, sec, altéré de sang,
Par une aride faim dés long-tems amassée.
Non moindre est de Turnus la colère aiguisée,
En découvrant du camp cet obstacle odieux,
La rage dans son cœur vient porter tous ses feux:

« Comment entrer ? comment hors de cette muraille
» Attirer les Troyens forcés à la bataille ?.... »
    Les vaisseaux près des murs étaient restés rangés,
Par un rempart de terre et l'onde protégés.
Turnus les voit, bientôt, impatient de rage,
Il y veut à l'instant porter flammes, ravage ;
Il appelle, en courroux, ses compagnons vers lui ;
D'un grand pin flamboyant son fort bras s'est muni :
On l'imite ; lui-même encor, par sa présence,
Vient animer l'ardeur de servir sa vengeance.
Les foyers sont pillés ; les torches, vers les cieux,
Jettent dans l'air rougi leur long éclat fumeux ;
La flamme s'étendant, roule et vole élevée.
Muses, quel Dieu puissant de la flotte sauvée
Ecarta l'incendie et des Troyens heureux
Préserva les vaisseaux de ces dévorans feux ?
Ce fait, quoique vieilli par les tems, leur durée,
Jusqu'à nos jours transmis vint par la renommée.
Lorsque dans la Phrygie, au sommet de l'Ida,
Par les mains des Troyens la flotte se forma
Qui sur le sein des flots devait conduire Enée ;
Elle-même des Dieux la mère révérée,
Cybèle alla, dit-on, en ces mots, s'adresser
Au monarque du ciel, au puissant Jupiter :
« Accordez à mes vœux, mon fils, ce qu'une mère
» Quand l'Olympe est soumis, attend de sa prière.
» Une forêt de pins, jadis chère à mes yeux
» S'étendant, verdissait sur mon Ida fameux.
» L'encens en mon honneur fumait sous son ombrage;
» Des chênes, des sapins y mêlaient leur feuillage.
» Au héros des Troyens dans son besoin pressant,
» Pour bâtir des vaisseaux j'en ai fait le présent.
» Mais une crainte encor tient mon ame agitée;
» Rassurez mes esprits ; qu'une mère écoutée

» Sur le cœur de son fils ait ce juste pouvoir ;
» Que dans leur cours heureux rien ne puisse émouvoir
» Ces vaisseaux précieux, vents, flots, tempête, orage ;
» Vainqueurs des mers, pour eux que tel soit l'avantage
» D'avoir été formés de mes bois si chéris. »
Celui qui fait tourner les vastes cieux, son fils,
Dit : « Où prétendez-vous mener la destinée ?
» Quelle est pour ces vaisseaux la gloire demandée ?
» Quoi ! ma mère, pour eux fragiles et mortels,
» Vous voulez obtenir des destins éternels ?
» Dans les plus grands périls, qu'Enée, en assurance,
» Soit sans anxiétés, sans craintes, sans souffrance !
» Quel des dieux donc aurait un pouvoir aussi grand ?
» Non ; mais lorsque portés sur l'humide élément
» Ils auront fendu l'onde, et, leur course finie,
» Parviendront abordés aux ports de l'Ausonie ;
» Que des flots, des écueils sans dommage sauvés,
» Au sol des Laurentins ils atteindront, portés,
» Pour y laisser Enée et sa troupe fidelle,
» Je les dépouillerai de leur forme mortelle ;
» De la profonde mer, par mon pouvoir changés,
» Tels que Doto la nymphe, ils seront déités,
» Et comme Galathée ils fendront l'eau salée. »
Il a dit : sa promesse à l'instant est scellée
Par les ondes du Styx, au dieu Pluton soumis,
Par la rive infernale et les bords si haïs
Que ce fleuve en roulant sa poix, ses rocs, tourmente
Il fit un signe au ciel, tout trembla d'épouvante.
Le jour long-tems promis enfin était venu ;
La parque avait filé des tems l'ordre attendu :
L'outrage de Turnus fit souvenir Cybèle
D'écarter des vaisseaux la flamme si cruelle.
Alors, un jour nouveau parut au ciel briller ;
De l'aurore un nuage, immense, a fendu l'air :

T

Des chœurs du mont Ida les chants se font entendre,
Formidable, une voix court, roule, et vient descendre,
Consternant à la fois Rutules et Troyens :
« Ne vous alarmiez pas, ces vaisseaux sont les miens;
» Que nul de vous, guerriers, ne songe à les défendre;
» L'audacieux Turnus mettrait plutôt en cendre
» Le sein des vastes mers que mes pins protégés;
» En déités des flots, déliez-vous, changés;
» Votre mère l'ordonne. » A l'instant, dégagées,
Les poupes des vaisseaux tout-à-coup allégées
Telles que des dauphins vont, se plongeant dans l'eau,
Gagner le fond des mers, puis, prodige nouveau,
Reparaissent autant de vierges fendant l'onde,
Qu'ils étaient de vaisseaux ouvrant la mer profonde.

Tout le cœur du Rutule à cet aspect trembla;
Retenant ses coursiers, Messape se troubla ;
L'onde du Tibre même, interdite, arrêtée,
Loin de fuir vers les mers, rebrousse, épouvantée.
Mais l'orgueilleux Turnus, sans perdre sa fierté,
Par ses propres discours s'est encore excité,
Et sa bouche, en raillant : « Ce prodige lui-même
» Menace les Troyens, dit-il, le roi suprême
» Leur retire l'appui qu'il déployait pour eux.
» On n'attend plus les traits du Rutule, ou ses feux;
» Voilà donc aux Troyens déjà la mer fermée !
» La fuite désormais ne leur est plus donnée.
» La mer, moitié du monde, est soustraite à leurs vœux;
» La terre, à nous, nous reste ! Un tel nombre contr'eux,
» Des peuples d'Ausonie est maintenant en armes!
» Leur vain décret du sort m'inspire peu d'alarmes,
» S il en est que pour eux ces Troyens aient cité :
» A sa mère, aux destins, c'est assez d'accordé
» Qu'ils se soient pu porter sur cette heureuse terre!
» J'ai mes destins aussi, moi, dont l'effet contraire

» Est d'écraser enfin ce peuple scélérat,
» De venger mon amour et leur insolent rapt.
» Ce n'est pas dans le cœur des seuls enfans d'Atrée
» Que d'un outrage tel l'injure vit, entrée ;
» Pour cet affront, Argos n'est pas seul à s'armer !
» C'est donc peu qu'une fois ils se soient vus tomber !
» Ce revers suffirait pour leur première offense,
» S'ils pouvaient, insensés, contenir leur démence
» Contre un sexe à jamais jouet de leurs affronts !
» Eux, dont ce vain rempart, des fossés, des vallons
» Semblent contre la mort enhardir le courage,
» Dont les cœurs sont si fiers du plus faible avantage,
» N'ont-ils pas vu crouler ces fameux murs Troyens,
» Que du puissant Neptune avaient construits les mains ?
» Mais, compagnons choisis, de vous, qui se prépare
» A venir, avec moi, briser l'enceinte rare
» De ce mur défendu par des guerriers tremblans ?
» Les armes de Vulcain, mille vaisseaux flottans
» Sont, contre les Troyens, pour moi, peu nécessaires ;
» Que l'Etrurie entière en phalanges guerrières
» Accoure à leur appui ; qu'ils ne craignent pour eux
» Ni le Palladium, ni ses flancs sourds et creux,
» Ni la nuit, ni le glaive ou la lance mortelle
» Immolant les guerriers gardant la citadelle !
» Dès demain, en plein jour, à découvert, je veux
» Aller envelopper leurs remparts de longs feux.
» Mais puisqu'enfin du jour la plus grande partie
» S'écoulant vers le soir, décline et va, finie,
» Il vous reste, ô guerriers, après avoir rempli
» Votre devoir, chacun, fidèlement suivi,
» A prendre soin de vous, puis, l'attaque à main forte ! »
Et cependant le soin d'entourer chaque porte
Par des cordons, dans l'ombre, à Messape est donné ;
Le mur de feux par lui doit être, entier, cerné.

T 2

Pour faire errer autour un essaim qui l'assiège,
De deux fois sept guerriers on lui joint un cortège ;
Chaque chef doit guider cent combattans choisis :
Leur panache est pourpré, l'or couvre leurs habits.
Détachés, ils s'en vont, gardent, puis se relèvent,
Puis, sur l'herbe étendus, dans leurs ébats, achèvent
De vuider un vin pur dans des coupes d'airain.
On passe au jeu la nuit jusques au lendemain :
Les feux sont allumés, aucun œil ne sommeille.
Des Troyens, sur leurs murs, l'essaim attentif veille ;
Observant tout de loin, armés, sur la hauteur,
Et l'œil sur chaque porte, en proie à la frayeur,
Ils dressent des ponts joints aux défenses de guerre.
Eux tous armés de traits, par des avis sévères
Mnesthée actif, Sereste exhortent à veiller ;
Car Enée en partant prévoyant un danger,
A ces chefs valeureux avait remis l'armée,
Son empire, son fils, sa propre destinée.
Les Troyens donc, au sort tous les postes tirés,
Au sommet des remparts vont se placer portés :
On veille tour-à-tour, on relève la garde,
Chacun constant, demeure au lieu fixé qu'il garde.
Près de la porte était, sentinelle, Nisus,
Fameux dans les combats, fils vaillant d'Hyrtacus.
L'Ida, ce mont chasseur, l'envoya près d'Enée ;
Compagnon du héros et par sa flèche ailée
Et par le jet du dard à la fois illustré.
Près de lui, par hasard, Euryale est placé ;
Des compagnons d'Enée aucun n'eut plus de grâce,
Ne porta des Troyens l'arme avec plus d'audace ;
La fleur de la jeunesse éclatait sur son front ;
Un duvet, faible encore ombrageait son menton ;
D'une étroite amitié le nœud saint les rassemble,
Tous les deux aux combats étaient partis ensemble.

Et de garde à la porte ils étaient mis tous deux :
« Serait-ce, dit Nisus, l'exprès vouloir des dieux
» Qui me vient inspirer cette ardeur de victoire,
» Ou prend-on pour leur ordre un vif désir de gloire ?
» Ou combattre, ou tenter quelque chose de grand,
» Est tout ce que je veux du repos mécontent.
» Vois-tu comme languit, dans cette circonstance,
» Du Rutule endormi l'étrange nonchalance ?
» Les feux sont rares, vains ; dans le sommeil plongés,
» Dans l'ivresse et le vin ils sont épars, couchés ;
» Tout à l'entour est calme, est tranquille, en silence ;
» Entends donc le projet sur lequel je balance,
» Et le dessein nouveau qui naît dans mon esprit.
» Le peuple et tous nos chefs voudraient qu'Enée apprît
» De notre sort présent la fâcheuse détresse.
» Son retour est le point qui les touche et les presse ;
» Si le prix que j'envie est sûr un jour pour toi,
» (L'éclat d'un coup de main suffit assez pour moi).
» Je crois, sous cette terre, à nos yeux élevée,
» Pouvoir trouver par où nous rendre à Pallantée. »
Euryale, admirant, d'un vif désir d'honneur
Sent son cœur s'animer, et dit, rempli d'ardeur :
« Eh quoi ! craindrais-tu donc, dans ce péril extrême,
» De faire sur tes pas marcher ton ami même ?
» Te laisserais-je seul braver un tel danger ?
» Mon père Ophelte, ainsi, sut ne pas me juger.
» Aux travaux des guerriers il forma ma jeunesse,
» Lorsqu'Ilion tremblait, assiégé par la Grèce ;
» Et ce n'est pas ainsi que tu m'as vu toujours,
» Moi, compagnon d'Enée, avec toi, par le cours
» Des périls les plus grands qu'ait courus la patrie.
» Va, crois qu'une ame est là, qui sait donner sa vie
» Et, d'un tel prix, payer la gloire où tu prétends. »
  » Je ne craignais de toi nuls lâches sentimens,

T 3

« Ce serait, dit Nisus, un trop indigne outrage :
» Que le grand Jupiter, auteur de mon courage,
» Ou tel autre des dieux, doux pour nous, protecteur,
» M'en soit garant, vers toi me ramène vainqueur.
» Mais si quelque revers venait à nous surprendre ;
» Il en est de nombreux que nous pouvons attendre,
» Si quelqu'évènement, quelques contraires dieux,
» Rendaient de mon dessein le succès malheureux,
» Je voudrais, conservé, qu'au moins tu me survives ;
» Jeune, tes forces sont naissantes, plus actives ;
» Qu'il soit quelqu'un qui puisse, enlevé du combat,
» Ou racheté des mains d'un peuple scélérat,
» Remettre mes débris dans leur dernier asyle ;
» Ou, si quoique ce soit rendait trop peu facile
» Ce funèbre devoir, qui me puisse, du moins,
» Honorer d'un tombeau qu'auront construit ses mains.
» Je ne veux pas causer cette douleur amère
» Ni des regrets si vifs à ta sensible mère
» Qui, des femmes de Troye, et malgré leurs refus,
» Seule, a suivi son fils sur ces bords inconnus,
» Sans soin des murs nouveaux d'Aceste ou de sa ville. »
    Euryale : « Nisus, ta peine est inutile ;
» Un dessein pris n'est pas pour moi prompt à changer ;
» Hâtons-nous. » Il a dit, marche et court éveiller
Les guerriers qui devaient garder, mis à leur place ;
On vient, on les relève ; eux, d'un port plein d'audace,
Partent, quittant le mur, vont chercher le héros.
Tout sur la terre au loin, plongé dans le repos,
Oubliant travaux, soins, dormait, exempt de peine.
Mais les chefs principaux de la troupe Troyenne
Et les plus fiers guerriers, dans ce moment fâcheux,
Veillaient, réunis, tous, pour consulter entr'eux :
« Que faire ? Qui voudrait aller instruire Enée ? »
L'assemblée est debout, sur sa lance appuyée,

Bouclier au bras, fière en plaine au sein du camp,
Euryale avec joie, et Nisus avançant
Demandent qu'au conseil on les daigne introduire ;
« Ils ont un projet grand, un retard pourrait nuire. »
Ascagne les admet, le premier, empressés,
Veut lui-même ouïr les faits par Nisus exposés.
Le fils d'Hyrtace alors : « O compagnons d'Enée !
» Ecoutez, a-t-il dit, d'une ame disposée
» A mûrement peser un dessein important ;
» Gardez-vous d'en juger sur notre âge naissant.
» Dans le vin, le sommeil, l'ennemi gît tranquille !
» Nous-mêmes avons vu pour une ruse utile
» Où le chemin se coupe, ouvert en cet endroit,
» Un lieu près du rivage où la porte paraît ;
» Les feux y sont, morts, vains, obscure, une fumée
» Jusqu'aux astres du ciel seule monte, élevée ;
» Et si vous consentez que l'instant soit saisi,
» Aux murs Pallantéens, notre effort réuni
» Ira chercher Enée après un grand carnage.
» Oui, vous nous reverrez bientôt sur ce rivage,
» Tout couverts du butin sur l'ennemi conquis.
» Le chemin ne saurait nous égarer, surpris ;
» Dans les vallons obscurs, souvent, pendant la chasse
» Nous avons reconnu la plus prochaine place ;
» Le fleuve en tout son cours par nous fut observé : »
A ces mots, Alethès, du faix des ans courbé,
Mais d'un jugement sain, parlant, tient ce langage :
« O dieux de mon pays, qui prouvez par ce gage,
» Que toujours votre appui s'étend sur les Troyens,
» Non, vous ne voulez pas terminer nos destins,
» Puisque vous nous donnez ces cœurs pleins de vaillance,
» Des guerriers qu'enhardit cette noble assurance ! »
En prononçant ces mots, il tenait par les mains,
Et pressait dans ses bras ces deux braves Troyens.

T 4

Ses pleurs à flots coulans tombaient sur son visage ;
« Quels prix, quels dignes prix paieront un tel courage ?
» Les plus brillans pour vous et les plus précieux
» Seront dans votre cœur, dans la faveur des dieux.
» Les autres vous seront accordés par Enée,
» Et par Ascagne même à qui sa destinée
» Donne aujourd'hui l'éclat de son premier printems,
» Dont à jamais les soins seront reconnaissans. »
Ascagne, après eux, dit : « Par nos Lares augustes,
» Par ceux d'Assaracus, nos dieux puissans et justes,
» O héros, par Vesta, par son culte sacré !
» Tout mon espoir en vous se repose assuré.
» Allez chercher mon père, amené sous ma vue ;
» Je brave tout, pourvu qu'elle me soit rendue.
» Deux grands vases d'argent par moi seront donnés,
» Travaillés avec art, de perles couronnés,
» Que mon père eut d'Arisbe, après une victoire,
» Deux riches talens d'or, deux trépieds qu'en sa gloire,
» Didon m'a fait jadis à Carthage accepter.
» Mais si jamais vainqueur je parviens à régner,
» Si j'atteins l'Ausonie et m'assieds sur un trône,
» Si j'y fais le butin que la conquête donne,
» Vous savez quel coursier Turnus, brillant, montait ;
» Son armure et tout l'or dont elle rayonnait,
» Son bouclier lui-même et son altière aigrette,
» Nisus, voilà pour vous la récompense prête ;
» Ces dons exempts du sort vous restent assurés ;
» Des mains d'Enée encor, guerrier, vous recevrés
» Des captifs, leurs habits, leur superbe parure,
» Douze mères de choix d'élégante stature,
» Tout ce que Latinus fait ouvrir de guérets.
» Pour vous, dont l'âge au mien ressemble de plus près,
» Vos droits sont immortels à ma reconnaissance ;
» Respectable Troyen, je vous choisis d'avance

» Pour le compagnon sûr de mes plus grands dangers.
» Avec vous mes honneurs seront tous partagés.
» Que j'assure la paix ou prépare la guerre,
» Vous serez de mes vœux l'heureux dépositaire. »
A ce discours d'Iule Euryale répond :
« Nul instant ne verra jamais mon cœur peu prompt
» A mériter l'éclat de tant de confiance ;
» Que seulement le sort demeure avec constance
» Tel qu'il semble s'offrir ; mais plus que vos présens,
» Je demande un point seul de vos soins complaisans.
» Une mère sensible à mes vœux est laissée ;
» Dans l'antique séjour de Priam jadis née,
» Troye et ses bords chéris n'ont pu la retenir,
» Quand ses tristes regards ont vu son fils partir,
» Ni les murs plus nouveaux bâtis des mains d'Aceste ;
» Je vais l'abandonner, inquiète, elle reste
» Ignorant ce que j'offre à courir de danger ;
» Je pars sans avoir pu la voir, la saluer ;
» J'en atteste la nuit, votre main filiale ;
» Mon cœur ne tiendrait pas à sa douleur fatale ;
» Daignez dans son angoisse au moins la consoler,
» Dans ses ennuis mortels ne pas la délaisser ;
» Que j'emporte avec moi de vous cette espérance,
» Et je vole aux combats avec plus d'assurance. »
Les esprits sont troublés ; des guerriers trop émus
Les pleurs à flots pressés, roulans, sont descendus ;
Sur-tout Ascagne éprouve une douleur pressante ;
L'image de son père à lui, vive, est présente.
Il répond, et leur dit : « Oui, je vous les promets ;
» Ces prix justement dûs à vos heureux projets,
» Votre mère sera, dès cet instant, ma mère ;
» Il lui manquera seul le nom de la première.
» De ce choix adoptif le prix sera bien grand,
» Quelque soit, ô guerrier, le sort qui vous attend.

» Je jure par ma tête (en observant l'usage

» Par mon père toujours suivi) que ce partage

» Promis pour vous, vainqueur, si vers nous vous venés,

» Pour elle et votre sang resteront destinés. »

Il dit, et fond en pleurs ; au même instant, l'épée

Qu'il porte à son côté, suspendue et dorée,

Qu'avec art Lycaon autrefois fabriqua,

Qu'en un fourreau d'ivoire en Crète il adapta,

Il la donne à Nisus, à Nisus par Mnesthée

La peau, d'un fier lion dépouille, est apportée,

Alethès avec lui de glaive va changer ;

S'armant, les deux héros partent, vont au danger.

Les principaux Troyens, à grands flots, la jeunesse,

D'un pas lent jusqu'aux murs, débile, la vieillesse,

Tout les suit, en formant des vœux pour leurs succès :

Iule devançant les soins des guerriers faits,

Donne ordre d'annoncer mille objets à son père ;

Mais des rapides vents une haleine contraire

Dissipe, emporte tout, l'a dispersé dans l'air.

Ils passent les fossés, vont, ardens, se porter

Vers le camp, trop fatal, couverts par la nuit sombre,

Mais d'ennemis avant doit expirer grand nombre.

Dans le vin, le sommeil, dans l'ivresse plongé,

Le Rutule par-tout, étendu, dort, couché.

Armes, vases mêlés, les pots, meuble futile,

Harnois, rênes, chars, cuirs et la roue immobile,

Tout est épars, tout gît : « Il faut un coup de main.

» Le sort paraît vouloir servir notre dessein ;

» Par ici, dit Nisus, et toi, veille en arrière,

» Pour qu'aucune arrivée, imprévue, étrangère,

» Ne vienne nous surprendre, aie l'œil à tout de loin ;

» Je vais, te préparant un bien large chemin,

» Semer ici par-tout la mort et le carnage. »

Il dit, retient sa voix et d'un bras sûr, engage

Sa large épée aux flancs de Rhamnès orgueilleux,
Qui, par hasard, foulant des tapis précieux,
Ronflait, dans son sommeil, de toute sa poitrine.
Il était roi, son art, sa science divine
L'avaient, par Turnus, roi, fait chérir; mais trompé,
Son art n'écarta pas le coup qui l'a frappé.
Trois de ses serviteurs, gissans parmi les armes,
Sommeillaient au hasard sur le sol sans alarmes;
L'écuyer de Rhémus dormait sous ses coursiers;
Ils meurent; dé leurs corps leurs cous sont divisés.
L'intrépide Nisus, dans son ardeur extrême,
Du glaive abat la tête à leur maître lui-même,
Le laisse sanglottant, tous ses membres souillés,
Et le sable et son lit de son sang noir mouillés :
Lamyre meurt; Lamus, Serrane, en sa jeunesse,
Que le vin dans la nuit avait surpris d'ivresse,
Lorsqu'il passe à jouer les heures du repos,
Et sommeille, étendu, vermeil, parmi les pots :
Heureux, si, consumant au jeu la nuit entière,
Il eût au jour naissant pu r'ouvrir sa paupière.
Tel, dans la bergerie, indomptable, un lion,
D'un appétit fougueux ressentant l'aiguillon,
Brise et sous sa dent broye une troupe bêlante,
Immobile de crainte, à son aspect tremblante,
Lui, bouche ensanglantée, est écumant, rugit;
Non moindre est du guerrier le carnage subit.
Lui-même entier se livre, ardent, à sa colère;
Il moissonne une foule, un ignoble vulgaire;
Sans nom, sans gloire, épars, succombent, abattus,
Abaris, Hébésus, et Fœdus et Rhœcus.
Rhœtus veillant, voit tout; mais l'effroi qui le glace
Le retenait caché par l'ombre d'un grand vase.
Tandis qu'il se relève, Euryale, en plongeant
Dans son sein découvert son glaive foudroyant,

Le fit tomber, saisi par la mort toute entière,
Rendant en épais flots qui vont rougir la terre
Son sang, le vin, sa vie à la fois confondus.
Euryale poursuit ses coups inattendus.
Déjà vers les guerriers de Messape il s'adresse,
Où des feux presqu'éteints expirait la faiblesse,
Où son œil découvrait, épars et bondissans,
Les coursiers qui paisssaient, libres, l'herbe des champs.
En peu de mots, alors Nisus prudent, plus sage,
Sentant que trop d'ardeur les emporte au carnage,
Dit : « C'est assez d'exploits ; il faut nous arrêter ;
» Le jour naissant déjà commence à se hâter ;
» Au sein des ennemis, large, une voie est faite,
» Il suffit ; désormais songeons à la retraite. »
Ils laissent un amas de vases parsemés,
D'armures, de tapis, de tissus étalés ;
Euryale emportant dans sa bouillante audace,
Freins d'or du fier Rhamnès, caparaçons, les place,
Hélas ! sur son épaule, en vain par lui conquis !
Rémulus Tiburtin, de ces présens chéris
Reçut un jour l'offrande et brillante et guerrière,
Quand d'un double lien la chaîne hospitalière
L'avait à Cœdicus jadis, absent, uni :
A son frêle héritier, en mourant, celui-ci
Les transmit conservés, depuis pris dans la guerre,
De l'orgueilleux Rutule ils redoublaient la gloire.
Du casque de Messape et souple et décoré,
A panache éclatant, le guerrier s'est paré.
Les deux Troyens déjà , quittant le camp, s'élancent ;
Bientôt des escadrons dans la plaine s'avancent,
Sortis des murs Latins, armés pour les combats ;
Dans un champ, prêt, attend le reste des soldats.
Ils sont trois cents unis en phalange formée,
Conduite par Volscens, de boucliers armée ;

Portant du roi Latin la réponse à Turnus.
Ils s'approchaient du camp, bientôt presque rendus,
S'avançaient vers les murs, quand, tout-à-coup, leur vue
Découvre deux Troyens dont la marche inconnue
Prenait, les évitant, par la gauche, un sentier.
Imprudent, Euryale en l'air laissa briller
Sur son front malheureux le panache homicide
Qu'un demi-jour frappait d'une lueur perfide,
Renvoyant cet éclat en face à l'ennemi.
« Je ne me trompe pas, ce sont des guerriers, oui.
« Halte-là. Qu'êtes-vous, armés ainsi ? La cause
« Qui vous fait avancer ? » De répondre, nul n'ose,
Dans l'épaisseur des bois, protégés par la nuit,
Espérant échapper, prompts, tous les deux ont fui.
Des cavaliers de choix, mis, cernent les issues
Du bois fatal, hélas, d'eux dès long-tems connues.
Leur troupe armée au loin en enceint les accès ;
Ce bois même était plein de chênes noirs, épais ;
D'épineux bois, la ronce obstruaient sa retraite ;
Sur des sentiers obscurs une route peu faite
A peine y conduisait les pas embarrassés.
Le butin, les rameaux croisés, entrelacés,
Retardent Euryale et sa marche incertaine ;
La peur de s'égarer encore accroît sa peine.
Nisus prompt, franchit tout déjà, mais trop ardent,
Il avait, en fuyant l'ennemi poursuivant,
Passé l'onde du lac Albaine surnommée
Du nom d'Albe depuis au même lieu formée,
Où paissaient les troupeaux du monarque Latin.
Nisus s'arrête alors, son regard incertain,
En cherchant Euryale, apperçoit son absence :
« O guerrier malheureux ! où ta vaine imprudence
« T'a-t-elle pu laisser ? Où courir sur tes pas ? »
Alors, en repassant de nouveau, dans ses lacs,

c

Cette route trompeuse il cherche le vestige,
Les traces du héros, triste, interdit, s'afflige,
Parcourt tout, reparcourt ce bois silencieux ;
Il entend les coursiers, les mouvemens affreux
Des guerriers ennemis volans à sa poursuite;
Un cri vers son oreille alors se précipite;
Il regarde, il découvre au travers de la nuit,
Euryale égaré qu'on saisit à grand bruit,
Et qui, trop faible, en vain se débattait en larmes.
Que faire? que tenter? par quels coups, quelles armes
Pouvoir débarrasser le héros de leurs mains?
Doit-il aller, jeté dans ces fers assassins,
Affronter le danger de la mort la plus sûre,
Déterminé, périr d'une noble blessure?
Tout-à-coup de son arc, ardent, il se saisit
Et levant ses regards vers l'astre de la nuit,
Sa prière en ces mots : « O vous, chaste déesse,
» Favorable, aidez-moi dans ma cruelle angoisse;
» Vous, l'ornement des airs, ô gardienne des bois!
» Si mon père Hyrtacus, à vos autels, pour moi,
» A présenté souvent de nombreuses offrandes,
» Si par ma chasse encor je les rendis plus grandes,
» Si j'ai fixé des dons dans vos temples ornés,
» Les pendis à leur voûte, à leurs sommets sacrés,
» Faites-moi dissiper ce gros de téméraires,
» Vous-même en l'air guidez mes flèches salutaires. »
Il dit; du corps entier, s'efforçant, lance un trait:
Le fer vole, et perçant l'ombre et son voile épais,
Va, par le dos, frapper Sulmon; bientôt se brise,
Traversant du guerrier la poitrine surprise.
L'ennemi roule et jette, à gros ruisseaux, le sang;
Le frisson de la mort l'agite, sanglottant.
La troupe avec effroi de toutes parts regarde:
Nisus par ce succès encouragé, hasarde

Un nouveau trait, déjà, sur son arc disposé:
Le fer, pendant leur trouble, allant d'un cours pressé,
Vole, arrive et perçant, par l'une et l'autre tempe,
Tagus, dans sa cervelle, en s'arrêtant, se trempe.
Volscens se déchaînant, en courroux, n'apperçoit
Celui qui fait partir ces dards en nul endroit;
Ne sait où se porter dans sa vive furie :
« Mais toi, par tout ton sang, pour les deux, par ta vie,
» Tu paieras, s'écrie-t-il. » Il dit; au même instant,
Sur Euryale il lève un glaive étincelant :
Transi d'effroi, glacé, pâle, alors Nisus crie;
Il ne peut renfermer sa douleur inouie
Ni demeurer dans l'ombre, ou par la nuit caché :
« C'est moi, moi, me voici; j'ai tout fait, tout tenté;
» Tournez sur moi ce fer, je suis seul le coupable;
» Il n'a rien fait, rien pu, ce guerrier déplorable,
» J'en atteste le ciel, ses astres lumineux,
» Seulement il chérit son ami malheureux. »
De Nisus, en ces mots, le vif effroi s'exhale;
Mais le glaive mortel porté sur Euryale,
Avec effort plongé va traverser son sein,
Ouvre ses côtes, entre et finit son destin.
L'infortuné succombe et la mort sur lui vole;
Tout son corps de son sang rougit; sur son épaule,
Sa tête, en s'inclinant, l'approche et va tombant.
Telle une fleur vermeille au fer du soc tranchant
Cède et languit mourante, ou telle on voit, lassée,
La tête des pavots se courber, affaissée,
Quand sous l'eau de la pluie ils cèdent surchargés.
Dans les rangs ennemis, les regards enflammés,
Nisus se précipite au travers de l'armée;
Il cherche Volscens seul, seul, sa rage allumée
Le veut, sur Volscens seul il se porte acharné.
Tout se presse, s'unit, l'assiège environné;

De près, de loin, par-tout, on l'écarte, on l'arrête.
Il n'en poursuit pas moins, et, dans sa fureur, prête,
Son épée au gosier du Rutule criant
Toute entière enfoncée, il arrache, mourant,
La vie au meurtrier, puis, succombant lui-même,
Jeté, percé de coups, sur la dépouille blême
De son ami qu'il venge, il tombe, et, satisfait,
De la plus calme mort goûte l'heureuse paix.
Amis grands, fortunés, si ma muse attendrie
Peut par ces vers, un jour, vous redonner la vie,
Non, rien n'effacera dans les tems à venir,
D'un dévouement si noble un si beau souvenir !
Tant que le sang d'Enée ornera, sur sa cime,
Le roc du Capitole, et que ta main sublime,
O père des Romains, tiendra son sceptre heureux !
    Du butin qu'ils ont fait les vainqueurs orgueilleux,
Emportant la dépouille, au camp tendaient en armes ;
Rapportaient Volscens mort, en répandant des larmes.
Dans ce camp même un deuil régnait, aussi profond,
Lorsqu'on voit mort Rhamnès, la pâleur sur le front ;
Percés, les premiers chefs de cette vaste armée,
Par ce carnage seul la mort par-tout semée ;
Serranus et Numa sur l'arène expirants.
En grand concours on va voir ces restes sanglants,
Ces blessés demi-morts, ce sol tiédi qui fume,
Ces ruisseaux promenant leur longue et rouge écume.
Dans tout le butin fait ils remarquent entr'eux
Ce qui peut attirer leur regard curieux ;
Le casque de Messape, et, par force conquises,
Des coursiers valeureux les parures reprises.
    Déjà de ses rayons, l'aurore pure, au ciel,
Sur la terre épanchait l'éclat doux et vermeil,
Du vieux Tithon quittant la couche abandonnée
Et déjà du soleil la lumière dorée

Aux objets rajeunis redonnait leur couleur.
Turnus fier, déjà prêt, dans sa bouillante ardeur,
Pressait de ses guerriers les phalanges formées,
Recouvertes d'airain, pour le combat armées ;
Les plus vives clameurs, des accens sourds, divers,
Fiers signaux de courroux, lancés, frappent les airs.
Alors même aux regards, sur des piques haussées,
Les têtes d'Euryale et de Nisus hissées,
Font jeter mille cris par leur aspect affreux ;
A gauche, sur leurs murs, les Troyens malheureux,
(Leur droite par le fleuve était environnée)
Dans le fond des vallons ont rangé leur armée.
Eux, debout sur leurs tours, paraissaient consternés.
Ils découvraient de loin, sous leurs yeux, promenés,
Ces visages connus, ces déplorables restes,
Livides de pâleur, sanglans, hideux, funestes.
  Cependant, en tumulte allait, par la cité,
La Renommée ailée, à vol précipité,
De la mort d'Euryale épandant la nouvelle ;
Elle en porte à sa mère une annonce mortelle.
L'infortunée, alors, sent tous ses sens glacés ;
Ses fuseaux de ses mains sont jetés, renversés ;
Elle quitte sa tâche, elle sort transportée :
S'arrachant les cheveux, aux remparts, égarée,
Poussant des hurlemens, avançant, elle court
Vers les premiers trouvés, sans nul soin de ses jours,
Du péril, des guerriers, des traits ni de sa vie,
N'écoutant rien, troublée, éperdue, elle crie ;
Sa plainte frappe l'air, le fend, le va remplir:
« Euryale, est-ce ainsi qu'à moi tu viens t'offrir?
» O toi, le seul appui de ma triste faiblesse!
» Toi, sur qui reposait l'espoir de ma vieillesse;
» M'as-tu bien pu laisser ainsi seule, ô cruel !
» Tu n'as pas, en courant à ce péril mortel,

V

Au

» Accordé la douceur de t'entendre à ta mère?
» Grands dieux ! sur une plage inconnue, étrangère,
» Tu resteras en proie aux vautours des Latins,
» Livré, trop malheureux, à la dent de leurs chiens !
» Je n'ai donc pu te suivre à ton dernier asyle,
» Ma main, hélas ! pour toi devenue inutile,
» N'a pas fermé tes yeux, n'a pas lavé ton sang;
» Je n'ai pas étendu sur toi mon vêtement !
» Toi, pour qui, tout le jour, chaque nuit, vigilante,
» Redoublant mes travaux d'une main diligente,
» De mon âge avancé je m'allégeais l'ennui;
» Où te puis-je chercher? où te suivre aujourd'hui?
» Sur quels bords est gissant ton reste lamentable?
» Où sont-ils les lambeaux de ton corps déplorable?
» Et désormais, mon fils, c'est donc là, seul, de toi;
» Euryale, c'est la tout ce qui s'offre à moi;
» Là, ce que j'ai suivi sur les flots, sur la terre?
» Si la pitié vous touche, ah ! frappez une mère,
» Rutule, sur mon sein lancez, tous, tous vos traits;
» Terminez par le fer mes jours, ou, désormais,
» Puissant maître des dieux, toi, monarque du monde,
» Prends en pitié l'excès de ma douleur profonde,
» De ton foudre accablant, dans le Tartare affreux
» Précipite ma tête, objet trop odieux,
» Puisque je ne peux pas, autrement délivrée,
» Sortir de ces tourmens d'une vie abhorrée! »
De ces gémissemens les cœurs sont ébranlés;
Un saisissement froid court dans les rangs troublés;
Pour le combat, leur force entière est enchaînée.
Tandis qu'un si grand deuil s'étendait dans l'armée,
Le sage Idée, Actor, d'après l'ordre émané
D'Ilionée en pleurs, d'Ascagne consterné,
Ont entre leurs mains pris cette mère éperdue,
Sous son toit, dans leurs bras l'emportant, l'ont rendue.

Mais cependant les sons du formidable airain,
Forts, répétés et fiers, se font entendre au loin ;
C'est un cri dont tout l'air, dans le ciel ému, tremble.
La tortue avançant, le Volsque se rassemble ;
Il s'apprête à remplir les contours du fossé,
A franchir le vallon de ses pieux hérissé :
Partie ardente avance et, cherchant une entrée,
Veut du rempart franchir la texture serrée,
Où s'offrent moins épais les traits des assiégés,
Où sont les combattans en moindre essaim rangés.
Les Troyens, au contraire, avec tout genre d'armes,
Exercés par la guerre au siége, à ses alarmes ;
Ont saisi, décidés à protéger leurs murs,
Des pieux pointus et longs, des bois ferrés et durs.
Leur bras aussi roulant des rocs à forte masse,
Des boucliers essaye à briser la surface.
Cependant le Rutule, en bataillon épais,
Croit pouvoir parer tout sous son factice toit.
Son espoir est trompé ; car, où, plus menaçante,
La porte la tortue aux remparts avançante ;
Là, l'effort des Troyens fait tomber sur ces rangs
Le plus énorme roc qui les brise, sanglans.
Des boucliers rompus s'écarte l'assemblage ;
Il se fait du Rutule un immense carnage :
L'ennemi las alors de combattre à couvert,
S'encourage à l'envi ; s'irrite et, de concert,
Sans plus vouloir, craintif, être environné d'ombre,
Pour chasser les Troyens, darde des traits sans nombre.
Ailleurs, horrible à voir, court Mézence emporté :
Un étrusque pin luit à son bras, présenté ;
Il le secoue et lance une flamme fumeuse.
Mais Messape à qui cède, et souple, et moins fougueuse,
La vigueur des coursiers, ce fils du dieu des mers,
Pour forcer le rempart, d'assaut pris, l'emporter,

Attend, ardent, demande à grands cris des échelles.
O Calliope, et vous, vous chastes immortelles,
Je vous implore, aidez par vos secours mes chants ;
Quel sang versa Turnus, quels amas effrayans
De morts et de blessés entassa le carnage,
Ce que de combattans reçut le noir rivage ;
Muses, dites-le moi ; que les fastes sacrés
De la guerre à mes yeux se déroulent montrés ;
Ces faits vous sont présens, vous seules, ô déesses,
Pouvez nous retracer ces sanglantes détresses.

    A ponts dressés montait, d'une immense hauteur,
Une tour que le site entourait de faveur.
Les Latins à tout prix s'efforcent de la prendre ;
Mais de tous leurs efforts unis pour la défendre,
Les Troyens, au contraire, armés d'épais rochers,
Les font rouler mêlés à des dards meurtriers,
Et lancent mille traits par les fenêtres creusés ;
Turnus armant sa main d'une torche fumeuse,
La portant sur la tour, l'attaque dans son flanc ;
A l'édifice mis, le feu, le vent soufflant,
S'attache aux ais, prend, vif, à la planche entamée.
La cohorte, en tumulte, au-dedans, alarmée,
S'agite en vain, veut fuir le sort qui la poursuit,
Et se rapproche en globe, et s'assemble, et s'unit,
Se reployant aux lieux où n'est pas le ravage.
De tout son poids la tour alors qui se dégage,
Subitement s'écroule, et, dans le ciel troublé,
Fait retentir un bruit dont tout tonne, ébranlé.
A terre, demi-morts, par la masse entraînée,
Les Troyens voient leur foule expirante écrasée ;
Ouvrant leurs corps meurtris, leurs traits les ont percés ;
Les bois même des dards dans leur sein sont entrés.
Hélénor, seul, à peine au péril qui le presse,
Echappe avec Lycus ; (Hélénor à l'aînesse

Lycinia, sa mère, esclave, en son amour,
Au roi Méonien donna ce fils, un jour,
Et l'avait, à Pergame, au grand regret d'un père,
Fait s'en aller, fer nud, bouclier blanc, sans gloire :)
Quand ce guerrier se vit parmi ceux de Turnus,
Que par-tout ses regards, d'un tel aspect confus,
Ne voyent que des Latins ; comme un tigre en furie
Que de fiers chasseurs cerne une foule aguerrie,
Lui, frémissant, s'élève ardent contre leurs traits,
Et, certain de périr, d'un saut franchit les rêts :
Tel ce Troyen ardent à travers cette armée ;
Tournant par-tout, cherchant une mort assurée,
Court, se jette où les dards brillent les plus serrés.
Lycas que servent mieux ses pieds prompts et légers,
À travers la phalange et les Rutules même,
Courant, fuit vers les murs, dans sa vitesse extrême,
En approche, et déja, s'efforçant, veut du toit
Accrocher les creneaux saisis avec ses doigts.
Mais, lance en main, Turnus courant, volant, s'avance ;
Il l'atteint, le rejoint et lui dit : « Ta démence
» A donc conçu l'espoir d'échapper à ma main. »
Son bras sur l'heure a pris l'infortuné Troyen,
L'abat, traînant un pan de muraille tombée.
Lucerius aux murs marche et sa main troublée
Lançait des feux en foule ; un gros débris de mont
Pris par Ilionée et sur lui lancé, fond.
Des coups du fier Liger Emathyon expire ;
Chorinée est frappé d'un trait qu'Asylas tire ;
(Le premier plus habile à décocher un dard,
Le second à lancer un trait qui siffle et part.)
Cénée a fait tomber sous son fer Ortygie,
Mais par Turnus Cénée, à son tour, perd la vie ;
Itys, Dioxippus, Promulus, Clonius,
Sagaris ailleurs sont renversés par Turnus ;

V 3

Et cet Ida, montrant près des tours sa stature.

Privernus par Capis foule l'arène dure.

L'infortuné d'abord par Thémilla percé,

Mais moins mortellement, d'un dard léger lancé,

Quittant du bouclier la masse abandonnée,

Portait sur sa blessure une main empressée ;

Mais, d'un rapide cours sur son aile arrivant,

La flèche vole et frappe et cloue en même tems

La main sur la poitrine, et, plus avant entrée,

Brise les ligamens de sa vie arrachée.

Le fils d'Arcens brillait vain et présomptueux ;

Son armure brodée à fils nués, nombreux,

Offrait, mêlé, l'éclat du fer de l'Ibérie.

Sa figure éclatait, imposante et hardie ;

Tiré du fond des bois consacrés au dieu Mars,

Son père Arcens l'avait lancé dans ces hasards,

Loin des lieux arrosés par l'eau de Syméthie,

Où du dieu Palicus la propice effigie

S'environne de dons qui le rendent plus doux.

Mézence ardent jetant ses traits, plein de courroux,

Fait mouvoir par trois fois sa fronde sur sa tête,

Aux tempes du guerrier par un seul coup arrête

Un plomb qui tout-à-coup le fit tomber, tremblant ;

Pour la première fois, dans ce péril pressant,

Ascagne de la fronde a fait, dit-on, usage,

Arme que n'employait quelquefois son courage

Qu'alors qu'il poursuivait de fuyards animaux.

Numanus cède aux coups de cet enfant héros.

Ce fastueux guerrier qu'on surnommait Remule,

A la dernière sœur de Turnus, roi Rutule,

Avait naguère uni par l'hymen ses destins,

Et dans les premiers rangs déployant ses dédains,

De son honneur nouveau l'ame enflée et bouffie,

Il levait, arrogant, sa tête enorgueillie,

Disant à haute voix : « Ces Troyens si peureux

D'être assiégés deux fois ne sont donc pas honteux ?

Tristement prisonniers, captifs par leurs murailles,

Ils n'affrontent donc plus la mort dans les batailles ?

Voilà donc ces guerriers qui, par mille combats,

Veulent nous disputer les plus brillans appas ?

Qui donc vous fit vous rendre aux rives d'Ausonie ?

Quelle n'est pas plutôt votre aveugle folie ?

Ici vous n'aurez pas Ulysse astucieux,

Ni les fils insolens d'Atrée audacieux ;

Il vous faudra combattre une race exercée,

Dont on plonge l'enfance au fond d'une eau glacée ;

De bonne heure aux frimats nos corps accoutumés,

Croissent, par la fatigue aux durs travaux formés ;

Dans les bois, à chasser, veille notre jeunesse ;

C'est jeu, simple loisir pour sa nerveuse adresse

De dompter des coursiers ou de lancer des traits :

Endurcis, tempérans et de peu satisfaits,

Ou de pesans rateaux nous gourmaudons la terre,

Ou nous épouvantons les cités par la guerre ;

Nos ans dans tout leur cours passent parmi le fer.

Pique bassé, on nous voit, dans les sillons, hâter

Le pas des bœufs tardifs, et l'âge ni ses glaces

N'éteignent pas en nous une constante audace ;

Nos esprits, toujours sains, conservent leur vigueur ;

Du casque, en cheveux blancs, nous souffrons la lourdeur :

Chaque jour nous apporte une nouvelle proie,

Et vivre de butin pour nous est gloire et joie.

Vous, vos vêtemens peints de pourpre chamarrés,

Le safran les jaunit, l'or les nue entourés ;

Vous aimez la parure, une danse frivole ;

Vous étalez aux yeux cette indolence molle

De manches à grands pliš, et, lâches, des cordons,

Vont renouer la mitre au bas de vos mentons.

» O ! non pas hommes, mais femmes de la Phrygie,
» Vous courez vers Dindyme aux festins, à l'orgie,
» Dans les bois de la Crète, où, pour charmer vos sens,
» La flûte accoutumée élève ses accens :
» Le son du tambourin de la bonne Cybèle,
» Au sommet de l'Ida pour les jeux vous appèle ;
» Laissez à des guerriers les armes et le fer. »
　　En l'entendant ainsi menaçant, insulter,
Ascagne ne tint pas à sa vive colère ;
Ajustant sur son arc une flèche légère
Et levant ses deux bras vers l'Olympe tournés,
Au puissant roi des dieux ses vœux sont adressés :
« Daigne, grand Jupiter, seconder mon audace,
» Mes dons, dans ton saint temple, iront te rendre grâce,
» Au pied de tes autels, par mon ordre amené,
» Un jeune taureau blanc, le front d'or couronné,
» Viendra mêler son sang à celui de sa mère,
» Lorsque déjà, des pieds dispersant la poussière,
» De sa corne naissante il saura menacer. »
　　Le monarque des dieux, le puissant Jupiter
L'entend ; sur l'heure, à gauche, éclata le tonnerre ; —
L'arc aussi-tôt tendu, la flèche part, légère ;
Et volant à grand bruit, et sifflant, vient frapper
Rémulus dans son front traversé par le fer.
Ascagne alors lui dit : « Nargues donc le courage
» Imprudent, par tes mots, par ton altier langage,
» C'est ainsi que répond le Troyen, deux fois pris, —
» Aux discours du Rutule, à ses propos hardis. »
　　Il ne dit que ces mots ; par cent cris exprimée,
Des Troyens raffermis la joie est ranimée ;
Leur courage augmenté monte alors jusqu'aux cieux.
　　Cependant par hasard dans les airs, lumineux,
Apollon supporté par un brillant nuage,
En paix de l'Ausonie observait le rivage ;

Il fait ouïr ces mots pour Ascagne vainqueur :

« Poursuis, jeune guerrier, signale cette ardeur ;

» C'est ainsi qu'on s'élève à la voûte éthérée !

» O rejeton des dieux, dont l'immense lignée

» Doit faire naître encor d'autres héros divins !

» Au sang d'Assaracus, par l'arrêt des destins,

» Sera transmis le droit d'arbitre de la guerre ;

» Pour le contenir seul, Ilion, Troye entière

» Ne sont pas grands assez ». Alors quittant les cieux,

Le dieu descend, aidé par des zéphirs heureux ;

Il a pris de Butès l'apparence empruntée,

Et, sous ses traits connus, s'avance vers l'armée ;

Butès, du char d'Achille autrefois conducteur,

De son seuil qu'il gardait vigilant protecteur ;

Enée à ce guerrier avait commis l'enfance

D'Ascagne que devait surveiller sa prudence :

Sous son air vénérable Apollon avancé,

Avec ses cheveux blancs, son port, l'accent cassé

De sa fidelle voix, sa résonnante armure,

En ces mots au guerrier trop fier de la blessure :

» Arrêtez, désormais, jeune enfant, c'est assez

» Qu'impunément par vous succombent, terrassés,

« L'orgueil de ce Rutule et son audace altière.

» Que suffise à vos vœux cette palme première ;

» Le divin Apollon, sans en être jaloux,

» Voit ses traits prompts et sûrs égalés par vos coups.

» C'est assez : désormais abandonnez la guerre ».

D'Ascagne, ces mots dits, le gardien tutélaire,

Au milieu du discours, échappe aux yeux humains,

Et fuit et disparaît, éloigné des Troyens,

Se dérobant, perdu dans l'air pur et liquide.

Les chefs ont reconnu le dieu brillant, leur guide,

A son carquois sonore, à ses traits radieux ;

Leur conseil, appuyé par cet ordre des dieux,

Va d'Iule enchaîner le trop ardent courage ;
Eux, plus déterminés, retournant au carnage ;
Remplis de plus d'ardeur vont braver le danger ;
Un cri, sur le rempart, montant, va résonner ;
L'arc est tendu, dans l'air la flèche est décochée ;
La terre au loin reluit de traits épars jonchée ;
Le fer bat, fait tinter et casque et bouclier.
Le choc croît tout-à-coup, grandit, plus meurtrier.
Telle on voit d'occident une nue orageuse,
Quand des chevreaux voilés la tête est nébuleuse,
Frapper les champs de pluie, ou telle en longs torrens,
Du haut des airs la grêle à grains nombreux roulans,
Assaillit les guérets quand bruit la tourmente,
Que le dieu du ciel tord en globes l'eau tombante
Et des nuages creux rompt les flancs à la fois.
Pandare et Bitias, nés d'Alcanor Crétois,
Tirés des bois sacrés par la Sylvestre Hyère,
Tels que des pins des monts levant leur tête altière,
Ont fermé le rempart à leur garde commis ;
Intrépides, tous deux portant des traits, unis,
Provoquant le Rutule, irrité, le harcèlent ;
Sur le mur tout-couverts de fer, ils étincèlent
A droite, à gauche, armés, montant comme des tours,
L'aigrette sur le front, dans leurs guerriers atours,
A ces chênes pareils que portent, sur leur rive,
Le Tésin ou le Pô dont l'onde fugitive
Les voit couvrant ses bords de leurs sommets entiers,
En balançant leur front mobile au sein des airs.
Ou le Rutule a cru voir s'offrir une entrée,
Quercens, Equicolus, sous son armure ornée,
Le martial Hœmon, Tmarus impétueux,
S'avançant à la fois, tous fondent, furieux ;
Mais ils fuient, repoussés, ou leur foule qui tombe
Aux pieds des portes même et près du fort succombe.

Plus vifs montent alors les courroux ulcérés
Des deux corps ennemis par la rage égarés ;
Et déjà les Troyens, rangs épais, dans la plaine,
Osent, sortans, vouloir se risquer sur l'arène.
Cependant à Turnus qui, combattant ailleurs,
Dans la mélée, en feu, signalait ses fureurs,
Servient, donné, l'avis, qu'occupés au carnage,
Les Troyens vers leurs murs livrent libre un passage.
Il quitte son dessein plein d'un bouillant courroux,
Court vers la cité même où son regard jaloux
Voit ces frères hautains et d'abord Antiphate,
(Celui-là le premier, plus remarquable, éclate,
Illégitime fils de Sarpedon fameux
Qu'une mère Thébaine au jour mit dans ses feux.)
Il l'étend mort d'un trait ; la flèche d'Italie
Vole, fend l'air, frappant la poitrine saisie
Du guerrier étonné va percer ses poumons :
Le sang d'un corps si grand sort, coule à gros bouillons ;
Le fer même du trait dans son sein devient tiède ;
Erymanthe, Aphydnus, Mérope, atteint tout cède.
Bitias en désordre et de fureur brûlant,
Du regard à la fois et du cœur frémissant,
Non le trait, car un trait n'eût pas tranché sa vie,
Mais sifflant à grand bruit la pique Falarie
Vient comme un foudre en l'air le frapper ; ni le cuir,
L'écaille double, l'or dont l'art sut recouvrir
Dans son tissu serré sa cuirasse fidelle,
N'ont pu le préserver de la pointe mortelle.
Il tombe, le sol tremble, et son grand bouclier,
Sur son corps qui s'étend, à grand bruit va tonner.
C'est ainsi sur les bords de Bayes ou d'Eubée
Que, s'abattant, s'écroule une digue tombée ;
Qu'au sein des flots, immense, on avait su jeter ;
On l'entend à grand bruit dans sa chûte éclater ;

Sur le sable, en débris, descendre, aller, brisée;
L'onde des mers se trouble et la vase exhaussée
Monte, charge les airs; Procyte en tressaillit;
Inarime en tremblant en mugit dans son lit;
Inarime autrefois par Jupiter placée,
Pour courber sous son poids le géant Typhoée;
Mais Mars, dieu des combats, dans le cœur des Latins
Fit tout-à-coup entrer ses aiguillons divins,
Aux Troyens, au contraire, envoya terreur, fuite.
Le Latin transporté, fougueux, se précipite,
Depuis que de combattre il a la liberté,
Quand du dieu qui l'anime il ressent la fierté.

    Pandare apercevant étendu mort, son frère,
Quel est l'état présent du siége et de la guerre,
De son plus grand effort, pousse et vient ébranler
De son énorme épaule et sur ses gonds rouler
La porte; hors des murs les siens sortent en plaine;
Il les laisse exposés au péril sur l'arène,
Et reçoit, renfermés, les fuyards avec lui;
Dans cet essaim nombreux qui rentrait poursuivi,
L'imprudent! n'avoir pas aperçu le Rutule
Qui dans leur foule arrive, et, de sa main crédule,
D'avoir aux remparts même enfermé le héros,
Comme un tigre au milieu de timides troupeaux!
Alors un nouveau jour aux yeux étonnés brille;
L'armure du guerrier luit, rayonne et pétille.
Sur son front son aigrette altière vient trembler;
Tout le feu des éclairs part de son bouclier.
On reconnaît Turnus et sa face ennemie;
La troupe des Troyens d'épouvante est saisie.
Voulant venger la mort de son frère percé,
Le premier, avant tous, Pandare est avancé;
« Ici tu ne vois pas la demeure royale
» D'Amate qui t'attend, ni la pompe dotale;

» La secourable Ardée et son mur paternel,
» N'offrent pas leur enceinte à ton regard cruel.
» C'est un camp ennemi qu'apperçoit ta furie,
» Il n'est plus désormais pour toi, plus de sortie. »
Le héros souriant d'un sang rassis et froid :
« Si tu te sens du cœur, commence, attaque-moi;
» Va redire à Priam qu'ici, sur ce rivage,
» Achille s'est trouvé. » Bouillant alors de rage,
Pandare fait voler sur le guerrier fameux
Une lance à bois verd que hérissaient cent nœuds,
En donnant à ce trait sa force la plus sûre ;
Mais l'air intercepta la lance et la blessure ;
La puissante Junon du coup trompa l'effet,
Et dans la porte alla, tremblant, rester, le trait.
« Mais tu ne fuiras pas ce dard plus redoutable,
» Tu seras à son fer bien moins impénétrable,
» Car ce n'est pas par toi que le coup reste vain. »
Le Rutule, à ces mots, hausse son bras, de loin,
D'un grand coup, sur le front, à Pandare il partage
Les tempes et la bouche et l'imberbe visage.
L'air frissonne, la terre en tremblant d'un tel poids,
Reçoit Pandare mort, renversant à la fois
Ses membres étendus, son armure entachée,
Sa cervelle en débris, sa tête partagée
Qui va sur chaque épaule en moitiés retomber.
Les Troyens à la fuite alors vont se livrer,
Et si, dans ce moment, de leur rempart fragile
Le vainqueur eût franchi l'accès pour lui facile,
Eût fait entrer les siens dans ce mur envahi,
C'en était fait de Troye et du combat fini.
Mais une aveugle ardeur, une soif de carnage
Trop avant du héros entraînent le courage.
Il fond sur qui résiste, immole Phalaris ;
Ses deux genoux coupés abat Gygès surpris :

Saisit leurs traits ravis, sur les fuyards les lance ;
Junon augmente encor sa sombre violence.
Aux Troyens déjà morts il joint Halis sanglant ;
Dans la main de Phégée envoie un dard perçant,
Halius, Noémon, Prytanis, près d'Alcandre,
Aux murs, sans rien savoir, voulaient, fiers, les défendre
Turnus tranche le fil de leurs tristes destins.
Marchant à lui, Lyncée appelait les Troyens ;
Du mur à droite vient Turnus armé d'un glaive,
Terrible d'un seul coup qu'il lui porte, il l'achève,
Et sa tête et son casque épars roulants, vont loin.
Il immole Amycus, chasseur fier, dont le soin
Plus que nul autre heureux trempait de sucs perfides
Son javelot, son dard et ses flèches rapides.
Clytius, fils d'Eole, et ce Cretée aussi
Des Muses, d'Apollon, du Parnasse chéri,
Dont l'harmonieux luth remplissait la pensée,
Qui toujours occupant son oreille exercée
De chants, d'accords, de vers, célébrait les coursiers,
Les combats, les vainqueurs dans ses accens guerriers.
Mais les chefs des Troyens et Mnesthée et Séreste
S'assemblent à l'aspect d'un trouble si funeste ;
Lorsqu'ils voient les leurs fuir par la plaine éperdus,
Dans leurs propres remparts les ennemis reçus,
Mnesthée : « Où prétend donc s'adresser votre fuite
» Et quels autres remparts aurez-vous par la suite ?
» Un seul homme, ô Troyens, de toutes parts cerné,
» Dans votre propre ville un homme enprisonné
» Aura fait parmi vous un si sanglant carnage,
» D'un effort impuni sur l'infernal rivage
» Aura precipité vos plus fiers combattans !
» Vous avez donc banni de vos esprits tremblants
» Honte, pitié, vos dieux, Énée et la patrie ? »
La phalange à ces mots tout-à-coup raffermie

De tous cotés fait face, en bataillons serrés.

Turnus, en s'éloignant du combat, par degrés,

S'avance où l'eau du fleuve environnait la terre.

A cet aspect, saisis d'une ardeur plus guerrière,

Les Troyens dans les airs ont poussé mille cris,

Ils combattent de près en pelottons grossis,

Comme un lion cruel qu'une troupe animée

De ses traits menaçans environne, acharnée.

Effrayé, l'animal recule, œil menaçant;

De fuir, il ne peut pas, son courroux le défend;

Avancer, son élan l'y porte et son courage;

Il voudrait, généreux, s'entr'ouvrir un passage

A travers les guerriers, leurs traits nombreux, leur fer.

Tel, hésitant, Turnus, hardi, sans se hâter

A l'aspect des Troyens recule avec colère;

Même alors par deux fois dans la phalange entière

Il sait se faire jour, et, deux fois repoussés,

Les Troyens vers leurs murs il les poursuit, chassés;

Mais du camp tout-à-coup à long flots sort l'armée;

Et Junon n'ose plus redoubler, ranimée

La valeur du héros contre un danger si grand;

Car Jupiter du ciel envoie, au même instant,

Par Iris, à sa sœur l'ordre le plus rigide,

Si Turnus sans retard à fuir ne se décide,

Si du mur des Troyens il ne veut s'eloigner.

Le héros ne peut donc, plus par son bouclier,

Plus par son bras, alors, assurer sa defense,

Tant il est accablé des traits qu'en foule on lance.

Sans cesse sur son front son casque retentit;

Sous les dards sa cuirasse et s'affaisse et faiblit;

Il cède au poids des rocs que de par-tout on jette,

De sa tête a déjà disparu son aigrette;

Aux coups ne suffit plus son large bouclier.

Les Troyens redoublant, de traits vont l'accabler;

Sur le héros, lui-même, en feu, donne Mnesthée;
Son corps entier se fond, sa sueur sort, roulée :
Sa bouche rend des flots de poussière noircis,
Ses membres harassés, las, sont appesantis;
Enfin d'un saut, hardi, tout armé, plein d'audace,
Au fleuve il s'est jeté; sur sa jaune surface,
Le Tibre le reçoit et; d'un soin généreux,
L'a, complaisant, haussé sur ses flots onduleux;
Aux Rutules ravis le rend, sur le rivage,
Lavé du sang versé dans ce récent carnage.

LIVRE DIXIÈME.

SOMMAIRE.

Jupiter convoque l'assemblée des Dieux dans l'Olympe; il veut rétablir la concorde entre Junon et Vénus, divisées par l'intérêt contraire qu'elles prenaient aux succès des Troyens et des Rutules. Il leur annonce que sans favoriser aucun de ces deux peuples, il va laisser tout se décider au gré des destinées. Les Rutules reviennent pour assaillir la ville, les Troyens pour la défendre. Enée, après un séjour peu long dans le pays Etrurien, en ramène une foule de guerriers auxiliaires, retourne vers les siens, suivi d'une flotte de trente navires, dont la force augmente celle de son armée. A lui se présentent, sur l'onde, ses anciens navires changés en nymphes. Il est instruit, par leur récit, du péril des Troyens. Aux premiers rayons du jour, il s'avance à la vue de l'ennemi, et range, sur le rivage, son armée en bataille. Les Rutules marchent à sa rencontre; un combat terrible s'engage; Pallas est tué par Turnus. Pendant qu'Enée venge la mort de ce guerrier, Ascagne fait une sortie, et joint ses troupes à celles de son père; mais Junon dérobe Turnus au péril qui le menace, en présentant à Enée, au lieu du général Rutule, une image vaine. Pendant que le héros Troyen poursuit jusqu'au vaisseau cette ombre

X

trompeuse, les cables qui attachaient ce navire sont rompus par Junon. Turnus, par la violence de la tempête, est porté aux rivages d'Ardée ; Mézence, qui s'était lancé dans la mêlée à la place du général Rutule, et Lausus, fils de Mézence, reçoivent la mort des mains d'Enée. La pompe funèbre de Lausus et la douleur de Mézence, son père, sont décrits. Mézence, voulant venger la mort de son fils, est à son tour immolé par le héros Troyen.

S'ouvre alors le palais de l'Olympe éclatant ;
L'arbitre roi des dieux, des mortels, tout-puissant,
Dans la cime des airs, sous la voûte étoilée,
Des habitans du ciel convoque l'assemblée,
D'en haut, d'où ses regards au loin voyent les pays,
Les Troyens, les Latins dans leurs camps réunis ;
Portes ouvertes, tous, dans cet asile immense
Les dieux se sont assis et Jupiter commence :
    « Grands habitans du ciel, qui donc vous fit, changés
 » Ouvrir à ces discords vos cœurs si partagés ?
 » Contre ceux d'Ilion ma défense connue
 » Interdisait la guerre à l'Ausonie émue !
 » Qui vous a fait enfreindre un si formel arrêt ?
 » Quelle crainte, arrêtant mes lois dans leur effet,
 » Aux uns, aux autres fait reprendre encor les armes
 » Et de combats nouveaux affronter les alarmes ?
 » Ils viendront dans leur tems, ne le devancez pas,
 » Les jours par le destin marqués pour les combats,
 » Quand Carthage écoutant les conseils de ses haines,
 » Conduira la ruine aux murailles romaines,
 » Contre elles enverra les Alpes se porter :
 » De courroux dans ces tems on pourra disputer ;
 » Alors l'ébranlement sera permis, terrible !
 » Mais à présent cessez, d'une ame enfin paisible

Scellez, heureux, l'accord d'un plus sage traité. »

Lorsqu'en ce peu de mots Jupiter a parlé,

Qu'un plus long discours Vénus, d'or entourée :

O roi des immortels, ô de cette assemblée

Des plus augustes dieux modérateur puissant,

Car dans mes maux que puis-je implorer à présent?

Vous voyez comme aux miens, dans son altière audace,

Insulte ce Turnus hardi, comme il surpasse

Ces rangs entiers du front, sur son char transporté,

Combien de ses succès son cœur vain est enflé !

Des murs fermés déja ne sauraient plus défendre

L'asile des Troyens qu'il est venu surprendre;

Le carnage, la mort y règnent, établis,

Tous leurs fossés de sang sont inondés, remplis !

Énée ignore tout, absent; votre sagesse

Les veut-elle d'un siége envelopper sans cesse?

Derechef une armée, un ennemi nouveau

Menacent Troye, à peine au sortir du tombeau,

Et contre les Troyens, s'élevant d'Etolie,

Vient un Ajax nouveau déchaînant sa furie.

Je crois, il leur faudrait m'atteindre en leur courroux,

Et je devrais, déesse, expirer sous leurs coups !

Si c'est contre l'aveu, la volonté formelle,

Contre du sort, de vous la puissance éternelle,

Qu'aux bords du Latium sont venus les Troyens,

Qu'ils soient punis; laissez sans aide leurs desseins;

Mais si c'est l'ordre exprès donné par tant d'oracles

Emanés des enfers et des cieux, quels obstacles

Feront plier vos loix ou céder les destins?

Faut-il près de l'Eryx vous peindre les Troyens

Dont on livre la flotte aux feux d'un incendie,

La tempête contr'eux formée en Eolie?

Faut-il vous peindre Iris qui descend par les airs?

A leurs revers cruels, atant de maux soufferts,

» Pour ajouter encor (et ce moyen barbare
» Restait seul à tenter !) voici que du Ténare
» Vers les cieux tout-à-coup on envoye Alecton,
» Porter au Latium fureurs, commotion ;
» Je laisse ici tout soin de puissance et d'empire ;
» Tant que le sort sembla vouloir nous y conduire,
» J'en ai formé l'espoir, mais qu'ils soient les vainqueurs
» Ceux à qui vos décrets ont gardé ces faveurs.
» S'il n'est aucun séjour qu'en sa fureur jalouse
» Veuille aux Troyens proscrits accorder votre épouse,
» Au nom de nos malheurs, que j'obtienne, du moins,
» Par les murs renversés, incendiés, des miens
» Que je puisse affranchir des périls de la guerre
» Mon petit-fils, sauvé pour les siens, pour son père !
» Soit ; qu'Enée erre au loin sur des bords ignorés,
» Jouet des maux pour lui par le sort préparés ;
» Mais d'Ascagne, du moins, que préservant la vie,
» Je l'arrache aux horreurs de cette lutte impie.
» J'ai Cythère, Amathonte, Idalie et Paphos ;
» Dans ces paisibles lieux, sous mes loix, qu'en repos,
» Sans combattre et sans gloire il passe, obscur, son âge
» Condamnez l'Italie à ramper sous Carthage ;
» Rien de nous ne mettra d'obstacle à ceux de Tyr.
» Que sert-il que mon fils ait pu, vainqueur, sortir
» Des dangers si nombreux d'une horrible défaite,
» Qu'aux flammes de la Grèce il ait soustrait sa tête,
» Que sur la terre immense et les longs flots des mers,
» Traversant tant d'écueils, de malheurs, de revers,
» Il soit au Latium allé rétablir Troie ?
» N'eût-il pas valu mieux qu'il expirât en proie
» Aux maux de son pays, sur la cendre des siens,
» Sur ce sol qui jadis fut si cher aux Troyens ?
» Rendez, je vous conjure, à cette foule errante
» Son Simoïs si pur, les flots doux de son Xanthe ;

« O mon père, laissez ces guerriers malheureux
« De Troie encore aller subir le sort affreux. »
Junon, à ce discours, d'un ardent courroux pleine :
« Qui vous fait me forcer à divulguer ma peine,
« À montrer des ennuis qu'en secret j'étouffais ?
« Pourquoi rompre un silence où je me condamnais?
« Qui des mortels, des dieux, a contraint votre Enée
« D'aller, moteur subit d'une guerre obstinée,
« Offrir au roi latin un aspect ennemi ?
« Aux destins, je l'accorde, il avait obéi,
« Lorsqu'aux bords d'Ausonie il prétendit descendre ;
« Il cédait aux avis qu'avait donnés Cassandre :
« Mais qui donc l'a contraint de fuir loin de son camp ?
« De hasarder ses jours livrés aux coups des vents,
« D'abandonner le sort d'une guerre pressante
« Ses remparts même aux soins d'une tête naissante ?
« Quels dieux l'ont aveuglé ? quel abus de pouvoir !
« Ou ; là, trouver Junon, dans cette erreur ? ou voir,
« Iris trompeuse allant par les airs, envoyée ?
« C'est un outrage affreux que l'Italie armée
« Porte la flamme aux murs des renaissans Troyens,
« Que Turnus vive aux bords long-tems soumis aux siens !
« Lui qui de Pilomnus tenant son sang, la vie,
« Du ciel même est issu, fils né de Vénilie !
« Pourquoi de feux armés, imprudens, vos Troyens
« Osent-ils attaquer le rempart des Latins,
« Sur des bords étrangers portent-ils l'esclavage,
« Enlèvent-ils les fruits d'un honteux brigandage ?
« Pourquoi vouloir former des liens non-permis,
« Arracher des beautés à leurs parens trahis,
« Des vierges avant eux à des héros promises,
« Pour implorer la paix tendre des mains soumises,
« Quand tout, sur leurs vaisseaux, présente un front guerrier?
« Enée aux Grecs surpris vous pourrez l'enlever,

X 5

» Offrir, au lieu de lui, par votre art disposée,
» Une image trompeuse, une vide nuée ;
» Vous pourrez, à loisir, transformer des vaisseaux
» Changés, faits tout-à-coup divinités des eaux ;
» Donner, moi, contre vous, au rutule courage,
» Le plus léger appui, c'est crime, offense, outrage !
» Enée absent ignore, eh, qu'il ignore absent !
» Idalie et Paphos et son séjour brillant
» Vous offrent leur asyle et vous avez Cythère ;
» Pourquoi donc demander une ville guerrière,
» Vous mêler de soins faits pour des esprits plus fiers ?
» Est-ce moi qui prétends à combler vos revers,
» Moi ? Qui donc livra Troye aux Grecs dans leur vengeance
» Des peuples quel motif rompant l'intelligence,
» Fit s'entr'armer l'Asie et l'Europe à-la-fois ;
» Des traités par un rapt, qui les brisa, les lois ?
» Ai-je fait franchir Sparte à l'amant adultère ?
» Avons-nous mon fils, moi, fomenté cette guerre ?
» Pour les vôtres alors, ah ! vous deviez trembler !
» Tardivement, sans droit, vous venez nous troubler
» Par vos discours sans fruit et votre plainte vaine.
    C'est ainsi que des dieux parle, en courroux, la reine
Les habitans du ciel, diversement émus,
Frémissans, faisaient ouïr un murmure confus.
Comme, au sein des forêts, quand, surpris, les feuilles
Sont saisis par les vents précurseurs des orages,
Ils font entendre un bruit roulant, lointain et sourd
Le tout-puissant alors qui, de son haut séjour,
Tient tout soumis aux lois de son pouvoir immense,
Parla ; pour l'écouter un attentif silence
Se fit dans le palais où sont assis les dieux ;
Tout se tut dans l'espace embrassé par les cieux,
La terre en tressaillant s'ébranla d'épouvante :
Les vents ont retenu leur haleine bruyante,

Et la mer calme abat, silencieux, ses flots :

« Entendez tous, dit-il, retenez bien ces mots :

» Puisqu'il ne se peut pas qu'une heureuse harmonie

» Unisse aux Phrygiens les peuples d'Ausonie,

» Qu'à vos débats fatals rien ne peut mettre fin,

» Quelqu'espoir qu'aient nourri le Troyen, le Latin,

» De tous les deux il faut que le sort s'accomplisse ;

» Je veux entre eux garder la plus stricte justice :

» Soit que de l'Ausonie un avenir marqué

» Ordonne que le camp doive rester bloqué,

» Soit que quelqu'ascendant d'un oracle durable

» Suive encore d'Ilium le reste déplorable,

» Le Rutule de moi n'obtiendra nul secours ;

» Chaque peuple verra son sort prendre le cours

» Qu'auront ouvert pour lui sa force ou la fortune.

» Ma puissance est sur tous la même, à tous commune :

» Les destins trouveront voie à tout terminer.

» Par le Styx de Pluton qu'on voit ardent, traîner

» Des flots de poix mêlés à son onde brûlante ! »

Il fit un signe au ciel : tout trembla d'épouvante.

Jupiter là se tut ; tout-à-coup se levant

De son haut trône d'or, en monarque, il descend ;

En foule jusqu'au seuil les dieux le reconduisent.

   Aux portes cependant les Rutules frémissent ;

Armés, prêts au carnage, ils vont, en longs essaims,

Par-tout couvrir de feux le rempart des Troyens.

Triste, la légion des compagnons d'Enée,

Captive, languissait dans la ville enfermée ;

Ces guerriers, sans espoir, en pelotons rangés,

Couvrant les vastes tours de leurs murs assiégés,

Présentaient aux regards leur phalange inquiète.

On voit aux premiers rangs Asius et Tymœte,

Le fils d'Hycéraon et les Assaracus,

Et Tibris et Castor, puis Hœmon et Clarus,

X 4

Frères que Sarpédon pour fils eut en Lycie.
Sur son grand corps robuste Acmon de Lyrnessie
Supporte, en s'efforçant de l'épaule, un rocher,
Débris que d'un grand mont son bras sut détacher.
Ce guerrier égalait, vaillant, dans une armée,
Son père Clytius et son frère Mnesthée.
Les Troyens ont lancé des murs, feux, rocs pesans;
Les traits sont ajustés sur les arcs menaçans;
Le jeune Ascagne même au sein de la mêlée,
Enfant si justement chéri par Cythérée,
Se montrait présentant à découvert son front.
Tel brille un diamant qu'environne, en cordon,
L'or, superbe ornement du col ou de la tête,
Ou tel l'ivoire blanc au sein d'un buis s'arrête,
Ou dans la térébinthe emprisonné par l'art,
Qui d'une beauté vierge admet de toute part
Des cheveux rassemblés quand, dans un nœud paisible,
Les groupe, en cercle heureux, plus haut, un or flexible.
Tu viens aussi te joindre à ces guerriers fameux,
Ismare, de poison armant tes traits nombreux
Qui savaient diriger des blessures mortelles;
Belliqueux descendant des races si fidelles
Qui, dans la Mœonie, ouvrent du soc les champs
Baignés par le Pactole et ses flots d'or roulans.
Mnesthée y vint aussi, brillant, couvert de gloire,
Pour avoir sur Turnus jadis eu la victoire,
L'avoir fait, repoussé, fuir loin du vallon pris;
Et celui dont Capoue a pris le nom, Capis.

　　Entr'eux ils se livraient à ces débats terribles.
Du Tibre cependant fendant les flots paisibles,
Enée abandonnait Evandre et ses états;
Au camp de l'Etrurie il va porter ses pas.
Il aborde le roi, dit son nom, sa naissance,
Quels vœux il a formés, quelle est son espérance,

Quels peuples pour sa cause a su Mézence armer,
Combien Turnus se montre arrogant, vain, altier ;
Sur quels secours mortels repose son attente ;
Il prend, exposant tout, une voix suppliante.
Tarchon sur l'heure unit ses forces aux Troyens,
Du plus saint traité forme avec eux les liens.
Sur leurs vaisseaux, alors, par les dieux affranchie,
S'empresse de monter la vaillante Lydie,
Résolue à marcher sous un chef étranger.
D'Enée aux premiers rangs part le vaisseau léger,
Offrant pour ornement deux lions de Phrygie.
Au-dessus est l'Ida dont la forêt chérie
Des Troyens fugitifs devint l'asile heureux.

Assis, calme et pensif, le héros généreux
Repassait les malheurs, fruits divers de la guerre.
A gauche auprès de lui, Pallas, ou considère
Des astres dans les airs, semés, les brillans feux,
Qui tracent à la nuit sa route dans les cieux,
Ou songe à tant de maux soufferts sur mer, sur terre.

Ouvrez-moi désormais l'Hélicon tutélaire,
Muses, venez dicter et ranimer mes chants ;
Dites quels corps nombreux de guerriers combattans,
Armés par l'Etrurie, accompagnant Enée,
Portés sur ses vaisseaux, ouvraient l'onde azurée.
En tête Massicus, sur le Tigre d'airain,
Vogue, et mène à sa suite, en belliqueux essaim,
Mille hardis Pictons que Clusium envoie,
Qui de Cose ont quitté les remparts avec joie.
Ils portent dans leurs mains des flèches, de longs traits,
L'are mortel sur l'épaule et le lisse carquois.
Suit le farouche Abas dont la phalange armée
Entière, offre l'éclat de son armure ornée.
Sa Poupe étale en or brillant, un Apollon.
Fils de Populonie, il en reçut pour don

Deux fois trois cents guerriers illustrés dans la guerre.
Ilve en fournit trois cents, Ilve opulente et fière
Qui dans son sein nourrit l'inépuisable acier.
En troisième Asylas vient aux regards briller,
Interprète des dieux, dont l'heureuse sagesse
Dévoilait leurs décrets à l'humaine faiblesse ;
Lui, qui lit dans les flancs, aux fibres des troupeaux,
Connaît les feux du ciel, la langue des oiseaux,
Les présages divers de la foudre grondante.
Sous lui mille guerriers, en phalange effrayante,
De piques hérissés, marchent vers l'ennemi ;
De Pise un ordre exprès les a rangés sous lui,
(Pise qui sort d'Alphée, et ville d'Etrurie).
Suit le superbe Astur, Astur beau, qui se fie
Sur sa brillante armure et son coursier fougueux.
Trois cents sont ajoutés, (tous de suivre envieux)
Par ceux dont Minio, doux ; féconde la plaine,
Par le vieux Pyrgien, Gravisque la mal saine.
Toi, des Liguriens le chef le plus fameux,
Je ne t'omettrai pas, Cinyre généreux !
Toi, Phaéton, suivi d'hommes faibles en nombre ;
D'un plumage de cygne est sur ton front haut l'ombre
O souvenirs touchans d'une rare amitié !
Car on dit que Cycnus à Phaéton lié,
Sous l'abri de ses sœurs en peupliers changées,
Distrayant ses douleurs par ses chants allégées,
Couvert, en vieillissant, d'un duvet argenté,
Abandonna la terre et, dans les airs porté,
Fit jusqu'aux cieux monter un éclatant ramage ;
Son fils, accompagné de guerriers du même âge,
Fait, par la rame active, entr'ouvrir l'onde et fuir
Le Centaure pesant et trop lent à courir.
Lui-même sur les eaux presse et, fier, se présente
Tel que d'un roc montant la masse menaçante.

Debout, de sa carène il fend le sein des mers.
De ses paternels bords mène Ocnus les guerriers;
Fils du fleuve Toscan, de Manlus inspirée,
Il te donna tes murs, ô Mantoue adorée,
Et le nom de sa mère, ô toi, riche en aïeux!
Mantoue! ils ne sont pas tous de ce sang fameux;
Leur origine est triple, et, mis sous ta puissance,
Quatre peuples entiers ont par toi leur naissance;
Mantoue en est la tige et son éclat lui vient
De la splendeur du nom, du sang Etruriens.
Delà partent aussi contre Mézence, en armés,
Quinze cents combattans que ton fleuve en alarmes,
Mincio, les cheveux de roseaux couronnés,
Conduit, des flots brillans du Benac amenés.
Avec ses cent rameurs pesamment marche Aulète,
S'élevant, fendant l'eau qui sous lui roule et jète
L'écume sur les gais du fluide élément.
Là, vint aussi Triton immense et menaçant,
Par sa conque effrayant des mers l'onde marbrée;
Il nage; jusqu'aux flancs sa stature élevée
Est d'un homme; en baleine est terminé son corps;
Sous son mixte poitrail l'eau gronde avec effort.
Trente vaisseaux montés par trente chefs d'élite
Au secours des Troyens s'avancent, dans leur suite,
Ouvrant, avec l'airain, les mers, leurs champs salés.
Déjà les feux du jour loin des airs sont allés,
Et, sur son char Phœbé, brillante et voiturée,
De l'Olympe au milieu tient la voûte éthérée.
Enée, (il ne saurait se livrer au repos)
Le gouvernail en main dirigeait sur les flots,
Lui-même, son navire au milieu de la plage.
Voici qu'à ses regards vient s'offrir l'assemblage
De ses premiers vaisseaux en chœur brillant grouppés,
Par la bonne Cybèle en nymphes transformés,

Semblablement nageants, ils sont, sur l'onde amère,
Autant de déités qu'aux rivages, naguère,
En des poupes d'airain leur nombre s'arrêtait.
Quand ils ont reconnu celui qui les guidait,
Ils vont l'environner de leur foule empressée,
Et le plus éloquent d'entr'eux, Cymodocée,
Avançant, les suivant, de sa main droite a pris
La poupe, et, s'élevant du corps sur l'eau, sans bruit,
De la main gauche aidait à ramer sous la plage.
Enée alors, surpris, entend ce doux langage :
« Veillez-vous, fils des Dieux ? Enée, héros, veillés,
» Abandonnez la voile aux vents doux déployés.
» Nous sommes de l'Ida, de sa cime sacrée
» Ces pins, jadis vaisseaux sur la plage azurée,
» Nymphes dans ce moment, votre flotte autrefois :
» A regret nous avons fui, soustraits à vos lois,
» Du Rutule cruel quand l'audace ennemie,
» Par la flamme et les feux nous pressait en furie ;
» Sur les flots désormais nous venons vous chercher.
» Cybèle en déités a daigné nous changer,
» Nous donnant de passer tous nos ans sous les ondes !
» Ascagne, apprenez-le, par des fosses profondes
» Entouré dans ses murs, de traits est menacé ;
» Le Latin l'environne aux combats disposé.
» A chaque lieu marqué les guerriers d'Arcadie
» Sont placés, renforçant les rangs de l'Etrurie.
» Turnus a dans son cœur pris le ferme dessein
» De faire entr'eux marcher tout son rutule essaim,
» Pour ne voir pas s'unir, jointes, les deux armées.
» Levez-vous ; dès le jour les troupes alliées,
» Faites-les sous votre ordre à la hâte assembler ;
» Ce présent de Vulcain, le brillant bouclier,
» Dont son art couvrit d'or l'éclatante surface,
» Prenez-le, et quand demain, dans le céleste espace,

» Le jour reparaîtra, si mes sages avis,
» Sont, par vous entendus, fidèlement suivis,
» Le Rutule essuiera le plus sanglant carnage. »
Quand la Nymphe a cessé de tenir ce langage,
Elle va, s'éloignant, imprimer, de sa main,
Au navire un élan connu d'elle; soudain
Le vaisseau fuit, lancé sur la plage salée,
Plus prompt qu'un trait qui part, qu'en l'air la flèche ailée.
Le reste de la flotte aussi prompt fend les eaux.
D'étonnement lui-même est frappé le héros;
Cependant, animé par cet heureux augure,
Cherchant de ses regards le ciel, sa voûte pure:
« O Déesse d'Ida, dit-il, mère des Dieux
» A qui Dindyme est cher, qui des lions fougueux
» A ton char attelés courbes les fronts dociles,
» A qui plaisent les tours armant les murs des villes;
» C'est ta voix désormais qui m'appelle aux combats!
» Ce présage donné, qu'il ne s'éloigne pas;
» Viens et sois aux Troyens propice et tutélaire. »
Il ne dit que ces mots; cependant la lumière
Du jour déjà plus grand naît, se répand et luit,
Après du sein des airs avoir chassé la nuit.
D'abord à ses guerriers le héros recommande
Que sous les étendards chacun d'eux, prompt, se rende,
Que tout songe à s'armer, pour combattre à l'instant:
Déjà, de loin il voit ses guerriers et son camp.
Sur le haut de la poupe et, debout, il présente
Du divin bouclier la flamme éblouissante.
Les Troyens de leurs murs poussent des cris aux cieux;
L'espoir rend leur courage encor plus furieux;
Leurs traits roulent, lancés: comme, sous la nuée,
On voit en bataillons la grue amoncelée
Donner, près du Strymon, le signal et partir,
Fuir les vents par les airs que ses cris font bruir.

Mais le héros Rutule et les chefs d'Ausonie,
Surpris, voient des Troyens la valeur raffermie,
Jusqu'à ce que leurs yeux détournés vers les flots,
Aient vu vers eux sur l'onde avancer les vaisseaux.
Sur la tête d'Énée, haute, la flamme ondoie,
L'éclat de son aigrette aux regards se déploie,
Son long bouclier d'or vomit de larges feux.
Telle on voit dans la nuit luire au milieu des cieux
La comète étalant sa rougeur triste et sombre
De sa sanglante pourpre, affreuse, effrayer l'ombre,
Ou quand la canicule étendant sa fureur,
Naît et porte aux mortels maux, soif par son ardeur,
Courant le ciel de deuil par sa noire lumière.
De Turnus cependant l'audace encore altière
Veut défendre la rive et prétend écarter
Les Troyens loin du sol qu'ils veulent aborder.
Par ses propres discours, lui-même, il s'encourage
Et tient à ses guerriers, plein d'ardeur, ce langage:
« Le voici ce moment par vous tant demandé,
» D'abattre sous vos coups le Troyen accablé ;
» Le succès dans vos mains de lui-même se place;
» Guerriers, dans ses esprits qu'ici chacun repasse
» Qu'il lui faut protéger sa compagne et son toit.
» Méritez, rapportez, par des moissons d'exploits,
» L'estime des anciens et leurs justes louanges!
» Vers les flots, les premiers marchons à ces phalanges;
» Quand les guerriers tremblans de leurs vaisseaux tirés,
» Fixent à peine encore en débarquant leurs pieds:
» Toujours, la valeur fut par la fortune aidée. »
Il dit; cherche déjà, soigneux, dans sa pensée
Quels il devra choisir pour marcher aux Troyens,
A qui seront donnés par lui l'emploi, le soin
D'assurer le blocus de la ville assiégée.
Cependant des vaisseaux les compagnons d'Énée,

Sortant, vont sur des ponts observer, l'un, l'endroit,
Où plus languissamment s'enfuyait l'onde en paix ;
D'autres, d'un saut léger, s'élancent vers les sables,
Ou glissent sur leur rame aux lieux les plus guéables.
Tarchon, de l'œil, prudent, reconnaissant les bords,
Où ne lui semblent pas d'écueils, où, sans efforts,
La mer sans bruit s'entr'ouvre, où libre et sans outrage,
Son cours trouve, en croissant, un plus aisé passage,
Fait tout-à-coup tourner la proue, et dit ces mots :
« O compagnons choisis, maintenant, sur les eaux
Cinglez, avec vigueur faites agir la rame ;
Avancéz, redoublez ; dans cette terre infâme
Que votre carène entre et forme un sillon creux ;
Je ne refuse pas, sur ce sol odieux,
Pour seulement atteindre à la rive où j'aspire,
Gagner terre une fois, de briser mon navire. »
Quand la voix de Tarchon a fait ouïr ces accens,
Les rameurs enhardis, sur leur banc s'empressans,
Font entrer les vaisseaux au Laurentin parage,
Jusqu'à ce qu'arrivant près des bords, sans dommage,
Chaque navire intact enfin soit approché.
Mais ton vaisseau, Tarchon, seul demeure empêché ;
Car sur le dos fatal d'un sable trop tenace,
Incertain, suspendu, tandis qu'il s'embarrasse,
Qu'il expose, échoué, ses guerriers sur les flots,
Attardés par les bancs qui flottaient en morceaux,
Tout-à-coup, refluant, l'onde a fui, reculée :
Rien n'arrête Turnus, il conduit son armée,
Oppose, impétueux, toute entière aux Troyens
Et prétend de la rive écarter leurs essaims.
La trompette a sonné ; le premier donne Enée,
Sur l'agreste phalange entamant la mêlée ;
Il défait les Latins, fait tomber Théron mort,
Qui, grand, sur lui fondait d'un imprudent effort :

A travers tout l'airain de sa large cuirasse
Et sa tunique en or, les ouvrant, le fer passe.
Frappé par le héros, Lycas tombe à son tour,
Né quand déjà sa mère avait perdu le jour ;
Au culte d'Apollon voué dès son enfance,
Parce qu'au fer à peine échappa sa naissance.
Tout près le dur Cissée et l'énorme Gyas
Dont la massue au loin va portant le trépas,
Meurent ; rien ne leur sert d'avoir les traits d'Alcide,
Mélampe, pour leur père, un courage intrépide ;
Mélampe, compagnon du demi-dieu héros,
Quand sur terre il remplit ses immortels travaux.
Voici Pharon tenait, lâche, un hautain langage ;
Pendant qu'il crie, un trait dans son gosier s'engage.
Toi, d'un naissant coton le menton ombragé,
Marchant sur Clytius aveuglément cherché,
Sous les coups du héros tu tombais, misérable,
Malgré les vains accès d'une erreur déplorable,
Si les fils de Phorcus ne s'étaient avancés :
Sept en nombre, sept traits par leurs bras sont lancés ;
Mais loin du bouclier , loin du casque d'Enée
De ces dards repoussés partie est renvoyée ;
D'autres jusqu'au héros portant, vont l'effleurer,
Attentive, leurs coups, Vénus sait les parer.
A son fidèle Achate Enée alors s'adresse :
« Donne-les moi, ces traits, qu'aux guerriers de la Grèce
» Sous les murs d'Ilion, jadis lança ma main ;
» Sur le Rutule aucun n'ira s'adresser, vain. »
Sur l'heure il prend et lance un long trait homicide ;
Le fer sur Mæon vole, impétueux, rapide,
De son grand bouclier va, pénétrant l'airain,
Traverser sa cuirasse, entrer, percer son sein.
Sensible à son secours, vient Aléanor son frère,
L'appuyer de sa main, quand, faible, il tombe à terre.

D'un bras percé sortant un dard, de nouveau, fuit,
Teint encor dans son cours du sang qui le rougit;
La main, nerfs mourans, reste à l'épaule pendante.
Alors Numitor court, et dans sa fougue ardente,
Va, prend le trait du sein de son frère arraché,
Puis au héros Troyen du bras l'a décoché ;
Mais le fer n'obtint pas d'aller atteindre Enée,
Il blesse Achate seul à la cuisse effleurée.
Vient, de Cures sorti Clausus robuste et fier,
A Dryope, de loin, terrible il lance un fer;
Entré sous le menton, le trait au col s'engage,
De la voix, de la vie ôte au guerrier l'usage.
Le vaincu de son poids sur le sol entaché
Tombe, et rend de sa bouche un sang noir épanché.
Des pays Boréens, trois autres frères Thraces,
Qu'Ismare, Idas leur père envoya, pleins d'audace,
Par des coups différens succombent abattus ;
S'avancent les Auruuxs, conduits par Halésus;
Vient le fils de Neptune au char brillant, Messape;
On cherche à se chasser; l'un et l'autre, on se frappe;
Même au seuil le premier d'Ausonie on combat.
Comme on voit discordans les vents avec fracas
Lutter, impétueux au travers de l'espace,
Avec courage égal, avec semblable audace ;
Antaus, nuages, flots ne cèdent pas entr'eux;
Tout s'anime, un long tems le succès est douteux:
Leur rage contre tout croît, s'irrite, obstinée;
Des Latins, des Troyens telle on voit chaque armée
Déployer, se serrant, ses efforts meurtriers;
Les pieds sont près des pieds, guerriers contre guerriers.
Enée ailleurs donnait, où des roches jetées
Par l'effort d'un torrent les masses sont portées,
Où les arbres, des bords tombés, gissent épars.
  Quand Pallas voit les siens, peu faits à ces hasards,

Y

Pressés par les Latins, céder, prendre la fuite,
Par l'âpreté des lieux leur phalange réduite
A laisser ses coursiers dans ce danger pressant,
Alors à la prière, aux discours recourant,
Sa réprimande amère échauffe leur courage ;
Pour leur rendre leur force, il leur tient ce langage :
« Où prétendez-vous fuir ? Par vous, par vos exploits,
» Par Evandre, si grand, votre guide autrefois,
» Par vos combats, la gloire acquise dans les armes,
» Au nom de mon espoir, de la patrie en larmes,
» Dont la voix vous incite à redoubler d'ardeur,
» Ayez honte de fuir ; plutôt, ah ! pleins de cœur,
» Dans ces rangs, par le fer, ouvrez-vous un passage,
» Où s'offre des guerriers plus épais l'assemblage ;
» C'est ce que la patrie, en pleurs, attend de vous ;
» C'est par-là qu'il vous faut au Rutule, à ses coups,
» Ravir vous, votre chef qu'elle vous redemande.
» De nuls dieux ne combat la puissance trop grande ;
» Un ennemi mortel, mortels, marche sur nous ;
» Nous avons, comme lui, des bras et des cœurs tout
» Voici, des vastes mers l'espace nous enferme ;
» A la fuite pour nous la terre a mis un terme ;
» Voulons-nous donc aller vers Troye, ou vers la mer ? »
    A ces mots, dans les rangs on le voit s'enfoncer.
Lagus le premier vient, à sa fureur émue
Par un sort malheureux offert, frapper sa vue ;
Mais lorsqu'il veut des mains lever un roc pesant,
Pallas d'un trait mortel l'a fait tomber sanglant.
Le dard passe où l'épine entre les côtes laisse
D'intervalles égaux une exacte justesse,
A ses os, adhérent, le fer reste pendu :
Hisbon voulait venir le remplacer vaincu ;
Il en avait conçu la trompeuse espérance ;
Mais quand, dans sa fureur, trop aveugle, il s'avance,

Irrité de la mort d'un compagnon percé,
Dans ses poumons enflés le glaive entre, enfoncé.
Pallas vers Hélénus vole ensuite en furie;
D'Anchémolus coupable il arrache la vie:
Ce guerrier que le sol des Rhœtiens nourrit,
Vil, qui, de sa marâtre osa souiller le lit.
Vous tombâtes aussi sur la rutule arène,
Laride et Daucia, Tymber, vous qu'avec peine,
Vous frères tous les trois, tous les trois ressemblans,
Distinguait l'œil surpris de vos joyeux parens!
Mais Pallas entre vous, dans sa fureur cruelle,
Mit une différence et funeste et nouvelle.
La tête de Tymber, du glaive il l'abattit;
Ta main coupée, ô toi, Laride! tressaillit,
Revient, cherchant ton bras, y tendant agitée,
De ses doigts demi-morts ressaisir ton épée.
De l'Arcadie alors les guerriers consternés,
Par la voix de leur chef, ses faits sont ranimés;
La honte dans leur ame au dépit s'est mêlée,
Et sur l'ennemi fond leur phalange emportée.
Rhœtée en fuyant presse à deux coursiers son char;
Ilus vécut sauvé par cet heureux retard,
Car sur Ilus Pallas avait dardé sa lance:
L'interceptant, Rhœtée au fer, lui-même, avance,
Fuyant Teuthra, Tyrès frères, portés sur lui.
Rhœtée infortuné, par le trait assailli,
De son char renversé frappe des pieds la terre.
Tel on voit, quand des vents s'élève la colère,
En été, dans un bois, le feu mis à dessein,
Que disperse un berger de sa maligne main,
Les arbres du milieu saisis par l'incendie,
Le feu gagnant, roulant dans la forêt saisie,
La flamme horrible au loin s'étend couvrant les champs;
Du pâtre assis, vainqueur, les regards triomphans

Y 2

Ont d'en haut, curieux, vu ce si grand ravage. .
Non moins des alliés croît le bouillant courage.,
Tous secondaient Pallas ; mais, terrible, Halésus
Sous ses armes serré fond dans leurs rangs confus :
Son glaive abat Ladon, Démodocus, Phérète,
Du fier Strymonius fait tomber la main droite
Qu'il levait, tendait, prête à percer son gosier.
Thoas atteint au front par un roc meurtrier,
Perd, en débris, ses os, sa tête et sa cervelle.
Il t'avait présagé jadis ta mort cruelle,
Ton père, en te cachant, Halésus, dans les bois ;
Mais quand, ses ans nombreux l'accablant sous leur poids,
Ses yeux froids, blanchissants, ont perdu la lumière,
Sur Halésus la Parque a tombé, meurtrière,
Aux traits du fils d'Evandre elle l'a dévoué.
Pallas l'attaque après que sa bouche eut prié :
« Tibre, mon père, accorde au dard que je prépare
» D'arriver jusqu'au sein de ce guerrier barbare ;
» Les armes du vaincu, sa dépouille et ses traits,
» Mis en trophée iront orner ton chêne épais. »
      Le Tibre l'entendit ; pendant qu'Halésus couvre
Imaon en péril, son cœur malheureux s'ouvre
Au trait Arcadien qui l'abat, tout sanglant.
Lausus, de cette guerre un élément puissant,
Ne souffre pas qu'aux siens cette perte récente
D'un guerrier de moins vienne apporter l'épouvante.
A ses coups le premier offert, succombe Abas,
Nœud des coalisés, l'ame de ces combats.
Expirent moissonnés les guerriers d'Arcadie,
Expirent à la fois, vaincus, ceux d'Etrurie,
Les Troyens qui, des Grecs, n'ont pas reçu la mort.
Chefs, courages égaux, tout, d'un égal effort,
S'est heurté, se combat ; les derniers de l'armée
Vont resserrer des rangs la chaîne au loin formée :

Bras, traits, tout, trop pressé, ne peut plus se mouvoir.
D'un des côtés Pallas donne en feu, se fait voir;
D'autre côté, Lausus, d'âge presque semblables,
Par d'imposans dehors tous les deux remarquables;
Mais à tous deux, hélas! l'arrêt formel du sort
A fermé le retour vers les paternels bords.
Cependant le dieu roi qui de l'Olympe est maître,
Ne les veut pas entr'eux voir, armés, se commettre;
Leur destin dépendra de plus grands ennemis.
Turnus a de sa sœur, soudain, reçu l'avis
« Qu'il lui faut de Lausus soutenir le courage »
Le héros sur son char courant, vole au carnage.
Plus près des alliés, quand son œil voit leurs rangs:
« Finissez ce combat, a-t-il dit; il est tems.
« C'est à moi que Pallas désormais doit sa vie;
« Seul, je marche à Pallas, et ma plus chère envie
« Serait de voir présent, son père regarder. »
Il dit: du champ son ordre a fait tout s'écarter.
Cet ordre impérieux, la retraite soudaine
De Lausus stupéfait troublent l'ame incertaine;
Mais sur-tout il s'étonne, envisageant Turnus.
Sur son grand corps portés ses regards éperdus
L'observaient, parcouru d'une farouche vue;
Aux discours du guerrier il répond, l'ame émue:
« D'une dépouille opime ou m'ornera l'honneur,
« Ou d'un trépas brillant j'obtiendrai le bonheur,
« A l'un ou l'autre sort est préparé mon père,
« Et ne menaces pas. » Il dit: plein de colère,
Dans l'espace, au milieu, s'avance, en frémissant;
L'Arcadien d'effroi sent glacer tout son sang.
Pour le combattre, à pied, de près, fier adversaire,
D'un char à deux coursiers Turnus s'élance à terre.
Comme un lion qui voit d'un repaire élevé
Un taureau, s'apprêtant à combattre, enflammé,

Debout, fier, au travers d'un gras et vaste herbage,
Lui, court : Turnus qui vient, offre aux yeux ce te image.
Quand Pallas croit le voir assez proche avancé,
Pour être atteint d'un trait de près sur lui lancé,
Il marche à lui cherchant si, dans son entreprise,
Quelqu'appui peut aider sa force compromise ;
Et sa prière ainsi monte, élevée aux cieux :
« Par l'hospitalité dont t'offrit les saints nœuds,
» Mon père, quand tu vins, étranger, à sa table,
» Daignes, je t'en conjure, Alcide redoutable
» Accorder le succès à mon hardi dessein !
» Que Turnus, expirant, me voye, de ma main,
» Enlever son armure arrachée et sanglante ;
» Mourant, que d'un vainqueur, sa prunelle arrogante
» Souffre l'aspect. » Alcide entendit le guerrier ;
Mais au fond de son cœur contraint de renfermer,
Un gémissement long, il verse en vain des larmes.
Evandre adresse, ému, dans ce moment d'alarmes
A son fils ce discours : « Chacun a son destin,
» Et pour nous tous, mortels, la vie est un chemin
» Irréparable, court ; mais étendre, augmentée
» Par des exploits fameux sa haute renommée,
» Voilà de la valeur l'avantage et le prix !
» Des dieux jadis, à Troie, ont péri tant de fils !
» J'ai vu tomber vaincu Sarpédon de ma race ;
» Turnus, lui-même, ah ! crois que son sort le menace,
» De son propre destin le terme est arrivé. »
Il dit, et, loin du champ, son œil s'est détourné.
Pallas, lorsque sa lance avec force est dardée
Tire du fourreau creux sa reluisante épée.
La lance vole, arrive à l'épaule, à l'endroit,
Où la cuirasse épaisse en défend le sommet,
Et par le bouclier s'entr'ouvrant un passage,
D'effleurer le Rutule a de faible avantage.

Turnus alors, long-tems, balançant de son bras
Un trait armé d'un fer, l'a dardé sur Pallas,
En ajoutant ces mots : « Mais, toi, vois si ma lance
» Va dans ton sein trouver autant de résistance. »
Il dit : le bouclier que tant d'airain, de fer,
D'épais cuir de taureau défendaient, recouvert,
Il le perce au milieu du fort coup qu'il adresse ;
L'obstacle trop peu sûr de la cuirasse épaisse
Brisé, le trait s'enfonce, atteint, va jusqu'au cœur.
Pallas tire ce fer déjà plein de chaleur,
Sa vie avec son sang fuit par la même voie ;
L'infortuné guerrier meurt, tombant sur sa plaie ;
Ses armes sur son corps tonnent à très-grand bruit,
Et ce sol si fatal, mourant, il le mordit.
Sur son corps étendu, debout Turnus se place :
« Arcadiens, allez, racontez sa disgrace,
» Rapportez à son père ainsi mes mots précis :
» Comme il l'a mérité je lui remets son fils :
» Les honneurs de la tombe et tout ce qui console,
» La douceur d'inhumer un reste vain, frivole ;
» J'accorde tout : Evandre aura payé bien cher
» D'être aux Troyens uni d'un nœud hospitalier. »
A ces mots sur le mort du pied gauche il se place,
Saisit l'énorme poids de sa riche cuirasse
Où l'œil voyait gravés tous ces cinquante lits,
Le meurtre affreux, sanglant des cinquante maris
Immolés à-la-fois dans la nuit nuptiale.
Des mains d'Eurytion cette histoire fatale,
Par son art sûr tracée, était vivante en or.
Turnus joyeux, prend, lève, emporte ce trésor.
O des frêles mortels vaine et coupable ivresse,
Qu'aveugle le bonheur et de qui la sagesse
Ne peut se faire entendre aux jours brillans pour eux,
Il viendra pour Turnus des instans douloureux.

Y 4

Qui lui feront haïr un jour sa barbarie,
Ou, trop tard, des regrets expieront sa furie,
Lui feront souhaiter de n'avoir sur Pallas
Jamais porté l'effort de son funeste bras !!

Mais les Arcadiens, mornes, dans leur angoisse,
Rapportent vers Evandre, en multitude épaisse,
Mis sur son bouclier étendu mort Pallas.
O peine ! et que l'honneur du plus brillant trépas
Est d'un faible secours pour la douleur d'un père !
Voici le jour premier qui te livre à la guerre,
Il t'enlève aussi-tôt ; tu laisses cependant
D'ennemis immolés un monceau bien sanglant !

Déjà d'un tel revers, non pas la renommée,
Mais un avis certain vient informer Enée :
« Qu'à la mort ses Troyens sont de près exposés,
» Qu'il lui faut secourir leurs essaims repoussés. »
Sur l'heure il part, moissonne, offert sur son passage,
Tout ce que son bras trouve et, par un vif carnage,
Dans les rangs ennemis s'ouvre un large chemin ;
Turnus, il marche à toi ; toi superbe et trop vain
D'avoir percé Pallas de ta sanglante épée !
Tout à-la-fois revient frapper l'esprit d'Enée,
Evandre, cet accueil si doux, plein de bonté,
Ces nœuds chers et sacrés de l'hospitalité ;
La confiante main l'un à l'autre donnée,
Sa table libérale à l'étranger dressée !
Quatre vaillans guerriers, que Sulmon a pour fils,
Quatre autres élevés par Ufens, sont saisis,
Pour, victimes, calmer Pallas et sa grande ame ;
Du bûcher par leur sang ils vont baigner la flamme,
Le héros sur Magus lance de loin son trait ;
L'ennemi s'est baissé d'un mouvement adroit ;
Sur sa tête en tremblant, rapide, le fer passe ;
Le guerrier suppliant alors demandant grace ;

Aux genoux du héros prosterné, parle ainsi :
« Par les manes d'un père et ton fils si chéri,
» Laisse-moi vivre encor pour un fils, pour mon père.
» Sous un toit élevé ma demeure ordinaire
» Sont cachés cent talens d'un argent ciselé,
» Un amas enfoui d'or brut et travaillé :
» Ce n'est pas à mon sang que tiennent vos victoires;
» Un seul guerrier est peu dans de semblables guerres !»
Énée à ce discours répondit par ces mots :
« Garde aux tiens tout ton or, ton argent en monceaux
» Tu les vantes en vain: Turnus, par sa vengeance,
» A, le premier, détruit tout moyen de clémence,
» En immolant Pallas sous ses coups ennemis;
» Voilà l'avis d'Anchise et celui de mon fils. »
Au casque de Magus sa main gauche portée,
Jusqu'à la garde au cœur il lui plonge une épée.
Pontife d'Apollon, de Diane à-la-fois,
Æmonides se vient, fougueux, offrir tout près;
Son front orné portait sa bandelette pure.
L'or couvrait ses habits, l'or sa superbe armure :
Le héros par la plaine, attaqué, l'a chassé;
Puis le foulant, vaincu, sous son pied, renversé,
L'immole en le tenant couvert de sa grande ombre;
Séreste prend ses traits, ses ornemens sans nombre,
Il en forme un trophée en ton honneur, ô Mars !
Le combat recommence ardent de toutes parts;
Cœculus de Vulcain fils, sème le carnage,
Avec le Marse Umbro, sorti des monts, sauvage;
Mais le chef des Troyens sur eux fond déchaîné;
Le bouclier d'Anxur il l'abat renversé,
Et d'un coup fait tomber sa main gauche coupée;
De cet étrange Anxur la démence trompée
Avait dit en secret quelque chose de grand;
Supposant à ses mots quelqu'effet bien puissant,

Peut-être, dans son cœur, s'élevant à la nue,
Il se flattait de voir, par sa vie étendue,
Ses longs cheveux blanchir, ses ans se prolonger ;
Mais Tarquitus bouillant sur lui va s'engager,
Et présente à ses yeux son armure effrayante.
(A Faune, ami des bois, une nymphe charmante,
Dryope, avait donné ce Tarquitus pour fils).
Anxur l'appercevant venir, troublé, sur lui,
De sa lance en avant retient, gêne, embarrasse
Son large bouclier et sa lourde cuirasse ;
Mais, quand las et vaincu, tremblant, il l'implorait,
A lui parler long-tems lorsqu'il se préparait,
Tarquitus, fer levé, du glaive abat sa tête,
Sur son tronc tiède encor le vainqueur fier s'arrête,
Puis ajoute, en roulant ce corps sanglant du pié :
« Désormais, reste ici, guerrier si redouté ;
» Sans pouvoir espérer que la main d'une mère
» Joigne inhumé ton reste aux cendres de tes pères ;
» Tu resteras en proie aux voraces oiseaux,
» Jouet flottant des vents sur le gouffre des eaux ;
» Les poissons affamés iront mordre ta plaie. »
La phalange Rutule, aux premiers rangs déploie
Anthée et Lycas fiers, et Numa valeureux,
Et ce fils de Volscens, Camerte aux roux cheveux,
Le plus riche en guérets qui fut dans l'Ausonie,
Roi de l'Amycle heureux, il les étend sans vie.
Comme cet Egéon, à cent bras, à cent mains,
Qui, dit-on, vit lancer d'en-haut les feux divins
Sur ses cinquante cœurs, ses cinquante visages,
Quand d'un vain bruit voulant surpasser les orages,
Son bras faible agitait, follement secoués
Cinquante javelots, cinquante boucliers.
Tel, dans l'espace entier où combattait l'armée,
Entré, vainqueur, par-tout frappe à grands coups Enée,

Quand dans le sang son glaive une fois s'est rougi.
Vers Nyphée il s'avance et , dirigeant vers lui
Un trait, va l'attaquer sur son char magnifique.
Les coursiers à l'aspect de l'effrayante pique,
Lorsqu'ils voyent, foudroyant, le héros menacer,
Pleins d'effroi, reculans, courans, vont renverser
Et maître et char épars jetés sur le rivage.
Par les rangs cependant se sont ouvert passage
Lucagus et Liger, frères, tous deux armés,
Par deux grands coursiers blancs sur un seul char traînés ;
Liger guide le char, Lucagus tient levée
Et tourne en l'agitant sa redoutable épée.
Le héros ne put pas voir, calme, tant d'ardeur,
Et leur apparaissant dans toute sa grandeur,
Il fait luire à leurs yeux son fer qui, plus vif, brille.
Liger : « Tu ne vois pas le char brisé d'Achille,
« Ni Troye ou Diomède ou ses coursiers fameux !
« Tu vas trouver ici sur ce sol, malheureux,
« Les derniers de tes jours et la fin de ta guerre. »
Tels volent les discours de Liger téméraire ;
Au lieu de repousser ces mots par d'autres mots,
Par un trait prompt dardé lui répond le héros.
Sur ses coursiers penché quand Lucagus les presse,
Et du trait stimulée active leur paresse,
Le pied gauche en avant, debout, prêt au combat,
De son long bouclier le contour le plus bas
Cède, ouvert par un dard dont la pointe acérée
Passant, atteint son flanc, dans l'aine gauche entrée ;
Du char, mourant, à terre il tombe, est renversé.
Par ce reproche Enée en courroux l'a tancé :
« Lucagus, ce n'est point le peu de hardiesse
« De tes coursiers trop lents qui trahit ta vîtesse ;
« Nulle ombre d'ennemis ne te vient offusquer ;
« Toi-même, de ton char sautant, veux le quitter ».

Il saisit les coursiers quand il tient ce langage.
Liger sautant du char à bas sur le rivage,
Tendait vers le héros, désarmé, ses deux mains :
« Par toi, par les auteurs de tes brillans destins,
» Accorde-moi la vie, accueille ma prière ».
« Tel n'était pas, guerrier, ton langage naguère ;
Dit Enée au vaincu qui l'implorait long-tems ;
» Non, meurs ; tu ne dois pas, dans ces fatals momens,
» Bon frère, abandonner, lorsqu'il expire, un frère ».
Du poignard du héros la pointe meurtrière
Fait de son sein sortir l'ame de l'ennemi.
C'est ainsi, dans le champ par Enée envahi
Qu'allaient par-tout portés la mort et le carnage,
Semblable aux tourbillons, aux torrents, il ravage ;
Mais enfin de son camp cerné d'un siège en vain,
Par Ascagne conduit, nombreux, sort le Troyen.

   A Junon, cependant, Jupiter de lui-même,
S'adressant, dit ces mots : « Sœur, épouse que j'aime,
« Eh bien, c'est donc Vénus, comme vous le pensiez,
» Qui soutient les Troyens, et vous l'appercéviez !
» Ces guerriers, sans ardeur, sont dépourvus d'audace ;
» Le plus faible péril les fait céder, les lasse ».
Junon répond alors d'un ton doux et soumis :
« Pourquoi, divin époux, irriter mes ennuis,
» Moi, qu'un mot dur de vous alarme d'épouvante !
» Ah ! si, comme autrefois, votre ame était brûlante
» De l'amour qui m'est dû, que, pour moi, vous sentiez
» Tout-puissant, à mes vœux vous condescendriez ;
» J'éloignerais Turnus d'un combat trop contraire ;
» Je le pourrais, vivant, rendre à Daunus son père
» Mais non, qu'il meure ! Il faut ce guerrier innocent
» Par les Troyens frappé, qu'il verse, hélas, son sang
» Cependant de nous sort sa brillante origine ;
» Pour quatrième aïeul, dans sa tige divine,

Il compte Pilomnus, et, par des soins constans,
Sa main sur vos autels toujours brula l'encens ! »
Le monarque des Dieux en ce peu de paroles,
A Junon répond, dit : « Si des retards frivoles
Pour un trépas trop sûr, par vous sont demandés,
Qu'à ce prix seulement, reine, vous entendiés,
Que j'accorde à vos vœux une semblable grace,
Sauvez Turnus du sort dont le coup le menace :
Mais si d'autres désirs et de plus profonds soins,
Sont l'objet qu'en secret me cachent vos desseins ;
Si vous tendez à voir la guerre en tout changée,
D'un espoir superflu vous nourrissez l'idée ».
Junon versant des pleurs : « Roi, si vous m'accordiez
Ce point, d'un cœur sincère, et si vous consentiez
Que de Turnus la vie au moins fut conservée !
Mais une mort trop sûre est pour lui préparée,
Ou quelque terreur fausse égare mes esprits ;
Puissé-je avoir conçu plutôt de vains ennuis,
Et voir de vos décrets désormais favorables,
Les effets tout-puissants m'être moins redoutables ! »
Ces mots à peine dits, Junon quitte les cieux
Et va, s'environnant d'un voile nébuleux,
Vers le camp laurentin, vers la troyenne armée ;
Par ses soins, creuse et vuide, une nue est formée,
Qui, tout-à-coup, a pris, ô prodige étonnant !
Traits, maintien du héros, son aspect imposant,
L'air divin de sa tête, offre aux yeux son armure,
Son bouclier, son casque et sa noble figure,
A reçu de Junon le don d'articuler
Des sons vuides d'idée, et semble, en tout, montrer
Pas, voix, démarche, accent du véritable Enée,
Comme on dit, quand la mort pour nous est arrivée,
Que des fantômes vains semblent voler, jouants,
Ou tel un songe vient nous abuser, dormants ;

Joyeuse, aux premiers rangs par ses traits, son langage
Provoquant les guerriers avance cette image,
Turnus la suit, fougueux, lui lance un dard sifflant;
Mais l'ombre se détourne et fend l'air en courant.
Quand Turnus devant lui croit voir que fuit Enée,
Il s'enfle, à cet espoir, d'une vaine fumée :
« Où donc vas-tu, guerrier, eh ! ne quitte donc pas,
» D'un hymen sûr pour toi les doux et vifs appas!
» Ici te va mon fer le donner, ce rivage
» Que tes vœux, si long-tems, ont cherché sur la plage.»
En adressant ces mots à l'ombre, il la poursuit,
La presse, armé d'un trait dont le fer lisse luit,
Sans voir que par les vents sa joie est emportée.

Aux créneaux, par hasard, d'une roche élevée
Un navire attaché dans cet endroit, s'offrait,
Présentant ses degrés, son pont encor tout prêt,
Qui porta vers ces bords, sur le sein de la plage,
Osinius, le roi du clusien rivage ;
Là, fugitive, allant tout-à-coup se cacher,
L'image du héros court au fond se plonger.
Turnus non moins ardent la suit, bouillant d'audace,
Franchit ce qui l'arrête, aux ponts élevés passe ;
Le héros sur la proue a peine était monté,
Junon rompt, de sa main, le cordage coupé
Le vaisseau fuit lancé loin sur l'onde azurée.
Cependant au combat Turnus est par Énée,
Absent, dans la mêlée, avidement cherché ;
Tout tombe devant lui sur l'arène couché :
Alors, sans plus vouloir se dérober, l'image
Va se mêler volante au fond d'un noir nuage.
Cependant au milieu du sein mouvant des flots
D'un cours heureux et prompt porté, fuit le héros:
Il regarde, étonné de la cause inouie,
Du secours si nouveau qui conservaient sa vie,

Et levant vers le ciel sa voix, tendant ses mains :
« Jupiter, tout-puissant, ô maître des humains,
» Me voulez-vous punir par cette honte insigne,
» D'un si grand châtiment m'avez-vous jugé digne ?
» D'où viens-je ? où vais-je ? hélas ! quel, comment retourner ?
» Les Laurentins, mon camp, puis-je les retrouver ?
» Mes guerriers si nombreux, leur phalange fidelle,
» Que j'ai laissés, livrés, tous à la mort cruelle ;
» Que vont-ils devenir ? O forfait ! je les vois ;
» Les cris longs des mourans poussés vont jusqu'à moi !!
» Que faire, et quelle tombe en terre assez profonde
» Peut s'ouvrir sous mes pas, pour m'enlever au monde ?
» Vents, ô daignez plutôt dans mon malheur m'aider,
» Du fond du cœur Turnus vient vous le demander ;
» Entraînez mon vaisseau poussé par quelqu'orage,
» Vers des syrtes, des rocs, des écueils, sur la plage,
» Où ne me suivent pas de mes guerriers quittés,
» De mon grand nom flétri les regrets irrités ».
Pendant qu'il parle ainsi, flottante, sa pensée,
Entre mille desseins roule, erre, embarrassée ;
S'il lui faut, dans l'excès d'un si grand déshonneur,
Enfoncer, de sa main, son poignard dans son cœur,
Ou se plonger aux flancs sa redoutable épée ;
Si, se livrant aux flots de l'onde traversée,
Il essaiera, nageant, d'atteindre jusqu'aux bords,
Aux armes des Troyens s'il doit s'offrir encor ;
Ces deux moyens derniers par trois fois il les tente,
Et par trois fois Junon vient, de sa main puissante,
Par pitié retenir ce guerrier valeureux ;
Son vaisseau fend les mers, et vents et flots heureux,
De son père Daunus il gagne la muraille.
Mézence, cependant, entre dans la bataille,
Va, cédant à la voix du puissant Jupiter,
Aux Troyens triomphans, furieux, se montrer :

Sur lui fondent, armés, les essaims d'Etrurie,
Courroux, guerriers, dards, tout a menacé sa vie;
Lui reste comme un roc avancé dans la mer,
Qu'on voit aux coups des vents, aux vagues résister,
Souffrir du ciel, des mers, l'effort et la menace,
Toujours inébranlable, affermi par sa masse.
Son fer perce immolés Latagus et Palmus;
Vient de Dolichaon le fils vaillant, Hébrus:
Un pesant roc, débris d'une montagne épaisse,
Vers le front du guerrier son bras fougueux l'adresse;
Les deux genoux coupés il laisse aller Palmus,
Tombant frapper l'arène et fait prendre à Lausus
Son armure enlevée et son altière aigrette.
Du Phrygien Evas son glaive abat la tête,
Perce Mimas, ami, compagnon de Páris;
Dans une même nuit la reine Cisséis,
Donna, d'un flambeau grosse, à Páris la lumière,
Mimas de Théano tint le jour pour son père;
Páris meurt près des murs où regnèrent les siens;
Mimas tombe immolé sur le sol des Latins.
Et comme un sanglier des hauts monts, sa retraite,
Que long-tems du Vésule a défendu la crête,
Ou que des Laurentins le lac cacha long-tems,
S'élance affreux, repu d'un vaste amas de glands;
Surpris dans des filets il s'arrête, en furie,
Terrible, et frémissant, soie en l'air, épaissie;
Nul n'a le cœur d'aller marcher de près sur lui;
Mais en foule et de loin sans danger, à l'envi
Par des dards et des cris on l'attaque, ou le presse;
Sans craindre, l'animal, incertain, va, s'adresse
Par-tout, grinçant des dents, tournant de tous côtés,
Poussant hors de sa peau les traits sur lui jetés.
Ainsi ceux dont Mézence aigrit les justes haines,
Lancent sur lui de loin leurs fers, leurs clameurs vaines;

Nul

Nul n'a le cœur d'aller porté de près sur lui.
Acron né sur les bords du Corite ennemi
Grec, évitant les nœuds d'un prochain hyménée,
Était venu pour fuir sa chaine commencée,
Quand Mézence le vit par les rangs ébranlés,
S'élancer, orgueilleux, sur ses guerriers troublés,
D'un panache éclatant déployer la parure,
Don d'une amante et prix d'une foi si peu sûre,
Comme un lion terrible et qui n'a pas mangé,
Tournant autour d'un toit qu'il menace assiégé ;
Dans l'appétit fougueux qui le presse, il regarde
S'il peut par hasard voir quelque chèvre fuyarde,
Ou quelque jeune cerf au bois tendre et naissant,
Il s'ébat entr'ouvrant sa gueule, menaçant ;
Hérissant tous les poils d'une épaisse crinière,
Attaché sur sa proie il la dévore entière ;
De sa gueule un sang noir teint les longs bords rougis.
Ainsi Mézence ardent fond sur les ennemis.
Le malheureux Acron d'un fer jeté par terre,
Frappe, mourant, des pieds une rouge poussière,
Ensanglantant ses traits dans son carquois brisés.
Orode, ému, courait par les rangs traversés ;
Mézence a dédaigné d'aller à sa poursuite,
Trop grand pour harceler d'un coup lâche sa fuite ;
Il se présente en face et va, marchant sur lui,
L'attaquer, corps à corps, en vaillant ennemi ;
Incapable de feindre et fort de son audace,
Sur son corps par ses pieds foulé, droit, il se place :
« Orode, combattant à ne pas dédaigner,
» Guerriers, le voici mort, étendu par ce fer, »
La troupe de Mézence avec transport s'écrie,
A ce triomphal chant sa joie éclate unie ;
Mais Orode, expirant, tenant levés ses bras :
« Va, de ma mort long-tems tu ne jouiras pas ;

Z

» Qui que tu sois, cruel, tu la verras vengée ;

» Pour toi semblable fin, de loin, est ménagée ;

» Tu fouleras bientôt ces mêmes bords, gissant. »

D'un sourire où perçait un courroux menaçant :

« Meurs à present ; des dieux et des humains le maître

» Verra, dit-il, quel sort je dois, un jour, connaître. »

Il va tirer le trait hors des flancs du vaincu ;

Un long sommeil de fer sur Orode étendu,

Tombant, s'appesantit sur sa triste paupière ;

Pour l'éternelle nuit son œil perd la lumière.

Alcathoüs succombe aux coups de Cœdicus

Rapo fait tout sanglant tomber Parthénius,

Tranche le fil des jours d'Orsès dans sa furie ;

Sacrator d'Hydaspès tranche à son tour la vie ;

Clonius sous les coups de Messape est tombé ;

Le Lycaonien Ericète est frappé :

L'un, d'un coursier sans frein renversé sur la terre,

A pied attaqué l'autre, à pied, par l'adversaire.

S'avance imprudent, fier, Agis le Lycien ;

Valérus, héritier de la valeur des siens,

L'immole et le renverse ; Altronius succombe,

Percé par Salius qui par Néalcès tombe ;

Néalcès renommé pour envoyer de loin

Le trait, le dard qui trompe et va percer le sein.

Entr'eux l'horrible Mars égalait le carnage ;

Victimes tour-à-tour du glaive et du ravage,

Semblablement tombaient les vainqueurs, les vaincus :

La fuite aux deux partis, l'effroi sont inconnus.

Les dieux dans le palais de leur maître suprême

Voyaient, non sans pitié, dans ce désastre extrême,

Des deux peuples aigris, les malheurs, les travaux,

Et les mortels entr'eux se causer tant de maux :

D'un des côtés Vénus regardait incertaine,

De l'autre était Junon toute entière à sa haine.

La pâle Tisiphone, au travers des guerriers,
En fureur promenait ses deux bras meurtriers,
Tout-à-coup brandissant sa formidable lance,
Dans le champ de bataille entre, en courroux, Mézence ;
Aussi grand qu'Orion lorsqu'il va se frayant
Un chemin dans les flots de l'humide élément,
Il fend du pied la plage où commande Nérée,
Sur l'onde on voit régner son épaule élevée,
Il rapporte à son bras, revenant d'un mont haut,
Le tronc long et vieilli du plus antique ormeau ;
Ses pas foulent la terre, et son front la nuée,
Tel court, Mézence, au sein de la phalange armée ;
Mais le fils de Vénus de l'œil l'a vu loin,
Et veut, sur l'heure, aller l'attaquer de sa main.
A l'aspect du héros, Mézence, dans sa place,
S'arrête imperturbable et l'attend plein d'audace.
Après que son regard assez a mesuré
Quel trajet peut franchir son long dard acéré :
« Que mon bras, a-t-il dit, ce trait que je balance,
» Et quelque Dieu propice assurent ma vengeance.
» Toi-même orné, mon fils, des traits nombreux rompus,
» Du sein de ce brigand retirés, toi, Lausus,
» Couvert de la dépouille et des armes d'Enée,
» Je t'offre aux Immortels comme un vivant trophée ».
Il dit, fait fuir dans l'air son javelot sifflant ;
Mais par le bouclier, le trait chassé, volant
Va repoussé plus loin, court, fuit dans sa vitesse
Entre les flancs d'Anthor, ses côtes il s'adresse ;
Anthor jadis d'Hercule un compagnon fameux,
Qui, d'Argos envoyé, s'attacha, valeureux,
Au sort du vieil Evandre et vint de l'Ausonie
Se choisir pour séjour la retraite chérie.
Atteint d'un coup mortel pour un autre lancé,
Songeant, l'œil vers le ciel, au sol qu'il a laissé,

Il se souvient d'Argos, hélas! douce contrée!
Mais sur Mézence envoie, ardent, son trait, Enée.
Le fer, par l'orbe creux du bouclier d'airain,
Par son triple contour et ses parois de lin,
Et le dur triple cuir qui formaient sa texture,
Dans l'aine du guerrier s'est fait une ouverture.
Mais ce coup si terrible, il put le soutenir;
Joyeux de voir le sang de l'ennemi sortir,
Du fond du fourreau creux arrachant son épée,
Sur Mézence effrayé, prompt alors fond Enée.
Le cri le plus perçant est jeté par Lausus,
L'amour filial rend tous ses sens éperdus;
Ses pleurs à très-grands flots vont couvrir son visage:
O Lausus! tes hauts faits; ton étonnant courage,
Et ton sort malheureux et ton fatal trépas,
Si le siècle à venir veut ne refuser pas
De croire à ce récit de ta noble constance,
Non je ne les veux pas laisser dans le silence!
   Mézence reculait, sans force, sans appui,
Aucun appareil mis sur sa plaie, affaibli,
Du bouclier tirant les dards, leur foule ôtée.
Lausus plein de courroux fond à travers l'armée,
Sur lui déjà tenait Enée un bras levé
Il va frapper; Lausus, lui, tout-à-coup baissé,
S'offrant lui-même au fer pour en tromper l'atteinte,
Tient long-tems le héros retardé par sa feinte;
Ses compagnons voyant du bouclier d'un fils,
Fuir, protégé, Mézence, ont poussé de grands cris,
Couvert, plein de fureur, cependant reste Enée.
Comme, alors qu'un orage entr'ouvre la nuée,
La grêle en tombant roule à longs flots épaissis,
Le laboureur tremblant fuit des champs assaillis.
Tout court vers le hameau chercher une retraite,
Surpris, dans un lieu sûr le voyageur s'arrête;

Ou sur le bord d'un fleuve ou sous un haut rocher,
Attend, pendant qu'il pleut, pour, ensuite, achever,
Le soleil reparu, le cours de sa journée.
Tel recevant par-tout fers, traits, résiste Enée ;
Il soutient cet effort, attend que, terminé,
Cet orage de guerre entier ait détonné ;
Il s'adresse à Lausus, Lausus il le menace :
« Où vas-tu pour périr ; pourquoi, dans ton audace,
» Hasarder par-delà ta force et ton pouvoir ? »
» Ta tendresse imprudente égare ton espoir ».
Aveuglé, le guerrier toujours se précipite :
Mais déjà, plus profond, le courroux croît, s'irrite
Dans le cœur du héros, montant, tumultueux,
Et la Parque déjà de Lausus malheureux,
Sur ses fuseaux roulans filait l'heure dernière ;
Car du chef des Troyens la lance meurtrière
Va, tout-à-coup entrant dans le sein du guerrier,
Par le milieu du corps, le traverser, entier :
Du bouclier percé le fer fend la texture,
Du menaçant guerrier l'habit, la lisse armure,
Tout l'or sur sa tunique, avec art disposé
Par les soins maternels jadis en vain placé :
Son sang sur tout son sein coule, et, triste, sa vie
Aux bords sombres du Styx volant, évanouie,
A laissé, fugitive, abandonné son corps.
Mais quand Enée a vu la pâleur de la mort,
Étrangement couvrir cette tête expirante,
Il va tendre au vaincu sa main compatissante ;
Ses yeux versent des pleurs et cet aspect d'un fils,
Du paternel amour trouble, émus, ses esprits :
« Qu'accorder désormais, guerrier trop déplorable,
» A tant d'exploits fameux et d'ardeur mémorable ;
» Quel digne prix offrir à ton beau naturel ?
» Aies ces armes du moins que tu portas, mortel ;

Z 5

» Et si ce soin t'est cher, dans tes destins contraires,
» Je te rendrai, rejoint, aux cendres de tes pères.
» Par cette idée, au moins, allège tes ennuis;
» Des coups du grand Enée, ô Lausus, tu péris! »
Lui-même il va hâter, dans leur morne tristesse,
Les compagnons glacés du guerrier; il les presse:
Sa tête et ses cheveux, suivant l'usage ornés,
Qu'un sang hideux souillait, il les lève, exhaussés.

Cependant près du Tibre et dans son onde pure,
Mézence, au bord du fleuve, étanchait sa blessure,
Contre un arbre adossé, levait avec effort
Ses membres appuyés pour soulager son corps;
La masse de son casque aux rameaux suspendue,
Sa lourde armure gît sur les prés étendue.
Plusieurs guerriers de choix, debout, sont près de lui.
Las, lui-même, souffrant, hors d'haleine, affaibli,
Réchauffait sur son cou sa tête défaillante.
Sa barbe sur son sein descendant, va, tombante.
Il demande souvent ce que devient son fils;
Envoyant, renvoyant par des ordres précis
Le rappeler auprès d'un infortuné père.

Mais sur son bouclier, en pompe funéraire,
Mis par ses compagnons dans l'angoisse, éperdus,
Cependant approchait, rapporté mort, Lausus,
Guerrier grand, enlevé par une mort fameuse!
Mézence entend de loin leur plainte sourde, affreuse,
Et son cœur qui présage a connu son malheur;
Il étend vers le ciel ses bras dans sa douleur,
Souille ses blancs cheveux d'une poussière immonde;
Sur le corps froid penché, dans sa peine profonde:
« Un tel désir de vivre a-t-il pu me toucher,
» O mon fils, seul plaisir pour moi devenu cher,
» Que j'aie pu souffrir, pour me sauver, ta vie
» Que tu tenais de moi, l'être d'un fer ravie?

» Par tes blessures, père, ah ! je vis conservé,
» Par ton sanglant trépas c'est moi qui suis sauvé !
» C'est à présent, qu'affreux, l'exil finit ma joie,
» Que dans mon cœur se grave une éternelle plaie !
» C'est moi-même, mon fils, moi qui flétris ton nom,
» Qui d'opprobre et de honte ai fait rougir ton front ;
» Quand je me fis chasser par les miens en colère
» Des paternels états, du trône de mon père !
» Je devais m'immoler à mon pays vengé ;
» A la haine des miens par cent morts arraché,
» Je devais mon supplice et libre, et volontaire ;
» Et je respire encor, hélas ! dans ma misère !
» N'ai pas encor quitté les mortels, l'air des cieux !
» Mais je les quitterai. » Dans ces mots douloureux,
Lorsqu'il tient, accablé, cet affligeant langage,
Sur sa cuisse il se hausse et son corps se soulage,
Quoique le fer avant dans son sein soit plongé,
Ralenti par son mal, mais non découragé,
Il se fait amener son coursier sous sa vue.
C'était son seul plaisir, sa parure connue ;
Dans les guerres, par lui, toujours sortant vainqueur
Des plus ardents combats il remportait l'honneur.
Triste, à ce coursier morne, en ces mots, il s'adresse :
« Rhœbe, long-tems, hélas ! si dans notre faiblesse,
» Quelque chose long-tems, mortels, dure pour nous !
» Nous fûmes ! ou vainqueur, tu vas, aidant mes coups,
» Rapporter de mon fils la dépouille sanglante,
» Du barbare Troyen la tête menaçante ;
» De Lausus avec moi tu seras le vengeur ;
» Ou s'il n'est plus de voie ouverte à la valeur,
» Avec moi tu mourras ; car toi, si plein d'audace,
» Tu ne pourras jamais supporter la disgrace
» De voir un étranger te soumettre à son frein,
» Ni, je le crois, souffrir pour maîtres des Troyens ».

Z 4

Sur son coursier qu'il monte, assis, comme d'usage,
De son casque d'airain son front, couvert, s'ombrage,
Il charge ses deux mains de javelots aigus,
Prend son panache épais formé de crins touffus,
Et dans cet appareil fond à travers l'armée.
Dans son cœur soulevé sont la rage allumée,
Un délire mêlé de honte et de douleur,
Le paternel amour aigri par la fureur
Et de sa valeur propre un secret témoignage.
Par trois fois à grands cris alors avec courage
Sa voix appelle Enée et, lui, l'a reconnu;
Enée, à son aspect, le cœur de joie ému :
« Que le maître des Dieux t'entende, téméraire,
» Et qu'Apollon des a'rs écoute ta prière ;
» Commence le combat! » En disant ces seuls mots,
Transporté, lance basse, à lui court le héros.
Mézence dit : « Cruel! eh quoi! ta barbarie,
» Quand ton bras à mon fils vient d'arracher la vie,
» Veut encor m'effrayer? Tu l'as pris, le moyen
» Qui pouvait de mes jours, seul décider la fin ;
» Je ne crains pas la mort, ne veux, dans ma souffrance
» Pour moi d'aucun des Dieux implorer l'assistance;
» Cesse ; je viens ici pour périr ; mais, avant,
» Je te veux de ma main envoyer ce présent ».
Il dit, sur l'ennemi lance un long trait rapide,
Un second, puis un autre, en tournant intrépide;
Mais tout est soutenu par le bouclier d'or;
A gauche, par trois fois, de son plus grand effort,
Lançant des traits nombreux sur le héros, il vole,
Autour d'Enée et calme, et grand, il caracole,
Et le chef des Troyens a reçu, par trois fois,
Sur l'airain qui le couvre un long amas de traits;
Mais, honteux d'un combat peu fait pour son audace,
Las d'arracher les dards dont la foule s'entasse,

De traits lancés de loin, las d'être inquiété,
Roulant mille desseins dans son cœur irrité ;
Enfin il se décide à frapper et, dardée,
Au coursier belliqueux sa lance a fui, jetée.
L'animal s'élevant, se redressant, des fers
Dont ses pieds sont armés, frappe, ébranlés, les airs;
Il jette à bas Mézence, et, lui-même, à sa suite,
Son épaule en débris, front bas, se précipite.
Troyens, Latins, d'un cri tous ont frappé les cieux.
Tirant son glaive Enée accourt et, furieux,
Leve son bras, a dit : « Désormais, fier Mézence,
» De ta force d'esprit cette aveugle démence,
» Que devient-elle ici ? » Mais le Tyrrhénien,
Quand, levant ses regards, mourant, du ciel lointain
Son œil a vu l'éclat, recueillant sa pensée :
« Trop cruel ennemi, ma mort est avancée;
» Pourquoi la trouble-tu par un reproche amer ?
» Tu peux en liberté, sans forfait, m'immoler;
» Aux combats cependant ma douleur légitime
» Ne m'avait pas conduit pour mourir ta victime,
» Et mon Lausus pour moi n'a pas fait ce traité !
» Je demande un point seul, qu'il me soit accordé:
» Si l'ennemi vaincu garde un droit de prière,
» Souffre que mes débris soient couverts par la terre.
» Je le sais trop, des miens m'assiège la fureur;
» Dérobe au moins mon reste à leur courroux vengeur,
» Et qu'une même tombe avec mon fils m'enferme ».
Il dit, le coup prévu, le reçoit, d'un œil ferme,
Son sang sort de sa gorge à gros bouillons pressés;
Sur ses armes sa vie et ses jours sont laissés.

--◆◆⊰※⊱◆◆--

LIVRE ONZIÈME.

SOMMAIRE.

Le lendemain du combat, Enée, vainqueur, élève un trophée à Mars des dépouilles de Mézence; il renvoye en grande pompe le corps de Pallas mort vers la ville où réside Evandre. Ce prince reçoit les restes de son fils avec la douleur la plus vive et la plus profonde. Les envoyés Latins obtiennent d'Enée une trève de douze jours; pendant cet intervalle, les guerriers des deux armées ensevelissent leurs morts avec de grands honneurs. Vénulus, revenu de la ville de Diomède, annonce qu'on ne peut espérer de ce côté aucun secours. Latinus, privé de cette ressource, assemble les grands de son empire, tient avec eux conseil, et ouvre l'avis d'envoyer des ambassadeurs vers Enée, pour implorer la paix. A cette proposition du roi, Drancès ajoute beaucoup de reproches qu'il adresse à Turnus, comme l'auteur de cette guerre malheureuse. Turnus y répond avec amertume, d'un ton très-animé, et déclare qu'il est prêt de faire cesser le danger public par un combat personnel entre lui et le guerrier Troyen. Pendant ce démêlé, on vient annoncer que la cavalerie Troyenne s'avance et menace la capitale du pays Laurentin; qu'Enée, avec le reste de son armée, se porte vers la même ville, et descend par des lieux coupés de montagnes. Turnus d'abord cherche à s'assurer du dessein de l'ennemi ; oppose à la cavalerie d'Enée la sienne, commandée par Camille et Messape. Le général Rutule lui-même, avec le reste de ses guerriers, occupe les gorges des montagnes, pour fondre sur Enée d'une embuscade où il se place. Diane prévoyant la mort de Camille, et ne pouvant l'empêcher, pourvoit du moins à ce qu'elle soit vengée ; elle envoye du ciel la nymphe Opis, pour frapper des traits qu'elle lui confie le meurtrier de Camille. Un combat de cavalerie s'engage ; Camille est tuée par les mains d'Aruns ; celui-ci meurt percé des flèches d'Opis. Les Rutules, consternés de la mort de Camille, prennent la fuite. La nouvelle de ce désastre est portée à Turnus ; il quitte les défilés où il se tenait, et vole pour secourir les siens menacés. Enée s'avance vers le même lieu ; mais, la nuit survenue, tous deux campent sous les murs de la capitale des Laurentins.

L'AURORE cependant des mers monte, sortie ;
Enée, en ce moment, malgré sa juste envie
De consacrer ses soins aux devoirs dus aux morts,
Quoique le cœur troublé de leur malheureux sort,
Vainqueur, aux premiers feux versés par la lumière,
Rendait graces aux dieux des succès de la guerre.
Un grand chêne par lui de branches dépouillé,
Couvert d'armes par-tout, sur un tertre est placé ;
De Mézence abattu la dépouille amassée,
Dieu puissant des combats, il t'en forme un trophée :
Sa main y joint l'aigrette encor teinte du sang
Les javelots brisés de Mézence gissant,
Et sa cuirasse épaisse en douze endroits percée.
Du bouclier la masse à gauche est disposée,

Le glaive au col d'ivoire en haut flotte pendu.
Alors à ses Troyens (et, près de lui rendu,
Leur essaim tout entier, triomphant, l'environne):
« Guerriers, dit-il, de vous ne doit craindre personne;
» Ce qui reste à présent attestant vos exploits,
» Le voici; la dépouille et les restes d'un roi.
» C'est par mon bras qu'ici gît, étendu, Mézence!
» Il faut que désormais notre courage avance
» Vers le prince Latin et ses murs ennemis.
» Au combat, à l'espoir disposez vos esprits :
» Soyez prêts à marcher; d'une grande victoire
» Qu'aucun retard honteux ne ternisse la gloire !
» Demain dès que du camp la volonté des dieux
» Fera sortir armés nos essaims belliqueux,
» Irrésolution, frayeur, que rien n'arrête.
» Cependant qu'un soin juste à la terre remette
» De nos compagnons morts le reste enseveli,
» Seul honneur près du Styx qui calme leur ennui.
» Guerriers, allez, dit-il, à ces troupes vaillantes,
» Qui par leur sang pour nous, généreuses, brillantes,
» D'une patrie ont su conquérir les douceurs,
» Allons rendre à l'envi les funèbres honneurs.
» Et d'abord de Pallas reporté vers Evandre
» Le reste infortuné, le premier, doit se rendre,
» Lui qu'un destin cruel dans l'Erèbe a jeté,
» Que la faulx du trépas dans la tombe a plongé,
» Quoiqu'il ait fait briller un bien rare courage! »
    Il dit : ses pleurs coulant à flots sur son visage;
Vers sa tente ses pas, lents, se sont dirigés,
Où du guerrier sanglant les restes conservés,
Commis au vieil Acète, à sa garde fidelle,
Reposaient étendus; Acète dont le zèle
D'Evandre, arcadien, guidait le char léger;
Mais par Enée alors choisi pour escorter

Son jeune élève mort, que sa peine est horrible !
Autour du corps se range une foule sensible
De serviteurs de choix et de Troyens pleurans ;
Les Troyennes livrant leur chevelure aux vents.
A peine dans la tente introduit , entre Enée,
Une clameur funèbre au ciel monte élevée ;
Les femmes se frappant le sein à très-grands cris ,
Fendent au loin les airs de leurs accens remplis.
Quand l'œil du héros voit ce visage si pâle,
Reconnaît l'ouverture où la lance fatale,
Entrante , a pénétré dans ce sein traversé,
Les yeux noyés de pleurs, le cœur gros, oppressé :
« Pallas trop malheureux ! la fortune ennemie
» M'a donc ravi l'honneur de te sauver la vie,
» Lorsqu'à mes vœux , plus douce, elle venait s'offrir ?
» Elle m'a , rigoureuse, envié le plaisir
» De te voir dans les lieux destinés à ma gloire,
» Ou de te ramener en vainqueur à ton père ?
» Au triste Evandre, hélas ! je n'avais pas promis
» Lorsque je le quittai, ce dur trépas d'un fils,
» Quand, triste, il m'embrassait sortant de sa contrée,
» Lorsqu'il me présageait une gloire assurée,
» Un éclatant empire, et qu'il m'avertissait
» D'un accent paternel, qu'un jour il me faudrait
» Combattre un peuple ardent, fier , rempli de courage,
» Des guerriers craints au loin pour leur valeur sauvage !...
» Et lui , dans ces instans , égaré par l'espoir,
» Peut-être fait cent vœux pour bientôt te revoir,
» Offre aux autels présens, hommages et prières,
» Tandis que de ce fils sur ces lits funéraires,
» Lorsque d'aucun des dieux il n'attend plus l'appui,
» Nous entourons d'honneurs ce reste, vain pour lui !
» Père trop malheureux ! ces obsèques cruelles ,
» Ton œil va donc les voir ? Ces pompes solennelles,

» Ce retour, son éclat, les voilà donc finis !

» Voilà de mes discours, hélas, les tristes fruits !

» A tes regards, au moins, dans ta peine accablante,

» Ne se montrera pas de blessure infamante

» Et, conservé, ton fils ne te contraindra pas

» De souhaiter plutôt mille fois son trépas !

» Que ma peine est affreuse, et vous, grande Ausonie,

» Mon fis, que vous perdez alors qu'il perd la vie ! »

    Lorsqu'en ces mots il l'a pleuré, son ordre exprès

Fait enlever le reste, objet de tels regrets ;

Mille guerriers de choix, pris dans l'armée entière,

Vont, chargés d'escorter la pompe funéraire,

Du malheureux Evandre aller sécher les pleurs ;

Assister à sa plainte, entendre ses douleurs :

Dans des ennuis si vifs, ressource bien légère,

Mais due au désespoir d'un trop malheureux père.

Bientôt un brancard souple et des tissus plians

Sont formés de viorne et de rejets naissans,

Où s'élève, construit, un dôme de feuillage

Qui monte environnant le corps de son ombrage :

Sur cette estrade simple on étend le guerrier,

Comme une tendre fleur que vient de moissonner

De ses doigts délicats une vierge modeste,

Ou la violette humble, ou l'hyacinthe agreste,

Qui, perdant son éclat, garde encor sa beauté,

Quand du sol maternel par un malheur ôté,

Son tronc faible a perdu la sève nourricière.

Deux vêtemens ornés que l'or, brillans, éclaire,

Sont, de pourpre couverts, par le héros donnés ;

D'un soin industrieux avec plaisir brodés,

Jadis des tendres mains de Didon à Carthage,

Dont l'or entremêlé, courant, nuait l'ouvrage.

Un de ces vêtemens au guerrier est passé,

Pour le dernier honneur à ses faits décerné.

Lui-même de Pallas Enée en vêt les restes,
Place autour des cheveux que les flammes funestes
Vont bientôt dévorer un bandeau douloureux,
Les dépouilles, ce prix du combat généreux
Qu'aux Laurentins défaits avait livré l'armée;
Il les fait s'avancer en pompe prolongée;
Il y joint tous les traits, les coursiers nombreux pris
Pendant le combat même aux guerriers ennemis.
Paraissent, les deux bras attachés par derrière,
Ceux qui doivent, offerts à cette ombre guerrière,
Victimes, de leur sang arroser son bûcher.
Des traits des ennemis son ordre a fait charger
Des troncs d'arbres coupés qu'on érige en trophées,
Supportant des vaincus les armes entassées;
Ils vont, par les chefs même, en pompe, être conduits,
Elevés sur des chars couverts de noms inscrits.
Acète en pleurs, courbé sous le lourd faix de l'âge
Frappant de coups son sein, meurtrisant son visage,
Marche avançant à peine, et, conduit sous les bras,
S'abat du corps entier sur terre, à chaque pas.
Après, de sang rougis, les chars ont pris leur place;
Le coursier de bataille, et morne et sans audace,
Æthon suivait, jetant de gros pleurs de ses yeux.
Le panache et le trait de Pallas malheureux
Sont par d'autres portés; car Turnus a la gloire
D'avoir conquis l'armure au jour de sa victoire.
En longs cordons, plaintifs, Troyens, Tyrrhéniens
Rangés vont, armes bas, puis les Arcadiens.
Quand cette pompe au loin se déployant s'avance
Enée un moment reste, après rompt le silence,
Et, long-tems gémissant, parle enfin en ces mots:
« Nous à d'autres douleurs, encor de nouveaux maux
« Semble nous appeler le destin de la guerre;
« Reçois mes longs adieux, ombre vaillante et fière.

» Mes éternels adieux ». Il n'en a pas dit plus.
Vers les siens, vers ses murs ses pas tournent tendus.
    Mais l'olivier au front la troupe alors voisine
Des envoyés partis de la cité latine
S'approchait, suppliante, et demandait les corps
De ceux que le carnage a mis au rang des morts :
« Qu'il souffre qu'on inhume, ensevelis, leurs restes ;
» Ce n'est pas les vaincus, dans ces débats funestes,
» Que veut suivre la haine ou ceux qui ne sont plus !
» Enée épargnerait ceux que ses vœux connus
» Avaient jadis nommés hôtes, amis, beaux-pères ».
Nuls motifs ne devant écarter leurs prières
D'un air sensible et bon leur parlant, le héros
Accède à leur demande, après, a dit ces mots :
« O guerriers, quel pouvoir d'un ascendant contraire
» Vous a précipités dans une horrible guerre,
» Vous a fait pour amis dédaigner les Troyens ?
» Demandez-vous la paix pour ceux dont les destins
» Ont abrégé la vie au combat terminée ?
» Je voudrais aux vivants l'avoir même donnée.
» Jamais je n'eusse atteint ces bords si fortunés
» S'ils n'étaient par les Dieux à mon sang destinés.
» Au peuple, non, mon bras ne la fait pas, la guerre
» Votre prince oubliant la chaîne hospitalière
» Dont les nœuds respectés nous liaient, a voulu
» Par Turnus contre nous s'appuyer défendu.
» Qu'il eût valu bien mieux que l'altière arrogance
» De ce Turnus à moi mesurât sa vaillance !
» S'il veut, par un combat, finir ces démêlés,
» S'il veut voir de ce bord les Troyens exilés ;
» Il devait contre moi prétendre à la victoire ;
» Ou du glaive, ou des Dieux on en eût eu la gloire.
» Allez, abandonnez aux feux accoutumés
» Les restes malheureux des vôtres remportés ».

Enée a dit; mais eux gardaient un grand silence;
Leurs regards incertains, leur sombre contenance
S'interrogeaient l'un l'autre, ils sont restés sans voix.

Le plus âgé, Drancès, qui sait, à chaque fois,
Sortir contre Turnus sa haine envenimée,
Répondant, dit ces mots: « Vous, par la renommée
» Grand, mais, ô vous encor plus grand par vos exploits,
» Chef vaillant des Troyens, quelle assez forte voix
» Pourra vous décerner un éloge trop juste?
» Est-ce en vous la valeur ou la justice auguste
» Qu'il nous faudra d'abord, davantage admirer?
» Jusqu'aux murs paternels nous allons reporter
» Vos paroles aux lieux où nous avons pris l'être:
» Si d'unir vos destins à ceux de notre maître,
» Un moyen peut s'offrir, nous saurons l'employer;
» Qu'ailleurs ce Turnus cherche avec qui s'allier:
» Même vous nous verrez supporter avec joie
» Les rocs des murs promis aux descendans de Troie;
» Heureux, sur notre épaule en soutenir le poids! »

Il dit: tous à l'envi s'unissaient à sa voix.
Pour deux fois six soleils la trève est arrêtée:
Les Latins, les Troyens, vont, pendant sa durée,
Impunément mêlés, errer dans les forêts;
Sous le fer retentit frappé le frêne épais,
On renverse des pins à tête en l'air lancée;
Les coins fendent des bois la texture enlacée;
Le cèdre ouvre son sein de parfums embaumé;
Sur l'essieu criant court l'orme des monts traîné.

Déjà, de plus grand deuil fatale messagère,
La renommée allait, volant dans l'air, légère,
Vers Evandre et ses murs et son triste palais,
Où naguères sa voix publiait les hauts faits
» De Pallas le vainqueur de toute l'Ausonie. »
En foule aux portes court le peuple d'Arcadie.

Suivant l'usage antique ils ont les bras armés
De lugubres flambeaux qu'ils portent allumés :
Un long cordon de feux luit sur tout leur passage,
Éclairant au loin champs, monts, plaines et rivage ;
La troupe des Troyens avançant à son tour,
Suit, en essaims plaintifs, la pompe dans son cours.
Lorsque cet aspect s'offre aux mères éplorées,
Qu'elles voient au palais ces phalanges entrées,
Leurs douloureux accens ébranlent la cité,
Mais rien n'arrête alors Evandre transporté ;
Il s'élance au travers de la foule arrivante,
Gémissant, tout en pleurs, dans sa peine accablante,
Il tombe en perçant l'air de lamentables cris,
Et s'attache éperdu sur le corps de son fils.
Son angoisse à ces mots enfin livre un passage :
« Pallas, de ton retour, ce l'est donc là, le gage
» A mon erreur donné pour te laisser partir
» Vers ces combats sanglans où tu devais périr ?
» Je la connaissais trop, hélas ! cette imprudence
» D'un guerrier que séduit la trop vive espérance,
» Qui veut sortir vainqueur de son premier exploit !
» Trop déplorable essai pour ton père et pour toi !
» O d'une horrible guerre, horrible apprentissage !
» O père malheureux, dont les vœux, dont l'hommage
» Dont tous les pleurs n'ont pu fléchir aucun des dieux !
» Toi, de ne vivre plus que ton sort est heureux
» Pour ne ressentir pas cette douleur affreuse,
» Objet d'un chaste amour, épouse vertueuse !
» Mais moi, conservé, moi qui, prolongeant mes jours,
» De l'ordinaire usage intervertis le cours ;
» A la mort de mon fils je survis ; triste père !!
» Pour me punir d'avoir pris part à cette guerre,
» Que n'accabliez-vous de traits mon sein percé !
» Rutules, sous vos coups, joyeux, j'eusse expiré ;

« Cette pompe au palais viendrait ici me rendre,
» Et non Pallas aux yeux du malheureux Evandre ! !
» Mes pleurs n'accusent pas, ô Troyens généreux,
» Ni vous, ni l'amitié, ni ses doux et saints nœuds,
» Ni l'hospitalité dont la chaîne me blesse :
» Hélas ! c'était le sort gardé pour ma vieillesse ! !
» Si mon fils dut périr d'un coup prématuré,
» Quand de Volsques grand nombre au carnage livré,
» Au Latium j'aurai conduit les fils de Troie,
» La mort sera pour moi le comble de la joie !
» Voilà, mon fils, les pleurs, les seuls dignes de toi ;
» Le deuil dont tout me fait, d'un vœu commun, la loi,
» Troie et ses chefs fameux, le magnanime Énée,
» Les guerriers d'Etrurie ; enfin, toute l'armée ! ! !
» C'est un bien grand honneur de périr par tes mains !
» S'il avait eu, Pallas, des ans égaux aux tiens,
» Autant de force, ô toi qui fais couler ces larmes,
» Tu gîrais étendu, tronc morne, entouré d'armes !
« Mais pourquoi par mes pleurs, Troyens, vous retarder ?
» Allez vers votre chef, retournez lui porter
» Ces mots qu'à votre soin pour lui rendre je livre :
» Pallas mort, ta valeur engage Evandre à vivre ;
» Aux services du père, au sort cruel du fils
» Turnus est dû, tu vois, à tant de droits unis !
» Cet exploit manque encor pour toi, pour ta fortune.
» La vie ! ah ! désormais elle m'est importune ;
» Son bonheur m'est ravi, je n'ai que le désir
» D'emporter à mon fils, vengé, ce seul plaisir,
» En allant le rejoindre aux souterraines ombres. »
Mais l'aurore, au milieu de ces douleurs si sombres,
Versant au ciel l'éclat de ses rayons nouveaux,
Ramenait aux mortels les soins et les travaux ;
Déjà le bon héros, Tarchon, sur le rivage,
Ont construit les bûchers commandés par l'usage ;

Chacun de toutes parts y conduit, transporté,
L'amas des guerriers morts d'un et d'autre côté.
Des feux mis en dessous à ces monceaux funèbres,
La fumée en l'air roule, étendant les ténèbres ;
Trois fois, à pied, autour des lugubres bûchers,
En armure brillante ont couru les guerriers ;
D'autres, sur leurs coursiers, trois fois, de l'eau lustrale,
Ont arrosé des bois la structure fatale :
Ils poussaient des cris longs, sourds, des gémissemens.
Sur la terre à grands flots les pleurs coulent tombans ;
On lance au sein des feux des traits, des débris d'armes ;
Jusqu'au ciel vont montans des cris mêlés de larmes.
La trompette en sons durs fait bruir l'air au loin ;
On jette sur les corps casques, lances et freins,
Des glaives reluisans, l'étincelante épée,
De longs débris de chars, mainte roue enlevée,
Et les traits des vaincus qui les ont mal servis,
Présents trop connus d'eux, après leur mort râvis.
Tout autour du bûcher le sang des taureaux coule ;
Les troupeaux amenés des champs voisins en foule,
Les sangliers épais sur les feux allumés
Par le fer des Troyens tombent accumulés ;
Puis, sur la rive entière, une flamme élancée
Des corps brûlans saisit la masse amoncelée.
On recueille avec soin les os demi-brûlés ;
Les guerriers spectateurs ne s'en vont éloignés,
Qu'au moment où la nuit dans les airs radieuse,
Change le ciel brillant de sa cour lumineuse.

Autant ailleurs en font les malheureux Latins ;
D'innombrables bûchers sont construits par leurs mains ;
De leurs guerriers partie ensevelie en terre,
Partie est reportée en contrée étrangère,
Ou vers la plaine, ou même envoyée aux remparts :
Jeté confusément sans choix, sans ordre, épars,

Le reste sans honneur dans les flammes se brûle ;
Des feux reverbérés le reflet long circule.
Mais le troisième jour chassait la nuit des cieux ;
On va prendre aux bûchers, d'un soin religieux,
Les ossemens triés dans la cendre légère,
Pleurés, on les inhume enfouis dans la terre.
  Mais alors les remparts du triste Latinus,
Sa cité, sont remplis de cris longs et confus;
Là, du deuil récent s'offre, effrayante, une image :
Mères et sœurs et brus, enfans dans le bas-âge,
Les veuves, les parens, tout déteste à la fois
La guerre et ses fléaux et le trop fatal choix
Qui du Rutule a fait préférer l'hyménée :
« Lui seul doit marcher; lui, lui seul, à main armée,
» Doit combattre et doit vaincre alors qu'il veut régner,
» Qu'aux honneurs les premiers il prétend s'élever. »
  Drancès, pour aigrir mieux cette fureur si grande,
« Atteste que Turnus est le seul qu'on demande,
» Que le chef des Troyens le veut, seul, au combat ».
Les avis, partagés, font naître un vif débat;
Turnus voit s'élever pour lui de voix grand nombre;
Le beau nom de la reine étend sur lui son ombre.
Mille faits éclatans, plus d'un trophée acquis,
Le soutiennent porté contre tant d'ennemis.
  A tout ce mouvement, l'interrompant, succède
Le retour des guerriers allés vers Diomède,
Qui rendent la réponse aux vœux qu'ils ont portés :
« Tous leurs soins, tant d'efforts sans effet sont restés;
» Les instances, les dons, les offres, la prière,
» Rien ne les a servis; il faut, pour cette guerre,
» Chercher d'autres secours aux malheureux Latins,
» Ou demander la paix au grand chef des Troyens. »
Latinus, de douleur, sent son ame atterrée;
Par ce courroux des Dieux leur volonté montrée,

Manifeste à ses yeux, à son cœur tout ému,
Qu'Enée au Latium par leur ordre est venu;
De ces tombeaux récents cette foule dressée
Porte la même preuve au fond de sa pensée.
Des plus grands de l'empire il assemble un conseil.
Tous vont vers son palais en pompeux appareil;
Par leur concours nombreux la voie est occupée;
Assis au milieu d'eux, règne dans l'assemblée
Latinus, comme roi, comme le plus âgé,
Présentant à leurs yeux un front d'ennuis chargé.
Là, les ambassadeurs, revenus d'Œtolie,
Ont ordre d'exposer comment est mal remplie
L'attente des Latins, de raconter, tracés,
Les faits, par un récit dans leur ordre énoncés.
Vénulus déférant à cet ordre suprême:
» Citoyens, a-t-il dit, Diomède lui-même,
» Les camps des Grecs divers, nos regards les ont vus;
» Les périls du trajet nous les avons vaincus.
» On nous l'a présentée, avec accueil offerte,
» La main qui de Pergame a su hâter la perte:
» Diomède vainqueur, dans son nouveau pays,
» Construisait Argyrippe aux lieux par lui conquis,
» Et sous ce nom tiré du nom de sa patrie,
» L'élevait sur le sol de l'heureuse Appulie.
» Introduits, dès l'abord, quand nous pûmes parler,
» Sous ses yeux, nos présens nous les faisons porter;
» Nous disons dans quels lieux nous vîmes la lumière,
» Nos noms, quels ennemis sont contre nous en guerre,
» Qui force Arpos d'unir ses guerriers aux Latins.
» Nous entendus, ce prince, avec des yeux sereins:
» O peuples fortunés de l'antique Ausonie,
» Quel sort vient donc troubler la paix de votre vie?
» O vous, sur qui Saturne autrefois a régné,
» Pourquoi tenter le sort d'un débat ignoré?

» Tous ceux qui d'entre nous ont osé, par la guerre,
» Portés au sol de Troye en profaner la terre,
» (Je laisse ici les maux supportés sous ses murs,
» Les morts que Simoïs roula dans ses flots purs)
» Dans l'univers entier, par les plus grands supplices,
» Nous avons expié de longues injustices,
» Pour Priam même, hélas ! trop dignes de pitié!
» Ils le savent cet astre à Pallas consacré,
» Et les rochers d'Eubée, et, vengeur, Capharée !
» Nous tous, poursuivis, chefs de cette vaste armée,
» En mille endroits déserts nous errâmes jetés :
» Ménélas en exil fuit aux lieux reculés
» Où le Nil de Protée épand son eau féconde ;
» Ulysse a vu cet antre où l'Etna brûlant gronde.
» Dirai-je de Pyrrhus l'empire renversé,
» Idoménée, en pleurs, des bords Crétois chassé,
» Les Locriens rendus habitans de Lybie?
» Lui-même Agamemnon, ce vainqueur de l'Asie,
» Par sa barbare épouse au seuil tombe, immolé ;
» Un adultère amant franchit son lit souillé.
» Moi, des Dieux en courroux la vengeance fatale
» M'envia le retour vers ma terre natale,
» L'aspect de Calydon, hélas, cher à mes yeux,
» Et mon épouse, objet de mes plus constans vœux.
» Ici même, suivi, m'importune et m'afflige
» Le spectacle effrayant de plus d'un noir prodige ;
» Mes compagnons perdus transformés en oiseaux,
» Ou sont épars dans l'air, ou volent sur les eaux,
» (O des miens malheureux châtimens redoutables!)
» Et vont frappant les rocs de leurs cris lamentables.
» A ces maux si cruels j'ai dû me préparer,
» Quand j'osai de mon fer, sacrilège, attaquer
» Des êtres immortels et quand ma main troublée
» Blessa, d'un coup fatal, à la main, Cythérée.

» Cessez de m'appeler dans ces cruels débats;
» Pergame en cendre, non, je ne tenterai pas
» Des démélés avec des descendans de Troie;
» Je les rappelle encor mes maux, et c'est sans joie,
» Retournez, remportez ces superbes présents;
» Par vous conduits vers moi de vos pays riants,
» Tournez-les bien plutôt, adressés, vers Enée.
» Nous nous sommes trouvés l'un l'autre dans l'armée,
» Croyez-en un guerrier qui sait à quel point grand,
» Bouclier haut, il donne et frappe en combattant,
» Et de quel effort part sa lance en l'air roidie:
» Si deux autres guerriers au sol de la Phrygie
» Pareils, eussent été, d'eux-mêmes les Troyens
» Auraient porté la perte aux murs des Argiens,
» Et, ses destins changés, irait en pleurs la Grèce.
» Ce qui, seul des Troyens prolongea la détresse,
» Retarda les succès des Grecs et notre sort,
» Ce fut le bras d'Enée et la valeur d'Hector;
» Par eux la guerre, eux seuls, dix ans dura, traînée.
» Tous deux braves, tous deux de prestance élevée;
» Mais par ses soins pieux Enée est le plus grand.
» Un traité concluons-le, on le veut, j'y consens;
» Mais, aux combats, gardez d'affronter son courage!
» Vous avez entendu dans son propre langage,
» Sur la guerre, ô bon roi, son magnanime avis ».
    Par les ambassadeurs ces mots à peine dits,
Dans les rangs s'entendant une rumeur portée
De bouche en bouche va courant dans l'assemblée,
Comme lorsqu'arrêtés, par des rocs, les torrens
Au passage fermé murmurent, sont grondans,
Ebranlant d'un bruit sourd les rives frémissantes.
Les esprits appaisés, quand cèdent, moins bruyantes,
Les colères enfin faisant place au repos:
Le roi du haut du trône a fait sortir ces mots,

Après des Dieux d'abord la clémence implorée :
« J'aurais voulu, Latins, qu'avant cette assemblée
» Sur le sort de l'Empire on eût pris un parti ;
» Il l'eût fallu, ce tems eût été bien choisi,
» Non pas tenir conseil dans cette horrible angoisse,
» Quand, vainqueur, l'ennemi dans nos remparts nous presse.
» Le démêlé présent, Latins, est désastreux ;
» Nous combattons armés contre des fils des Dieux,
» D'invincibles héros que nul combat ne lasse,
» Qui, vaincus, même encor conservant leur audace,
» Ne peuvent pas vouloir abandonner le fer.
» Si votre espoir jamais voulut se reposer
» Sur les Etoliens, le secours de leurs armes
» Renoncez-y ; chacun dans ces momens d'alarmes,
» Est son espoir, lui seul ; mais vous appercevez
» Combien de cet état les moyens sont bornés !
» Le reste et son désordre et la triste ruine
» Dont tout est accablé que votre œil l'examine :
» Vos mains, vos regards, tout peut vous le témoigner.
» Je n'accuse personne ; où put l'ardeur briller,
» Par-tout elle est allée, illustre, se produire ;
» J'ai combattu du corps de tout ce vaste empire ;
» Or, désormais voici, dans de si pressans maux,
» De ma perplexité l'avis en peu de mots :
» Prés d'ici m'appartient, antique, un héritage
» Que le fleuve toscan borne par son rivage,
» Et qui vers l'occident, long, s'étendant porté,
» Va de-là la Sicile et son sol habité :
» L'Aurunx fend ses guérets, le Rutule indocile
» En tourmente du soc le terrein difficile ;
» Sur les plus âpres lieux, mis, paissent les troupeaux.
» Ce pays et le mont, sa crête, ses pins hauts,
» Aux Troyens, comme amis, cédons-les en partage ;
» Dictons-leur d'un traité la loi propice et sage ;

» Qu'ils soient, associés, à notre empire admis,
» Que là même leurs murs par leurs mains soient bâtis ;
» S'ils en ont dans le cœur une si forte envie.
» Que s'ils veulent quitter notre terre envahie,
» Peuvent aller chercher ailleurs des bords nouveaux,
» Faisons-leur un présent de deux fois six vaisseaux ;
» (Plus même si leur nombre en prescrit davantage)
» Que nos mains construiront pour eux sur ce rivage.
» Aux bords du fleuve sont les matériaux prêts,
» Nous donnerons airain, rame, cordage, agrêts ;
» Qu'ils fixent des vaisseaux nombre, grandeur, espèce.
» Et pour leur en porter sans retard la promesse,
» Pour conclure avec eux une solide paix,
» Mon avis est qu'on fasse à l'instant même un choix
» De cent orateurs pris des familles antiques,
» Qui tiendront l'olivier dans leurs mains pacifiques,
» Porteront l'or, l'ivoire, et de riches talens,
» Tout l'appareil du trône et mes vains ornemens.
» Délibérez ; sur-tout, sauvez, par la sagesse,
» Cet empire ébranlé du péril qui le presse ».
　　　Alors Drancès, le même à qui sa sourde aigreur
Du fiel le plus amer ronge en secret le cœur,
Dont Turnus et sa gloire ont soulevé l'envie,
Lâche, froid au combat, d'éloquence hardie,
Ouvrant dans les conseils d'assez prudens avis,
Fauteur séditieux de ligues, de partis,
Né d'un sang illustré du côté de sa mère,
D'origine incertaine, obscure par son père,
Se lève ; et par ces mots double encor, plus aigris.
Les mécontentemens jetés dans les esprits :
« Vous nous soumettez, prince, un point clair et facile,
» Compris, sans le secours d'un langage inutile ;
» Tous conviennent savoir nos maux, notre danger,
» Quel est le sort du peuple, et nul n'ose en parler.

» Qu'il laisse à nos discours liberté toute entière,
» Qu'il quitte ces dédains de sa superbe altière,
» Celui dont les projets, les malheureux desseins
» (Je le dirai, sans crainte, et quoique, sur mon sein,
» Il paraisse tourner ses armes menaçantes),
» Ont fait périr nos chefs par tant de morts récentes,
» Par qui nous la voyons, cette grande cité,
» S'abîmer dans le deuil de son adversité,
» Tandis que, lui, comptant sur une fuite aisée,
» Des Troyens, dans leur camp, prétend forcer l'armée,
» Veut même épouvanter par ses armes le ciel !
» A ces dons si nombreux, que, d'un soin paternel,
» Vous faites, aux Troyens, porter de nos provinces,
» Ajoutez-en un seul, ô le meilleur des princes !
» Sans qu'aucuns dédains vains ébranlent vos projets;
» Préparez-nous, en père, une durable paix,
» En unissant des nœuds du plus digne hyménée,
» Au gendre le plus grand votre fille donnée.
» Mais que si tant d'effroi s'est saisi de nos cœurs,
» Si tous nos sens glacés sont surpris de terreurs,
» Implorons ce Turnus, demandons-lui, pour grace,
» Qu'aux droits sacrés du prince il laisse quelque place,
» Qu'il l'en laisse jouir au moins pour son pays;
» Eh ! pourquoi plonges-tu dans ces maux inouis
» Nos citoyens troublés, toi, l'auteur de la guerre,
» A qui le Latium doit ces flots de misère ?
» Nul salut à combattre ! eh nous, demandons tous
» De toi la paix, son gage inviolable et doux !
» Moi-même, le premier, qu'en secret ta pensée
» Croit aigri contre toi d'une haine animée,
» (Non tout-à-fait à tort, je te hais, j'en conviens,)
» Je t'implore à genoux, prends en pitié les tiens,
» Quitte ton fol orgueil, va, fui de ce rivage.
» Assez nous avons vu de meurtres, de ravage;

» Assez, le fer cruel de deuil flétrir nos champs;

» Ou si ta gloire insigne, échauffe encor tes sens,

» Si tu crois tant pouvoir compter sur ton courage,

» Si d'un trône pour dot te plaît tant le partage,

» Ose à ton ennemi, vaillant, t'aller offrir.

» Quoi! pour que ce Turnus puisse en paix devenir

» Le fastueux époux d'une vierge royale,

» Nous, vulgaire, avilis, sans urne sépulcrale,

» De nos corps non pleurés nous couvrirons les champs!

» Mais toi, s'il te demeure encore dans les sens

» Un reste de courage et d'ardeur paternelle,

» Va te montrer en face au héros qui t'appelle »......

A ce discours Turnus d'un courroux furieux

Sent les bouillons ardents en lui monter fougueux;

Il gémit de furie, et, du fond de son ame,

Fait, en ces mots, sortir le dépit qui l'enflamme:

« Drancès, ton éloquence est large ici toujours;

» Lorsqu'il faut aux combats aller livrer tes jours,

» Au sénat, le premier, tu viens, soigneux, te rendre;

» Mais ce n'est pas ici le moment de répandre

» Dans ce palais, des mots qu'avec facilité

» Ta bouche fait entendre, en sa sécurité:

» Tandis que l'ennemi garde encor ses murailles,

» Que les fossés du sang versé dans les batailles

» Ne sont pas pleins encor, tonne, tonne à loisir;

» C'est ton usage, et moi, Drancès, viens me flétrir

» Du si juste soupçon de manquer de courage.

» Ton bras a des Troyens fait un si grand carnage!

» Maint trophée, élevé, de toi parle à nos champs!

» Ce que peut la valeur dans ses bouillons ardens

» Est facile à tenter! Certes, un faible espace

» Sépare l'ennemi des remparts de la place:

» Nous n'avons pas bien loin à les aller chercher.

» Avec moi, sur mes pas, vers eux, veux-tu marcher?

» Quoi tu restes ? Faut-il dans ta langue animée
» Et dans tes pieds fuyards voir ta valeur cachée ?
» Je suis chassé ! Quelqu'un pourrait-il justement
» Avancer qu'on me chasse, homme aveugle et rampant,
» Quand il verra de sang l'onde du Tibre enflée,
» D'Evandre la maison toute entière accablée,
» Et, d'armes dépouillés, tous ses Arcadiens ?
» Pandare et Bitias, ces deux hardis Troyens,
» M'ont-ils trouvé sans cœur, eux, d'une force rare,
» Par mes coups envoyés au gouffre du Tartare :
» Sans rappeler ici tant d'ennemis vaincus,
» Au milieu de leurs murs, par leurs pieux défendus.
» Nul salut dans la guerre ! ah ! ta vaine démence
» Peut aller au Troyen porter cette assurance !
» Sers toi ta haine et lui par tes honteux propos ;
» Mais ne viens pas troubler l'espoir et le repos
» Des cœurs que tes discours ébranlent par la crainte ;
» Sur-tout, n'exaltes pas, dans ta coupable feinte,
» Des gens vaincus deux fois, pour, ensuite, abaisser
» Les Latins, leur courage et leur élan guerrier.
» Troye est-elle aujourd'hui des Grecs appréhendée,
» Ou crainte par Achille et le fils de Tydée ?
» Le Pô voit-il ses flots rebroussans vers la mer ?
» Et lui, quand il a l'air, devant moi, de trembler,
» Par cet art scélérat exaspérant l'envie....
» Va, cette main jamais ne t'ôtera la vie,
» Ne crains pas ; que plutôt elle habite avec toi,
» Séjourne dans un cœur d'un aussi lâche aloi.
»   Je reviens maintenant à vous, roi vénérable,
» Au point que nous soumet votre ordre respectable.
» Dans nos armes pour vous s'il n'est plus nul espoir,
» Si tel et si profond se fait appercevoir
» L'abandon douloureux où le malheur nous jette,
» Que tout soit sans ressource après une défaite,

» Que le sort n'ouvre plus, pour nous, nul retour doux;
» Demandons-la, la paix, supplians, à genoux;
» Tendons à l'ennemi notre main désarmée.
» Mais, si de la valeur quelque trace allumée
» Nous demeurait encore, ah! je l'appellerois
» Ce guerrier avant tous, si grand par ses exploits,
» D'un courage si haut, d'une valeur si fière,
» Qui, pour ne le voir pas, cet excès de misère,
» Tombant, mordit le sol pour la première fois!
» Si notre état encor présente à notre choix
» Une jeunesse intacte, une entière défense;
» Si pour nous seconder dans l'Ausonie immense
» Restent encore états, nations, rois, cités;
» Si leurs succès fameux, d'un grand prix achetés,
» Aux Troyens ont coûté beaucoup de sang, de larmes;
» Si d'une et d'autre part sont deuil, morts, perte, alarmes;
» Pourquoi, honteusement, dès l'accès le premier,
» Sentirions-nous nos cœurs défaillir et manquer?
» Même avant le signal, quoi! la frayeur nous glace!
» Souvent le sort léger, le tems qui tout déplace,
» En mieux, par leur pouvoir, ont fait tout se changer;
» La fortune a, cent fois, variant, su jouer
» Les mortels qu'elle flatte, et, dans son inconstance,
» De ceux qu'elle accabla reconstruit la puissance.
» Nous n'aurons pas l'appui d'Etolie et d'Arpos!
» L'heureux Tolumnius, Messape le héros
» Seront pour nous, pour nous les chefs auxiliaires
» Qu'ont fait marcher, armés, des nations entières;
» Les combattans latins, les Laurentins unis
» Sauront ne pas cueillir de gloire un faible prix.
» Nous avons dans nos rangs les fiers Volsques, Camille,
» Ses cavaliers roulans en escadron agile
» Sur leurs coursiers qu'au loin l'airain fait rayonner;
» S'il faut contre moi seul un combat singulier,

« Que tel soit le désir qu'a formé l'assemblée ;
» Si je mets tant d'obstacle à la paix souhaitée,
» Jusqu'à ce jour, encor, la victoire aux combats
» N'a pas assez haï Turnus, ni fui son bras,
» Pour qu'il craigne un hasard dans sa haute espérance ;
» Ce Troyen, passât-il même Achille en vaillance,
» Portât-il comme lui des armes de Vulcain,
» Don brillant, fruit heureux d'un art sûr et divin,
» Oui, moi, pour les Latins, pour le roi mon beau-père,
» Egal par le courage aux anciens qu'on révère,
» De mon plein gré je m'offre à verser tout mon sang ;
» C'est moi seul que demande Enée! ah j'y consens!
» Qu'il m'appelle ; du moins Drancès, dans son envie,
» Si c'est peine, n'aura nul effroi pour sa vie ;
» Mais si c'est, au contraire, ou triomphe, ou valeur,
» Qu'il n'ait pas le plaisir de m'en voler l'honneur ».
Ils consultaient ainsi sur la crise amenée,
Quand de son camp Enée étendait son armée ;
Voici la renommée accourant à grand bruit,
Porte au palais du prince un effrayant récit
Et vient dans les frayeurs plonger la ville entière :
« Des bords du Tibre on voit en phalange guerrière,
» Arriver les Troyens et les Tyrréniens,
» Couvrant au loin les champs d'innombrables essaims. »
Les esprits sont troublés ; transporté, le vulgaire
Cède au sentiment prompt d'une ardente colère ;
Tout demande par-tout des armes, irrité,
Des armes ! ce vif cri par-tout court, répété ;
Murmurans, les vieillards vont pleurans de tristesse :
Du dissentiment né d'une si grande angoisse
Sort un cri qui, montant, divers, dans l'air poussé,
S'élève jusqu'au ciel de toutes parts lancé :
Comme quand, par hasard, en multitude épaisse,
D'oiseaux sur un bois saint un bataillon s'abaisse ;

Comme au poissonneux lac du Paduse argenté,
Les cygnes font entendre un cri rauque porté
Sur l'eau qui, répété, prolonge leur ramage.
Turnus de ce moment saisissant l'avantage ;
« Eh bien, assemblez donc, citoyens, un conseil !
» Vantez la paix, assis dans ce calme sommeil,
» Quand l'ennemi sur vous vient conquérir l'empire ! »
Ces mots dits, du palais, ardent, il se retire :
« Voluse, ô toi, vas dire aux Volsques de s'armer ;
» Les Rutules aussi fais-les vers moi marcher :
» Que Messape, et Coras secondé par son frère,
» Déployent sur les champs ma phalange légère ;
» Que les uns, attentifs, des murs couvrent l'accès ;
» Qu'on s'empare des tours, et le reste, avec moi,
» Quand j'en donnerai l'ordre, au combat qu'il s'apprête»
Tout de la ville alors court, aux remparts s'arrête ;
Lui-même, accablé, sort du conseil Latinus,
Quittant les grands desseins dans son esprit conçus,
Remet à d'autres tems plus doux son entreprise,
S'accuse en longs discours de la faute commise
« De n'avoir pas admis, par une aveugle erreur,
» Dans son empire Enée, un si grand défenseur,
» D'avoir trop fui les nœuds d'un utile hyménée. »
La terre est par les uns sous les portes creusée ;
D'autres lancent aux murs des rocs, des bois fumeux ;
Le dur cor du combat donne un signal affreux :
Des mères, des enfans la multitude, émue,
Couvre en rangs variés la muraille étendue ;
Dans un péril si grand tout prend part aux travaux.
Au temple de Pallas même, au fort le plus haut,
La reine sur un char pompeusement portée,
Va porter ses présens, de dames escortée ;
Près d'elle on voit sa fille abaissant ses beaux yeux,
Source pour cet état de malheurs si nombreux !

Puis

Des mères vient après la multitude, unie :
En suppliant, du seuil, la reine et Lavinie
Au temple ont répandu les parfums et l'encens,
Tristes, leurs voix font ouir ces douloureux accens :
« Au destin des combats, toi, vierge, qui présides,
» Romps du brigand Troyen les traits, les dards perfides ;
» Sous nos remparts, abats-le, aux portes renversé,
» Dans l'arène étendu, le sein d'un trait percé ».
Lui-même, en feu, Turnus a redoublé d'audace ;
Sa main déjà saisit sa rutule cuirasse,
Il en vêt, hérissé, les écailles d'airain ;
D'or, à sa jambe est mis son double brodequin,
Sa tête, jusques-là, monte altière, encor nue ;
Son épée à son flanc va jouer, suspendue.
Tout d'or, superbe, il court du fort précipité ;
D'ivresse atteint, son cœur a déjà palpité ;
Déjà, dans son espoir se couronnant de gloire,
Sur l'ennemi qu'il dompte il a pris la victoire.
Tel, s'éloignant du toit, sort, son lien brisé,
Un coursier, libre enfin, en champ plein élancé ;
Impétueux, il vole au riant pâturage
Où des cavales paît le nombreux assemblage,
Ou vers le cristal pur du fleuve accoutumé,
Qui l'admet, rafraîchi, dans ses flots purs baigné ;
Il frémit, brille et dresse, épaisse, sa crinière,
Sur le col, sur l'épaule, à flots, l'agite entière.
    A Turnus sous les murs Camille va s'offrir ;
Tout son escadron Volsque empressé d'obéir
La suit aux portes même où l'agile guerrière,
A bas de son coursier, d'un saut, met pied à terre.
A terre, en l'imitant, son essaim descendu
Arrive, est tout-à-coup près de Turnus rendu.
Alors Camille a dit : « Si, sans orgueil blâmable,
» Le brave peut sentir ce dont il est capable,

B b

» J'ose et je vous promets d'aller me présenter,
» Seule, aux guerriers d'Enée et de les arrêter,
» Seule encor, d'attaquer les forces d'Etrurie.
» Consentez qu'aux périls dès long-tems aguerrie,
» La première, je m'offre au plus pressant danger;
» Vous, les remparts, à pied, allez les protéger. »
Sur la guerrière alors de longs traits hérissée,
Turnus fixe d'abord sa vue embarrassée:
« Vierge, ô vous, d'Ausonie étonnant ornement!
» Quel soin vous témoigner assez reconnaissant;
» Comment, pour m'acquitter, assez vous rendre grace!
» Mais puisque vous montrez cette si noble audace,
» Partagez mes travaux et mes soins avec moi.
» S'il faut au bruit qu'on sème ajouter quelque foi,
» Des rapports m'ont appris que ce barbare Enée
» De cavaliers détache une troupe envoyée,
» Pour, en avant, légère, aller battre les champs;
» Par d'escarpés rochers lui-même s'approchant,
» Du haut des monts voisins vient, menaçant la ville.
» Un stratagême heureux, dans cet endroit facile,
» Je le prépare au fond d'une route du bois:
» Pour de guerriers nombreux que j'en cerne à-la-fois
» Les gorges, l'accès double, il faut, vous, d'Etrurie,
» Combattant, m'arrêter cette cavalerie.
» Vous aurez près de vous Messape et les Latins,
» Les escadrons choisis des vaillans Tiburtins;
» Osez d'un général prendre aussi la prudence. »
Il dit, puis vers Messape et ses guerriers s'avance,
Par des discours pareils les excite au combat.
Vers les chefs alliés aussi portant ses pas,
Il souffle dans leurs cœurs l'audace et le courage;
Puis, intrépide, lui, vers l'ennemi, s'engage.
    Un long vallon propice aux ruses des guerriers,
Ouvrait deux courbes flancs d'arbres touffus chargés;

D'un peu large sentier la voie y va conduire ;
L'accès, la gorge, tout semble exprès fait pour nuire.
Sur la hauteur, au faîte, à son plus haut sommet,
Un espace ignoré de plaine au loin régnait,
Sûr asyle et commode, ouvert à la retraite,
Soit qu'on songe à combattre à la gauche, à la droite,
Soit qu'on veuille d'en-haut sur l'ennemi donner,
Soit qu'on ait d'épais rocs à faire en bas rouler.
Là, monte le héros par la route connue ;
D'un regard mesurant cette immense étendue,
Il en saisit, joyeux, le favorable endroit,
Pour de-là dominer sur l'insidieux bois.

Mais cependant au ciel, dans sa voûte éthérée,
A la légère Opis de sa troupe sacrée,
Et l'une des beautés qui composaient sa cour,
Latone émue, en pleurs, adressait ce discours :
« Camille, hélas, se livre à la guerre cruelle,
» Nymphe, elle porte en vain notre armure immortelle ;
» Elle est chère à mes yeux sur toutes dès long-tems ;
» Diane a partagé mes justes sentimens :
» Sa candeur virginale offerte à notre vue,
» En sa faveur gagna notre ame prévenue.
» Chassé par ses sujets, trop justement haï
» D'un peuple ardent et fier qu'il courbait asservi,
» Métabe, de Priverne abandonnant l'empire,
» Pour compagne, en exil a voulu la conduire ;
» Malgré mille dangers, au travers des combats,
» Enfant et faible encor, l'emmena sur ses pas.
» Il lui donna le nom de Casmille sa mère,
» En changeant de ce nom la syllabe première.
» Lui-même la portant dans ses bras, sur son sein,
» Va dans les bois chercher quelqu'asyle lointain ;
» De toutes parts les traits l'environnant, le pressent ;
» Les Volsques, voltigeants, sur tous ses pas s'adressent :

Bb 2

» Voici, vers le milieu de ce cruel trajet,

» Qu'à pleins flots, bouillonnant, Amasène écumait,

» Tant l'avait enflé l'eau d'un orageux nuage.

» Métabe, au bord, s'apprête à passer à la nage ;

» Craintif pour cet enfant qu'il portait avec lui,

» Il tremble d'exposer un fardeau si chéri.

» Tandis dans son esprit que roulaient mille idées,

» A ce projet subit il les fixe, arrêtées.

» Il tenait par hasard à sa robuste main,

» Guerrier, un javelot d'un bois dur, de nœuds plein ;

» Dans un souple berceau fait d'écorce enlacée,

» Sa fille par ses soins doucement déposée,

» Tout autour du long dard il l'attache de nœuds

» Et, d'un bras fort, la lance, en adressant ces vœux :

» Diane auguste, ô toi des bois la protectrice,

» Je la consacre, enfant, moi, père, à ton service ;

» Portant tes traits dans l'air, la première, elle a fui

» Pour échapper aux coups d'un farouche ennemi ;

» Reçois, je t'en conjure, à tes lois dévouée,

» Celle qu'aux vents douteux j'expose, hasardée. »

« Il dit, et ramenant son bras nerveux à lui,

» Lance son javelot dont l'onde a retenti ;

» Du cours le plus léger sur le fleuve glissante,

» Fuit Camille, appendue à la flèche sifflante.

» Mais Métabe déjà, de plus près, découvrant

» L'essaim des ennemis qui venait, menaçant,

» Se livre au fleuve et passe, et, dans sa marche active,

» Vers sa fille et le trait, sur l'herbe, heureux, arrive,

» Les enlève et les offre à Diane en présent.

» Toits, demeures, cités, n'ont pu, dès ce moment,

» Le retenir soumis à leur triste esclavage ;

» Il n'eût pas accepté leur séjour, trop sauvage ;

» Sur des monts, des déserts, d'épais buissons chargés,

« Il mena, seul, la vie ordinaire aux bergers ;

» Sur des rocs, dans des bois il nourrissait sa fille
» Du lait que de son sein la cavale distille;
» De ses doigts dans sa bouche il le faisait couler.
» Quand, la première fois, a pu, marchante, aller
» Sur ses pieds délicats sa fille grandissante,
» Il vint d'un dard perçant armer sa main naissante,
» Plaça sur son épaule un arc, des traits nombreux;
» Au lieu d'un long manteau, d'or parant ses cheveux,
» La longue peau d'un tigre à sa tête attachée,
» Sur son dos s'étendant, descendit, alongée.
» De sa main faible encore elle lançait des traits;
» Sa fronde, sur sa tête, en tournant mille fois,
» Souvent frappa le cygne ou la grue élancée.
» Long-tems, par l'Etrurie, elle fut souhaitée
» Des mères pour leur bru, dans plus d'une cité;
» Mais, fidelle à Diane, elle a toujours gardé,
» Sans tache son amour pour l'arc et pour la chasse
» Et, dans ses penchans purs, sa virginale audace.
» Je voudrais qu'un désir d'aller, dans ces combats,
» Attaquer les Troyens ne la séduisît pas !
» Je l'aime; elle serait ma compagne, à ma suite;
» Mais puisqu'un sort fatal enfin la précipite,
» Nymphe, partez des airs; allez au bord Latin
» Où le combat pour elle apprête un dur destin;
» Prenez dans ce carquois la flèche vengeresse;
» Le premier dont le fer à ce corps pur s'adresse,
» Troyen, Latin, n'importe, à l'instant qu'expirant,
» Il paye un tel forfait des flots de tout son sang;
» Pour moi, m'environnant d'une épaisse nuée,
» J'irai ravir le corps de cette infortunée;
» Ses armes, par les airs je les transporterai
» Et dans son sol natal, moi, je l'inhumerai. »
Latone a dit; Opis avec grand bruit s'élance,
Fend les airs sous l'abri d'un voile épais et dense.

Cependant aux remparts s'avancent les Troyens,
Leurs cavaliers nombreux et les Tyrrhéniens ;
En escadrons formés, les coursiers, dans la plaine,
Frémissans, hennissans, sentant presser les rênes,
Frappant avec fracas la terre de leurs pieds,
Font, combattant déjà, face de tous côtés.
Les champs entiers de fers, de piques se hérissent ;
Les dards épais, levés, les fers nus éblouissent.
Messape impétueux, courageux, les Latins,
Et Coras et son frère au-devant des Troyens,
Et Camille et son aile, en champ plein, tout s'élance ;
De loin, bras ramenés, on darde et trait et lance ;
On entend un long bruit des guerriers s'avançants,
Animés des coursiers de courroux frémissants.
Et déjà, s'approchant du trait, à sa portée,
Sont venus les guerriers de l'une et l'autre armée,
Tout-à-coup, s'arrêtant, poussant des cris affreux,
Tous fondent, excitant les coursiers belliqueux.
Lancés des deux côtés, les traits, sifflants, bruissent,
D'un nuage épaissi les airs tous s'obscurcissent.
Aussi-tôt Thyrrénus, Acontée irrités,
Lance en main l'un sur l'autre à la fois sont portés ;
Ils tombent les premiers d'un bruit épouvantable ;
De leurs coursiers froissés par un choc formidable
Le poitrail s'entre-heurte et se rompt fracassé ;
De cheval Acontée à terre est renversé
Non moins violemment que par un coup de foudre,
Ou que, mis par l'effort d'une baliste en poudre,
Il tombe ; au loin, sa vie éparse a fui dans l'air.
Tout en désordre alors commence à s'ébranler ;
Ses boucliers jetés, le Latin dans sa fuite,
Aux murs, sur ses coursiers, ardent, se précipite ;
Le Troyen poursuivant, conduit par Asylas,
Déjà, près des remparts, portait, fougueux, ses pas,

Tout-à-coup les Latins retournés en arrière,
Font face, ébranlant l'air de leur clameur guerrière.
Des Troyens à leur tour, chassés, les cavaliers
Font courir au galop leurs rapides coursiers.
Et comme on voit des flots la vague alternative,
Tantôt, impétueuse, accourir vers la rive,
Jeter en écumant maint roc sur l'eau lancé,
Rouler du fond des mers le sable extravasé,
Puis, précipitamment retournant, refluante,
Rentraîner dans son cours pierres, rocs, masse errante,
Quand, rapide, elle fuit loin du bord déserté ;
Ainsi l'Etrurien deux fois aux murs porté,
Met en fuite, et renverse et poursuit le Rutule,
Puis, lui-même enfoncé, fuyant, deux fois recule,
L'œil tourné, se couvrant de ses longs boucliers ;
Mais, la troisième fois, lorsqu'enfin les guerriers
Revenus à la charge en se heurtant, se mêlent,
On combat corps à corps, des flots de sang ruissèlent ;
Armes, blessés, coursiers l'un sur l'autre roulants,
On entend les soupirs, les cris longs des mourants :
Tout tombe pêle-mêle au travers du carnage ;
Du plus terrible choc l'entière horreur s'engage.
Trop lâche pour combattre en face Rémulus,
Sur son coursier adresse un dard, Orsilochus,
Du fer qui va porter sous l'oreille, il le blesse ;
L'animal, à ce coup, impatient, se dresse
En haussant son poitrail, tous ses jarrets levés ;
Orsilochus tombant bat le sol de ses pieds ;
Catillus fait s'étendre Iolas sur l'arène,
Immole Herminius de stature hautaine,
Grand par ses armes, grand par son cœur belliqueux ;
Sa tête nue offrait, épars, ses roux cheveux ;
Superbe, il élevait sa vaste épaule nue,
Traits, fers, rien n'a d'effroi troublé son ame émue,

Tant il se déployait en armes, imposant!
Dans son buste orgueilleux va la lance en tremblant,
Et, douloureusement dans ses chairs enfoncée,
Par l'une et l'autre épaule entrant, reste infixée;
Le sang, de toutes parts, à flots noirs roulant, sort.
Par-tout les combattans vont promenant la mort;
Tout veut la recevoir honorable et brillante.
Au milieu du carnage étincelait, bouillante,
L'amazone Camille agitant son carquois;
Un globe de son sein montré dehors se voit.
Tantôt, des dards nombreux, hardi, son bras les lance,
Tantôt, sans se lasser, dans sa mâle assurance,
Elle brandit du bras sa hache à double fer;
Son arc d'or sur l'épaule a retenti dans l'air.
Même alors qu'à la fuite elle recourt, forcée,
De l'arc tourné sa flèche en arrière est lancée;
Pour compagnes de choix l'escortent Larina,
Tulla, puis hache en main, fière, Tarpéia
Que vit naître le sol de l'heureuse Italie,
Dont Camille assembla la phalange choisie
Pour, aux combats, en paix, s'en faire secourir.
Telle on voit, dans la Thrace, au Thermodon, frémir,
D'amazones la foule en armes colorées;
Soit que près d'Hyppolite elles soient rassemblées,
Soit que Penthésilée, arrivant sur son char,
Sorte, teinte du sang versé par le fier Mars;
En tumulte, à grands cris, leur ardeur se signale;
Femmes, leur clameur monte et forte et martiale;
Leur bouclier se ceintre en croissant échancré.
Qui fut d'abord par toi sur l'arène immolé,
Le premier, le dernier, redoutable guerrière?
Que d'ennemis ton bras jeta sur la poussière!
Le fils de Clytius, Euménius d'abord
Sent d'un fer meurtrier percer, ouvert, son corps;

Abattu, vomissant son sang en abondance,
Mourant, mordant le sol dans sa vive souffrance,
Sur sa propre blessure il se traine éperdu ;
Pagasus après meurt, Liris tombe, étendu,
L'un, quand de son coursier il veut r'avoir les rênes,
L'autre, lorsqu'il approche et, dans sa pitié vaine,
Au guerrier expirant il tend, faible, sa main ;
Camille à tous les deux plonge un fer dans le sein.
Le fils d'Hippotadès, Amastre, après succombe ;
Glaive en main, redoutable, et de près, elle tombe
Sur Démophon, Térée, Harpalycus, Cromis,
Par son courage ardent à-la-fois poursuivis ;
Autant de traits lancés fait partir la guerrière,
Autant de Troyens vont mordre, sanglans, la terre :
En armure inconnue Ornitus vient de loin ;
Un coursier d'Apulie est régi par son frein :
Chasseur, d'un fort taureau la peau large enlevée
Couvrait dans le combat son épaule élevée ;
La mâchoire d'un loup, tout l'orifice ouvert,
A dents blanches sa gueule est sur son front couvert,
Un Spare agreste armant sa main grande et robuste,
Il surpassait les rangs tous entiers de son buste.
Le bataillon fuyant, par un exploit aisé
Camille l'a, surpris, d'un fer subit percé,
Puis, en courroux, lui tient sévère, ce langage :
« Tu croyais donc poursuivre un animal sauvage ?
» Pour ton orgueil enfin le jour luit arrivé,
» Où des coups d'une femme il faut te voir percé.
» Va dire toutefois aux manes de tes pères,
» Pour consolations non faibles, non légères,
» Par le bras de Camille, immolé, je péris ».
Alors vers Orsiloque et Butès réunis,
Guerriers, tous deux issus de la troyenne race,
Courant, elle a percé d'un trait Butès, en face,

Entre casque et cuirasse ou du guerrier gissant
Le col, à découvert laissé, s'apperçoit, blanc;
Son bouclier, pendant à son bras gauche, traîne;
En fuyant Orsiloque, au galop, dans l'arène,
Elle l'élude et va par un grand circuit,
Puis rentre et, menaçante, à son tour le poursuit;
L'atteignant, bras levé, tenant sa hache sûre,
Sur le triste Troyen, sur ses os, son armure;
Lorsqu'il conjure et prie et tremble, intimidé,
Elle assène un grand coup d'en-haut, mortel, porté;
Du guerrier la cervelle a couvert son visage.
Vient vers Camille, en feu, s'offrir sur son passage,
Mais s'arrête, saisi par un effroi soudain,
Un guerrier, fils d'Aunus, habitant l'Apennin,
Assez fameux dans l'art cher à la Ligurie,
Tant que le sort laissa place à la fourberie;
Mais lorsqu'il ne peut plus par aucun détour fuir
La guerrière qu'il voit, terrible, à lui venir,
Il veut, pour échapper, recourir à l'adresse:
« Quelle merveille aussi, dit-il, dans sa finesse,
» Si, femme, on vous voit tant compter sur un coursier!
» Cessez de fuir; venez, en combat singulier,
» A terre, à pied tenter contre moi la victoire;
» Bientôt vous connaîtrez à qui la vaine gloire
» Va causer des regrets par son appât trompeur! »
Il dit; elle à-la-fois, de dépit, de fureur
Sent tout-à-coup saisir son ame transportée;
Elle court au-devant du guerrier, irritée,
Intrépide, fer nu, levant son bouclier,
Et donne à l'écuyer à garder son coursier.
Aruns croyant avoir le succès par adresse,
Sur son coursier tourné s'échappe avec vîtesse;
De l'éperon ferré, donnant, rapide, il fuit,
Pressant le quadrupède au grand galop sous lui.

« Homme d'orgue enflé, vil fils de Ligurie,
» Il te servira pe cet art de ta patrie !
» Il ne te rendra as au traître Aunus, vivant ».
La guerrière à ces ots d'un pied prompt et brûlant,
Saute, monte à cheal, prend les rênes, hardie,
Combat, punit Arus, percé d'un trait, sans vie.
Tel d'un roc haut prti, terrible, un épervier
Poursuit d'un vol ra de une colombe en l'air
Et l'a prise et la tie dans sa serre crochue ;
Ses ongles recourbé la déchirent émue,
Sang, plumes, sur la erre, épars, tout vient tomber.
  Cependant dans l'Oympe, attentif, Jupiter
Des mortels et des Dux moteur, tout-puissant père,
Voyait tout du somm de la céleste sphère ;
Il suscite aux combat Tarchon, Tyrrhénien,
Et lance du courroux es dards vifs dans son sein.
Par les rangs ébranlés à travers le carnage,
Tarchon sur son courer court donc, bouillant de rage ;
Par différens discours ux guerriers adressés,
Les nommant, rassemant leurs essaims dispersés,
Il ramène au combat hrs rangs, qui, tous s'unissent :
« Quel est donc cet eroi dont vos cœurs se remplissent ?
» Eh quoi, guerriers, mais un juste repentir
» N'agira sur vos cœur rop' prompts à se flétrir ?
» Tyrrhéniens ! d'où nt cette frayeur si grande ?
» Quelle honte ! une feme, ô vous, craintives bandes,
» Rompant vos batailloi vous fait fuir éperdus !
» Où donc est votre fe? ... Pourquoi sont-ils tenus
» Ces traits nuls par vos ains ? Votre ame est plus ardente
» Pour les plaisirs, les cœurs d'une nuit turbulente ;
» Quand la trompette aonce et Bacchus et ses jeux,
» Vous désirez mets, vin repas, festins pompeux ;
» Vos penchans, vos goû sont d'entendre l'haruspice,
» Agréable, annoncer ququ'heureux sacrifice,

» Quand sous le dôme épais des ombrges sacrés,
» La victime aux festins vous appelle ,mpressés ».
Lorsqu'il a dit ces mots, sur son courer, qu'il presse,
Il va chercher la mort dans la phalang épaisse.
D'abord, à Vénulus s'allant offrir, troolé,
Terrible, il le saisit de cheval enlevé
Puis, sur son sein serré, d'un vif élan'emporte;
Les Latins, tous, poussant la clameur ! plus forte,
Sur lui de toutes parts ont détournúes yeux;
Tarchon vole, entraînant en plaine ,mpétueux,
Guerrier, armure ensemble, ébranl, émeut, détache
Le fer qui surmontait le manche dea hache,
Cherchant sur l'ennemi quelqu'endrit découvert
Où puisse entrer la mort conduite ar le fer;
De son plus grand effort Vénulus, t contraire,
Se défend, résistant aux coups de l'Iversaire,
Veut, repoussant la main portée à m gosier,
Se soustraire par force à l'effort meurier,
Et comme un aigle enlève, emportdans l'espace,
Un vif reptile pris dans sa serre terce,
Son ongle recourbé l'étreint luttan, froissé;
Malheureux, le serpent, entortillé ,lessé,
Avec fureur s'agite, écaille hérissée
Sifflant au loin; levant sa tête redissée,
Il roule et tourne en plis son longortueúx corps;
L'aigle, non moins ardent, malgrces vains efforts,
Du plus terrible bec l'attaquant, learcèle,
Fouette en même tems l'air ébranl par son aîle;
Tel on voyait Tarchon emporter ıns le champ
Le Tiburtin ravi par son bras triophant,
A l'aspect de son chef emmenantette proie,
Le Méonien lance au ciel cent ćs de joie.
Alors le traître Aruns, qu'attendt son destin,
Usant du plus grand art, va, chebant le moyen

D'attaquer par srprise et d'immoler Camille;
Il vole où le sucès semble ouvert, plus facile;
Par-tout où, das l'armée, étendant son courroux,
La guerrière adessait la vigneur de ses coups,
Par-tout, porté ui-même, Aruns, sans bruit, se lance;
Sur tous ses pas qu'il guette il s'avance, en silence.
Sort-elle du combat après qu'elle a vaincu?
L'astucieux guerier, actif, sans être vu,
Tourne son cha vers elle en secret poursuivie;
Un accès, puis m autre, en fureur, il l'épie;
Tournant par-tout, perfide, et rôdant sur ses pas,
Cruel, il braudisait un dard sûr à son bras.
  Par hasard, autrefois Pontife de Cybèle,
Consacré dès l'eifance à son culte fidèle,
Chlorée allait, portant l'armure des Troyens,
Agitant un coursier écumant sur son frein;
Des écailles d'airain, en plumage enlacées,
Sur la peau qui le couvre éclataient, disposées.
Du fer de l'Ibérie et de pourpre il brillait;
Par son bras menaçant lancés, il envoyait
Des traits Crétois partis d'un arc fait en Lycie,
Dont la corne Crétoise en ceintre est arrondie.
Son épaule étalait un carquois d'or brillant;
L'or en nœuds tient groupé le safran ondoyant
Des plis de son manteau qu'avec bruit l'air agite,
Sa tunique où l'aiguille avec art fut conduite,
Était ornée et peinte; il faisait s'engager
Sa jambe dans les lacs d'un cothurne étranger.
Camille, soit désir de suspendre, trop vaine,
A la voûte d'un temple, une armure Troyenne,
Soit, chasseuse, voulant déjà s'environner,
De tout cet or conquis pour pouvoir s'en orner,
Seul, dans tous les guerriers voit et cherche Chlorée,
Seul, le poursuit aveugle à travers la mélée.

Femme, de sa dépouille un inquiet désir
Vers l'attrayante proie en feu la fait courir.
L'instant offert, Aruns, d'une flèche imprévue,
Mirant, élève ainsi sa prière à la nue :
« O gardien du Sorax, toi, le plus grand de dieux
» Qu'honorent avant tout nos soins religieux
» Pour qui le pin nourrit une flamme allume,
» Toi pour qui notre ardeur par l'espoir animée
» Ose aller sans effroi sur des brasiers ardus ;
» Nous, tes adorateurs au sein des feux brûlans,
» Mon père, accorde-nous d'éteindre par nos armes
» Cette guerrière, objet et de honte et d'alames.
» Je ne prétends pour moi, si je l'abats, vainqueur,
» Ni dépouilles, ni gloire, aucun nouvel honneur ;
» D'assez d'autres hauts faits j'aurai la renommée !
» Mais pourvu que mon bras l'étende, inanimée,
» Je reviendrai content dans mon natal pays. »
Apollon, entendant ses souhaits ennemis,
Accorde par moitié sa funeste prière,
L'autre moitié, dans l'air la disperse, légère ;
Que Camille par lui d'un coup soudain pérît,
Le divin Apollon sur ce point l'entendit :
Mais qu'Aruns retournât, vainqueur, dans sa patrie,
De ce vœu refusé, vaine, cette partie,
Les vents l'ont détournée, éparse, au loin, dans l'air.
Quand donc le trait d'Aruns, parti, fuit, meurtrier,
Des guerriers, attentifs dans l'une et l'autre armée,
Le plus étrange effroi saisit l'ame étonnée ;
Sur Camille, par-tout, des Volsques stupéfaits
Vont se porter, tournés, les regards inquiets.
Sans s'appercevoir, elle, ou de l'air qui s'agite,
Ou du trait qui volant vient, court, se précipite,
Reste, jusqu'au moment où le dard adressé
Au globe de son sein en-dehors avancé

Entre et, portant au cœur la blessure fatale,
Boit son sang, plonge, atteint son ame virginale.
Ses compagnes vers elle accourant en tremblant,
Reçoivent dans leurs bras son corps faible et tombant.
Aruns saisi de crainte, avant tous, prend la fuite;
D'épouvante et de joie il a l'ame interdite;
Il n'ose plus, alors, sur son trait se fier,
A la guerrière il craint d'aller se remontrer;
Et comme, avant qu'armée, une foule ennemie
Ne vienne menacer de traits nombreux sa vie,
Fuit et va sur des monts, tout honteux, se cacher.
Un loup, lorsqu'il a fait périr quelque berger,
Ou quelque gras chevreau laissé mort sur la place,
De son coupable fait, craintif, sentant l'audace,
Il flatte, de sa queue, en tremblant ses jarrets,
Puis, bientôt s'élançant, va, court vers les forêts;
Tel aux regards Aruns se soustrait par la fuite,
Troublé, content de voir son crime affreux sans suite.
Camille, mourante, ôte avec sa main le fer;
Mais trop avant ce trait dans son sein sut entrer;
La meurtrière pointe au cœur reste enfoncée;
La plaie entre ses os, ses côtes est fixée:
Elle tombe sans force, et ses yeux froids, fermés,
S'affaissent, sous le poids de la mort inclinés;
Si vermeil autrefois, son éclat l'abandonne;
Alors, triste, en mourant, sa bouche, en ces mots, **donne**
Ses ordres que reçoit Acca fondante en pleurs,
Qui sur toutes, toujours, partagea ses douleurs,
De celles de sa suite une des plus fidelles;
Elle lui parle ainsi : « De mes peines cruelles,
» Acca, le terme approche et mon œil apperçoit
» Tout, déjà, devenir noir, sombre, autour de moi;
» Ma blessure fatale et m'affaisse et me tue,
» La nuit sur ma paupière est tombée, étendue;

» Fui, va, porte à Turnus mes ordres les derniers;
» Qu'il se rende au combat pour aider nos guerriers,
» Qu'il chasse les Troyens loin des murs de la ville;
» Adieu. » Quand elle a dit, déjà sa main, débile,
Laisse de son coursier les rênes, loin, couler;
D'un poids involontaire à terre allant tomber,
Elle sent de son corps, déjà froide et glacée,
Son ame par degrés, sortir, fuir, élancée:
Son cou cède, penché, lentement s'inclinant;
Sa tête par la mort prise, va, s'affaissant;
Son bras, déployé, tombe, elle a quitté ses armes,
Et sur les bords du Styx va sa vie en alarmes.
Mais alors s'élevant aux voûtes d'or des cieux,
Résonne et monte, immense, un long cri-belliqueux.
Le combat plus sanglant croît, Camille immolée;
Tous fondent à la fois, les Troyens, leur armée,
Et, furieux, les chefs du fier Tyrrhénien,
Et, transporté, l'essaim d'Evandre Arcadien.
Mais déjà, dès long-tems, sur des monts, ennemie,
De loin, assise, Opis, gardienne de Trivie,
Sans frayeur voyait le combat se donner,
Quand son œil eut de loin vu Camille expirer,
Dans tout ce vaste amas de guerriers en furie,
Par un trépas si dur abandonner la vie;
Gémissante, elle dit, du fond du cœur, ces mots:
« O toi, vierge modèle à jamais des héros,
» Tu subis une peine et grande et trop sévère,
» Pour avoir aux Troyens osé porter la guerre;
» Quel fruit te revient-il d'avoir donné tes soins
» Au culte de Diane en des déserts lointains,
» D'avoir porté nos traits sur ta candide épaule?
» Mais de ta reine au moins la pitié, non frivole,
» Ne te veut pas laisser dans un honteux oubli,
» Quand de tes jours si purs le cours triste est fini.

» Ton

» Chez les peuples ton nom ne sera pas sans gloire,
» Du moins ta mort vengée ornera ta mémoire :
»· Car celui qui d'un fer blessa ton corps sacré,
» Troyen, Latin, la mort va se le voir livré. »
Sur un mont qui portait en l'air sa cîme altière,
Fut du roi Dercennus la tombe faite, en terre,
Par l'antique habitant du pays Laurentin,
Que d'ombrage entourait maint chêne épais, voisin.
Là, du plus prompt élan la belle Opis s'adresse ;
S'y plaçant, regardant, en courroux, la déesse
Observe Aruns guetté sur la hauteur, de loin ;
L'appercevant briller, en armes, altier, vain :
« Pourquoi, dit-elle, ailleurs vouloir chercher passage ?
» Viens, qu'une prompte mort ici soit ton partage.
» Tu fis périr Camille, ah ! paie-le de ton sang !
» Divin, ce trait sur toi doit-il être impuissant ? »
Elle dit, aussi-tôt par sa main irritée
De son carquois d'or Thrace une flèche est ôtée ;
Elle a tendu son arc, le ramenant de loin,
Jusqu'à ce que les bouts courbés, tous deux rejoints,
Une des mains parut toucher au sein, posée,
L'autre atteignit du fer la pointe au haut placée ;
Alors le traître Aruns à-la-fois entendit
Le trait qui siffle et l'air qui s'ébranle et frémit,
A-la-fois, dans son sein la flèche arrive, entrée.
Ses compagnons, lui pris d'une mort assurée,
Le laissent en oubli, noyé dans tout son sang ;
Opis en l'air s'élève et vole au ciel brillant.
Son chef mort, le premier fuit l'essaim de Camille :
Le Rutule épars fuit, Atinas fuit, agile,
Et, dispersés, les chefs, les bataillons troublés,
Cherchent tous à s'enfuir sur leurs coursiers pressés,
Dans leur désordre, épars, ils tournent aux murailles.
Les Troyens vont semant trépas, deuils, funérailles ;

C c

A leur fougueuse ardeur rien ne peut résister;
L'ennemi par ses traits ne peut les arrêter:
Tous reviennent, l'arc lâche et pendant sur l'épaule;
Du coursier galoppant le pied, frappant l'air, vole.
La poussière aux remparts roule, avance à longs flots;
Les mères dans leur crainte ont, des murs les plus hauts,
Élevé dans les airs leurs clameurs féminines;
Leurs mains de coups nombreux ont frappé leurs poitrines.
Les premiers arrivans, par les portes entrés,
Au terrible ennemi qui les suit, vont mêlés;
Mais ils n'évitent pas une mort déplorable;
Au seuil même, à l'abri de ce mur lamentable
Et jusques sous leurs toits ils expirent percés;
Les uns vont refermant les portes, empressés;
Leur main, par mille cris vainement implorée,
N'ose plus, même aux leurs, en accorder l'entrée:
Le plus affreux carnage à-la-fois fait tomber
Ce qui défend l'accès, tout ce qui veut entrer;
Ceux qu'on écarte, aux yeux de leurs parens en larmes,
Tombent dans les fossés pêle-mêle, en alarmes,
Par le fer qui les presse au fond précipités;
D'autres, à toute bride, au galop, agités,
Vont, dans l'aveugle effroi dont le cours les emporte,
Pareils à des beliers, du front heurter la porte.
Des mères même aux murs les essaims réunis,
(Tant est fort l'amour vrai qu'on a pour son pays!)
A peine ont vu Camille abandonner la vie,
Lancent de traits nombreux une foule épaissie;
En main, au lieu de fers, prenant des bois noueux,
Des souches, des bâtons, long-tems durcis aux feux,
Elles veulent, cédant à leurs ardeurs guerrières,
Pour conserver leurs murs s'immoler les premières.
    Cependant à Turnus, dans des bois arrêté,
L'avis le plus cruel, soudain, vient apporté;

Acca, par son récit, fait monter dans son ame
Le tumulte inconnu d'un courroux qui l'enflamme :
« Les Volsques sont défaits ; Camille a succombé ;
» Les triomphans Troyens d'effort ont redoublé ;
» Par-tout croît s'étendant leur funeste avantage ;
» Jusqu'aux murs même allé, l'effroi déjà s'engage. »
Turnus (tel est l'arrêt du roi puissant des dieux)
Du lieu qu'il occupait alors sort, furieux,
Abandonne des bois la sauvage retraite,
Et des monts d'abord pris l'infructueuse crête ;
Déjà, hors de la vue, en plaine, il s'avançait ;
Enée aux défilés, au même instant, entrait ;
Il passe les hauteurs, a franchi l'éminence,
Puis, reparaissant, sort du fond du bois immense.
Ainsi les deux héros aux murs, des leurs suivis,
Marchaient également, l'un vers l'autre, ennemis ;
Entr'eux seule alors reste une faible distance ;
Enée en même tems voit sur la plaine immense
Voler, fuir la poussière en tourbillons poussés,
Venir des Laurentins les corps nombreux, pressés,
En même tems Turnus voit, avec son armée,
Et, de loin, reconnaît l'impitoyable Enée,
Entend le bruit des pas, le souffle des coursiers.
Le combat alors même eût mêlé les guerriers,
Si le brillant Phœbus n'eût, sa course finie,
Plongeant son char aux flots des mers de l'Ibérie,
Aux feux du jour éteint fait succéder la nuit ;
Un camp des deux côtés sous les murs s'établit.

C c 2

LIVRE DOUZIÈME.

SOMMAIRE.

LES *Latins défaits en deux batailles rangées, Turnus se décide à un combat personnel contre Enée. Latinus, Turnus et le général Troyen concluent, sous la foi d'un serment solennel, les conditions du combat et d'un traité de paix. Cet accord est troublé par Juturne, sœur de Turnus, à l'instigation secrète de Junon. Tolumnius, le premier, après avoir, sur l'indice d'un présage trompeur, promis aux siens la victoire, attaque les Troyens. Enée, blessé d'une flèche, est contraint de s'éloigner du combat; Vénus emploie le Dictamnum pour guérir la blessure du héros. Ses forces rétablies, il retourne au combat et défie nommément Turnus; mais Juturne fait sauter, hors du char de son frère, Métisque, qui en était le conducteur; prend elle-même les rênes et détourne le char de tous les lieux où elle apperçoit le héros Troyen, pour empêcher que les deux guerriers, se rencontrant, ne se combattent. Enée fait approcher son armée des remparts de la ville et y lance des feux. Amate alors, persuadée que Turnus n'est plus, termine ses jours, suspendue à un plafond de son palais. Turnus, pour épargner à la cité le malheur de tomber au pouvoir de l'ennemi, se décide à combattre enfin le fils de Vénus. Les deux guerriers en viennent aux*

*mains. Enée vainqueur, tenant son rival renversé, l'épée
menaçante, commençait à se laisser fléchir, était prêt de
lui laisser la vie ; mais appercevant sur l'épaule de Turnus
le baudrier de Pallas, il reprend toute la violence de sa
colère et l'immole.*

Turnus par ces revers lorsqu'il voit, alarmée,
Des Latins affaiblis se ralentir l'armée,
Les yeux tournés sur lui, tous vouloir désormais,
Au prix de sa promesse, avoir enfin la paix,
De lui-même implacable il double son courage.
Tel blessé d'un grand coup, aux plaines de Carthage,
Par le fer des chasseurs dans ses flancs adressé,
Un lion marche enfin au combat, courroucé ;
Joyeux, fier, exhaussant sa terrible crinière,
Il brise, impétueux, la pointe meurtrière
Du trait qu'a dans son dos fait entrer un brigand,
Rugissant, de la bouche et du regard sanglant.
Telle de Turnus monte en lui la violence ;
Vers le roi des Latins, dans son trouble, il s'avance :
« Voici Turnus prêt, roi, rien ne peut plus porter
» Les compagnons d'Enée à, lâches, rétracter
» L'accord formel conclu, désormais leur ouvrage :
» Au combat le premier, voici, moi je m'engage ;
» Vous, mon père, daignez porter les objets saints ;
» D'un traité solennel vous, formez les liens :
» Ou mon bras enverra ce déserteur d'Asie,
» Ce vil chef Phrygien au Tartare, sans vie ;
» (Les Latins, spectateurs, vont regarder assis)
» Seul, je vais, par ce fer, de nos communs pays
» Sauver le déshonneur enfin, laver l'outrage,
» Ou vainqueur, qu'il ait, nous, Lavinie, en partage ! »
Latinus répondant d'un sens froid et rassis :
« Vous dont la noble audace élève les esprits,

» Plus vous êtes pour nous cher par tant de vaillance,

» Plus je dois mûrement peser dans la balance,

» Sage, de loin prévoir tous les événemens.

» Vous avez à régner sur des états puissans,

» Héritage assuré de Daunus votre père,

» Sur de vastes cités conquises par la guerre.

» Le prince des Latins a du cœur, a de l'or;

» Sur les bords Laurentins, au Latium, encor,

» Il est d'autres beautés, vierges, dans leur bel âge,

» D'un sang noble et fameux vous offrant l'avantage;

» Souffrez que je vous tienne un utile discours,

» Sans fard, sans employer les plus légers détours;

» Que mon langage vrai se grave dans votre ame.

» Tous ceux qui pour ma fille ont senti quelque flamme,

» N'ont pu, par l'ordre exprès des mortels et des dieux,

» Avec ellé jamais d'hymen serrer les nœuds;

» Vaincu par mon penchant, vaincu par l'alliance

» Qui vous tient à mon sang uni par la naissance;

» Fléchi par tant de vœux de mon épouse en pleurs,

» J'ai rompu tout lien, sensible à ses douleurs,

» A son époux j'ôtai, promise, Lavinie,

» J'ai contre lui fait même un armement impie;

» Ce qui, dès cet instant s'en est suivi de maux,

» Turnus le sait, connait nos périls, ses travaux;

» Tout ce qu'il a souffert, lui, le premier, de peines,

» Quel désastre ont produit nos tentatives vaines;

» Deux fois défaits, deux fois vaincus en grand combat,

» Ce rempart seul soutient à peine encor l'état,

» Boulevard le dernier, espoir de l'Italie;

» Le Tibre est encor chaud du sang de l'Ausonie;

» Nos champs d'os parsemés, blanchis, luisent au loin;

» Pourquoi tant balancer? d'où naît, dans mes desseins,

» Cette mobilité perplexe, embarrassée?

» Si, Turnus mort, je dois attacher ma pensée

» A chercher après lui de nouveaux défenseurs,
» Pourquoi n'arrêter pas plutôt, dans ses fureurs,
» Ce démêlé fatal, vous, conservant la vie ?
» Que diront le Rutule et toute l'Ausonie,
» S'ils me voyaient vouloir dévouer à la mort
» (Puisse être un effroi tel rendu vain par le sort!)
» Celui qui recherchait la main de Lavinie !
» Voyez combien la guerre en tout change et varie ;
» Ayez pitié d'un père accablé par les ans,
» Seul, sans vous, dans Ardée, en pleurs, dans ces momens!»
Mais loin que de Turnus ces mots domptent l'audace,
Ce vain remède aigrit le mal qui le surpasse.
Quand Turnus peut parler, il réplique en ces mots :
« Ce soin que vous prenez, bon roi, de mon repos,
» Daignez l'abandonner, Turnus, ah ! vous en prie,
» Laissez-moi pour la gloire offrir en don ma vie.
» Mon père ! et nous aussi, d'une assez forte main,
» Savons lancer un trait dont le coup n'est pas vain :
» Le sang sort quand Turnus a fait une blessure !
» Il n'aura pas toujours près de lui ce parjure,
» Sa mère, une déesse à tems pour le cacher,
» A venir de mes mains, soigneuse, l'arracher,
» Entouré d'un nuage et d'une ombre soudaine!!!»
Mais craignant du combat l'effet futur, la reine,
En larmes, retenait son gendre impétueux :
« Turnus, ah ! par ces pleurs, s'il est cher à tes yeux,
» Le soin que ton cœur prend du triste sort d'Amate,
» Appui de mes vieux ans, dont l'amour, seul, me flatte!
» Latinus, sa maison se reposent sur toi.
» Cet état ébranlé dont tu soutiens le poids,
» Amate en pleurs sur toi tout incliné s'appuie.
» Entends-moi ; crains d'aller, trop grand, risquer ta vie
» Contre ces vils Troyens dans un défi fatal :
» Le destin qui t'attend pour moi doit être égal ;

» Je la quitte avec toi la lumière abhorrée,

» Je ne veux pas, captive, avoir pour gendre Enée. »

Lavinie interrompt, au comble des douleurs,

Ce discours maternel coupé par de longs pleurs;

Des siens versés à flots elle brille baignée,

Sa rougeur sur son teint se répand allumée;

Dans ses sens un grand trouble et la flamme ont couru.

Comme si, tout-à-coup, par quelqu'un répandu,

L'incarnat de la pourpre ensanglantait l'ivoire,

Ou tels, mêlés, des lys sont rougis par la gloire

Des roses dont près d'eux l'éclat teint leur blancheur.

Lavinie offre à l'œil ce mélange enchanteur;

Turnus troublé, fixant de vifs regards sur elle,

D'une ardeur de s'armer bien plus grande étincelle;

S'adressant à la reine il lui parle en ces mots:

« Écartez loin de moi cet aspect de vos maux;

» Que ne me suivent pas de tels pensers, ma mère;

» Turnus n'a pas le choix de son heure dernière:

» Idmon, va de ma part à ce chef ennemi

» Porter ces mots peu faits pour lui plaire; dis-lui

» Qu'aussitôt que, demain, dans les airs reparue,

» L'Aurore sur son char aura pourpré la nue,

» Sans plus vouloir armer Rutules ni Troyens,

» Qu'il laisse reposer nos bras, les bras des siens,

» Qu'il faut par notre sang que ce démêlé cesse;

» Qu'à ce prix seul pourra sa trop heureuse ivresse

» Conquérir Lavinie et sa main dans ce champ ».

Il dit, vers son palais court du plus prompt élan,

Demande ses coursiers, l'ame de joie émue,

Les voit venir, paraître et frémir à sa vue;

D'Orithye elle-même, en présent, autrefois

Pilomnus les reçut pour compagnons d'exploits.

Leur blancheur surpassait la neige la plus pure;

Ils devançaient les vents par leur rapide allure;

Les écuyers en foule autour d'eux empressés,
La main creuse flattant leurs poitrails caressés,
Vont du peigne soigner leur crinière flottante.
Turnus lui-même vêt sa cuirasse brillante
Où l'or à l'étain pâle éclate entremêlé;
Son épée est pendue et flotte à son côté;
Il prend son bouclier, sa double et rouge aigrette,
Cette épée autrefois par l'art de Vulcain faite,
Pour Daunus jeune alors et père du héros,
Dont le Styx vit le fer faire frémir ses eaux;
Son bras des colonnes va détacher sa lance
Qui flottait au milieu de son palais immense;
Il dit: « C'est maintenant qu'il faut me bien servir,
» Fer, qui ne m'a jamais encor voulu trahir:
» D'Actor jadis te tint la main si valeureuse,
» Ici c'est de Turnus la main non moins fameuse;
» Fais que j'étende à terre Énée, et, de mon bras,
» A ce demi-guerrier dompté par le trépas
» Que j'enlève, vainqueur, sa cuirasse brisée:
» Sa longue chevelure, avec tant d'art frisée,
» Que de honteux parfums souillent de leur odeur,
» Fais-moi dans la poussière en prosterner l'honneur ».
Tel est l'ardent courroux qui transporte son ame;
L'étincelle jaillit de son visage en flamme,
Le feu le plus ardent, sortant, part de ses yeux;
Tel on voit un taureau qui mugit, furieux,
Quand la première fois aux combats il s'apprête
Et tente d'employer la corne armant sa tête:
Contre le tronc d'un arbre, adossé, menaçant,
De ses coups répétés il provoque le vent,
Préludant au combat dispersant la poussière.
Non moins terrible, offrant les armes de sa mère,
Le héros des Troyens cependant s'avançait;
Son courroux redoutable, encore il l'aigrissait:

Heureux, par l'accord fait, de voir finir la guerre ;
De son fils, des Troyens calmant la peine amère,
Il dévoile à leurs yeux les décrets du destin,
Leur donne l'ordre exprès d'aller au roi Latin
Du combat, sans retard, transmettre la nouvelle
Et les conditions d'une paix éternelle.

Le lendemain à peine, à leur cime, les monts
Du jour qui renaissait recevaient les rayons,
Lorsque du fond des mers, sortis, d'abord s'élancent
Les coursiers du soleil qui de naseaux hauts lancent
La lumière à grands flots sur le globe éclairé ;
Un champ pour le combat avec soin préparé,
Est désigné non loin des remparts de la place ;
Le Troyen, le Rutule en vont fixer l'espace ;
On dresse aux Dieux communs, en gazon, des autels
Des foyers saints sont mis pour les feux solennels.
Les uns, voilés de lin, les fronts ceints de verveine,
Vont, portants l'eau, la flamme au milieu de la plaine.
S'avance hors des murs en essaims belliqueux
La troupe ausonienne à flots longs et nombreux ;
Du même lieu partant sort la troyenne armée,
Sort le Thyrrénien en armes variées,
Tous, comme les premiers couverts d'autant de fer,
Que si Mars au combat les eût fait se porter.
Dans les rangs à travers voltigeaient les chefs même,
Brillants de pourpre et d'or dans leur parure extrême,
Mnesthée, issu du sang du fier Assaracus,
Asilas intrépide et l'altier Messapus,
Ce dompteur de coursiers, fils du grand dieu des ondes
Quand, le signal donné, de ces plaines profondes
Chacun dans son espace est retiré, rangé,
Des piques le fer long entre en terre engagé,
Des boucliers mis bas s'inclinant, dort la masse.
Par le désir de voir tout en foule s'amasse,

Les femmes, le vulgaire et faible et désarmé ;
De cordons de vieillards, toits, tours, tout est semé ;
Aux portes, rassemblé, le reste se déploie.

   Mais cependant Junon, à ses haines en proie,
Du haut du mont Albain (c'est aujourd'hui son nom,
Mais inconnu, sans gloire était alors ce mont)
Etendant ses regards, découvrait dans la plaine
Les guerriers laurentins, la phalange troyenne
Et les remparts tremblans du triste Latinus,
S'adressant en ces mots à la sœur de Turnus :
Déesse, elle avertit ainsi cette immortelle
Que le roi tout-puissant de la voûte éternelle,
Choisit pour présider aux flots des lacs bruyants ;
Jupiter lui donna ces glorieux présens,
Pour sa virginité jadis par lui ravie :
« Nymphe, ornement des eaux, que j'ai toujours chérie,
» Vous savez, si parmi ces objets si nombreux
» Que le grand Jupiter honora de ses vœux,
» Pour qui le Latium vit éclater sa flamme,
» Indulgente, en secret vous préféra mon ame !
» Je vous vis dans l'Olympe avec plaisir entrer ;
» Apprenez, mais sur-tout craignez de m'accuser,
» Les prochaines douleurs que le sort vous prépare !
» Quand parut le souffrir la fortune barbare,
» Tout le tems que la Parque a, plus douce, permis
» Que la victoire allât flatter votre pays,
» J'ai défendu vos murs, ai sauvé votre frère ;
» Mais je vois désormais d'un combat trop contraire
» Ce guerrier malheureux hasarder le défi ;
» L'heure et le bras du sort déjà sont près de lui :
» Je ne puis supporter cette sinistre idée,
» Ni soutenir la paix par leurs mains cimentée !
  » Vous, pour un frère, encor, si des moyens puissants,
» Vous pouvez les tenter, ô Nymphe ! il en est tems ;

» Ce soin vous sied ; peut-être enfin , dans nos misères,
» Quelques destins suivront pour nos vœux moins contraires.»
De Juturne, à ces mots, les yeux fondent en pleurs ;
Par trois, par quatre fois, dans ses vives frayeurs,
Sa main meurtrit de coups sa poitrine brillante :
« Ce ne sont pas des pleurs que cette heure pressante
» Demande, dit Junon ; employez le moyen
» De dérober un frère à son trépas prochain,
» Ou faites que renaisse une guerre funeste ;
» Anéantissez-la la paix que je déteste :
» Junon vous autorise, ô Nymphe ! à tout oser ».
Quand ces efforts sont faits pour mieux la disposer,
Elle la laisse en pleurs dans sa douleur plongée.

Mais s'avançaient les rois en pompe prolongée ;
Latinus , sur son char à quatre grands coursiers,
Offrait, à son front mis, douze rayons arqués,
Du soleil son aïeul noble et brillant emblême :
Par deux grands coursiers blancs traîné, Turnus lui-même
Paraît , en mains portant deux traits armés de fer ;
Puis on voit après lui, tout brillant, s'avancer
Le grand Enée, auteur de la romaine race,
Faisant reluire au loin la divine surface
De sa céleste armure et de son bouclier ;
Vient, autre espoir de Rome, Ascagne le dernier.
Déjà les rois du camp, tous deux sortis, paraissent,
En vêtemens blancs, purs, les pontifes s'empressent;
D'une laye , amené, le nourrisson soyeux,
La brebis, sauve encor de l'acier rigoureux,
Sont conduits aux autels qu'un feu saint vif éclaire;
Eux, du soleil naissant regardant la lumière ,
Vont de leurs mains offrir des gâteaux de froment ;
On empreint à la tempe avec un fer brûlant
La sommité du front des victimes choisies ;
Le vin à flots versé sort des coupes remplies :

Le général troyen, fer nu, parle en ces mots :
« Je t'atteste, soleil, toi, terre des héros,
» Pour qui, déjà, j'ai pu souffrir tant de misères :
» Je vous prends à témoins, recevez mes prières,
» Tout-puissant roi des Dieux ; vous, auguste Junon,
» Déesse enfin déjà plus portée au pardon ;
» Toi formidable Mars, qui, sous tes lois sanglantes,
» Tiens les combats cruels, les guerres accablantes ;
» Sources, fleuves, flots purs, je vous appelle tous,
» Tout ce qui dans l'Olympe est imploré par nous,
» Toutes les déités de la plage azurée ! ! !
» Si Turnus voit pour lui la victoire assurée,
» Aux murs d'Évandre iront se rendre les vaincus ;
» Par l'effet observé des articles conclus,
» Ascagne des Latins quittera la contrée ;
» Et, rebelles jamais, les compagnons d'Énée
» N'y viendront plus porter les armes ni le fer ;
» Mais, le succès, si Mars daigne nous l'accorder,
» Comme je crois plutôt, et, que puisse un sûr gage
» De la bonté des Dieux m'en donner le présage,
» Nous ne voudrons jamais, ni moi, ni les Troyens,
» Sous nos lois asservir les bords Ausoniens ;
» Je cesse de prétendre aucun droit sur l'Empire ;
» Sous d'équitables lois qu'on leur verra souscrire,
» Que les deux nations unissant leurs destins,
» De la paix à toujours conservent les liens.
» Je donnerai les Dieux, les rits saints, les usages ;
» La puissance suprême et tous ses avantages,
» Et le droit des combats seront pour Latinus.
» Les Troyens construiront les murs qui leur sont dûs ;
» Ces remparts porteront le nom de Lavinie ».
Du chef Troyen ainsi la promesse finie,
Latinus, paraissant après, religieux,
Les bras et les regards élevés vers les cieux :

» Je jure par la terre et, comme vous, Énée,
» Par les mers, par les feux de la voûte éthérée,
» Les enfans de Latone et Janus aux deux fronts,
» Par les Dieux infernaux, leurs abîmes profonds,
» Du sombre roi des morts souterraines retraites;
» Que le Dieu dont la foudre en grondant sur nos têtes
» Appose un sceau puissant sur les nœuds des traités,
» (Ma main sur ses autels et ces feux allumés,
» J'atteste, en l'implorant, sa puissance sacrée)
» Reçoive ma promesse et cette foi jurée:
» Quelque soit notre sort qu'auront fixé ses lois,
» Rien ne fera changer ma volonté, jamais,
» Quand dans l'onde un déluge engloutirait la terre,
» Quand l'Olympe au Tartare irait mêler sa sphère.
» Comme ce sceptre (alors à sa main il portait
» Ce royal attribut) d'aucun nouveau rejet
» Ne pourra reverdir ni redonner d'ombrage,
» Depuis que des forêts ravi, dans son jeune âge,
» Il languit triste et sec loin du tronc maternel,
» Cédant ses bras, sa feuille à l'acier trop cruel;
» Jadis arbre, aujourd'hui par une main adroite
» Renfermé dans l'airain, pour lui prison étroite,
» Aux rois du Latium donné pour le porter! »
　　C'est par de tels sermens qu'on les voit cimenter
La paix, sous l'œil des grands, conclue en leur présence.
Les victimes, du bras dans la flamme, on les lance,
On prend les intestins des animaux vivans;
Des vases vont couvrir les autels de présens.
　　Cependant dès long-tems le combat au Rutule
Semble inégal; un bruit subit, sourd, loin, circule,
Plus grand et par degrés dans tous les rangs porté,
Lorsqu'ils voient de plus près cette inégalité.
Turnus vient augmenter cette aigre violence,
Lorsqu'il paraît, marchant d'un pas lent, en silence,

L'œil baissé, vers l'autel, d'un regard suppliant,
Le teint décoloré, tout le front pâlissant.
Juturne à peine a vu cette rumeur naissante,
Le vulgaire hésitant, dans sa pitié croissante,
Elle va s'engager au sein des rangs épais,
Empruntant de Camerte et la forme et les traits ;
Camerte relevé par sa naissance illustre,
Des paternels exploits tirant le plus grand lustre,
Lui-même, au loin, fameux et craint dans les combats :
La déesse, avec art, va, parmi les soldats,
Semé différens bruits, enfin, tient ce langage :
« Quoi ! Rutules, sans honte, endurer qu'il engage
» Ses jours pour vous, lui seul, ce guerrier généreux !
» En force, en nombre, eh quoi ! sommes-nous donc moins qu'eux ?
» Aux combattans troyens joignez ceux d'Arcadie,
» Joignez-y ceux partis du sol de l'Etrurie,
» Tout ce qui hait Turnus, à peine on peut compter
» Chacun un adversaire à qui se présenter.
» Turnus, lui, vers le ciel, sa demeure suprême,
» Vers ces dieux qu'il implore, en s'immolant lui-même,
» Va monter, immortel par ses brillans exploits ;
» Cent récits publieront sa gloire et ses hauts faits ;
» Et nous, nous, sans patrie, au plus orgueilleux maître,
» Nous nous verrons rampans et lâches, nous soumettre,
» Nous qui, calmes, restons sur nos guérets assis ».
Des guerriers, par ces mots, les esprits fiers aigris,
Le courroux naît, grandit, s'enflamme et, dans l'armée
Un long bruit s'étendant, l'agite au loin troublée.
Bientôt, tout est changé, Laurentin et Latin :
Ceux dont l'espoir voyait dans un traité certain
Leur salut sûr, alors veulent s'armer : « La guerre !
» Point de paix ! » c'est de tous le cri, c'est leur prière.
On plaint Turnus, son sort, son grand cœur outragé.
Juturne à ces efforts, encor, joint ménagé

Un secours plus puissant par un soudain prodige :
Rien ne vint ébranler d'un aussi prompt vertige
Les guérriers d'Ausonie à cet aspect troublés ;
Car arrivant, porté par les airs ébranlés,
L'oiseau de Jupiter, sous la rougeâtre nue,
Chassait d'oiseaux marins une foule étendue ;
Lorsqu'il a poursuivi ce bataillon volant,
L'aigle va tout-à-coup, sur les flots s'abattant,
Dans les ongles crochus de sa serre tenace,
Prendre un cygne éclatant qu'il ravit dans l'espace.
Les Latins vers le ciel lèvent les yeux, surpris :
Tous les oiseaux bientôt s'enfuyant à grands cris,
O spectacle étonnant, en bruyant assemblage,
Obscurcissant tout l'air couvert par leur nuage,
Poursuivent, sans relâche, ardens, leur ennemi,
Jusqu'à ce que du poids qu'il soutient, affaibli,
Il laisse aller, vaincu, hors de sa serre aiguë,
Sur l'eau du fleuve en bas sa proie ainsi perdue,
Puis au plus haut des airs plane ensuite, envolé.
Le Rutule à grands cris, joyeux, a salué
D'un augure si grand le rassurant présage.
Tous s'arment ; le premier, pour doubler leur courage,
Tolumnius, pontife : « Ils sont remplis mes vœux ;
» Voici l'augure clair, l'avis certain des dieux
» Tant de fois demandé par ma plus vive instance.
» Dieux, je vois éclater votre auguste puissance !
» Moi, moi, je vous exhorte à reprendre le fer,
» Vous que ce Phrygien, ce barbare étranger
» Sur ces bords qu'envahit sa horde criminelle,
» Comme de vils oiseaux, épouvante et harcèle !
» Il fuira ; ses vaisseaux fendront la vaste mer ;
» Vous, défendez un chef qu'on veut vous enlever.
» Que de vos bataillons l'accord donne, unanime. »
Il dit ; au même instant prend un dard qu'il anime,

Et

Et le lance, en marchant lui-même à l'ennemi.
Le trait sifflottant court, dans l'air, rapide, a fui :
A l'instant la clameur part, immense, élevée ;
Les rangs tous, à grand bruit, s'ébranlent dans l'armée,
Les cœurs sont transportés du plus ardent courroux.
Le dard volant arrive, où, réunis, debout,
Par hasard, arrêtés, ensemble étaient neuf frères,
Tous grands et tous, pour fils, par une seule mère,
Donnés à son époux, Cylippe, Arcadien.
L'un d'eux, atteint du fer, au milieu, dans le sein,
Où la cuirasse au corps appliquant sa texture,
Unit ses deux parois rejoints par la suture ;
De ses armes en vain superbe et défendu,
Il tombe, tout sanglant, sur l'arène étendu.
Ses frères, magnanime et bouillante phalange,
A cet aspect saisis tous d'un courroux étrange,
Portent, les uns la main à leur glaive, irrités ;
D'autres, s'armant de traits, vont, courent, emportés ;
Mais bientôt les Latins à flots nombreux s'avancent ;
En bataillons roulans, contr'eux portés, s'élancent
Rangs serrés, épaissis, enflammés, les Troyens,
Ceux d'Agillyne émus, les fiers Arcadiens,
D'armes peintes couverts, tous, transportés de rage ;
Ils vont recommencer la guerre et le carnage.
Les autels sont pillés ; en déluge, les fers,
En nuages, les traits d'ombre ont couvert les airs.
Vases, foyers, feux saints, tout tombe, est pris, s'entraîne ;
Le roi des Latins même, éperdu, dans sa peine,
Fuit, portant de ses dieux les simulacres saints,
Jetés, quand de la paix on rompit les liens.
L'un d'un coursier, actif, vole ajuster la bride ;
L'autre, en selle monté, part et marche, intrépide ;
Armés, déterminés, tous fiers, fer en avant.
Aulète, roi, portait des rois tout l'ornement ;

D d

Pour détruire une paix secrètement haïe,
Sur lui Messape avance, horrible, avec furie:
Aulète, à cet aspect, fuyant, d'effroi glacé,
Reculait vers l'autel derrière lui placé;
Il s'y heurte, empêché par l'épaule et la tête;
Terrible alors, Messape, arrivant, lance prête;
Tandis qu'en longs discours Aulète l'implorait,
De son coursier, sur lui, d'en haut, darde son trait,
L'en atteint, puis lui dit, en fureur, ces paroles:
« Dédommages les dieux de victimes frivoles,
» Et ce coup, tiens, reçois-le. » Aussi-tôt les Latins
Ont pris, tiède, son corps, qu'ont dépouillé leurs mains,
De son vigoureux bras à l'autel, Chorinée
Va saisir une torche et la porte, enflammée,
Sur Ebule arrivant, impétueux, vers lui;
La barbe en feu d'Ebule au même instant a lui.
Lui-même accourt, Messape; il prend sa chevelure,
Et, du genou foulé sur cette arène impure,
Il le tient, furieux, sous ses coups terrassé,
Puis, d'un fer inflexible, au cœur, il l'a percé.
Alsus aux premiers rangs, pâtre, vient se produire;
Fer luisant, sur sa tête élevé, Podalire
Menace et, d'un grand coup de sa hache alongé,
Par le front, le menton au milieu partagé,
Le fendant, sur son sein fait jaillir sa cervelle;
L'affreux repos de fer d'une mort éternelle
Vient, pour jamais, au jour fermer, éteints, ses yeux.
    Enée, à cet aspect, pour lui si douloureux,
Tête nue, étendait une main désarmée,
Rappelant à grands cris sa trop aveugle armée:
« Où courez-vous? pourquoi ces mouvemens subits?
» Oh, calmez le courroux qui trouble vos esprits!
» L'alliance est conclue, est sûre, est affermie;
» Turnus à mes destins désormais doit sa vie.

» Ce fer va garantir les nœuds d'un saint traité ;
» L'hommage offert aux dieux me doit Turnus livré. »
Au milieu de ces cris, lorsqu'il dit ces paroles,
Un trait sur lui lancé, s'avançant, siffle et vole ;
On ne sait par quel bras, quel effort envoyé,
Ni quel dieu, quel hasard ont, par ce coup, donné
A l'orgueilleux Rutule un instant de victoire ;
D'un tel fait dans l'oubli toujours resta la gloire
Et nul de la blessure, après, ne s'est vanté.
Quand Turnus hors des rangs voit Énée emporté,
Les chefs troublés, saisis des plus vives alarmes,
Il demande à-la-fois son coursier et ses armes ;
L'espoir s'est, dans son cœur, subitement glissé ;
D'un saut, fier, sur son char il se porte, élancé,
Va précipitamment des mains saisir les rênes,
Puis voltigeant, immole, étendus sur l'arêne,
D'innombrables guerriers, jetés, vaincus, roulés,
Par-tout où va son char rompre les rangs troublés,
Ou de ses traits la foule est dans les airs lancée :
Ainsi, non loin de l'Hèbre et de son eau glacée,
On voit frémir fougueux le dieu Mars tout sanglant,
Quand, faisant retentir son bouclier bruyant
Et, pressant ses coursiers, il provoque à la guerre ;
Eux, dans la plaine vont, prompts, fendant la poussière,
Passant Borée, Autans et Zéphyr devancés ;
La Thrace au loin s'ébranle au grand bruit de leurs pieds ;
Autour du dieu rangés vont, marchant a sa suite,
Les Embûches, la Rage, et la Peur interdite,
Qui forment, rassemblés, son cortège hideux.
Tel Turnus, au milieu des combattants, fougueux,
Fait voler ses coursiers tout fumans, hors d'haleine,
Foulant l'ennemi mort étendu dans la plaine,
En rosée il disperse, il fait jaillir le sang ;
Mille guerriers hardis de ses traits les perçant,

Sur le sable imbibé, sur les corps morts il vole.
Sthélénus, Tamyris, Pholus, il les immole,
Par lui l'un après l'autre attaqués, l'un de près ;
De près il fait tomber Glaucus mort, mort Ladès,
Que nourrit, en Lycie, Imbrasius leur père,
Que d'armure semblable il orna pour la guerre ;
Aux combats tous les deux hardis également,
A la course tous deux légers, passant les vents.
Euménides ailleurs fendant les rangs, s'avance ;
Dolon antique était l'auteur de sa naissance ;
Du nom il rappelait son aïeul valeureux,
Par son bras, son audace un père encor fameux,
Qui, jadis, pour aller dans un camp de la Grèce,
Observateur, osa, dans sa coupable ivresse,
D'Achille demander pour prix le char brillant ;
Diomède indigné d'un vœu si révoltant,
Lui donna par le glaive une autre récompense ;
Depuis l'aveugle excès de sa folle arrogance
N'aspira plus au char du grand fils de Thétis.
Quand Turnus l'apperçoit dans la plaine, surpris,
Après l'avoir du trait, loin, suivi dans l'espace,
Il retient, tout-à-coup, ses coursiers, plein d'audace,
Saute à bas du char, vient au guerrier renversé
Se montrer effrayant, lorsqu'il tombait, blessé,
De son pied appuyé sur le col il le presse,
Arrache son poignard, d'une main vengeresse,
Le plonge, foudroyant, dans sa gorge arrêté,
En ajoutant ces mots au coup alors porté :
« Ayes-le, Troyen, ce sol qu'a voulu ton envie,
» Foule, à plaisir, ces bords de la belle Hespérie ;
» Voilà le prix bien sûr dont se verra payer
» Quiconque ose avec moi se mesurer du fer :
» Ainsi par les Troyens est leur ville élevée. »
Il lui joint, morts Batès par sa lance envoyée,

Thersiloque, Chlorée et Sybaris, Darès,
Et de son coursier, faible, abattu, Thymœtès;
Comme on voit dans la Thrace, arrivant, fier, Borée,
De son souffle ébranler la vaste mer d'Egée;
Les flots houlleux aux bords, écumants, vont rouler;
Où le vent donne, ont fui les nuages dans l'air;
Tels cèdent à Turnus, quelque part qu'il s'engage,
Les rangs ouverts par-tout, rompus sur son passage,
Tout fuit; par son élan lui-même est emporté;
Mue en l'air, sur son char son aigrette a flotté:
A le voir si fougueux ne put tenir Phégée;
Il court, retient du char la marche accélérée,
Et saisit des coursiers, arrêtés par sa main,
Et la fumante bouche et les écumans freins:
Mais lui-même, à leurs crins pendant, lorsqu'il s'avance,
L'atteignant, découvert, d'un coup affreux, la lance,
Passant par sa cuirasse à son sein effleuré,
Goûte par une plaie à son corps entamé;
Lui, cependant, courant toujours d'un pas rapide,
Tourné, bouclier haut, vers Turnus, intrépide,
Au gosier du héros élevait un poignard;
Dans son terrible élan, toujours fuyant, le char
Le pousse et le renverse, étendu sur l'arène.
Turnus vient, fer levé sur sa tête hautaine,
La fait sauter du glaive, en frappant à l'endroit
Où la cuirasse au bas du casque s'unissait.
Son tronc est laissé, tiède, étendu sur la terre.

Tandis qu'ainsi Turnus dans sa fougue guerrière
Fait ce carnage en plaine, Enée accompagné
De Mnesthée et d'Achate et d'Ascagne indigné,
Est emmené du camp, s'appuyant sur sa lance,
Traînant, en chancelant, ses pas, dans sa souffrance
Il s'irrite, essayant d'ôter, le bois brisé,
Par force, le long trait, dans sa plaie enfoncé,

Et pour secours plus prompt, il demande, il supplie
Qu'on entr'ouvre à dessein sa blessure élargie,
Que soit de sa retraite ôté le fatal fer,
Qu'on le fasse au combat pouvoir, par grace, aller,
Déjà, cher a Phœbus, sur tous, pour sa science,
Iapis, un des fils d'Assaracus s'avance,
A qui, jadis, lui-même avait voulu Phœbus
Confier de son art les secrets étendus,
Le don de présager, son luth, ses flèches sûres,
Le pouvoir de percer dans les choses futures ;
Lui, pour sauver un père accablé, faible et vieux,
Du grand art de guérir, des végétaux nombreux
Aima mieux recevoir l'utile connaissance,
Choisit, sans gloire, obscur, d'appliquer leur puissance.
Énée en frémissant, sur sa lance incliné,
Debout, d'un grand concours était environné,
Immobile, au milieu de ses guerriers en armes,
Entouré des douleurs de son fils tout en larmes ;
Iapis le vieillard s'avançant, empressé,
Portant, suivant l'usage, un manteau retroussé,
A déjà, plusieurs fois, fait, de sa main savante,
Couler des sucs connus la vertu guérissante ;
En vain, en vain il veut, par la pince agité,
Tirer, faire sortir le trait sollicité ;
Nul effort à ses soins n'ouvre un succès propice ;
Et son maître Apollon ne lui rend nul service.
Déjà de plus en plus, cependant, à grand bruit,
Le danger, du héros s'approchant, vient vers lui ;
Déjà, l'air, tout, est pris d'une épaisse poussière ;
Des escadrons ardents accourt la troupe altière ;
Les dards pleuvent, lancés, jusqu'au milieu du camp ;
Un cri poussé s'élève et redouble, effrayant,
De tout ce qui combat, de tout ce que ravage
La fureur du fier Mars ou la faulx du carnage.

Vénus alors, voyant d'un regard irrité
La douleur dont son fils, atteint, reste arrêté,
Va, sur l'Ida, cueillir dans les bois de la Crète,
Le Dictamnum, à feuille étendue en aigrette,
Dont la tige présente un long feuillage épais
Et que des fleurs de pourpre environnent en dais.
Il n'est pas ignoré de la chèvre sauvage
Ce végétal heureux, alors qu'un trait s'engage,
Par l'effort d'un chasseur introduit dans son sein.
D'un voile épais Vénus s'enveloppant, soudain,
L'apporta, préparant dans sa bouche brillante
Du remède en secret la puissance appaisante;
De ses lèvres de rose elle la fait couler;
Elle y joint l'ambroisie, y fait, doux, se mêler
Avec ses parfums vifs le puissant panacée.
La liqueur inconnue, Iapis l'a versée;
Le héros dans son sein sent couler la fraîcheur:
Bientôt au corps entier a cessé la douleur;
Le sang, calmé, s'arrête au fond de la blessure,
Déja, suivant la main, sortant par l'ouverture,
Hors du sein du héros le trait cède, est tombé;
Ses forces ont repris l'état accoutumé.
Du vieillard aussi-tôt la joie ardente éclate:
« Apportez au guerrier ses armes, qu'on se hâte;
» Que tardez-vous? » Il dit; lui-même, le premier,
Contre les ennemis encourage à marcher:
« Ce succès n'est produit par nulle force humaine;
» Il n'appartient en rien à ma science vaine:
» Enée, ah! ce n'est pas mon art qui t'a sauvé;
» Un Dieu puissant agit seul, seul a conservé
» Pour des travaux plus grands ta haute destinée. »
Lui, sent pour le combat son ardeur ranimée,
Par ses agiles mains ses mollets arrêtés:
Dans des brodequins d'or sont mis, des deux côtés;

Impatient , obstacle, ou retard , tout l'irrite ;
Sa lance entre ses mains déjà luit-et s'agite ;
De sa cuirasse à peine il brillait, revêtu,
Son glaive, à ses côtés mis, flotte, suspendu.
Ouvrant son casque, il prend et baigne de ses larmes
Son fils, entre ses bras, le couvrant de ses armes,
Au paternel baiser donné, joignant ces mots :
« Apprends de moi, mon fils, la valeur, les travaux,
» Par d'autres sois formé pour un sort plus prospère ;
» Ici mon bras te va défendre dans la guerre ;
» Tu peux par moi prétendre aux plus glorieux prix :
» Toi, quand tes ans, un jour, formés, seront mûris,
» De mes efforts du moins conserve la mémoire ;
» Fais revivre des tiens les hauts faits et la gloire ;
» Sois enhardi, pour prendre un courageux essor,
» Et par ton père Enée et par ton oncle Hector. »
Ces mots dits, hors du camp s'élançant, formidable,
Il agite à son bras son long trait redoutable.
Tout l'essaim de ses chefs, Mnesthée, Anthée, heureux,
Ses principaux guerriers sortent à flots, nombreux;
Le champ, tout s'est couvert de la nuit la plus sombre,
Le long frémissement des pas s'entend dans l'ombre;
Turnus d'une hauteur de loin, venans, les voit;
L'armée Ausonienne aussi les apperçoit :
Tout s'émeut de frayeur ; Juturne, la première,
Voyant de loin voler la phalange guerrière
Et distinguant le bruit des pas, tremblante, fuit.
Enée alors déploie en plaine , au loin conduit,
Son long essaim couvert d'une poussière épaisse.
Tel, l'air rompu, descend, sur la terre s'abaisse
Un nuage effrayant venant couvrir les eaux ;
Déjà se préparant aux plus horribles maux,
Le laboureur s'alarme, éperdu d'épouvante ;
« L'orage va porter la ruine accablante

» Sur les arbres, les champs, au loin, tout renverser. »
Les vents volants devant jusqu'au bord vont pousser
Le long fracas roulant de leur sourde menace.
Tel le héros Troyen des champs couvrant l'espace,
Fait marcher ses guerriers fondants sur l'ennemi ;
Tout se mêle à la fois, combat, frappe à l'envi.
Osiris meurt percé du glaive de Thymbrée ;
Archétius succombe étendu par Mnesthée ;
Achate fait s'abattre Epulon sous son fer ;
Sous les coups de Gyas Ufens mort va tomber ;
Lui-même, immolé, meurt Tolumnius augure
Qui, le premier, avait, dans sa fureur parjure,
Envoyé d'un bras fort son dard sur l'ennemi.
Dans l'air monte et s'élève, effroyable, un grang cri.
Le Rutule, à son tour, mis en désordre, en fuite,
Tout poudreux, par les champs, courant, se précipite.
Enée a dédaigné de livrer à la mort,
Et ceux qui contre lui combattent corps à corps,
Et ceux qui de leurs traits vont menaçant sa vie ;
Il n'en veut qu'à Turnus dans la foule ennemie ;
Il cherche, attend, poursuit, veut trouver seul Turnus ;
Sur lui sont dirigés tous ses regards tendus,
Enfin c'est Turnus seul qu'il veut, lui qu'il demande.
La frayeur de Juturne alors s'émeut, plus grande ;
Elle écarte au milieu des brides qu'il tenait,
Métisque, hors du char que son soin dirigeait,
Loin du timon le jette, étendu, sur l'arène ;
Le remplace, en main prend les ondoyantes rênes,
De Métisque offrant traits, prestance, armure et voix,
Comme au palais profond du dieu Pluton, par fois,
Légère et noire, on voit, dans l'air, une hirondelle,
De toutes parts volante, emporter avec elle
Quelques grains exigus pour ses petits criards ;
Tantot, d'un cours rapide errer dans ses écarts,

Sous un portique fuir, ailleurs, tantôt, lancée,
Autour des bords, des lacs, fendre les airs, pressée ;
Telle, par-tout Juturne ouvrait, brisait les rangs,
Guidant le char parmi les nombreux combattans ;
Son frère triomphant, soigneuse, elle le montre
Là, dans un lieu, dans l'autre, évitant la rencontre
D'où le combat peut naître et l'entraînant au loin.

    Enée ardent, courant, ne s'en porte pas moins
Par-tout, sur les détours où fuit son adversaire ;
Dans les rangs qu'il renverse, à grands cris, en colère,
Il l'appelle au combat de la plus forte voix.
Dès qu'Enée apperçoit Turnus, à chaque fois
Juturne a détourné du char la marche ailée,
A fait fuir les coursiers ardents dans la mêlée.
Que fera le héros ? Son vif courroux, en vain,
Irrésolu, s'agite en formant cent desseins ;
Dans ses esprits troublés mille et mille pensées
Naissent, s'offrent à lui, successives, pressées.
Messape alors tenait à sa main deux longs traits ;
Il en fait voler un, lancé du plus prompt jet.
Énée, un genou bas, du bouclier se cache,
Cependant le dard vole et, rapide, détache,
Quand le héros se tient sous ses armes serré,
Le sommet de son casque et l'abat, renversé,
Il fait sauter du front son aigrette enlevée.
De courroux grand s'enflamme alors, terrible, Énée ;
Las d'embûches, las d'art, dès que son œil a vu
Fuir Turnus de nouveau sur son char, éperdu,
Attestant du traité la foi sainte blessée,
Du roi puissant des dieux la grandeur offensée ;
Il se décide enfin à fondre dans les rangs ;
Fougueux et formidable, et Mars le secondant,
Lâchant la bride entière à son bouillant courage,
Il court, sans choix, par-tout, portant mort et carnage.

Quel dieu me redira tant de meurtres sanglants ?
Quels vers peindront l'amas des corps morts, des mourants ?
Tous les chefs immolés, tout ce qui, frappé, tombe,
Tout ce qui par Enée ou par Turnus succombe ?
Puissant maître du monde, as-tu pu voir en paix
S'entr'égorger ainsi deux peuples par toi faits
Pour vivre entr'eux unis d'un accord si sincère !!

   A Sucrone, et ce fut l'attaque la première
Qui retint un moment tout l'effort des Troyens,
Enée ardent, d'un fer entame, ouvert, le sein
Dans l'endroit où la mort pénètre vite, entrée ;
Flancs, côtés percés, tout cède à l'horrible épée.
Tombé de son coursier sur l'arène, Amycus
Et Diorès son frère attaqués par Turnus,
Tous les deux combattus à pied, d'un coup de lance
L'un en s'approchant meurt, au sein de l'autre il lance
Un long trait qui l'abat et, fougueux, il suspend
Les têtes des vaincus a son char tout sanglant
Roulant, qui les promène, en courant, sur le sable.
D'un seul coup asséné par son bras formidable
Tanaïs, Céthégus, et Talo, tous les trois
Meurent ; il fait tomber Ornythus à la fois,
(Nom Echionien, fils né de Péridie ;)
Des plaines d'Apollon, des champs de la Lycie
Trois frères envoyés meurent, et Mœnœtès
Qui voit la guerre, faible, avec de vains regrets,
Père, Arcadien, pauvre et dont la main soigneuse
Pêchait, près du Lerna, dans son eau poissonneuse,
Qui cultivait avant des sillons affermés,
Simple, ignorant cet art, ces dons empoisonnés
Des citoyens qu'élève une grande puissance :
Telle éclate la flamme au sein d'un bois immense,
Ou, mise dans un champ plein de bruyans lauriers,
Ou, tels, précipités du haut des monts altiers,

Des torrens écumeux avec fureur frémissent,
Roulants, portés aux mers dans les flots s'en grossissent,
Quand, sur leur route, en rage, ils se sont déchaînés.
Non moins les deux héros, l'un sur l'autre entraînés,
Armés, pour se combattre, ardents, fougueux, s'avancent;
Alors, alors en eux à grands flots se balancent
Les terribles courroux dont sont rompus leurs cœurs.
Murranus dont la race éclatante d'honneurs,
Brillait de noms d'aïeux, de bisaïeux ornée,
Qui, tout enflé, comptait dans sa longue lignée
Les titres fastueux des monarques Latins,
Par un roc qu'ont lancé les formidables mains
De l'un des deux héros, tombe, épars sur l'arène;
Le char roulant, le foule enlacé dans les rênes;
Entortillé des cuirs, il meurt, pressé du pied
Des coursiers oubliant leur maître renversé;
Sur l'autre héros court Hillus plein de furie;
Vers son front couvert d'or, vers sa tempe enrichie
Part, violent, un trait qui, dans le casque entré,
Jusqu'à la cervelle a, introduit, pénétré.
Toi, jadis chez les Grecs si fameux, ô Crétée,
Rien ne put te soustraire à Turnus; toi, d'Enée
N'ont pu te préserver tes dieux par leur secours,
Et Cupentus, son glaive a terminé tes jours;
Malgré son vaste airain, ton bouclier immense
Ne tient pas à l'effort de la mortelle lance.
Sur les champs Laurentins aussi, de tout ton poids,
Tu tombas étendu, superbe Eole ! ô toi
A qui des Grecs armés la fureur meurtrière
Jadis, n'a pu, sous Troie, arracher la lumière,
Ni de l'Asie, Achille, effrayant destructeur;
Mais là, là, du destin t'attendait la rigueur:
Ta demeure au sommet du mont Ida montée,
Une autre dans Lyrnesse encore possédée,

Tu les as, mais ta tombe est aux bords Laurentins!
Tout combat, s'entrechoque, et Troyens, et Latins,
Et Mnœsthée, et Séreste, et terrible et rapide,
Asilas, et Messape, écuyer intrépide,
Et, vaillants, les guerriers d'Evandre Arcadien,
Et, hardis, les soldats du fier Etrurien :
Chacun, pour sa part, donne, et de sa force entière;
Sans retard, sans repos, la rage meurtrière
Par-tout, funeste, allant, tout, au loin s'est heurté.
   En ce moment l'avis par Vénus apporté,
Vient au héros : « Qu'il doit tendre vers la muraille,
» Y diriger, conduit, l'effort de la bataille,
» Pour d'un subit désastre accabler les Latins. »
   Cherchant Turnus, Enée, au travers des essaims,
Lorsqu'il porte, en courroux, de toutes parts, sa vue,
Voit, parmi tant de trouble et, sans en être émue,
La cité des Latins tranquille impunément.
Tout-à-coup le combat croît, redouble plus grand;
Le héros mande à lui chefs, Sergeste et Mnœsthée,
Occupe une hauteur dont toute son armée
Se rapprochant, montrait, luisans et ramassés,
Lances, boucliers, traits, poignards, fers hérissés.
Au milieu d'eux, debout, lui, sur une éminence :
« Guerriers, j'attends de vous valeur pleine et constance;
» Jupiter est pour nous, et vous, à ces combats,
» Vénus, sans les prévoir, vous, ne faiblissez pas!
» Ces murs de Latinus, son empire entier même,
» Causes d'un deuil si grand, de ce ravage extrême,
» Dès aujourd'hui, qu'on tarde à s'avouer vaincu,
» Qu'on songe à résister, tout sera confondu :
» Je veux que jusqu'au sol descendant, tout s'abaisse!
» Sans doute, j'attendrais qu'à ce Turnus-il plaise
» De vouloir contre moi combattre et que, défait,
» D'une attaque nouvelle il tente encor l'effet?

« Citoyens, la voilà, sa source capitale !

» D'un débat désastreux l'origine fatale,

» Des torches ! qu'on en porte à l'instant ; par les feux

» D'un traité saint rompu sachons ravoir les nœuds. »

Il dit ; tout à l'envi s'embrase de courage ;

Vers les murs à-la-fois tout à grands flots s'engage ;

Et la flamme et l'échelle, aux murs mis, tout paraît ;

Les uns vont des remparts assaillir le sommet,

Sur les premiers trouvés ils font voler leur lance ;

Les airs sont surchargés des traits nombreux qu'on lance.

Lui-même, aux premiers rangs, étendant ses deux mains,

Enée, en accusant le prince des Latins,

Prend à témoin les Dieux « qu'on le force à la guerre

» En rompant, par deux fois, un traité tutélaire ;

» Que, deux fois, en s'armant, aveugle, contre lui,

» L'Italie a voulu prendre un front ennemi. »

Au sein du peuple entier la discorde se porte ;

Les uns de la cité voudraient ouvrir la porte :

Au haut des remparts même ils vont, traînant le roi ;

Les autres, s'animants, malgré leur sombre effroi,

Veulent encore, armés, protéger la muraille.

Tel, surpris, un essaim d'abeilles qui travaille

Est dans le creux d'un mur trouvé par un berger ;

Quand d'amère fumée il a pu l'assiéger,

Elles, dans leur séjour, par tout leur camp de cire,

Bourdonnant, voltigeant, en foule, vont produire

Par-tout leur long courroux par leur bruit propagé ;

Une épaisse odeur sort de l'asile assiégé ;

Les pierres d'un son rauque, au-dedans, retentissent ;

De fumée, à longs flots, les airs, pris, s'obscurcissent.

   Un désastre plus grand, des Latins malheureux

Aggravant l'infortune et les revers nombreux,

Accabla la cité dans les terreurs plongée ;

Amate appercevant, à l'écart, affligée,

Vers son palais, ardent, l'ennemi se porter,
Aux murs voler la flamme, aux toits les feux monter,
Nuls Rutules là, prêts, pour pouvoir la défendre,
En nul endroit Turnus, croit qu'on l'a pu surprendre,
Qu'en combattant est mort l'infortuné guerrier.
Le plus vif désespoir dans son cœur entre, entier;
Elle s'accuse, et crie, et, « seule, de la guerre
« Se dit l'auteur, la cause, et la source première!!! »
Après mille discours garants de sa douleur,
Tout-à-coup dans l'accès d'une aveugle fureur,
Décidée à la mort, elle rompt, égarée,
Le somptueux tissu de sa robe pourprée,
Elle-même à la poutre attachant de longs nœuds,
Va terminer ses jours par un trépas houteux.
      Quand la nouvelle en vient à la foule des mères,
Lavinie, arrachant, dans ses douleurs amères,
Ses vêtemens brisés, l'or de ses blonds cheveux;
Ensanglante son teint de ses doigts douloureux;
De ses femmes en pleurs la foule accourt, tremblante;
La clameur au palais monte et roule effrayante;
Par-tout dans les remparts ce bruit, en s'étendant,
Frappe les cœurs saisis d'un sombre abattement;
En habits déchirés, le roi Latinus même,
Emu de tant de maux, de ce désastre extrême
Et du renversement de l'état malheureux,
Tout en pleurs, de poussière a souillé ses cheveux,
S'accuse : « n'avoir pas adopté la pensée
» D'unir sa fille au sort du magnanime Énée,
» Avoir à son empire ôté ce défenseur!! »
      De Turnus, cependant, déjà moindre, l'ardeur
Suivait quelques fuyards vers la fin de la plaine;
Déja de moins en moins triomphant sur l'arène,
Moins ivre de l'ardeur de ses brillants coursiers:
Du plus aveugle effroi l'accent porté dans l'air

Et, des remparts sortante, une clameur plaintive,
Des sons sourds ont frappé son oreille attentive:
« O malheureux, quel deuil trouble donc la cité !
» D'où naît, confus, ce bruit vers moi des murs porté ? »
Il dit, reste incertain dans sa soudaine transe;
Du conducteur Métisque empruntant l'apparence,
Sa sœur toujours du char guidait l'agile cours;
Dévoilée, au héros elle tient ce discours:
« Par ici, des Troyens, Turnus, suivons la fuite;
» Où le succès pour nous ouvert se facilite;
» Assez d'autres sans toi vont couvrir les remparts:
» Enée en feu, combat, frappant de toutes parts,
» Nous aussi, nous, faisons aux guerriers de Phrygie
» Mordre la terre humide et par leur sang rougie;
» En nombre égaux, les tiens, toi, ne sortirez pas
» Sans gloire et sans honneur de ces sanglans combats. »
A ces mots, répondant, Turnus : « Déjà ma vue,
» O sœur, depuis long-tems vous a trop reconnue !
» Quand rompant par votre art un odieux traité,
» Aux combats vous livra pour moi votre bonté;
» Vous croyez vainement tromper mes yeux, déesse;
» Mais qui vous fait du ciel venir avec tendresse
» Prendre l'emploi fatal de soins si douloureux ?
» Est-ce pour voir la mort d'un frère malheureux?
» Car, que fais-je, et quel sort peut m'aider, favorable?
» J'ai vu périr, frappé par un coup déplorable,
» D'une expirante voix m'appeler Murranus,
» L'ami le plus constant de ceux que j'ai perdus;
» Grand, tombant immolé d'une grande blessure;
» Le triste Ufens n'est plus, lui dont la foi si sûre
» Voulut ne les voir pas, nos revers inouis;
» Ses armes, son corps sont aux mains des ennemis.
» Laisserai-je abymer nos toits remplis d'alarmes?
» (Ce malheur manque encore à nos sujets de larmes.)
» Faut-il,

» Faut-il, en m'épargnant pour de généreux faits,
» De ce Drancès jaloux rendre les discours vrais?
» Fuirai-je ? ô ciel! Ces bords verraient que Turnus fuie!
» Est-ce un malheur si grand d'abandonner la vie?
» Manes, recevez-moi, du moins, justes et doux,
» Puisque les dieux du ciel m'accablent de courroux.
» Pure et libre, vers vous, à ces maux étrangère,
» Mon ame descendra digne encor de la gloire
» De ces aïeux si grands dont mon sang est issu. »
Il a dit; mais voici tout-à-coup qu'éperdu,
Porté sur son coursier, ouvrant les rangs, s'avance
Sagès, au front blessé par le coup d'une lance,
Il nomme à haute voix, en l'implorant, Turnus:
« Turnus, d'espoir sans toi, pour nous, il n'en est plus;
» Ah! prends pitié des tiens; Enée armé, fulmine,
» Menace hautement de réduire en ruine
» Le dernier boulevard de l'Italie en pleurs.
» Déjà les feux aux toits déployent leurs fureurs;
» Les Latins sur toi seul tournent leurs vœux, leur vue,
» Du roi même accablé la douleur éperdue
» Demande sur quel gendre il doit porter son choix
» De quels traités nouveaux il faut sceller les loix.
» La reine à tous tes vœux de tout tems asservie,
» Vient de ses propres mains de s'arracher la vie,
» Dans l'épouvante, a fui la lumière des cieux.
» Aux portes, seuls, Messape, Atinas, furieux,
» En combattant encor signalent quelqu'audace;
» De bras armés, de fers un amas les menace;
» Toi, tu conduis ton char, seul, sur ces prés déserts. »
A ce tableau confus de tant d'objets offerts,
Turnus, pensif, arrête, immobile, sa vue;
Dans le fond de son cœur bouillaient la honte émue,
Un délire mêlé de dépit, de douleur,
Et l'amour violent, transporté de fureur,

E e

Et de sa valeur propre un secret témoignage.
Quand disparaissant cède, éloigné, ce nuage,
Qu'enfin, dans sa pensée a rentré la clarté,
Son regard en courroux vers les remparts porté;
S'est, du haut du char même, adressé vers la ville.
Voici que sur les toits la flamme, en l'air, mobile,
Vers le ciel, ondoyante, en tourbillon montait
Et déjà sur la tour, terrible, s'élevait;
La tour, qui d'ais serrés par ses soins fut construite,
Que sur des bois roulans il fit marcher, conduite,
Pourvue, autour, des ponts en gradins élevés:
« Ma sœur, voici du sort les décrets sont marqués;
» Ne me retenez plus; que je marche où m'appelle
» Des dieux et des destins la volonté formelle;
» Je veux combattre Enée, à lui je veux aller;
» Ce qu'a d'affreux la mort je m'en vais l'affronter.
» Vous ne me verrez plus fuir ni souiller ma gloire;
» Ah! laissez-moi, du moins, avant, dans ma colère,
» Furieux, me livrer entier à ma fureur. »
Il dit, saute du char et, transporté d'ardeur,
Laissant sa sœur livrée à sa mortelle angoisse,
Tout au travers des dards des ennemis s'adresse,
Du plus terrible élan fendant les bataillons.
Comme on voit un grand roc tomber du haut d'un mont,
Qu'un torrent par le pied ou le vent déracine,
Ou que du tems lui seul l'atteinte sourde mine;
Précipité, tombant, il roule à très-grands bonds,
Va, sautant, promené, sur le sol des vallons,
Entraînant sur sa route humains, troupeaux, branchage.
Tel Turnus vers les murs s'est entr'ouvert passage,
Où le sable est rougi de plus de sang versé,
Où l'air des dards nombreux, sifflant, est plus froissé.
Sa main fait signe, et lui, grand, en ces mots commence:
« Rutules, qu'au combat nul de vous ne s'avance;

« Vous tous, Latins, cessez et déposez vos traits ;
» Combattre n'appartient qu'à moi seul désormais ;
» Il vaut mieux que, pour tous, mon sort seul se hasarde ;
» D'accomplir l'accord fait, le soin, seul, me regarde. »
Tout de l'arène au loin sortant, s'est retiré ;
Mais entendant le nom de Turnus prononcé,
Le héros des Troyens quittant murs, forteresse,
Franchit tout, avançant, impatient d'ivresse,
Tressaille et plein de joie, a fait au loin sonner
Ses armes d'un fracas qui dans l'air va tonner.
Tel que le grand Athos, l'Eryx voisin des nues,
Ou tel, bruyant, frémit sur tes crêtes chenues,
L'Yeuse encor montant parmi les neiges, verd,
O toi, bon Apennin dont le front fend les airs.
Déjà tout regardait, les guerriers de Phrygie,
Interdit, le Rutule, émus, ceux d'Ausonie,
Les spectateurs nombreux sur les remparts rangés
Et ceux qui du belier battaient les murs frappés.
D'un mouvement subit tout a mis bas les armes ;
Lui-même, Latinus voit, le cœur plein d'alarmes,
Deux rivaux, héros, nés dans des lieux si divers,
S'attaquer, rapprochés des bouts de l'univers.
    Mais eux, quand le champ vuide offre un plus libre espace,
L'un sur l'autre accourants avec semblable audace,
Après avoir de près fait leur trait, prompt, voler,
Sont aux mains, ont heurté cuirasse et bouclier ;
Ils font gémir la terre, ardens, pleins de courage ;
Ils frappent ; art, valeur, tout est mis en usage ;
Et comme sur Taburne ou sur le mont Sila,
Des taureaux ennemis que la rage enflamma
Luttant, s'entre-choquant, front contre front s'atteignent ;
Les bergers, de stupeur, épouvantés, s'éloignent ;
Le troupeau tout, debout, d'effroi saisi, se tait ;
La génisse murmure en mugissant : « Qui doit

» Régner sur le troupeau, quel il va falloir suivre? »
Eux entr'eux se frappant de leur corne, il se livre
Un combat dont l'effort fait s'entr'ouvrir leurs flancs;
Leurs corps, leurs cous de sang roulant, sont écumans;
Les bois, troublés de cris; à l'entour, loin, résonnent:
Tels les deux fiers rivaux l'un sur l'autre, armés, donnent;
L'airain des boucliers choqués, entre-croisés,
A retenti d'un bruit dont les airs sont froissés;
Jupiter même au ciel en main prend sa balance,
Les bassins mis égaux, dans son pouvoir immense,
Pèse des deux guerriers le succès et le sort:
Qui doit vaincre, quel poids va pencher vers la mort?
Turnus, croyant pouvoir hasarder cette audace,
Fer en haut, s'élevant, du corps entier, menace,
Porte un coup; Troyens, tous, Latins, d'effroi saisis,
Ont fait monter, poussés, d'énormes et longs cris;
Tout en tremble; le fer, sans pénétrer, se brise;
Frustrant Turnus déçu dans sa haute entreprise.
Le parti qui lui reste, alors, seul, c'est de fuir;
Il fuit, passant les vents dès qu'il voit dégarnir
De son fer le pommeau qui, nu, dans sa main reste.
Quand, aux combats, jadis, dans son ardeur funeste,
Pour la première fois il alla sur son char,
Turnus, pressé, quittant le paternel poignard,
Au conducteur Mélisque avait pris cette épée,
Par lui, long-tems, depuis, dans bien du sang trempée,
Lorsqu'il courait, suivant le fugitif Troyen.
Mais, adressé ce fer aux armes de Vulcain,
Se disperse, rompu, lame faible et mortelle
Et saute en mille éclats comme une glace frêle;
Le sable en offre épars, clairs, les débris semés.
Turnus donc en fuyant, court, les sens alarmés,
Errant sur divers coins du trop fatal rivage,
Dans un lieu, puis un autre, en sa frayeur, s'engage;

Car, rangs épais, par-tout l'entourent les Troyens ;
Ailleurs sont les remparts des malheureux Latins,
Plus loin, triste, un marais d'une immense surface.
  Mais cependant Enée au sein du même espace,
Quoique du trait fatal le coup encor senti
Retarde ses genoux, dans leur jeu ralenti,
Pied à pied poursuivait son terrible adversaire,
Comme un cerf quelquefois surpris dans une eau claire
Ou de chasseurs cruels par-tout environné,
Par la meute en courroux d'abois est harcelé ;
L'animal, effrayé de la hauteur des rives,
Fait, pour fuir le danger, cent courses fugitives,
Trompant les chiens, léger, double, accroît les détours ;
Gueule béante, ardent, l'ombre suivant toujours,
Le tient déjà bientôt, presque, en sa fausse joie,
Entre ses dents croyant avoir saisi sa proie,
Referme sa mâchoire et n'a rien pris, trompé,
Dans sa morsure vaine à grands regrets frustré.
La clameur la plus forte alors dans l'air s'engage,
Tout, à l'entour, par-tout y répond, lac, rivage.
En même tems Turnus, toujours rapide, a fui ;
En même tems, aux siens adressant un grand cri,
Les nommant par leur nom, il demande une épée ;
Mais non moins menaçant, présent, terrible, Enée
Promet deuil, mort, désastre, à qui joindra Turnus,
Pour d'un plus grand effroi frapper les cœurs émus,
Menace d'écraser les murs, blessé, court, presse :
Déjà, cinq tours par eux décrits dans leur vîtesse,
Ils sont, autant de fois, revenus sur leurs pas ;
Car il ne s'agit point de jeux, de vains combats,
Mais du sort de Turnus, de son sang, de sa vie.
  Dans ce lieu par hasard fut la souche vieillie
D'un olivier sauvage à feuillage âpre, amer ;
Faune se l'était vu, par le tems, consacrer,

E e 3

An nautonnier joyeux d'un vénérable ombrage,
Ou ceux qui survivaient, échappés du naufrage,
A ce dieu Laurentin apportaient leurs présens,
Et suspendaient, offerts, simples, leurs vêtemens;
Sans assez de respect, cette tige sacrée
Avait, par les Troyens, du sable été tirée,
Pour qu'un combat plus libre, en plein champ, fût donné.
Le trait d'Enée au pied de l'arbre était entré,
Son cours impétueux l'avait fait s'y suspendre;
Long-tems, luttant du bras, pour pouvoir le reprendre,
S'efforçant et courbé, le héros a tenté
De fendre ouvert le tronc qui mord le fer resté,
Pour, repris, le lancer sur Turnus dans sa fuite.
Mais alors, mû d'effroi, tremblant, Turnus s'agite;
« Faune, ma voix t'implore, ô, daigne me sauver;
» Toi, dans ta bonté, terre, arrête-le, ce fer;
» Si toujours je gardai vos honneurs, votre gloire,
» Que les Troyens cruels ont souillés par la guerre. »
Il dit, n'invoqua pas l'appui de Faune en vain;
Car, quand long-tems luttant de sa robuste main,
Malgré de longs essais ne peut, par force, Enée,
Du tronc sauvage ouvrir cette écorce obstinée;
Tandis qu'il presse et reste actif et persistant,
Juturne, de nouveau, tout-à-coup, accourant,
Sous les traits empruntés de Métisque, à son frère
Vient, secourable, rendre un glaive auxiliaire.
Mais Vénus ne voyant que d'un œil irrité,
Que la nymphe hardie eut tant d'autorité,
Vient, tire, ôté le trait de la racine émue;
Animés, fiers, leur arme à tous les deux rendue,
Se relevant, alors, l'un et l'autre héros,
L'un de sa lance heureux, l'autre, glaive en main, haut,
Au dur combat de Mars retournés dans la plaine,
Reviennent plus ardens, terribles, hors d'haleine.

Mais cependant le dieu roi tout-puissant des cieux
A Junon qui, des airs, d'un regard douloureux,
Voyait tout sous l'abri d'une rougeâtre nue :
« Quand donc voudra cesser cette haine éperdue
» Sur quoi peut se fonder désormais votre espoir?
» Vous savez, avouez vous-même le savoir,
» Qu'au ciel par mes décrets est dû le grand Enée,
» Qu'aux astres doit un jour monter sa destinée !
» Quels sont vos vœux ? Quel soin trompeur et mensonger
» Dans un nuage froid vous fait, triste, siéger?
» Ce corps divin serait blessé de main mortelle?
» Juturne (car sans vous quel pouvoir aurait-elle ?)
» Dût-elle aller ainsi rendre un glaive à Turnus,
» Accroître encor l'ardeur dans le cœur des vaincus?
» Cessez; faites céder votre longue colère,
» Laissez-vous désarmer au moins par ma prière.
» Que ne vous ronge pas, muette, un tel courroux !
» Dans des épanchements répétés et plus doux,
» Que vos ennuis cruels, cette aigreur si farouche,
» S'épanchent, dans mon sein versés par votre bouche.
» Le terme approche enfin; assez, assez long-tems
» Vous avez poursuivi sur mer, sur terre, errans,
» Les Troyens malheureux écrasés par la guerre,
» Troublé du roi latin la maison toute entière,
» Renversé sa famille, ébranlé ses états;
» Porté dans un hymen douleur, deuil et trépas;
» Je vous défends d'oser tenter rien davantage. »
Du monarque des dieux tel fut l'exprès langage;
Mais, soumise, Junon répond, les yeux baissés:
« C'est pour avoir connu vos décrets annoncés
» Que j'ai quitté Turnus à regret, et la terre;
» Serais-je, sans vos lois, tranquille et solitaire
» A souffrir dans la nue autant d'affreux ennuis?
» Non; mais régnant d'en haut sur ces rangs ennemis,

» On me verrait traîner, de flamme environnée,
» Aux plus sanglans combats la phrygienne armée!
» Juturne a, j'en conviens, de moi reçu l'avis
» De protéger un frère et ses jours poursuivis ;
» D'oser plus, pour sauver sa tête menacée ;
» Mais l'arc, les traits n'ont pas été dans ma pensée;
» J'en jure par le Styx, ses longs souterrains feux,
» Le seul serment permis pour nous, qui sommes dieux.
» Je cède ; cette guerre, ah! je la hais, lassée ;
» Mais que, du moins, j'obtienne une faveur aisée
» Et que ne m'interdit nul décret du destin.
» Pour cette majesté de votre sang divin,
» Pour le beau Latium je demande une grace :
» Quand, plus heureux, déjà formant des hymens (passe),
» Ils auront confondu, réunis, sort, droits, lois,
» Que le peuple Latin ne puisse avoir le choix
» De quitter de son nom l'immuable héritage ;
» Qu'il conserve toujours mœurs, vêtemens, langage.
» Qu'ils ne soient pas nommés fils de Teucer, Troyens ;
» Que tout soit Latium toujours, soit rois albains ;
» Que dans le laps des tems tout devienne Italie,
» Grandeur romaine, au loin, par cent faits ennoblie;
» Troie a tombé; souffrez qu'aussi tombe son nom. »
Celui qui créa tout, mortels, monde, à Junon,
Souriant, dit : « Eh quoi? du roi des dieux l'épouse,
» Vous, fille de Saturne, encore aigre et jalouse,
» Roulez dans votre cœur de tels flots de courroux?
» Mais quittez ces desseins en vain formés par vous ;
» Ce que vous demandez comme nœud de concorde,
» Moi, volontairement vaincu, je vous l'accorde.
» L'Ausonien heureux gardera par les tems
» Son langage et son nom tels qu'ils sont à présent :
» Mais, seulement, mêlée à ce corps d'Ausonie,
» Pergame, en s'y joignant, s'y fondra, réunie ;

» J'y joindrai mœurs et droits, usages, rits sacrés ;
» Tous deviendront Latins, ensemble incorporés ;
» De ce mélange heureux d'Ilion, d'Italie,
» Un jour vous verrez naître une race agrandie,
» Passant en piété mortels, même les dieux.
» D'aucun peuple aucun soin autant religieux
» Ne vous rendra d'honneurs si grands, de tels hommages.»
Junon dépose alors ses fureurs si sauvages,
Joyeuse enfin, a pris des sentimens plus doux ;
Des airs, de son nuage elle a fui tout-à-coup.
Mais le puissant moteur des voûtes ethérées,
Roulant secrétement de nouvelles pensées,
Arrête d'éloigner Juturne de Turnus.

Il existe, dit-on, sous des noms peu connus,
Deux déités, fléaux qu'à Mégère infernale,
Dans sa fécondité jadis triste et fatale,
D'un seul enfantement, pour sœurs, donna la Nuit ;
Elle entoura leurs corps de serpens en longs plis,
Et, pour les vents, garnit leur dos de fortes ailes.
Auprès de Jupiter, rigides sentinelles,
Ou, près de Pluton même elles vont se poster ;
Par elles aux humains va l'effroi se porter,
Quand le maître des dieux veut envoyer sur terre
Mort ou calamités, ou désastres ou guerre
Aux cités que punit ce juste châtiment.
Jupiter de l'Olympe en fait au même instant
Partir une, à dessein d'épouvanter Juturne.
Des airs à très-grand vol ce noir fléau nocturne
Descend sur terre, agile en sa rapidité,
Pareil au trait qui fuit d'un arc, dans l'air jeté,
Que d'un vénéneux fiel, avant, arme le Parthe,
Le Parthe ou le Crétois, et qui, volant, s'écarte,
Fendant à grand bruit l'air du plus rapide essor,
Irrémissiblement sifflant, blessant à mort.

La fille de la Nuit ainsi fond sur la terre,
Voit Turnus, les Troyens, et leur armée entière ;
Tout-à-coup resserrant son corps rappetissé,
Elle est ce faible oiseau qui, par fois reposé,
A l'écart, sur un toit ou des bûchers en cendre,
Lasse, tard, dans la nuit, des cris qu'il fait entendre.
La furie à Turnus sous cet aspect hideux,
Se montrant, va, revient, d'un mouvement affreux,
Frappe, à coups redoublés, son bouclier de l'aile ;
Turnus se sent saisi d'une frayeur mortelle ;
Dans son gosier se glace et s'arrête sa voix ;
Tous ses cheveux d'horreur sont dressés à-la-fois.
Mais Juturne, entendant de loin ce son sinistre,
Reconnaît de la mort cet effrayant ministre :
L'infortunée, en pleurs, s'arrachant les cheveux,
Meurtrissant de ses mains son beau sein douloureux,
Des ongles déchirant sa figure flétrie :
« Turnus, que peut ta sœur désormais pour ta vie ?
» Dans nos malheurs, hélas ! eh qui peut me rester ?
» Par quels moyens, ta mort, pouvoir la retarder ?
» Me puis-je aller commettre à ce monstre effroyable ?
» J'abandonne à jamais cette guerre exécrable !
» Ne m'épouvantez pas, tremblante, affreux oiseaux !
» Je reconnais ce bruit, avant-coureur des maux,
» Ce fatal cliquetis de vos funèbres aîles,
» Et l'ordre dur du roi des voûtes éternelles !
» Est-ce donc là le prix de ma virginité ?
» Pourquoi m'a-t-il fait don de l'immortalité ?
» Ah ! pourquoi n'ai-je plus, par son pouvoir ravie,
» L'heureuse liberté de voir cesser ma vie ?
» Je me pourrais soustraire à ce cruel tourment ;
» Mortelle, sous l'Erèbe et ses ténébreux flancs,
» J'irais accompagner mon trop malheureux frère !
» Tout des miens est, sans toi, vain pour ma peine amère.

» Terre, ouvres sous mes pas un gouffre assez affreux
» Pour m'engloutir, déesse, au fond des sombres lieux. »
Elle a dit ces seuls mots et, d'un verdâtre voile
Couvrant, en gémissant, sa tête, l'immortelle
Au fond du fleuve va, pleurante, se plonger.
   Enée impétueux presse, au loin fait briller
Son long trait à sa main et dit, plein de colère :
« Turnus a-t-il changé ? d'où vient donc qu'il diffère ?
» Armes en main, il faut, non courir, mais frapper.
» Déployes désormais ce que tu peux tenter ;
» Essayes tour-à-tour l'adresse et le courage,
» Montes même, volant, au sein d'un haut nuage,
» Ou, si tu l'aimes mieux, en terre abîmes-toi ;
» Revêts tous les dehors, tous les traits à-la-fois. »
En secouant la tête, alors : « Ton vain langage,
Dit Turnus, » est peu fait pour glacer mon courage ;
» Jupiter seul, les dieux, ennemis, me font peur. »
Sans en avoir dit plus, il mesure, en fureur,
De l'œil, un roc énorme étendu dans l'arène,
Fixé, comme limite, au milieu de la plaine,
Pour de ces lieux chasser la fraude et les procès ;
Des mortels, tels qu'ils sont sur terre aujourd'hui faits,
Sur leur dos douze à peine en porteraient la masse :
De sa tremblante main Turnus l'a dans l'espace,
Sur le héros, courant, en s'élevant, jeté ;
Il ne se connaît plus, dans son trouble emporté,
Et quand son bras fougueux lance ce poids immense,
Ses genoux ont fléchi, son cœur ému de transe,
Dans ses veines son sang, épais, s'est arrêté ;
Son roc n'atteint pas même au but, n'a pas porté.
Comme, pendant la nuit, quand le sommeil paisible
Rend, au repos livré, notre corps insensible ;
Souvent nous paraissons vouloir en vain courir ;
Dans nos plus grands efforts, trompés, las de souffrir,

Nous tombons ; au palais notre langue est liée ;
Nos sens ne gardent plus leur force accoutumée ;
Voix, paroles, tout manque, à-la-fois, tout trahit.
Tel Turnus, quelque soit le moyen par lui pris,
Voit ses coups de succès privés par la furie.
Entre divers pensers son cœur, flottant, varie ;
Il regarde les siens, regarde la cité ;
Il hésite ; son dard, craint de le voir jeté ;
Il ne sait plus où fuir, tourner, pour se défendre,
Il ne sait plus par où sur son ennemi tendre ;
Il n'apperçoit son char en nuls lieux, plus sa sœur :
De cet instant offert saisissant la faveur,
Énée, en s'efforçant du corps entier, lui lance,
Lorsqu'il flottait, troublé, l'irrésistible lance.
Jamais un roc mural d'un haut rempart jeté,
Par la baliste, ainsi, n'a fui, précipité ;
Moindre est le bruit des coups de la foudre éclatante.
Comme un tourbillon court la lance violente,
Portant l'affreuse mort au malheureux guerrier :
Le septuple contour du vaste bouclier
Et la cuirasse épaisse, ouverts à leur surface,
Dans la cuisse, en sifflant, le trait, s'enfonçant, passe :
Ses genoux chancelans, le grand Turnus, frappé,
Malheureux, de son poids sur l'arène est tombé.
Du Rutule un long cri s'élève, croît, résonne ;
Le mont tout à l'entour, de ce bruit frappé, tonne,
Les bois profonds, doublé, l'ont fait s'étendre au loin.
Humble alors, suppliant, Turnus, tendant sa main,
Implorant du regard et de la voix Énée :
« J'en conviens, je mérite, hélas, ma destinée ! ! !
» Use de ton bonheur ; mais d'un père, du moins,
» Si le sort malheureux peut attendrir tes soins,
» Je t'en prie (eh toi-même eus Anchise, un tel père !)
» Prends pitié de Daunus, vieillard, dans sa misère,

» Et me rends, ou plutôt, si tu l'as résolu,

» Fais reporter aux miens mon corps pâle, étendu!

» Vaincu, tendant les bras me voit cette Ausonie!

» Elle est à toi vainqueur, désormais, Lavinie;

» Ta haine plus long-tems ne doit pas s'exercer ».

Énée, en armes, reste un moment, debout, fier,

L'œil roulant, arrêtant une main suspendue;

Déjà de plus en plus attendri, l'ame émue,

Par ces cris il commence à se laisser fléchir,

Quand tout-à-coup il voit à lui, connu, s'offrir,

Couvert de bulles d'or, tout brillant, le surprendre

Le large baudrier de Pallas, fils d'Evandre;

Turnus, de ce guerrier jadis vainqueur, depuis,

Portait cet ornement fatal, à Pallas pris.

Quand l'œil du héros voit ce monument funeste,

Voit sur Turnus plaintif ces dépouilles, ce reste,

Embrasé de courroux, transporté, furieux:

« Quoi même offrant des miens la dépouille à mes yeux,

» Tu pourrais m'échapper? Pallas te sacrifie;

» Par ce coup c'est Pallas, seul, qui t'ôte la vie;

» Dans ton sang scélérat il se venge aujourd'hui ».

A ces mots, dans le sein du guerrier ennemi

Il plonge, entier, son glaive, enflammé de colère;

Surpris d'un froid mortel, Turnus perd la lumière;

Sa vie, en gémissant, avec un perçant cri,

Indignée, au séjour du sombre Erèbe a fui.

F I N.

ERRATA.

CINQUIEME LIVRE.

Page 166, 15e vers, au lieu de les épouvante ; *lisez* l'effroi glace
    leurs cœurs.

Idem, 32e vers, au lieu de moyens ; *lisez* vaisseaux.

Page 168, 17e vers, au lieu de ses ; *lisez* les.

Page 172, 19e vers, au lieu de de ; *lisez* des.

Page 170, 11e vers, au lieu de soigneux de ; *lisez* cherchant.

Idem, 15e vers ; *lisez* les cables détachés, sur les flots, etc.

SIXIEME LIVRE.

Page 178, 7e vers, au lieu de Ieare ; *lisez* Icare.

Page 182, 33e vers ; *lisez* Une branche étalant tige et feuillage d'or.

Page 183, 7e vers ; *lisez* Voulut que ce rameau fut pour elle apporté.

Idem, 16 vers ; *lisez* Tu l'ignores, hélas, est inenseveli.

Idem, 30e vers, au lieu de sons ; *lisez* soins.

Page 184, 33e vers, au lieu de des ; *lisez* ses.

Page 187, 11e vers ; *lisez* Entre les cornes coule à flots le vin versé.

Idem, 14e vers, supprimez le mot va.

Page 190, 15 vers, au lieu d'Achise ; *lisez* Anchise.

Page 191, 4e 10e et 16e vers, au lieu de Palimere ; *lisez* Palinure.

Idem, 5e vers, au lieu de Labyenne ; *lisez* Lybienne.

Idem, 21e vers, au lieu de qui ; *lisez* que.

Page 192, 2e vers, au lieu de la ; *lisez* ta.

Page 197, 6e vers, au lieu de qui, *lisez* que le fer, etc.

Page 202, 7e vers, au lieu de serpens ; *lisez* arpens.

Page 204, 1er vers, au lieu de déploye ; *lisez* et verse.

Page 209, 1er vers, au lieu de Syvius ; *lisez* Sylvius.

Page 212, 21e vers, au lieu de canton ; *lisez* Caton.

Idem, 22e vers ; *lisez* Vous Gracques, toi, Cossus, dans l'oubli, etc.

Page 213, 28e vers, au lieu de l'informes ; *lisez* , t'informes.

SEPTIEME LIVRE.

Page 229, 27e vers, ôtez loin.

Page 234, 13e vers, au lieu de de ; *lisez* du.

HUITIEME LIVRE.

Page 255, 28e vers, au lieu de présente ; *lisez* présentes.
Idem, 34e vers ; *lisez* Épandant mes flots doux coulans, etc.
Page 283, 9e vers ; *lisez* Reconnaissait les dons de l'Univers soumis

NEUVIEME LIVRE.

Page 285, 13e vers, au lieu de Cocyte ; *lisez* Corite.
Idem, 17e vers, au lieu de demande ; *lisez* demandes.
Idem, 18e vers, au lieu de va ; *lisez* vas.
Page 309, 11e vers, au lieu de tel ce Troyen ardent ; *lisez* tel, hardi,
ce Troyen.
Idem, 26e vers ; au lieu de lancé ; *lisez* jeté

DIXIEME LIVRE.

Page 358, 54e vers ; *lisez* Présent reçu de moi, d'un fer s'être rayée

ONZIEME LIVRE.

Page 400, 12 vers, au lieu de va ; *lisez* fuit.
Idem, 21e vers ; *lisez* regardait sans frayeur.

DOUZIEME LIVRE.

Page 428, 20e vers ; *lisez* A ; jusqu'à la cervelle introduit, etc.
Page 432, 2e vers, au lieu de des ; *lisez* de.

www.ingramcontent.com/pod-product-compliance
Lightning Source LLC
Chambersburg PA
CBHW070754030726
47504CB00003B/558